Aus Freude am Lesen

btb

Buch
Die junge Josepha Schlupfburg, Druckerin in einer thüringischen Kleinstadt im Jahre 1976, ist schwanger. Josepha möchte für ihr Kind, wenn es schon keinen Vater haben wird, wenigstens eine Geschichte haben. Und so erfindet sie eine Familiensaga, die das Jahrhundert umfasst und aus einer endlosen Reihe sinnlicher Mütter, unehelicher Kinder, erregter und anschließend abwesender Väter besteht.
Auf Gedeih und Verderb im Liebeswahn – ein Jahrhundert deutscher Geschichte erzählt aus weiblicher Sicht.

Autorin
Kathrin Schmidt, 1958 in Gotha geboren, Studium der Sozialpsychologie in Jena, Arbeit als Kinderpsychologin, wissenschaftliche Mitarbeiterin des Berliner Instituts für Vergleichende Sozialforschung, seit 1994 freie Autorin. Sie wurde vielfach ausgezeichnet. Für »Die Gunnar-Lennefsen-Expedition« erhielt Kathrin Schmidt beim Ingeborg-Bachmann-Wettbewerb in Klagenfurt den Preis des Landes Kärnten. Kathrin Schmidt lebt in Berlin.

Kathrin Schmidt bei btb
Koenigs Kinder. Roman (73155)

Kathrin Schmidt

Die Gunnar-Lennefsen-Expedition

Roman

btb

FSC
Mixed Sources
Product group from well-managed
forests and other controlled sources

Cert no. GFA-COC-1223
www.fsc.org
© 1996 Forest Stewardship Council

Verlagsgruppe Random House FSC-DEU-0100
Das für dieses Buch verwendete FSC-zertifizierte Papier
Munken Print liefert Arctic Paper Munkedals AB, Schweden.

1. Auflage
Genehmigte Taschenbuchausgabe April 2007, btb Verlag
in der Verlagsgruppe Random House GmbH, München
Copyright © der Originalausgabe 1998 Kiepenheuer & Witsch, Köln
Umschlaggestaltung: Design Team München
Umschlagmotiv: akg-images
Satz: Greiner & Reichel, Köln
Druck und Einband: Clausen & Bosse, Leck
SR · Herstellung: BB
Printed in Germany
ISBN 978-3-442-73583-9

www.btb-verlag.de

INHALT

MÄRZ

Erste Etappe der Gunnar-Lennefsen-Expediton:
HOLZPANTINE 18

Zweite Etappe der Gunnar-Lennefsen-Expedition:
BLAUE PHIOLE 27

APRIL

Dritte Etappe der Gunnar-Lennefsen-Expedition:
TIRALLALA 47

Vierte Etappe der Gunnar-Lennefsen-Expedition:
KNOPFSCHACHTEL 77

Fortsetzung der vierten Etappe der Gunnar-Lennefsen-Expedition 99

MAI

Fünfte Etappe der Gunnar-Lennefsen-Expedition:
WINDHOSE 124

JUNI

Sechste Etappe der Gunnar-Lennefsen-Expedition:
REGENRATTEN 150

JULI

Siebte Etappe der Gunnar-Lennefsen-Expedition:
AMPFERSUPP 179

AUGUST

Achte Etappe der Gunnar-Lennefsen-Expedition:
MIRABELLE 199

SEPTEMBER

ljusja andrejewna wandrowskaja
lagebericht aus der besucherritze des jahrhunderts in der
übersetzung des fliegenden hundes 231

lagebericht aus der besucherritze des jahrhunderts,
zweiter teil 246

Neunte Etappe der Gunnar-Lennefsen-Expedition:
BIERSEIDEL 260

Von Filter und Folter 299

Zehnte Etappe der Gunnar-Lennefsen-Expedition:
VATERLOS 316

OKTOBER

Elfte Etappe der Gunnar-Lennefsen-Expedition:
NU WUOT 378

ljusja andrejewna wandrowskaja
kurzer abgesang auf die dreidimensionale existenz 411

NOVEMBER. UND SCHLUSS 414

NACHTRAG 427

ANMERKUNGEN 429

PERSONENVERZEICHNIS

Josepha Schlupfburg Druckerin im *VEB Kalender und Büroartikel Max Papp* der thüringischen Kleinstadt W. und werdende Mutter des schwarzweißen Kindes

Therese Schlupfburg Josephas Urgroßmutter (Agathe - ihre Mutter)

Ottilie Wilczinski geb. Schlupfburg, spätere Reveslueh, häufig Glasbruch verursachende Tochter der Therese Schlupfburg, Großmutter der Hauptperson, Mutter Rudolph Schlupfburgs und, sensationell spätgebärend, des kleinen Avraham Bodofranz

August Globotta genannt zärtlicher August, eintopfliebender ostelbischer Junkersproß, Vater der Ottilie

Rudolph Schlupfburg entfernter Vater der Hauptperson

Marguerite Eaulalia Hebenstreit erste Ehefrau Rudolph Schlupfburgs und Mutter der Hauptperson

Karl Rappler wandernder ostpreußischer Scherenschleifer, später als Gennadij Solowjow Mitglied der KPdSU und der Kolchose »Roter Oktober« in einem Dorf nahe Witebsk, Scheinvater des Rudolph Schlupfburg

Birute Szameitat zweite Ehefrau des Rudolph Schlupfburg, ostpreußische Wanderdüne, zwischenzeitlich polnisch-litauische Papierkirgisin, angeblich russischer Herkunft und deutscher Zunge, Kennerin des Entleerenden Handgriffs

Bodo Wilczinski Irrenhauspförtner, im bayerischen N., erster Ehemann der Ottilie Wilczinski

Avraham Rautenkrantz lettischer Jude, Vater des Rudolph Schlupfburg

Franz Reveslueh bayerischer Fernsehmechanikermeister, zweiter Ehemann der Ottilie Wilczinski, neben Rautenkrantz und Wilczinski einer der drei Väter des kleinen Avraham Bodofranz

Adolf Erbs einstiges Findelkind von den Stufen der Juditter Kirche, Kürschner und heimlicher Steinschneider in Königsberg/Pr., Vater des Fritz Schlupfburg

Fritz Schlupfburg Anhänger des Himmels über L.A., Sohn des Adolf Erbs und der Therese Schlupfburg

Senta Gloria Lüdeking geb. Amelang, Ehefrau des Hans Lüdeking, Adoptivmutter Lenchen Lüdekings, von dieser auch Tegenaria (die Winkelspinne) genannt

Hans Lüdeking Fischhausener Ortspolizist, Vergewaltiger der Lydia Czechowska und darum Vater Małgorzata Czechowskas, die er später als Magdalene Tschechau unwissentlich adoptiert und wiederum schwängert im Angesicht seiner Ehefrau

Souf Fleur Zeitgeist

Małgorzata Czechowska; Magdalene Tschechau; Lenchen Lüdeking; Ann Versup die »vier Mütter«, eigentlich Tochter der Lydia Czechowska und des Hans Lüdeking, lebend in vier Identitäten und noch dazu bekannt als Hasimausi, sich selbst für eine Springspinne haltend und fähig, den Spinnen ins Herze zu schauen

Mirabelle Gunillasara Versup *engl.* Mairebärli, ihres eigenen Großvaters Hans Lüdeking Tochter und damit Kind der vier Mütter und Tochterschwester Ann Versups, womit sie aber keineswegs vollständig beschrieben scheint, denn auch Fritz Schlupfburg alias Amm Versup hält sie lange Zeit für seine und seiner Ehefrau Astrid Radegund leibliche Tochter

Romancarlo Hebenstreit thüringischer Knopf- und Kurzwarenhändler, Ehemann der Carola Hebenstreit geb. Wilczinski, Zwillingsvater

Carola Hebenstreit Schwester des Bodo Wilczinski, Sturzgebärende, Mutter der Zwillinge Benedicta Carlotta und Astrid Radegund sowie des Wasserkindes Marguerite Eaulalia

Willi Thalerthal Vater des Wasserkindes, durch Carola Hebenstreits Zuwendung an Liebe und Frauenmilch vom knöchernen Amtsmenschen zum athletischen Anhänger des Kommunismus reifend

Carmen Salzwedel Freundin und Kollegin der Hauptperson, vielfache Halbschwester

Annegret Hinterzart verh. Benderdour, mit ihren Töchtern Magnolia und Kassandra in Burj 'Umar Idris in der algerischen Wüste verschollene Kindheitsfreundin der Hauptperson

Manfred Hinterzart Bruder der Annegret Hinterzart und Lehrling im *VEB Kalender und Büroartikel »Max Papp«*

Richard Rund spät ertaubter volkssolidarischer Bergsteiger und Obstweintrinker, Liebhaber der Therese Schlupfburg

Mokwambi Solulere angolanischer Herzblatthäkler, Vater des schwarzweißen Kindes

Ljusja Andrejewna Wandrowskaja horizontal gespaltene, der dreidimensionalen Existenz schließlich endgültig entsagende drittlebende russische Tortenbäckerin

Adam Rippe sächsischer Wurstbuchhalter, halbgöttlicher Sohn der L. A. Wandrowskaja

Rosanne Johanne die Heimliche Hure, hier als Wirtin Annamirl Dornbichler auftretend

MÄRZ

Josepha Schlupfburgs Faible für Taschenkalender geht weit über jenes Maß hinaus, das sich aus bloßer Erwerbsarbeit ergeben könnte. Du steckst in den Kalender eine Ewigkeit, den du entblätterst bei Kaffee und Bodenfrost, murmelt sie, wenn ihre Nächte unter der Rassel eines vorsintflutlichen (falls der Leser das Wort Sintflut als Synonym für den letzten Krieg gelten zu lassen geneigt ist) Weckers regelmäßig dahinsterben, aller Schlaf einer splittrigen Scheibe Toast zum Opfer fällt und der dicke braune Aufguß der Marke *Rondo Melange* mindestens dreimal ihre Tasse füllt. In der Küche einer Wohnung übrigens, die Josepha Schlupfburg seit ihrem sechsten Lebensjahr mit ihrer Urgroßmutter Therese teilt, mehr in Freud denn in Leid – und doch durch die Not an Wohnungen gedrungen, seit sie erwachsen ist und gern ein Eigenes hätte, ihren Rhythmus zu finden. Gewohntem ergeben, steht die Druckerin Josepha Schlupfburg auch heute (wie eh und je) mit der fünften Stunde auf, zu der die alte Therese zum erstenmal zur Toilette zu schlurfen pflegt. Die Außenwand bezeichneter Küche, die den Hintergrund des hier zu schildernden morgendlichen Aufbruchs abgibt, hat Josepha Schlupfburg mit exakt zweiundzwanzig bebilderten Kalendern behängt, deren erster aus dem Jahre ihrer Geburt stammt und wie die der darauffolgenden sechs Jahre von Thereses Hand mit nicht zu vergessenden Terminen, Geburts- und Namenstagen und einer Vielzahl kaum zu entschlüsselnder Zeichen, Kreuzchen und Punkte übersät worden ist. Vom Jahr ihres Schulbeginns an hat dann Josepha die Feder geführt und vermerkt, was zu vermerken ihr wichtig schien. Zu den Weihnachtsfesten brachte sich Therese den Inhabern der Buch- und Schreibwarengeschäfte als treue Kundin in Erinnerung: Sie kaufte Kalender. Die Küchenwand bietet Tier-, Zirkus-, Pferde-, Kunst-, Vogel-, Blumen-, Kirchen- und Frauenkalender, deren monatliche Seiten eine Plastspirale zusammenhält oder Papierleim. Josepha, die sich beim Frühstücken unbeobachtet weiß, hat sich mit den Jahren einen rituellen Spaß daraus gemacht, mittels der ihr innewohnenden magischen und Zeitverschiebungs-Kräfte am jeweils Ersten des Monats durch einen besonderen Klapp-Blick die entsprechende Seite aufzuschlagen. Die Kalender lösen sich von der Wand und blättern sich weiter, um kurz darauf wieder an ihre Nägel zurückzukehren. So zeigen im Januar alle Kalender die Januarseite, im Februar die Februarseite und so fort, ohne daß Josepha auch nur einen Finger dafür krümmen müßte.

Das heutige Frühstück sondert sich ab. Josepha sitzt, trinkt die zweite Tasse Kaffee und klappt *nicht*, obwohl ihr das Datum, der erste März, keineswegs entgangen ist. Josepha ist nicht allein, ebenso, wie sie in der Nacht nicht allein gewesen ist. Josepha sitzt vor dem ersten März ihres Taschenkalenders mit der Nummer neunzehnhundertsechsundsiebzig und hat keine Angst vorm schwarzen Mann, sondern ihn eben abschiedshalber geküßt, die Wohnung hinter ihm geschlossen und das Laken ihres Bettes in kaltem Wasser geweicht. Josepha sitzt und weiß: Der schwarze Mann ist nicht nur der Vater ihrer momentanen Unentschlossenheit, sich wie bisher fortzuleben, er ist auch der Vater der Veränderung, die sie in ihrer Bauchgrube spürt und die, ahnt sie, zu einem sehr schönen Kind geraten kann. Da aber das Wort *Vater* seit langem nur in ihrem passiven Wortschatz seinen Platz hat, veranlaßt sie eine sofortige Reaktivierung dieses Begriffes, indem sie sich erinnert:

Eines sonnigen Frühstücks im Jahre ihrer Einschulung entnimmt ihr Vater dem linken oberen Seitenfach seines Kleiderschrankes einen Stapel von an die zehn unterschiedlichen Taschenkalendern und breitet sie vor Josepha auf dem Tisch aus, ehe er sie auffordert, sie möge sich den beiseite nehmen, der ihr am besten gefiele. Ein rotlackiges Exemplar macht das Rennen im Kinde. Der Vater legt das Büchlein vor sich auf die andere Seite des Tisches und beginnt, monatlich einen Sonntag mit einem grünen Kreuzchen zu kennzeichnen. – Hier, Josepha, an diesen Tagen kannst du mich besuchen kommen. Paßt es, werde ich dich mit dem Auto abholen. Wir können im Café Lösche ein Eis essen, wir beide. Wenn du willst. Und abends gebe ich dich der Omi wieder ab. – Zum ersten Mal in ihrem sechsjährigen Leben lastet Argwohn auf Josephas Brustbein. – Wo gehst du hin, wenn du mich abgegeben hast bei der Omi? Und wo kommst du her, wenn du mich wieder holst? – Frag die Omi, wenn du Fragen hast. –

Tatsächlich wird die Urgroßmutter niemals von Josepha nach dem Weggang des Vaters befragt werden. Ihr eigenes Leben hatte Josepha am Tag ihrer Geburt wie einen Staffelstab von der Mutter übernommen und an deren Grab einige Tage später, auf dem Arm ihres Vaters, laut gebrüllt. Die Urgroßmutter nährte das kräftige Mädchen mit Zweidrittelmilch und Möhrensaft. Hafermehl und Möhren kamen in großen Paketen, die der Vater im kleinstädtischen Postamt abholen mußte. Aufgegeben wurden sie von seiner Cousine, die in Köln am Rhein, jenseits der im Jahre neunzehnhundertneunundvierzig anscheinend endgültig befestigten Grenze, vom Tode der Mutter per Post erfahren hatte und nun, nicht frei von generöser Geste, Woche für Woche dazu beitrug, den Grundstein für Josephas spätere erstaunliche Widerstandskraft gegen physische und psychische Übergriffe zu legen. Als die Pakete nicht mehr Möhren und Mehl, sondern Strumpfhosen, Pullover und Schokolade enthielten, wußte Josepha, ohne daß sie jemanden hätte fragen müssen, daß die Frau im schwarzen Rahmen auf dem Büfett der Urgroßmutter ihre Mutter gewesen war. Und als der Vater die Schokolade nicht mehr nur ihr gab, sondern zu zwei guten Dritteln in seine Manteltaschen stopfte, wußte Josepha, gleichfalls fraglos, daß er sie jener zwei Meter großen Frau zudachte, die ihr zuvorkam, wenn sie den Vater von der Arbeit abholen wollte. An solchen Tagen ging durch Josephas geweitete Augen eine große Freude, die erst am Morgen der Übergabe des Taschenkalenders den Folgen des Argwohns weicht, der auf dem sechsjährigen Brustbein lastet.

Josepha beginnt, von Kreuzchen zu Kreuzchen zu denken und nivelliert in ihrem Erstkläßlerkopf alle Viertelfettwerktage

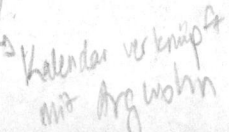

und halbfetten Sonntage zu einem Zeitbrei, den man hinter sich bringen muß, um zum Vater zu gelangen. Wie in einer Nebenrechnung erlernt sie Lesen, Schreiben und Malnehmen, erfüllt bestens, was man an Leistung von ihr erwartet und setzt ihre Lehrer dadurch in Erstaunen, daß sie zu Unzeiten ißt, schläft oder spielt und in ihrem persönlichen Zeitplan durch keinerlei volksbildende oder erzieherische Maßnahme zu stören ist. An den Samstagen vor den grünen Kreuzen kulminiert ihre geradezu autistisch anmutende Unabhängigkeit von äußeren Störreizen in einem fünfstündigen Vormittagsschlaf in der letzten Bankreihe ihres Klassenraumes, wogegen man letztlich nichts mehr unternimmt, zumal Josepha Schlupfburg am darauffolgenden Montag durchaus ernüchtert wiedergeben kann, wovon am Samstag die schulische Rede gewesen war. Davon weiß ihr Vater nicht, denn seine Ohren hören bald nur noch die Sonntagsstimme Josephas, die Bittflöte um einen Nachmittag im Kino mit Prinzessinnen, Zwergen, vergifteten Äpfeln und möglichst niederträchtigen Stiefmüttern, das innige Hersingen des Liedes »Leise zieht durch mein Gemüt« oder den Hundston, wenn er am Café Lösche vorbei-, nicht aber hineingehen will mit ihr. Josepha und ihr Vater lieben die Sonntage, aber während das Kind sie wie große Bäume auf weiter Flur vor sich sieht, läßt der Vater sie bald hinter sich. Er hat zwei Töchter mit der Schokoladenfrau, die sich nie zeigt, und er arbeitet, sagt er, in verantwortungsvoller Position.

Überm Erinnern bittert der Kaffee. Josepha macht sich auf den Weg zu ihrem Arbeitsplatz an den Pressen der Firma *VEB Kalender und Büroartikel Max Papp*, ohne ausgetrunken zu haben. Zuvor aber schlägt sie mit einem Blick doch noch die Märze ihrer Kalenderwand auf. Was sie nicht sehen kann: Sie schnippen alle zurück in die Februare, als sie die Küchentür hinter sich schließt ...

An dieser Stelle erwacht Therese aus herbem Altfrauenschlaf, um unter heftigem Schütteln des Kopfes ein gefäßerweiterndes medizinisches Präparat zu schlucken, das ihr helfen soll, die Schwächen ihres achtzigjährigen Blutkreislaufs auszugleichen.

Josepha weiß die Greisin einer großen Erzählerin ähnlich, deren Bücher manchmal ein stilles Schluchzen in ihr ausgelöst hatten. Sie verrät das Therese nicht, die ihrerseits dazu neigt, bei anfallenden Namens- und äußeren Merkmalsverwandtschaften Nachforschungen zur Familiengeschichte anzustellen. Zwar hat sie dadurch siebenundzwanzig weitläufige Verwandte der Schlupfburg-Sippe seit dem Ende des letzten Krieges ausfindig machen können, aber ihre Tochter, die Mutter von Josephas Vater, blieb ihr verloren, seit sich ein Treck flüchtender Menschen aus der Stadt Königsberg auf den Weg nach dem Westen gemacht hatte. An einer Wegbiegung zwischen den Orten Wuschken und Ruschken war es gewesen, als Thereses Tochter der Mutter den elfjährigen Rudolph – sein Glied hockte noch klein und unbenutzt im Winkel zwischen den schlaksigen Beinen, wie hätte er damals ahnen können, Josephas Vater zu werden! – mit einem Strumpfband ans Handgelenk fesselte und für Augenblicke, wie sie sagte, nach hinten lief, den verlorenen Schnürsenkel ihres linken Schuhs zu suchen. Therese wußte sofort, und dies war ein typisches Beispiel fraglosen Begreifens unter den Frauen der Schlupfburggenerationen, daß ihre Tochter auf lange weder Schnürsenkel noch Sohn wiedersehen würde und daß fortan sie selbst, Therese, für dessen Aus- und Weiterkommen in fremder Heimat verantwortlich war. Das rasche Begreifen des Verschwindens ihrer Tochter in gegenläufiger Richtung hinderte Therese daran, sie über den Suchdienst des Roten Kreuzes ausfindig machen oder sie über Radiosendungen und das späterhin übliche Fernsehen suchen zu lassen, aber es verhinderte nicht, daß sich die Hoffnung, man könnte einander eines Tages unverhofft begegnen, unter ihrer Haut nährte und auswuchs. Mit ähnlicher Hoffnung sollte Therese eines Tages einen zum Zwecke grenzüberschreitenden Luftverkehrs genähten Ballon füllen, indem sie ihn aufblies, um dann im Angesicht der nach Süden entfliegenden Josepha friedlich zu sterben.

Vorerst aber spürt sie, wie das Medikament in einem Schwapp kalten Wassers die Speiseröhre hinab in die Fühllosigkeit des Magens entgleitet. Therese, als sie den Schlurfgang zur Toilette und darauf in die Küche hinter sich hat, findet dort Josephas stehengelassene dritte Tasse Kaffee vor. Unsicher geworden, sucht sie den Raum jenseits der Fernbrille nach Ungewohntem, nach Veränderungen ab. Es müßte bereits März sein, denkt sie, als sie ihre Zahnprothese aus dem Wasserglas neben dem Rundfunkempfänger nimmt und in den Mund schiebt. Gestern hat sie in alten Photos gekramt und ein braves Porträt ausgewählt, das sie in den Rahmen über dem Kopfende ihres Bettes einpassen will. Sie wechselt die Photos monatlich: Vielleicht kann sie sich nicht satt sehen an den alten Geschichten, vielleicht, und das wird es wohl eher sein, braucht sie diese Abbildungen zur Vertiefung ihrer Träume, die sie allnächtlich heimsuchen und gegen die sie sich so wenig wehren kann wie gegen die plötzlichen Attacken ihres altgewordenen Herzens. Jedenfalls weiß sie, daß dem gestrigen neunundzwanzigsten Februar ein erster März folgen muß und daß Josepha es noch nie versäumt hat, die Kalenderwand zu aktualisieren. Therese setzt sich, stellt ihre Füße in eine mit heißem Wasser und Kräuteressenz gefüllte Schüssel und wärmt sich, kopfschüttelnd, auf.

Josepha erreicht auf ihrem blauen sechsundzwanziger Herrenfahrrad der Marke *Diamant* nach fünfzehn Minuten das Tor zur Fabrik, zeigt Ausweis und verstörte Miene und begibt sich sofort zu ihrer Meisterin, um einen Tag Urlaub zur Klärung dringender Familienangelegenheiten zu erbitten. Nun kommt dieses Ansinnen der Vorgesetzten freilich ungelegen, denn sie hat selbst vor, Josepha ab Mittag um Übernahme ihrer meisterlichen Pflichten zu bitten. Einen Arzt will sie aufsuchen, die linsengroße Warze auf der Nasenspitze auskratzen zu lassen. Josephas Wunsch, *dringende Familienangelegenheiten* klären zu wollen, lassen überdies der Ausdeutung großen Raum. So überlegt die Meisterin in Überschneidung betrieblicher, privater und kollegialer Motive einen Augenblick, ob Josepha als alleinstehende Frau so etwas wie *Familienangelegenheiten* überhaupt haben dürfe, doch bewilligt sie schließlich die Beurlaubung. Josepha hat nie zuvor unverhofft einen freien Tag gewünscht und ist zudem so zuverlässig, daß die Meisterin gar nicht anders kann, als den Termin der Operation sausen zu lassen, vor der sie sich ohnehin nicht weniger fürchtet als vor der Warze selbst.

Am Nachmittag dieses Tages, der ein einfacher erster März hätte werden können, wenn er das schmale Vakuum zwischen dem äußeren Gang der Dinge und Josephas innerer Uhr übersprungen hätte, fährt Josepha auf ihrem Fahrrad durch die Stadtstraßen, kauft, was Therese gern ißt, also Speck für Speckmus, ein Gläschen Kürbis, ein Fläschchen saure Sahne, verläßt dann die Stadt für eine halbe Stunde, indem sie sie mit dem Fahrrad umrundet und kommt schließlich erschöpft und verschwitzt nach Hause. Ihre Augen zeigen ein entschlossenes, beinahe wutentbranntes Leuchten, das Therese nicht fremd bleibt. So hatte Josepha ausgesehen, als sie sich entschied, nicht länger ihres Vaters Sonntagskind zu sein. Dieses Gesicht ist Therese sehr lieb, denn es hat sie selten getäuscht. Tatsächlich hat sich Josepha seit ihrem zwölften Lebensjahr mit dem Einsetzen ihrer Periode nie mehr von Sonntag zu Sonntag gehangelt, sondern die Tage gelebt, wie sie kamen. Und obwohl in Thereses Auffassung irdischer Pflicht Dankbarkeit als Gegenleistung nicht vorgesehen ist, freute sie sich doch, als Josepha jenseits des Rituals der Jugendweihe plötzlich mit Zärtlichkeit an ihr hing. Sie küßte und wurde geküßt, sie streichelte und wurde gestreichelt. Daran denkt sie, als Josepha die Stiefel ins Bad stellt, um sie später abzuwaschen vom Schmutz, der sich zwischen den Jahreszeiten sammelt, und dieser hier, zwischen Winter und Frühjahr, ist schlammig und braun. Wenig mehr als ein flüchtiges Blinzeln bringt Josepha für Therese auf, zu sehr steckt sie in sich. Sie meint, die Frage der Fragen entdeckt zu haben, bangt darunter und sucht nach Worten, sie in den Raum zu stellen. Glaubt Josepha, sie aussprechen zu können, zersplittert die Frage augenblicklich in viele Fragen, die einander jagen, einander in die Subjekte fahren, einander mit den Modalbestimmungen fangen. Solche Unruhe hat Therese nur selten an Josepha gesehen, so daß sie ihr eine Tasse Kamillentee zum Munde führen hilft, ihr die kühlen Füße mit einer kleinen Bürste warm reibt, bis ihr nichts anderes mehr bleibt, als sich hinter Josephas Stuhl zu stellen, sie bei den Schultern zu packen und ihr in einem Anfall unausgesetzten Bebens beizustehen. Das dauert die Zeit zwischen Hell und Dunkel. Josepha nimmt währenddessen nichts anderes wahr als die Kalender an der Küchenwand, die still zu höhnen scheinen, weil sie sich außer Kontrolle geraten und endlich frei glauben. Was wißt denn ihr, schreit Josepha schließlich, was denkt ihr denn, was ihr seid? Glaubt ihr, ihr könnt euch lossagen von mir, die ich euch gefüllt habe mit meinen Geburtstagen, Rollerunfällen, Arztbesuchen, mit meinen Pioniernachmittagen, Verliebtheiten und Ohrenschmerzen? Glaubt ihr, ihr könnt euch aus dem Staub machen vor meinen Bleistiften und Wesenszügen? Ihr Heuchler mit eurer Unschuld des ersten Januars und den Sündenregistern der letzten Dezembertage!

Therese greift eine Badestola, mit der sie Josephas rasenden Leib an den Stuhl bindet, während sie schreit und um sich schlägt, um nach drei von den Nachbarn erschrocken zur Kenntnis genommenen Stunden in nervöse Starre zu fallen. Da ist noch nichts gelöst, die Fragen müssen heraus unter schmerzenden Wehen. Therese, die vielen Geburten der Tiere und Menschen beigewohnt hat, besinnt sich ihrer Erfahrungen und streichelt Josephas Rücken, flüstert und legt die Hand auf Josephas Stirn. Als sich die Ermüdete endlich betten läßt, hat Therese ein mehlweißes Laken aufgezogen, das Josepha durch die fiebernde Netzhaut hindurch an etwas erinnert, das sie nicht benennen mag. Einen Augenblick noch glaubt sie, sich wehren zu müssen. Das aber vermag ihr Körper nicht mehr, sondern ergibt sich der in vielen Jahren eingelegenen Wölbung der Matratzen. Josepha schläft. Was man nicht sehen kann: Sie ist außer sich. Therese, durch Lebenswut und Frauenlauf beschlagen, vermutet einen Embryo hinter den merklichen Veränderungen ihrer Urenkeltochter.

Wie wortlos vereinbart, beginnen die beiden Frauen die Gunnar-Lennefsen-Expedition am dritten Tag nach Eintritt der Schwangerschaft zu planen und vorzubereiten. Während Josepha glaubt, sich in Fragen der Psychoanalyse belesen zu müssen, und Schwierigkeiten bekommt, die betreffenden Schriften zu beschaffen, genügt es Therese, sich allmorgendlich in den Ohrensessel an ihrem Fenster zu setzen, die Augen zu schließen und den wie Federwolken vor ihren Augendeckeln ziehenden Träumen nachzujagen. Erwischt sie einen am Zipfel, zieht sie ihn ans Licht der Erinnerung. Dort scheint er ihr dann wie ein blutwarmes Tier, das unter dem Entdecktsein zittert, während Therese mit aller ihr in hohem Alter verbliebenen Kraft darangeht, es für die Dauer der Gunnar-Lennefsen-Expedition zu domestizieren, indem sie es an greifbaren Enden festzuhalten und in den Käfig ihres Gedächtnisses zu sperren versucht. Stichworte, die Therese in ein kleines, schwarz eingebundenes Buch schreibt, dienen als Schlüssel. Josepha, tagsüber arbeitend, hat nach fünf Tagen nahezu ein Dutzend kopfschüttelnder Bibliothekarinnen kennengelernt, die sie nach Schichtschluß aufgesucht und um Freudsche Schriften gebeten hatte. Daß es solche geben muß, weiß sie von einem bebrillten, sehr bemühten Studenten des psychologischen Faches, der ihr – es waren Jahre seither vergangen – bedeutet hatte, wie sehr sie sich im Griff höherer Mächte des unteren Leibes befinden mußte, solange sie sich ihm nicht lustvoll hinzugeben vermochte. Je länger sie aber seinem Drängen widerstanden hatte, desto lustvoller war ihre Hingabe an die Bücher gewesen, die in seinem Zimmer nicht nur Staub fingen, sondern eben auch die knapp neunzehnjährige Josepha. Ehe sie die ergreifende Schilderung der dreijährigen Analyse einer freßsüchtigen Frau zum guten Ende hatte verfolgen können, war sie dem Jungmann jedoch entwischt, weil sie anstehende Entzauberungen ahnte und ihnen aus dem Wege gehen wollte. Damals war sie unempfindlich gewesen für Klärungen. Damals hatte sie weggedrängt, was sie zwischen den Sätzen wußte beim Sprechen, was in ihren Gelenken knackte, wenn ihr die Hand geschüttelt wurde, und was sie in Übelkeiten trieb beim Lesen der üblichen Zeitung. Damals hatten ihr die Finger nicht gehorcht, wenn sie morgens den aus dem Spind gerissenen Kittel zuknöpfen sollten und statt dessen eine imaginäre Flöte spielten oder nach einem Paß kramten, den sie freilich nicht besaß. Es war die Zeit des Zurückschreckens vor der manchmal schon auftauchenden Sehnsucht nach Biographien, nach Geschichtsbüchern, in denen die auf Thereses Photographien abgebildeten Personen als Hauptdarsteller agierten.

Daran erinnert sie sich, als sie den fünfzehnten vergeblichen Versuch der Beschaffung Freudscher Schriften hinter sich hat, und sie beschließt in plötzlicher Klarsicht, auf alle wissenschaftlichen Garnknäuel zu verzichten und statt dessen eine Flasche Kognak im um die Ecke gelegenen Lebensmittelladen zu kaufen. Später überrascht sie Therese zu Hause beim Reiben eines ausgetrockneten Stückes Butterkäse, das ebenso als Expeditionsproviant dienen soll wie die gerösteten Brotwürfel, die in einem leeren Gurkenglas luftig lagern.

10. März 1976:
Erste Etappe der Gunnar-Lennefsen-Expedition
(Stichwort im Expeditionstagebuch: HOLZPANTINE)

Der erste Expeditionstag fällt auf den achten Abend nach Eintritt der Schwangerschaft. Josepha packt zum Vorbereiten eine kleine Ausgabe von Briefen, die eine hinkende, der sozialdemokratischen Bewegung angehörende Frau zu Beginn des Jahrhunderts aus dem Gefängnis geschrieben hatte, und ein Zeitungsphoto, das eine junge, nackte Jüdin zeigt, die von einem anscheinend ebenso jungen, deutschuniformierten Soldaten am Arm geführt wird – zu ihrem späteren Grab, das sich in Kowno, dem litauischen Kaunas, befindet. (Diese Dinge erscheinen Josepha unentbehrlich, und sie sollen auch in ihrem Gepäck stekken, als sie Monate später mit dem Luftschiff mehrere Grenzen überfliegt.)

Mit einem Glas Kognak eröffnen die beiden Frauen die Gunnar-Lennefsen-Expedition, mit der sie in den äußersten Norden ihrer weiblichen Gedächtnisse vorzudringen hoffen, dorthin, wo die Vereisungen am dicksten sind, wo das Packeis treibt und vereinzelt auftauchende Visionen rasch zum Untertauchen zwingen. Dorthin, wo der dickste Pelz nichts nützt, wenn man nicht eingerichtet ist auf einen Überlebenskampf. Den Namen des Unternehmens hatten Josepha und Therese einander von den Augen ablesen können. Er erscheint ihnen als geeignetes Codewort, weil er mit nördlichem Klang daherkommt, weil Männer wie Scott, Amundsen, Barents und Zeppelin zwischen den Vokalen hocken, die immerhin enorme Vorstöße gewagt hatten. Wenn Gunnar Lennefsen auch zu keiner Zeit existiert haben mochte, so ersteht er doch als Legitimation eines weiblichen Aufbruchs, der vorhat, dem in Josephas Bauch wachsenden Kinde eine Geschichte zu schaffen.

Die Expedition kommt zunächst zügig voran. Therese läßt mit dem Schlüsselwort HOLZPANTINE den Tod ihres Bruders Paul ins Wohnzimmer frei. Die alte Geschichte, die mit dem Dunst des Jahres 1914 einherkam, erbricht sich auf die imaginäre Leinwand in der Mitte des Zimmers. Josepha sieht den kleinen Schuppen, in dem Thereses Eltern Holz lagern und der sich fraglos im damaligen Wohnort der Schlupfburgs, im ostpreußischen Lenkelischken, befindet. Paul, Thereses siebzehnjähriger Bruder, stapelt gespaltene Scheite zu einem Meiler, während seine acht jüngeren Geschwister unter der Aufsicht Thereses, der Ältesten, im Hof spielen. In Wirklichkeit ist Therese an diesem Tage aber mit keinem Blick bei den Kleinen, dafür mit offenem Ohr beim holzstapelnden Paul. Die Luft des Frühsommertages riecht nach versengtem Fleisch, nach Frauenrotz und Rübenmus. Dazwischen hängt ein für Therese unkenntlicher Geruch, der ihr den Atem nimmt. Sie hustet. In ihrer Luftnot halluziniert sie den Tod ihres Bruders Paul an inneren Verbrennungen und weiß, daß eine Spur giftigen Gases ihr Denken durchzogen hat. Was sie nicht weiß: Es sollten später die Badischen Anilin- und Sodafabriken sein, die, nachdem sie günstig zu produzierendes Senfgas an ziemlich unschuldigen Kaninchen erprobt hatten, große Mengen dieses Giftes über die Schlachtfelder des Weltkrieges bliesen. Aufgeschreckt durch die Bilder, die den Tod des Bruders in grausigen Farben schildern, zieht Therese plötzlich die linke ihrer schweren Holzpantinen vom Fuß und schleudert sie in einem Zustand wissender Bewußtlosigkeit in Richtung des scheibenlosen Schuppenfensters, hinter dem der geliebte Bruder noch immer Holz spaltet und übereinander schichtet. Minuten nach dem erschrockenen Aufschrei tragen der Vater und ein herbeigerufener Nachbar die lächelnde Leiche Pauls, aus dessen Mund ein dünner Blutfaden herabhängt, durch das Hoftor. Drei Tage später läßt man einen teuren Sarg in die Erde von Lenkelischken hinab. Therese, die stumm eine Handvoll Sand in die offene Wunde des Friedhofs wirft, steht außerhalb jeden Verdachts. In Pauls Haar hat der Arzt unter unverletzt gebliebener Haut Spuren stumpfer Gewalt entdeckt, die vom Heft des Beils auszugehen scheinen, mit dem der Junge arbeitete. Thereses Holzschuh entging der Aufmerksamkeit, er war nach dem Aufschlagen auf Pauls Kopf durchs Schuppenfenster zurückgeprallt und nur wenige Schritte von Therese entfernt zu liegen gekommen.

Therese hat den Vorgang bis zur Gunnar-Lennefsen-Expedition nicht fassen, nicht behalten können. Josepha, die die Ereignisse auf der imaginären Leinwand kommentiert, bittet um eine Pause, sie ist hungrig. Der Hunger schiebt sich vor eine große Übelkeit, die davon herzurühren scheint, daß das Wasser in ihren Lungen zu kondensieren beginnt. Therese nimmt Brotwürfel aus dem Gurkenglas, bestreut sie mit Käse. Als Josepha zulangen will, bemerkt sie jenen Holzschuh in ihrer Hand, mit dem Therese einst ihren Bruder Paul erschlug, um ihn einem qualvollen Gifttod zu entreißen. Da aber weint die Alte ein hemmungsloses Weinen zwischen die Seiten des Expeditionstagebuchs.

Später glaubt Josepha zu bemerken, wie sich Thereses Haut und Muskeln straffen, wie sich die dorrenden Brüste zu jugendlichen Kuppeln erheben, wie sich das graue Haar mit frischem Ton bräunt und die Finger gelenkiger nach Josephas Hand greifen. Es ist jene Therese, die aus dem Photo über dem Kopfende des Bettes, aus den ersten Kriegsjahren in die Zukunft lächelt, die am ersten Tag der Gunnar-Lennefsen-Expedition wiederum Gegenwart ist. Josepha reibt Thereses Schläfen und das im Schluchzen sich hebende und senkende Brustbein mit einem vietnamesischen Fett ein, das man in Drogerien zur Linderung verschiedener Schmerzzustände kaufen kann.

Therese diktiert Josepha in bündigen Sätzen den eben erinnerten Sterbevorgang ihres Bruders Paul. Langsam kehrt ihr Kopf zurück in die begonnene erste Nacht der Expedition. Mit dieser Rückkehr wird auch ihr Leib wieder der einer alten Frau. Josepha legt das Expeditionstagebuch unter Thereses Kopfkissen, ehe sie sie zu Bett bringt, ihr ein Achtelchen Apfel auf die Zunge schiebt und für den nächsten Abend ein Gespräch in Aussicht stellt, weil sie sich nicht mehr sicher ist, der alten Frau eine solch gefahrvolle Reise zumuten zu können.

In jener Stunde, in der Josepha und Therese mit vereinten Kräften längst vergangene Ereignisse heraufbeschwören, nimmt für die alternde Kleinbürgerin Ottilie Wilczinski im bayerischen N. eine ziemliche Aufregung ihren splitternden Anfang: Die Bildröhre ihres für neunhundert D-Mark erstandenen Farbfernsehgerätes implodiert während einer für die Fabel des laufenden amerikanischen Spielfilms wichtigen Kußszene. Ottilie bringt es lediglich zu einem Schrei, der so kurz ausfällt, daß er stumm bleiben muß. Derlei hat sie in ihrem seit dem Jahre neunzehnhundertsechzehn währenden Leben noch nie gesehen, und dabei spielten sich schon enorme Wechselfälle vor ihren markerschütternd blauen Augen ab. Ottilie Wilczinski wagt nicht gleich, den Fernsehmechanikermeister Franz Reveslueh anzurufen, es ist immerhin zwanzig Uhr achtundfünfzig. Sie breitet über den Ort des Unglücks ein altes, weißes Laken, das einst ausreichte, das gemeinsame Bett der Eheleute Wilczinski, Ottilie und Bodo, mit seiner kühlen Frische zu überziehen. Schweiß, Sperma und gelegentlich Tränen hatte es in sich eingesogen, um immer wieder durch Ottilies Hand von den gelblichen Flecken befreit zu werden und dann lustig im Garten zu flattern. Diese alte Flagge der Ergebung bedeckt nun den hölzernen Kasten, der seit Jahren schon Ottilies Fenster zur Welt ist. Sie wagt nicht, ins Bett zu gehen, ist ihr die stille, einsame Wohnung doch plötzlich nicht mehr geheuer. Wüßte sie sich nicht durch den täglichen Vergleich der Lebensmittelpreise in den verschiedenen Gegenden der Stadt, durch die aufklärenden Sendungen des Dritten Fernsehprogramms und durch die wöchentlichen Besuche der Nachbarinnen fest mit dem Irdischen verbunden, so könnte sie sich durchaus auf ihre einstigen magischen Kräfte besinnen. Aber die sind längst einem praktischen Lebenssinn gewichen, der ihren Händen von Zeit zu Zeit eingibt, Pullover für die armen Waisenkinder zu stricken und abgelegte Kleidung in der Städtischen Irrenanstalt abzugeben. Dort allerdings wird ihr oft schummrig zumute. Sie fühlt sich hingezogen zu dem durchscheinend gelben Greis, der sie stets beauftragt, seiner alten Mutter irgendwo jenseits der Anstaltsmauern von seinem Blasenkatheter zu erzählen. Auch dieses Mädchen fasziniert sie, das sie immer schon spürt, ehe sie es sehen oder hören kann. Wenn es dann aus der Tiefe eines der langen Gänge auftaucht, immer im Rücken Ottilies auf diese zuschwebt, sie von hinten bei den Händen faßt und mehrmals um sich selbst dreht, lautlos lacht und nach dem Löffelchen Zeit fragt wie nach einer Arznei, die man ihm seit langem versagt, ist es Ottilie stets, als habe sie all das schon einmal erlebt. Zwar steht sie ratlos vor den geröteten Augen des Mädchens, doch fühlt sie sich an etwas sehr Vertrautes erinnert. Bei Ottilies erstem Anstaltsbesuch Mitte der fünfziger Jahre war es gewesen, als sich beim Betreten des Pförtnerhäuschens – sie hatte dem Pförtner ihr Kleiderbündel gezeigt und gefragt, wo sie es abgeben könne – plötzlich die Schnürsenkel ihrer neuen schwarzen Lederschuhe aus den Löchern flochten, die Füße sich wie von selbst aus den Schuhen hoben und ihr Blick den Pförtner um ein Tänzchen bat. Auf diese Weise fand sie ihren ersten Ehemann. Der war froh, angesprochen zu werden von einer Frau. Fünfzigjährig, hatte ihn seine lebenslange Scheu stets daran gehindert, sich in eine Frau hineinzuwagen, in ihre Geheimnisse oder was er dafür hielt und sich ausgemalt hatte in seinen einsamen Jahren. Ottilie nahm ihn an jenem Oktobertag des Jahres 1954 mit in ihre Wohnung und drängte ihn, ihren seit Kriegsende unberührt gebliebenen Leib auf männliche Weise wieder zu öffnen. Bodo Wilczinski vergrub sich daraufhin zwischen den Frauenbrüsten und ließ nicht nach, Ottilie beizukommen. Kurz vor der vierunddreißigsten nächtlichen Ejakulation schrillte jedoch der Wecker und trieb den entbrannten, euphorischen Bodo Wilczinski in dessen Pförtnerhäuschen zurück. Kaum war er dort angekommen, hob sich seine dem Schnitt der Zeit entsprechend weite Hose unter dem enormen Schwelldruck seines Gliedes, und Bodo Wilczinski entleerte sich, das Unterbrochene vollendend. (Der dabei entstandene Fleck im Schrittbereich der Hose wurde nie mehr trocken, so sehr sich Ottilie auch in den Wochen nach der stillen kleinen Hochzeit bemühte, ihn mittels der Hitze ihres Bügeleisens verdampfen zu lassen. Zwar zischte es jeweils laut, aber der Fleck erstand immer wieder in gleichbleibend warmer Nässe, und stets roch er so stark nach Mann und Frau, daß auch Ottilie zwischen den Schenkeln feucht wurde. Weil sie sich dadurch aber nicht von den vielen praktischen Verrichtungen ablenken lassen wollte, ließ sie die Hose eines Tages im Mülleimer verschwinden.)

Ottilie bereitet sich im Wohnzimmer, unweit des Unglücksortes und ebenso unweit des Telefons, auf der Couch ein provisorisches Nachtlager und vergißt vor Aufregung, ihre Barbiturate und Herzkräftigungsmittel einzunehmen. Im Dunkeln sieht sie noch einmal, wie Bodo Wilczinski sich mit unstillbarem Eifer müht, ihren fast vierzigjährigen Leib zu schwängern, wie er in den Mittagspausen aus seinem Häuschen in ihren Schoß gehetzt kommt, wie er stöhnt und klagt: ich-muß-mich-einholen-ich-muß-mich-endlich-einholen, wie dennoch ihre Periode niemals ausbleibt und sie nicht mehr Frucht tragen soll bis zum Einsetzen der Menopause, nach deren Beginn im zehnten Ehejahre Bodo Wilczinski eines Morgens im Bett liegenbleibt, ein letztes Mal in völliger Ruhe zwischen ihren Beinen seinen Samen läßt und zugleich sein Leben aushaucht, als sei er von dessen Vergeblichkeit endlich überzeugt. Es ist eine einfache Erinnerung, wie sie Ottilie beinahe täglich unterläuft, und doch beginnt sie, was ihr seit Bodos Tod nie mehr passiert war, erregt zu zittern. Sie beruhigt sich aber schnell, als ihr die Barbiturate im Badezimmerschrank einfallen und sie sich aufmacht, zwei

Tabletten zu schlucken. Schnell kommt nun der Schlaf, aus dem sie am nächsten Morgen benommen erwacht und den Mechanikermeister Franz Reveslueh anruft mit der Bitte, ihr aus ihrer mißlichen Lage zu helfen. Reveslueh kommt gegen neun Uhr dreißig. Er trinkt eine Tasse Kaffee mit Ottilie Wilczinski, er hat sie in Fernsehangelegenheiten stets gut beraten. Die beiden kosten Ottilies Erdbeerkonfitüre, die sie jahrs zuvor mit einem guten Schuß kubanischen Rums versetzt hat, um sie haltbarer zu machen und vor Moder zu schützen. Immerhin ist diese Erdbeerkonfitüre zwölf Jahre alt. Am Vorabend seines Todes hatte Bodo Wilczinski drei Körbe frischer Erdbeeren vom Markt mitgebracht und ihnen die Stielchen abgezupft, ehe er zu später Stunde mehrfach in Ottilie eingedrungen war. Nach seinem Einschlafen war Ottilie auf leisen Sohlen in die Küche geschlichen und hatte achtzehn Gläser Konfitüre gekocht. Daran also laben sich Ottilie Wilczinski und Franz Reveslueh. Mag es die Gunst der Stunde sein oder aber der kubanische Rum – beide werden lustig und rechnen einander ihre Lebensjahre auf, wobei Ottilie auf sechzig, Reveslueh auf fünf Jahre weniger kommt. Als müsse er ihr seine Jugend beweisen, fährt er ihr plötzlich mit der linken Hand ins Geschlecht. Er muß lediglich Ottilies Morgenrock ein wenig beiseite- und ihr Nachthemd hochschieben. Ihr Körper hat solche Berührung seit Bodos Tod vergessen und sehnt sich nach Belebung, so daß sich der Mechanikermeister Franz Reveslueh in das über Nacht unbenutzt gebliebene Ehebett legt, Ottilie dort geübt die spärliche Kleidung fortnimmt und schließlich noch einmal vorsorglich aufsteht, um die Wohnungstür abzuschließen. Im Unterschied zu Bodo Wilczinski erweist sich Franz Reveslueh als bedächtiger Liebhaber, der eine lange Freude an Ottilie finden kann.

Zur Mittagszeit wird er in seiner Firma zur Pause erwartet. Wohl oder übel muß er ein Ende finden, und er tut es auf Ottilies Bauch, in Höhe des Nabels, getrieben von einem in Jahrzehnten eingeübten Reflex, Schwängerung zu vermeiden. Als Ottilie ihn daraufhin aus ratlosen Augen anschaut, küßt er die alten Spitzen ihrer Brüste und bedankt sich bei ihr mit der Erklärung, er habe neun Kinder mit seiner Frau, obwohl er nicht genau wisse, ob er auch nur eines wirklich gewollt habe. Und so könne er keine reine Freude am Beischlaf mehr finden, wenn er auf dessen Ende sähe, und habe sich entschlossen, es zu gegebener Zeit außerhalb der Frau stattfinden zu lassen. – Mit wenigen Handgriffen paßt Franz Reveslueh noch eine neue Bildröhre in Ottilies Fernsehgerät ein. Kein Geld nimmt er von ihr, verabschiedet sich statt dessen ohne Anflug von Sentimentalität, mit aufrichtiger Dankbarkeit, die Ottilie, von seltsamen Ahnungen durchbebt, erwidert. Schließlich kocht sie eine rasche industrielle Suppe, um sie zu den Dreizehnuhrnachrichten unruhig zu verzehren.

Zur selben Zeit, nur liegt eine im Jahre neunzehnhundertneunundvierzig anscheinend endgültig befestigte Grenze zwischen ihren Ländern, geht auch Josepha in die Mittagspause und erbittet von ihrer Vorgesetzten die Erlaubnis, eine Portion Werkessen zu Therese bringen zu können. Sie hat die Urgroßmutter am Morgen nur widerstrebend alleingelassen, glaubt sie sie doch geschwächt von den Ereignissen der letzten Nacht, dem Aufbruch der Gunnar-Lennefsen-Expedition. Um so erstaunter ist sie, Therese schaukelnd im großen Ohrensessel zu finden, das Gesicht von blassem Frieden geweißt, der sie zwar erschöpft, aber auch leichtgemacht hat. Beim Essen – Josepha lädt Knödel, Gulasch und genelkten Rotkohl aus den verschiedenen Assietten auf die Teller – erzählt Therese, wie sie im Bewußtsein ungeahnter Kraft aufgewacht war und sich beim Löffeln der morgendlichen Haferflockensuppe darüber gefreut hatte, dem Schicksal des Bruders die eigene Stirn geboten zu haben. Ja, sie selbst war es gewesen, die einen der Sippe, einen der Ihren vor entsetzlichen Schmerzen bewahrt und ihm einen einfachen Tod gegeben hatte. Nun besteht sie darauf, die Expedition wie geplant fortzusetzen. Zum Schlafen will sie den Nachmittag nutzen und Kräfte sammeln, um ähnlich aufwühlenden Ereignissen wie denen der Nacht zuvor gewachsen zu sein. Zwar ist Josepha noch immer besorgt, Therese zuviel zugemutet zu haben, aber

25

deren Entschlossenheit macht sie stumm. Sie fährt mit dem Fahrrad zurück in die Fabrik, wo für den Nachmittag eine Versammlung angesetzt wurde, die allerdings wegen Unpäßlichkeit der Referentin – es sollte über die Vereinbarkeit von Beruf und Mutterschaft gesprochen werden – abgesagt wird. Josepha stürzt sich mit beinahe blindem Eifer in die Arbeit. Blind, denn sie sieht schon lange nicht mehr, wer zum Beispiel am einundzwanzigsten Juni Geburtstag hat und welches Abkommen etwa am zweiten August neunzehnhundertfünfundvierzig unterzeichnet wurde. Und wenn sie es weiß, bleiben diese Dinge doch weit entfernt im Vergleich zu dem, was sie sich von den nächtlichen Unternehmungen mit Therese erhofft. Die durchmustert im Abendsonnenschein, den Josepha über dem täglichen Einkauf nicht sieht, das Expeditionstagebuch nach einem Schlüssel, der für die nächste Etappe geeignet scheint. Und wirklich notiert sie nur Augenblicke später auf einem Blättchen Papier die Worte BLAUE PHIOLE und stellt das Radio in der Küche an. Sie ist ein wenig erstaunt, Zarah Leander zu hören, die wie vor Jahrzehnten ein irgendwann eintretendes Wunder prophezeiht. Bald aber bemerkt sie, daß nicht Zarah Leander singt, sondern ein Wesen, für dessen Geschlecht sie nicht ihre Hand ins Feuer legen möchte. Dennoch rührt es sie, daß jemand von den jungen Leuten sich auf vergangene Zeiten besinnt und dem Lied einen Tonfall unterlegt, den sie bisher nie herausgehört hat und der sie in gleichem Maße fasziniert wie abstößt. So ruft sie im Zustand einer gewissen Verunsicherung Ambivalentia, die Göttin der Doppelwertigkeit an, von der sie sich gestraft fühlt, und bittet, das alte Weib, das sie nun einmal ist, loszulassen. Ambivalentia jedoch lächelt und kaut am blutigen Brot der Dialektik. Dem suchenden Blick Thereses nicht sichtbar, ist sie an allen Orten zugleich. Nein, sie hält die alte Frau nicht fest, sie hat einfach schon immer in den Dingen beschlossen gelegen.

11. März 1976:
Zweite Etappe der Gunnar-Lennefsen-Expedition
(Stichwort im Expeditionstagebuch: BLAUE PHIOLE)

Bei Einbruch der Dunkelheit ziehen Josepha und Therese die Vorhänge ihrer Wohnzimmerfenster zu, murmeln das Codewort und spannen die imaginäre Leinwand. Scharfer Karbolgeruch zieht durch den Raum und versetzt die Frauen in einen Saal des Krankenhauses der Barmherzigkeit zu Königsberg, das im Jahre neunzehnhundertsechzehn eine Vielzahl an Wundstarrkrampf erkrankter Patienten aufnehmen mußte. Therese sieht sich in einem der zwanzig Betten liegen. Sie ist vor zwölf Wochen von einem dicken Mädchen entbunden worden, dessen uneheliche Geburt die Schlupfburgs nicht unerwartet traf. Seit Generationen waren die Kinder der Schlupfburgfrauen unehelich zur Welt gekommen, und sie hatten – freilich nicht immer aus freien Stücken – diese Tradition auch ihren Töchtern und Enkelinnen in die grob gezimmerten Wiegen gelegt. Nun aber liegt Therese mit Tetanus darnieder. Das Stillen des Säuglings hat einstweilen Großmutter Agathe übernommen, deren Brüste aus Milchzeiten nie herauszukommen scheinen. Seit zwanzig Jahren stillt sie ununterbrochen, elf Kinder haben sich an ihrer Milch großgetrunken, und bis auf Paul sind alle am Leben. Therese atmet flach, mit kaum geöffnetem Krampfmund. Ein bebrillter Arzt hatte die junge Mutter nach einem Hausbesuch sogleich ins Hospital gebracht. Untrüglich liegt der Schimmer des Verderbens auf der Gesichtshaut Thereses, und sie sieht, riecht und hört beinahe nichts außer dem eigenen Elend, das sie sich beim Krautschneiden zugezogen haben muß. Agathe zieht in verschiedenen Winkeln des Hauses und auf Fensterbrettern in tönernen Behältnissen Kräuter, mit denen sie kräftige Eintöpfe würzt, die wiederum eine scharfe Berühmtheit unter den ärmeren Leuten des Dorfes erworben haben. Aber auch der junge August Globotta, der mehr als nur ein Auge auf Therese geworfen hat, weiß die Suppen zu schätzen, die ihm heimlich durch eine kleine Luke in der Wand des Treppenflures hindurchgeschoben werden, wenn er Therese zur Mittagszeit mit Klopfzeichen lockt. August Globotta ist der erstaunlich zärtliche Sohn des ostpreußischen Gutsherren Friedrich Wilhelm Globotta, auf dessen Hof Therese seit ihrem fünfzehnten Jahr Silber putzte.

Die Unheil abwendenden Kräuterdüfte der Schlupfburgschen Eintöpfe ziehen in kleiner werdenden Abständen auch Lehrer Weller, in dessen Klassenraum sich alle schulpflichtigen Schlupfburgkinder ihre täglichen Sitz- und Prügelblasen holen, ins Haus und zu Tisch. So auch am Tage, da sich Therese beim Krautschneiden infiziert haben muß. Lehrer Weller ist gerade recht gekommen, denn Thereses Eltern überlegten seit Wochen, den sechzehnjährigen Max auf die Höhere Technische Staatslehranstalt für Hoch- und Tiefbau in Königsberg zu geben, aber sie kennen Mittel und Wege dorthin nicht. Studierte hatte es in der Familie zu keiner Zeit gegeben, jedoch läßt Max' handwerkliches und technisches Geschick eigentlich keinen Zweifel an seiner Berufung. Seine letzte Arbeit ist die Installation eines Be- und Entlüftungssystems im Schlupfburgschen Wohnhause gewesen: Durch ein undurchschaubares Gewirr von Röhren, Filtern und Rädern war es möglich geworden, auch die dumpffesten Moderwinkel des Hauses mit so viel Sauerstoff anzureichern, daß Thereses Mutter lichtempfindliche Kräuter ohne Schwierigkeiten heranziehen kann und überdies weiß, was in allen zum Anwesen gehörenden Räumen geschieht. Mit dem Sauerstoff ziehen nämlich nun auch die Aromen des Lebens durchs ganze Haus: Die leibwarme, frisch gemolkene Milch aus den Ställen füllt die Schlafkammern der Kinder mit wohligem Dunst, die Schweine fressen ihr Futter im Duft der herrlichen Eintöpfe, der Geruch der Lauge aus dem Waschhaus reinigt die sich zuweilen verklärenden Sinne der Heranwachsenden, und alle im Haus erwachen des Morgens besonders friedlich, wenn Wolken elterlichen Beischlafs, der auch nach elf gemeinsamen Kindern ohne den Segen von Staat und Kirche erquickend verläuft, unter den Zimmerdecken hängen. Zwei Wochen der Existenz des Systems reichten aus, die olfaktorischen Sinne der

Familienangehörigen so weit zu schärfen, daß man nun allezeit jedermann im Haus orten kann, was das Tagwerk natürlich erleichtert. Lehrer Weller läßt sich, während er die gelben Erbsen genüßlich löffelt, von alledem breit erzählen und meint, das Provinzialschulkollegium in Königsberg auf die Begabung des Jungen hinweisen zu wollen. In mütterlicher Erregung beginnt Agathe Schlupfburg bei dieser Mitteilung zu schwitzen, was der in der Küche hantierenden Therese dank Max' System nicht verborgen bleibt. Vom besänftigendsten aller Kräuter schneidet sie ein Sträußchen, um es in die nächsten Erbsenportionen zu rebbeln. Allerdings wird Thereses Herz durch die untrüglich werbenden Klopfzeichen des zärtlichen August Globotta erschüttert, so daß sie sich in den Finger fährt. Durch diese Liebeswunde haben die Tetanusbakterien leichten Zutritt zu ihrem stillenden Körper. Sie gibt das Kraut noch an die dicken Erbsen und trägt auf, dann aber windet sie sich aus der Schürze und verläßt springend das Haus, denn des zärtlichen Globottas Auftritt könnte von jedermann bemerkt werden: Er schwitzt einen sehr ostelbischen, junkerlichen Schweiß, obwohl er Therese durchaus ehrlich anhängt. Er ist der Vater ihrer Tochter Ottilie, deren Zeugung im väterlichen Schlafzimmer er in Abwesenheit der herrschaftlichen Eltern keineswegs hatte erzwingen müssen. Therese war ihm freundlich entgegengekommen, und August Globotta hatte sie entschlossen defloriert. Nach den verschiedensten Freuden schwollen Thereses Brüste und Hüften, zeigten sich Risse in der Unterhaut ihres Bauches, erwiderte sie das Verlangen des Freundes mit häufigen Launen. Ohne Aufregung fühlte sich Agathe zur Großmutter altern und fragte nach dem Vater des Enkelkindes nicht, während die Herrschaften auf dem Globottaschen Hofe über das dickwerdende Mädchen lächelten, ehe sie es bei Einsetzen der Wehen aus ihren Diensten entließen. Therese preßte mit Hilfe einer entfernten Verwandten, der Jewrutzke, das gutsherrliche Enkelchen unter Gottes Sonnenlicht und war im Kreise ihrer Sippe gut aufgehoben. Auch im Dorfe regten sich weder Klatsch noch Tratsch, denn man kennt das Schicksal der Schlupfburgfrauen seit Generationen.

Am besten war immer noch gewesen, es anzunehmen, was den Betroffenen einen anstandshalber begangenen Selbstmord und dem Dorf den Verlust tatkräftig arbeitender junger Frauen ersparte. So oft sie kann – und das ist selten genug – trägt Therese die kleine Ottilie in deren Vaters Augenschein. Nichts könnte August Globotta auf den Gedanken bringen, Therese zu ehelichen. Er ist ganz froh mit ihr in der Gegenwart, während das Wort *Ehe* eine vorherbestimmte Zukunft bezeichnet. Es stört ihn keineswegs, daß zehn Wochen nach Ottilies Geburt Friedrich Wilhelm Globotta des zärtlichen Augusts Verheiratung gebietend in Aussicht stellt und ihn zu diesem Zwecke auf das Gut seines alten Militärfreundes sendet, dessen Tochter auf die Erfüllung ihrer herangereiften fraulichen Pflichten besteht und überdies als einziges Kind ihrer Eltern reichen Gewinn mitgiftend in die Ehe zu bringen verspricht. Vor seiner Abfahrt nun kommt der zärtliche August, Therese den Abschied zu geben. Freilich denkt er nur an den bis zu seiner Wiederkehr. Die beim Krautschneiden verletzte Therese liegt über kurz erschöpft im herrschaftlichen Hafer und spürt, wie sie wiederum Frucht zu tragen beginnt. Die wächst aber in eine große Trauer hinein, denn einem verheirateten August, mag er noch so zärtlich sein, will sie nicht als Nebenfrau anhängen, und so benutzt ihr zum zweiten Male befruchteter Leib den Wundstarrkrampf, eine Menge Leides in furchtbarem Fieber auszuschwitzen.

Als die imaginäre Leinwand den Hergang der Tetanusinfektion im Jahre neunzehnhundertsechzehn erschöpfend wiedergegeben hat, taucht die alte Jewrutzke an Thereses Krankenbett auf und zieht unter ihrem Rock eine winzige bläuliche Phiole mit angetrübter, gerade noch durchscheinender Flüssigkeit hervor. Sie, die Schwangerschaften bereits mit einem Händedruck diagnostizieren kann, weiß seit ihrem ersten Besuch vor zwei Tagen vom Zustand ihrer jungen Verwandten. Der Zufall wollte es, daß sie nur Stunden nach jenem Besuch ins Haus des sozialdemokratischen Arbeiters Wilhelm Otto Amelang, der in der Gas-Anstalt am Bahnhof Holländerbaum arbeitet, gerufen wurde, um dessen Frau von einer Tochter, später Senta Gloria genannt, zu entbinden. Viel Fruchtwasser floß herab vom Küchentisch, auf dem die Frau Amelang sich wand, so daß es der Jewrutzke nicht schwerfiel, ein weniges davon in ihrer blauen Phiole zu fruchtabtreibendem Zwecke aufzufangen. Das tut sie, so oft sie kann, weiß sie doch eine große Zahl Frauen, die ihren Schwangerschaften nicht mehr beizukommen vermögen und Beistand erbitten. Jewrutzkes blaue Phiole treibt Frucht ab und verpackt den Vorgang in ein wenig Fieber und influenzaähnlichen Symptomen, so daß niemand eine Straftat vermuten und mit der Polizei drohen kann. Und nun ist der Tag gekommen, an dem auch Therese Schlupfburg ihrer Hilfe bedarf. Das Glück mit dem zärtlichen August ist ausgelaufen in den Hafen einer fremden Ehe. Die Jewrutzke hatte sogleich gesehen, daß der Ausbruch des Wundstarrkrampfes einem Abort nur entgegenkommen konnte, und so gibt sie unter Kopfschütteln und leisem Reden Therese vom Fruchtwasser zu trinken, in dem Senta Gloria Amelang dem Leben entgegengeschwommen war. Die üblichen Zeichen solcher Abtreibung bleiben im Dickicht der Krankheit stecken, Jewrutzke wirft das Klümpchen möglichen Lebens in einen Gully der städtischen Kanalisation, und Therese gesundet. (Nicht wissen können die Beteiligten, daß das Fruchtwasser Senta Gloria Amelangs das Schicksal mehrerer Familien unentrinnbar verbinden wird, aber das ist ein noch unbestelltes Feld: Die imaginäre Leinwand zeigt riesige Äcker, ehe sie in einem Loch in der Mitte des Raumes zusammenfällt.)

Auch nach dem zweiten Ausflug der Gunnar-Lennefsen-Expedition sieht Josepha ihre alte Therese gleichsam erschöpft und verjüngt, nur weint diese nicht, sondern greift nach Brotwürfeln, um sie zwischen den Zähnen knirschend zu zermahlen. Sie trägt des zärtlichen Augusts Male der Liebe am Hals, als Josepha ihr das verwitterte Haar hinter die Ohren streicht, um ihr in die Augen sehen zu können. Als auch Josepha Brot kaut, verblassen die Flecke. Das Gesicht beginnt in die Gegenwart zurückzualtern und gibt Josepha zu lesen auf zwischen den Falten. Das hat sie ohnehin gelernt in den Jahren ihres Lebens zwi-

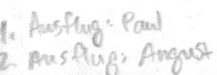

31

schen Thereses mütterlichen Röcken und Blicken. Josepha liest Augusts Lust aus Thereses Augenwasser, sie riecht den Duft des besänftigenden Krautes hinter Thereses Ohren und unter dem Kinn, sie sieht den Fieberschweiß perlen über den Rücken der Nase und die Trauer der Unwiederbringlichkeit um Thereses Mund. Noch ehe Josepha Fragen stellen kann, entschläft ihr die Alte in die Nacht hinein. Josepha trägt Therese ins Bett und geht mit sich schlafen: Der nächste Tag des Kalenders ist rot mit einem Zahnarztbesuch, blau mit einer Dienstbesprechung und schwarz mit einem abendlichen Besuch bei der Freundin Carmen Salzwedel vorsorglich und nahezu völlig ausgefüllt worden, denn zwischen den drei notierten Ereignissen haben noch neun Stunden Arbeit stattzufinden, ein Einkauf und das Vervollständigen des Expeditionstagebuches.

Für die alternde Kleinbürgerin Ottilie Wilczinski jenseits der Grenze bringt der zweite Ausflug der Gunnar-Lennefsen-Expedition diesseits der Grenze wiederum den Verlust der Bildröhre mit sich. Um den Zusammenhang beider Ereignisse kann Ottilie vorerst freilich nicht wissen, so daß sie in einem Anfall erschrockenen Zitterns jenen Satz wiederholt, den der Kommentator ihres Fernsehprogramms vor dem Zusammenbruch des Bildes in ihr Wohnzimmer hineingesprochen hatte: Und so lassen Sie uns, liebe Zuschauer, protestieren gegen die Unfreiheit des totalitären Systems im Osten unseres Vaterlandes. Diesen Satz ruft sie auch aufgeregt dem Fernsehmechanikermeister Franz Reveslueh durchs Telefon zu, sie wagt ihn nun doch zu später Stunde anzurufen. Franz Reveslueh aber hält diesen Satz für die codierte Aufforderung zu neuerlichem Beisammensein, und da seine Ehefrau sich auf den Abend zu einem der Söhne aufgemacht hat, um dessen Frau im Häkeln zu unterweisen, setzt er seine dunkle Schirmmütze auf, der man landläufig den Namen des amtierenden sozialdemokratischen Bundeskanzlers beigegeben hat, wirft sich den legeren Trenchcoat über und machte sich zu Fuß auf den Weg, Ottilie Wilczinskis vermeintlicher Einladung zu folgen. In der unverschlossenen Wohnungstür meint er einen Wink zu sehen und findet die zitternde Ottilie auf der Couch des Wohnzimmers. Sie begrüßt ihn, indem sie ihm bebenden Auges ihr *Undsolassensieunsliebezuschauer* ... entgegenhaucht. Natürlich erkennt Franz Reveslueh den erbärmlichen Seelenzustand Ottilies, als er die Reste der neuerlich implodierten Bildröhre erblickt und sich jenes vor Wochen gelaufenen Horrorfilmes erinnert, in dem eine alte Frau alles zerbrach, was sie mit ihrer linken Hand berührte. Gleichzeitig empfindet er Scham darüber, Ottilies Anruf auf seine Weise mißdeutet zu haben, und er küßt, Entschuldigung heischend, ihre beperlte Stirn. Einige Überlegung veranlaßt ihn dann, jenes Krankenhaus anzurufen, in dem sie nach wie vor ihre Kleiderbündel abgibt, und das ihrem Gatten Bodo langjährige Wirkungsstätte gewesen war. Nach zwanzig Minuten trifft ein Wagen des Rettungsdienstes ein und nimmt Ottilie mit. Franz Reveslueh hat sich aus Gründen der Diskretion vorerst nach Hause begeben. Dort holt er eine passende Bildröhre aus dem Materiallager seiner Firma und kehrt in Ottilies leere Wohnung zurück. Er repariert das Fernsehgerät und bringt aus dem Keller ein Gläschen Erdbeerkonfitüre mit, das er auf einem Umweg im Krankenhaus abgibt. All das dauert nicht so lange wie die Häkelstunde seiner Frau, so daß er zehn Minuten früher als sie nach Hause kommt, den Geruch der anderen Wohnung von seinem Leib duscht und in jenem Augenblick das Licht löscht, in dem seine Frau die Straßenschuhe abstreift, um in ihre Pantoffeln umzusteigen.

Ottilie Wilczinski aber hat sich dem Druck der Psychopharmaka gebeugt und liegt ruhig in ihrem Krankenhausbett. Zuvor hatte eine junge Ärztin vergeblich versucht, ihr anamnestische Angaben für das Krankenblatt zu entlocken. Jener Satz des Kommentators ist es, den sie unausgesetzt wiederholt. Weil man befürchtet, Ottilie könne andere Patienten zu hysterischem Aufbegehren gegen totalitäre Systeme aufstacheln, gibt man ihr ein Zimmer für sich allein. Die Sorge des Personals um Ottilie Wilczinskis aufrührerisches Potential erweist sich aber als unbegründet.

In den kommenden Tagen soll sie psychotherapeutischen Versuchen, ihren Schockzustand aufzulösen, mit großer Kraft standhalten, so daß der der Klinik seit geraumer Zeit vorstehende Professor den Versuch ins Auge faßt, ihn mit Hypnose zu durchbrechen. Er bereitet sich darauf vor, indem er den Fernsehmechanikermeister Franz Reveslueh in seine Sprechstunde einlädt, erhofft er sich doch von dem Manne Auskünfte über den Hergang des Geschehens. (Franz Reveslueh's Name fand sich in den Aufnahmepapieren, er war beim telefonischen Notruf vermerkt worden.) Reveslueh schleicht sich während einer vorgeblichen Dienstfahrt in die psychiatrische Klinik. Bevor er allerdings das Zimmer des Professors erreicht, treibt ihn ein gewisser Drang in die Nähe der geschlossenen Frauenstation, wo er Ottilie Wilczinski zu sehen hofft! Die störrische Schwester verweist ihn nach seinem Klingeln auf die fünf Stunden später angesetzte Besuchszeit. Geknickten Geschlechts steht er schließlich dem Professor gegenüber, der, wie ihm plötzlich einfällt, jener Gilde angehört, die von seiner Ehefrau als die der Klapsgreifer und Graupenjäger bezeichnet wird. Zwar sucht man in des Professors Gesicht vergeblich nach den Malen innerer Entzweiung, aber Franz Reveslueh glaubt doch, von Zeit zu Zeit über dem Kopf des Arztes eine Gloriole zu erblicken, in der ein leuchtendrosa Vöglein seine lustigen Runden fliegt. Das lenkt ihn von den Fragen ab, die ihm gestellt werden und die alle jenen Abend betreffen, an dem die Gunnar-Lennefsen-Expedition zum zweiten Male aufbrach, was der Professor und Franz Reveslueh natürlich nicht wissen können. Letzterer setzt sein fragendes Gegenüber davon in Kenntnis, daß er bereits in der Frühe bezeichneten Tages eine am Vorabend zweifelsfrei implodierte Bildröhre in Ottilie Wilczinskis Fernsehgerät durch eine neue ersetzt hatte. (Dabei erwähnt er nicht, wie nahe er seiner Kundin im Vorfeld der Reparatur gekommen war.) Auch dem Professor fällt, wie am Unglücksabend Franz Reveslueh, jener Horrorfilm ein, der für alte Damen durchaus seelische Drangsal mit sich bringen mag. Er schließt, daß auch seine Patientin den Film gesehen und in aufeinanderfolgenden Implosionen Winke eines bevorstehenden furchtbaren Schicksals erahnt haben könnte. Ein alterndes Herz ist nach seiner Auffassung kein schlechter Ort für bedrohliche Gedanken, wobei auch der Vorgang der Implosion selbst beeindruckend genug gewesen sein könnte, einen Schock auszulösen. Das bringt den Professor dazu, Franz Reveslueh um eine ausgediente Farbbildröhre zu bitten, mit der er Ottilies Heilung einzuleiten gedenkt. Am nächsten Morgen versammelt er das Klinikpersonal und hypnotisiert Ottilie Wilczinski mit solcher Leichtigkeit, daß ihm über Minuten hinweg nicht klar ist, ob er seine Patientin erreicht hat oder nicht. Als er sich seiner Sache sicher ist, spricht er Datum und Situation des Unglücksabends in Ottilies Gesicht. Dem eingeweihten Krankenhausgärtner genügt ein kurzer Wink, und er fordert mit pastöser Stimme seine Zuschauer auf, gegen die Unfreiheit des totalitären Regimes im Osten des Vaterlandes zu protestieren. Mit einer Harke zertrümmert er die aufgebahrte Bildröhre und löst damit einen vielstimmigen Aufschrei des Personals aus. Viel bedeutungsvoller hingegen: Ottilie Wilczinskis Schreckstarre bricht. Splitter der Röhre verletzen sie im Gesicht, und sie starrt auf die Pfützchen Blutes, die sich zu ihren Füßen sammeln und ihrem eigenen Leibe entlaufen sein müssen. Sie spürt, wie ein tiefes Erinnern an jenen Stellen ihrer Seele einsetzt, die sie nach dem Ende des letzten Krieges gewöhnlich mit Häkeldeckchen und Wohlfahrtspäckchen bedeckt hat. Ihr ist, als liefe ihr altes Blut aus, um einem neuen Platz zu machen. Die Ärzte, Schwestern und Wischfrauen haben indes mit Wundverband und Desinfektion des Fußbodens reichlich zu tun und bemerken nicht, wie sich Ottilies geweitete, eher erstaunte denn wissende Augen auf einen Punkt in der Ferne konzentrieren, der immer näher zu kommen scheint und sich, als er etwa zwei Meter vor ihrer Nasenwurzel steht, als Abbild eines männlichen Neugeborenen entpuppt. Ottilie Wilczinski beginnt zu schielen, bis das Bild des Kindes durch die Pupillen hindurch ihren Körper erreicht, das Chiasma opticum passiert und sich als Gewißheit in ihrem Hirn einnistet: Sie ist schwanger. Sie spürt, wie sich der Keim in ihrem Bauch zur Morula teilt, und sie weiß, es wird noch viel, viel dicker kommen.

APRIL

Diesseits der Grenze sind drei Wochen vergangen, ohne daß an einen erneuten Aufbruch der Gunnar-Lennefsen-Expedition zu denken gewesen wäre. Josepha braucht – wider Erwarten – mehrere Abende, um die Ereignisse auf der imaginären Leinwand detailliert im Expeditionstagebuch zu vermerken. Hilfreich ist ihr dabei ein Stadtplan Königsbergs, den sie in einem Brockhaus aus dem Jahre neunzehnhunderteinunddreißig findet und den ihre Freundin Carmen Salzwedel photokopiert. So errechnet sie die Zeiten, die die alte Jewrutzke im Jahre neunzehnhundertsechzehn von ihrer Wohnung im Stadtteil Sackheim zum Krankenhaus der Barmherzigkeit, zum Bahnhof Holländerbaum und dem in der Nähe ansässigen Otto Amelang und jeweils zurück gebraucht hat. So macht sie sich ein Bild von der Dauer der frühen Leiden ihrer alten Therese, die in den Tagen nach den bisherigen Ausflügen der Gunnar-Lennefsen-Expedition von Zitteranfällen geplagt wird. Trüb bleiben nun die Nächte, in denen sich Therese zu chemisch provoziertem Schlaf entschließt, da ihr die Schlaflosigkeit ein gut Teil ihrer Kräfte fortfressen würde. Und sie ist doch aus auf Erholung, auf Ermutigung zu neuen gedächtnisinnigen Abenteuern! Beide Frauen sprechen kaum über die vergangenen Ereignisse. Es ist eine neue Art Wissen, die sie miteinander verbindet. Barfuß sind sie eingetreten in längst Vergangenes, dessen Spuren sie wohl selbst sein mußten, wie Josepha es eines Morgens Therese im Korridor entgegenspricht, ehe sie die Wohnung verläßt, um erstmals die landesübliche Schwangerenberatung aufzusuchen. Der Weg führt sie an einem Geschäft vorbei, in dessen Schaufenster rosa und hellblaue Jäckchen, Höschen, Mützchen und Schühchen rundlichen Babys Wärme verheißen und einen, wie Josepha findet, schweinchenhaften Habitus. Dennoch entschließt sie sich, ein weißes Jüpchen zu kaufen. Es ist unerwartet billig, so daß auch zwei der rationierten baumwollenen Windeln noch bezahlt werden können und Josepha auf dem Rest des Weges Zufriedenheit ausstrahlt. (Passanten fällt ihr selig lächelnder Gesichtsausdruck auf, der um diese Tageszeit nicht häufig im Straßenbild von W. zu sehen ist.) Zunächst will es ihr kaum gelingen, ihren Sozialversicherungsausweis in dem dafür vorgesehenen hölzernen Kästchen neben der Tür zur gynäkologischen Praxis zu deponieren. Es sind die alten Schwierigkeiten mit allen amtlichen Druckerzeugnissen: Sie entgleiten Josephas Händen wieder und wieder, entfalten ihre Blätter und fliegen, papierene Schmetterlinge, meist einen halben Meter fort oder schnippen einfach in die Taschen zurück, denen Josepha sie entnahm. Glücklicherweise kann hier niemand sehen, wie der grüne Ausweis einen Meter an der Wand emporklettert, um sich über der Tür fallen zu lassen, der gerade in diesem Augenblick aus dem Sprechzimmer tretenden Schwester vor die Füße. Die hält das Aufklatschen des Ausweises für einen Ausdruck erhöhter Erregung der zum erstenmal vorsprechenden Josepha und tätschelt deren Hand, wobei sie derb und belustigt den noch flachen Bauch knufft. Als sie sich überzeugt hat, daß die anderen wartenden Frauen nichts bemerken können, nimmt sie Josepha außer der Reihe ins Zimmer. Der April hat eben begonnen, so daß die sonnengebräunte Haut der Ärztin Josephas Aufmerksamkeit bindet, die sich ansonsten wohl am unwirtlichen Behandlungsstuhl und den kalt blinkenden metallischen Gerätschaften festhielte, wie sie für die tägliche Vielzahl immer gleicher Eingriffe ins weibliche Innere erforderlich sind. Forsch erfragt die gebräunte Ärztin den Termin der letzten Menstruation, Befindlichkeiten der ersten Schwangerschaftswochen und den Vater des zu erwartenden Kindes. Zu letzterem, sagt Josepha, wolle sie keine Aussage machen. Schon zieht überlegenes Grinsen auf, und Josepha beginnt, hinter der Sonnenbräune ein Heimsolarium und einen athletischen Mann zu vermuten, der der Ärztin massierend und schwangerschaftsverhütend die Figur erhält. Josepha zittert, sie denkt an Mokwambi Solulere, der ihren Leib in der Nacht vom neunundzwanzigsten Februar zum ersten März dazu gebracht hat, ein Herzblättchen zu häkeln, das nun Zellschicht um Zellschicht ins Jahr hineinwächst und dessen Vollendung die Ärztin kurz und knapp für den zweiundzwanzigsten November voraussagt. Sie heißt Josepha Schenkel spreizen, sich bloßlegen auf dem Stuhl, mit weißem Zellstoff unterm Hintern. Dann greift sie ein und spricht in unverständlichen Worten, die die Schwester in Josephas Akte schreibt. Als Josepha um Übersetzung bittet, wird ihr erwidert, sie habe schließlich auch geschwiegen auf die Frage der Fragen. Dem Kinde sei alles gut bisher. Die siebte Woche sei's und noch Zeit, sich fürs Alleinleben zu entscheiden. Josepha erhält einen Ausweis für Schwangere und Wöchnerinnen, den sie erst nach einigen vergeblichen Versuchen in ihre Tasche hineinbekommt. Da allerdings steht sie schon wieder vor der Tür des Sprechzimmers und sehnt sich nach Therese, die derweil einen Eintopf zubereitet. Die Rezeptur war ihr eingefallen, als sie die Ereignisse des zweiten Ausfluges der Gunnar-Lennefsen-Expedition hatte Revue passieren lassen und einen Hauch jener Erleichterung spürte, die ihr nach dem Abort im Krankenhaus der Barmherzigkeit zur Genesung verholfen hatte. Dabei nahm sie sekundenlang Karbol- und Fruchtwassergerüche wahr, und Minuten später zog für einen Augenblick die Duftmischung Schlupfburgscher Eintöpfe in ihre Nase. Diese Eintöpfe sollte es wieder geben. Thereses Art zu kochen hatte sich nach dem letzten Krieg der neuen Landschaft angepaßt. Bis auf Speckmus, Kürbissuppe und zuweilen ein Schlückchen saurer Sahne erinnerte wenig an die frühen Gewohnheiten Thereses, zu denen das Schmälzen des Kohls und das Ausbacken von Hefepurzeln in heißem Fett nur unter vielen anderen gehörten. Statt dessen gab es oft nassen Kuchen vom Blech nach Thüringer Art, grüne Klöße oder fruchtige Aufläufe, mit denen Therese auch ihren Enkel Rudolph in Mannesalter und Manneskraft hineingefüttert hatte. – Thereses Eintopf köchelt in Kümmel, als Josepha ihrer Meisterin eine Bescheinigung der Schwangerenberatung vorlegt, die sie für zwei Stunden des Arbeitstages entschuldigt und für Ende Mai erneut einlädt, sich von der bräunlichen Ärztin wiegen, vermessen, untersuchen und geringschätzen zu lassen. Über ihre Maschine hinweg ruft sie wenig später Carmen Salzwedel den voraussichtlichen Entbindungstermin zu, was diese mit einem entzückten Aufschrei quittiert. In der Pause sitzen die beiden Freundinnen in der Kantine zusammen. Carmen Salzwedel kauft zwei Blutorangen, bricht sie auf und bietet sie Josephas Bauch an. Carmen Salzwedel hat eine schier unübersehbare Zahl von Halbgeschwistern in der Stadt, was ihr einen weiten Bekanntenkreis und die Erfüllung vieler Wünsche sichert, denn es finden sich unter den Anverwandten und Angeheirateten Vertreter aller Berufssparten. Die junge Frau weiß das zu schätzen, dennoch hat sie in den letzten beiden Wochen Josephas Nähe der aller Verwandtbekannten vorgezogen. Josepha nämlich kann ihr das tiefste aller Bedürfnisse erfüllen: Sie hört sich die langwierigen und kurzweiligen Freuden und Leiden eines knapp dreißigjährigen Lebens ohne Mann und Maus mit großer Hingabe an und weiß Heilendes in die verschieden großen Verwundungen dieser Seele hineinzusagen. Dabei scheint Josepha keinerlei beziehungsabhängige Wünsche materieller Art zu kennen und gerät so auch nie in die Lage, Carmen Salzwedel zum Beispiel ein japanisches Taschenrechengerät für die Reparatur einer defekten Mischbatterie anzubieten. Statt dessen hat Josepha abenteuerliche Geschehnisse aus den Nächten der Gunnar-Lennefsen-Expedition zu erzählen, was Carmen Salzwedel veranlaßt, ihr diese oder jene Hilfe in Aussicht zu stellen und zum Beispiel den alten Königsberger Stadtplan zu photokopieren. Josepha legt der Freundin die Ergebnisse ihrer Wegezeitberechnungen für das Jahr neunzehnhundertsechzehn vor, während sie die Spalten der Blutorangen genüßlich zwischen Gaumen und Zunge auspreßt und, leergesogen, verschluckt. Carmen beobachtet, wie jeden Tag, zwei Lagerarbeiter am Nebentisch, die, wie jeden Tag, statt eines vollständigen Eßbestecks einen an einer Seite geschärften Löffel dazu benutzen, Fleisch zu schneiden und Kartoffeln zu teilen. Auch Josepha wendet sich nach dem letzten Stück Orange dem Nebentisch zu. Das Verschwinden der geschärften Löffel in den männlichen Mündern verursacht einen Schauder, der die Härchen ihrer Oberarme sichtbar aufstellt und sie in die Kitteltasche nach einem Päckchen Zellstofftaschentücher greifen läßt, mit denen Erste Hilfe zu leisten wäre. Bis zu ihrem zwölften Lebensjahr hatte auch sie – mit Ausnahme der besonderen, in ihrem jeweiligen Kalender vermerkten Feiertage – stets nur mit einem Löffel gegessen, allerdings war der von niemandem scharf angeschliffen worden. Zwar hatte Therese sie oft angehalten, auch Gabel und Messer zu benutzen, aber sie liebte ihren Löffel, der ein wenig kleiner war als die der Erwachsenen, der silbern glänzte und den die Initialen R. S. in feiner Gravur zierten. Rudolph Schlupfburg hatte diesen Löffel in der linken Tasche seiner einzigen, noch dazu schlotternden Hose aus dem ostpreußischen Lenkelischken in die Mitte Europas gebracht. Josepha erinnert sich augenblicklich unvergeßlicher Mahlzeiten und meidet für diese Pause die halben Kantinenbrötchen, auf denen gelbfettiger Eiersalat trocknet oder sich ehemals frische Wurst rollt. Auch den Eintopf aus grünen Bohnen beachtet sie nicht, nicht den gespickten Sauerbraten mit Bayrisch Kraut, und selbst die Kaltschale rührt sie nicht an, da deren Farbe sie an die Lippen ihrer ersten Lehrerin erinnert. Auch Carmen Salzwedel umgeht die mögliche Mahlzeit mit einigen Orangenscheibchen und Apfelstiftchen und gedenkt dabei eines Zeitungsartikels, den sie vor wenigen Tagen gelesen und der zum Verzehr von Lebensmitteln pflanzlichen Ursprungs aufgefordert hatte. Dazu wurden durchschnittliche Übergewichte ausgewählter Bevölkerungsgruppen bedrohlich geschildert und zum übermäßigen Fleischverzehr ins Verhältnis gesetzt. Obwohl der Artikel die Überernährungssituation nicht einfach guthieß, schwang doch ein Stolz zwischen den Zeilen mit, daß ein hiesiges Landeskind jährlich zwei Steaks mehr verzehrte als jenes hinter der im Jahre neunzehnhundertneunundvierzig anscheinend endgültig befestigten Grenze. Auch aß es mehr Eier und trank vor allem sehr viel mehr Schnaps als die Jenseitsbürger, die dem weicheren Wein den Vorzug gaben. Carmen Salzwedel stellt sich gerade der Frage, welche Art von Lebenskultur an solcherart Zahlenmaterial ablesbar sei, als sie von Josepha dringend gebeten wird, die Kantine zu verlassen und zur Toilette mitzukommen. Doch erbricht sich Josepha, noch ehe sie die Tür hinter sich hat schließen können. Erbricht sich, und auf dem gekachelten Boden finden sich herausgewürgte Stücke der südlichen Orangen. Diese haben das Übel nicht hervorgerufen, wie Josepha augenblicklich weiß. Vielmehr rebelliert ihr Magen in Erwartung des häuslichen Eintopfes, der auf Thereses Herd köchelt. (Auch zu Schulzeiten Josephas war es vorgekommen, daß ihre Sinne einen Braten in Thereses Backröhre erspürten, obgleich mehr als zweitausend Meter zwischen Herd und Kind lagen. An solchen Tagen hatte Josepha angesichts der gewiß eßbaren Schulspeisung ebenfalls unter Anfällen plötzlichen Erbrechens gelitten.) Carmen Salzwedel indessen führt das Herauswürgen der Orange auf die Schwangerschaft zurück und zeigt so viel Verständnis für die Probleme dieses ihr völlig fremden fraulichen Zustandes, daß sie die Meisterin bittet, Josepha nach Hause bringen zu dürfen. Nun ist es nach wie vor so, daß die Meisterin höchst ungern auf Josephas Kräfte verzichtet. Dennoch kann sie die Bitte kaum abschlagen: Sie erinnert sich des ersten Märzes und daran, wie sie einen Besuch beim Chirurgen, einer Nasenwarze wegen, verschieben mußte, weil Josepha einen plötzlichen Tag Urlaub beantragte. Am Abend dieses Tages dann erkannte sie ihr Gesicht im Spiegel nicht mehr, und ebensowenig begriff sie, was mit ihr vorging. Nach einer Viertelstunde tiefen Grübelns über die Ursache der Veränderung fiel ihr dann plötzlich auf, daß es keine Warze mehr auf ihrer Nase gab. In Unkenntnis der ohne bewußtes Zutun funktionierenden magischen und Zeitverschiebungs-Kräfte ihrer Arbeiterin Josepha Schlupfburg begann die Meisterin, ihrer eigenen menschlichen Milde Wundersames anzudichten. In den seither vergangenen Wochen wird im Betrieb allenthalben ihre ungekannt milde Wesensart spürbar. In besonderem Maße gilt diese Geistesanftheit Josepha, die von Zeit zu Zeit ein Glas eingeweckten Obstes an ihrem Arbeitsplatz vorfindet und zu fürchten beginnt, man könne auf den Gedanken kommen, der

Meisterin wegen schlaffen Leitungsstils eine andere Arbeit zuzuweisen. Diese Befürchtung wird zunächst dadurch gegenstandslos, daß auch die der Meisterin übergeordneten Leitungsmenschen deren neue Wohltätigkeit in Gestalt von Quarktorten, Bockwürsten oder französischen Weinbergschnecken kennenlernen können. Dennoch liest Josepha aus einer eingeweckten Birnenhälfte die hohe Wahrscheinlichkeit katastrophaler Folgen übertriebener Milde heraus, was die Meisterin nicht weiß, als sie Carmen Salzwedel gestattet, Josepha nach Hause zu begleiten. Dort ißt man die köstliche Suppe, Josepha gesundet auf der Stelle und fühlt sich so kräftig, daß sie Therese bittet, zum Abend den dritten Aufbruch der Expedition anzuberaumen. Therese geht nach kurzem Überlegen darauf ein und füllt mit dem übriggebliebenen Teil Suppe ein Konservenglas, ergänzt den Vorrat an gerösteten Brotwürfeln und schenkt Carmen Salzwedel die Niederschrift des Eintopfrezeptes. In der bis zum Abend verbleibenden Zeit versucht Josepha, sich anhand der schriftlichen Anleitung einer Frauenzeitschrift im Stricken zu üben, was ihr kläglich mißlingt. So greift sie, als sie ihr Expeditionsgepäck durchsieht, nach jenem Band Briefe, die eine hinkende, der sozialdemokratischen Bewegung zugehörende Frau zu Beginn des Jahrhunderts aus dem Gefängnis geschrieben hatte.

Kennen Sie auch diese besondere Wirkung von Tönen, deren Herkunft uns unbekannt ist? Ich habe das in jedem Gefängnis erprobt. Zum Beispiel in Zwickau weckten mich jede Nacht Punkt zwei Uhr Enten, die irgendwo in der Nachbarschaft auf dem Teich wohnten, mit einem lauten »Qua-qua-qua-qua!« Die erste der vier Silben wurde in hoher Tonlage mit der stärksten Betonung und Überzeugung geschrien, worauf es skandierend zum tiefen Baßgemurmel herunterging. Beim Erwachen durch diesen Schrei mußte ich mich immer in der stockfinstern Dunkelheit auf der steinharten Matratze erst nach einigen Sekunden zurechtfinden und besinnen, wo ich war. Das stets leicht bedrückende Gefühl, in der Gefängniszelle zu sein, die besondere Betonung des »Qua-qua ...« und daß ich keine Ahnung hatte, wo die Enten sich befanden, sie nur in der Nacht hörte, gab ihrem Schrei etwas Geheimnisvolles, Bedeutsames. Er tönte mir stets wie irgendein weltweiser Ausspruch, der durch die regelmäßige Wiederholung jede Nacht etwas Unwiderrufliches, seit Anbeginn der Welt Geltendes hatte, wie irgendeine koptische Lebensregel:

> *Und auf den Höhen der indischen Lüfte,*
> *Und in den Tiefen ägyptischer Grüfte,*
> *Hab' ich das heilige Wort nur gehört ...**

Daß ich den Sinn dieser Entenweisheit nicht entziffern konnte, nur eine vage Ahnung davon hatte, rief mir im Herzen jedesmal eine seltsame Beunruhigung hervor, und ich pflegte darauf noch lange in bangem Gefühl wach zu liegen. Ganz anders in der Barnimstraße. Um neun Uhr legte ich mich immer – da das Licht ausging – nolens volens ins Bett, konnte aber natürlich nicht einschlafen. Kurz nach neun begann regelmäßig in der nächtlichen Stille in irgendeiner der benachbarten Mietskasernen das Weinen eines zwei- bis dreijährigen Bübchens. Es hub an stets durch ein paar leise, abgerissene Wimmerlaute, frisch aus dem Schlaf; dann, nach einigen Pausen, schluchzte das kleine Kerlchen allmählich in ein richtiges klägliches Weinen hinein, das jedoch nichts Heftiges hatte, keinen bestimmten Schmerz oder bestimmtes Begehren ausdrückte, nur allgemeine Unbehaglichkeit vom Dasein, Unfähigkeit, mit den Schwierigkeiten des Lebens und seinen Problemen fertig zu werden, zumal Mama offenbar nicht bei der Hand war. Dieses hilflose Weinen dauerte geschlagene drei viertel Stunden. Punkt um 10 hörte ich die Tür energisch aufgehen, leichte rasche Schritte, die in der kleinen Stube laut hallten, eine klangvolle, jugendliche Frauenstimme, der man noch die Frische der Straßenluft anhörte: »Warum schläfst du denn nicht? Warum schläfst du denn nicht?« Worauf jedesmal drei saftige Klapse folgten, aus denen man förmlich die appetitliche Rundung und die Bettwärme des be-

---

* Aus Johann Wolfgang Goethes Gedicht »Koptisches Lied«

troffenen kleinen Körperteils herausfühlte. Und – o Wunder! – die drei kleinen Klapse lösten plötzlich alle Schwierigkeiten und verwickelten Probleme des Daseins spielend. Das Wimmern hörte auf, das Bübchen schlief augenblicklich ein, und eine erlösende Stille herrschte wieder auf dem Hof. Diese Szene wiederholte sich so regelmäßig jeden Abend, daß sie zu meinem eigenen Dasein gehörte. Ich pflegte schon um 9 Uhr mit gespannten Nerven auf das Erwachen und Wimmern meines kleinen unbekannten Nachbarn zu warten, dessen alle Register ich im voraus kannte und verfolgte, wobei sich das Gefühl der Ratlosigkeit dem Leben gegenüber mir vollauf mitteilte. Dann wartete ich auf die Heimkehr der jungen Frau, auf ihre wohltönende Frage und namentlich auf die befreienden drei Klapse. Glauben Sie mir, Hänschen, dies altväterische Mittel, Daseinsprobleme zu lösen, bewirkte durch den Podex des kleinen Bübchens auch in meiner Seele Wunder: Meine Nerven entspannten sich sofort nach den seinen, und ich schlief jedesmal fast gleichzeitig mit dem Kleinen ein. Nie habe ich erfahren, aus welchem geraniengeschmückten Fenster, aus welchem Dachstübchen sich diese Fäden zu mir spannten. Im grellen Tageslicht sahen alle Häuser, die ich überblicken konnte, gleich grau, nüchtern und streng verschlossen aus, mit der Miene: »Wir wissen von nichts.« Erst im nächtlichen Dunkel, durch den linden Hauch der Sommerluft spannen sich geheimnisvolle Beziehungen zwischen Menschen, die sich nie kannten oder sahen.[1]

Nach dem Lesen dieser Sätze, die wie eine Formel die seit dem Eintritt der Schwangerschaft verstrichene, mehrdimensionale Zeit zu fassen scheinen, streckt sich Josepha endlich in flachen Schlaf und träumt, wie sie als Kind einst zu den Heiligen der kommunistischen Bewegung betend aufgeblickt und gar nicht hatte verstehen können, was den so abgrundtiefen Spalt zwischen den in der Schule vermittelten und den in der Kirche erlernbaren Kulthandlungen ausmachen sollte. Nie war ihr in den Sinn gekommen, es schlüge ein einfaches Herz in der Brust der Großen, die, so glaubte das Kind, doch nur durch ihr Abrücken vom Irdischen zu Haltung, Treue, Unfehlbarkeit, unschlagbarer Klugheit und unendlicher Volksfürsorge fähig gewesen sein konnten. Und da sie ein empfindsames Mädchen gewesen, war es ihr unmöglich geworden, die Hand zum Gruß der Kinderorganisation zu heben, der sie wie ihre Klassenkameraden angehörte, und die Beschwörungsformel laut auszusprechen, die sie auf die Ideale der Großen verpflichten sollte. Sie schreckte davor zurück, sich mit all den Außerirdischen, die so viel für die Erdenmenschen erfochten haben mußten, auf eine Stufe zu stellen, ob sie nun Mao Tse-tung oder Ernst Thälmann hießen. Nie wäre der acht-, zehn-, zwölf-, vierzehnjährigen Josepha eingefallen, Marx und Engels jenseits der Jahrhundertwende könnten eines natürlichen Todes gestorben sein. Nein, auch sie waren sicher von den Volksfeinden erschlagen worden, die sich seit Auflösung der Urgesellschaft metamorphös durch die Epochen fraßen. Nie hatten die Außerirdischen sich Fehler zuschulden kommen lassen, vielmehr war es gelegentlich, freilich nur intermediär, das Weiß im Aug' des Feindes gewesen, das den alldurchdringenden Weitblick der Großen stoppen und ihre Pläne – vorläufig – durchkreuzen konnte.

Josepha herzt ihre Kindheit und küßt sie sich lieb, wenn sie dran träumt. Das naive Kind, den Blick zur Sonne gerichtet – wenn sie sich auf den blanken Schuhspitzen spiegelt. Gesenkten Kopfes also im Frohsein. Josepha weiß noch, wie das Verweigern des Pioniergrußes, der doch in freundlichem »Guten Tag!« verschwand, als Mangel an Dankbarkeit, als Verstocktheit und Feindsal gebrandmarkt wurde, obwohl sie doch gerade ihren Kniefall vor den Großen der landesüblichen Siegergeschichte damit hatte beweisen wollen. Aber sie war von anderer Haut umschlossen als ihre Freunde: Sie zweifelte weder an sich noch an denen, die brandmarken mußten, sondern packte den Vorfall mit Gleichmut zu den anderen ins Gedächtnis, wo er immer weiter nach Norden wanderte, aber nicht weit genug, um ganz zu entschwinden, sondern er geriet von Zeit zu Zeit als treibende Scholle ins Bild, das sich Josepha von den früheren Jahren macht. Im Rückblick schmilzt die Scholle oder vergrößert sich, verändert immer ein wenig die kantige Kontur, wird von anderen bedrängt. Jetzt zum Beispiel tanzt auf der Scholle daneben Josephas Lehrerin Brix. Frau Brix, ein schwartiges, abgegriffenes Exemplar, dennoch mit allen sieben Siegeln verschlossen, versucht, auf Spitzen zu gehen, das rechte Bein nach hinten zur Waage zu heben. Josepha denkt an eine Klassenfahrt nach Moskau zum Abschluß der Schulzeit. Sie sitzt im Bolschoi, neben sich die Brix, die zu lachen beginnt, als Julia, die tanzelnde Waage, Romeo Liebe gesteht. Was lachen Sie? flüstert Josepha erschrocken. Stell dir doch vor, ich müßte so springen, gestünde ich Liebe ... Ist das nicht grotesk? Frau Brix läßt ihr Glucksen im Bauchfett ersaufen. Aber nun ist Josepha am Lachen und halst den bis dahin entzückten Zuschauern des Balletts »Romeo und Julia« von Peter Tschaikowski im Großen Saal des Kreml zu Moskau ihr lautes Kollern auf, das aus der Schlüsselbeingegend zu kommen scheint, bricht es doch schräg aus dem Munde, so daß es mehr nach links als nach rechts hin zu hören ist. In der Metro, auf dem Weg ins Hotel, sitzt Josepha neben Frau Brix und kann noch immer das Lachen kaum verbeißen. Im Waggon sitzt und steht, was der Herr in die Winde verstreut hat am Turm zu Babel. Erst als die Brix einem Schwarzen schallend die Hand ins Gesicht klebt, erlischt der Kicherzwang. Was war das, fragt nun Josephas Blick die schwartige Brix. Na meinst du, ich laß mich befummeln? Ich mach das doch auch nicht bei Männern, die ich nicht kenne. Da hat sie recht, denkt Josepha. Aber kämpfen die Schwarzen nicht allerwelts gegen ihre Unterdrückung? Das sind doch Gute, die Schwarzen. Ob die Brix sich geirrt hat? Josepha versteht nicht ganz. In solchen Fällen kommt ihr das Schlupfburgsche Erbe zu Hilfe: Sie schließt die Augen, kehrt dann beim Öffnen das Weiße hervor und sieht durch die Stoffe, aus denen das Zeug der Bunten geschneidert wurde: Waschsamt, Perlon, Leinen, Baumwolle wenig, Acetatseide billigster Art und flauschige Wolle. Schwarzen und weißen Männern baumelt ein Gleiches im Schritt, schwarze und weiße Frauen stehen gleichermaßen gekerbt, ein jegliches zu jeglichem passend, daneben. Dem einen und anderen Mann hebt sich unter Josephas Blick, der keiner zu sein scheint, wie er so aus dem Weißen des Auges hervorstößt, ein wenig das Werkzeug. Besonders, wenn Mann und Frau nah zueinander gedrängt stehen, richtet sich auf und zeigt den rechten Weg, was eben noch hing. Josepha schließt wieder die Augen, kehrt zurück zum Blick durch die schwarze Pupille. Was sie sah, gibt ihr zu denken über Scholle und Schelle der Brix hinaus. Es zieht in der Kerbe, die eines Tages vom Kopf eines schönen schwarzweißen Kindes geweitet werden soll, als Josepha erwacht und sich fragt, welchen Schlüssel Therese heute benutzen wird, um Vergangenes zu öffnen. Zum ersten Mal denkt Josepha über die Beschaffenheit der imaginären Leinwand nach, die sich spannt, sobald Therese das Codewort gemurmelt hat. Sie erinnert sich, einst in der Wohnung eines ihrer Schulfreunde eine wirkliche Leinwand gesehen zu haben, auf die der Familienvater 8-mm-Filme, stumm und schwarzweiß, zerkratzt und im Tempo variabel, zur Freude der Gäste launiger Kindergeburtstage projizierte. Die Kinder konnten so sehen, wie sie im Jahre zuvor zu gleichem Anlaß sich versammelt und Fratzen geschnitten hatten, die der eifrige Schulfreundvater mit schnurrender Kamera festzuhalten pflegte. Im Laufe der Jahre hatte so eine umfangreiche Chronik zusammenkommen müssen, die nun im Schrank des Schulfreundes alterte und an der wohl jene Zeit fraß, die seither reichlich vergangen war. Die imaginäre Leinwand muß von anderem Stoff sein, der Schuß vom Leinen der Intuition, die Kette Magie. Gefroren das Ganze, starr im Eis des Vergessens, das im Aufbruch dahintaut, so daß die Leinwand schließlich in sich zusammenfallen muß. Josepha ahnt: Vergessen ist nichts anderes als eine Version des Erinnerns, und sie steht auf, einen Beweis ihrer Ahnung beizubringen.

1. April 1976:
Dritte Etappe der Gunnar-Lennefsen-Expedition
(Stichwort im Expeditionstagebuch: TIRALLALA)

Therese im Ohrensessel hat schon gewartet auf die Urenkelin, der Proviant steht bereit, Josepha stellt ihr Gepäck hinzu. Die

Vorhänge hat Therese schon vor Stunden zugezogen, um sich beim Üben der Ungeduld nicht zuschauen zu lassen. Ein Leben lang ist sie geduldig gewesen, und nun kommt eine einfache negierende Vorsilbe, setzte sich vor eine ihrer bemerkenswertesten Charaktereigenschaften und rührt sich nicht fort, so sehr sich Therese auch mühen mag, stillsitzend, die beiden Buchstaben zu streichen! Ärgerlich ist sie und fährt Josepha mit einem mürrischen Zug über den Mund, läßt Dampf ab im Schnauben und stößt zweimal deutlich die Lautverbindung TIRALLALA aus. Josepha erschrickt, aber ehe sie zum Kognak greifen kann, um die Alte zu beruhigen, spannt sich die imaginäre Leinwand ins Zimmer, auf der die sechsjährige Ottilie Schlupfburg im ostpreußischen Lenkelischken den Tornister auf den Rücken schnallt, um zum erstenmal zur Schule zu gehen. Auch sie wird den Lehrer Weller kennenlernen, der ihrem Onkel Max einst den Weg auf die Höhere Technische Staatslehranstalt für Hoch- und Tiefbau empfehlend geebnet hat und sich noch immer darin sonnt, ein Genie geformt zu haben. Max, obwohl erst zweiundzwanzig Jahre alt, lebt als gefragter Ingenieur in Riga, von wo er der Familie anhaltend Briefe schreibt und auch einmal im Jahr den Lehrer Weller schriftlich grüßt. Ottilie Schlupfburg aber schnauft unter dem Druck des Tornisters, dessen Fertigung Großmutter Agathe in Königsberg in Auftrag gegeben hat: Max schickt regelmäßig Geld aus Riga. Ottilie stapft den langen Weg zur Schule allein durch Ostpreußens Spätsommer, denn ihre Mutter hat sich auf das Heiraten vorzubereiten. Vor dem Spiegel im Schlafzimmer der alten Eltern steht Therese im weißen Kleid und freut sich nicht und ist ohne Trauer. Gleichmütig steckt sie sich zur Probe ein Kränzchen aus weißen Kunstblumen ins Haar. Das Kränzchen ist dreiviertelrund, die Braut keine Jungfer. Die Braut seufzt, klemmt den Schleier fest, macht ein paar Schritte vor dem Spiegel und ist ärgerlich, daß sie vor dem Bräutigam auftreten muß, während ihre Tochter das erstemal zur Schule geht und ihren Beistand gut brauchen könnte. Nachgiebig ist die Braut geworden, seit sie eine Braut ist. Braut sein heißt, sich fügen, sich bücken. Zum Ficken, murmelt Therese und kapituliert im gleichen Augenblick, denn sie riecht den Bräutigam, der eben das Haus betreten haben muß. Sein Schweiß ist nicht so junkerlich wie der August Globottas. Vielmehr riecht er nach Maus und Kötel, die Luft ergraut in seinem Dunstkreis. Ekel sträubt die Brauthaare, aber Therese beherrscht sich und spuckt in den Spiegel, ehe sie hinuntergeht in die Stube, wo die Eltern den Bräutigam mit Schnaps bei Laune halten. Am kommenden Samstag soll die Hochzeit sein. Der Bräutigam heißt Adolf Erbs, wurde einst als Findelkind von den Stufen am Portal der Juditter Kirche aufgehoben und führt in Königsberg eine kleine Kürschnerei, die er von seinen kinderlosen Zieheltern nach deren frühem Tode übernommen hat. Adolf Erbs ist zweiunddreißig Jahre älter als Therese. Aber nicht nur das Alter des Freiers macht ihr zu schaffen. Seit Adolf Erbs ihr anläßlich ihrer dritten Begegnung bedeutet hatte, daß er ein heimlicher Steinschneider sei, der sich in acht nehmen müsse vor Recht und Gesetz, fürchtet sie sich, einmal an Steinen zu leiden. Adolf Erbs hat ihr erzählt, wie mit seinem Kürschnerwerkzeug menschliche Blasen, Nieren und Gallen meisterlich öffnen und von allem Übel befreien kann. Nur hat er keine Lizenz für seine heimliche Kunst, so daß er in einer eigens zu diesem Zwecke abgetrennten Kammer hinter seiner Werkstatt bei Nacht praktizieren muß. Wer aber geheilt sei, bliebe ihm zeitlebens dankbar, erzählte Adolf Erbs seiner jungen Braut. Deren Mutter hatte bei ihm einen ledernen Tornister für ein kleines Mädchen in Auftrag gegeben. Therese holte das Stück ab und mußte so jenen Mann kennenlernen, der sie auf der Stelle heiraten zu wollen vorgab und davon auch nicht abließ, als sie ihm erklärte, der Tornister sei für ihre eigene Tochter bestimmt, die sie unehelich zur Welt gebracht hatte. Adolf Erbs wittert fruchtige Lust, wenn er an die Hochzeitsnacht denkt. Nur Ottilie hat er bislang nicht zu Gesicht bekommen, und auch heute entgeht ihm das Stiefkind auf dem Weg zur Schule. Aber das stört ihn nicht, er hat ohnehin nur Augen für Therese und deren einhundertneunzig Pfund Frauenfleisch, das ihm den Mund wäßrig macht und seine Augen ins Rollen bringt. Als die Eltern für einen Moment den Raum verlassen, weil heftiger Blutgeruch einbricht, dessen Herkunft sie grübeln läßt, kneift Adolf Erbs das Arschfett der Braut und will Brüste kneten. Aber Therese erschrickt und wird wütend, stößt ihn zurück und ist froh, daß die Eltern zurückkommen. Die Lieblingskuh der Schlupfburgs hat zu menstruieren begonnen, was ihnen in der Aufregung als Ursache des Blutgeruchs nicht in den Sinn gekommen war. Der Kürschner und heimliche Steinschneider erstarrt bei dieser Mitteilung der Eltern, die nun wiederum aus ratlosen Augen auf ihn schauen. Die Braut erkennt die Erfahrungskluft zwischen ihnen und dem Bräutigam und schließt sie, indem sie mitteilt, daß sie regelmäßig drei Tage nach der Lieblingskuh zu bluten beginnt. Adolf Erbs säuert das Gesicht, er denkt an die Hochzeitsnacht, die nun wohl doch wider Erwarten blutig zu werden verspricht. Ärgerlich fällt zusammen, was sich gestrafft hatte beim Kneifen des Arschfleisches. Adolf Erbs muß sich nun, um nicht so schnell den Spaß zu verlieren an der Hochzeit, die Innereien der Braut vorstellen. Schöne bohnenförmige Nieren sieht er vor sich, in deren eine er einen gewaltigen Stein kristalliner Struktur hineinzuhalluzinieren beginnt. Er zückt sein Messer und teilt die Haut, trennt das Fleisch und arbeitet sich vor zu dem schönen Stein, umschneidet ihn gefühlvoll und hebt ihn heraus: sein erstes eigenes Kind, ehe die Blase sich bloßlegt, in der drei bläuliche Krümel schwimmen, die er als Steinchen enttarnt hat. Er sticht die Blase an, entleert sie durch Druck und spült mit dem Harn die Krümel heraus, vernäht dann die Wunden. Gerade will er die Galle sich vornehmen, als ihn die Braut aus den schneidenden Träumen reißt. Sie ruft ihrem Kind ein Willkommen zu durchs Fenster: Das Kind hat den ersten Schultag hinter sich und kommt fröhlich nach Hause. Dein Kind muß an die sechs Jahre alt sein? fragt Adolf Erbs verlegen, als er sich auf die drohende Begegnung innerlich vorbereitet. Jaja, sechs Jahre, erwidert Therese und beginnt ein selbstdachtes Lied zu summen. Nur den Refrain singt sie laut: TIRALLALA TIRALLALA! Als Ottilie durch die Stubentür tritt, ist Thereses Lied zu Ende. Der Kürschner und heimliche Steinschneider erschrickt: Das vor ihm stehende Kind hat strahlende Brüste, ein reifes und wissendes Lächeln und einen stämmigen Blick, der siegessicher des alternden Mannes Schritt aufsucht und in Bewegung bringt. Dieses Kind muß mindestens siebzehn Jahre alt sein, entsetzt sich Adolf Erbs und schaut fragend zu Therese, die nur mit den Schultern zuckt. Hast du denn schon so früh ... entfährt es ihm ängstlich, und er fühlt sich klein und hilflos unter den weiblichen Blicken. Gerade will er vorschlagen, die Hochzeit einstweilen zu verschieben, denn der Gedanke, mit zwei regelmäßig menstruierenden Frauen zusammenleben zu müssen, flößt ihm einen tiefen Schrecken ein, da hebt Therese erneut zu summen und zu singen an, als sei ihr der Mann schnurz und die Hochzeit nicht mehr als piepe. Adolf Erbsens letzter Rest geschlechtlichen Angriffswillens schmilzt im Singsang dahin, er zieht den Schwanz ein und will, geprügelter Hund, den Traum von der schönen, dicken Frau begraben. Als er sich aber an der Tür noch einmal umschaut, Lebewohl zu sagen, ist Ottilie ein kleines spilleriges Kind, dem man seine sechs Jahre kaum ansieht, mit sperrigen Strohzöpfchen über den durchscheinenden Ohren und dünnen Lippen, die ein bißchen blau schimmern in der Kälte um das Brautpaar herum. Ha, ruft Adolf Erbs, was ist das? Mein Kind, wer sonst, Ottilie Schlupfburg. Und wer war das eben, das dicke mit den, also, das stramme Marjallchen eben? Bist du dammlich, Erbs? wagt Therese nun zu rufen. Siehst du Gespenster, Adolf Erbs? Oder ist dir ein Stein gewachsen im Hirn, den du herausschneiden müßtest? Ich weiß nicht, was du willst: Das hier ist mein Kind, ein anderes hatte ich nie. Hinter Thereses herausforderndem Geschrei hockt ein kehliges Lachen, das nicht herauskann, jedenfalls nicht zum Munde. Adolf Erbs ist jetzt so klein, daß Therese Lust bekommt, ihn zu heiraten und zu schurigeln und zu piesacken und für sein Alter zu strafen und seine Unverschämtheit und seine heimliche Steinschneiderei und ihn dann ganz allmählich zu vergessen. Adolf Erbs weiß nicht, was ihm blüht, als er am Samstag darauf neben Therese zur Kirche schreitet, vor dem Altar schwört, ihr beizustehen und dann im Schlupfburgschen Wohnhause ein gutes Mahl nimmt. Brennes-

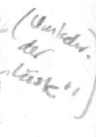

selsuppe hat Agathe gekocht und reichlich Sellerie gequetscht und untergerührt, um den Alten zu entfachen, der ihr seit der letzten Begegnung geradezu verfallen scheint, klein geworden im Schatten der milchigen Braut. Zur gebratenen Gans brät Agathe Liebstöckel in Butter, um des Alten Liebstöckel zu reizen. Die schließliche Krönung ist eine Apfelsuppe mit gerösteten Brotwürfeln, wie sie mehr als ein halbes Jahrhundert später auch im Expeditionsproviant ihren Platz finden sollen, und einem Stich Sahne obenauf. Therese schlürft und schmatzt. Adolf Erbs neben ihr wird noch kleiner, wenn er an künftige Mahlzeiten in seinem Königsberger Kürschnerhaus denkt. Bisher hat er sich selten bekochen lassen, obwohl es ein leichtes gewesen wäre, das Geld für eine Zugehfrau aufzubringen. Bisher hat er, wenn der Hunger durch Brot und Quark nicht zu dämpfen war, Steinchen geknabbert: die der Nieren, Gallen und Blasen seiner heimlichen Nachtpatienten. Er verzehrte sie roh, biß sie auf und mahlte sie klein zwischen den Kieferknochen. Ein einziges Mal hatte er einen Sud bereitet davon, ihn aber schlecht vertragen. Das war gewesen, als er dem Franz Palskat aus Palmnicken die galligen Konkremente herausgeschnitten hatte. In Wasser ausgekocht, ein bißchen Kochsalz in den Topf dazugegeben – fertig war die ungenießbare Brühe, in der Adolf Erbsens Lust auf gekochte Steine letztlich ertrinken sollte. Die Übelkeit rührte wohl daher, daß die schlechten Träume, bösen Gedanken und anderen Verspannungen, die der Franz Palskat in seine Galle gedrückt hatte, durch die Hitze des Kochwassers in Wallung gerieten und in Adolf Erbs ein heilloses Durcheinander eigener und Palskatscher Seelenkrämpfe anrichteten, denen er nicht entschlafen konnte: Nein, Adolf Erbs mußte hernach die bösen Konzentrate der Palskatschen Steine wiederkäuen und auswürgen, er brauchte dazu eine Nacht und einen halben Tag, und er wurde darüber geiziger noch als zuvor. So geizig, daß er hier, auf seiner eigenen Hochzeit, die Verschwendung kaum ertragen kann, die aus Thereses genießendem Munde schmatzt. Noch ehe der Liebstöckel wirken kann, spült Adolf Erbs den guten Geschmack mit Brunnenwasser hinunter und setzt sich zu Max, der neben dem Lehrer Weller sein Weinglas füllt und Gespräche führt, die dem Adolf jedenfalls besser passen möchten als das Schmatzen seiner Ehefrau. Er wirft einen Blick auf das Weib, das zum fünften Male Sahne in die Apfelsuppe sticht und mit den gerösteten Brotwürfeln durchs Bratfett der Gans fährt. Als so ein getränkter Brocken tropfend in ihrem Mundloch verschwindet, kriegt Erbs das Würgen wie damals vom Palskatschen Steinsud und muß sich wegdrehen. Max klopft ihm die Schulter, aber das hilft nicht: Adolf Erbs kotzt über den Hochzeitstisch in Lenkelischken. Es riecht laut nach gesäuertem Sellerie und Liebstöckel. Die Frauen reißen das Tischtuch herunter, nachdem sie die besudelten Gläser und Teller, die ausgeborgten (vom Globottaschen Hofe) Bestecke aus dem Brei gehoben haben, und feuern unter dem Kessel im Waschhaus. Gar zu betäubend ist der Gestank des wiedererschienenen Hochzeitsmahls, man will ihn hinter sich bringen. So steht Therese an ihrem Hochzeitstag im Waschhaus und lacht über den armen Erbs, der einstweilen von Max und Lehrer Weller mit frischen Kleidern ausgestattet und dabei unterhalten wird mit ernstem Männergespräch. Max erzählt, wie nach dem Anschluß der Stadt Riga an das russische Eisenbahnnetz im Jahre 1861 eine rätselhafte Erkrankung eine große Zahl von Kutschpferden in der Region dahinraffte. Auf die Überlieferung dieses Pferdesterbens war er beim Studium historischer Schriften jener Zeit gestoßen, die ihn der technischen Beschreibung russischer Bahnen wegen interessierten. Ein beflissener Chronist hatte die Pferdebesitzer befragt und ihre Aussagen niedergeschrieben für Leute wie Max Schlupfburg, die von jenseits der Jahrhundertschwelle einen neuen Blick wagen würden auf die Geschehnisse. Pferdehalter schilderten die Erkrankung immer gleich: Die Tiere hätten zu sprechen begonnen im Fieber, ein heftiges Russisch, und seien nach veitstanzähnlichen Krämpfen von etwa drei Stunden Dauer im Deutschen verendet. Die Übergänge zwischen den Sprachen seien fließend gewesen. Überhaupt wären die Reden der Tiere immer im fäkalischen Dunstkreis stekkengeblieben: Scheiße, Scheißeisen, Scheißeisenbahnen, Scheißeisenbahnschaffner und so weiter. Adolf Erbs läuft ins Waschhaus, Therese und die Stieftochter zum Aufbruch nach Königsberg zu bewegen. Erst muß das alles hier sauber werden, sagt Therese und weist auf das Tischtuch im Waschkessel. Drinnen köcheln auch die Bestecke vom Globottaschen Hofe, die Therese meint, desinfizieren zu müssen nach der Begegnung mit Adolf Erbsens Mageninhalt. Es könnte ja sein, denkt Therese, daß der zärtliche August eines Tages von solcherart besudelter Gabel sein Essen nehmen wird, und staucht den Inhalt des Kessels ordentlich durch mit dem Waschholz. Aber du fahr ruhig einstweilen, wir kommen nach, wenn wir hier fertig sind. Adolf Erbs ist so klein, daß er schnell weg will von diesem Ort der großen Frauen und Riesenkinder. Er steigt in die Kutsche, die er tags zuvor in Königsberg bestellt hat, und fährt los, allein. Therese denkt nicht daran, dem Alten zur Hochzeitsnacht zu folgen, sie blutet ohnehin und vergißt immer wieder seinen Namen, der ja nun auch der ihre sein soll. Erst Tage später, als Thereses Eltern der Tochter wieder und wieder nahelegen, bei Sinnen zu bleiben und sich zu fügen, fährt sie ihm nach. Der Vater muß sie begleiten und sicher übergeben in den neuen Haushalt, den sie mit Fleiß, doch ohne Hingabe zu führen beginnt. Wenn Adolf Erbs sie mehr als einmal die Woche besteigen will, summt sie ein Lied, dessen Refrain aus zweifach deutlich gesungenem TIRALLALA besteht, und der Tochter wachsen Brüste und geile Blicke, unter denen Adolf Erbs, der Kürschner und heimliche Steinschneider, schrumpft, sich bezweifelt und schließlich vergißt. So läßt ihn Therese in die städtische Irrenanstalt einliefern, bringt ihm weiterhin seine mehligen Suppen und ein bißchen Wärme, aber Adolf Erbs stirbt nach einem halben Jahr Ehe im Zustand vollkommener Demenz. Die Verbindung wird annulliert, da Therese Schlupfburg darauf besteht, an der Identität des Mannes ernsthafte Zweifel anzumelden. Sie führt die städtischen Standesbeamten in die abgeschlossene Kammer im Rücken der Kürschnerwerkstatt, in der Adolf Erbs Organe öffnete zu Lebzeiten. Die Männer erschauern, greifen sich an Bauch, Rücken und Unterleib, verziehen die Gesichter und bestätigen die Aussage der Therese Erbs, geborene Schlupfburg, dieser Mann sei ein anderer gewesen, als er zu sein vorgab. Therese ist frei von Erbs, die Ehe ein Nichts gewesen. Aber das Nichts hat Folgen, an denen Therese (nun wieder Schlupfburg) schwer trägt und ihnen nach einem Vierteljahr den Namen Fritz zu geben bereit ist.

Das selig lächelnde Gesicht des neugeborenen Kindes ist das letzte, was die imaginäre Leinwand zu zeigen vermag, ehe sie in der Mitte des Zimmers in sich zusammenfällt.

Therese sitzt fröhlich im Ohrensessel und lacht laut, weiß sie doch wieder, wer der Vater ihres Sohnes ist. Sie erinnert sich, und ihr Kopf setzt fort, was die Frauen eben sehen konnten. Die Geburtsurkunde hatte damals nur sie als Mutter des Kindes ausgewiesen. Zwar stand in der entsprechenden Rubrik, daß Fritz Schlupfburg als *eheliches Kind* zur Welt gekommen sei, doch der Familienstand seiner Mutter wurde mit *ledig* angegeben. Der Standesbeamte hatte sich nicht getraut, dem energischen Fordern Thereses nachzugeben, und seinen Vorgesetzten gerufen. Der wiederum war Zeuge jenes Besuches in der heimlichen Steinschneiderei und am Beschluß beteiligt gewesen, die Ehe zu annullieren. Therese Schlupfburgs Verlangen nach einer ihren Vorstellungen entsprechenden Geburtsurkunde erschien ihm logisch, und er wies seinen Untergebenen an, der Frau ihren Willen zu lassen. Als er in der Löbnichtschen Kirche getauft wurde, war Fritz Schlupfburg das einzige Kind in der Provinz Ostpreußen mit solcherart Urkunde.

Therese lacht weiter und weiter, ißt Brotwürfel und schmatzt laut, summt ihr Lied und kichert, als sie Josepha zuschaut: Die wird jünger und älter unter Thereses TIRALLALA, ist ein kleines Mädchen und bald darauf eine alternde Frau, bis gegen Mitternacht Thereses Kräfte zu versiegen beginnen und Josepha erschöpft in ihrem wirklichen Alter ankommt. Beide schlafen im Sitzen ein.

Ottilie Wilczinski im bayerischen N. und jenseits der im Jahre neunzehnhundertneunundvierzig anscheinend endgültig befestigten Grenze hält sich den schmerzenden Bauch: Sie hat sich zu heftig gedreht, um von ihrem Krankenhausbett aus die Nachtschwester zu rufen. Ottilie bewohnt seit Wochen ein Einzelzimmer der gynäkologischen Abteilung des St.-Georgen-Krankenhauses. Man hat versucht, es wohnlich herzurichten, soll Ottilie hier doch unbeschwert ihre Niederkunft erwarten und dabei stets unter medizinischer Kontrolle sein. Noch wissen die Ärzte nicht, daß zwei Jahre später in England das *Retortenbaby* Louise Brown zur Welt kommen wird, gezeugt im Glase unter den Augen der Wissenschaft. Also ist die Schwangerschaft der sechzigjährigen Ottilie Wilczinski *das* Ereignis des medizinischen Kalenderjahres und als solches kaum geheimzuhalten. Vor den Toren der Klinik raufen sich zu jeder Stunde eilfertige Journalisten um die Chance auf eine Photographie der werdenden Mutter. Aber keiner von ihnen hat sie je zu Gesicht bekommen, Ottilie Wilczinski verweigert Auskunft und Ansicht und sieht fern, bevorzugt weiterhin die aufklärenden Sendungen des Dritten Fernsehprogrammes und Kurzkriminalfilme, in denen schwarz berockte Pater oder alternde Damen brutale Mörder entlarven und der Polizei immer ein wenig voraus sind. Oh, sie war manchem Spitzel auch immer ein bißchen voraus gewesen seinerzeit, als sie noch mit Avraham Rautenkrantz zu Bett ging, als Sechzehn-, Siebzehnjährige im ostpreußischen Königsberg. Avraham Rautenkrantz kam gelegentlich von Riga herüber, wo er mit Ottilies Onkel Max Freundschaft geschlossen hatte und zu jenem Zwanzigstel der lettischen Bevölkerung zählte, das regelmäßig die Synagoge aufsuchte. Wenn Avraham Rautenkrantz auf Besuch kam, brachte Therese Fisch auf den Tisch im Haus des verstorbenen Steinschneiders in der Sackheimer Mittelgasse. Die untere Etage hatte sie vermietet an den kauzigen Schuster Ernst Dallaw, der in der vormaligen Kürschnerei ein einfaches Schuhwerk fabrizierte, viel öfter jedoch die ausgetretenen Schuhe der Bewohner von Sackheim, Kosse und der Stadtviertel am Pregel flickte, die nicht mit bloßen Füßen ihrem Tagwerk in den Sägewerken und Tischlereien, in den Mühlen und Eisenfabriken nachgehen konnten. In den Hufen lebte, wer nicht bloß *ein* Paar Schuhe sein eigen nannte und eine Anstellung hatte als Kaufmann in der Reichsbankhauptstelle, ein besseres Geschäft führte als der Schuster Ernst Dallaw in Sackheim oder einen kleinen Handel mit Flachs oder Hanf, mit Kohlen, Bernstein und Leder. Die Kinder aus den Hufen übernahmen die Gewerbe der Eltern. Waren sie männlich und ließen eine Neigung zur höheren Bildung erkennen, standen ihnen aber auch die neun Höheren Knabenbildungsanstalten offen. Auf jeden Fall gingen die Söhne aus Amalienau und Maraunenhof aufs Friedrichskollegium, aufs Wilhelms- oder das Altstadt-Kneiphöfsche Gymnasium und wurden so klug, wie es Mutter und Vater vorschrieben. Auch Therese schrieb ihrer Tochter Ottilie kluge Sprüche über das Tor ins Leben, aber die hatte Ottilie längst vergessen, als sie Liebe lernte in den Altstädter Wiesen. Avraham Rautenkrantz war ein hinkender jüdischer Schneider mit sanftem Gemüt und feurigem Blick, mit kleinem, verwachsenem Leib und hohen Kopfsprüngen. Seine Haut war weiß, mit milchkaffeefarbenen Spritzern besät und roch nach feiner Seife und guter Gesundheit. Avraham Rautenkrantz schlief anfangs gern mit Ottilie, doch nach dem dreiunddreißiger Januar begann er schlecht zu träumen und selten nach Königsberg hinüberzufahren. Tat er es dennoch, peinigten ihn wirre Bilder beim Geschlechtsakt: Er sah sich lange Straßen putzen mit einer kleinen Zahnbürste aus Horn, neben ihm viele andere in gleich beschämender Lage. Er sah das Schiff kentern, auf dem er durch seine angstvollen Träume fuhr, und erzählte Ottilie davon, die ihm nicht helfen konnte und hinreißende Briefe schrieb, wenn er Königsberg wieder in Richtung Riga verlassen hatte. Zum letzten Male sah ihn Ottilie im Juni neunzehnhundertdreiunddreißig, und Avraham Rautenkrantz sprach davon, daß der deutsche Außenminister Neurath in London vom englischen König in einer ernsten Unterhaltung die Bedenken der Briten hinsichtlich der Behandlung der Juden in Deutschland hatte hinnehmen müssen, daß ihm dennoch angst sei und bange und daß auch in Lettland sich rege, wem der Jude ein Dorn sei im arischen Auge. Er wolle lieber heiraten in Riga und nach Witebsk ziehen, wo seine alten Eltern in ihrem Häuschen auf ihn warteten. Als er Ottilie den Abschied gab, war er kleiner im Mut als sie und größer im Verzicht, so daß sie einander nichts vorzuwerfen brauchten und zum Schluß ineinanderkamen wie nie zuvor. Avraham Rautenkrantz sollte von jenem Jungen nichts wissen, den Ottilie zum Frühlingsanfang neunzehnhundertvierunddreißig als künftigen Vater der Druckerin Josepha Schlupfburg zur Welt brachte und Rudolph nannte. Der fahrende Scherenschleifer Karl Rappler wurde vom Obervormundschaftsgericht in Königsberg beauflagt, zum Unterhalt des Jungen und der unehelichen Mutter beizutragen. Er wurde als Vater des Kindes vermerkt in den Akten und fühlte sich gar nicht so schlecht dabei, denn immer hatte er geglaubt, Frauen nicht schwängern zu können. Deshalb war er ihnen auch stets furchtlos begegnet. Als ihn Ottilie Schlupfburg in einer Sommernacht des Jahres neunzehnhundertdreiunddreißig bat, die große Schere zu schärfen, mit der sie als Zuschneiderin für Wiedenhöft & Söhne ihren Lebensunterhalt verdiente, blickte sich Karl Rappler vorsichtig um: Er hatte hier in den Altstädter Wiesen sein Nachtlager aufschlagen wollen, nicht aber mit einem einsamen jungen Mädchen mit großer Schneiderschere in den Händen gerechnet. Was Ottilie Schlupfburg an diesem Abend auch immer hatte tun wollen, soll unerheblich bleiben angesichts der Ereignisse: Er beschlief sie nach seinem Maß und schärfte ihr Werkzeug, ehe er sich unter einer einsamen Eiche zur Nacht legte. Später war er nicht immer in der Lage, dem Kinde Geld zu schicken oder nach ihm zu sehen zwischen den Landfahrten und wunderte sich über Ottilies stete Dankbarkeit, wenn sie sich alle zwei Jahre trafen. Er hatte dem Kind das Verderben erspart, das ein jüdischer Name im Stammbaum mit sich gebracht hätte, aber er wußte das nicht und war stolz auf den Sohn in Königsberg. Ottilie verhalf ihm, als mit dem *Landfahrerpack* aufgeräumt werden sollte, zu einer festen Adresse in der Sackheimer Mittelgasse. So waren sie quitt, als

Ottilie mit Rudolph und ihrer Mutter Therese zum Ende des letzten Krieges in einem Treck flüchtender Menschen die Stadt Königsberg gen Westen verließ, während Karl Rappler irgendwo in den Gassen von Sackheim herumirrte und den Soldaten der Roten Armee anbot, Messer und Scheren zu schleifen. Die ermüdeten Kämpfer hatten kein Interesse an dem verwirrten deutschen Mann Karl Rappler, und er war froh, als sich eine mächtige Sanitäterin seiner erbarmte und ihn mit den dürftigen Papieren ihres gefallenen Gatten nach Osten schickte. Taubstummheit vorgebend, gelangte Karl Rappler in ein Dorf nahe Witebsk, wo er wieder Scheren schliff und als Bürger der Sowjetunion Gennadij Solowjow, geboren im ukrainischen Dragobytsch, Mitglied der KPdSU und der Kolchose »Roter Oktober«, Held des Großen Vaterländischen Krieges, der ihm Sprache und Erinnerung geraubt hatte, und Sekretär für Agitation und Propaganda der Parteiorganisation des Dorfsowjets zu bescheidenen Ehren kam. Zwar konnte er nicht wie mancher begnadete Politoffizier sein Gegenüber in Grund und Boden reden, insbesondere, wenn jener letztere anläßlich der großen Kollektivierung der Landwirtschaft unter dem Genossen Jossif Wissarionowitsch eingebüßt hatte und sich seitdem gutstellte mit der Obrigkeit, aber er brachte ein frisches *Da!* über die Lippen nach einigen Jahren, und die Genossen gaben ihm einen ruhigen Posten, von dem aus er das Wort, so oft er wollte, aussprechen konnte. Ottilie hörte nie wieder von ihm, sie dachte ohnehin öfter an Avraham Rautenkrantz. Auch jetzt, da sie vom Bett der gynäkologischen Abteilung des St.-Georgen-Krankenhauses nach der Nachtschwester ruft, ist sie gerade beim Geliebten in den Altstädter Wiesen gewesen. Die Implosion des krankenhauseigenen Fernsehgerätes der Marke Grundig hat sie aus dem Erinnern gerissen und schockiert, zum Zittern gebracht und einen Hustenanfall ausgelöst, wie sie ihn seit der Wegbiegung zwischen Wuschken und Ruschken nie mehr gehabt hatte: Ihre Lunge bläht sich zum Dreifachen ihres normalen Volumens im Zustand der Luftfüllung, droht, die unteren Rippen zu sprengen, beult das Zwerchfell zum Becken hin, und säße nicht ein Fötus in ihrem Uterus, der seine beiden Händchen dem Ballon entgegenstemmte – es könnte geschehen, daß Ottilie Wilczinski weit vor dem Entbindungstermin platzte. Aber das Kind an seiner fetten Schnur macht Dampf und rettet die Mutter, knetet die Luft aus den Lungen, streichelt beruhigend die Herzspitze, bis Pulsschlag und Atmung sich normalisiert haben. Es ist die Sache einiger Augenblicke: Das Kind schläft und lutscht an seinem vorgeburtlichen Daumen, als die Schwester ins Zimmer kommt und ob des unheimlichen Schadens laut um Hilfe bittet, ja schreit. Sie kennt die Vorgeschichte der Aufnahme Ottilie Wilczinskis aus dem Befund der Städtischen Irrenanstalt, der sich im Anamnesebogen findet. (Im Bewußtsein der bayerischen Stadt N. hält sich der Begriff »Städtische Irrenanstalt«, obwohl die Institution seit dem Ende des letzten Krieges verschiedene andere Bezeichnungen hat tragen müssen, im Augenblick den einer Königin namens Elisabeth.) Im Kopf der schockierten Schwester reimt sich zusammen, was zusammengehört: Ottilie Wilczinskis Verhältnis zu Bildröhren ist ein gestörtes. Was sie bislang für einen Witz gehalten hat, für eine hysterische Folge der Umtriebe des Uri Geller in schweizerischen und westdeutschen Fernsehprogrammen, muß sie nun in den Rang einer wirklichen Wahrheit erheben: In Ottilie Wilczinskis psychophysischer Aura gibt es gelegentlich Glasbruch.

Verwunderung spricht aus den Gesichtern der herbeigeeilten Schwestern und Pfleger, die Patientin schlafend zu finden, Sekunden nur nach dem Schadensfall, mit ruhiger Atmung und behäbigem Puls, wie die Diensthabende in der Kurve vermerkt und rot unterstreicht. Ein junger Mann in viel zu weitem weißen Kittel, mit ledernen Billigsandaletten und einem sanften Müsliblick zwischen den gespreizten Ohren, wird beauftragt, die Scherben zusammenzufegen, das defekte Gerät in den Keller zu befördern und dreimal feucht zu wischen am Unglücksort. Das Ritual verlangt den Zusatz eines schleimhautverätzenden Mittels zum Wischwasser, um Desinfektia, der Göttin der Schwesterlichkeit, zu huldigen und Epidemien zu verhindern. Die Vorstellung, ein ungezähmter Bazillus könnte eine Serie von Bildröhrenimplosionen auslösen, hält die mittleren Angestellten in Säuberwut, während Dr. Zehetmayr, ein Medizintechniker mit hervorragenden Beziehungen zur elektronischen Großindustrie, die Luft eines Morgens wittert, an dem ihm der Verkauf des implosionsauslösenden Bazillus an einen namhaften Fernsehgerätehersteller Millionen einbringen wird. Dr. Zehetmayr nimmt also etwas Dreck von der Schippe, füllt ihn in ein Reagenzglas und korkt zu. Ottilie Wilczinski hingegen erwacht aus ihrem posttraumatischen Tiefschlaf auch dann nicht, als ihr die diensthabende Schwester eine Kanüle in die Armbeuge sticht, um Blut abzunehmen: Ein Röhrchen alten Frauenblutes, von dessen Analyse sich die Mediziner endlich Aufschluß über die rätselhaften Ausdünstungen der Schwangeren erhoffen. Aber noch etwas bereitet den Ärzten schlafarme Nächte: Ottilie Wilczinskis späte Schwangerschaft läßt nicht mit sich rechnen, vollzieht sich jenseits der Regeln menschlicher Ontogenese im Zeitraffertempo. Da sie die Teilung der befruchteten Zelle zur Morula mit eigenem inneren Auge gesehen hat, kann Ottilie den Beginn der Tragzeit zwar präzise angeben, aber das glaubt zunächst niemand. Legte der Stationsarzt das Alter der Schwangerschaft nach der ersten Ultraschalluntersuchung auf sechs Wochen fest, so zeigte der Bildschirm nur zwei Wochen später einen gut fünfzehn Zentimeter langen Fötus mit strampelnden Ärmchen, gut ausgebildetem Hals und unfertigen Ohren – das Kind war zweifellos an die vier Monate alt. Die mittägliche Besprechung nach der Chefvisite hatte demnach Unerklärliches zu erklären und endete damit, daß der Chef den jüngeren Stationsarzt als einen »Idioten« und »Niesfisch« abstempelte, der sein Hand- und Kopfwerk nicht gelernt hätte und Fehlinterpretationen lieferte. Der wutschnaubende Chef machte sich selbst daran, per Ultraschall den Entwicklungsstand der Frucht festzulegen. Er ließ die gerade überm Nachmittagskaffee eingeschlafene Patientin in den Untersuchungsraum fahren. Hatte sich niemand bislang die Zeit genommen, Ottilie danach zu fragen, wie sie mit der absonderlichen Schwangerschaft jenseits der Wechseljahre zurechtkam, begann auch der Chefarzt mit tröstendem Handauflegen und der bislang stets unbeantwortet gebliebenen Frage nach dem Vater des Kindes. Ottilie setzte sich im Bett auf, zog die Knie ans Kinn und schaukelte, wie sie es bei den Patienten der städtischen Irrenanstalt Königin Elisabeth gesehen hat: Versunken in alle Zeiten, den Blick nach innen gerichtet, wo sich ein Reich auftut, von dem die Ärzte nichts wissen können. Ottilie Wilczinski kauerte am Rande der Ödnis langen Krankenhausaufenthaltes, aber ihr Blick ging ins eigene Ferne, ergoß sich im Herzen ihres Kindes, das sogleich zu strampeln begann, und traf den Herrn Doktor nicht, der wiederum keine Antwort erhielt auf seine wichtigste Frage. Ottilie, die *Mischpatientin*, für die sich Psychiatrie und Frauenheilkunde gleichermaßen zuständig fühlen und um sie streiten in unergründlich langen Sitzungen und Experteninterviews ... Dem Doktor gelang es, Ottilie Wilczinski aufs Brett zu strecken und durchsichtiges Gelee auf ihren Bauch zu streichen. Die Ultraschalluntersuchung beschrieb schließlich ein zwanzig Zentimeter langes Ungeborenes, das sogar schon die Augen zu öffnen begann und sich die winzige Nase kratzte – von prächtigem Entwicklungsstand also. Der rasche Herzschlag des Kindes riß Ottilie aus ihrer Versunkenheit, sie blickte zum Bildschirm und wußte plötzlich, daß dieses Geschöpf die späte Erfüllung des Bodo Wilczinskischen Kinderwunsches bedeutete. Eine seiner an die Tausende zählenden Ejakulationen mußte doch erfolgreich gewesen sein, das befruchtete Ei aber über die Jahre in ihrem Eileiter gesteckt haben, vergessen wie eine Reisetasche im Schließfach. Als die trockenen Stöße Franz Revesluehs die dorrenden Kanäle zwischen Eierstock und Gebärmutter in Bewegung brachten und das in die Nabelmulde fließende Sperma seine Energie durch die Bauchdecke Ottilies in die Uterusregion sandte, erinnerte sich das begonnene Kind seiner selbst und machte sich auf in die entscheidenden neun Monate, um in jene Welt einzutreten, vor der Bodo Wilczinski eine verhütende Angst gehabt haben mußte. Immerhin verbot es sich sogar seinem in die Eizelle Ottilies eingedrungenen Samenfaden, das genetisch vorbestimmte Programm abzuspulen. Erst Zuspruch und Zugriff eines anderen, neidlosen Mannes machten die späte Schwangerschaft möglich. Als Ottilie das begriff, begann sie laut und lauter zu lachen, strich sich mit beiden Händen über den Bauch und fühlte sich stark werden gegenüber dem Herrn am Bildschirm, den sie nun lächerlich finden konnte in seinem Eifer und erbärmlich in seiner Unwissenheit. Der verwirrte Doktor ließ denn auch die Patientin wieder in ihr Zimmer bringen, doch vergaß er nicht, Ottilies Lachen als *neuerlichen Ausdruck ihrer psychischen Instabilität* in der Akte zu vermerken und nahezulegen, es handele sich um eine Schwangerschaftspsychose. Der Vorfall mit der Bildröhre ist nun ein weiteres Rätsel in der rätselvollen Geschichte, und der eine halbe Stunde darauf von zu Hause herbeigeeilte Chefarzt bemerkt in seinem Bauche ein kleines Rumoren, ein Unwohlsein, das er aus seinen Anfangsjahren im Beruf kennt, da er noch Skrupel gehabt hatte, nach zehnminütigen Konsultationen Diagnosen auszusprechen und mit einem großen Aufgebot an medizinischer Labortechnik zu untermauern. Er sieht seinen Studienfreund Huckenhuber vor sich, der im Zentrum der Stadt eine kleine homöopathische Praxis führt, verlacht von den anderen Ärzten, verehrt von seinen wenigen Patienten, ignoriert von der Mehrheit der Bürger. Huckenhuber hatte ihn mehrmals zum freundschaftlichen Austausch über Diagnose- und Therapiemethoden eingeladen, aber der Chefarzt war niemals hingegangen, so daß über kurz oder lang die Einladungen ausblieben, die Studienfreundschaft erlosch. Nach dem kleinen Rumoren im Bauch verspürt der Chefarzt nun den Wunsch, Huckenhuber heimlich anzurufen. Kollegen und Familie dürfen natürlich nicht wissen, daß er bei solchem Quacksalber Rat und Beistand sucht im schwierigen Geschehen um die spät schwangere Ottilie Wilczinski. Es klärt sich ihm nicht, wie ein menschlicher Fötus zwischen Frühstück und Nachmittagskaffee an die fünf Zentimeter wachsen kann. Vielleicht kennt Huckenhuber Präzedenzfälle? Wie sie die Regenbogenpresse ohnehin von Zeit zu Zeit behauptet. Der Chefarzt erinnert sich an ein auf der Station herumgereichtes Blatt, das haarsträubend verkündete: »Gesunder Junge mit vier Augen geboren! Zwei trägt er unterm Hemd!« Zwar hatte er gekichert, aber so ganz unwahrscheinlich, das mußte er zugeben, kam ihm jene Sache nicht vor. Warum sollte man nicht die Augen unterm Hemd tragen, er selbst sah in Herzhöhe schon ohne Augen mehr als mit selbigen im Gesicht. Jedenfalls meint der Chefarzt, zunächst einmal die Frage der Vaterschaft endgültig beantworten zu müssen, und tritt an Ottilies Bett, rüttelt ein wenig am Oberarm der Patientin, zieht dann den zum Zwecke der Blutentnahme hochgeschobenen Nachthemdärmel wieder über den Ellbogen und flüstert, nachdem Schwestern und Pfleger endgültig des Raumes verwiesen sind, was ihm gerade einfällt – in Ottilies linkes Ohr: Hühnersuppenlöffelholzeisenbahnwaggonfabrikarbeiterklasse. Honigbärenkäfigstäbe. Sumatratigerentenbratensauce. Vollmilcheislaufweltmeisterstückzahlvater ... Da rührt sich Ottilie, das Vater-Wort paßt in ihren Traum, in dem Bodo Wilczinski und Franz Reveslueh sie und das Neugeborene in der Entbindungsklinik besuchen und, da ist sich Ottilie ganz sicher, einen dritten Mann in ihrer Mitte haben: Avraham Rautenkrantz, den jüdischen Schneider aus Riga und einer längst verlorenen Zeit! Es hat also drei Väter, ihr Kind!, und sie entschließt sich für Rautenkrantz als Fühlvater, Wilczinski als Zeugungsvater und Reveslueh als Zahlvater. Wer soll ihr das aber glauben? Nein, da will sie lieber bei Reveslueh bleiben. Unwahr zwar, aber wenigstens denkbar, die Geschichte der Vaterschaft. Und wenn Reveslueh sich nicht sperrt, würde es vielleicht nicht einmal sein Schaden sein: Späte Väter als Verantwortliche für noch spätere Mutterschaften gewinnen an Zugkraft. Vielleicht ließe sich ein kleines Kapital schlagen aus dem vermeintlichen Wunder. Vielleicht könnte das Kind eine gute Ausbildung bekommen, die ihm die Rente der Eltern nicht ohne weiteres sicherte. Ottilie Wilczinskis Visionen sind praktischer Natur. Oft denkt sie an ihren Sohn Rudolph, den sie einst an einer ostpreußischen Weggabelung verlor und nie mehr hat wiederfinden können. Nun gut, sie muß zugeben, ihn nicht ausdauernd gesucht zu haben in den Jahren danach, aber, und da sei der höchste der Götter vor, nicht aus mangelnder Liebe, sondern weil sie sich ihrer Mutter Therese sehr sicher war, die nach ihr gefahndet haben mußte mit all ihren verschiedenen Kräften. Wenn die nichts hatten ausrichten können, war eine Familienzusammenführung einfach nicht vorgesehen im Gang der Geschichte, davon war Ottilie überzeugt und hatte sich nicht weiter bemüht, auch wenn in ihren Träumen hin und wieder das schlackernde Gemächt ihres einstmals heranwachsenden Sohnes baumelte und ihr Enkelkinder vorgaukelte, die es sicher unterdessen gab und die womöglich selbst schon wieder begonnen hatten, eine Generation zu zeugen. Ottilie Wilczinski denkt an die neun erwachsenen Kinder des Zahlvaters Reveslueh, und sie freut sich, daß ihr spätes Kind in eine solch große Familie geraten wird. Wenn das Bodo Wilczinski noch hätte erleben können: Daß sein Lieben Erfüllung finden würde in einer anderen Zeit! (Ottilie bemerkt nicht, daß die Zeit nur langsam sich regt, daß die Folge der Generationen wie eine Umwälzpumpe arbeitet und neue Gestalten hineindrängt, daß aber, solange auch nur sie selbst am Leben ist, die alte Zeit präsent bleibt und einen Namen hat und ein Gesicht für die Nachfolgenden.) Gute Nacht.

Der Morgen nach der dritten Etappe der Expedition hat falsches Gold im Mund. Josepha greift ihm unter die nasse Zunge, ihr Herz hat mit einem Anfall zu kämpfen. Ob es Mordlust ist oder nur ein bißchen Angst vor der Zukunft des schwarzweißen Kindes, kann sie nicht sagen. Andersfarbige gibt es seit einigen Jahren selbst in W. in beträchtlicher Zahl. Sie kamen von Kuba hierher, um sich in verschiedene Berufe einzuüben beim Bau der kleinen grünen *Dieselameisen*, Markenzeichen der Stadt. Aus Algerien, um im städtischen Gummiwerk Schläuche zu wickeln. Und es gab Vietnamesinnen in der großen Wäscherei, die zuvor durch eine Amnestie nahezu aller Arbeitskräfte aus der Haftanstalt der Kreisstadt verlustig gegangen war. In den Schulen wurden die Kinder bald aufgefordert, recht viel Angst zu haben vor den Fremden, besonders vor den dunklen Männern aus Algerien, die in den Intershops einkauften und blonden Frauen auflauerten, wenn man der Lehrerin glaubte. Und wer tat das nicht! Tatsächlich waren es dann nur die algerischen Männer, die sich in die einheimischen Frauen hineinwagten und dort kleine braune Kinder hinterließen, deren größer werdende Zahl in W. endlich auffiel. Die Kubaner tranken viel und schärfer noch als die Mannsschaft von W., blieben aber stets unter sich, so schien es, während die Vietnamesinnen von keinem Einwohner der Stadt bei alltäglichen Verrichtungen beobachtet wurden, man wußte nicht einmal, wo sie wohnten. Einmal streikten die algerischen Arbeiter im Fahrzeugwerk um ein Freudenhaus. Beides, der Streik und die Forderung nach einem Puff, lösten bei der Bevölkerung Empörung aus, wie allerdings nur gerüchteweise verlautbarte, so daß die dunklen Arbeiter eines Tages zu packen begannen und durch eine gezähmtere Gruppe ersetzt wurden. Und bald flatterten auf den Tischen der städtischen Behörden, der rasch eingeschalteten Kreis- und Bezirksorgane und auf dem Tisch des Landesobersten schwarzweiße Anträge auf Ausreise aus dem Diesseits der im Jahre neunzehnhundertneunundvierzig anscheinend endgültig befestigten Grenze durcheinander. Simona Siebensohn beharrte darauf, mit Tochter Jaqueline auf die Reise zu gehen, Christfriede Eccarius mit Paul, Simon und Jean-Jaques, Martina Walter mit Hatifa, Djamila, Clarence und Poularde, deren Namen sie aus den Gerüchen der eigenen Kindheit herübergerettet hatte (wenngleich sie nicht begriff, warum der Beamte der französischen Fluggesellschaft, mit der sie eines Tages die Reise nach Algier antreten sollte, den auf »Poularde Cedouchkine« ausgestellten Kinderausweis ihrer jüngsten Tochter dreimal fallen ließ, ehe er ihn tränenüberströmt zurückgab), außerdem wollten Annegret Hinterzart, Mandy Magirius und Kerry Bostel aus Josephas Schulklasse den Weg nach Afrika antreten, und Josepha hatte den Kindern Magnolia, Kassandra, Patrice und Romuald eine Feier ausgerichtet zum Abschied. Heute sind nur noch wenige braune Gesichter in den Krippen und Kindergärten von W. zu sehen, und Josepha fühlt, wie die abschätzigen Blicke, die ihnen gelten, sich langsam unter ihrer eigenen Haut ausbreiten. Josepha denkt an ihre alleinstehende Französisch-Lehrerin, deren Eltern in der Stadt scheinheilen Respekt genießen. Die Tochter hatte einmal zu schönsten Hoffnungen Anlaß gegeben – schließlich ermöglichte das Staatswesen gewillten Landeskindern ein Studium, meist sogar ihrer Wahl –, war dann aber schwanger zurückgekehrt aus der Universitätsstadt. Die Eltern nahmen sie auf und renovierten ein Zimmerchen unter dem Dach ihres Hauses. Beinahe freute man sich auf das Enkelkind. Vom Tage der Geburt an liefen die Eltern gesenkten Kopfes duch die Straßen von W.: Das Kind hatte nicht die übliche Farbe und krauses Haar. Es wächst nun in Druckluft heran, zwei Patentanten in hübschen Tarnkleidern spielen von Zeit zu Zeit Wohlwollen vor. Josepha beschließt, ihre einstige Lehrerin, für deren Mutterschaft sie sich bislang nicht besonders interessiert hatte, einmal zu besuchen, und bittet Therese, am Abend nicht mit dem Essen auf sie zu warten. Sie gießt ihre Tasse zum dritten Male mit dem dicken braunen Aufguß der Marke *Rondo Melange* randvoll, ohne an die Aufregung zu denken, die sie ihrem Kinde damit einhandelt. Dafür bemerkt sie, einen Monat zu spät, daß die Kalender ihrer Küchenwand in den Februaren steckengeblieben sind, obwohl sie alle gestern eigentlich hätten den April aufklappen müssen. Josepha versucht einen nachträglichen magischen und zeitverschiebenden Blick, sie fragt ihr Gedächtnis nach dem entlaufenen Monat, der der erste im Leben ihres kommenden Kindes gewesen und nun so spurlos dahin ist, als hätte es ihn nie gegeben. Für einen Moment überblättern die Kalender den jeweiligen März und kommen im April an, jedoch schnippen sie zurück in die Februare, als Josepha die Küchentür hinter sich schließt, um sich auf den Weg zu machen in ihre Fabrik.

Therese nimmt sich vor, das Expeditionstagebuch mit den Ereignissen der letzten Nacht zu aktualisieren. Unter dem Stichwort TIRALLALA notiert sie zunächst die Namen des Vaters, des Sohnes und des erinnernden Geistes, darum gruppiert sie mit Schwung die der Hochzeitsgäste und der anderweitig an der Geschichte Beteiligten. Es entsteht ein eindrucksvolles Gewirr menschlicher Namen, das in Therese wiederum Fragen wachsen läßt und die Suche nach geeigneten Schlüsselworten vorantreibt. Sie vergißt darüber zum Glück nicht, die ganze Geschichte – in spöttischem Tonfall – niederzuschreiben. Lachen muß sie, als die Erbssche Erscheinung ihr neuerlich vor Augen tritt, mit hagerem, gekrümmtem, machtlosem Leib, und ihr Lachen dämmert hinüber in jene Regung Mitleids, die sie verspürte, als sie dem Manne sein Süppchen in die Anstalt brachte. Heute, am 2. April 1976, wird der Kürschner und heimliche Steinschneider Adolf Erbs, Findelkind von den Stufen der Juditter Kirche in Königsberg, der übers Leben vergessene Mann der Therese Schlupfburg und Vater von Fritz, eines Anhängers des Himmels über L. A., im Ostdeutschen begraben unter einer Flut von Worten, und Therese wird schlagartig klar, daß ihre Einträge immer auch Grabpflege sein werden für die, die im Fischzug der Geschichte wegen vermeintlichen Mangels an Größe durch die Maschen des Netzes gerutscht waren. Sie kocht sich ein Speckmus und gießt in kleinen Schlucken Wein hinterher, ihr Mut will nun vergehen und groß werden im Wechsel, ganz wie ihr Kind unter ihrem TIRALLALA. Therese versucht, im Ohrensessel ein Schläfchen zu halten, aber der knorrige Erbs setzt ihr zu wie zu Lebzeiten nie, und so macht sie sich schließlich auf den Weg zu ihrer Freundin Erna Pimpernell, flieht vor den Erbsschen Attacken, der eigenen Hochzeit, der verlorengegangenen Tochter, den blutenden Kühen ins städtische Feierabendheim. Ihr wird nicht sofort geöffnet, denn die Pflegerinnen sitzen beim Frühstück zusammen und ärgern sich über Besuch, der die Insassen dagegen sehr freute. Therese wartet ein paar Minuten im sandsteinernen Torbogen des denkmalgeschützten Gebäudes. Ihr Herz besänftigt seinen Schlag ein wenig, der Blick gibt das Flackern auf. Als die mürrische Oberschwester das Tor öffnet, ist Therese Schlupfburg eine freundliche alte Dame, die nach ihrer Freundin sehen und dem Tag ein paar unterhaltsame Augenblicke abgewinnen will. Denuntiata, die Göttin der Charakterlosigkeit, schwebt, von beiden Frauen unbemerkt, für Sekunden über dem Haupt der Oberschwester, muß sich aber auf später vertrösten. Erna Pimpernell kriegt den Mund nicht zu, ihre Augen zielen ins Glücklose einer ungewissen Zukunft, von der Erna hofft, sie möge recht kurz ausfallen. Therese will Erna ein bißchen von diesem Hoffen abhalten, denn die Freundin hatte ihr vor Zeiten sehr geholfen. Mit Erna Pimpernells Unterstützung – sie arbeitete früher auf dem städtischen Wohnungsamt – hatten Therese und Josepha ihre vormalige feuchte Wohnung gegen eine trockene, wenn auch kleinere, eintauschen können, obwohl sie als Zugezogene galten, denen man gewöhnlich eine noch längere Wartezeit zudachte. Erna hatte Therese die Zubereitung des nassen Thüringer Kuchens gezeigt, ihr die rohen Klöße ans Herz gelegt und in der Gotteshilf-Kirche für sie gebetet, sie in den schmutzfarbenen Dialekt der Region eingeführt und von Zeit zu Zeit einen selbst zubereiteten Likör – Brombeere, Schlehe, Schwarze Johanna – mit Therese gepichelt. Dabei hatten sie auf dem von mehrerer Generationen Ärschen blankgescheuerten Ledersofa in Ernas Kochstube gesessen, alte Photos angeschaut oder Topflappen gehäkelt für die Tombola der Nationalen Front, die jährlich für die Bürgerinnen und Bürger ein Straßenfest ausrichtete, hatten Salzinjektionen in die dabei am Spieß zu bratenden Spanferkel vorgenommen oder über Herz und Nieren gesprochen, an denen die Zeit mit den Jahren zu reißen begann wie an fälligen Kalenderblättern. Erna Pimpernell, nach den schweren Unfällen des Alterns, einem gewaltigen Hirnschlag und zwei Infarkten, ist weit weg von hier. Therese fängt den Speichel unter Ernas Mund mit einem Zellstofftuch auf. Sie will ihrer besten Freundin von der Gunnar-Lennefsen-Expedition erzählen, um die Aufregungen mit ihr zu teilen und die früher offengebliebene Frage nach dem Vater des Fritz Schlupfburg doch noch zu beantworten. Hinter Erna Pimpernells schwimmendem Blick weiß Therese ein stilles Revier mit gutem Grund für ihre Erzählungen. So spricht sie drauflos, und Ernas Lippen beginnen zu schunkeln im Takt der Schlupfburgschen Rede. Es macht ihr Spaß, was Therese ihr einflößet, sie beginnt zu murmeln zwischen den Zähnen und antwortet auf ihre Art: Sie schreit

BLUTWURST!, wie ihre männlichen Altersgefährten zuweilen ATTACKE!!! rufen über die Flure des Heimes, ATTACKE!!! und BLUTWURST!, soviel hatten sie allemal verstanden, die Männer und Frauen, in den wechselnden Läufen ihrer langen Leben. Therese weiß schon, sie ist vorbereitet auf den Besuch. In ihrer knautschledernen Handtasche hat sie ein Viertelpfund Blutwurst mitgebracht, mit fetten Einsprengseln, wie die Freundin sie mag. Therese bittet die Schwestern, das Wurststück braten zu dürfen. Die Oberschwester zeigt ihr die Heimküche im Keller, in der nicht etwa die Speisen für die Bewohner bereitet werden, nein, in Thermoskübeln kommt das Essen aus der Betriebsküche des *VEB Kalender und Büroartikel Max Papp*. Erna Pimpernell und Josepha Schlupfburg essen an verschiedenen Orten aus einem Topf, das wird Therese schnell klar, und sie beschließt, der Freundin jetzt öfter das Stückchen Blutwurst zu bringen und ihr außerdem von all den verbotenen Speisen zuzustecken, die Erna so mag: Harzer Käse, Bückling, Rauchfleisch ... Josepha beklagt sich oft über das Betriebsessen, über die in faden Soßen schwimmenden Fleisch- und Gemüseteile, hartschaligen Kartoffeln, schlammigen Eintöpfe. In einer Pfanne zerläßt Therese ein Stückchen Schweineschmalz, schneidet die Blutwurst in Scheiben und brät sie zu braunrotem Brei, in dem wie Mehlklunkern die Fettstücke glänzen. Auf einem schweren, grünrandigen Teller richtet sie den Haufen an, gibt ein paar Kartoffeln aus einem der Kübel hinzu und bringt die Mahlzeit wieder nach oben in Erna Pimpernells Zimmer, das sie mit drei anderen alten Frauen aus dem Ort teilt. Als Therese mit dem Füttern fertig ist, klappert auf dem Flur der Essenwagen, die Zimmergefährtinnen Erna Pimpernells erheben sich im Dämmerzustand aus ihren Betten, schlurfen zur Tür und fassen, blaugeädert ihr Griff, nach den Schüsseln, die ihnen gereicht werden. Mathilde, die Galle, den Napf voller weißlicher Schonkost, bedroht Nathalies grüne Bohnen mit Fleisch: Sofort ist ein Schatten entstanden über dem Abfallkübel. Berthe übersieht aus ihrem rosa Gesicht glücklos die Berge auf ihrem Teller, ehe sie zu schlingen beginnt. Leichte Übelkeit bringt Thereses

Frühstücksspeckmus durcheinander. Sie drückt die gute Erna Pimpernell fest an ihre Brust, knöpft ihr die Bluse bis zum Hals zu, weil ihr das würdevoller erscheint, und läuft mit trippligen Schritten, kopflos beinahe, davon.

Josepha sitzt zur gleichen Zeit mit Carmen Salzwedel im Vorraum zu den Damentoiletten der Kalenderfabrik, der Geruch ist hier Haustier und scheint nicht zu stören. Die Frauen beschäftigen einander mit Neuigkeiten. Carmen Salzwedel hat in der Hoffnungstaler Straße die siebenunddreißigste Halbschwester ausfindig gemacht. An ihrem Haar mußte sie sie erkennen: Gleich dem eigenen stand es stocksteif vom Kopfe im gestrigen Regen. (Auch das Aufspannen eines Schirmes nützt hier nichts. Schon die Aura des Regens verbindet sich in einer chemischen Reaktion mit den Bestandteilen des Haares, das augenblicklich versteift und erst nach völliger Trocknung wieder in Wellen über die Schultern fällt. Die meisten der betroffenen Halbgeschwister tragen daher das Haar ganz kurz, damit sie nicht zu viel Platz brauchen bei Nässe, aber einige, darunter Carmen und ihre gestern im Regen entdeckte Halbschwester Charlotte – nach der Mutter: Semmel – können sich von dem bei Trockenheit prächtigen Bewuchs einfach nicht trennen.) Josepha freut sich über die neue Verwandtschaft der Freundin, warnt sie aber davor, in einem unbedachten Moment zu heiraten: Nicht alle Halbgeschwister haben den Haarwuchs des Vaters geerbt, sondern gehen mit dem allzeit weichen blonden, braunen, schwarzen, rötlichen Pelz der Mütter durchs Leben. Es könnte zu leicht geschehen, daß Carmen dem eigenen Bruder erliegt im Begehren, und keiner wisse davon. Das sei nicht gut, weiß Josepha, und Carmen stimmt zu, daß sie Paarung ohnehin nicht vorhabe und im Falle das Falles unbedingt auf hundertprozentige Aufklärung der Abstammung bestehen wird. Josepha stellt sich das vor und ist skeptisch: Keinen Augenblick lang hatte sie an Mokwambi Soluleres Ahnentafel gedacht, als sie ihn mit sich zog nach einer kurzen Straßenbahnfahrt, bei der er ihr gegenübersaß und in ihr Gesicht blickte. Dort, zwischen den Augenbrauen, mußte er etwas Bekanntes entdeckt haben und starrte unverwandt auf den Punkt über Josephas Nase, die ihn plötzlich zu riechen begann und die Signale weitergab an den Schoß. Als Josepha die Tür ihrer Wohnung aufschloß, wußte sie noch nicht einmal seinen Namen, und als er im Morgengrauen fortging, hatte sie mit seinem Schweiß an die Scheibe des Fensters geschrieben: Mokwambi Solulere. Es war sein letzter Tag hier, denn der Anführer der Rebellen, die ihn einst studienhalber nach Europa geschickt hatten aus einer Art Untergrund, den sich Josepha schwer vorzustellen vermochte, war nun erster Repräsentant seines Landes geworden und forderte ihn zurück. (Mokwambi erinnert sich manchmal, wie er am 11. November des Vorjahres versucht hatte, die ihm unverständliche Verkleidungsaktion in der Wohnung seines Seminarbetreuers als Feier anläßlich der Proklamation eines anders gearteten Staatswesens in seiner Heimat aufzufassen.) Vier Jahre lang hatte er eigenhändig, schließlich war er nicht beischlafshalber verschickt worden, für den regelmäßigen Abfluß seines Spermas gesorgt: Seine Handflächen waren schon dunkel geworden, als er Josephas Körpergrenzen in der Nacht zum 1. März ebenso veränderte wie die Grenzen des Landes, das zu verlassen er im Begriffe war, und später die Grenzen des Bildes, das er sich von beidem gemacht hatte ... Sehnsucht? Josepha ist hin und wieder gedrängt, Mokwambi ein warmes Zeichen zu geben aus ihrem Bauch oder ihn mitzunehmen zur Expedition.

Jetzt hat sie es hier im stinkenden Vorhof zur Pißhölle aber eilig, zur Sache zu kommen: Sie braucht frische Luft (die Druckerschwärze hat ihr Kopfschmerzen verursacht, der Kaffee ihr Kind in Unruhe versetzt). Zuvor muß sie Carmen Salzwedel jedoch bitten, ihr einen Zugang zu Baumwollwindeln zu verschaffen. Nur zwei hat sie schließlich bislang erstehen können, als sie zum erstenmal die Schwangerenberatung aufgesucht hatte. So etwas muß von langer Hand vorbereitet werden, weiß Josepha, und hätte sie Carmen Salzwedel nicht, so würde sie ihr Baby in den verpönten synthetischen Vlies wickeln müssen! Carmen ergeht sich nun in langwierigen Erörterungen der beabsichtigten Kettenreaktion von Tauschgeschäften und überlegt laut, ob sie nicht die Halbschwester Charlotte Semmel um eine Aufmerksamkeit anläßlich der Aufnahme in die verzweigte Sippe bitten sollte. Charlotte Semmel verkauft Tapeten im einzigen Farbenladen der Stadt, und Carmen wüßte schon, wen sie mit Tapeten zur Herausgabe von Baumwollwindeln veranlassen könnte. Josepha versichert die Freundin ihres Vertrauens in den Gang der Dinge, der ihr doch recht egal ist, und verläßt das Gebäude. Sie muß die Raucherinsel passieren, eine kleine Grünanlage um zwei frisch gestrichene Bänke herum, auf denen sich vierzehn Arbeiter drängeln. Die meisten rauchen Tabak der Sorte JUWEL 72, auf den Josepha allergisch zu reagieren gelernt hat: Die Haare ihrer Oberarme richten sich auf, ein flackerndes Brennen nistet sich ein auf den Innenseiten der Schenkel, Magen und Leber sacken um eine Handbreit herunter und bedrängen den Dickdarm, so daß Josepha schnellstens auf die Toilette zurückkehren muß. Beim Verriegeln des Aborts kann sie gerade noch wahrnehmen, wie Carmen Salzwedel nebenan laut einen Posten Taschenkalender gegen Blümchentapeten und diese wiederum gegen Baumwollwindeln im Dutzend aufzurechnen versucht, da fällt sie auch schon in eine dunkle Ohnmacht. Die darauffolgenden zwei Stunden verbringt sie schlafend, den Hintern verkeilt in der hölzernen Klobrille, daß sie nicht herunterrutschen kann von ihrem stinkenden Sitz. Excrementia, die Göttin der Égalité, hält schützend die Hand über Josephas Schlummer, der in die Nachtschicht hineinreicht und für heute den Besuch bei der früheren Französisch-Lehrerin verhindert. Als Josepha nach Hause kommt – natürlich hat Therese nicht mit dem Abendbrot auf sie gewartet –, spült sie sich einen von den schrumpeligen Äpfeln ab, die seit dem Herbst im Keller lagern. Dabei fällt ihr Blick auf das nachgefüllte Gurkenglas, das sie zum Aufbruch zu drängen scheint, aber so sehr die hinzukommende Therese auch bitten mag, Josepha fühlt sich nicht kräftig genug für die Expedition. Sie gibt zu bedenken, daß ein harter Tag hinter ihr liege, der ihr ums Haar eine Verwarnung wegen unentschuldigten Entfernens vom Arbeitsplatz eingebracht hätte, wenn sie die Meisterin nicht vom unschuldigen Zustand der Ohnmacht hätte überzeugen können. Therese erreicht nicht mehr als eine halbherzige Zusage, am Mittwoch der kommenden Woche eine neue Etappe der Gunnar-Lennefsen-Expedition zu wagen. Die würde dann nämlich auf den Weltgesundheitstag fallen.

Tatsächlich kommt Josepha am Weltgesundheitstag etwas früher als gewöhnlich nach Hause. Sie hat am Vormittag einen Probeposten blau gebundener Taschenkalender für das Jahr neunzehnhundertsiebenundsiebzig einer ersten Kontrolle unterzogen. Dabei fielen ihr einige Fehler auf, so hatte man den Ehrentag der Werktätigen der Leicht-, Lebensmittel- und Nahrungsgüterindustrie, der auf den 15. Oktober hätte fallen sollen, zum Tag des Bergmannes und des Energiearbeiters gemacht. Letztere hätten sich eigentlich am 3. Juli gegenseitig feiern sollen, aber der erste Julisonntag 1977 war ohne den nötigen Zusatz geblieben. Josepha wußte, daß das nicht durchgehen würde in der Endabnahme und veranlaßte rasche Berichtigung. Die korrekte Rubrik »Unterscheidungszeichen im internationalen Kraftfahrzeugverkehr« in der Fassung vom 31.10.1974 jedoch machte ihr (im Zustand der Schwangerschaft) plötzlich Beschwerden: A für Österreich, las sie, und BS für die Bahama-Inseln, DZ für Algerien und GCA für Guatemala, RSR für Rhodesien, N für Norwegen, J für Japan, und die Gewißheit, daß sie Fahrzeuge mit solcherart Kennzeichen weder auf den Straßen von W. noch in einem der unbekannten Länder selbst je würde sehen können, nahm ihr die Luft. Eine Putzfrau fand die japsende Josepha im Korrekturkabuff auf dem Fußboden, gekrümmt, die Arme über der Brust gekreuzt, die Knie angewinkelt am Kinn, ein weiblicher Fötus ohne selbständige Lungenatmung, der für wenige Sekunden einen Blick durch den Geburtskanal nach draußen gewagt hat, um dann im Schock zu erstarren. Zwei herbeigerufene Arbeiter packten Josepha auf eine fahrbare Krankentrage aus dem Sanitätsraum der Fabrik, und während sie zur Betriebsärztin gebracht wurde, träumte sie sich in ein schwarzes Cabriolet hinein, das mit wechselnden

Kennzeichen (NIC, RU, WAN, RA ...) langsam auf dem Gelände des *VEB Kalender und Büroartikel Max Papp* herumkurvte. Zwar wunderte sie sich im Dämmern etwas über die schlechte Federung ihres Gefährtes, aber der Weg zur Ärztin war nicht lang genug, um Josepha darüber zum Aufwachen zu zwingen. Natürlich wurde sie sofort nach Hause geschickt, der Lehrling Manfred Hinterzart als Begleitung ausgewählt und eine sofortige Laboruntersuchung der Blut- und Urinwerte veranlaßt. Josepha erholte sich indes rasch und lautlos. Manfred Hinterzart erzählte ihr auf dem Weg nach Hause – er schob dabei ihr blaues Herrenfahrrad der Marke Diamant und bemühte sich, sehr langsam zu laufen – von seiner Schwester Annegret und den Nichten Magnolia und Kassandra. In ihrem letzten Brief aus Burj 'Umar Idris hatte Annegret Hinterzart (nunmehr Benderdour) um eine Nähmaschine und Verständnis dafür gebeten, daß sie nun nicht mehr so oft schreiben könne wie früher, und tatsächlich hatte sie seit dem Oktober vergangenen Jahres nichts mehr von sich hören lassen, ja, nicht einmal den Erhalt der von ihren Eltern sofort per Post verschickten Nähmaschine bestätigt. Und so ist auch Josepha ein wenig beunruhigt, als sie die Tür zu ihrer Wohnung aufschließt, früher als gewöhnlich an einem Arbeitstag, und Manfred zum Abschied um die Adresse seiner Schwester in der algerischen Wüste bittet. Vielleicht würde ja auch Carmen Salzwedel irgend etwas herausbekommen können, deren Halbbruder Georg die Gruppe der braunen Arbeiter aus Algerien in W. von Anfang an betreut hat (beobachtet, denkt Josepha) und über Verbindungen zu höheren Stellen des betreffenden Ressorts verfügt. Therese teilt die Besorgnis, denn Annegret Hinterzart existiert als kleine freundliche Freundin der Urenkelin in ihrem Gedächtnis, ein abgerundetes Kind mit hellen Augen und einem musikalischen Hinterkopf. Aus dem Mädchen Annegret Hinterzart purzelten ununterbrochen Lied und Militärmarsch, Menuett und Schlager, Sarabande und La Bostella, Twist und Mazurka, Boogie Woogie und der jeweilige, als letzter Husten oder letzter Schrei bezeichnete Hit überseeischer Moderne. Dazu bewegten sich die stämmigen Beinchen in sicherem Taktgefühl, so daß das Kind nicht still zu stehen oder zu sitzen vermochte und die anhaltende Unruhe in merkwürdigen Kontrast zur Körperfülle geriet. Therese schaukelt den Kopf, rollt die Augen, die denn auch bedenklich über die Lidränder zu treten beginnen, und macht zum Erstaunen Josephas fröhlich trampelnde Tanzschritte zum ernsten Gesicht, ihr Mund singt LALALABOSTELLA BEI TANTE ELLA, BEI TANTE ELLALALALALALALALABOSTELLA BEI TANTE ELLALALALALALALALAAAAA! Josepha denkt an jenen Sommer, in dem sie zum erstenmal in ein Ferienlager gefahren war, in eine kleine sächsische Textilindustriestadt, und wie die zwölf-, dreizehnjährigen Mädchen diesen Schlager durch die Straßen grölten und immer frühzeitig sich ankündigten als wilde Horde auf dem Weg zur obligaten Betriebsbesichtigung. Sie nannten sich JOHNNY BETON AND HIS MÖRTELS, trugen die Pioniertücher als Atemschutz oder Stirnband und pinkelten allnächtlich zum Leidwesen der mitgeschickten betreuenden Halberwachsenen, einer euligen FDJlerin namens Sibylle und eines Olaf genannten Hans-Peters von 17 Jahren, in die quietschenden Feldbetten. Morgens war Pfützenwischen angesagt, und Hanspetergenanntolaf nutzte die Zeit für ein Viertelstündchen Sibylle im Pionierleiterzimmer. Das weiß Josepha noch sehr genau, denn sie war einmal in den Hinterhalt geschickt worden, eine Pionierleiter zu holen, während die anderen Mädchen platzrot vor Lachen mit urintriefenden Lappen in sicherer Entfernung standen. Durch den Türspalt sah Josepha zwar keine Leiter, dafür aber eine weit geöffnete Sibylleneule kurz vor Hanspetergenanntolafs Einreiten, und die Mädchen bekamen fortan zu allem jede Erlaubnis, die sie nur wollten. Josepha weiß also um die Geschichten im Liedschatten, Therese wird die ihrigen im Kopf tragen, und sie wundert sich nicht weiter, als die Urgroßmutter sie nun auch noch zum Tanz auffordert mit swingender Geste und Tieftrauergesicht. Jetzt nicht wegtreten, Therese, jetzt nicht schlapptanzen, Josepha. Heute ist die Welt gesund, oder war es *money makes the world go round*?, da kann ja noch viel passieren:

7. April 1976:
Vierte Etappe der Gunnar-Lennefsen-Expedition
(Stichwort im Expeditionstagebuch: KNOPFSCHACHTEL)

Die Frauen fallen sich nach laugendem Tanz in die Arme, wippen den Nachmittag aus in der Küche, kochen sich Kartoffel mit Zwiebel und Butter, machen sich dicht, indem sie die Vorhänge zuziehen, die Liddeckel schließen. Therese endlich im Ohrensessel, Josepha kauernd neben dem Expeditionsgepäck – Gunnar Lennefsen ruft, Therese antwortet mit dem Wort KNOPFSCHACHTEL, das sie heute nicht aussprechen kann, sondern mit geriebenem Käse aufs Plastparkett streut. Sogleich spannt sich die imaginäre Leinwand, es scheppert, und der Inhalt einer voluminösen Knopfschachtel befällt den Zimmerfußboden, quirlt den Schriftzug aus geriebenem Käse durcheinander. Die Schachtel ist den Händen der Carola Hebenstreit geb. Wilczinski entglitten, als ihrem urplötzlich sich auftuenden Schoß ein untergewichtiges Zwillingspaar entfuhr. Man schreibt den 27. Januar 1925. Auf dem gebohnerten Boden des kleinen Geschäftes in der Hohen Straße in G., das dem Knopfhändlerehepaar Carola und Romancarlo Hebenstreit seit zwei Jahren gehört und das sie vor zehn Minuten dem neuen Tag aufgeschlossen haben, liegt eine vollständig ausgestoßene Fruchtblase, in der zwei winzige Kinder schimmern. Die blutende Mutter greift eine Stricknadel aus einer erreichbaren Schublade und öffnet die Blase, hebt ihre Kinder heraus, bindet die Nabelschnüre mit den Senkeln ihrer Stiefeletten ab, schneidet sie mit einem Nahttrennmesser vom gemeinsamen Mutterkuchen und fällt in Ohnmacht, als der überraschte Ehemann Tischtuch um Tischtuch aus dem Regal reißt und die wimmernden Mädchen einzuwickeln beginnt. Zwei Frauen, die den Vorgang mit ansehen mußten, laufen um Hilfe davon und kehren nach einer Zeit, die Romancarlo Hebenstreit eben ausreicht, seinen Laden für unbeteiligte Hausfrauen und Dienstmädchen zu schließen, mit einem in der Nachbarschaft praktizierenden Tierarzt zurück. Nach einer oberflächlichen Untersuchung der Kinder wird nun

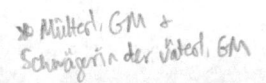

77

ein Waschkorb mit Strickgarn gepolstert, mehrere Herrenstrümpfe werden mit warmwassergefüllten Flaschen ausgestopft und um die in der Mitte des Korbes plazierten Kinderbündel gestellt. Als Carola Hebenstreit geb. Wilczinski aus ihrer Ohnmacht heraufkommt, verläßt der Doktor med. vet. gerade den Laden, die beiden Helferinnen tragen den Waschkorb davon ins Alte Krankenhaus am Bahnhof, und Romancarlo, der vor einer halben Stunde von der Schwangerschaft seiner Frau ebensowenig gewußt hat wie diese selbst, knickt weg. Der Mutter geht es nicht schlecht, die Sturzgeburt hat kaum Schmerzen verursacht. Inmitten ihrer großen Sammlung gebrauchter Knöpfe liegend, fallen Carola Hebenstreit auf der Stelle die Vornamen der Mädchen ein: Sie will sie Benedicta Carlotta und Astrid Radegund nennen, wenn sie am Leben bleiben würden. Schon sieht sie sich mit ihren Mädchen hinter dem Ladentisch stehen, Benedicta putzt die große Kasse, Astrid berät die Kundinnen hinsichtlich modischer Knopfgrößen und empfiehlt reißfeste Zwirne und kochbare Stopftwiste … Carola Hebenstreit geb. Wilczinski packt ihren Mann bei den Füßen und zieht ihn nach nebenan in den winzigen Lagerraum. Sie bläst ihm aus vollen Backen Luft ins Gesicht, öffnet ihm Schuhe und Hosen, reißt das Jabot fort, das er im Laden zu tragen pflegt, und wartet nicht lange. Während er dämmert, sucht sie sich frische Leibwäsche aus dem Warenvorrat, zieht sie an, ordnet die Kleidung darüber wie vordem und öffnet die Tür. Auf dem ins Schwarze zielenden Braun ihres Rockes fallen die Blutspuren nicht auf, und der Boden ist rasch gewischt. Sie wringt den Lappen aus, als die erste nachgeburtliche Kundin eintritt und Litze verlangt für ein Taufkleid. Eine knappe Stunde ist vergangen, seit Carola Hebenstreit geb. Wilczinski einem Mädchenpaar das Leben und ihrem Gatten zwei winzige Töchter schenkte, und als die Kundin, mit guter weißer Litze versorgt, den Laden verläßt, liest die plötzliche Mutter die zu Boden gefallene Sammlung gebrauchter Knöpfe zurück in die Schachtel. Therese und Josepha schauen zu, wie Knopf um Knopf vom Wohnzimmerboden verschwindet und schließlich sogar der käserne Schriftzug wiederersteht. Nur an der Stelle des »O« bleibt ein großer Perlmuttknopf liegen und schimmert aus seiner Zeit in die siebziger Jahre hinein. Josepha ist ratlos, weiß sie die Ereignisse auf der imaginären Leinwand doch nicht einzuordnen in ihre eigene oder Thereses Geschichte. Lediglich das Gesicht der gebärenden Frau war ihr nicht fremd vorgekommen, erinnert sie an einen Blick, dem sie schon einmal begegnet sein mußte. Sie schaut zu Therese hinüber, die traurig lächelt und ganz versunken scheint in den Knöpfen und Litzen, Zwirnen und Twisten, Garnen und Nadeln des Hebenstreitschen Kurzwarenladens. Josepha fällt die Entfernung ein, die im Jahre neunzehnhundertfünfundzwanzig die ostpreußische Stadt Königsberg den ärmeren Einwohnern – und um solche handelte es sich zweifellos bei dem Ehepaar Hebenstreit und deren winzigen Zwillingen – der thüringischen Stadt G. beinahe unerreichbar gemacht haben mußte und fragt sich nun um so mehr, was das alles mit ihr selbst oder mit Therese zu tun haben könnte. Sie erschöpft sich ein wenig im Grübeln, sieht nicht, wie Therese nach dem liegengebliebenen Perlmuttknopf greift und ihn blank reibt an ihrer Bluse. Erst nach Augenblicken des Halbschlafs will ihr auffallen, daß die imaginäre Leinwand noch nicht in sich zusammengestürzt ist, sondern sich nur an den Rändern wellt und im Zentrum wogt, eine Flackerfahne der Ungeduld etwa? Josepha kommt vollends zu sich, greift nach dem Faden der Handlung, der diesmal als graue Nähseide aus der Öse des Perlmuttknopfes in Thereses Händen herausweht. Schnell geht es zur Sache: Carola Hebenstreit geb. Wilczinski schließt an diesem Dienstag den Laden ein paar Minuten früher als gestern, sie ist ja nun eine Mutter und muß sich ein bißchen kümmern ums Nest. Von Romancarlo ist in dieser Hinsicht eher wenig zu erwarten. Er sitzt längst zu Hause und schreibt seinen Eltern und dem Schwager im Anhaltinischen einen Brief, eine Geburtsanzeige sozusagen. Carola nimmt den Weg durch die kümmerliche Altstadt zum Bahnhof und meldet sich beim Pförtner des Krankenhauses als Mutter der heute morgen eingelieferten, viel zu früh geborenen Mädchen. Mochen Se schnell, mochen Se hin, schreit der Pförtner, der Pforrer is doh zur Nohddaufe, dos wird wohl nüscht mehr wehrn mit den Kindorn, sohn Jommer ower auch! Da muß Carola nun schnellfüßig sein und kleinleibig, dabei hat sie zweieinhalb Zentner Fleisch um die Knochen und muß ohnehin tun, was sie kann! Die Kinderstation unter dem Dach des zweistöckigen Gebäudes riecht nach Karbol, Eukalyptus, Menthol, Senf und Äther in ernster Mischung, der Brechreiz läßt nicht auf sich warten, aber Carola bekämpft ihn mit ihrem neugewonnenen Muttermut und schlägt sich durch die Dämpfe ins hinterste Zimmer, wo ihre Mädchen, warm in weißen Tüchern verpackt und von Wärmeflaschen umstellt wie Räuber von einem Trupp Gendarmen, an stricknadeldünnen Daumen lutschen. Carolas Ankunft läßt die Neugeborenen auf der Stelle beruhigt einschlafen. Noch ehe der Pfarrer dazu kommt, die Kinder für tot zu halten, ruft Carola Hebenstreit geb. Wilczinski laut »Benedicta Carlotta« und »Astrid Radegund« in die Runde, aus der sich nun langsam ein knöcherner Mensch herauszuheben beginnt und sich als Amtsschreiber hervortut. Er fragt die junge Mutter, ob er wohl richtig gehe in der Annahme, soeben die Vornamen der Mädchen vernommen zu haben. Und wo wohl der Vater der Kinder sei? Ob er denn nicht der Nottaufe der armen Wesen beizuwohnen gedenke? So gehe das aber nicht, meint er dann ernst und schickt nach dem Zeuger. Es trifft eine rotbäckige Schwesternschülerin, in die Hohe Straße zu laufen und aus der Wohnung über dem Laden des Knopfhändlerehepaars dessen männlichen Part herauszuklingeln. Aber das braucht Zeit, und so beugt sich Carola nun endlich neugierig über das metallene Säuglingsbett, ihre Töchter, ganz frisch geputzt, zu beäugen. Natürlich erschrickt sie ein bißchen, natürlich machen diese menschlichen Kleinstausgaben ihr angst vor dem eigenen zupackenden Griff. Fast möchte sie das Bild wieder fortwischen, auf dem Benedicta Carlotta die Kasse wienert und Astrid Radegund Kunden berät. Zum Glück schießt die Milch ein, süße fettige Milch quillt aus Carolas Bluse, tropft auf den Boden, bis sie schließlich – drei Schwestern haben der erschrockenen Mutter sofort die enggewordene Bluse vom Körper gerissen – in zwei peitschenden Strahlen aus den Brüsten tritt und die verblüfften Anwesenden völlig durchnäßt. Der Arzt, die drei Schwestern und der Herr Pfarrer versuchen zu fliehen, was nicht leicht ist, die Milch ist so süß, daß sie klebt. Schließlich rufen sie auf dem Flur um Hilfe, um Eimer, um Gottes willen, und machen sich selbst auf die Suche nach Lappen und Schrubbern. Ein einziger Mann hat das Zimmer indes nicht verlassen: Der knöcherne Amtsmensch, der in verwirrter Erstarrung Papier und Federhalter aus den Händen fallen läßt. Er ist fasziniert und erregt von dem Schauspiel, er zittert, noch nie hat er weibliche Brüste in solcher Aktion gesehen. Er vergeht und vergeht sich, fegt sich die Hosen herunter in einer zu seiner knöchernen Statur seltsam kontrastierenden, eleganten Bewegung und entlädt sich mit solcher Kraft, mit dem Rücken zur Wand, daß der Strahl seines Samens und der der Hebenstreitschen Süßmilch für einen Moment einander in Schach halten und als verquirltes Gemisch zu Boden kommen. Der Knöcherne springt der noch immer erschrockenen Carola an den Hals, greift ihre Brüste, steckt sich beide Warzen gleichzeitig fest in den Mund und saugt und schluckt, was das Hemd hält. Als er nach nur wenigen Augenblicken seine Beute wieder freigibt, unfreiwillig und rülpsend, haben sich seine vordem eingefallenen Wangen ein wenig gestrafft, er riecht nicht mehr gänzlich nach Staub, und der Milchstrom scheint fürs erste beruhigt. Was jetzt in Rinnsalen aus Carola heraustritt, ist für die Töchter ganz sicher noch immer zu viel. Carola muß nach einem Moment des Erschreckens nun lachen, daß ein ganz gewöhnlich scheinender Mann sie sozusagen gestillt hat in seltener Auslegung des Wortes, und nun kann sie auch dankbar sein, daß er alle Gewalt aus ihrer Lage genommen hat. Sie zieht ihm die Hosen hoch und küßt seine Hand, er verzehrt sich nach ihr, wie sie sieht, und hebt stolpernd Papier und Federhalter aus dem Schleim. An einem frischen Stecktuch wischt er beides trocken und ist damit fertig, als das Personal nebst Pfarrer und Vater das Zimmer wieder betritt. Man versucht, mit Karbolwasser den Boden zu reinigen. Die Schwesternschülerin, als sie einen triefenden Scheuerlappen auswringt, wittert Bekanntes und hält ihn in unbeobachtetem Moment unter die Nase, schüttelt den Kopf und schaut verwirrt auf die junge Mutter, doch die lächelt nur selig und läßt ihren Töchtern die besänftigte Milch in die im Schlaf geöffneten Münder tropfen. Sogleich beginnen die Lippen zu schnalzen, zu schmatzen. Der Pfarrer erschrickt, hat er die Kinder doch schon für tot halten wollen, und bekommt vom Arzt eines der Mädchen in den Arm gelegt, der knöcherne Amtsmensch das zweite. Die Männer sollen der Mutter, der man nun endlich einen Stuhl untergeschoben hat, die Säuglinge an die Brüste halten, da sie selbst ob der Größe letzterer erstere nicht sicher fassen kann. Und es gelingt, was dem Vater auch verletzendes Schauspiel scheint: Pfarrer und Amtsmensch knien vor Carola und halten die winzigen Mundöffnungen der Kinder an die Brustwarzen seiner Frau, der Pfarrer vollkommen rot und pikiert, der Amtsmensch rotweiß gesprenkelt, und ungewöhnlich lautes, angestrengt röchelndes Schmatzen füllt bald den Raum. Wie schon beim Amtsmenschen geschehen, straffen sich beinah sofort die Wangen der Kinder, füllen sich auf mit Milchfett und Mutterzucker, machen sich rund. Aber Pfarrer und Amtsmensch bestehen nun bald auf ihrer Berufung, der eine drängend, der andere aus Scham sich ihm anschließend, und reichen die Kinder dem Vater weiter, der sich mühen muß, beide am Gesäuge zu fixieren. Während der Pfarrer seine Kreuze schlägt, stellt der Amtsmensch die üblichen Urkunden aus, vermerkt als Eltern der beiden Neugeborenen (weiblichen Geschlechts) das Knopfhändlerehepaar Romancarlo Hebenstreit und Ehefrau Carola geb. Wilczinski, beide evangelisch-lutherischer Konfession und wohnhaft zu G./Thüringen, Hohe Straße 25. Die Namen werden mit »Benedicta Carlotta« und »Astrid Radegund« nach Wunsch der Mutter und mit Zustimmung des Vaters vermerkt, und der Pfarrer fordert die Eltern auf, zum Eintrag ins Kirchenbuch die Papiere ins Pfarramt zu bringen. Daß es sich wohl nun doch nicht um eine Taufe von Sterbenden handelt, liegt auf der Hand: Die Zwillinge haben ihre Größe während einmaligen Trinkens nahezu verdoppelt, sich von den Warzen gelöst und schlafen im Arm des Vaters den ersten Sättigungsrausch ihres Lebens aus. Romancarlo Hebenstreit zeigt nun zum erstenmal Stolz, Carola weiß: auf sich selbst. Es nimmt auf diese Weise kaum Wunder, daß nicht einmal er bislang einen Gedanken an Gesundheit und Wohlergehen der Zwillingsmutter verwandt hat. Niemandem ist bislang eingefallen, daß die Frau nach der Sturzgeburt ärztlichen Zuspruchs bedürftig sein könnte oder gar einer ernsthaften medizinischen Untersuchung. Die Verhältnisse kommen darum erst spät auf den Tisch. Als Pfarrer und Amtsmensch längst fort sind vom Säuglingsbett und Carola in rhythmischem Schaukeln des Oberkörpers einer postnatalen Depression entgegenzuwirken versucht – Romancarlo ist wieder zu Hause und schreibt seine Briefe, Carola ist bei ihren Kindern im Krankenhaus geblieben –, betritt zur Nacht noch einmal die Schwesternschülerin mit geöffneter Nase das Zimmer und forscht nach den Wünschen der Wöchnerin, deren Appetit, Stuhlgang und Temperatur. Auf und ein will ihr fallen, daß da noch was war, noch was war, aber sicher, da war was, die Sturzgeburt war! Und die Milchfälle mitten im Zimmer! Gerüche von Ejakulat zwischendrin! Sie läuft nach dem Nachtarzt, diese Frau braucht eine ärztliche Hilfe, da kann doch etwas nicht stimmen! Der Arzt ist von öliger Art, ein Schwartenknacker dazu, sein Griff legt Carola bloß, sein Blick ohnehin, und nun weiß er nicht recht, was er sagen soll. Hier läuft nichts, die Lochien sind längst versiegt, das Geschlecht geschlossen und rosig wie bei einem der jungen Mädchen, die manchmal durch Zu- oder Unfall, widerstrebend oder ohnmächtig, unter seine Hände geraten. Daß diese Frau wirklich heute morgen geboren hat, will ihm nicht ganz stimmen, das paßt nicht zu dem, was er weiß vom weiblichen Leben. Doch ehe er nachfragt, prüft er die Brüste, indem er das Hemd hebt und seine Hände über die hitzigen Berge schickt. Der Druck seines Daumens läßt einen dünnen Strahl entstehen, der ihm die knappe Frisur näßt. Erschrocken läßt er nun ab, vermerkt reichlichen Milchfluß und eine kräftige Konstitution. Der Frau geht es gut. Den merkwürdigen Säuglingen ebenso. In deren Akten findet sich ein Geburtsgewicht von jeweils einem Pfund! Er mißt und wiegt nach, er kann es nicht fassen. Diese Kinder wiegen einen guten halben Tag später doppelt soviel! Selbst dieses Gewicht reicht nach den Regeln der Wissenschaft nicht fürs Leben, aber die Zwillinge haben Fingernägel an den winzigen, gut durchbluteten Händen, die Ohren zeigen niedliche Wülste an ihren Rändern, die Lungen haben sich offenbar problemlos entfaltet, und keinerlei Lanugoflaum trübt den Eindruck der vollständigen Reife! Die Zweifel haben ihn wieder ganz, was wird hier gespielt? Er streicht sich verwirrt über den Kopf, wie er es immer tut, wenn er sich in Ratlosigkeit wiegt. Zu seinem Entsetzen fährt er durch volles, lockiges Haar, wo vordem nur ein grauweißer Ring die glanzvolle Glatze bekränzte. Er reißt an dem Wildwuchs, es schmerzt, das Gelock gehört damit wohl wirklich zu ihm! Er stürzt zum erblindenden Spiegel über dem Waschtisch. Was er noch erkennen kann, bringt ihn um Sinn und Verstand: Er trägt um sein Greisengesicht eine wallende Pracht kastanienbrauner Haare, ein jedes wohl an die fünfzig Zentimeter lang. Während er in beginnender Umnachtung zu Boden sinkt, erhebt sich Carola Hebenstreit geb. Wilczinski langsam von ihrem Bett, packt den Mann und legt ihn vorsichtig an ihrer Statt hin. Sie faltet die Decke, stopft das entstandene Paket, wie um sein Haar zu schonen, unter seinen Hals und beginnt, aus den Locken dünne Zöpfe zu flechten. Später steckt sie sie mit zwei ihrer Haarnadeln zu einem kunstvollen Knoten zusammen, läßt dabei am Haaransatz einen Ring feiner langer Zöpfe aus und betrachtet zufrieden ihr Werk. Unter ihrem seligen Blick erwacht der Nachtarzt, steht auf und beginnt, sich um seine Körperlängsachse zu drehen, wobei die offenen Zöpfe im Flug ein dichtes Rad bilden und wie Blütenblätter den Knoten umstehen. Das sieht auch Inklinatia, die Göttin der Gleichgewichtsstörung, auf ihrem Nachtflug durch die Krankenhäuser des Landes und kann sich nicht halten ob des Anblicks. Ihr lautes Lachen verletzt das Innenohr des seelisch Angeschlagenen und setzt dessen Gleichgewichtsorgan derart außer Gefecht, daß er nur noch in ständiger Drehung sich aufrecht halten kann. Im Wirbel läuft er auf den Flur, um Hilfe stammelnd und um Rettung vor den Armen der Hölle, die nach ihm zu greifen scheinen. Die Schwesternschülerin, mit dem Putzen der Nachtgläser beschäftigt, kann ihn nicht gleich erkennen und will nach der Oberin klingeln wegen des offenbar entgleisten Patienten, doch die kommt von selbst, durch den Krach aus dem Halbschlaf gerissen. Mit vereinten Kräften bringen die Frauen den Mann zu Fall und identifizieren ihn bestürzt als der, der er ist. Was nun kommt, entzieht sich der Darstellung auf der imaginären Leinwand, die sich wiederum Carola Hebenstreit geb. Wilczinski zuwendet und die Gunnar-Lennefsen-Expedition im Zeitraffer in das Jahr neunzehnhundertsiebenundzwanzig voranbringt. Der zweite Geburtstag der Mädchen Benedicta Carlotta und Astrid Radegund hat die Anverwandten um den großen Tisch im Wohnzimmer des Knopfhändlerehepaars versammelt. An diesem Donnerstag wurde der Kurzwarenladen schon zum Mittag geschlossen und das auf einem von Romancarlo kunstvoll beschriebenen Brett im Schaufenster mitgeteilt. Die Hebenstreits haben es inzwischen zu bescheidenem Wohlstand gebracht, nicht zuletzt deshalb, weil die Anwesenheit der Zwillingsmädchen im Laden die vorwiegend weibliche Kundschaft zu größeren Käufen veranlaßt als vorgesehen. Das Geplapper und das völlig identische Aussehen der Kinder ziehen die Frauen so in ihren Bann, daß Mutterinstinkte aufwallen und alle Vernunft dem gedoppelten Kindchenschema erliegt. So wird von jungen Dienstmädchen Taufkleidspitze gekauft für Kinder, deren Geburt allenfalls in den Sternen steht, oder Stopftwist für die Sokken eines noch nicht gefundenen Ehemannes. Mütter besorgen das Leinen für die Aussteuer ihrer eben eingeschulten Töchter, und alternde Jungfern erstehen feines Häkelgarn, um sich ihrer vermeintlichen Bestimmung zu erinnern und die Häubchen ihrer Ungeborenen zu verzieren. In der Hinterlassenschaft so manchen alten Weibes, das in der städtischen Pflegeanstalt am Marstall einsam verstarb, finden die bestellten Nachlaßpfleger Säuglingswäsche, sorgfältig genähte Männerunterhosen mit kunstvoller Stickerei auf eigens für die Hoden angebrachten

Beutelchen im Schritt und großräumige Stillkleider mit feinen weißen Wäscheknöpfen über der Brust. Den Hebenstreits ist das ganz recht, so kann zu familiären Festtagen ein Stallhase auf den Tisch kommen oder ein Hahn, dazu Thüringer Klöße und Rotkohl, nachmittags Pflaumen- und Käsekuchen, abends Kartoffelsalat mit Brühwurst. Auch heute ist der Geburtstagstisch reich gedeckt mit Erbspüree, gepökelter Zunge in Meerrettichsoße und gutem Rotwein, die Gäste schmatzen im Takt. An der Stirnseite sitzt Romancarlo, Benedicta Carlotta auf seinem Schoß bändigend, ihm gegenüber Carola mit der stilleren Astrid Radegund auf den Knien, an der einen Seite die Mutter Carolas, Viktoria Wilczinski – Vater Walther ist letzten Sommer gestorben –, und der zweiundzwanzigjährige Bruder Bodo, auf der anderen Ferrucio Hebenstreit und seine Frau Gunhilde, Romancarlos Eltern. Man erzählt sich Schnurren beim Essen, erinnert sich der letzten beiden Jahre, die mit allerlei Merkwürdigkeiten im Heranwachsen der Mädchen einhergingen, und tauscht Rezepturen für festliche Mahlzeiten aus. Der Kindesvater erzählt die immer wieder gewünschte Geschichte der Sturzgeburt, Carola jene von der erstaunlichen Gewichts- und Größenzunahme der Kinder in den ersten Lebenstagen: Am dritten hatten die Mädchen das Normalgewicht kräftiger Neugeborener erreicht, brachten beide acht Pfund auf die Waage. Nach jedem – übrigens von der Schwesternschülerin oder dem besuchsweise im Krankenhaus anwesenden Romancarlo bewerkstelligten – Anlegen war ein ganzes Pfund Lebendgewicht hinzugekommen, so daß Carola und die Kinder die Klinik am Morgen des 28. Januar 1925 verlassen konnten. Von da an legte sich das körperliche Wachstum in die übliche Kurve, die Mädchen wogen an ihrem ersten Geburtstag an die zwanzig Pfund. (Jetzt aber will mir scheinen, meint Carola zu sich selbst, sie gedeihen mir nicht mehr so gut. Gleichaltrige kommen mir strammer vor als meine beiden, und besonders Astrid Radegunds Gesicht ist mir schmaler geworden in den letzten Wochen ...) Die Gäste verfolgen entzückt das Verschwinden der Speisen in den Mündern der anderen, bis endlich Bodo Wilczinski bemerkt, daß die beiden Kinder noch nichts zu sich genommen haben. Aber was ist denn mit den beiden Süßen? Aber was wollen wir denn, meine kleinen Schätzchen? Happahappa? Eins für Mama, eins für Papa? Tinkitinki? Käckerstinki? Angewidert verziehen Benedicta Carlotta und Astrid Radegund die Kleinkindgesichter. Nur Carola bemerkt den ernsten Zug, der zwischen Nase und Mund ihrer Töchter eingefahren ist, und erschrickt. Romancarlo will ein Vater sein und der Verwandtschaft ein Beispiel dafür geben und zieht Benedicta Carlotta eins über die Ohren, während er ein Stück in Soße getunkten Kloß vor ihren Mund hält. Der bleibt selbst dann noch geschlossen, als das Kind in Weinen ausbricht und mit beiden Händchen gegen den Bissen vor seiner Nase patscht. Astrid Radegund, vom Weinen der Schwester gepackt, brüllt nun los, und Carola versucht, vorsichtig, mit einem Löffel zerkleinerter Zunge den schrillen Ton im Mund des Kindes zu ersticken. Im folgenden aufgeregten Familiengespräch wird ihr die Tochter vom Schoß gerissen und auf den des Vaters gesetzt, der nun mit aller Kraft versucht, den Mädchen beidhändig Essen in die von den Anwesenden gewaltsam geöffneten Münder zu stopfen. Die Verwirrung erregt Carola aufs äußerste. Daß ihr das Heft so ganz aus der Hand genommen scheint, macht sie wütend, sie greift nach der Schüssel mit Klößen und wirft sie entschlossen an die Wand. Im Augenblick hält alles inne, nur das Weinen der Kinder setzt nicht aus. Im Zerschellen der Schüssel greift Carola nach ihnen, setzt sich eins auf jede Hüfte und bringt sie ins eheliche Schlafzimmer, in dem links und rechts vom Bett der Eltern Gitterbetten stehen. Benedicta Carlotta und Astrid Radegund ziehen sich im Weinen die Federbetten über die Augen und schlafen schnell ein. Carola erklärt den Gästen im Wohnzimmer, es sei wohl besser, die Kinder ein Weilchen schlafen zu lassen, bei dem feuchtkalten Wetter wisse man ja nie, und vielleicht sei das alles nur eine beginnende Influenza. Sie wolle deshalb gleich in die Apotheke oberhalb des Marktes laufen und eine Einreibung kaufen für die Mädchen. Romancarlo will sich noch sträuben gegen den ungewollten Respektsverlust, aber die Gäste haben sich unterdessen des Rotweins besonnen und wollen lieber weiterfeiern.

Carola Hebenstreit geb. Wilczinski kauft in der Apotheke tatsächlich eine Einreibung, macht sich aber danach nicht sofort auf den Heimweg, sondern läuft in eine der engen Gassen am Markt, sieht sich um, betritt ein geducktes Haus, verläßt es auf der Rückseite, läuft über den kleinen Hof, überklettert ein Mäuerchen in den Nachbarhof, läuft über den Hof, überklettert ein Mäuerchen, läuft über den Hof, überklettert ein Mäuerchen, läuft über den Hof, überklettert ein Mäuerchen, bis sie nun wieder in ein geducktes Haus eintritt. Als sie die Treppe emporsteigt, wird unter dem Dach schon die Tür aufgerissen, ein Mann fliegt ihr entgegen, hebt sie hoch und trägt sie in seine Kammer, stellt sie mitten hinein und fegt sich die Hosen herunter in einer seinem athletischen Körper wundervoll entsprechenden, eleganten Bewegung. Carola entblößt die Brust (immer noch groß und prall unter der Bluse, aber ihr Körper hat seit der Geburt der Kinder einen Zentner Fleisch verloren und schönste Form angenommen), breitet die Arme aus, und der Athlet fällt hinein. Er greift ihre Brüste, steckt sich beide Warzen gleichzeitig fest in den Mund und saugt und schluckt, was das Hemd hält. Daran erkennt auch Josepha, Therese weiß es längst, daß dieser Athlet niemand anders ist als der einstmals knöcherne Amtsmensch, der vor zwei Jahren Benedicta Carlottas und Astrid Radegunds Geburt zu den Akten gegeben hatte und bei dieser Gelegenheit an Carola vergangen war. Seither währt Liebe zwischen ihnen, die sie in immer gleicher Stellung vollziehen (sein Sperma läuft, die durch sein Saugen erregte Carola bemerkt es kaum, von den Oberseiten ihrer Schenkel hinab in die Schuhe). Seither trinkt er in Abständen, die durch Carolas eheliche Verpflichtungen bestimmt werden, von ihrer immer noch süßen Milch, deren fortgesetzten Fluß weder Mann noch Kinder ahnen. Hatte sie den Amtsmann anfangs vom Staub befreit, seine Haut mit Fleisch gefüllt und seinen Geschlechtstrieb geweckt, so paßte sich die Muttermilch später in ihrem Nährstoffgehalt den sich ändernden Verhältnissen an und wurde weniger fett, dafür süßer und dünner, wie er es für die Inbetriebnahme seines Geistes brauchte. Er warf Amt und bescheidene Würden über Bord, mietete sich die Kammer unterm Dach und verdient nun als frischgebackenes Mitglied der Kommunistischen Partei etwas Geld mit Artikeln über die revolutionäre Entwicklung in der UdSSR, über die Vergesellschaftung der Produktionsmittel im allgemeinen und als unabdingbare Voraussetzung für ein gewisses Wohlergehen der Menschheit im besonderen, und auch über die freie Liebe. Zu letzterem wurde er sogar ein einigermaßen gefragter Referent im Arbeiterbildungsverein, während er für seine Artikel nicht oft Abnehmer findet und unveröffentlichte Arbeiten neuerlich Staub über ihn zu bringen drohen. Hat ein Stapel Papier Kubikmetergröße erreicht, beginnt er deshalb, ihn per Post an die verschiedensten Zeitungen des Landes zu verteilen, und wirklich kommt es dann vor, daß die eine oder andere Abhandlung doch noch gedruckt wird. Daß es zum Leben reicht, ist dennoch nur durch gelegentliche Zuwendungen seiner Milchfrau möglich, die dafür auch einmal die Zahlen in den Bilanzen ihres Gatten fälscht und dem Athleten überdies sein einzig benötigtes Nahrungsmittel kostenlos überläßt: ihre Milch. Da die häusliche Lage und die Erziehung ihrer Töchter sie nicht oft freigeben können, füllt sie bei ihren Besuchen einige große Flaschen und einen geblümten Porzellantopf damit. Zuvor unterwies sie den Athleten in der Zubereitung von Butter, Käse und Quark. Auf diese Weise kann er die Abstände zwischen den Geschlechtsakten gut überbrücken, und Carola lernt mit der Zeit einzuschätzen, wie lange die abgegebene Menge Milch reichen wird. Heute nun ist es höchste Zeit für Nachschub, Carola spürt die Bedürftigkeit, mit der der Mann an ihr saugt, beinahe schmerzhaft. Sie ist froh, daß es ihr unmöglich gewesen war, zu Hause zu bleiben. Unter diesen Umständen. Mit dieser Verwandtschaft im Zimmer, die sie ganz durcheinandergebracht hat. Mit dieser zur Schau gestellten Vatermacht ihres Mannes. Mit dieser Sorge um ihre Töchter, die ihr so unerwartet ernst und schmal erschienen zum Mittag. Willi Thalerthal, sagt Carola zu ihrem Athleten, willst Du mich heute anhören in meiner Ratlosigkeit, wenn Du satt bist? Der ehemalige Amtsmensch ist auch ein Gemütsmensch geworden und läßt ihre Brüste augenblicks frei, daß sie in die Luft seiner Dachkammer wippen und Staub aufwirbeln. Man fängt sich und setzt sich zu Tisch, und Carola Hebenstreit geb. Wilczinski fragt das einzige ihr persönlich bekannte Mitglied der Kommunistischen Partei nach den Grundsätzen fortschrittlicher Pädagogik und dem Stellenwert elterlicher Gewalt darinnen. Ha, das ist eine Frage mitten in den Geschmack hinein, der Willi Thalerthals Leben bestimmt seit zwei Jahren. Nun kann er weit ausholen und zum Schlag ansetzen mit der proletarisch sich dünkenden Faust ins kleinbürgerliche Schlafzimmer, dem er selbst, viel zu spät, nur knapp und noch dazu gichtbrüchig entkommen zu sein glaubt. In seinem Elternhaus hatte man auf eine straffe Erziehung zu soldatischer Disziplin Wert gelegt, in der eine Frau nur denkbar war als Inkarnation vollkommener Reinheit oder verwerflichsten Verderbens, in beiden Fällen aber weder Gesicht noch Namen trug. Sein Vater hatte ihm einmal, als er noch unter der Bettdecke seinen Samen ausrieb und dabei ertappt worden war, in drohendem Ton von niederen Frauen erzählt, die in Fabriken arbeiteten, statt für Mann und Kinder häuslich zu sorgen, und mit einer Beschäftigung, die er »Hurerei« nannte, die Moral in den Dreck traten. Diese Frauen hätten die Gestalt von Flintenweibern, kräftige Leiber mit schwarz behaarten Höhlungen, und ihre Ausdrucksweise sei ekelerregend gemein. »Kommunismus« nannte der Vater den Teufel, dem diese Frauen sich verschrieben und dessen Verführungskraft auch eine ganze Reihe Männer in seinen Bann geschlagen hatte, die den Lüsten ihres Fleisches nur zu gern folgten. Und bei diesen Männern habe das auch damit begonnen, daß sie unter den Bettdecken abtrieben, was ein richtiger Mann eben einfach für sich behalten müsse bis zu einer christlichen Ehe. Jene spontane Entladung seines darüber beinahe vergessenen Geschlechtes beim Anblick der milchspritzenden Carola am Tage der Sturzgeburt hatte seiner bis dahin erfolgreich unterwürfig gehaltenen Lust ein Objekt verschafft mit amtlichen Papieren (einem amtlich beurkundeten Namen!) und dem Körper eines Flintenweibs, wie der Vater es ihm ausgemalt hatte, nur daß der Anblick keinerlei Angst auslöste und das Gesicht Carolas ein verständiger Spiegel seiner Erleichterung wurde. Diesem Kommunismus verschrieb er sich auf der Stelle. Von seinem Vater am Tag der Amtsaufgabe zur Rede gestellt, antwortete er ruhig, die christliche Moral gehöre nirgendwo anders hin als in den Dreck, und zwar in den des Abendlandes. Davon erzählt er Carola und daß es ihm lieber wäre, sie ließe sich von ihrem Mann scheiden und nähme eine Arbeit in einer Fabrik auf, daß sie nicht abhängen müsse vom Vater der Kinder und daß sie dann auch seinem inzwischen erworbenen neuen Glauben besser in die Gebote passe. Die Mädchen müsse sie zwar beim Knopfhändler lassen, das ginge nun eben nicht anders, aber es sei auch eine Chance, aus neuen, frei geborenen Kindern der Liebe Neue Menschen zu formen! Carola verschluckt sich, halthalt, das hat sie noch nicht verstanden. Scheiden lassen? Sie findet doch Romancarlo nicht schlechter als ihn, den Athleten, und Benedicta Carlotta und Astrid Radegund am Rand ihres Lebensweges abzustellen, würde ihr nicht im Traum einfallen! Wie er nur darauf komme? Sie sei heute ratlos, weil sie nicht wisse, ob den Kindern Unrecht geschieht durch Zwang zum Essen, und weil sie manchmal ein bißchen viel um die Ohren hat mit den Mädchen. Weil ihr doch niemand gesagt hat, wie so ein Mensch gemacht werden muß, damit er gelingt, und der Hebenstreit keinen Nerv dafür hat. Aber arbeiten in der Fabrik? Das wolle sie nicht. Der Knopfladen werfe doch genug ab! Außerdem könne sie bei ihrer Arbeit achtgeben auf die Zwillinge, die sie doch liebt und gutmachen will. Und Romancarlo wünscht sich ein weiteres Kind, einen Jungen, hinzu und versucht zu diesem Zwecke regelmäßig, sie zu befruchten, was soll sie da ändern? Das Wilde und nun auch ein ernstes Gespräch hat sie mit ihm, dem Athleten, und das sei genau das, was ihr fehle zu Hause. Alles andere sei doch gut geordnet, ob er denn nicht auch so zufrieden sei mit der entstandenen Lage? Das heimliche Klettern über Mäuerchen und Laufen über Höfe sei nicht das Friedlichste, aber eine

Ehebrecherin sei sie deshalb nicht, ein Romancarlo ihr ebenso selbstverständlich wie Willi Thalerthal! Die Wolken, aus denen dieser bei der Ansprache fällt, müssen einige Meter über dem Dachfirst gezogen sein: Willi Thalerthal schlägt als Sack auf den Zimmerboden, aller Muskelkraft bar, die den Aufprall gemindert hätte, liegt als konturloser Mannhaufen Carola beinahe im Wege, die eigentlich gehen müßte, nun aber seinen Kopf hebt, noch einmal die Brüste hervortut in seinen Mund. Der reaktivierte Saugreflex rettet Willi Thalerthal aus der Dunkelheit, er kommt zu sich, besinnt sich, beruhigt sich fürs erste an ihrer Milch und läßt sie ziehen. Das wird er nun erst einmal als eine Niederlage seiner Begierde auswerten müssen, der er vertrauen gelernt, wie seines Denkens, das er so mühsam geübt hat.

Carola Hebenstreit geb. Wilczinski ist jedenfalls ratloser noch als vor ihrem Besuch in der Dachkammer. Huschig nimmt sie den Weg zurück zur Geburtstagsfeier, die ein Stündchen vorangerückt ist inzwischen und die Farbe des Rotweins angenommen hat. Deshalb merkt die Verwandtschaft auch nicht, daß Carola länger fortgeblieben ist, als es der Weg zur Apotheke erforderte. Auch die Mädchen vermissen sie nicht während ihrer Nachmittagsträume, sie schlafen noch, als Carola nach ihnen schaut mit einem besorgten Blick: Die Kinder kommen ihr blasser vor als zu Mittag, kein Schlafbäckchen zeigt sich rot in den Gesichtern, und besonders Astrid Radegunds Ärmchen haben an Umfang verloren. Der Schrecken weicht nicht, als sie zurück in die Wohnstube eilt, der Familie den Kuchen aufzuschneiden und zu servieren. Am Abend, die Gäste sind gegangen, nur Bodo Wilczinski schläft in der Küche auf der Chaiselongue und will erst morgen nach Hause zurückfahren, nimmt Romancarlo Hebenstreit seine ratlose Ehefrau unter sich, doch es gelingt nicht mehr, was er vorhat. Ein Blick in den schwarzen Himmel macht ihm schlagartig klar, daß er keinen Sohn haben wird. Cerealia, die Göttin der Breimahlzeiten, ist unterwegs und straft den Versuch der Zwangsfütterung der Töchter mit Fleisch und Klößen, indem sie ihn mit elektiver Schwarzgalligkeit schlägt. Fortan wird Romancarlo Hebenstreit an tiefer Verstimmung leiden, sobald Benedicta Carlotta und Astrid Radegund aus seinem Blickfeld verschwinden oder einschlafen. Da ihre Abwesenheit, und sei es ihr Schlaf in den Gitterbetten, ihm notwendige Voraussetzung für ein Gelingen des ehelichen Verkehrs ist, gleichzeitig aber auch Auslösereiz depressiver Impotenz, wird er nun niemals mehr einen Sohn zeugen können. Carola wird Verständnis für seine Lage aufbringen, und auch er selbst wird sie klaglos hinnehmen, denn Cerealia erklärt ihm die Zusammenhänge und spricht ihr Urteil mit Mannesstimme in ruhigem Beamtenton, den er als Zeichen der Autorität akzeptiert. Die imaginäre Leinwand verschwindet nun mit schepperndem Geräusch in einem Loch in der Mitte des Zimmers ...

Therese grinst unverschämt schräg aus den Augenwinkeln zu Josepha hinüber, die die Geschichte mit sich beschleunigendem Atmen verfolgt hat und nun ganz überrascht ist von der Stille des Schlusses und dem aggressiven Scheppern, das die sonst lautlos sich zurücknehmende Leinwand diesmal verursacht. Ihr dämmert, daß dies das Knopfschachtelscheppern war, das Aufspringen einer metallenen Deckeldose beim Aufschlag auf hölzerne Dielen und das Verschleudern von Knöpfen. Was hatte das, hatte das was zu bedeuten? Wenn ja, für wen? So grüblerisch kauert sie neben dem Gepäck, daß sie gar nicht sehen kann, was für ein schräges Grinsen Therese herüberschickt aus ihren Augen. All diese Leute im Thüringen der zwanziger Jahre, da ihre Sippe in Ostpreußen ansässig war! Hatte Therese das falsche Schlüsselwort gewählt? Ungeeigneten Proviant mitgenommen? Schon diese Sprachlosigkeit zu Beginn der Unternehmung, diese Käseschrift schon hätte sie aufmerken lassen müssen. Statt dessen ist sie nun, und sie schaut auf die Uhr: viereinhalb Stunden!, in die falsche Richtung unterwegs gewesen, gespannt zwar und aufmerksam, aber in unangebrachter Erregung, und sie sieht nun doch zu Therese im Aufstoß einer Frage, die sie aber nicht mehr herausbringt beim Anblick der Alten: Sitzt die doch da und grinst einfach, hat wohl alles verstanden, verstanden? Nun holt es Josepha ein, sie läuft ins Nachbarzimmer zur Kommode, in der die Frauen wichtige Papiere verwahren, und reißt ihre Geburtsurkunde aus einer Mappe: Josepha Schlupfburg, weiblichen Geschlechts, geboren am 27. März 1954 in G. als Kind der Eheleute Schlupfburg, Rudolph und Marguerite, geb. Hebenstreit. Josepha verzieht sich in einem Stechen, das sich vom äußersten Punkt ihres rechten kleinen Zehs langsam nach oben bewegt, an der Außenseite des rechten Beines entlang, dann über die Hüfte unter die Achsel, an der Innenseite des rechten Armes bis zur Handinnenfläche, quer über den Teller in die Spitze des kleinen Fingers, über die Außenseite des Armes wieder nach oben, die Schulter hinauf zum Hals, bis es in der Ohrmuschel verschwindet. Therese, die sie beobachtete in ihrer Verkrümmung, zieht Josepha ins Bad und dort vorsichtig aus. Noch immer grinst sie, aber nicht mehr ganz so schräg, und zeigt der nackten Josepha den feinen roten Strich, der sich über die rechte Außenkante ihres Körpers zieht: Diploida, die Göttin der Abstammungslehre, hat aus dem Unbewußten Josephas die bislang fehlende mütterliche Linie mit feinen Nadeln in die Oberhaut tätowiert. Josepha begreift: Carola Hebenstreit geb. Wilczinski war ihre Großmutter, die vor einem halben Jahrhundert im Sturz geborenen Benedicta Carlotta und Astrid Radegund also ihre Tanten, Schwestern ihrer Mutter, wenn sie's richtig bedenkt und Thereses Nicken für voll nimmt. Da ihre Mutter Marguerite im Jahre 1935 zur Welt gekommen war, acht Jahre nach dem Eintritt Romancarlo Hebenstreits in die praktische Zeugungsunfähigkeit, konnte der Knopfhändler der Vater nicht gewesen sein! Da ist also noch was offen, denkt Josepha (Therese nickt), das war erst der Anfang (Therese nickt), das Scheppern der Leinwand im Zusammenfall womöglich Ankündigung einer Fortsetzung der vierten Etappe der Expedition (Therese nickt)! Es ist spät geworden, Josepha muß morgen wieder in ihre Fabrik, sie hat sie für heute dicke, die Faxen, das wär aber nun wirklich zuviel. Sie kann nicht mehr, und Therese, die längst viel weniger Schlaf braucht als ihre Urenkelin, versteht das und legt den Perlmuttknopf auf die Aktenkommode. Der käserne Schriftzug wird bis zur nächsten Nacht mit einem Kuchenblech bedeckt, um ihn vor Zugluft und versehentlichem Drauftreten zu schützen, und die Frauen begeben sich, nachdem Therese die rote Linie auf Josephas rechter Außenkante vorsichtig mit entzündungshemmender Glyzerin-Handcreme der Marke *wuta kamill* bestrichen hat, zu Bett.

Der Weltgesundheitstag ist den Medien des Landes jenseits der im Jahre neunzehnhundertneunundvierzig anscheinend endgültig befestigten Grenze Anlaß gewesen, ein bißchen in den Krankenhäusern nach Mißständen zu stöbern, ein bißchen nach ärztlichen Kunstfehlern und geschädigten Patienten zu suchen, ein bißchen Propaganda für die Verbesserung der Volksgesundheit zu machen. Auch die alternde Kleinbürgerin Ottilie Wilczinski im bayerischen N. war in der vergangenen Woche wieder begehrtes, doch unerreicht gebliebenes Objekt der Journaille gewesen. Die Implosion des neben ihrem Bett vor Tagen aufgestellten Ultraschallbildschirms um die Mitternachtsstunde zwischen siebtem und achtem April (im Augenblick des scheppernden Zusammenfalls der imaginären Leinwand nämlich, wie unschwer zu schätzen ist, aber weder durch Ottilie Wilczinski noch durch Josepha und Therese Schlupfburg zu erahnen) ist nun als ein schöner Schrecken in die Nacht getreten, hatte man doch geglaubt, mit der Herausnahme des Fernsehgerätes aus dem Zimmer der Schwangeren solcherart Geschehnisse für die Zukunft vermeiden zu können. Mit dem Aufstellen einer Ultraschallapparatur hatte man statt dessen das schnellwüchsige Ungeborene besser kontrollieren wollen. (Der Chefarzt rechnet, und er traut sich noch immer nicht, sich seinem Studienfreund Huckenhuber einmal mitzuteilen, mit einer Teilung/Verdopplung des Fötens im letzten Schwangerschaftsdrittel, Dr. Zehetmayr hat sich für den April alle nächtlichen Bereitschaftsdienste übertragen lassen, und der junge Stationsarzt feiert den Triumph seines Rechthabens, was das unberechenbare Wachstum des Kindes betrifft, indem er seinem Chef stündlich die letzte Aufnahme des Ultraschallgerätes zukommen läßt und zu diesem

Zweck seinen Wohnort für die Dauer der Schwangerschaft ins Krankenhaus verlegt und zwei Studenten unter Vertrag genommen hat, die sich damit abwechseln, dem Chefarzt die Bilder nach Hause zu bringen außerhalb der Dienstzeiten.) Zehetmayr stößt vor dem Krankenzimmer der Ottilie Wilczinski mit dem jungen Stationsarzt zusammen und putzt ihn wegen Anmaßung einer Dienstpflicht vor den Augen der Nachtschwester herunter: Nur er, Zehetmayr, sei berechtigt, in Ausübung seines durch den Monatsplan legitimierten Nachtdienstes der Patientin zu Hilfe zu kommen, dazu reiche der einfache Eid des Hippokrates nicht. Es muß immer nach der Ordnung gehen, Herr Kollege, und eine solche haben wir hier schließlich hergestellt, oder? Ottilie Wilczinski, die die Implosion beinahe schon ein wenig gelassen zur Kenntnis genommen hat, hört dem Streit belustigt zu, wenn sie auch von Zehetmayrs Geschäftsinteressen nicht die geringste Ahnung hat. Zwar wundert es sie etwas, daß des Nachtarztes Augenmerk nach dem Eintritt ins Zimmer zunächst nicht ihr, sondern den Splittern des Bildschirms auf dem Linoleum gilt, von denen er mittels Spatel und Pinzette einige Proben nimmt und wiederum in Reagenzgläser füllt, aber der lächelnd-verwirrte Beistand der Nachtschwester ist ihr ohnehin viel angenehmer als ein ärztlicher. Sie hat sich unterdessen ganz abgewöhnt, den Verrichtungen der ausschließlich männlichen Gynäkologen und Geburtshelfer Gewicht beizumessen. Ihre Schwangerschaft, die sie nun hat annehmen können und gutheißen, wird die Mediziner so schnell nicht schlauer, nur noch ehrgeiziger machen. Dieser maskuline Aufklärungsdrang erheitert sie (und erinnert in seiner Intensität sogar ein wenig an Bodo Wilczinskis unausgesetztes Bemühen), wenn sie auch hin und wieder fürchtet, das Kind werde unnötig belästigt durch das häufige Tasten und Drücken, Abhören und Ultraschallen. Aber das Kind ist ganz fröhlich an seiner Schnur und neugierig, es hat immerhin die Kraft der Drei Väter. Zwar werden mehr Kinder dreier Väter geboren, als die Öffentlichkeit anzunehmen reif genug ist, aber beinahe immer fechten die beteiligten Männer in Körper und Geist der Schwangeren Kämpfe aus. Für oder gegen ihre Rolle als Fühl-, Zahl- oder Zeugungsvater. Für und gegen das Kind. Für und gegen die Mutter. Vor allem gegeneinander. Meist gerät gar das Unbewußte zum Schauplatz der Schlachten, vor allem dann, wenn die Männer einander nicht kennen. (Diploida hat über die Jahrhunderte ein Lied davon singen gelernt ...) Die aus solchen Auseinandersetzungen geborenen sogenannten Gewitterkinder sind dann natürlich geschwächt, erschöpft oder anfällig im Vergleich zu den Kindern nur zweier Väter oder gar zu denen eines einzigen. Einen einzigen Vater zu haben, ist dabei eine meist recht glücklich verlaufende Seltenheit. Noch seltener aber ist, daß einem Kind die Kraft der Drei Väter zuteil wird. Das passiert nur, wenn die Väter einander bejahen im Denken der Mutter oder, wie in Ottilies Fall noch dazu, ohne einander die Schwangerschaft nicht hätten auslösen können. Ohne Avraham Rautenkrantz' Lehrstunden innigen Vögelns in den Altstädter Wiesen zu Königsberg hätte Ottilie die Wechselfälle ihres Lebens nicht überlieben können, ohne Bodo Wilczinskis Sperma hätte es keine befruchtete Eizelle und ohne Franz Revesluehs trockene Stöße keine Fortentwicklung einer solchen gegeben. Glück gehabt, Baby. Während Dr. Zehetmayr nun endlich Zeit findet für Ottilies Zustand, hat die Nachtschwester den Müll wegzuputzen und die defekte Apparatur mit dem Fahrstuhl in den Keller zu befördern. Zehetmayr ist allein mit der *Mischpatientin*. Das macht ihn mutig genug, den Vertrauensmann zu spielen. Er streicht ihr die Haare aus der Stirn, nestelt an den Knöpfen des Nachthemds und stellt klar, daß alles zu ihrem Besten gedacht sei. Ob sie denn einen Alptraum gehabt habe kurz vor der Implosion oder einer unüblichen Art Selbstbefriedigung gefrönt? Ottilie grinst schräg aus den Augenwinkeln zu dem Mann in seiner, wie schade, Beschränktheit hin und dreht sich zur Wand. Ob sie zum Beispiel sich vorstellen könne, ihn teilhaben zu lassen an Akt oder Alptraum, je nachdem? Ottilie verfällt in Halbschlaf. Er sei immerhin ein Spezia-! Die Nachtschwester tritt in den drohenden Ausruf, Ottilie schläft ein. Als der Chefarzt am nächsten Morgen die letzte Aufnahme des Ungeborenen vor der Implosion im Kollegenkreis auswertet, kommt es zum Eklat: Das Kind grinst schräg aus der Aufnahme mit aufgeblasenen Backen, die rechte Hand in Augenhöhe zur Faust geschlossen und von einem erigierten Mittelfinger noch übertrumpft. Eindeutig, murmelt der junge Stationsarzt. Huckenhuber muß her, befindet der Chef, noch immer im stillen.

Josepha hetzt durch harsche Arbeitsstunden an diesem achten April. Sie hat zu packen, ist als Springerin eingesetzt mit dem heutigen Tag: Die Betriebsärztin hat wegen der Schwangerschaft häufigere Fehltage prognostiziert und darüber noch gestern die Brigadeleitung informiert. Josepha erbost sich über den Bruch der ärztlichen Schweigepflicht. Schnell setzt ihr die Meisterin eine liebevoll gerührte Rote Grütze aus teurem Frostobst vor, die sie in vorausgreifender Milde noch spät in der Nacht zubereitet hat. Seit Eintritt der Schwangerschaft fühlt sich Josepha von ungeahnten Neigungen ummantelt, eine davon: Unduldsamkeit gegen Eingriffe in eine Sphäre, die sie früher nie als privat hätte definieren können, nun aber – als Lebensraum des schwarzweißen Kindes? – hartnäckig verteidigt. Ihre bis dahin erstaunliche Panzerung gegen physische und psychische Übergriffe hat einen Knacks, einen haarfeinen Spalt bekommen, durch den ein anderer Wind hereinweht, schärfer und stets präzise zielend. In den Unterleib meist, doch auch auf Herz oder Nieren. Es zieht, Josepha. Sie haut mit der Faust in die Grütze, dem Staatsobersten über dem Schreibtisch der Meisterin eine zerflatschende Kirsche aufs Auge. Die so sonderbar mildgewordene Meisterin wird von Sago getroffen, den sie mit Nachsicht auskämmt und sich vom Gesicht wischt. Eines der glibbrigen Kügelchen aber weicht nicht und klebt auf der Nase, anstelle der einstigen Warze, weicht nicht und klebt, verändert die Konsistenz und wächst fest an der Meisterin, während vom Auge des Obersten langsam die Kirsche rutscht, hinab auf die Lippen. Dort bleibt sie und rührt sich nicht fort. Schrecken, Schande, Lappen, Lippen, Gott – die Meisterin weiß nicht, was zuerst ihrem Mund als gehobener, spitzer Schrei entkommen soll. Den späten Sieg der Warze – als nichts anderes stellt sich das festgewachsene Sagogebilde auf ihrer Nase dar – will sie nicht wahrhaben, schickt statt dessen kreischend Josepha nach Lappen und Eimer, aber Josepha hat Wichtigeres, sagt sie, zu tun und trollt sich. Sprachlose Luft. Zwar findet Josepha, was sie zu tun hat, so wichtig nicht mehr wie vor einigen Wochen noch, aber: getrollt ist getrollt. Etwas mutig gewesen. Es zieht, Josepha. Josepha rudert noch mit den Armen an ihrem Platz, ein bißchen Stärke schmeckend, während die Meisterin selbst nach dem Lappen gelaufen ist und nun den Mund des Staatsobersten sich vornimmt. Beinahe zärtlich rubbelt sie ihm die Lippen frei, klatscht den Kirschrest ins Wischwasser, wringt zufrieden den Lappen aus und trägt ihn im geleerten Eimer zurück. Ihr wird es zunächst nicht auffallen, aber als am Nachmittag die Schichtleiter zur Abstimmung der Wochenpläne sich ins Kabuff setzen, grüßt der Staatschef mit kirschroten Lippen, zum Herzmund geschmollt, aus dem Rahmen, und auch eine heimlich angeordnete nochmalige Putzaktion kann daran nichts ändern. Ehe die Spätschicht beginnt, muß das Bild unter dem Siegel der Verschwiegenheit entfernt werden. Die Meisterin nimmt es nach Hause mit, denn sie wagt nicht, das Photo in der Fabrik zu entsorgen. Sie schiebt es unter ihr Bett, sich selbst in die Kissen, und als bei den Schlupfburgs die imaginäre Leinwand sich spannt zum Fortgang der vierten Etappe, wölbt sich ein sinnlicher Mund aus der Fläche der Photographie und fordert die Meisterin unmißverständlich auf zu mancherlei, denkt sie noch, Schweinkram, dann fällt sie in tiefe Bewußtlosigkeit ...

8. April 1976:
Fortsetzung der vierten Etappe der Gunnar-Lennefsen-Expedition

Therese hat das Kuchenblech bereits vom geschriebenen Käse genommen, als Josepha noch die Wohnungstür aufschließt nach dem ersten Arbeitstag als Springerin im *VEB Kalender und Bü-*

roartikel Max Papp. Als sie nun neben dem Expeditionsgepäck sitzt, ist sie auch gleich mittendrin im Geschehen: Eine Knopfschachtel gleitet krachend zu Boden, während dem Schoß der Carola Hebenstreit geb. Wilczinski in unerwarteter Sturzgeburt eine winzige Fruchtblase entfährt und auf dem Boden des Kurzwarenladens in der Hohen Straße in G. aufkommt. Josepha meint, die Szene zu kennen, doch schaut sie genauer: Das Geschäft ist mit neuen Regalen bestückt, die Knopfschachtel aus blinkendem Metall tiefgezogen, mit kantigem Eichenlaub verziert. Zwei dünne, zehnjährige Mädchen betreten den Verkaufsraum, offenbar haben sie Schulschluß – sie tragen braune Schultornister unter den Zöpfen – und flechten ein Josepha unverständliches Grußwort in ihr Erschrecken, ehe sie sich zu ihrer Schwester hinabknien: Aus der im Ganzen ausgestoßenen Blase schimmert ein winziges Mädchen! Als Carola Hebenstreit geb. Wilczinski die Fruchthülle öffnet, kommen die außergewöhnlich athletischen Körperformen des Kindes zum Vorschein, das im Ganzen höchstens fünfzehn Zentimeter lang, aber wiederum voll ausgereift ist. Auf keinen Fall will nun Carola sich verwirren, sie weiß, was zu tun ist. Auf keinen Fall wird sie das Kind in eine Klinik bringen lassen oder gar selbst hintragen. Auf keinen Fall will sie den Laden dichtmachen, der nach den knappen Jahren der letzten Wirtschaftskrise im Aufschwung ist. Sie schickt die Mädchen zu ihrem Ehemann hinauf, der seit zehn Jahren an elektiver Schwarzgalligkeit leidet und die Schulstunden seiner Töchter in katatoner Starre auf dem Dachboden verbringt. Natürlich sieht man kurze Zeit später einen gutgelaunten Romancarlo die Treppe hinuntersteigen – den Töchtern muß nicht viel einfallen, ihn herunterzuholen, er folgt ihnen mehr als bereitwillig in die fröhliche Phase des Tages. Carola hat unterdessen das Kind abgenabelt, gesäubert und in Spinnwolle warm verpackt. Es schläft nicht, der heidelbeerblaue Blick wandert herum, der Daumen sucht den Weg in den Mund. Überraschung in des alternden Hebenstreits Augen: Wann hat sie das denn gemacht und mit wem? Statt seines Sohnes liegt nun eines anderen Tochter im Nähkorb, Hebenstreit kann das nicht leiden und kriegt das Zucken, aber besieht sich das Kind aus der Nähe. Schon will ihm vorkommen, alles sei gar nicht so schlecht. Ein drittes Kind verbirgt vor der Welt seinen Jammer, verpflichtet ihm, wenn er drauf schweigt, seine Frau und wird ihm, wenn er es recht anstellt, vielleicht aus seinem Zustand aufhelfen können –, indem er an ihm alles gutmacht, was er an Benedicta Carlotta und Astrid Radegund so vergab. Also hilft er Carola, indem er sein Zucken besiegt und nach einem Topf Malzbier läuft für den Milchfluß, Astrid Radegund an der Hand zur Erheiterung. Noch immer weiß er nichts von der anhaltenden Galaktorrhöe seiner Frau. Carola hat gestern Willi Thalerthals – Josepha meint: ihres Großvaters! – Vorräte aufgefüllt, sie braucht nur ein wenig zu streichen, schon zeigt sich ein Fädchen Milch an der Brust ... Sie nimmt sich nun Zeit, sich zu wundern, wie dieses Kind es geschafft haben konnte, in ihr zu entstehen, hat sie doch des einstigen Amtsmenschen männlichen Auswuchs niemals im Leibe gehabt! Beinahe kann sie es nicht erklären, da fällt ihr die Schüssel ein, in der sie sich wäscht nach den Akten wie er. Vor kurzem mußte er fort, als sie noch tropfnaß im Zimmer standen, ein kleiner Mann – ein Kurier, wie Willi ihr heimlich flüsterte – murmelte Codes der Verschwörung an der Wohnungstür. Da reinigte Willi Thalerthal in der Schüssel auf der Marmorplatte des Waschtischs sich selbst von sich selbst, ließ sich nicht trocknen wie sonst, und verschwand. Ja, nur so konnte es gewesen sein: Als nun die alleingelassene Carola sich auswusch, wie sie es immer tat, nahm sie der Eile halber dasselbe Wasser ... Eau, Eau, Eau, sie faßt sich an die Stirn.

Ein Wasserkind also.

Sie nimmt es nun doch an die Brust und versucht es zu säugen. Das Kind zieht mit Kraft, und tatsächlich wächst es ein wenig, nur – ein Vergleich mit dem Wachstum der Halbschwestern am Tag der Geburt vor zehn Jahren verbietet sich völlig. Langsam begreift sie: Es ist Thalerthals Milch, nicht Kolostralmilch, ihr Körper hat sich nicht eingestellt auf das neue, so winzige Kind, und vielleicht ist ihre milchige Hingabe an Willi Thalerthal ja auch der Grund für die schwächliche Konstitution ihrer

Zwillinge, die immer im Schatten des einstigen Amtsmenschen ihr Scherflein bekommen hatten und ihre Ansprüche an Fett- und Zuckergehalt ihrer Nahrung nicht hatten durchsetzen können gegenüber dem erwachsenen, noch dazu physisch und psychisch sich täglich erweiternden Mann! Um Willis willen! Erschüttert wirft Carola sich Romancarlo an den Hals, als der mit dem Malzbier kommt, das Kind fällt noch einmal zu Boden in dieser Umarmung, unbemerkt von Mutter und amtlichem Vater. Benedicta Carlotta hebt das Schwesterchen auf und legt es in ihren gerafften Rock, ganz verzückt. Sie wiegt es, während die Eltern zum ersten Mal, seit sie denken kann, einander vor ihren Augen küssen.

Das Wasserkind braucht einige Zeit, bis es in Größe und Gewicht einem üblichen Neugeborenen ähnelt. Da es nicht schreit, sondern mit großen, heidelbeerblauen Augen Stube und Küche und Kammer erkundet, wird seine Ankunft solange geheimgehalten, bis es sieben Pfund wiegt. Mehr als drei Monate nach der Entbindung packen Romancarlo Hebenstreit und seine Frau Carola geb. Wilczinski eines windigen Morgens das Mädchen in eine Decke und tragen es zum Arzt und aufs Standesamt. Endlich dürfen Benedicta Carlotta und Astrid Radegund in den Jungmädelstunden erzählen, daß der Führer (und das stimmt ja auf jeden Fall) ihnen ein Schwesterchen geschenkt hat, geboren ganz plötzlich und unerwartet am Morgen des 1. Mais 1935, wie die Geburtsurkunde nun aussagt, als Marguerite (auf Wunsch des vermeintlichen Vaters) Eaulalia (auf Wunsch der wirklichen Mutter) Hebenstreit, Tochter des Knopfhändlers Romancarlo Hebenstreit und seiner Ehefrau Carola geb. Wilczinski. Zwar hat das »a« im zweiten Vornamen den Standesbeamten, ein kräftiger junger Mann übrigens in gängiger Uniform, ziemlich gestört, aber Carola hat sich durchsetzen können mit dem Hinweis, sie bevorzuge diese traditionelle Schreibweise des jahrtausendealten arischen Namens. Wo sie doch schon gegen den Franzosenfimmel ihres Angetrauten – sie zwinkerte dem Beamten zu, während sie Romancarlo bedeutungsvoll in die Hand kniff – nichts ausrichten könne!

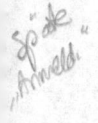

Und Willi Thalerthal? Die imaginäre Leinwand blendet ein wenig zurück: Für Carola ist es inzwischen schwerer geworden, sich ungesehen zu halten, die Stadt ist nicht groß, und der Blockwart hat listige Kinder, die ihrem Vater einiges abnehmen im Horchen und Gucken. Ein wenig war des Amtsmenschen seltsame Wandlung ins Kommunistische einst ein Thema gewesen in G., aber mehr in den soldatisch-beamtischen Bürgerhaushalten als in den zerfallenden Gassen der Altstadt, wo er nun wohnt und wo auch der Blockwart als Kind schon zu Hause war. Des Blockwarts Frau aber wird zur feuchten Furie, wenn sie Willi Thalerthal sieht mit seiner Athletenfigur. Sie bittet um Hilfe im Haushalt, wenn ihr Mann unterwegs ist, sie fragt nach Salz und zu waschender Wäsche und bringt ihm gelegentlich Wurst mit und Käse, die sie vom Hof ihrer Eltern holt, aber es nützt nichts. Die Blockwartin kriegt ihn nicht rum und beobachtet deshalb, wie er es anstellt, sie nicht zu beachten als Frau. Am Vormittag sitzt sie am Fenster zur Straße und schaut, ob die Lösung ins Haus tritt. Carola Hebenstreit geb. Wilczinski hat sie schon oft vorbeigehen sehen, aber ihr fällt nicht ein, daß das Haus auch hinten ein Tor hat, vom Hof her. Bis jetzt ging das gut. Willi Thalerthal richtet es so ein, daß er am Morgen das Haus vorn verläßt, Minuten darauf von hinten sich wieder einschleicht, manchmal zeitgleich mit Carola, wenn die ihre Töchter zur Schule verabschiedet hat (sogar eine Ladenhilfe hat sie deswegen eingestellt), und zum Mittag kehrt er pfeifend zurück – meint die Blockwartsfrau, die ihm eilig nachläuft und meist nach Kochwäsche fragt oder ob sie ihm Eier aufschlagen soll. Sollen soll sie nicht, können kann sie aber, sagt dann Willi Thalerthal und verpackt später das Rührei für seine Genossen. Manche von denen sind gänzlich untergetaucht und müssen versorgt sein. Manche von denen wundern sich auch über den süßlichen Käse, den ihnen Thalerthal, selten, vorbeibringt, meist dann, wenn Wurst und Käse der Blockwartsfrau aufgebraucht sind. Da ist es schon schön, wenn Rührei für Abwechslung sorgt. Thalerthal hat es so angestellt, daß die Blockwartsfrau die Wäsche der Illegalen zu waschen bekommt. Sie steht dann in der zerdampften Luft ihrer Waschküche und weidet sich an den kommunistischen Unterhosen, reibt sich den Geruch ins Gesicht und vergeht sich an weißlicher Wäsche. Thalerthal wird sich bewußt, daß ein bißchen Entgegenkommen seinerseits mehr Sicherheit bringt für ihn und seine Versteckten: Wenn sie sich ganz auf ihn konzentriert, wird sie weniger übrig haben können für ihre Pflicht, dem Blockwart beim Horchen und Gucken zu helfen. Er näht sich, das hat er gelernt von Carola, eine sehr enge Hose, die er zum Mittag anzieht, wenn er, so glaubt die Frau Blockwart, nach Haus kommt. Hat er die Treppe erreicht, er weiß nun ganz genau, daß sie ihn hinter dem Spion verfolgt bis zum nächsten Absatz und auf der Hut vor ihrem Mann, der in der Küche seine Suppe löffelt, stellt er sich vor, wie Carola ihn füttert. Diese schöne und nützliche Übung vollführt er langsam und gründlich, die Blockwartin kann nun ganz genau sehen, wie es ihm geht in der engen Hose, und wenn es ihn ankommt, spricht er dabei ihren Namen ins Treppenhaus. Heiliger Bimbam, die Blockwartin platzt aus der Bluse, aber sie traut sich nicht weit, wenn ihr Gatte zu Hause ist. Höchstens faßt sie sich in die Schlüpfer und riecht an den Fingern danach, aber das war es dann auch. Thalerthal ist sich ziemlich sicher, daß sie nach solchem Geschehen sich zurückzieht vom Straßenfenster – er ist ja nun wieder zu Hause – und mit der Zeitschrift des Reichsfrauenbundes Zerstreuung sucht oder eine Hose flickt für den Mann, der bald wieder fort muß.

Nach der Geburt des Kindes Marguerite Eaulalia versucht Carola einige Male, Thalerthal aufzusuchen. Jedesmal steht sie vor verschlossener Tür und sorgt sich schließlich eines Morgens im März, er könne verhungert in seiner Kammer liegen. Sie zieht durch das Schlüsselloch Luft in die Nase, es riecht nach Staub, aber nicht nach Verwesung. Sie stellt sich also die Leiche in einem dauernden Luftzug vor, das soll schon zu Mumifizierungen geführt haben, und muß nun weinen. Lange kann sie sich nicht aufhalten vor seiner Tür, die Blockwartsfrau, hat er gesagt, läßt nicht mit sich spaßen. Also verläßt sie das Haus wie gewohnt, klettert und läuft gerade in Hebenstreits Arme, der eben vom Dachboden kommt im Gefolge der heute früher als sonst aus der Schule heimgekehrten Zwillinge. Sie hat ihm, der nie fragte, nichts erzählt vom Vater des Kindes. Sein Mittun seit der zweiten Sturzgeburt gibt ihr Mut, ihn zu bitten, sich beim Blockwart nach Thalerthal zu erkundigen. Benedicta Carlotta und Astrid Radegund hören mit an – wie sonst wäre es möglich, Hebenstreits Ohr zu erreichen –, wie ihre Mutter den Vater über die Herkunft der Schwester aufklärt. Natürlich läßt Carola Einzelheiten im dunklen, es wäre zu viel für die Kinder und auch für den alternden Hebenstreit, der inzwischen immerhin seine Verfassung als guten Grund glaubt für die außereheliche Begierde seiner Frau. Natürlich verschweigt sie auch Thalerthals Neigung zu dem, was die Zeitung jüdisch-bolschewistischen Ungeist nennt. Aber sie trägt ihm auf, einen Vorwand für sein Nachfragen beim Blockwart zu finden, und schlägt vor, Thalerthal schulde den Hebenstreits noch zwei Reichsmark für das Anbringen von Stoßband an mehreren seiner Hosen. Romancarlo ist beinah geneigt, seinen Bund fürs Leben um Thalerthal zu erweitern, so sehr ist er willens, dem neuen Kinde Gutes zu tun, und macht sich prompt auf den Weg. Benedicta Carlotta und Astrid Radegund schauen hinter dem Rücken des Vaters schüchtern hervor, als dieser beim Blockwart in Thalerthals Wohnhaus klingelt und eine korpulente Blondine sich zeigt an der Tür: Was er denn wolle, er sei doch der Soundso aus der Soundsostraße, *ge*, ihr Mann sei nicht da, aber er könne ruhig für eine Minute hereinkommen, sie sei gerade beim Putzen, *ge*, deshalb der Aufzug (der Schürzenlatz kann die strengrosa Wäsche nicht völlig verdecken). Hebenstreit tut, was sie sagt, und fragt nun nach Thalerthal, dem er, *verdammich*, die Hosen gebessert habe mit gutem Stoßband und der es nicht für nötig gehalten habe bislang, zu bezahlen dafür. Ja wirklich? Der arme Mann könne sicher nichts dafür, *ge*, er sei seit einigen Wochen nicht mehr gesehen worden im Haus, auch ihr Mann habe sich schon gewundert und nachgefragt, *ge*, bei Polizei und Behörde, aber ohne Erfolg. Nun sei man aber aufmerksam geworden auf sein Verschwinden und habe angefangen, nach ihm suchen zu lassen, mein Gott, dem wird doch wohl nichts zugestoßen sein? Die Roten, *ge*, sollen doch noch immer nicht totzukriegen sein, vielleicht haben die ihn ja um die Ecke gebracht in ihrem Haß auf das arbeitende deutsche Volk? Romancarlo Hebenstreit hüstelt verlegen, weil die Blockwartin nun einen zittrigen Mund bekommt und die Lippen scharf aufeinanderpreßt, bis kleine dickflüssige Tränen dann trotz allem in ihren Busen fallen und die üppig aufgetragenen Gesichtsfarben verschmieren. Benedicta Carlotta greift nach des Vaters Hand und zieht ein bißchen, Astrid Radegund reicht der Frau Blockwart ihr Taschentuch. Tja, wenn das so sei, da nützt das ja nun auch nix, da müsse man eben unverrichteter Dinge wieder gehen. Nichts für ungut, gnädige Frau. Die gnädige Frau, Heilhitler, *ge*!, ruft sie zurück, als sie eben die Haustür schon zuklinken, rennt ihnen nach und übergibt dem immer stärker ins Hüsteln geratenden Mann die zwei Reichsmark, um die er doch gekommen sei, ist es nicht so?, die will sie gern geben, der Willi Thalerthal, *ge*, sei so ein guter Mann, dem müsse man doch aushelfen, da soll doch nichts offenbleiben, wenn es um die Ehre geht, *ge*? Ist doch selbstverständlich, doch selbstverständlich, Herr Hebenstreit, *ge*?

Herr Hebenstreit macht eine Verbeugung in sein Armhochreißen hinein und begibt sich auf den Heimweg. Benedicta Carlotta ist schon zwanzig Meter vorausgelaufen, die strengrosa Unterwäsche sagt ihr nicht zu und macht sie verlegen, während Astrid Radegund in Gedanken mehr mit dem Inhalt der Unterwäsche zu kämpfen hat. So kommen sie heim, die drei so tapferen Krieger von ihrem ehrbaren Feldzug, und bringen die Kunde vom Verschwinden des echten Vaters. Carola versinkt auf der Stelle in einer Ohnmacht, aus der sie erst drei Tage später erwachen soll. Während sie hingestreckt liegt, muß ihr das Kind in regelmäßigen Abständen an die Brust gehalten werden, die Mädchen bekommen deswegen drei Tage schulfrei auf Durchfall und Brechen, und als es vorbei ist mit der Ohnmacht, hat Carola eine tiefe Männerstimme. Der krankheitshalber geschlossene Laden ist das letzte, was die imaginäre Leinwand zu zeigen vermag.

Therese reicht Josepha das Expeditionstagebuch, das sie während des zweiten Ausflugs ins thüringische G. des Jahres neunzehnhundertfünfunddreißig mit dem Perlmuttknopf aus Carola Hebenstreits (geb. Wilczinski) blecherner Deckeldose verziert hat. Josepha nimmt müde das Buch, streicht mit der Herzhand über den Knopf und schüttelt den Kopf, ehe sie einschläft. Therese besieht sich im Lampenschein, nachdem sie den Ärmel des karierten Lieblingshemdes der Urenkelin hochgeschoben hat, deren mütterliche Linie und freut sich, daß die ein wenig tiefer ins Fleisch dringen konnte ... Ottilie Wilczinski aber im bayerischen N. und jenseits der im Jahre neunzehnhundertneunundvierzig anscheinend endgültig befestigten Grenze hat heute kein Bruchproblem, weil so schnell kein Ersatz für den gestern zersprungenen Bildschirm beschafft werden konnte. Zwar schläft sie unruhig, träumt von marodierenden Banden östlicher Wildvölker im Steinreich Europa, aber sie schläft. Als sich am nächsten Morgen die Crew der behandelnden Ärzte im Chefzimmer der Frauenstation des St.-Georgen-Krankenhauses zur ersten Besprechung trifft, erzählt der junge Stationsarzt beiläufig, sein Fernsehbild sei gestern um 23.46 Uhr abgestürzt, so daß er noch einen Spaziergang im mitternächtlichen Krankenhauspark gemacht habe. Zehetmayr erinnert sich eines ähnlichen Vorfalls in seinem Dienstzimmer, sagt aber nichts und lächelt irritiert nach innen. Die Stationsschwester bringt den Herren Kaffee und flötet, sie sei heute so aufgeregt, weil sie nun gar nicht wisse, ob die Liv Ullmann *si nackert gmocht* habe: Ihr Fernsehbild habe gestern kurz vor Mitternacht derart geräuschvolle Flackerstürze vollführt, daß sie lieber das Gerät vom Netz genommen habe, als eine Implosion zu riskieren, ob denn einer der Herren was wisse vom Fortgang des Ullmann-Filmes?, und sie schiebt ausladend die Hüften in den Weg der männlichen Blicke. Der junge Stationsarzt schaut ängstlich zum Chef, der sieht durchs Fenster in den grauroten Frühhimmel. Eine Stadttaube stürzt aus des Chefs Blickhöhe zu Boden, direkt vor Huckenhubers Haustür. Niemand scheint zu ahnen, daß Fauno Suizidor, der Gott des tierischen Freitods, eins seiner Subobjekte in die Sturzbahn

107

schickte. Nur Huckenhuber entziffert das tote Zeichen: Hier will jemand was von ihm und traut sich nicht ran! Er beschließt, die Vormittagssprechstunde sausen zu lassen und statt dessen in seinem Gedächtnis zu kramen, irgendwie würde das Fach mit dem passenden Namen sich öffnen lassen. Huckenhuber sehnt sich nach guten Taten, wie das Josephakind früher sich sehnte, ein Timur zu sein mit einem Trupp und schönen Aufgaben, blauem Halstuch und einem über und über sauberen Pioniergewissen. Auch damals war es Fauno Suizidor gewesen, der ihr das Zeichen zum Aufbrechen in Gestalt einer toten Stubenfliege gegeben hatte. Josepha hatte sich nicht erklären wollen, wie das Tier inmitten der Speisekammer und damit zwischen Käse, Speckseiten und Lagerkartoffeln verhungert sein mochte. Die Fliege hatte ein so junges, gesundes Aussehen, daß ihr Tod nur auf hygienische Mängel in der Haushaltsführung der Urgroßmutter zurückzuführen gewesen sein konnte. Josepha gründete Tage später ein Solidaritätskomitee aus Annegret Hinterzart, Kerry Bostel und sich selbst, um den Kleinbürgerinnen in W. sozialistisches Altern zu ermöglichen. Abwechselnd spülten die Kinder das Schmutzgeschirr, schleppten aus stinkenden Kellern Kohlen herauf, fütterten fettige Katzen und struppgarstige Hunde, suchten nach Brillen und Brustöl, liegengelassenen Wollstrümpfen und aufgegebenen Strickarbeiten, und immer hatten sie dabei das Gefühl ausgekostet, nützliche Kinder zu sein. (Nur als es einmal die Mindestrente der Bürgerin Friedbertel Eccarius, geb. Bohnstengel, abholen wollte, war das Josephakind wieder unverrichteter Dinge zurückgeschickt worden: Da müsse die Frau Eccarius schon selber kommen oder eine erwachsene Person bevollmächtigen, so viel Geld abzuholen.)

Fauno Suizidor hat viel zu tun, ganze Saustalle verfallen in seinem Namen Rotlauf und Schweinepest, eben noch glückliche Kühe infizieren einander mutig mit Klauenseuche, Zuchthunde ergeben sich plötzlich der Staupe, und selbst Katzen finden den Mut, aus dem sechzehnten Stock städtischer Hochhäuser zu springen, wenn Fauno Suizidor sie braucht, um die Menschen sensibler zu machen. Jenseits der im Jahre neunzehnhundertneunundvierzig anscheinend endgültig befestigten Grenze hat er ganze Scharen junger Leute zur friedlichen Nutzung der Tierenergie bekehrt. Sie boykottieren Erzeugnisse, deren Existenz ein getötetes Tier voraussetzt, beschimpfen Pelzträger, essen weder gesäuerte, gekräuterte noch anderweitig zubereitete Braten, nicht Wurst noch Fischfilet noch Gummibären. Käse, Milch und Eier werden meist zugelassen, je nach Gruppendruck und Überzeugung, und die Frauen und Männer stricken aus naturbelassener Wolle von Schaf, Kamel oder Hund, was sie gebrauchen können. Dieser Art Umkehr fühlt sich der Gott des tierischen Freitods verpflichtet, anders als seine Götterschwestern ist er ein Missionar mit Sendungsbewußtsein und Botschaft. Huckenhuber hat er vor Jahren erwischt, als der sich mit therapieresistentem Ganzkörper-Völlegefühl dreier Patientinnen aus einem Altersheim der Wohlfahrtspflege zerplagte. Die Frauen litten an Blähbauch und Hirndruck, Beinwassersucht und geschwollenen Armen. Die Symptome wurden unabhängig voneinander in Behandlung der einzelnen Krankheiten gut bewältigt, aber das Krankheitsgefühl wollte nicht weichen. Eine Patientin meinte gar, platzen zu müssen, so prall sei ihr Bauch, die zweite sah ihren Tod an schmerzhaftem Zahnwurzeldruck voraus, die dritte glaubte, streichholzdicke Haarschäfte in der Kopfhaut zu tragen. Huckenhuber war ratlos gewesen, bis er eines Tages über ein in der Kopulation zu Tode gekommenes, ineinander erstarrtes Katzenpaar vor seinem Garagentor stolperte und daraufhin die drei Frauen zu einem Gynäkologen schickte. Der Befund bescheinigte, wie von Huckenhuber erwartet, intakte Hymen jenseits der Menopause bei dauerhaft feuchtgeschwollenen Schamlippen und erheblich vergrößerter Klitoris. Die Frauen hatten solche Berge ungelebter Lust in sich angehäuft, daß sie gar nicht anders konnten, als sich zum Bersten voll zu fühlen. Huckenhuber lud die Patientinnen zum Tee in seine Praxis und konfrontierte die Damen mit deren nackten Tatsachen, holte mit breitem Schwung zur Schilderung der fürchterlichen Folgen solch verklemmten Gebarens aus, referierte Präzedenzfälle aus den Vereinigten Staaten von Amerika und bat die Damen inständig, sich ihrer versteckten Wünsche bewußt zu werden und nach Abhilfe zu suchen. Natürlich taten die Frauen genau das nicht, denn geradezu ekelig kam ihnen vor, was der Doktor da über ihre Körper hinweg faselte. Sie verließen die Praxis aufgebracht, kopfschüttelnd und mit erhobenen Nasen. Huckenhuber, Facharzt für Innere Schulmedizin, belegte bald darauf einen vierjährigen Fernstudiengang an einem privaten Heilpraktikerkolleg, nahm in Abständen Stunden bei einem recht erfolgreichen und darum bekannten Geistheiler, erweiterte sich um tantrisches Bewußtsein und suchte nach Abschluß der vom Gesundheitsamt nicht anerkannten Ausbildungsgänge noch einmal nach den drei Frauen. Das Heim war unterdessen geschlossen worden, und es dauerte einige Zeit, bis Huckenhuber die Damen in einer kleinen Seniorenpension in den Schweizer Alpen ausfindig machen konnte. Dort lebten sie unter komfortablen Umständen, die – so mutmaßte Huckenhuber – nicht ganz billig sein konnten. Schließlich gelang es ihm mit der Andeutung einer brandneuen Therapie gegen Ganzkörper-Völlegefühl, die Damen in ein Teegespräch zu verwickeln. Ja, sie litten noch immer die alten Schmerzen, aber hier in der dünnen Luft der Berge hätten sie halt eine erhöhte Atemfrequenz und deshalb einen beschleunigten Stoffaustausch mit der Umgebung, was ein wenig lindernd wirke. Huckenhuber geizte nicht mit Artigkeiten betreffs des Aussehens der ehemaligen Patientinnen und der gefälligen Wohnart. Sie erklärten letztere schließlich mit einer Erbschaft, die sie gemeinsam gemacht hatten als letzte »Hinterbliebene« des SS-Standartenführers Kriwoschnick-Fülfe. Aus Argentinien habe sich im letzten Jahr ein Rechtsanwalt an die deutschen Behörden gewandt und um Amtshilfe ersucht zur Ermittlung des Aufenthaltsortes der drei Damen. Wie sich herausstellte, habe Kriwoschnick-Fülfe sie und ihre eventuellen Nachkommen als Erbinnen seines nicht unbeträchtlichen Vermögens eingesetzt, das nun, nach seinem Tode, ausbezahlt werden sollte. Sie kannten Kriwoschnick-Fülfe aus dessen Zeit als Ortsgruppenführer der Partei und berichteten nun dem Herrn Doktor, daß sie als Freundinnen sich seinerzeit nach Möglichkeiten erkundigt hatten, den Samen des Führers zu empfangen. Kriwoschnick-Fülfe hatte sie nicht abgewiesen, sondern ihnen Verschwiegenheit auferlegt und geschlechtliche Sauberkeit, er könne da einiges machen, und er wisse aus berufenem Munde von der Suche des Führers nach geeigneten Jungfrauen. Damit nun nicht ungeeignete Personen sich selbst bewarben, müsse diese Suche nach den Regeln der Konspiration verlaufen. Aber er, Kriwoschnick-Fülfe, werde für die drei Jungfrauen bürgen, sie müßten nur geduldig sein. Und das seien sie auch immer geblieben. Kriwoschnick-Fülfe hätte sie zwei- oder dreimal jährlich zu sich eingeladen, ihre Unversehrtheit geprüft und eine Bearbeitung ihres Antrages in Aussicht gestellt. Der Führer sei unterrichtet, aber durch die Ereignisse an der Front zu sehr in Anspruch genommen. Deshalb habe er ein Depot seines Samens anlegen lassen, aus dem nun nach Anwartschaftsliste Inseminationen vorgenommen werden könnten. Sie sollten nur warten, eines Tages stünde das Glück vor der Tür. Nach dem Ende des Krieges, der Führer war offiziell tot, aber sie glaubten das nicht, hätten sie dann nur noch einmal von Kriwoschnick-Fülfe gehört, er habe ihnen aus einem italienischen Kloster und offenbar kurz vor der Einschiffung nach Südamerika geschrieben, es sei in Kürze soweit, sie sollten sich bereithalten. Wirklich habe eines Tages der Mann mit dem Glück in der Thermosflasche vor der Tür ihrer aus praktischen Gründen gemeinsamen Wohnung gestanden und mit schönen Grüßen von Kriwoschnick-Fülfe um Einlaß gebeten. Jeder der Frauen seien daraufhin fünf Milliliter eines Ejakulats per Klistierspritze durch die Hymenöffnung verabfolgt worden. Der Mann sei gegangen, nachdem er fünftägige Bettruhe verordnet hatte. Dennoch sei keine von ihnen schwanger geworden. In verschworener Traurigkeit hätten sie fortan auf ein Zeichen vom Führer gewartet, daß er noch einmal sich ihrer erinnern mochte und nachfragen, ob es gute Kinder geworden seien. Dann hätten sie auch um Wiederholung des Befruchtungsversuches bitten können und darum, daß der Führer selbst nun, nach dem Kriege, ihn persönlich vornehmen wolle, nach den

Regeln der Natur. Kriwoschnick-Fülfe konnten sie um Beistand nun nicht mehr bitten. Nach ihren Anfragen bei verschiedenen deutschen Botschaften in Südamerika sei ihnen stets mitgeteilt worden, ein Mann solchen Namens sei zu keinem Zeitpunkt in das betreffende Land eingereist, der Hilfsführer schien also verschwunden. Daß sie falsch gewählt hatten, konnten sie einander dennoch nie eingestehen, begann Huckenhuber zu begreifen, und sie weigerten sich standhaft, andere Verbindungen einzugehen, blieben einsam zusammen und warteten auf den Tag, an dem der Führer oder wenigstens Kriwoschnick-Fülfe ihnen Dank sagen würde für ihre Treue. Sie lernten dabei, ihre dauerhaft geschwollenen Geschlechtsteile zu vergessen, wie sie auch vergaßen, warum sie sich jeden Morgen einen Wattebausch zwischen die Schamlippen schoben – es wurde Gewohnheit. Huckenhuber beriet sich kurz mit seiner neugewonnenen Weisheit, ehe er die Frauen bat, mit ihm nach Deutschland zu einem Tantra-Wochenende zu kommen. Das würde sie heilen. Tatsächlich hatte schon das Sprechen allein die Frauen erleichtert und weicher gemacht, Huckenhuber meinte die Luft zu spüren, die sie ausstießen, und den Schweiß zu riechen, den sie absonderten. Sie leerten sich etwas, und er freute sich des Erfolges, den auch die Frauen spürten. Als sie sich einige Wochen später auf einer idyllischen Nordseeinsel tantrisch kurierten, war Huckenhuber nicht dabei, ließ sich aber von seinem Kollegen berichten, wie es mit den Damen voranging. Der erwartete Erfolg trat ein, nachdem ein älterer Herr mit Schnauzer sich bereit erklärt hatte, die Damen zu öffnen: Sie schwollen ab und verloren das Völlegefühl. Von nun an sollte es sich nur in regelmäßigen Abständen wieder einstellen, und die Damen spürten, wann es Zeit war, ihre Selbsthilfegruppe aufzusuchen, für die sie nun ein- bis zweimal im Monat – die Erbschaft machte es möglich – ein Flugzeug bestiegen und sich auf der Insel absetzen ließen. (Der ältere Schnauzerträger siedelte sich später, von den gebrechlicher werdenden Damen eingeladen, in den Schweizer Alpen an.) Huckenhuber mochte das Gespann nicht, hatte aber getan, was er für seine Pflicht hielt und was sein beruflicher

Ehrgeiz ihm abverlangt hatte. Er dachte an seine gleichaltrige Cousine väterlicherseits, die, während die Damen nach dem geliebten Führer schmachteten, in ein SS-Bordell im besetzten Nachbarland gezwungen wurde. Man hatte sie zuvor halbiert in einen aschkenasischen und einen bayerischen Anteil, und sie hatte es nicht vermocht, sich diese Teilung vorzustellen, die die Männer im Bordell dadurch zu unterstreichen schienen, daß sie sie in der Mitte zerrissen. Oberleibs lange schon tot, starb sie 1946 mit fünfzehneinhalb Jahren, als sie versuchte, sich mit einer motorbetriebenen Kreissäge zu teilen und so sich selbst mit ihrer Vorstellung von sich selbst wieder in Einklang zu bringen.

Als Josepha Schlupfburg am Morgen des neunten Aprils zur Arbeit kommt und ins Kabuff schreitet, sich nach Art und Umständen ihres heutigen Einsatzes zu erkundigen, herrscht dort helle Aufregung: Die Meisterin ist nicht da, und das Bild des Staatsobersten fehlt über dem Schreibtisch! Die Leiter der Früh- und Nachtschichten haben Mühe, ihr Wissen zumindest um die Gründe der Abwesenheit von Partei und Regierung in Gestalt des Staatsobersten zu verbergen, und Josepha ahnt, daß es möglicherweise mit dem gestrigen Grützeklatschen etwas zu tun haben könnte. Daß aber die Meisterin selbst nicht anwesend ist, ohne sich entschuldigt zu haben vor Beginn ihrer Schicht, weiß niemand aus den Reihen des siegreichen Proletariats zu erklären. (So zuvorläßsche Kollächin, seltsohm, noch dorzu, wo sen Dählefohn had.) Carmen Salzwedel wählt die vierstellige Nummer der Meisterin aus dem Gedächtnis an, aber es nimmt am anderen Ende niemand ab. Josepha als Springerin wird gebeten, persönlich nach der Vorgesetzten zu sehen. (Vielleicht ist sie ja beim Entsorgen des verunstalteten Bildes gesehen und daraufhin festgenommen worden? Die Herren Schichtleiter haben weiche Knie, wovon die Untergebenen nichts wissen dürfen.) Sodann wird die Materialausgabe besetzt, werden in Vertretung die Plansoll-Listen ausgeteilt, zwei Schülerinnen, die ihren Unterrichtstag in der sozialistischen Produktion abzuleisten haben, als Ersatz für einen betrunkenen Gemüseputzer in die Küche geschickt, und der Frühschichtleiter referiert wie gewöhnlich in den fünf Minuten aktuell-politischer Information die gestrige Abendausgabe der landesüblichen Nachrichtensendung.

Josephas Weg zu ihrer abhandengekommenen Meisterin ist ein Gang durch den endlich sich durchsetzenden Frühling. Sie kann sich schwer auf ihr Ziel konzentrieren, zu sehr wird sie von den so deutlich wahrzunehmenden Kontrasten gefangengehalten. Die klare, noch kalte Luft läßt schon Mittagswärme ahnen, die Sonne legt einen fettigen Glanz auf die nasse, sehr schwarze Erde in den Vorgärten, aus denen die Krokusse und ein paar verspätete Schneeglöckchen scheinen, Tulpentriebe neben denen von Hyazinthe und Narzisse. Josepha ärgert sich, daß sie diesen Anblick wochentags nicht haben kann – wenn sie zur Fabrik geht, liegt die Kleinstadt noch dunkel – und an den freien Tagen des Wochenendes versäumt. Sie schläft dann lieber aus. Nachdenken muß sie darüber, warum sie das Fehlen solchen Eindrucks im Alltag erst dann bemerkt, wenn sie ihn einmal durch einen Zufall genießen kann. Sie besieht sich im Laufen und stellt unter dem Ärmelansatz fest, daß die rote Linie nun aus größerer Tiefe heraufscheint aus der Haut. In der Freude darüber macht sie einen Sprung in die nächstbeste Pfütze, das Schlammwasser klatscht und spritzt wie gestern die rote Grütze, und wirklich, ein buckliges Männlein macht Männchen vor ihr, beschimpft sie, hält ihr den Zipfel des schmutzigen Mantels unter die Nase, fuchtelt mit dem offenbar vorsorglich mitgenommenen Schirm und hätte ihn in seiner geradlinigen Bürgerwut wohl auch gegen Josephas Bauch gestoßen, hätte sie sich nicht eben gedreht und ihren Hintern vorgeschoben. Sie läuft nun und stolpert, die Gehwege, sehnsuchtsvoll Bürgersteige genannt, sind schlecht befestigte Lochbänder, aber sie führen sie endlich zum Wohnhaus der Meisterin, dem Töpferstum. Josepha kommt oft hier vorbei an dem alten Befestigungsturm, der zwar nicht hoch, dafür von erheblichem Durchmesser ist, so daß eine Wohnung bequem darin Platz fand im Jahre der anscheinend endgültigen Befestigung der Grenze. Die Fremdarbeiterbaracken am südlichen Ortsausgang waren gleich nach dem Krieg Wohnunterkünfte geworden, »fürs erste«, wie Erna Pimpernell immer zu sagen pflegte, wenn das Gespräch darauf kam, »für die Übergangszeit«. Josepha hatte nie das Gefühl entwickeln können, es handle sich um einen geregelten Endzustand, was ihr Land betraf, denn die Baracken hatten sich festgewohnt am flachen Hang, waren mit Farbe und Teer den zugehörigen Gärtchen aufgepappt worden, in denen nun reichlich Obst wächst und Gemüse, in denen Kaninchen und Hühner gehalten werden und, seltener, Bienen. Der Übergang hält also an und ist ganz erträglich geworden. Josepha hat hier oben vom Töpfersturm einen Blick auf die kleinliche Stadt, die sie nur selten bezweifelte bisher, die sich aber seit Eintritt der Schwangerschaft zusammenzuziehen scheint. Ein Brustdruck entsteht, ein Halsschluß, ein Wadenkrampf manchmal, wenn sie es fühlt. Josepha hält die Symptome zuweilen für ein Ergebnis ihrer körperlichen Ausdehnung, obwohl mit einem gewöhnlichen Blick noch keine Leibeserweiterung zu beobachten ist, und gräbt dann mit ihren Händen Höhlen in die Luft beim Spazierengehen. (In diesen Höhlen will sie dem zunehmenden Druck ausweichen, und wirklich bildet sich, wenn sie sich solcherart rührt, ein grüngelber Nebel um ihre Gestalt herum.) Heute braucht es keine Höhle, die Luft ist ganz leicht gemacht von Frühling und Sonne, Josepha atmet frei und tief und klingelt an der Tür ihrer Meisterin. Aufgeregt trippelfüßig kommt etwas die Treppe herunter und öffnet, das Etwas tut unter den gickernden Augen ein Lustgluckern hervor, stößt mit den Füßen ein Wollknäuel auf die Straße und sieht hinterher, wie es zum Friedhof hinabkullert und in einem Gully der städtischen Kanalisation verschwindet. Das Etwas ist, genauer besehen, eine mit Kußspuren übersäte, rotfleckige Meisterin jenseits der Wollustgrenze. Im Wahnsinn!, begreift Josepha und fällt der Erkrankten in die wabernden Oberarme, um sie hinter die Tür zurückzuschieben und sie zum Sitzen zu bringen. Die Chefin ist freundlich in ihrer Manie, lacht ermutigend, als ihr Josepha ein Stuhlkissen in die Hände gibt und sie mit der rotweißkarierten Tischdecke an einen Küchenstuhl fesselt. Als Josepha schließlich ins Schlafzimmer schaut, von der Meisterin durch Kichern und Kopfnicken dirigiert, findet sie dort auf dem Bett das Bild des Staatsobersten mit geschwollenem, kirschfarbenem Mund, der unablässig Obszönitäten ausstößt oder die rote Zunge albern im Lippenrund kreisen läßt. Josepha erschrickt, krümmt sich bald im Lachen und pinkelt ins Schlafzimmer ihrer Vorgesetzten, die daraufhin wütend ins Zimmer hüpft mit dem Stuhl unterm Hintern. Es kommt zum Kampf, als das Tischtuch sich unter den Sprüngen des Stuhles löst und die Kranke nun ihren Schatz vor jeder Lächerlichkeit zu verteidigen sucht. Sie verschmilzt in nassen Küssen mit dem Landeschef, stößt gleichzeitig mit den Füßen nach Josepha und schleudert mit einer Hand alle Wäsche aus dem Schrank in Richtung der Pfütze. Josepha beschließt, ihre Chefin mit List zu beruhigen, und sieht sich nach Grünpflanzen in der Wohnung um. Sie findet eine noch üppig blühende Azalee, zwei ausgeblichene Sansevierien, einen erschlafften Kaktus und einen braunfleckigen Gummibaum. Nacheinander werden die Pflanzen auf dem Spiegeltisch des Schlafzimmers angeordnet. (Die Meisterin hat sich inzwischen wieder völlig dem Bild zugewandt und wälzt sich mit ihm über den Fußboden.) Schließlich wird eine staubige Adventskerze an die linke Seite des Tisches beordert und ein Exemplar der Kleinen Enzyklopädie »Die Frau«, leicht aufgeklappt, in die Mitte. An diese Buchlehne stellt Josepha nun das Bild, das sie der Chefin unter beruhigendem Zureden abhandeln kann, und zündet die Kerze an. Der Anblick bringt die Erregung der Vorgesetzten augenblicklich zum Stillstand. Glänzenden Auges, Tränen im Blick, kniet sie vor ihrem Altar, still, mit gefalteten Händen. Josepha kann nun die Schnelle Medizinische Hilfe anrufen und sich daran erinnern, wie die vor einigen Wochen so überraschend ins Milde gekehrte Wesensart der Meisterin in ihr Unbehagen ausgelöst hatte. Katastrophale Folgen hatten sich angedeutet im Gebaren der Gutmütigkeit, und nun war gekommen, was kommen mußte, die komplette Entgleisung. Die Verrückte tut ihr leid, vermutet Josepha doch, daß der Staatschef für unschuldig befunden werden würde an deren Misere, wenn es überhaupt zur Klärung der krankheitsauslösenden Umstände käme. Sie schaut zum Spiegelschrankaltar und ärgert sich nun über den Alten, der bei aller Lächerlichkeit auch anmaßend ist und fordernd und zwischen den Stellungsbefehlen noch Drohungen ausstößt. Josepha wundert sich jetzt, daß die Chefin so ruhig, wie versteinert, den Anweisungen lauscht mit verklärtem Gesicht, da hört sie den Wagen der SMH den Berg zum Töpfersturm hinauffahren und läuft eilfertig zur Tür, um sie zu öffnen. Das Grundstück ist schlecht einsehbar, wie Josepha feststellt, das ist ein Glück für die arme Meisterin. Als schließlich der blasse, dünnlippige Arzt ins Schlafzimmer kommt, flankiert von seinem bulligen Fahrer, bleibt er als Salzsäule stehen, läßt Hut und Tasche fallen, schlägt die Hände an die Hosennaht vor der nur zu gut bekannten Stimme, die hier so ganz andere Dinge sagt als gewöhnlich. Der Fahrer scheint klareren Kopfes und nicht überrascht vom Gebaren des sprechenden Bildes, knallt es mit hartem Griff auf die gläserne Tischplatte und faßt nach der Meisterin. Willig läßt die sich ein Sedativum spritzen und abführen in den Krankenwagen, wo sie auf eine Trage geschnallt und zugedeckt wird. Was aber tun mit dem starren Arzt? Da hat er doch Angst, der Fahrer, hart zuzugreifen und einzuspritzen, was die Situation eigentlich fordert. Als er noch überlegt, was wohl gut sei, löst sich der Arzt aus seiner Unbeweglichkeit und schreitet gemessen zum Telefon, hebt den Hörer ab und wählt – aus der hohlen Hand – eine vielstellige Nummer. Komm schnell, sagt er nur, der Feind. Dann setzt er sich stumm in die Küche, raucht eine Zigarette der Marke *Duett* und nimmt aus einer halbleeren Flasche süßlichen Rotweins tiefe Schlucke. Unnu? fragt der Fahrer, sollsch lohsmochng? Die Szene entspannt sich nach dem Verschwinden des Krankenwagens ein wenig. Zwar bekommt Josepha keine Antwort auf die Frage, welcher Feind denn hier am Werke gewesen sei, etwa der Klassenfeind mit seinem fauligen Gestank?, die Agenten des Imperialismus?, aber sie spürt, wie der Rotwein die Sinne des Arztes neblig glättet. Sie lehnt es ab, eine seiner Zigaretten zu rauchen, sie lehnt es ab, mit ihm aus der Flasche zu trinken, sie lehnt, merkt sie, ab, an die Unschuld des Staatschefs zu glauben.

Als es klingelt, fordert der Arzt Josepha mit einer Geste auf, sitzen zu bleiben. Er selbst öffnet die Tür. Der Dialog mit dem Ankömmling gestaltet sich knapp: Wo? Im Schlafzimmer. Wie? Guck selbst. Na, wie aber? Japan vermutlich. Ach du Kacke. Schscht! Josepha sieht nicht, daß der Herbeigerufene auf die Flurlampe zeigt. Sie folgt den beiden Männern zur Schlafzimmertür. Schweigend inspiziert der Unbekannte die Lage, geht den Schmatzlauten und Obszönitäten nach, dreht auf dem Spiegeltisch das Bild um und läßt es bestürzt wieder fallen. Nach einer Stunde, in der die Männer das Schlafzimmer mit Präzision nach Spuren absuchen, verpacken sie das sprechende Bild im Arztkoffer, verdrehen die Augen gen Himmel und verpflichten Josepha eisig zu vollkommener Geheimhaltung. Josepha kann nun im Abräumen des Altars darüber nachdenken, ob sie dieser Verpflichtung nachzukommen gedenkt. Immerhin hatten zwei Männer das Schlafzimmer einer ihnen ganz fremden Frau untersucht, nicht nur die Schlüpfer der Reihe nach aufgefaltet und wieder zusammengelegt, sondern auch in ihren Papieren und Briefen gewühlt, ihre Photoalben durchforscht und die knappe Zusammenstellung einfacher Kosmetika. Josepha muß sich vorstellen, sie täten das auch bei ihr und Therese zu Hause, während der Arbeitszeit und während Therese zu ihren Besuchen und Einkäufen unterwegs ist! Und sie erschrickt, als sie zu glauben beginnt, einen Anteil am Mißgeschick der Meisterin zu haben. Hätte sie nicht in die Grütze gehauen mit der erbosten Faust ... Aber das ist doch unabänderlich geschehen, vorbei. Obwohl Josepha nicht willens ist, über das Erlebte zu schweigen, sieht sie doch ein, daß sie eine wahrheitsgetreue Darstellung der Geschehnisse vor den Kollegen kaum verantworten kann. Wer soll ihr das abnehmen? Und wenn's einer glaubt, ist die Autorität der Meisterin ein für allemal dahin. Andeuten etwas? Umschreiben? Verschmücken? Der schlaffe Kaktus, den sie eben aufgenommen hat, um ihn zurückzutragen ins Wohnzimmer, stachelt Josephas Ehrgeiz an, sich mit Eleganz aus der vermeintlichen Affäre zu ziehen, mit Charme und Grandezza. Also kauft sie auf dem Rückweg in die Fabrik sechs Flaschen Erdbeerschaumwein und die »Mehlwürmer« genannten beliebten Erdnußflips und eröffnet der erstaunten Brigade, die Meisterin habe heimlich geheiratet. Der Eheliebste habe sie heute, am Morgen nach der Hochzeitsnacht, mit einer Reise in die Union der Sozialistischen Sowjetrepubliken überrascht. Die sei nun am Abend schon anzutreten, und die Meisterin habe das gar nicht gewußt und nicht gewagt, für zwei Wochen sich so plötzlich abzumelden, und so habe sie einfach verschwinden wollen und den Kollegen einen netten Brief schreiben aus Leningrad oder Duschanbe, Alma-Ata oder Kiew. Daß Josepha sie bei den Reisevorbereitungen überraschte, sei ihr ganz recht gewesen, da könne sie ja gleich schöne Grüße bestellen und um Nachsicht bitten im Betrieb, sie sei ja so glücklich, und man solle ihr das nachsehen, es komme eben alles anders als geplant, und es tue ihr auch sehr leid. Ein Geheul bricht los aus den Gesichtern, es wird schon überlegt, wieviel jeder für ein Hochzeitsgeschenk zu geben hat, fünf Mark oder lieber sieben, da faßt sich der Frühschichtleiter ein Herz und nimmt die vom Reden erschöpfte Josepha beiseite. Im Kabuff deutet er mit dem Kopf auf die noch immer bleiche Stelle an der Wand, fragend. Sie nickt, wenn auch beide Unterschiedliches meinen in ihrer Übereinstimmung, darüber zu schweigen. Die junge Springerin Josepha Schlupfburg nimmt Beunruhigung wahr und Angst: Der Schichtleiter schlottert, der Arzt hatte das Furchtzittern, der Unbekannte nicht minder, und auch sie selbst spürt schließlich ein Unwohlsein in Behandlung der Dinge, die jüngst vorgefallen sind. Es vergehen zwei Wochen, die Meisterin kehrt nicht zurück.

MAI

Auch am ersten Mai ist sie nicht da, was besonders dadurch auffällt, daß alle ihre Bratwurst und das obligate Bier selbst zahlen müssen. (Sie hatte es zur Tradition gemacht, am Kampf- und Feiertag der Internationalen Arbeiterklasse letztere mit einem Imbiß freizuhalten ...) Die Brigade hat fünf Handtücher gekauft und weiße Bettwäsche für das Paar, mit Rätselraten beginnt nun jeder weitere Tag, der vergeht, bis am fünften Mai nach der Mittagspause eine Brigadeversammlung von der Betriebsleitung anberaumt wird. Es ist ein schöner, sonniger Mittwoch, man freut sich und setzt sich ins Freie, auf die Raucherinsel, in Erwartung der Obrigkeit. Die trifft ein in Gestalt des Direktors und der betrieblichen Jugend- und Erwachsenenführer. Unter ihnen aber auch ein Unbekannter: Ein hagerer Mensch von ungefähr fünfzig Jahren, hustend im Rauch seiner Zigarette, mit huschigem, unstetem Blick unter grauen Brauen. Man habe ihn sich vorzustellen sozusagen als einen Genossen, dem die Sicherheit sozusagen des Arbeiterundbauernstaates besonders am Herzen sozusagen läge, meint der Direktor und gibt ihm das Wort: Meine lieben Genossinnen und Genossen, wir trauern nicht, denn wer uns verrät, ist der Trauer nicht wert, nicht wahr. Ihre Meisterin hat Sie alle verraten und damit unsere Sache, unsere gemeinsame große Aufgabe, liebe Genossinnen und Genossen, sie ist jämmerlich übergelaufen, nicht wahr, zum Klassenfeind nämlich. Ich denke, ihr habt einen Titelkampf, liebe Genossen, den könnt ihr natürlich vergessen. Und dreht sich um. Hochgeschlagenen Kragens verschwindet er Richtung Einfahrt.

Josepha Schlupfburgs Mai geht auf ein windiges Ende zu. Als Vergessen tarnt sich die Unlust, regelmäßig die Schwangerenberatungsstelle aufzusuchen, sich messen und auswiegen, sich zur

Beantwortung der angeblich entscheidenden Frage so dringlich auffordern zu lassen. Die straffbraune Ärztin läßt nicht locker, aus ihrem Mund suppen die Anstandsworte wie Wundwasser aus einem schlecht heilenden Einstich, sie kann nicht einfach übergehen, daß jemand die Hälfte des Chromosomensatzes nicht aufsagt. Solch suppende Reden haben hier Tradition hinter den vorgehaltenen Händen der Mehrheit. Da ist Josepha schon froh, daß die Ärztin sie ausspricht, und eine Bewertung der Schwangerenperson abgibt. Da weiß Josepha, woran sie ist, und kann fester hineinschweigen in die Ohren der Kleinstadt. Inzwischen nämlich hat sie ein wenig ausgelegt, nicht bäuchlings, aber an Hüften und Brust ist ein Zuwachs unverkennbar. Außerdem ist schnell verteilt unter die Dächer, was im *VEB Kalender und Büroartikel Max Papp* die halbgare Runde macht. Aber Josepha ist davon trotz allem nur wenig betroffen. Die Meisterin macht ihr zu schaffen mit ihrem Verschwinden in einer »der Westen« genannten Krankheit. Josepha hat nachgeschaut in Pfafferode, der zuständigen psychiatrischen Klinik, sie hat nach der Arbeit in wechselnden Verkleidungen die Pflegeheime des Kreises, später gar des Bezirkes aufgesucht, um die Verschwundene zu finden. Als sich am Nachmittag des 26. Mais schließlich das Junge einer benachbarten Hauskatze vor ihren Augen im Flüßchen Badewasser ertränken will, ist das Maß voll: Josepha zieht das getigerte Tier aus dem Wasser, steckt es zwischen die Brüste, so daß das Köpfchen aus dem V-Ausschnitt des halbwollenen Zopfpullovers freundlich lächelnd herausschaut. (Fauno Suizidor will sie mit dem Zeichen der Katze zur Kompromißlosigkeit auffordern, was ihre Nachforschungen betrifft. Vermutlich hat er nicht mitbekommen, daß Josepha dem verletzenden landestypischen Wind haarfein offensteht, seit sie ein Kind in Aussicht und Bauch hat, und den Spalt mit wachen Sinnen zu weiten sucht. Sie geht dem Zustand der Dünnhäutigkeit sehr langsam – das Tempo womöglich proportional zum Leibeswachstum? – entgegen, sie weiß es. Männliche Götter haben oft Schwierigkeiten mit dem Zustand der Schwangerschaft.) Josepha bringt die unterkühlte, sich aber rasch erwärmende kleine Katze zum Arzt, zum Bereitschaftsdienst der Poliklinik. Im Warteraum will man sie fortschicken, freilich, zum Veterinär, aber Josepha weigert sich, weil sie weiß, wer Dienst tut: Jener Arzt, der vor Wochen die rasende Meisterin erstversorgte und sie dann fortbringen ließ *werweißwohin?*, der später dem Unbekannten den Töpfersturm öffnete und mit ihm gemeinsame Sache machte im Wühlen und Schweigeverpflichten. Den will sie fragen, was hier gespielt wird mit der erst mild-, dann wildgewordenen Meisterin. Wo sie ist. Was ihr fehlt und was nicht. Wer das zu verantworten hat. Ob es ein Gesetz dafür gibt. Und vor allem: Wie man es bricht. Das sagt sie der Aufnahmeschwester nicht, faßt sich dafür an den Kopf, an den Bauch, die verschiedenen Backen und schließlich ans Herz. Die Schwester erliegt der Vorstellung, zweifelnd noch, aber schon lächelnd in hilfswilliger Herablassung. Als sie aufgerufen wird, betritt Josepha das Arztzimmer, setzt das Junge der Nachbarskatze auf den Patientenstuhl und baut sich mit vorgeschobenen Hüften vor dem Mann auf. Ach. Erschrecken. Mein Gott, haben Sie etwa. Wo. Kann das wahr sein. Raus damit. Jetzt oder nie ... Das ist doch keine Gesprächsführung, liebe Frau, nun legen Sie doch erst mal ab. Die Waffe? So beruhigen Sie sich doch (laut), bittebitte (leise). Die Schwester schaut nach dem Rechten. Alles in Ordnung, Herr Doktor? Achjaja, wissen Sie, die lieben Tierchen, da muß man schon helfen und aufmerksam sein wie die Bürgerin hier, das ist schon ein kleines Lob wert, wenn jemand so achtgibt, was? Sie geht wieder. Allein mit Josepha, stößt der dünnlippige Bläßling nun wie gedämpfte Schüsse zischende Wortfolgen aus:

Nichtdarumkümmernsolltensie ...

Siehabenesdochgeschwo ...

Meinenkopfhingehaltenfürsie!

Josepha fordert ihn auf, den Mund zuzumachen, den aufgeplusterten Herzersatz. Ihr erötetes Haar gibt einen scharfen Kontrast zum grüngelben Nebel, den sie eben mit ihren Armen erzeugt im Rudern um Worte in dieser Enge. Sie Knilch! Was haben Sie gemacht mit der Frau? Ihre Art, die Dinge aus falschen Augen zu sehen, ist zum Kotzen! Josepha erschrickt in der eigenen Kühnheit, das Kätzchen lächelt noch immer aufmunternd auf seinem Stuhl und beginnt nun langsam, sich zu strecken, zu spannen in Wohligkeit. Kleine Krallen zeigt es beim Räkeln, reißt das Mäulchen auf, putzt sich das Fell. In einem hilflosen Augenblick greift der Arzt zum Telefonhörer, doch ehe er die vielstellige Nummer wählen kann, ist ihm das Tier an den Arm gesprungen, verbeißt sich im weißen Kittel und bleibt, grauer Kampftiger, im Angriff gespannt daran hängen. Josepha erkennt die Sinnlosigkeit ihres Versuchs, den Arzt zu Gespräch und Auskunft zu bewegen, spürt aber auch, daß er im Inneren nicht mächtig genug ist, einen eigenen Gedanken zu fassen. Seinen Adjutanten braucht er dazu, den fremden Wühler und Schlüpferentfalter! Na gut, hört Josepha sich sagen, ich lasse nicht nach, dürfen Sie wissen. Wir leben in einem gewissen Sozialismus, denke ich doch (denkt sie noch), mein Herr! Ich werde mich beschweren, passen Sie auf! (Denuntiata, die Göttin der Charakterlosigkeit, hat mit einem gewissen Sozialismus gute Erfahrungen gemacht und schwebt zufriedenen Blicks über dem ärztlichen Haupthaar ...) Tatsächlich paßt der Herr Doktor gut auf, daß das Katzentier ihm vom Arm kommt. Er bittet Josepha, es fortzunehmen und dann zu verschwinden, er werde sich kümmern, aber das sei eine Angelegenheit höheren Interesses, er selbst nur ein kleines Licht in der ganzen Verdunklung. Josepha ist wütend und verkündet, morgen wiederkommen zu wollen, er könne sich das alles noch mal überlegen, und wenn sich nichts tue, werde sie ihre Drohungen wahrmachen! Welche Drohungen denn, welche Drohungen, lispelt er wissend, ein wenig Angst in seinem Kopf wagt den Anflug zu einer Erinnerung, die Denuntiata so gar nicht passen mag. Er sieht sich mit seinen Kommilitonen beim Eid des Hippokrates. Im Hinausgehen hört Josepha noch, wie er, eher in seinen Dienstplan hinein als ihr zu, ruft: Aber Toxoplasmose, haben Sie's prüfen lassen? Kann gefährlich werden für ein ungeborenes Kind ...

Schon läuft sie, das Tier im Ausschnitt und sehr durcheinander, die Stadt querend, zum Töpfersturm, setzt sich auf die Stufen zur Wohnung der Meisterin. Noch einmal passiert der Tag der Entführung Revue in ihrem Kopf. Der Plan, nunmehr auch anderen hängenden Staatsobersten zu einem kirschroten Mund zu verhelfen, ist rasch gefaßt.

26. Mai 1976:
Fünfte Etappe der Gunnar-Lennefsen-Expedition
(Stichwort im Expeditionstagebuch: WINDHOSE)

Josepha hat Sehnsucht nach einer Mutter, als sie nach Haus kommt. Therese sieht das sofort, hat gar seit der letzten Etappe der Expedition auf diesen Ausdruck im Gesicht der Urenkeltochter gewartet. Sie nimmt Josepha in die Arme, schweigt, sie schlurfen, die Köpfe gesenkt, zum Küchentisch. Therese will Josepha ein großes Glas Kognak anbieten, besinnt sich aber des ungeborenen Kindes und trinkt selbst. Josepha bekommt einen Tee, aus Pfefferminze gebrüht, mit einer Messerspitze Kardamom versetzt. In einem Schuhkarton, ausgelegt mit einem passend zerschnittenen Handtuch, kommt das Kätzchen zur Ruhe, lächelt unausgesetzt zur wenigstens teilweisen Freude der beiden Frauen und schläft schließlich ein. Josepha findet eine Liebesperlenflasche mit rotem Gummisauger in einem für spätere Zeiten auf dem Boden aufbewahrten Koffer mit all ihren Kindheitspuppen. Das Junge der Mutter zurückzubringen, käme den Frauen nicht in den Sinn: Ein Entschluß zum Selbstmord ist schließlich Aufkündigung jeglicher Beziehung von seiten des Kindes. Also soll ein Milch-Wasser-Gemisch, abgekocht und lauwarm temperiert, das Junge am Leben erhalten. Josepha bereitet alles vor für den Augenblick, da das Kätzchen hungrig erwachen würde, und setzt sich dann in das Wohnzimmer, wo Therese längst auf den Aufbruch der Expedition wartet. Auf den Knien das Expeditionstagebuch, spricht sie mit rauschender Stimme das Wort WINDHOSE – Josepha hat eine solche noch nie gesehen – in den Raum. Josephas Muttersehnsucht läßt für heute eine Vertiefung der mütterlichen Linie erwarten. Um so erstaunter sind nun die Frauen, daß die imaginäre Leinwand sie in den Königsberger Haushalt des sozialdemokratischen Arbeiters Wilhelm Otto Amelang zurückversetzt, der – Josepha und Therese wissen es noch – in der Gas-Anstalt am Bahnhof Holländerbaum arbeitet und eine Tochter namens Senta Gloria hat. Deren Fruchtwasser, von der alten Jewrutzke in einer blauen Phiole aufgefangen, hatte einst Thereses zweite Schwangerschaft zum Abbruch gebracht, als des zärtlichen Augusts Liebe ausgelaufen war in den Hafen einer fremden Ehe. Heute, am 23. Juli 1938, es ist ein Samstag, heiratet Senta Gloria Amelang den Polizisten Hans Lüdeking aus Neutief am Frischen Haff. Die Runde der Gäste sitzt um den Stubentisch der Sackheimer Wohnung. Es will sogleich auffallen, daß keine rechte Freude aufkommen mag beim Festschmaus. Die Braut hat ein rundes Gesicht unterm Hochzeitsschleier, ihr Blick spricht Liebe und Trauer zugleich. Die Gäste essen eine das Menü einleitende Fischsuppe und reden nicht viel, nur der Bräutigam lächelt zwischen den Löffeln hindurch aus dem Fenster, verloren. Ein Stuhl an der Stirnseite des Tisches bleibt leer, die Suppe ist auch an diesem Platz aufgetan. Wilhelm Otto Amelang fehlt, es wird nicht geredet bei Tisch. Durchs Fenster fällt Sonne ins Zimmer und macht den Gästen blasse Gesichter. Niemand spaßt mit der Nacht nach der Hochzeit, man schweigt sich durch den Fisch. Als die Brautmutter aufsteht, aus der Küche den Braten zu holen, springen die Fensterflügel krachend auf, eine Windhose fährt über die Tafel und zerstört den schönen Aufbau der Teller, Gläser und Bestecke, macht um die Menschen einen Bogen und rüttelt dafür an den Schränken und Laden: Deren Inhalt wirbelt umeinander, die Tischtücher falten sich auf, ein paar Bücher entblättern sich im Fluge und machen mit flatternden Briefen gemeinsame Sache. Einen Augenblick später entschwindet die Windhose durchs Fenster, das sich schließt und wieder der Sonne den Einfallsweg frei macht. Die sprachlosen Gäste schauen zur Brautmutter, stumm und erschrocken. Frau Amelang läuft nun nicht nach dem Braten, sie weint und bedauert sich, bittet den Herrn um Vergebung und die Gäste um Hilfe beim Ordnen der Lage. Man bückt sich und packt die verwirbelten Dinge zu

Stapeln, oberflächlich nur, daß der Weg in die Küche zumindest begehbar wird. Nach Umzug sieht jetzt das Zimmer aus, nach Hochzeit so gar nicht. Zwischen den Stapeln wird Braten hereingetragen und Kartoffelmus. Im Interesse der Brautleute, sagt die Frau Amelang, sollten wir tun, als sei nichts gewesen. Ich werde morgen hier aufräumen, es ist eine Strafe. Josepha und Therese sehen, wie im Rücken der speisenden Gesellschaft die Stunde der Wahrheit sich leise davonstiehlt, ganz unbemerkt. Die Expedition folgt ihr, so daß die imaginäre Leinwand nun eines der Lager zeigt, von deren Existenz die Bevölkerung zu beiden Seiten der im Jahre neunzehnhundertneunundvierzig anscheinend endgültig befestigten Grenze auch Jahrzehnte später ganz wenig gewußt haben will. In norddeutscher Moorlandschaft drehen sich hölzerne Türme aus dem Schlamm und viel Drahtverhau, dreifach gezogen und elektrisiert. Flachbauten, symmetrisch beidseitig einer Lagerstraße angeordnet, lägen tot in der Sommerhitze, wenn nicht ein männliches Weinen aus einem der Schlote aufstiege wie Rauch: Wilhelm Otto Amelang sitzt in der Scheiße der Männerlatrine und denkt an sein einziges Kind, das heute im fernen Königsberg verheiratet wird ohne seinen Zuspruch. Er liebt sie sehr, die Senta Gloria, und daß sie den Lüdeking heiratet, ist einfach ein Jammer. Jammer ist sein Alltag seit mehr als zwei Jahren schon, seit er also hier einsitzt im Moor, und daß der Jammer um sein einziges Kind noch hinzukommt, hat er beinahe nicht mehr anders erwartet. Er wundert sich deshalb auch ein bißchen, daß er doch weinen muß. Vor zwei Jahren hatte er tagelang geweint, und er war nicht der einzige aus seinem Transport gewesen, der den Übergang ins Lager am liebsten nicht überlebt hätte. Nun lebt er aber immer noch, und sein Leben hat sich nicht nur um die dreiunddreißig Pfund Fleisch verringert, die er seither in Lager und Steinbruch ließ. Er hat sich gerade gestern mit Willi Thalerthal besprochen, dem es genauso ergangen ist. Willi Thalerthal hat dabei noch größere Schwierigkeiten als er selbst, allein seine physische Existenz über die Haftzeit zu retten: Er bricht ständig, verträgt Suppen und Lagerbrot noch weniger als seine Mithäftlinge. So schmal ist er geworden, daß manchmal sogar Mitleid sich regt in der Gesichtern und man ihm etwas abgeben will von dem, was man einander in Prügeleien und feindseligen Intrigen abjagt. Doch Willi Thalerthal behält nichts bei sich. Was Wilhelm Otto Amelang nicht weiß: Thalerthals Leib hat die Fähigkeit, etwas anderes als Frauenmilch in den Stoffwechsel einzuspeisen, nahezu verloren. Daß er am Leben ist, hat er dem braunen Sirup zu verdanken, den es gelegentlich gibt und der in Süße und Konsistenz Carola Hebenstreits früher Milch ähnelt. Damit kann er sein Verdauungssystem für den Augenblick überlisten, aber der Sirup ist ein seltenes Vorkommnis. Thalerthals Sehnsucht ist ganz und gar auf Carola fixiert, dennoch verbietet er sich, Kontakt zu ihr aufzunehmen, um sie nicht zu gefährden. So weiß er noch immer nichts von dem kleinen Mädchen in G., das nun schon drei Jahre alt und seine Tochter ist. So kann er an Amelangs Kummer um dessen einziges Kind zwar im Kopf, nicht aber mit dem Herzen Anteil nehmen. Amelangs Schluchzen steigt aus dem Schlot, und Thalerthal ist noch immer ein glühender, glaubt er, Anhänger der kommunistischen Idee. Einmal, als Wilhelm Otto Amelang ein Quentchen Sirup ihm unter Qualen abgetreten hatte, war es zwischen den Männern zu einer körperlichen Annäherung gekommen, die ihnen, wäre sie von jemandem bemerkt worden, den rosa Winkel eingebracht hätte oder eine erpreßbare Stellung am untersten Ende der Häftlingshierarchie. So aber war nur eine kurze Beruhigung Ergebnis des Vorfalls geblieben, und die Erinnerung daran treibt sie manchmal vorsichtig in des anderen Nähe. Sie fürchten die Wiederholung, kennen aber ihre ärmlichen Gerüche und die angenehme Wärme der Haut, so daß sie sich im Vorbeigehen, selten genug, flüchtig berühren mit den Händen oder es so einrichten, daß ihre Wangen sich für einen Augenblick streifen. (Als Thalerthal wegen des Brechdurchfalls wieder einmal in der Krankenbaracke verschwand, hatte Amelang unter Aufgabe zweier ganzer Tagesrationen an Brot und Suppe sich dort zum Revierdienst einteilen lassen und seinem heimlichen Freund den Hintern gewaschen, die getrocknete Kotze von der Matratze gekratzt.)

Willi Thalerthal weiß sehr genau, daß nur Carola ihn retten kann, selbst wenn er das hier überstehen sollte, und Wilhelm Otto Amelang weiß sehr genau, daß er die Hochzeit seiner Tochter weder verhindern noch jemals rückgängig machen kann, wenn er das hier überstehen sollte. Er fühlt auf Hans Lüdeking einen Haß, der sich nicht nur in seiner sozialdemokratischen Haltung gewaschen hat. Lüdekings sanftes Gesicht hat seine Tochter getäuscht, glaubt er, denn er weiß, daß Lüdeking ein Menschenverächter ist. Vor knapp drei Jahren, die Schlimmen Gesetze, wie er sie nennt, waren gerade erlassen worden, hatte er einmal Lydia Czechowska, das Dienstmädchen der Familie Biermeier aus Amalienau, in ihr Heimatdorf Neutief begleitet. Sie war an jenem Tage sozusagen vorsorglich entlassen worden aus ihrer Stellung, weil sie schwarzkrauses Haar und eine gebogene Nase trug. Das Ehepaar Biermeier, ansonsten sehr zufrieden mit der Arbeit der sechzehnjährigen Lydia, hatte das Mädchen nach deren Vater befragt. Lydia Czechowska, uneheliche Tochter einer polnischen Heimarbeiterin, hatte darüber keine Angaben machen können. Sie packte also ihre wenigen Sachen und verließ in der Dunkelheit das Haus ihrer Herrschaften. Wilhelm Otto Amelang fiel das weinende Mädchen auf, als er von einer konspirativen kommunistischen Versammlung, der er als Gast beigewohnt hatte, nach Hause eilte. Das Mädchen, ein Kind beinahe noch, sagte nicht viel, aber das war auch nicht nötig: Amelang beschloß auf der Stelle, sie nach Hause zu begleiten, nachdem sie eine Übernachtung in seiner Wohnung abgelehnt hatte. Vom Bahnhof Rathshof aus folgten sie mit dem Fahrrad, Lydia Czechowska auf dem Gepäckträger, der Bahnlinie nach Pillau, vorbei an Metgethen, Seerappen, Lindenau, durch Fischhausen hindurch. Von Pillau aus waren es nur noch fünf Kilometer bis Neutief, und Amelang, von den Stunden der Fahrt erschöpft, schob nun sein Rad, um das Kind nicht alleine zu lassen. Einen Kilometer vor dem Ortseingang begegnete ihnen Hans Lüdeking als ein sanft und gutherzig aussehender junger Mann, den es ebenfalls heimzog nach Neutief. Nach kurzem Gespräch bot Lüdeking an, Lydia Czechowska zu begleiten, damit Amelang endlich heimkehren konnte, es waren nur noch wenige Stunden bis zum Beginn seines Arbeitstages. Er winkte den beiden, als er sich umwandte und losfuhr. In Pillau machte er Rast und beschloß, bis zum Morgenzug zu warten nach Königsberg, das schien ihm, was ein pünktliches Eintreffen auf seiner Arbeit betraf, erfolgversprechender als die anstrengende Radfahrt. Als er aber aufstand am Morgen von der Bank im Wartesaal, lief ihm Lydia Czechowska erneut in die Arme, wiederum weinend. Aus ihren stammligen Sätzen begriff er, daß Lüdeking sich ihrer bemächtigt hatte vor Erreichen des Dorfes und ihr dann, lachend über den *Judenfick*, empfohlen hatte, abzuhauen: Die Mutter warte gerade auf ein so ehrloses Miststück. Amelang begriff, setzte sie sich aufs Rad und fuhr nach Fischhausen, wo es eine Polizeistation gab. Man lachte, als er das Mädchen ins Zimmer schob, seinen Namen und seine Adresse angab und schilderte, was er wußte. Einer der Polizisten gab seinem Kollegen ein Zeichen, das aus dem Einschieben des rechten Zeigefingers in ein aus Daumen und Zeigefinger der linken Hand gebildetes Loch bestand, was einen noch stärkeren Anfall Lachens auslöste. Er wisse, sagte Amelang, wer es war. Wir auch! Wir auch! lachten die Männer sich krumm. Als die Tür aufging, trat Hans Lüdeking in Uniform seinen Dienst an, der Ortspolizist ... Er empfahl, die Sache auf sich beruhen zu lassen, das Mädchen hätte doch auch was *davon* gehabt, obwohl er sich natürlich gar nicht hätte drauf einlassen sollen, es so einer zu besorgen, aber Amelang wüßte ja selbst, wie die so sind, die Judenweiber, schließlich hätte er das Miststück ja auch nicht umsonst von Königsberg herbegleitet, sie wäre noch ganz schmierig gewesen davon. Der sozialdemokratische Arbeiter Wilhelm Otto Amelang kriegte eine Angst, wie er sie vorher nicht kannte, riß das Mädchen am Arm hinaus aus dem Männerlachen und fuhr sie schnurstracks nach Neutief. Die Polin Klaudyna Czechowska aber haßte ihr Kind, und auch die Offensichtlichkeit der Mißhandlung konnte sie davon nicht abbringen, so daß Wilhelm Otto Amelang das Mädchen wieder mitnahm. Am späten Mittag kam er in Sackheim an, die Arbeit hatte längst begonnen, aber er übergab das halbe Kind seiner Frau, ehe er zum Bahnhof Holländerbaum aufbrach. Die Frau Amelang, nicht sehr mutig eigentlich, war immerhin mutig genug, das Mädchen nach zwei Wochen der Beratschlagung mit neuen Kleidern auszustatten und mit einer Fahrkarte nach Landsberg an der Warthe, wo ihre Schwester ein kleines Bauerngut bewirtschaftete und noch dazu eine hitlerfeindliche Ehe führte. Die würde sie aufnehmen wollen, *soviel is ja man klaa,* und dort sollte das Kind dann weitersehen. Als Lydia Czechowska den Zug längst bestiegen hatte und auf der Hälfte des Weges in ein Butterbrot biß, war in Sackheim die stille Hölle los: Lüdeking schneite in Begleitung einer mäklig aussehenden Frau ins Haus der Amelangs auf der dienstlichen Suche nach Lydia Czechowska, man hatte schon in Neutief nach ihr gesucht und im Haushalt des Pg. Biermeier, das Mädchen sollte wegen Verwahrlosung und unsittlichen Lebenswandels, auch im Interesse einer gewissen völkischen Geschlechtshygiene, in ein Heim für minderjährige Triebhafte eingewiesen werden. Amelang wand sich vor Angst, straffte sich aber, als unerwartet seine Tochter ins Zimmer trat und sich auf der Stelle und zu allem weiteren Unglück in Lüdeking verliebte. Auch Lüdeking weichte ganz auf im Blick des Mädchens und vergaß den Anlaß seines Besuches und die mäklig aussehende Begleiterin für wenige Minuten, in denen er die plötzliche Liebe Senta Glorias zu erwidern begann. Amelang wand sich nun wieder, als er sah, was da seinen Anfang nahm, unfaßbar, und schickte die Tochter ins Bett, es sei Zeit. Es war Zeit, um Gottes willen, den Lüdeking fortzuschicken, möglichst freundlich, natürlich, ihn auszutreiben aus Haus und Tochterhirn für alle Zeit. Er beteuerte, Lydia Czechowska nie wieder gesehen zu haben (nach Lüdekings *Judenfick,* muß er denken), und bat höflich, man möge das glauben und ihn seine Arbeit machen lassen, er habe noch ein Paar Schuhe auszubessern, die er morgen dringend benötige. Ungern ging Lüdeking fort, die Begleiterin mäkelte am Ausgang des Unternehmens, das sie ein Hornberger Schießen nannte, herum. Aber schließlich standen sie vorm Haus, und als Lüdeking, durchgeweicht, an der Fassade emporsah, stand hinterm Fenster im zweiten Stock Senta Gloria und schaute mit Sehnsucht auf ihn herab. Schon am nächsten Tag wurde Wilhelm Otto Amelang verhaftet – man hatte seine Teilnahme an der kommunistischen Versammlung zwei Wochen zuvor verraten – und in ein Untersuchungsgefängnis überstellt, von dem es dann nicht mehr weit war ins Lager im norddeutschen Moor. Die Briefe seiner Frau hatten ihn stets erschreckt seither: Er hatte ihr nicht mehr sagen können, daß Lüdeking der Vergewaltiger Lydia Czechowskas gewesen war. Frau Amelang schrieb vom Verlöbnis der Tochter, äußerte sich über den künftigen Schwiegersohn spärlich und berichtete vor kurzem nun über die bevorstehende Hochzeit. Sie findet Lüdeking unterdessen womöglich gar nicht so schlecht, wie kann sie das auch. Senta Gloria soll er stets mit Achtung begegnet sein in den letzten drei Jahren, habe eine sichere Arbeit, und das Kind liebe ihn eben sehr. Und natürlich kann Amelang sich aus seiner Lage nun auch nicht mehr mitteilen. (Was er nicht weiß: Hans Lüdeking hat Lydia Czechowska längst vergessen, als er mit Senta Gloria Amelang die Treppen zur Kirche emporsteigt. Er freut sich auf die schöne Zeit nach der Trauung, auf die bräutliche Unschuld und deren Beseitigung, auf recht viele wertvolle Kinder, was mit Senta Gloria garantiert sein dürfte, und auf seinen Aufstieg in höhere Ämter.) Willi Thalerthal, mit siebtem Sinn für das Weinen des Freundes, gesellt sich nun zu Amelang auf die Latrine, sie versuchen ein wenig zu reden über die Wetter der Seele, aber Amelang kann mit dem Weinen nicht aufhören. Er weint auch noch, als die imaginäre Leinwand zurückschwenkt nach Königsberg. Es ist Abend geworden, das Brautpaar faßt sich unter dem Stubentisch bei den Händen, und Lüdeking erzählt, wie schwer es ihm gefallen sei, um ein Mädchen anzuhalten, dessen Vater in einem Konzertlager sitze. Aber seine reine Liebe habe ihm Kraft gegeben für diesen Schritt, und mit etwas gutem Willen sollte der fortgesperrte Schwiegervater es schaffen, wieder in den Schoß der Familie zurückzukehren. Die jetzige Zeit biete doch jedem anständigen Mann ein Chance, oder nicht? Die Brautmutter schämt sich bei dieser Rede, doch prostet sie mit, als Hans Lüdeking ihr ein Glas auf die Zukunft reicht. Mit der imaginären Leinwand ist die schnell erreicht: Senta Gloria Lüdeking hat auch im vierten Sommer ihrer Ehe noch nicht geboren, obwohl ihr Mann sich redlich bemüht um ein Kind. Sie ist traurig und weiß nicht, woran es nun eigentlich liegt. Vielleicht am Kummer, muß sie manchmal denken. Ihren Vater hat sie seit jenem Abend, an dem sie ihren Ehemann kennenlernte, nicht mehr gesehen. Zu seinem Begräbnis im letzten Winter, seit fast drei Jahren hat man nun schon einen Krieg, ist sie mit der Mutter ganz allein gegangen. An einer Lungenembolie sei er im Lager gestorben, hatte man ihnen mitgeteilt und mit gleicher Post auch die Urne gesandt, die sie ohne Beileidsgemeinde zu Grabe trugen.

In Senta Gloria Lüdekings Unfruchtbarkeit tritt am Abend des fünfzehnten Junis des Jahres neunzehnhundertzweiundvierzig ihr strahlender Ehemann und verkündet, ihr Antrag auf Aufnahme eines Kindes sei heute von der Volksdeutschen Mittelstelle positiv beschieden worden. Sie könnten ein Kind abholen, ein hübsches eindeutschungsfähiges Mädchen, der Photographie nach zu urteilen, etwa fünf Jahre alt, und ganz ohne Eltern! Senta Gloria springt vom Küchenstuhl auf, ihrem Mann auf die Hüfte und freut sich. Was für ein Montag! Vor einem Jahr etwa hatten sie gelesen, daß Eltern gesucht würden für Waisenkinder artverwandter Abstammung aus den besetzten Gebieten, da war sie vor Aufregung ganz rot geworden und hatte Hans Lüdeking gedrängt, den Antrag recht bald auszufüllen für ein solches Kind. Sie kann es kaum glauben, daß es bald soweit sein soll! Zwar wohne das Kind seit einiger Zeit, berichtet Hans Lüdeking, bei Pflegeeltern in Landsberg an der Warthe, aber dort könne es nicht bleiben, die Leute hätten die Kraft nicht mehr und seien auch nach Art und Gesittung nicht recht geeignet. Also fährt Senta Gloria, als sie Genaueres weiß (und dennoch: ohne zu wissen!) nach Landsberg, in jener Spur, die einst Lydia Czechowska in ihrem Unglück hinterließ. Zunächst besucht sie Tante und Onkel, obwohl die Mutter ihr ans Herz gelegt hatte, das nicht zu tun, das sei gar nicht günstig, wenn sie doch jetzt ein Kind aufnehmen wollten. Die Tante weiß um die Schwierigkeiten der Nichte und vermeidet ein Gespräch, das ihr Sorgen bereiten könnte. Statt dessen kommt die Rede freilich aufs Kind, man ist ja schon ganz gespannt, wie es aussehen wird! Ach ja, seufzt die Tante, erinnerst dich noch an die Lydia, die ihr mal hergeschickt habt? Senta erinnert sich an das Gesicht des Mädchens, das vor mehr als sechs Jahren für kurze Zeit bei ihnen wohnte. Die Eltern hatten damals erzählt, das sei ein ganz armes Kind, das, von Mutter und Herrschaft verstoßen, nun nach irgendeiner Zukunft sich umschauen wolle und deshalb nur darauf warte, bei Onkel und Tante in Landsberg in Dienst zu gehen. Jaja, sie erinnert sich schon, warum? Ach weißt, sagt die Tante, die hatte solch hübsches Balch hier bekommen, wer weiß, was für einer da drinhing. So unglücklich war sie mit dem Kind wie ihre eigene Mutter mit ihr. Hat sie manchmal erzählt. Wenn ich wüßt, hätt ich Dampf gemacht. Aber das Mädchen wußt ja selbst nicht, so jung wies war, und so, wies aussah. Wir haben nicht verheimlichen können, daß sie ein Kind hat, es schrie so sehr, weil's nicht geliebt war. Eines Tages ist die Lydia dann weg von hier und hat uns das Kind gelassen, ein süßes Balch. Wir haben geforscht, aber sie war einfach fort. Mitmal erschien dann ein Fräulein vom Amt und erzählte uns, das Kind sei ein halbjüdisches Polenkind, wie sein Name ja ahnen ließe, *Małgorzata Czechowska*. Wir habens rausgeben müssen, obwohl wir es gern gehabt haben und auch behalten hätten. Wahrscheinlich haben sie's in ein Heim getan, was hätten wir machen sollen so ohne die Mutter! Senta Gloria Lüdeking hört die Geschichte mit Bedauern, vielleicht hätte sich ihr Wunsch nach einem Kind ja schon viel früher erfüllen können, wenn sie das gewußt hätte. Andererseits, überlegt sie, sah die Lydia Czechowska so ungünstig aus, da hat doch das Kind bestimmt keine gute Erbmasse gehabt. – Am nächsten Morgen, Frau Lüdeking hat bei Tante und Onkel genächtigt, trifft sie zum vereinbarten Zeitpunkt eine mütterlich wirkende Amtsperson von der Volksdeutschen Mittelstelle vor dem Haus der Pflegeeltern ihres künftigen

Kindes, die ersten Formalitäten sind längst auf dem Postwege erledigt, und bekommt ein blondes Mädchen mit durchdringendem Blick, sie erschrickt beinahe ein wenig, nebst einem Koffer Kleidung, zwei Puppen, einer Geburtsurkunde und einigen anderen Papieren ausgehändigt. Das Kind habe zwei Jahre in einem Heim gelebt, man habe seine Entwicklung unter rassischen Gesichtspunkten eine Weile beobachten wollen und es dann später zu Pflegeeltern gegeben, weil es sich mit dem Erlernen der deutschen Sprache so schwer getan habe. Entgegen der Abmachung hätten die aber dem Kind das Polnische gelassen, was eine Schande sei. Dieses Kind, man kann es ja deutlich sehen, ist es wert, in den Volkskörper aufgenommen zu werden. Senta Gloria quittiert den heulenden Pflegeeltern die Herausgabe des Mädchens und den Empfang der zugehörigen Gegenstände, bekommt ein Formular, das auch ihr Ehemann noch zu unterschreiben und dann per Post der Volksdeutschen Mittelstelle zuzusenden hat, und will mit Kind und Koffer noch einmal zur Tante gehen, sich nun als Mutter zu präsentieren. Unterwegs bleiben sie einen Moment auf einer Bank sitzen, das Mädchen redet nicht, und die plötzliche Mutter weiß noch nicht einmal den Namen des Kindes! Also kramt sie nach der Geburtsurkunde: Magdalene Tschechau heißt ihre Tochter, geboren am 2. Juli 1936 in Danzig, Eltern: Edwin Karl Tschechau und Ehefrau Hermine Viktoria, geb. Bodensee. Lenchen! sagt sie laut und streicht dem Kind über den Kopf. Das Kind brummelt nun etwas, Mawgo, versteht Senta Gloria, Mawgorshata, Mawgorshata, Shata! Armes Mädchen, kannst ganz ruhig sein, wir haben zu Hause einen Vater, der ist Polizist und kann dich immer beschützen, mein Lenchen. Als sie dem Wohnhaus der Tante sich nähern, zögert das Kind, bleibt stehen, reißt an den blonden Zöpfen und weint ganz still und unwillig, auch nur einen Schritt noch weiterzugehen. Senta Gloria, die eine gute Mutter sein will, streichelt das Kind und nimmt es in ihre Arme. Na gut, hast ja auch schon viel durch heute. Gehen wir gleich zum Bahnhof, ich kann der Tante ja auch ein Bildchen schicken von dir. Und außerdem freut sich dein Vater, wenn wir bald heimkommen, Lenchen. Im Zug, der fast leer ist, hebt das Kind seinen Koffer auf die hölzerne Bank. Er ist gar nicht voll, als es ihn öffnet: Ein paar Kleider und Röcke, ein Mantel, zwei Paar Strümpfe nur und eine gestrickte Mütze. Lenchen steigt in den Koffer, bettet sich auf die Kleidung, den Kopf zwischen die beiden Puppen, und zieht den Deckel zu. Senta Gloria, die in ihrer Sehnsucht viel über ihre Gebärmutter nachdenken mußte und es so gern gehabt hätte, ein Kind drin zu fühlen, meint nun, dem Mädchen mag es umgekehrt gehen: In seiner Sehnsucht hat es sicher viel an seine Mutter denken müssen und an die warme Zeit, als es noch in deren Bauch gelebt hat. Senta Gloria versteht, daß das Kind zurück will und sich wenigstens eine Höhle schafft, wenn es geht. Der Gebärmutterkoffer stört ja auch nicht auf der Bank. Als der Schaffner nach der auf der Fahrkarte ausgewiesenen zweiten Person fragt, weist Senta Gloria über den Gang, die Beine vertreten, das Mädelchen, kann eben nicht so lang stillsitzen, was. Sie hebt nachher den Deckel des Koffers ein wenig an. Lenchen schläft, die Knie ans Kinn gezogen, die Arme über der schmalen Brust wie zwei Schwerter gekreuzt, in Abwehrhaltung und dennoch ganz ruhig. Frau Lüdeking freut sich und besieht nun genauer die zugehörigen Papiere. Magdalene Tschechau, heißt es da, sei ein Findelkind gewesen, Mutter und Vater unbekannt. Zum Zeitpunkt des Auffindens habe das Kind, etwa zwei Jahre alt, einige polnische Sätze in stereotyper Wiederholung vor sich hingesprochen. Alle Merkmale deuteten nach eingehender Untersuchung dann auf eine überwiegend hochwertige Abstammung hin, so daß das Kind mit dem Vermerk »eindeutschungsfähig« zwecks Aufnordung zur Adoption freigegeben worden sei. Beim Erwerb der deutschen Sprache in einem vorbereitenden Kinderheim habe es sich störrischer angestellt, als zu erwarten gewesen wäre. Deshalb sei es noch einmal zu pädagogisch geschulten Pflegeeltern gebracht worden, die sich aber in der Folge nicht zuverlässig gezeigt hätten. Man wünsche der adoptierenden Familie alles Gute und empfehle die rasche Beantragung neuer Papiere. Die beiliegende Geburtsurkunde sei zum Wohle und im Interesse des Kindes fingiert worden und trage vorläufigen Charakter. Senta Gloria glaubt das, sie kennt nicht die übliche Methode, die Herkunft solcher zur »Aufnordung« vorgesehener Kinder unter einer Flut angeblicher Amtspapiere unkenntlich zu machen, ihre Spur zu verwischen, falls doch einmal eines gesucht werden sollte von seinen leiblichen Eltern oder später gar selbst auf die Idee komme, einer vergrabenen Kindheit nachzugehen. Es wird sogar darauf geachtet, daß die falschen Namen den wirklichen ähneln und so dem Kind eine ungebrochene Identität suggerieren. Und so kann Senta Gloria Lüdeking auch nicht ahnen, was sie zu tun im Begriff ist: Sie nimmt sich das Kind ihres Mannes und Lydia Czechowskas zu Herzen, ein Kind, das mehrerer Generationen Erfahrung mit Haß und Gewalt im Leib trägt und jenem vermeintlichen *Judenfick* entstammt, mit dem Hans Lüdeking seinem sechzehnjährigen Opfer Lydia Czechowska das Sterben empfahl. Therese und Josepha weinen wie Wilhelm Otto Amelang am 23. Juli 1938 in der Latrine, und wie Rauch steigt dies männliche Weinen aus jenem Loch, in dem die imaginäre Leinwand inmitten des Zimmers verschwindet.

Das Kätzchen torkelt herbei, tapst um Josephas Füße herum und schubbert sich dran. Therese kann nun innehalten in ihrem Weinen und holt aus der Küche die Puppenflasche. Sie hält das Tier im Arm, als Josepha versucht, ihm etwas einzuflößen. Gierig nuckelt es die Wassermilch auf, schnurrt und erschöpft sich. Die Frauen legen es zurück in den Schuhkarton, sehen sich an. Es wird schwer werden, das Expeditionstagebuch zu vervollständigen, Therese nimmt es sich für den nächsten Tag dennoch vor. Auf zwei Tellern richtet sie jetzt in der Küche Röstbrotwürfel an, bestreut sie mit Käse. Der Tee ist längst kalt geworden, so brüht sie erneut eine Kanne, diesmal Kamille, mit Tannenhonig versetzt, und ruft Josepha, die auf der Chaiselongue an Lydia Czechowska denkt. Als sie am Tisch sitzen, erzählt Therese von Willi Thalerthal, den sie einmal, als sie noch nicht wußte, daß er Josephas Großvater werden würde, getroffen hat. Zu Beginn der fünfziger Jahre, Therese war gerade mit ihrem

Enkel nach W. gezogen, wo sie ein Zuhause zu finden hoffte nach den Wirren der Flucht- und Ankunftsjahre, lernte Rudolph Schlupfburg Marguerite Hebenstreit aus dem benachbarten G. kennen, eine blasse, elternlose Siebzehnjährige, die im Haushalt des ortsansässigen Tierarztes ihre Volljährigkeit abwarten durfte. Über Mutter und Vater sprach das Mädchen nie, obwohl die Familie, zu der auch einmal zwei Zwillingsmädchen gehört hatten, nicht unglücklich gewesen sein sollte. Sicher waren sie eines bestürzenden Todes gestorben. Therese kannte sich aus mit bestürzenden Todesfällen und vermutete Vierteilung und mindestens einen Selbstmord hinter Marguerites Schweigen. Rudolph klammerte sich voller Sehnsucht an dieses einsame Mädchen, das wie er selbst keine Vergangenheit zu haben vorgab. Therese wußte, daß sie miteinander schliefen, sehr leise und wie nicht bei der Sache, wenn sie sich in Rudolphs Zimmer trafen. Sie legten ihre Kräfte zusammen, um gemeinsam ein bißchen mehr erlangen zu können an Durchsetzungsvermögen und Lebenstüchtigkeit. Therese hatte nichts dagegen, daß Marguerite, nach Erreichen der Volljährigkeit und einer heimlichen Hochzeit, auf der also niemand getanzt hatte, in Rudolphs Zimmer zog. An einem Herbsttag war Besuch gekommen für Marguerite, ein Fremder, abgemagert bis auf die Knochen, tuberkulös, nahm sie an. Ein seltsamer Mann, der ihr Fragen stellte nach ihrer Mutter, nach Vater und Geschwistern, saß dann am Küchentisch und mochte nichts essen, so sehr sich Therese auch mühte, die Puffer in der Pfanne zu loben, Grießbrei anzubieten, falls er einen schwachen Magen hätte. Die Nachricht vom Tod der Carola Hebenstreit geb. Wilczinski, über den sich Marguerite keineswegs ausließ, den sie eher in dürrer Rede bekanntgab, versetzte ihn in Ohnmacht. Als er zu sich kam, machte sich ein Blick an Marguerites verschwindenden Brüsten fest. Das ungläubige Starren ärgerte das Mädchen schließlich, und sie bat ihn zu gehen, sie könne ihm nicht und keiner könne ihm da weiterhelfen. Marguerite erkundigte sich am Abend bei ihrer Schwiegergroßmutter nach den Anzeichen einer Schwangerschaft, denn sie fühlte ein Spannen und Reißen in den Brüsten. Therese bestätigte die Bedeutsamkeit des Symptoms, und es wunderte sie nicht, daß am folgenden Morgen Marguerites Brüste sich auf Rübengröße ausgedehnt hatten. Eine Schwangerschaft wurde aber ärztlicherseits ausgeschlossen, so daß man schon ein wenig sich wunderte. Therese schob die Vergrößerung dann auf die Liebe, auf das plötzliche Nachreifen einer gehemmten Natur und auf die Luftveränderung, die nach der Inbetriebnahme der großen chemischen Fabrik in W. eingetreten war. Daß Willi Thalerthals über Jahre angewachsener Hunger die Brüste seiner Tochter aufgetrieben hatte, ist ihr erst jetzt klargeworden. Marguerite freute sich sehr über die figürliche Wendung, sie spürte zum ersten Male so etwas wie eine räumliche Existenz und wurde auch während des Liebens ein wenig lauter und fröhlicher. Thalerthal nahm sich im Hotel zum Hirschen in W. ein Zimmer. Hätte er gewußt, daß Marguerite seine Tochter war, hätte er vielleicht den Mut gefunden, sich ihr in seiner Not zu offenbaren. Sie hätte ihm helfen können, eine Frau zu finden, die bereit war, ihn zu nähren. So aber blieb ihm nichts übrig, als es weiterhin mit schwarzem Rübensirup zu versuchen. Er konnte sein Verdauungssystem damit aber nur noch in größeren Abständen überlisten. Thalerthal fand keine Kraft mehr, sich seiner wissenschaftlichen Arbeit zu widmen, obwohl er als Verfolgter der Diktatur Unterstützung bekam. Seine Suche nach Frauenmilch wurde Motiv seines Überlebenswillens und schließlich, in ihrer Erfolglosigkeit, auch dessen Bruch. Therese erinnert sich, wie in der Lokalzeitung damals ein Frauenmilchdieb zum Schrecken der Entbindungskliniken und Hebammenpraxen wurde. Nachts schlich sich ein Unbekannter in die Räume, in denen gespendete Milch für schwächliche oder kranke Säuglinge aufbewahrt wurde, und machte sich über die Vorräte her. Zunächst wollte kaum jemand das glauben, man vermutete Agenten des CIA hinter den Aktionen, die es auf eine Schwächung des sozialistischen Nachwuchses abgesehen hatte. Thalerthal verletzten diese Anschuldigungen in seinem Glauben an die Idee des Kommunismus, meint Therese jetzt, und deshalb wird er sich am 17. Juni 1953 das Leben genommen haben in ganz privater Auflehnung. Man fand ihn am Morgen bezeichneten Tages erfroren im Kühlraum der Entbindungsklinik am Geizenberg, um sich herum alle Milchflaschen, derer er hatte habhaft werden können und die er geleert hatte in anfallsartigem Hunger. Er hatte die Tür des Kühlraums von innen verschlossen und den Schlüssel ins Kümpfchen des gefliesten Bodens geworfen. Mit Urin hatte er ihn dann in die Kanalisation fortgespült und sich berauscht an der Milch. Sein Tod soll friedlich gewesen sein, ein Entschluß. Therese weiß das alles von Erna Pimpernell, die damals eine Wohnung für den Gen. Thalerthal, Willi, auf höhere Weisung aufzutreiben hatte und dann auf höhere Weisung davon auch wieder abkam, als ihr nämlich im Vertrauen die Todesumstände des Gen. mitgeteilt wurden. Man hielt Thalerthal natürlich für verrückt, was zwar sehr schade, aber angesichts seiner schwierigen Vergangenheit bei bürgerlicher Herkunft kein Wunder war.

Josepha versteht nun ein wenig besser die Bögen, zu denen die imaginäre Leinwand in mütterlicher Linie ausholt ... Sie muß an Genealogia, die Göttin der Sippenbildung, denken, die offenbar seit Jahrzehnten versucht, eine Verbindung zwischen den Familien Amelang, Schlupfburg, Thalerthal und Hebenstreit-Wilczinski herbeizuführen. So schläft Josepha mit einem Gefühl von Neugier darauf, ob in ihrer Person die Bemühungen Genealogias tatsächlich ihren Gipfel erreicht haben, am späten Abend des 26. Mais 1976 ein, während die alternde Kleinbürgerin Ottilie Wilczinski im bayerischen N. jenseits der im Jahre neunzehnhundertneunundvierzig anscheinend endgültig befestigten Grenze einen schwergewichtigen Säugling namens Avraham Bodofranz in den Armen hält, ihr zweites Kind, dessen älterer Bruder Rudolph Schlupfburg ihr abhandengekommen war, elfjährig, in einer Wegbiegung zwischen den Orten Wuschken und Ruschken. Die komplizierte Geburt – das Kind hat ihr die altersstarre Symphyse zerrissen – ereignete sich, glaubt man dem ärztlichen Protokoll, zwischen 18.10 und 21.30 Uhr nach nur dreimonatiger Schwangerschaft der gerade einundsechzig Jahre alt gewordenen Zweitpara. Bei der Mutter habe nach der

Geburt nicht nur eine Versorgung des Symphysendefektes, sondern auch eine manuelle Lösung der festsitzenden Plazenta vorgenommen werden müssen. Erstaunlicherweise habe der Mutterkuchen fünfeinhalb Kilogramm und damit ebenso viel an Gewicht auf die Waage gebracht wie das Neugeborene selbst. (Zehetmayr hat die Plazenta heimlich beiseite geschafft, weil er sich von deren Verwendung als Rosendung einen wirtschaftlichen Erfolg verspricht.) Geleitet wurde die Entbindung von Dr. Edwin Huckenhuber nach der Gebärpraxis der Comanche-Indianer: Ottilie Wilczinski kniete auf dem Boden und hielt sich an einem Stab aufrecht, während Franz Revesluch als amtlicher Vater hinter ihr hockte und mit Streicheln und Kneten des Bauches half, das Kind auszutreiben. (Er hatte seiner Frau vor zwei Wochen reinen Wein eingeschenkt über seine Liebe und die späte Vaterschaft, aber seine Gattin hatte diese Ehrlichkeit nicht zu schätzen gewußt und ihn unter bösen Flüchen aus dem Haus gejagt. Er wohnt seitdem in der Wohnung Ottilies und war heute abend gerufen worden, der Gebärenden beizustehen.) Avraham Bodofranz Wilczinski hat Mühe, unter den Wülsten in seinem Gesicht hervorzuschauen, aber er wagt es und sieht in ein nun endlich ins Öffentliche geweitetes Interesse: Man hat den vor der Tür wartenden Journalisten Einlaß gewährt und zweien von ihnen gar den Zutritt zum Familienglück, nachdem Franz Revesluch erfolgreich mit ihnen verhandelt hat. Ottilie ist geschwächt und mit Schmerzen körperlicher Art reichlich beladen, während sich aber ihr Mutterblick in Avraham Bodofranzens Gesicht wohlig umtut. Soviel Speck hatte Rudolph an seinem halben Meter Antrittslänge seinerzeit nicht aufzuweisen gehabt. Die Haut des Kindes ist spurenlos glatt und treibt an allen beweglichen Teilen bratwurstförmige Fettwülste aus, die Ottilie so niedlich finden muß, daß sie dem anwesenden der Drei Väter eine saftige Ohrfeige haut, als dieser das Kind befühlt und seinen Eindruck benennt: Specki Schwartenleib. Franz Revesluch wird daraufhin auf die Rechtlosigkeit seiner Lage hingewiesen. Nur auf ausdrücklichen Wunsch des Dr. Edwin Huckenhuber sei ihm überhaupt der Zutritt zum Kreißsaal gestattet worden, dem er ansonsten als unehelicher Vater auf jeden Fall hätte fernbleiben müssen. Also solle er sich auch verhalten, als sei er ein gebetener Gast, nach den Regeln des Anstands. Und nicht die Wöchnerin ärgern oder das Kind zu grob anfassen, das seines erst werden müsse durch eine amtliche Beurkundung! Reveslueh nickt, die Witwe Wilczinski küßt ihrem Sohne die Ohren beidseitig weich, die Photographen machen sich von allem ihre gerissenen Bilder ... Als es auf Mitternacht geht, wird der Säugling – so Huckenhubers Befehl – in ein Bettchen neben dem der schmerzlich schlafenden Mutter gelegt und für Franz Reveslueh eine Liege in geringer Entfernung aufgestellt, so daß die drei die erste Nacht ihres gemeinsamen Lebens in Eintracht verbringen können, wenn der junge Stationsarzt und einige Schwestern auch nicht umhinkönnen, die Ruchlosigkeit solcherart Unterbringung in einem anständigen bayerischen Krankenhaus der noch immer vor dem Tor wartenden Presse in aller Anschaulichkeit zu schildern. Am nächsten Morgen zeigt ein photomontiertes Titelbild die graue Mutter in wollüstiger Umarmung mit Reveslueh auf dem Gebärbett, im Vordergrund das Gesicht ihres Sohnes:

Frage eines unschuldig Geborenen:
Hast du noch nicht genug, Mama?
Verwitwete Seniorin empfing unehelich und gebar kleinen
Wonneproppen. Vater ließ Frau und Kinder sitzen und darf
bei seiner Liebschaft in Entbindungsklinik einwohnen!
Deutschland, wie weit willst du noch gehen?

Andere Blätter betonen hingegen das sensationelle Alter der Mutter, während die Schnellreifung des Kindes innerhalb dreier Monate bislang nicht bekanntgeworden ist. Lediglich Reveslueh war, als er kurz vor der Entbindung Zweifel an seiner Vaterschaft anmeldete, über das ungeklärte medizinische Phänomen ontogenetischer Zeitraffung aufgeklärt worden. Einige Nachbarn der Witwe wundern sich, leider öffentlich in der morgendlichen Lokalpresse, daß sie vom Zustand der Mitbürgerin so lange nichts gemerkt haben, wo sie doch zum Zeitpunkt ihrer Einlieferung in die psychiatrische Klinik bereits im sechsten oder siebten Monat schwanger gewesen sein muß. Die Diskussion aller Umstände im Schatten des Blätterwaldes soll schließlich dazu führen, daß Revesluehs Ehefrau die Wut gegen ihren fortgevögelten Gatten ins Bodenlose schwarzer Trauer kehrt und am Tag nach der Geburt des *Bankerts* vom Dach ihres Wohnhauses springt, im Munde ein letztes Häkeldeckchen. Die schreckliche Nachricht reißt Reveslueh sozusagen von Ottilies Brüsten los, an denen Avraham Bodofranz in seligem Entzükken wechselweise sich festsaugt, und läßt ihn nach Hause zurückkehren, wo er seine Frau äußerlich unverletzt vorfindet. Sie sei in den Flieder gestürzt, ganz weich zu Boden gekommen, sagt der Arzt. Man müsse nun sehen. Franz Reveslueh sieht: Seine Frau schlägt die Augen auf und die Arme um ihn. Der Arzt verabschiedet sich und bittet Frau Reveslueh, auf den Krankenwagen zu warten, der sie zur Beobachtung ins Krankenhaus bringen soll. Kaum ist er fort, öffnet die Frau Reveslueh ihr Geschlecht und zieht den Gatten hinein, dem ganz schwarz wird vor Augen. Es drückt ihn tatsächlich und schließlich zu lange, und er bekommt eine große Lust auf seine Angetraute, fährt ihr durch den Leib in hellem Entzücken. Plötzlich kommt die Frau Reveslueh wider jahrzehntelange Gewohnheit ihrem Mann in halsbrecherischem Orgasmus entgegen und zwingt ihn durch Festhalten des Gliedes mit der Scheidenmuskulatur, tief in ihrem Körper zu ejakulieren. Reveslueh schreit vor Erlösung und spürt, wie der Samen noch schwallweise aus seiner Öffnung nachstößt, als die Frau Reveslueh sich schon davongemacht hat in einen lächelnden Freitod. Er ahnt, daß dieser letzte Beischlaf den in der Jugend ausgehandelten Frieden zwischen ihnen wiederhergestellt hat, und zwar für die Dauer der Zukunft, und ihren Tod begreift er nun als unverdientes Entgegenkommen in einer nicht ganz einfach zu erklärenden Angelegenheit. Reveslueh trauert. Als der Krankenwagen kommt, seine Frau zur Beobachtung abzuholen ins Krankenhaus, muß der Fahrer nun nach einem Leichenwagen schicken und vordem nach einem

Arzt, der Frau Revesluehs Tod amtlich bestätigen muß. Rote Flecken auf Brust und Gesicht geben der Toten ein aufgeregtes Aussehen, zu dem die gelösten Züge nicht recht passen wollen. Reveslueh zieht seiner Frau Schlüpfer und Strumpfhosen wieder an, während der Fahrer des Wagens telefoniert. Auch der verrutschte Kittel wird über der Brust geschlossen, so daß die roten Flecken zumindest dort bedeckt sind. Reveslueh holt aus dem Wandschränkchen im Badezimmer das einzige Parfum, das seine Frau je benutzte, und gibt einen kräftigen Schwall davon in die Nabelmulde, nachdem er den Kittel in Taillenhöhe noch einmal aufgeknöpft hat. Als der Arzt kommt und sehr überrascht über das Ableben der Frau Reveslueh sie auszukleiden beginnt zur ärztlichen Untersuchung, kann der frischgebackene Zahlvater nicht anders und gibt den unerwarteten und sehr heftigen Höhepunkt seiner Frau als deren letztes Lebenszeichen zu Protokoll. Natürlich hat der Arzt die verschiedenen Morgenzeitungen gelesen und Reveslueh erkannt als den auf dem Gebärbett seiner Kebse ekstatisch sich windenden Altlüstling, und es schaudert ihn die Unverfrorenheit des Mannes, seine eigene Ehefrau nicht nur schamlos zu betrügen, sondern ihr auch noch den letzten Stoß zu versetzen in ihrem Unglück! Er vermerkt die Notwendigkeit einer Autopsie zur exakten Feststellung der Todesursache und läßt die Tote dann fortbringen in die Kühlräume der Pathologie. An Reveslueh geht er vorwurfsvoll schweigend vorbei, als müsse er seinen Glauben an den Endsieg christlicher Moral kundtun, und läßt ihn allein mit sich und der Hinterlassenschaft einer langen, lustarmen und kinderreichen Ehe. Reveslueh merkt, daß dies hier ein wenig zuviel wird für ihn und schleicht sich davon ohne Schlüssel, eine Rückkehr, glaubt er, dadurch erschwerend, streicht durch die Stadt, die Rednitz entlang, und erinnert sich schließlich der Heimlichen Hure Rosanne Johanne, die in Gestalt einer bayerischen Wirtin in Katzwang das Dornstübl führt. Zu ihr hatte es ihn manchmal gezogen, wenn seine Ehe ganz eingeebnet schien, nirgendwo einen Hügel mehr ahnen ließ, eine kleine Erhebung, nicht einmal am Horizont, und dennoch wieder ein Kind nahte, von dem er wußte, daß es ihm einigermaßen gleichgültig sein würde. Sein Vater hatte ihm von der Heimlichen Hure Rosanne Johanne erzählt, die seit Jahrhunderten in wechselnder Gestalt traurigen Männern einen Trost in deren Dasein hinüberreicht. Keine Frau hatte die Heimliche Hure je enttarnen können, obwohl viele es immer wieder versuchten und jede von ihrer Existenz wußte. Traurigen Männern aber zeigt sich Rosanne Johanne von selbst, und die von ihr Getrösteten halten im Dank zusammen gegen die jagenden fragenden Frauen.

Als Reveslueh ins Dornstübl tritt, jongliert gerade Rosanne Johanne *a Haxn* durchs vollbesetzte Lokal an einen der hinteren Tische, stellt ein Bier daneben und bittet ihn, als hätte sie ihn erwartet, zu Tisch. Rosanne Johanne heißt hier Frau Annamirl Dornbichler und serviert im grünroten Dirndl, die Brüste hochgeschnürt und das Haar zu einem blonden Knoten geflochten. Sie hat einen Ehemann, der Hubertus Dornbichler heißt und nicht ahnt, daß seine Frau die Heimliche Hure Rosanne Johanne ist, denn er ist niemals traurig und tut seine Späße ganz von selbst aus seiner Lederhose heraus hinter dem Tresen. Als nun die Wirtin Dornbichler Franz Reveslueh tief in die Augen sieht, wie er es sich wünschte auf seinem Weg hierher, darf er sie erkennen. Nur für ihn legt sie heute Kleid und Frisur, Mieder und Strümpfe, Rouge und Schlüpfer ab und steht vor ihm als nackte, traurige Frau mit müdem Gesicht und mattbraunem langem Haar. Während die Wirtin Dornbichler weiter in straffer Kleidung Biere und Haxn austrägt und dabei scherzt mit den Gästen, sieht Franz Reveslueh die Heimliche Hure Rosanne Johanne, ihr Leib ist von mehreren Geburten gezeichnet, ihre Brüste hängen weich auf den Bauch herunter. So warm die Achselhöhlen, denkt Reveslueh und sehnt sich nach ihnen. Rosanne Johanne wartet aufs Mädchen, daß die Frau Dornbichler um dreizehn Uhr ablöst. Dann geht sie mit Franz Reveslueh auf den Dachboden, nicht ohne dem Hubertus Dornbichler einen spöttischen Stirnkuß gegeben zu haben. Reveslueh kennt den großen Raum unterm Dach, der ein ganz gewöhnlicher Dachboden ist, wenn Rosanne Johanne als Wirtin Dornbichler auftritt. Kommt sie aber, wie heute, mit einem traurigen Mann und demnach in wahrer Gestalt hierher, wird er eine bäuerliche Küche mit rauchgeschwärzten Wänden und einer Kochstelle unter dem schrägen Fenster. In einem kupfernen Kessel kocht süße Suppe aus Milch und Mehl, die nach der Tröstung gemeinsam gegessen wird zum Abschied, und einen Landwein gibt es gleich zu Beginn der Begegnung, rot und herb im Geschmack. Die Heimliche Hure liebt ihren alten Beruf und geht als Fachfrau zu Werk. Sie fragt nicht, sie nimmt nur Revesluehs Kopf zwischen die Hände, bis er weint und jammert um Frau und Frau und Kind und Kinder und die fürchterliche Gleichzeitigkeit von Geburt und Sterben, den ehelichen Nachlaß und die Angst vor dem öffentlichen Rummel, den ihm seine späte Vaterschaft eingebracht hat. Rosanne Johanne weiß, warum Reveslueh hier ist und versichert ihm nun, seine Frau sei tatsächlich aus freien Stücken und überaus friedlich aus dem Erdenleben gegangen, weil sie sich mit ihm ausgesöhnt habe. Diese Versöhnung habe er zu gleichen Teilen wie seine Frau herbeigeführt, ein schlechtes Gewissen sei fehl am Platze, er selbst habe es schließlich geahnt im Angesicht ihres Todes. Nun müsse er das Opfer annehmen lernen, das seine Gattin ihm aus Zuneigung brachte, und sich frei trauern für die hinterbliebenen Kinder wie für Ottilie und Avraham Bodofranz. Zwar seien die Revesluehkinder dem Schein nach erwachsen, aber sein Ausfall als Vater habe in ihren Seelen verletzte Kindlichkeit hinterlassen, die nun in eine große Familie hinein ausheilen könne, in der auch für die tote Gattin ein Platz bestimmt sei. Reveslueh zweifelt noch, als die Heimliche Hure ihm ihr Haar ums Gesicht legt, ihn auskleidet und küßt und mit sich zieht in die Mitte der Küche. Reveslueh liebt die Langsamkeit ihrer Bewegungen, die Müdigkeit und Mattheit ihres Körpers, die Ehrlichkeit, die aus all dem spricht und die ihm den eingeübten Drang, sich zu verstellen, verbietet. Sie erinnert ihn an Ottilie und endlich auch an seine verstorbene Frau, als er ihren Oberkörper vorsichtig über den Tisch in der Mitte des Raumes beugt, auf dessen Fläche sie sich mit ihren Armen schwer aufstützt, und dann ihre hintere Furche abfühlt und aufwühlt und dadurch ein Zucken ihres roten Unterleibsmundes auslöst. Als Reveslueh dessen Lippen auffaltet mit suchender Hand, sind die naß geworden im Zucken und fordern ihn unmißverständlich heraus, so daß er mit leichtem Druck sein erst halbstarres Glied zwischen sie schiebt und sich wundert, wie es in einem anschwillt und noch einmal ausstößt, was er heute für gänzlich aufgebraucht hielt, nach der letzten Begegnung mit seiner Frau, und noch mehr sich wundert, wie er im nächsten Moment sich schon wieder erhärtet und seine Bewegung verschärft, als sei da noch Vorrat für ein weiteres Mal. Und wirklich, es kommt zu scharfen Stößen und vehementen Rückzügen, bis sich Rosanne Johanne betäubt und wimmernd auf den Tisch fallen läßt und sich umdreht auf den Rücken, so daß er nun ihre Beine über seine Schultern legt und sich ihr zugewandt in sie hineindreht und ihr Wimmern mit einem sanften Kneten der Brüste zu steigern versucht, da es ihm guttut, sie aufzumuntern und ihre Müdigkeit aufzuheben und aufmerksam zu sein für ihr Stöhnen, das Rauschen ihres nun um sich schlagenden Haares, das Geräusch, das der feuchte Zusammenprall ihrer Körper hervorruft, und für den letzten Augenblick, in dem er sich aufzuhalten wünscht und doch überlaufen muß zu ihr. Ehe es dazu kommt, überfällt ein Krampf, den er schon kennt, den Körper Rosanne Johannes, sie liegt, aus Entfernung betrachtet, beinahe still und vibriert doch am ganzen Leibe, wenn man hinzutritt und genauer schauen kann, ihr Mund ist geöffnet und ruft stimmlos nach Mutter und Vater, allen Heiligen und dem Hubertus Dornbichler noch dazu, und sie schließt sich starr um Franz Revesluehs wie am Vormittag die sterbende Gattin. Als er dann noch sein Gesicht in ihren Bauch fallen läßt und aus der Mulde des Nabels eben jener Duft aufsteigt, den er der Toten zur Verschleierung des Geschehens beizubringen versucht hatte, muß er sich ergießen, ist endlich vollständig entleert und zu Neuem bereit. Das war es, was die Heimliche Hure Rosanne Johanne vorgehabt hatte zur Tröstung. Sie versucht, möglichst viel Fläche ihrer Haut an Revesluehs Haut zu legen und dem Austausch von Wärme nachzuspüren, der dabei vonstatten geht und der der Lohn ihrer Arbeit ist. Dazu dreht sie sich zurück auf den Bauch, ohne Revesluehs ermattetes Werkzeug loszulassen, stellt sich vor ihm auf die Zehenspitzen und zwingt ihn, mit ihr zur Kochstelle zu trippeln, wo sie nacheinander zwei Schüsseln mit Suppe füllt. Die Suppe wird zurückgetragen zum Tisch und Reveslueh aufgefordert, sich auf den Stuhl zu setzen, worin sie ihm in inniger Verbindung folgt. Nun sitzen die beiden ineinander aufeinander und reiben sich an Rücken und Bauch, die Suppe löffelnd, die heiß ist und den Schweiß auf die Haut (und so den Lohn für die Heimliche Hure noch in die Höhe) treibt. Reveslueh hält sich für einen dreijährigen Franz, der nach williger Erledigung einer Aufgabe von der küssenden Mutter die süße Belohnung erhält, und er löffelt sich anschlagvoll in der Furcht, die Vorstellung könne zu schnell an ein Ende kommen. Kommt sie aber doch, und Reveslueh fühlt sich zum Glück bald stark wie der Mann, der er ist. Je sicherer er wird, desto mehr zieht sich die Heimliche Hure zurück, schlüpft auch für seine Augen wieder in Mieder und Dirndl, Schlüpfer und Strümpfe, unter Rouge und Frisur und stakselt davon auf hochhackigen Schuhen, die den Hubertus Dornbichler immer so wild machen auf seine Annamirl. Wenn er wüßte, muß Reveslueh denken, als er frohgemut das Lokal verläßt, als sei er eben vom Abort zurückgekommen und habe seine Zeche gezahlt.

JUNI

Die Zensurbehörden diesseits der im Jahre neunzehnhundertneunundvierzig anscheinend endgültig befestigten Grenze haben wohl lange prüfen müssen, ehe sie am neunten Juni folgende kleine Meldung in der vielsagend *Organ* genannten Zeitung der thüringischen Bezirksleitung bekanntgeben:

Späte Geburt
Berlin (ADN). Einundsechzigjährige BRD-Bürgerin brachte im Mai nach nur dreimonatiger Schwangerschaft einen fünfeinhalb Kilogramm schweren Jungen zur Welt. Den Angaben der zuständigen Stellen zufolge sind Mutter und Kind wohlauf.

Josepha übersieht die Meldung zunächst, als sie am dreizehnten Juni, einem sonnigen Sonntag, die Zeitungen der letzten Woche vor dem Bündeln noch einmal durchsieht. Therese hat das Blatt seit ihrer Übersiedlung nach W. abonniert und selten gelesen, und es ist ihr mit den Jahren nicht leichter geworden, dem Ton der Verlautbarungen etwas abzugewinnen. Josepha blättert die »Nebenbei geschehen«-Meldungen aus aller Welt ganz gern durch. Jetzt aber wundert sie sich über einen Absatz folgenden Wortlauts auf der zweiten Seite eben jener Ausgabe, die auch die Mitteilung der Spätgeburt enthält:

**Provokation an der Überlegenheit
des Weltsozialismus gescheitert**
Berlin (ADN). Im Umkreis der bayerischen Stadt N. ist es in den vergangenen drei Monaten wiederholt zu unkontrollierten Ausfällen des Fernsehprogrammes gekommen. Die zuständigen Stellen unseres Landes ermittelten einen Anschlag des Weltimperialismus auf unsere friedliebende

Republik durch die Installation von Störsendern, die den Empfang des 1. und 2. Fernsehprogramms in den thüringischen Bezirken E., G. und S. unmöglich machen sollen. Die Provokation ist wegen fehlenden technischen Vorlaufs in den Staaten des kapitalistischen Weltsystems auf den Feind selbst zurückgefallen, der offenbar nicht in der Lage war, die in Bayern georteten Störsender auf den Zielbereich Thüringen einzustellen. Die Bevölkerung unseres Landes protestiert aufs schärfste gegen die provokatorischen Absichten der Bonner Reaktion und fordert unsere Regierung auf, auch in Zukunft für einen sicheren Schutz unserer Staatsgrenze zu sorgen und die Feinde des Sozialismus entschieden in die Schranken zu verweisen.

Josepha mit dem noch haarfeinen Spalt fühlt eine leichte Übelkeit, wie sie seit einiger Zeit immer dann eintritt, wenn von *zuständigen Stellen* die Rede gewesen ist. Sie hält die *zuständigen Stellen* womöglich unterdessen für die kirschroten Lippen des Staatsobersten, denn sie findet obszön, was jene beispielsweise zum Verschwinden ihrer Meisterin zu sagen hatten. Sie setzt sich ans Bett ihrer Urgroßmutter, die heute nicht aufgestanden ist zu einem gemeinsamen Frühstück, weil sie vom Bett aus in den sonnigen Himmel schauen und vielleicht an den zärtlichen August denken möchte. Josepha liest fragend vor, was sie eben entdeckt hat, und bittet um welterfahrenen Kommentar, was die *zuständigen Stellen* betrifft. Tatsächlich äußert Therese sich abfällig über den bösen Blick, der ihr aus den Blättern entgegenzutreten scheint und will ansetzen zu näherer Erläuterung, denn sie hat seit der Wende des Jahrhunderts einige Pressezeitalter hinter sich gebracht, da kriegt sie das Ziehen im Herzen. Als ob ihr einer die Herzspitze befummelte, die Kammertüren aufriß. Gleichzeitig meldet sich Harn aus dem Unterbauch, und als Josepha erschrocken nach frischer Wäsche läuft, greift sich Therese die auslösende Zeitung. Natürlich erspürt sie sofort, daß ein Zusammenhang Provokation und Spätgeburt eint, und sie sucht ihren Körper nach fremdgewordenen Erinnerungen ab.

Als sie schließlich des zärtlichen Augusts Hände noch einmal über sich denkt, fällt ihr Ottilie ein, dessen Tochter, und der Erregungszustand verstärkt sich. Sie ist auf dem richtigen Wege, ein Zeichen ist das! Josepha findet ein Frauenkrümmsel im nassen Bett, als sie mit dem Laken zurückkommt, bettet die Urgroßmutter auf eine Decke am Boden und stellt die Matratzen an der Zimmerwand zum Trocknen auf. Sie hat keine Angst um Therese und wundert sich drüber, da legt sie sich auch schon daneben und tut sich eine Atemgymnastik an in der Hoffnung, Therese einzubeziehen. Denn sie ist neugierig, und nur eine entspannte Therese kann ihr erzählen! Langsam geraten die Frauen in einen Takt, ihre Lungen treiben in gleichem Rhythmus die Brustkörbe auf, und Ruhe zieht und Geradheit in die sich lockernde Greisin. Was sie nun sagt, macht Josepha nicht ganz zufrieden: Zwar nimmt Therese den Zusammenhang beider Meldungen als gegeben an und sie selbst betreffend, aber sie kann noch nicht orten und weiß zudem nicht, wie sie operieren soll von W. aus, ins Blaue hinein ... Während des Mittagessens (ein Schlappstück vom Schwein, aber kross schmalzgebraten mit Thymian) würfelt Therese die Thesen umeinander im Kopf und ruft hinter den Kartoffeln hervor (wobei ihr das Leipziger Allerlei gleich mit aus der Ostpreußennaht platzt): Ich bin Großmutter geworden! Josepha, die Rückwärtstante?, pariert nicht sofort, als Therese Wellensalat! schreit und Funkchaos! und Wissenschaftlich-technischer Fortschritt! und ES LEBE DIE EXPEDITION! zu guter Letzt zwischen Möhrenschnipsen und Erbsenschüssen ...

13. Juni 1976:
Sechste Etappe der Gunnar-Lennefsen-Expedition
(Stichwort im Expeditionstagebuch: REGENRATTEN)

Als am Nachmittag dann die Gemüter ein wenig ins Stille sich kehren, hat man verstanden: Die Expedition, vor mehr als drei Monaten zweisam begonnen, ist nun ins bindende Stadium getreten.

Zwei landesübliche Feierlichkeiten ducken sich unter die Ereignisse, der Tag des Eisenbahners und der Tag der Werktätigen des Verkehrswesens. In Josephas Bekanntschaft findet sich keine Person, die aus diesem Anlaß zu ehren wäre, obwohl es in W. einen Bahnhof mit Fahrkartenschalter und im Umkreis einige beschrankte Bahnübergänge gibt. Carmen Salzwedel hingegen steht zu drei Gleiswärtern im Verhältnis der Halbbruderschaft. Aber auch sie denkt nicht daran, zu den Betreffenden sich aufzumachen, ein Sträußchen zu überreichen oder eine Flasche Wein. Vielmehr klingelt sie an der Schlupfburgschen Wohnungstür und lädt die beiden Frauen zu einem Spaziergang in den späten Nachmittag ein. Josepha und Therese können das Beinevertreten und Durchatmen gut brauchen und nehmen freudig an, und so sieht man im Sonnenschein drei Frauen den Burgberg hinaufspazieren zum Schloß, eine von ihnen schompelnd, wie sie es selbst nennt: Thereses Gang ist schwerfällig und ein wenig humpelnd. Vom Gipfel des Burgbergs gibt es einen weiten Blick ins Gebirge und, zur anderen Seite, über die vorgelagerte Ebene zur Kreisstadt, wohin die Bahnlinie führt und so wiederum das Gebirge ans Land bindet. Eine Schulfreundin Josephas, die genaue Angelika mit der aufrechten Handschrift, wohnt noch immer hier oben im Schloß bei ihren alten Eltern, die inzwischen wohl Mühe haben, Holz und Kohlen den Berg im Handwagen hinaufzuziehen oder die Lebensmittel aus dem Konsum im Ort. Als die drei Frauen sich ein wenig im Schloßhof umtun unter der mächtigen Linde, tritt Angelika mit einem Eimer Müll aus einem der Treppenhäuser und quert, ganz versunken in Nachdenklichkeit, den quadratischen Platz. Josepha springt hinzu und nimmt ihr den Eimer mit freudiger Begrüßung ab. Angelika freut sich ebenso und will den Eimer zurücknehmen, da streiten sich die Frauen auch schon verlegen um Höflichkeit, und schließlich tragen sie den Müll gemeinsam zur Tonne, verschwinden also durch das Schloßtor für kurze Zeit. Carmen Salzwedel, die eine schwache Blase hat, muß sich schnell setzen, denn das Lachen schüttelt sie ob des komischen Anblicks zweier sich um einen Mülleimer raufender

Frauen, und auch Therese sieht zu, daß sie Platz nimmt auf einer der Bänke im Hof. Schließlich hat sie heute schon einmal naß gelegen, wenn auch nicht vor Lachen ... Als Josepha zurückkommt, im Schwatzen mit der genauen Angelika, setzen sich beide hinzu, und man plaudert über den so früh angebrochenen Sommer, die kleine Tochter, die Angelika vor fünf Jahren zur Welt gebracht hat und die heute den Vater besucht in der Kreisstadt, und über Angelikas Arbeit als Ortschronistin im Heimatmuseum. Die aufrechte Schrift ist diesseits der im Jahre neunzehnhundertneunundvierzig anscheinend endgültig befestigten Grenze und damit jenseits der Entwicklung moderner Schreibtechnik ein kleines Kapital und als solches potentiell systemfeindlich. Josepha erinnert sich eines Witzes, den ihr geliebter Lehrer Pfuhlbrück einmal in der letzten Stunde vor den großen Ferien erzählt hatte: Kommt ein Schweizer Polizist in eine Schweizer Druckerei und verhaftet den Drucker wegen des Verdachts der Falschgeldherstellung. Sagt der Drucker: Aber, aber, ich habe doch nie in meinem Leben so etwas getan! Sagt der Polizist: Aber sie haben die Vorrichtung dafür! Sagt der Drucker: Ach, verhaften Sie mich dann auch wegen Unzucht? Sagt der Polizist: Aber wieso denn, guter Mann, haben Sie denn Unzucht begangen? Sagt der Drucker: Das nicht, aber ich habe die Vorrichtung dafür! (Daß es sich um einen Schweizer Polizisten und einen Schweizer Drucker handelt, mußte wohl zum einen damit zusammenhängen, daß sich das Wort »Vorrichtung« viel schöner aussprechen ließ durch den Pfuhlbrück-Mund, zum anderen hatte es wohl unterstreichen sollen, daß es so etwas wie Falschgelddruck und Unzucht unter den landesüblichen Verhältnissen nicht geben konnte.) Ehe Josepha dazu kommt, den Witz laut zum besten zu geben in ums Schweizerische bemühter Aussprache, erblickt Therese am Boden des geleerten Eimers die durchgeweichte, aber noch gut lesbare Zeitungsseite, die sie heute schon einmal aus dem psychophysischen Gleichgewicht brachte, und wieder zuckt sie zusammen und gerät ins Gliedmaßenschütteln. Angelika lädt die Frauen zu einem Beruhigungstee, nachdem Josepha ihr versichert hat, daß Thereses

Erregung eine freudige sei. Als Hexe entpuppt sich die genaue Angelika: An den Hängen des Burgbergs sammelt sie das Jahr über Kräuter und kann nun eine Mischung aus Holunder- und Lindenblüte, Kamille, Hagebutte und Kalmuswurzel anbieten. (Die Gäste bemerken nicht, daß auch eine wohlbemessene Beigabe frischen Johanniskrauts ihr Getränk aufwertet und trübe Gedanken vertreibt, die Angelika trotz Josephas Beteuerungen hinter den Frauenstirnen, zutreffend, vermutet.) Sie selbst nimmt einen Kaltauszug puren Johanniskrauts zu sich, denn dieses Frühjahr hat ihr nicht schlecht zugesetzt mit trüben Wettern und drückender Einsamkeit zwischen ihren altgewordenen Eltern. Ruhig erzählt sie ins dreifache Schweigen hinein, daß ihre Eltern zum ersten Male die im Jahre neunzehnhundertneunundvierzig anscheinend endgültig befestigte Grenze passieren wollen in diesem Jahr: Die Schwester der Mutter in Hamburg hat sie zur Goldenen Hochzeit an die Alster geladen. Nun brauchen die alten Leute Kleid und Anzug, Mäntel und Schuhe für die festliche Gelegenheit, und Angelika fragt, ob nicht Carmen Salzwedel ... *Und ob!* sagt die sofort, dann ein wenig sich zurücknehmend, *Mal sehen, kann sein.* Sie befragt ihr Verwandtschaftsgedächtnis und findet schließlich ihren Halbbruder Lutz im größten Kaufhaus der Kreisstadt. Als Lucia arbeitet er dort, erzählt sie, verkauft Damen- und Herrenoberbekleidung, seit er sich für ein Dasein als Frau entschied und damit der als Schulabgänger eingegangenen Selbstverpflichtung zu zehnjährigem Armeedienst entkommen konnte. (Tatsächlich fand sich hinter seinem ausgeprägt männlichen Geschlecht bei der Musterungsuntersuchung eine weite weibliche Scheide, in der er nun Glied und Hoden trägt, von denen er sich auch als Verkäuferin nicht trennen mochte.) Sein Leben teilt er mit einem Ehepaar, das er zu anscheinend gleichen Teilen liebt, und fünf Kindern, von denen er eins gezeugt und zwei geboren hat nach jeweils neun Monaten unauffälliger Tragzeit. Eine Tochter hat, wie Carmen weiß, die seltsame geschlechtliche Konstitution Lutz-Lucias geerbt, und die drei Eltern wissen ihr gemeinsames Glück offensichtlich zu schätzen: Man sieht die große Familie oft gemeinsam eng umschlungen und albernd durch die Stadt ziehen. Nur das Personenstandswesen tut sich schwer mit dieser Abweichung von der geförderten Norm: Lutz ist Lucia geworden nach den Gutachten der Musterungskommission, was die Beurkundung der Vaterschaft für den von ihm gezeugten Jungen ausschloß. Andererseits hatte er nach der Geburt seiner Töchter nachzuweisen, daß er nicht auch deren Vater war, wofür er die Hilfe des männlichen Ehepartners erfolgreich in Anspruch nahm. Dessen Vaterschaft wurde mit der üblich hochprozentigen Wahrscheinlichkeit festgestellt, und die Familie sah sich angesichts der offensichtlich sehr positiven Entwicklung aller Kinder auch nicht weiteren Nachforschungen des Jugendamtes ausgesetzt.

Josepha vermeidet es angestrengt, sich das immer enger um sie schließende W. als Wohnsitz Lutz-Lucias vorzustellen und überlegt, ob sie nicht auch in die größere Kreisstadt umziehen sollte, in der es immerhin einige Fachschulen mit zugehöriger Studentenschaft, Galerien, Bibliotheken und Kunstsammlungen gibt, inmitten derer man sich kleinstädtischer Begutachtung offenbar etwas entziehen kann. Es freut sie, daß Lutz-Lucia in der landestypischen Enge, die eine Meisterin unter fadenscheinigen Vorwänden verschluckt oder ein dunkelgefärbtes Kind drosselt, einen Platz für sich finden konnte. Josepha spürt den haarfeinen Spalt ein wenig, als die genaue Angelika Carmen Salzwedel dankt für die Aussicht auf Hilfe beim Einkleiden ihrer alten Eltern und schöne Grüße ausrichtet an Lucia, die Carmen gleich heute abend anzurufen verspricht.

Es ist ein abendfriedliches Absteigen vom Berg über der Kleinstadt, was Angelika vom Torbogen ihres Schlosses aus sehen kann: Drei Frauen Arm in Arm, die älteste in der Mitte schompelnd, aber nicht zaghaft. Therese wendet den Kopf nach links oder rechts, die Freundinnen reden so munter (der grünliche Tee ...), die Sonne steht noch hoch genug für eine Idylle. Kurz vor dem Bogen, der die Straße in die Stadt hinunterführt, begegnet den Frauen ein dickes Kind von etwa fünf Jahren in Begleitung des Vaters. Josepha schaut interessiert in das kleine

Gesicht und trifft, was das Kind nicht wissen kann, den Angelika-Blick. Josepha sagt dem Mädchen noch schnell im stillen eine aufrechte Handschrift voraus, ehe sie mit Carmen Salzwedel und der Urgroßmutter nach rechts in die dem Bergscheitel parallele Gasse einbiegt.

Als die Schlupfburgfrauen in ihrer Küche beim Abendbrot sitzen, postiert Therese unmißverständlich das frisch gefüllte Gurkenglas in der Mitte des Tisches und probiert ein Grinsen schräg aus den Augenwinkeln heraus, was aber nicht recht gelingen will. Josepha schraubt die Kognakflasche auf und gießt in ein Wasserglas zentimeterhoch ein, um es Therese zu reichen. Daraufhin ziehen sich die Frauen ins Wohnzimmer zurück und die Vorhänge zu. Josepha kauert sich auf den blanken Boden, den Rücken an die Wand gelehnt, Therese im Ohrensessel schlägt das Expeditionstagebuch auf. Das Stichwort ist diesmal eingebunden in Verse, die ihr im Vormittagszittern in den Sinn gekommen waren und die sie nach der Rückkehr vom Nachmittagsspaziergang rasch niedergeschrieben hat:

Ach Mutter mach die Augen zu
Der Regen und die Ratten
Jetzt dringt es durch die Ritzen ein
Die wir vergessen hatten

Was soll aus uns noch werden
Uns droht so große Not
Vom Himmel auf die Erden
Falln sich die Engel tot[2]

Josepha fällt eine Melodie in den Mund, als Therese die Zeilen mit starrer Stimme aufsagt, sie beginnt zu summen, zu singen und wiederholt das entstandene Lied dreimal, ehe die imaginäre Leinwand sich aufspannt und die Altstädter Holzwiesenstraße im ostpreußischen Königsberg des Jahres 1934 ins Zimmer holt. Ein klammkalter Novembertag hält die Finger der an die fünfzehn Jungen noch steif, als sie in einer leerstehenden

Werkstatt am Neuen Pregel die Männlichkeit üben. Zigarren machen die Runde von Mund zu Mund, man sitzt auf hohlen Fässern und Bretterstapeln, durchs zerschlagene Sprossenfenster dringt Nebel ein und läßt den dritten Dreizehnjährigen von rechts nicht gleich kenntlich werden, da schreit Therese auch schon auf: Ihr Sohn Fritz, später ein Anhänger des Himmels über L. A., probiert eine echte Havanna, die wohl geklaut sein muß aus dem Tabakladen in der Hochmeisterstraße. So lange hat Therese das Kind nicht gesehen, das manchmal als uniformierter Mann in ihre Träume tritt und das sie doch nur einmal in Uniform sah, Wochen vor seiner heimlichen Hochzeit im fünften Kriegswinter! Therese beißt sich die Lippen ganz wund, so zieht es sie hin in den Film, den sie nie sah, wie er war. Ein Dreizehnjähriger raucht geklaute Zigarren und traut sich offenbar nicht wie die anderen, dabei die mehr oder weniger reifen Geschlechtsteile aus den weiträumigen Hosen hervorzuheben und zu reiben. Ihr Junge wird ganz rot, als er sieht, wie die Halbmänner an sich arbeiten, schwitzend, zuweilen einen lässigen Zug aus der jeweiligen umlaufenden Zigarre nehmend, um Erfolge bemüht. Therese hat Angst, sie könnten sich, so sehr sind sie grob mit sich selbst, verletzen, und auch Josepha traut ihren Augen kaum, mit welcher Kraft die Kinder sich um sich selbst bemühen. In allem Eifer kriegt keiner mit, daß Fritz Schlupfburg die Hand im Inneren der Hose auf und nieder führt und seine Gesichtsröte trocken, nicht so verschwitzt wie bei den anderen scheint. Als erster ist der kleine rothaarige Linksaußen fertig mit sich und wirft eine erstaunliche Menge Spermas in mehreren Schüben durch das zerschlagene Fenster. Ihm folgen die anderen in gemäßigten Abständen, immer beobachtet von jenen, die sich bereits entladen haben, und dadurch zunehmend unter Druck geratend, aber noch jedem gelingt der Wurf, wenn er auch manchmal spärlich ausfällt und nicht das Fenster erreicht, sondern einfach zu Boden klatscht oder, ein Aufschrei, den Schuh des Nachbarn trifft. Schließlich bleibt nur Fritz Schlupfburg übrig, und nun ist es deutlich zu sehen: Er hält sein Glied versteckt, und die anderen, denen die Pimmel noch lose aus den Öffnungen baumeln, kommen interessiert auf ihn zu, verständnisvoll, scheint es, und keineswegs so grausam, wie die Szenerie Therese anfangs zu werden versprach. Na wie nu, Schlupfburch? Schlupfburg lächelt entschuldigend, schüttelt den Kopf und tut seine Hand aus den Hosen. Is heut nich. Bleib man sitzen, sagt nun der Rothaarige verständnisvoll. Offenbar haben die Jungen eine Unterrichtspause genutzt, sich auszuprobieren, und wollen zurück. Kommst denn nach. Fritz Schlupfburg ist dankbar, er hat wohl anderes erwartet. Als die Jungen abgezogen sind, holt Fritz Schlupfburg sein Glied doch noch heraus und besieht es genau und sieht, was er längst weiß: Es ist anders gebaut als das seiner Freunde und tut sich nicht vorn an der Eichel auf, sondern an der Unterseite des Penis, der dadurch klein und verzogen scheint und im Aufrichten, Fritz versucht es, gekrümmt bleibt. Er schämt sich dafür, seit er weiß, was die anderen Jungen mit ihren Schwänzen anstellen können. Nie würde ihm so ein Wurf aus dem Fenster gelingen, und daß sein Nachbar eben den Schuh seines Freundes bekleckerte, kann ihn auch nicht trösten, wenn es ihn auch ein wenig gefreut hat. Das würde er vielleicht auch hinkriegen. Aber wie im letzten Moment das Ding aus der Hose reißen, daß es keiner sieht, und nach dem Abtropfen ungesehen wieder verschwinden lassen? Fritz Schlupfburg macht sich Gedanken und merkt gar nicht, daß er sich nun auch ernstlich reibt, ganz selbstversunken und weniger grob als die anderen. Er träumt sich Brüste dazu, denkt Therese jenseits des Weltkriegs und seiner Folgen und sieht ihrem Sohn zu, gar nicht verlegen, zärtlich gestimmt und traurig, daß sie es versäumt hat, diese intime Misere ihres Kindes einem Chirurgen vorzustellen. Sicher hätte der Abhilfe schaffen können ohne viel Aufhebens. So aber fließt aus des Jungen bloßgelegtem Geschlecht der Schaum schräg nach hinten, zwischen die Beine, klar, daß er sich da schämt. Fritz Schlupfburg weiß, was zu tun ist: Er fängt sich mit einer alten Zeitung auf, stippt den Finger hinein und zieht Fäden, ehe er das Papier zusammenknüllt und hinter einen Holzstapel wirft, die Hosen schließt und lässig die letzte Zigarre, die die Jungen ihm wohlwollend gelassen haben, im Mundwinkel schaukelt. Er will gehen, als durch die Ritzen der Mauern Regen ihn trifft und zwei Ratten das Trockene suchen unter dem nächstgelegenen Holz. Fritz Schlupfburg ekelt sich vor den Ratten, aber naß werden will er auch nicht, da weiß doch der Lehrer gleich, was die Stunde geschlagen hat und daß der Schüler Schlupfburg nicht wegen anhaltender Übelkeit in den Aborten abgewartet hat. Also beschließt Fritz Schlupfburg, noch ein wenig zu bleiben und auf ein baldiges Abziehen des Regens zu hoffen. Als er sich bückt, das feuchte Knüllpapier hinter dem Stapel hervorzuziehen, betreten zwei gickernde Mädchen den Schuppen, die sich auch vor dem Regen in Sicherheit bringen wollen und nun ziemlich erschrecken, als sie den dreizehnjährigen Schlupfburg erblicken. Für Neunjährige ist *dreizehn* ein erschreckendes Alter, noch dazu, wenn es vom anderen Geschlecht repräsentiert wird. Aufgeregt wollen die Mädchen kehrtmachen, da lädt sie Fritz Schlupfburg zum Bleiben ein, auch er selbst suche nur Schutz vor dem Wetter hier, und außerdem könne er sie gut beschützen, wenn sie denn wirklich Angst hätten. Vor ihm bräuchten sie selbstverständlich keine zu kriegen, er sei nur ganz zufällig hierhergeraten (und stopft das Papier hinter seinem Rücken fest zwischen zwei Bretter, so daß es nicht mehr zu sehen ist). Die Mädchen beratschlagen einander mit zwei, drei Augenaufschlägen und entschließen sich offenbar zum Bleiben, denn sie nehmen eingehakt Platz auf einem Faß und schauen etwas verlegen zu Boden, während Fritz Schlupfburgs Augen den Neuen Pregel auf und ab wandern auf der Suche nach etwas Außerordentlichem. In die Stille hinein pfeifen die beiden Ratten, die nicht daran denken, sich zu verziehen und statt dessen aus schierer Langeweile blitzschnell einen gekonnten Geschlechtsakt vollführen. Oh, wie es da aus den Mädchenlungen herausschreit! Die Kinder umschlingen sich im Gipfel des Ekels, schließen die Augen, und Fritz Schlupfburg, der sich ermannt, die Ratten nun doch mit Schlägen und Fußtritten zu vertreiben, hat sichtlich Mühe, die Mädchen zur Ruhe zu bringen. Aus angstvollen Augen schauen sie zu ihm auf und bitten ihn, sie zu beschützen. Therese glaubt, nicht recht zu hören, als ihr Sohn daraufhin den Mädchen die Ehe anbietet, die auch einwilligen und ihn nur fragen, welche von ihnen er denn bevorzuge? Jetzt sieht auch Josepha: Die Mädchen ähneln einander wie die beiden Dosen Fischsoljanka in ihrem Kühlschrank, und sie sind mager und knochig, wo doch Neunjährige meist ein bißchen unterfüttert sind mit mütterlichem Liebesspeck, und schließlich erkennt sie Benedicta Carlotta und Astrid Radegund in dem halbverfallenen Schuppen, ihre Tanten mütterlicherseits! Fritz Schlupfburg bleibt bei seinem Entschluß zur Ehe und meint, ihm seien sie beide recht, und wenn es nötig werden sollte, müsse er sich eben entscheiden. Doch bis dahin würden wohl noch ein paar Jahre vergehen, sie sollten mal ein bißchen mehr essen, denn für eine richtige Ehe brauche man auch die richtige Kraft. Aber deshalb sind wir ja hier! rufen die Mädchen mit einem Mund. Wir sollen dick werden, hat uns die Mama gesagt, und da sind wir verschickt worden hierher zum Essen in die gute Luft, und morgen fahren wir nach Cranz, Flundern essen, und übermorgen nach Rauschen, weil doch die Seeluft so Appetit macht! Das wird schon werden hier mit uns, da brauchen Sie keine Angst zu haben! Und schon überstürzen sie sich im Erzählen und nehmen nicht wahr, wie Genealogia, die Göttin der Sippenbildung, aus feuchtem Knüllpapier aufsteigt und lächelnd den Weg in Fritzens Weitraumhose nimmt, nach dem Rechten zu schauen. Was sie dort findet, läßt sie eine günstige Entwicklung der Dinge vermuten, denn Benedicta Carlotta würde einmal weniger geneigt sein, mit einem nicht ganz funktionsfähigen männlichen Glied vorliebzunehmen, und so der stilleren, genügsameren Astrid Radegund den Vortritt in die Ehe lassen wollen. Damit würde eine Entscheidung des jungen Mannes unnötig werden und er sich ganz auf eine der späteren Frauen konzentrieren können, was Genealogias Plänen entgegenkommt. (Der friedliche Schlupfburg würde, sie weiß es, lieber gänzlich verzichten, als die Zwillinge zu entzweien mit einer Entscheidung oder gar beiden sich zu verbinden, was freilich das sicherste wäre und von Genealogia nach Kräften gefördert würde, stünde es hier zur Debatte!) Mit Diploida sollte sie sich einmal besprechen in diesem Fall, nimmt sie sich vor, denn oft hat die anderes vor. Zischend steigt die lächelnde Göttin als Wölkchen aus Fritzens Hosenbein wieder empor und verzieht sich ins Himmelsgrau, während die Kinder Adressen tauschen und die Mädchen jedes eine kleine Photographie ihrem Zettel beigeben. Als sie sich verabschieden, ist der junge Schlupfburg beruhigt und fürs Leben gerüstet. An den Spielen der anderen braucht er sich fortan nicht zu beteiligen, denn er weiß sich versprochen und angenommen, und als zehn Jahre später, die imaginäre Leinwand vollzieht den Übergang lautlos, Fritz Schlupfburg die Zettel mit den Adressen der Mädchen wieder aus dem Brustbeutel um seinen Hals nimmt und einen Brief schreibt, in dem er den Bräuten sein Handwerk erklärt, seine Abstammung, soweit sie ihm bekannt ist, Körpergröße und Gewicht nicht vergißt und schließlich anhand einer Zeichnung sein geschlechtliches Funktionieren erklärt, packt Astrid Radegund im thüringischen G. tatsächlich einen grünmelierten Pappkoffer mit den kleineren Heimlichkeiten ihres Mädchenlebens, umarmt die entsagende Benedicta Carlotta und fährt in die große Heimlichkeit einer Kriegshochzeit hinein ins ferne Königsberg. Sie bringt es nicht fertig, mit der Mutter sich zu besprechen, denn die hat den Tod Romancarlo Hebenstreits am Tag seiner Einberufung noch nicht verwunden. Ganz still war er gestorben in der langen Reihe der Männer, die auf ihren Zug warteten in den Osten. Zwar hatte er an Marguerite Eaulalia tatsächlich einiges von dem wiedergutmachen können, was Cercalia einst zu ihrem Fluch veranlaßt, aber es hatte ihn nicht mehr ganz erlösen können. Er hat seiner Frau, die ihre Fruchtbarkeit seit dem Verschwinden Willi Thalerthals gegen eine tiefe männliche Stimme hatte eintauschen müssen, in den letzten beiden Jahren wieder beischlafen können, aber im Gegensatz zur katatonen Starre war die Traurigkeit in Abwesenheit seiner Zwillingstöchter niemals gewichen und würde, er wußte es, bei solcher Entfernung von seiner Familie ins Unermeßliche wachsen. Dem kam er zuvor und machte seine Frau zur Kriegerwitwe, ehe er sich in Rußland oder Polen die Brust würde zerschießen lassen müssen vor Traurigkeit. Und nun fährt Carola Hebenstreit geb. Wilczinski tagtäglich zum Ostfriedhof und besucht den Toten, und niemandem will auffallen, daß sie auch Willi Thalerthal beweint am Grab ihres Mannes. Immer stellt sie zwei Sträuße nebeneinander, wenn sie frische Blumen bringt, oder sie legt zwei Gestecke im Winter einträchtig aufs Grab. Nun müssen Benedicta Carlotta und Marguerite Eaulalia ohne die Schwester den wöchentlichen Vätergang antreten, zu dem sie die Mutter nicht mitnehmen, denn die trauert so anders als die Mädchen, die wirft sich so ganz ins Weinen, daß es den Töchtern peinlich wird, wenn sie auch Romancarlo sehr liebgewonnen hatten zum Ende seines Lebens hin. Die Jüngste merkt manchmal, daß die Mutter sie und die Schwestern mit unterschiedlichen Blicken bedenkt und unter verschiedenen Tränenschleiern hervor anblickt, aber sie fragt nicht. Statt dessen schaut sie sonntags, wenn Astrid Radegund und Benedicta Carlotta zwei Stunden Dame spielen gehen zu ihrer Freundin Hermine, heimlich der Mutter durchs Schlüsselloch zu. Carola knöpft sich im ehelichen Schlafzimmer die Brüste aus der Wäsche und streicht zärtlich Milch daraus hervor, dabei jammert sie, krümmt ihren Leib, verbiegt sich und führt ihre Finger unter den Rock, bis es sie auflöst in tiefen Tönen. Sie packt dann die Brust wieder zurück und geht, für Augenblicke versöhnt mit sich selbst, nach einem Lappen in die Küche im unteren Stockwerk. Die kurze Zeit nutzt Marguerite Eaulalia gern aus, ein paar Tropfen der immer noch süßen Milch von Tisch oder Dielen zu lecken mit blanker Zunge, dann springt sie hinauf in ihr eigenes Zimmer und wartet auf die Schwestern oder trippelt hinunter zur Mutter, Kartoffeln zu schälen und den Falschen Hasen zu wenden.

An solchem Sonntag fährt Astrid Radegund auf und davon, nur die Zwillingsschwester weiß, wohin und warum. Sie schweigt, als die Mutter sich wundert über das Ausbleiben des Mädchens, und sie schweigt, als die Mutter in sie dringt mit strenger Nachfrage, und sie schweigt, wieso und weshalb. Carola rauft sich nun nicht die Haare, sie weiß, daß das Leben der älteren Töchter an ihr den einen, den anderen Schaden nahm, die eine, die andere unerwartete Wendung also wahrscheinlich ist. Sie kauft in den kommenden Wochen noch etwas weniger ein und spart die Rationen der verschwundenen Tochter für deren Wiederkehr auf, und als Astrid Radegund Schlupfburg geb. Hebenstreit zu Silvester ein Kärtchen schickt und sowohl ein Enkelkind ankündigt als auch ihre Flucht aus der Provinz Ostpreußen in Richtung Sachsen, da packt Carola Hebenstreit ihre Sachen und die verbliebene Zwillingstochter bei der Tochterehre, bringt die kleine Ohla, wie sie sie nennt, bei der Familie des Tierarztes unter und fährt mit Benedicta Carlotta Richtung Dresden, ihr geschwängertes Kind heimzuholen, das nun, zehn Jahre nach der Verschickung, tatsächlich am Dickwerden ist ... Der Führer hält die Festung Königsberg zwar für uneinnehmbar und verweist für den Fall, der Russe schneide Ostpreußen sozusagen ab vom Reichskörper, auf den dann immer noch offenen Seeweg, aber Astrid Radegund träumt so schwer und hat große Angst vor dem Seeweg, ihr Mann ist an der Front, und die Schwiegermutter kennt sie nicht, weil Fritz Schlupfburg den Kontakt zu ihr lang vor der Hochzeit abgebrochen hat aus einem noch unbekannten Grund. Als im Januar neunzehnhundertfünfundvierzig Gumbinnen brennt, Memel, Schirwindt, Tilsit, Eydtkuhnen sind längst gefallen, weiß Astrid Radegund, daß es Zeit ist, und sucht einen Weg. Da kommt ihr zupaß, daß das Krankenhaus, in dem sie Arbeit als Pflegerin fand, nach Pommern verlegt werden soll. In einen Zug zu steigen, ist zwecklos: Noch ist die Massenflucht nicht genehmigt, nur Güterzüge fahren gen Westen, und auch die kommen bald schon zurück, weil die Schienenwege abgeschnitten sind. In Maraunenhof, wo der Chefarzt wohnt, wirft sie sich in den winterlichen Staub, um einen Platz im Automobil zu erflehen. Über Elbing-Marienburg soll manchmal ein Durchkommen sein: Tatsächlich nimmt sie der Mann im Wagen bis Kontken mit. Die Patienten liegen derweil auf Halde im Pillauer Hafen, den die Schiffe wegen der Minengefahr nicht verlassen können, und sterben davon. Als russische Artillerie am 26. Januar hineinschießt nach

Königsberg, hat Astrid Radegund ihre Angst längst zu ihrem wichtigsten Transporthilfsmittel aufgeblasen und wandert zu Fuß, ein schon strampelndes Kind Fritz Schlupfburgs im Bauch, durch die Frontlinien bis nach Dresden, wo Carola und Benedicta Carlotta seit Tagen die spärlich einfahrenden Züge abpassen und an den östlichen Einfahrtsstraßen sich abwechselnd postieren. Und wirklich bringt manchmal ein Wagen, ein Pferdeschlitten oder ein mitleidiger Fahrradfahrer die Schwangere, die sich die Muttersprache verbietet, ein Stück voran: Am Morgen des 12. Februars erreicht Astrid Radegund Dresden, sie liegt in vorzeitigen Wehen und spürt nicht Genealogias aufgeregtes Mitleid über dem Kopf flattern. Sie erinnert sich der eigenen frühen Kraft nach der Sturzgeburt, des zeitraffenden Wachstums und hofft für ihr Kind, indem sie suchend die Brüste abknetet, aber die liegen schlaff zu beiden Seiten des mageren Brustkorbs. Zum Glück bleibt das Kind in Astrid Radegund stecken, und die drei Frauen treffen einander nicht mehr, ehe sie in der Nacht zum 13. Februar im schmelzenden Asphalt zweier Dresdener Straßen buchstäblich verkochen.

Die imaginäre Leinwand läßt Rauchfähnchen ins Schlupfburgsche Wohnzimmer aufsteigen, als sie in der Zimmermitte in sich zusammenfällt.

Josepha spürt eine Verwundung im Bereich der mütterlichen Linie, schiebt sich den Hemdärmel hoch und das Hosenbein und entdeckt einen fleischfarbenen Ausschlag an der rechten Außenkante ihres Körpers. Schüchterne Auswüchse, Feigwarzen ähnlich, umschlängeln die schon tief ins Fleisch gedrungene rote Tätowierung Diploidas und machen sie an manchen Stellen beinahe unsichtbar, decken sie zu. Josepha staunt über die Machtlosigkeit der Göttinnen: Genealogia hat die Verbindung der Schlupfburgschen mit der Hebenstreit-Wilczinskischen Sippe nicht dauerhaft durchsetzen können und immer wieder daran arbeiten müssen. Die Generationen hatte sie über Kreuz gelegt gar in ihrem Bemühen. Astrid Radegunds Kind war ins Straßenpflaster geschmolzen mit der Mutter, die Möglichkeit eines neuen Versuches mit Benedicta Carlottas Tod vertan, so daß Marguerite Eaulalia, Josephas Mutter, die letzte (glaubt Josepha) Hoffnung Genealogias gewesen sein mußte in dieser Angelegenheit und deshalb gezeichnet von Schwäche und Hingabe an ihr einziges Kind, die in der Aufgabe des eigenen Lebens gipfelte. Josepha mag sich nicht wohlfühlen bei dem Gedanken, ihre Eltern wären aus freien Stücken, aus Liebe gar, womöglich niemals aufeinandergestoßen. Wie zur Bestätigung dessen war ihr schließlich sechs Jahre nach dem Tod der Mutter auch der Vater mehr und mehr abhandengekommen in eine unentschuldbare Ferne, von der sie nicht wußte, wie sie beschaffen sein mochte. Seit Jahren hatte sie nichts von ihm vernommen, und der Urgroßmutter hatte er nicht einmal mehr Geld geschickt in den letzten Schuljahren seiner Tochter. Zwar hatte Josepha nicht aufgehört, eine freudige Aufregung zu verspüren, wenn sie des Vaters Bild vor ihren Augen erstehen ließ, aber das war immer seltener geworden mit der Zeit ... Therese verfolgt die Gedanken der Urenkelin, die sie vom Wechselspiel der Stirnfalten abzulesen versteht, mit wachsender Unruhe, immerhin hat sie ihren Enkel Rudolph Schlupfburg bei sich gehabt für einige Jahre wie später dessen Tochter. Sie weiß, wie rückhaltlos die Eltern Josephas aufeinander zugegangen waren und wie sehr dies Genealogias Plänen entgegenkam. Zwei Kinder hatten ein kräftiges Kind fabriziert im Winter des Jahres neunzehnhundertdreiundfünfzig und es Josepha genannt in ihren kindlichen Träumen. Freilich war das eine so unvernünftige Art Liebens gewesen, die die vaterlos mutterlosen Eltern einander angetan hatten, und sicher hatten sie genau das nicht gewollt, was dann eintrat, nämlich die mutterlos vaterlose Kindheit des kräftigen Kindes Josepha, aber wer kriegt schon, was er will, aber wer weiß schon, was er kriegt, aber wer will schon, was er davon nicht hat. Therese jedenfalls versucht nun, Josephas Vergrübeln zu stoppen in einem Bekenntnis: Sie erzählt, daß sie ihren Fritz nicht hatte annehmen können als Sohn. Anfangs sei ihr bei seinem Anblick die dörrende Fickart des Vaters nicht aus den Sinnen gegangen, später hätte sie mit dem Vater auch den Sohn ganz vergessen. Nicht nur, daß seine Hypospadie ihr nicht des Nachdenkens wert gewesen wäre und die damit verbundenen Nöte des Jungen, sie hätte einfach vergessen, daß sie ihn zur Welt gebracht. Er lebte bei ihr wie ein Schlafbursche, als er das Handwerk der Photographie erlernte und davon sprach, in einigen Jahren heiraten zu wollen, zwei Mädchen aus Thüringen hätten sich schon erklärt. Immer wieder hatte er ihr Photographien mitgebracht, von denen Therese als eine Geliebte herunterlächelte in die jeweiligen Kriegsjahre: Heimlich hatte er sie aufgenommen mit seinem geräuschvollen Apparat – wenn der knallte, war alles vorbei und zu spät. Erst jetzt wird ihr klar, und sie muß drüber weinen, daß der Blick dieses Jungen sie zur Geliebten gemacht hatte, und sie hatte ihn nie erwidert. Als sie die Stelle beim Heeresverpflegungsamt annahm und immer Fisch mitbringen konnte nach Hause oder ein Bratenstück, hatte sie gut gekocht, auch für den Jungen, es hatte ihm an nichts gefehlt denn an Mutteraugenblicken. Als er dann fortkam zum Heer und immer seltener schrieb, nur manchmal ein Bild beilegte, das fremde Landschaften zeigte oder ruhig in der Herbstsonne liegende Weidetiere, da ärgerte sie sich, daß er keine Frau hatte, die ihm schreiben mochte. Eines Abends hatte er, mitten im Krieg, und sie wähnte ihn an der Front, geklingelt an ihrer Tür, ein gehetzter, verwirrter Mann mit geschundener Sprache. Sie hatte ihn eingelassen und unwillig unterbrochen, was sie grad tat: Sie strickte für den Enkel Rudolph aus aufgeräufelter Wolle, da zog er eine Reihe von Photographien aus der Jackentasche und warf sie ihr über den Tisch, und Therese kotzte augenblicks los, als sie all die kindlichen Leichen und Frauenkörper zu Haufen geschichtet in Gräben sah. Auf einem der Bilder führte Fritz, sein Vorgesetzter hatte es aufgenommen, in sauberer Uniform eine junge Nackte am Arm, eine dunkelhaarige Frau, seitlich photographiert. Am rechten Bildrand verzerrte Elend ein Kindergesicht, das offenbar zu einem Körper gehörte, der in andere Richtung fortgebracht wurde und darum schrie. Die Mutter hatte den Arm gerade nach hinten nehmen wollen, vielleicht, um das Kind doch noch zu sich zu rufen, aber es zog etwas an ihm und ließ es nicht fort. Kowno, murmelte Fritz über den Tisch und fiel hinab in eine dunkle Ohnmacht, während Therese Tisch und Fußboden säuberte von dem Gekotz und drin die Photographien zu ersäufen begann. Hättst nich machen sollen, Jung, jaulte sie hinab in den Brei, hättst nicht photographieren dürfen den Kriech. Sie schob den erlöschenden Sohn aus der Tür und wollte ihn nicht wiedersehen und sah ihn tatsächlich nicht wieder. Sie verstand: Er lud sie nicht ein, als er Astrid Radegund Hebenstreit zur Frau nahm, nachdem er mit ungeahnter List eine Versetzung nach Westen hatte durchsetzen können und trotzdem täglich sich einschiß vor Furcht, es könne ihm ähnliches vorkommen dort wie in Kowno. Er konnte nicht schlafen seit langem und drang in die Frau mit Trauer, die unverstanden bleiben mußte und letztlich Astrid Radegund zweifeln machte, zumal sie ihm jedesmal half, mit seinem gekrümmten Geschlecht sie zu treffen, und Intimität sich erhoffte als eine schöne Folge. Denn sie hatte ihn wirklich gern, den Photographen des Schreckens, den sie nicht kannte. Therese verstand, daß sie sich am Erlöschen des ungeliebten Sohnes schuldig gemacht hatte, am Tod seiner Frau und des Enkelkindes ebenso wie an dem von Benedicta Carlotta und Carola Hebenstreit geb. Wilczinski, sogar aber, und darüber fiel sie vornüber, am Schweigen über den Tod der jungen Jüdin, deren Photographie im Expeditionsgepäck steckte und die in der Uniform eines jungen Deutschen niemand anderen zeigte als ihren Sohn Fritz, späterer Anhänger des Himmels über L. A. ... Es war eine berühmte Aufnahme geworden mit den Jahren, die in vielen Nachschlagewerken über die Verbrechen des Volkes, dem sie angehörte, an anderen Völkern zu finden war und stets Verwunderung erregte ob der weichen Züge des jungen Deutschen und des beinahe liebevollen Drängens, mit dem er die junge Frau beim Arm nahm und führte. Therese fragt sich, ob wohl ihr Sohn den Film weitergegeben haben mochte anstelle der Abzüge, die sie im Gekotz zu ersäufen versucht hatte. Josepha wagt nicht zu fragen oder zu unterbrechen gar, was Therese hinzutut zum Fortgang der Expedition. Ihr Herz baut nicht nur für Astrid Radegunds Kind eine Brücke in den kleinen Garten hinter dem Haus, wo sie am nächsten Tag einen Hügel anhäufelt, mit Steinen umkränzt und ein beschriebenes Brett in die Erde steckt: Hier ruht mit allen anderen meine kleine Cousine/ mein kleiner Cousin mütterlicherseits, meine kleine Tante/mein kleiner Onkel väterlicherseits, verschmort am 13. Februar 1945. Die Jahreszeit erlaubt, eine Fuchsie mit tränenförmigen Blüten in den Fuß des Hügels zu setzen, der nun begossen und von einer dem Rasen im Vorgarten entnommenen Grasnarbe eingekreist wird. Therese indessen leidet noch lange am Expeditionstagebuch.

Es ist wieder Sonntag, als das Kätzchen Gesellschaft bekommt: Ein siamesisches Rattenpaar mit mahagonifarbenem Fell läuft Josepha am Tor des Vorgartens entgegen. Es regnet, und die Tiere schauen so vertrauensvoll unter langen nassen Wimpern hervor (eine Mutation! denkt Josepha natürlich), daß sie in die Regenmanteltasche gesteckt werden und ihre Schwänze von Stund an zum Zeichen aller Möglichkeiten aus irgendeiner Öffnung der Josephaschen Laxkleider herausschauen. Einige Jahre später werden tragbare Ratten zur Grundkleidung einer stetig wachsenden Randgruppe der Großstadtjugend Europas gehören und schließlich sogar diesseits der im Jahre neunzehnhundertneunundvierzig anscheinend endgültig befestigten Grenze an meist ungewaschenen Jungmenschenhälsen sichtbar werden. Niemand aber wird dies für eine späte Wirkung der Schlupfburgschen (sozusagen verfrühten) Tierliebe halten, sondern für eine *feindlich-negative Demonstration*, und den *zuständigen Stellen* wird daran gelegen sein, dem dann immer noch herrschenden Staatsoberste den täglichen Fahrtweg in die Hauptstadt von Rattenträgern freizuhalten. Der Staatsoberste wird nicht erfahren haben, daß es dem Klassenfeind neunzehnhundertsechsundsiebzig für ein halbes Jahr gelungen war, sein matt lächelndes Konterfei in der Südregion des Landes zu obszönen Ausbrüchen zu bewegen, sobald ein Kirschklatsch sein Mündlein verzogen hatte. Verschärfte Grenzkontrollen werden zu keinem Erfolg hinsichtlich der Grützeattentäter geführt haben, so daß man letztere schließlich im eigenen Lande wird vermuten müssen und selbstverständlich eine Informationssperre verhängen. Weder die *zuständigen Stellen* noch der Staatsoberste werden erfahren haben, daß niemand anders als Souf Fleur, der Zeitgeist, aus der schwangeren Josepha spricht.

Der Fernsehmechanikermeister Franz Reveslueh geht am Abend des dreizehnten Junis in seiner Wohnung im bayerischen N. unverhofft in Deckung: Die Bildröhre des Fernsehgerätes, das er seiner freiwillig verstorbenen Frau vor einigen Wochen erst zwecks Ablenkung von den für sie schmerzlichen Enthüllungen der Lokalpresse gekauft hatte, implodiert mit einem sanft schmatzenden Säuglingslaut. Auf der schlammfarbenen Schnappcouch sitzend, wirft die alternde Kleinbürgerin Ottilie Wilczinski zum Schutz des eben noch saugenden Avraham Bodofranz Arme und Brüste über dessen Gesicht, was sich zum Glück als unnötig erweist – wie der Begleitton, so auch die Implosion, sanft und bescheiden zieht es die Splitter ins Innere des Gerätes. Man schaut sich an und versteht: Das hatten wir schon, das ist nicht zu Ende, damit hat es begonnen. Franz Reveslueh, der seine Gattin noch nicht unter die Erde gebracht und für die nächsten Tage mit der Freigabe der Toten zur Verbrennung zu rechnen hat, nimmt sich besorgt des schwergewichtigen Sohnes an, während Ottilie, nicht einmal halb so erschrocken wie beispielsweise in jenen entfernt geglaubten Märztagen, da sie die ersten Male mit solcherart Merkwürdigkeiten sich konfrontiert sah, ein großes weißes Tischtuch mit herrlicher Häkelspitze rundum aus dem Reveslueschen Wäscheschrank nimmt und über dem Ort des Geschehens entfaltet. Bevor sie das wegräumt, denkt sie plötzlich, gehört der Entschluß in diese Geschichte, nun nimmermehr eins von diesen Geräten sich anzuschaffen. Dem Reveslueh, weiß sie, wird das vorkommen wie der Versuch von Enteignung und Unfruchtbarmachung angesichts seines Berufes. Was aber, denkt sie weiter, wenn bei offenbar wechselndem Charakter der Implosionen der kleine Avraham Bodofranz einmal unbeaufsichtigt in der Nähe des Geschehens sich aufhalten und womöglich verletzt werden sollte? Sie gibt dem Mann ihres Alters einen Beruhigungskuß und nimmt ihm das Kind wieder ab im Unterbreiten des alles entscheidenden Vorschlags. Reveslueh hört zitternd sich an, was Ottilie ihm sagt und gebietet, er öffnet sein Hemd und schiebt ihre Hand auf sein tuckerndes Brustbein, legt wenig später erneut das Kind in Herzhöhe auf und überlegt sich eins. Wie wird das werden wollen mit all diesen Sachen? Er erinnert sich, wie er von seinem letzten Besuch bei der Heimlichen Hure Rosanne Johanne heimgekehrt war und den Schlüsseldienst rufen lassen mußte, um eintreten zu können in seine totgeglaubte Diele, und wie er, gestärkt von der postkoitalen Suppe, einen frischen Mut faßte, das Geschenk seiner toten Frau anzunehmen, Ottilie zu ehelichen, seine infantilen Kinder nachreifen zu lassen und Avraham Bodofranz ein köstlicher Vater zu werden. Was würde er tun müssen, das zu erreichen? Ottilies Entschluß, auf sein Angebot hin in die Wohnung zu ziehen, hatte er mit dem Leerräumen seines ehelichen Schlafzimmers beantwortet, in dem nun Ottilie mit dem Kind in den eigenen Möbeln zu Haus ist. Gleich aus der Klinik war sie hierhergekommen, um den Nachbarn ausweichen zu können, die auf ihre Heimkehr gelauert hatten hinter den Türen ihrer Wohnungen. Nicht, daß einer von ihnen ihr entgegenzutreten gewagt hätte als prinzipienfester Verfechter bayerischen Anstands, aber ein bißchen schneiden wollen hätten sie die Frau Wilczinski schon gern. Vielleicht auf Ruhe pochen, wenn das Kind nachts schrie, oder still an ihr vorbeigehen, wenn sie mit ihren nun wieder in größerem Umfang erforderlich werdenden Einkäufen in der einen und dem Kind an der anderen Hand vor den Treppen stehen würde, ja, das hätten sie sich nett vorgestellt, ein bißchen Abwechslung halt, und sie wären ja auf jeden Fall im Recht gewesen. Ottilie Wilczinski war all dem entgangen durch einen entschlossenen Auszug zum dritten der Väter, nicht ohne noch in der Klinik einen lukrativen Vertrag zur Vermarktung ihrer Geschichte als Fortsetzungsserie für einen der landesüblichen Fernsehsender abgeschlossen zu haben. Von der reichlich ausfallenden Vorauszahlung hatte sie einen Teil für des kleinen Avraham Bodofranz' sorgenfreie Zukunft sicher angelegt, den anderen Teil gedachte sie nicht etwa für die Gründung eines luxuriösen Hausstandes zu verwenden, nein, sie hatte zu überlegen begonnen, sich mit Mann und Kind nach einem passenden Alterssitz umzusehen weit ab vom Schuß, wie sie sagte, in einem womöglich entfernten Teil der Erde, auf einer pazifischen Insel etwa oder in den Gegenden Alaskas, die durch Goldgräberei berühmt geworden, dafür aber erfreulich dünn besiedelt waren. Die Filmserie, die ihr den Umzug ermöglichen sollte, würde sie sich ohnehin nicht ansehen wollen.

In die trotz des Berstens der Röhre so friedliche Stimmung schrillt nun das Telefon unerbittlich, Reveslueh greift nach dem Hörer, hört zu und reicht ihn an Ottilie weiter, die zu zittern beginnt wie bei früheren Implosionen: *Hier spricht Ihre Vergangenheit!* tönt's in ihr Ohr, *Hier spricht Ildiko Langenscheid,* sagt da in Wirklichkeit eine das s vor dem p spitz durch die Nase ziehende Frauenstimme, *Hamburg-Harvestehude,* und erkundigt sich vorsorglich, ob die Frau Reveslueh sie denn auch gut verstehen könne. Nun ist der Vorfall natürlich schnell aller Aufregung entkleidet, Franz Reveslueh hat nicht bedacht, daß seine Frau eine andere und Ottilie hier gar nicht gefragt war, er entschuldigt sich bei der Anruferin und unterrichtet sie vom Ableben seiner Gattin, aber ehe er nachfragen kann, wer denn da auf der anderen Seite nach ihr verlange, hat Frau Ildiko Langenscheid aufgelegt. Der ANRUF AUS HAMBURG aber wird für Ottilie Wilczinski zur Ankündigung einer baldigen Veränderung in ihrem Leben, immerhin fühlte sie sich dabei in jene Aufregung hineinversetzt, die die Ereignisse der letzten Monate eingeleitet hatte. Dabei hatte sie sich in den Jahrzehnten nach dem letzten Krieg solche Mühe gegeben, die magischen und Zeitverschiebungs-Kräfte des weiblichen Teils ihrer verschollenen Sippe mit Häkeldeckchen und Wohlfahrtspäckchen zu bedecken.

Der Sommer hat sich längst durchgesetzt, als er am einundzwanzigsten Juni auch in den Kalendern beginnen darf. Josepha überwindet den Ekel und geht zur Ärztin, des Ausweises wegen, der ihr nach der Geburt des schwarzweißen Kindes eintausend östliche Mark einbringen wird, wenn sie beweisen kann, daß sie beim Zahnarzt war während der Schwangerschaft. (Mit eintausend östlichen Mark ist ihr reichlich zu helfen, sie verdient nur drei Viertel davon in einem Monat, und das ist nicht einmal wenig.) Die Ärztin trägt ärmelloses Gestrick und die Haut bronzen um die Knochen geschnallt wie stets. Josepha schaut auf die eigene weiße Hülle, die großporig-groben Waden, weichen Oberarme, den sich rundenden Bauch. Nicht elegant, befindet sie halblaut und verschränkt die Arme über dem Kind. *Na na Frau Schlupfburch, Se wolln wo frech wern. Lassn Se das, mor hamm schonn gehährt, dosse frech sinn bein Ohrzt. Awor nich mit unns, saach ch Ihnen!* Die Schwester, Mutter eines Gleiswärter-Halbbruders übrigens der Carmen Salzwedel, verschränkt in drohender Gebärde ebenfalls die Arme über der Brust, als verweigere sie eine Anerkennung der Schwangerschaft. Die erschrockene Josepha hat gar nicht wahrgenommen, daß man ihre lapidare Feststellung betreffs der eigenen Körperlichkeit für eine Provokation gehalten hat, und wundert sich nun. *Mor hamm schonn gehährt ...* Der Ausweis will nicht in die Tasche zurück, Josepha bekommt ein rotes **A** auf ihre Karteikarte gemalt hinter der vorgehaltenen Hand der Schwester. Augenblicks Spaltschmerzen, Josepha schreit ein *Warum?* und *Was ist das?* aus dem gynäkologischen Streckbett herüber. *Dos wissense nich? Dos is de Assotzjaalenkortei, dadormit de Fürsorche weiß, wo se hinmuß.*

Anmaßung grinst aus dem Frauengesicht und will Josepha klein wie eine Mehlklunker sehen, aber Josepha bäumt sich und reißt das **A** aus der Karte, Namen und Anschrift gleich mit, läuft zur Tür, besinnt sich, läuft wieder zum Tisch und nimmt die Karte ganz zu ihrem Ausweis und den Schnipseln: Nun will alles viel leichter in die Handtasche hinein und rutscht wohl durch den spürbar geweiteten Spalt in Josepha, denn dort wird jetzt Krach gemacht, die Organe schunkeln in heiliger Wut zum *Rennsteiglied*, das aus dem *Stralsund*-Empfänger im Karteiregal tönt. *Ich wandre ja so gerne*! Josepha knallt mit der Tür und ahnt, was nun hinter ihr vorgeht ...

Draußen schlägt ihr die heiße Luft in den Atem, die Rättlein schnurren in der knautschledernen Handtasche um Luft und haben die Karteikarte vollends zerbissen, als Josepha sie herausnimmt und die Reste in die Brusttasche steckt. Mit zerissenen behördlichen Papieren will sie wohl keine Schwierigkeiten mehr haben? Die gehn ja ganz leicht durch die Hand und fliegen nicht fort! Das muß sie sich merken, denkt sie, schon etwas beruhigt durch den eigenen Mut. Wie sie so geht, überlegt, ob die Arbeit sie ruft oder ob sie für heute auf Kopfschmerz und Wut sich krankmelden sollte, kommt ihr das versförmige Stichwort zum letzten Aufbruch der Expedition in den Sinn. Ihr bebrillter Student der Psychologie hatte ihr einmal den grünen dünnpappigen Hefter mit Texten geschenkt, aus denen Thereses Erinnerung nun Stichdichtung fischt. Grüne dünnpappige Hefter üben auf Josephas Aufmerksamkeit keinerlei Schlüsselreize aus, so daß sie den Inhalt nach kurzem Dank überflogen und achtlos an Therese weitergegeben hatte auf deren neugieriges Anklopfen hin. Zwar weiß Josepha, daß Therese eine lesende Urgroßmutter ist, sie kennt ihren Lieblingsschriftsteller, der früher einmal in den ostpreußisch-polnisch-litauischen Gegenden lebte und in Berlin begraben ist, auch Josepha liest hin und wieder in der *Sarmatischen Zeit*, in *Schattenland Ströme*, aber sie wußte wohl nicht, wie ernst es Therese ums Wort ist. Immerhin kann deren Gedächtnis Stichdichtung fischen, während Josephas Textkammer allenfalls mit einigen Zeilen gefüllt ist, aus denen sich niemals zitieren ließe: *Ich habe den Schlüssel zum Garten, vor dem drei Mädchen warten – das erste heißt Binka, das zweite Bibeldebinka, das dritte Zwicknicknacknobeldebobeldebibeldebinka. Das Wertvollste, was der Mensch besitzt, ist das Leben. Es wird ihm nur einmal gegeben ... Gaiser Garl gonnte geine Gümmelgörner gauen.*

Vergiß es. In solcher Enttäuschung kann Josepha unmöglich zur Pappfabrik gehen. Die früh schon stechende Sonne nimmt ihr zunächst den Blick auf ein alterndes Paar, das ihr auf der gegenüberliegenden Straßenseite entgegenkommt und laut nach ihr ruft. Erst als sie nahe hinzutritt, kann sie erkennen: Angelikas Eltern stehen vor ihr und danken für die rasche Vermittlung zu Lutz-Lucia in G., die recht brauchbare Kleidung und Schuhe besorgt hat für die große Reise an die Alster. *Stante pede*! grummelt der Herr erfreut und zeigt seine großen Füße in neuen braunen Schnürschuhen, die quietschen beim Laufen. Die Mutter der genauen Angelika schwingt in Josephas Abwehr hinein ein Dederon-Jackenkleid, blau mit weißen Punkten, und knöpft es vorn auf, um die weißliche Bluse blitzen zu lassen, die drunter den Schweiß fängt, der bei Dederon allzu reichlich läuft. Josepha kommt kaum dazu, den Dank abzuwehren. Die Frau Salzwedel muß doch den Dank haben, die Frau Salzwedel hat doch ... Aber freilich, na klar, aber unsre Angelika hätte das Fräulein Salzwedel doch gar nicht getroffen ohne Sie, Fräulein Schlupfburg! Und schon sind sie fort, sich noch drehend und wendend in Dank, und schon ist Josepha ihnen wieder nachgelaufen in einem plötzlichen Einfall: Das kann sie werden, die *Verbindungsaufnahme*! Die Eltern der genauen Angelika mit der aufrechten Handschrift werden zum Kaffee geladen, es gäbe da einiges zu besprechen, was einen kleinen Gefallen darstellen könnte, den die alten Leutchen vielleicht auf sich nehmen würden im Gegenzug. Der Herr grummelt nun nicht *stante pede!*, hüstelt eher verlegen herum, dreht die neuen Schuhspitzen in den Staub des Trottoirs, und die Mutter verliert auf der Stelle ein wenig das Lächeln. Josepha erschrickt, weil der Spalt immerhin weit genug ist inzwischen, die Furcht der beiden einzulassen in die Josephafreude. Ach, entschuldigen Sie, so ist das doch nicht gemeint, ich lade Sie einfach ein zu einem Stück Kuchen! Ich bin keine *zuständige Stelle*, ich bin die Josepha noch immer, die mit Ihrer Angelika zur Schule gegangen ist und niemals so aufrecht schreiben gelernt hat wie Ihre liebe Tochter, wollen Sie das vielleicht glauben? Und Bitten spricht nun aus ihrem Gesicht und Traurigkeit, Angst ausgelöst zu haben mit einer einfachen Einladung zu einem Gespräch. Sie freut sich deshalb beinahe doppelt, als das Lächeln zurückkehrt, ein wenig mit Verlegenheit durchsetzt, und die beiden versprechen, am späten Nachmittag für ein Stündchen vorbeizuschauen, sie seien ja Rentner und hätten eigentlich Zeit genug. Josepha bekommt auf der Stelle noch Lust, zur Arbeit zu gehen und steigt in den Bus, der auf dem Weg in die Kreisstadt am *VEB Kalender und Büroartikel Max Papp* hält. So kommt sie noch pünktlich zum Ende der Vormittagspause dort an, sie hatte sich ohnehin bis 10 Uhr entschuldigt wegen des Besuches in der Schwangerenberatungsstelle, der ihr arbeits- und zweifelsfrei zusteht. Carmen Salzwedel erschrickt, als die Freundin die Handtasche öffnet und eine Handvoll Papierschnipsel vor ihr in die Luft wirft, die sich auf sofortiges Nachfragen hin als die Reste einer Asozialenkartei-Karte entpuppen. Erschrocken sammelt Carmen Salzwedel das Häuflein wieder zusammen, und Josepha denkt nicht daran, ihr dabei behilflich zu sein. Carmen hält sich die Hand vor den Mund, nimmt die Freundin für ein verwirrtes Elend und zieht sie hinter sich her bis zum Klo, wo sie vorsorglich unter allen Türen nach Füßen schaut und, als sie sicher ist, daß sie allein sind, eine Tür aufreißt, Josepha auf dem Klodeckel plaziert und hinter sich selbst das Kabuff verriegelt. Da sitzen sie nun, während Excrementia, die Göttin der Égalité, beinahe hörbar aufseufzt, hatte sie nach der Pause doch eben zu einem Schläfchen ausholen wollen. Als sie hört, was die Frauen miteinander zu bereden haben, gibt sie sich denn auch getrost dem schnöden Schlummer hin: Hier drohen weder Ohnmacht noch verdauungsbedingte Erkrankung. Josepha schildert den unvollendeten Arztbesuch unter Aufbietung aller Möglichkeiten der Geräuscherzeugung, sogar das *Rennsteiglied* dringt schließlich dünn an Excrementias ganz anderes gewöhntes Ohr, und als die Göttin schlaftrunken ein letztes Mal die Liddeckel hochklappt, sieht sie zwei schunkelnde Jungdamen auf dem hölzernen Deckel einer Damentoilette der Halle 8 und dreht sich schlußendlich um. Carmen ist es bestimmt, in ihrem besorgt-besorgenden Denken Überlegungen anzustellen, wie Josepha der landesüblichen Schwangerenberatung recht bald wieder zuzuführen sein würde, immerhin hängen ostdeutsche Mark an den beizubringenden Stempeln, und empfiehlt ein klärendes Gespräch mit Lutz-Lucia in G., die mit gynäkologischen Musterungen schließlich ihre Erfahrungen hat. Aber Josepha, so neugierig sie auch auf die nähere Bekanntschaft der Vatermutter ist, schlägt lächelnd ab. Lutz-Lucia habe schließlich schon den Eltern der genauen Angelika mit der aufrechten Handschrift auf ihr Geheiß beispringen müssen, da soll sie nicht schon wieder ... Man geht an die Arbeit.

Das Bildnis des Staatsobersten im Meisterkabuff ist einstweilen ersetzt worden durch das einer jungen russischen Tortenbäckerin, was nicht ganz einfach ist für Josepha. Das Mädchen ist ihr sympathisch auf Anhieb, sie redet mit ihr, wenn sie allein sind, doch Ljusja antwortet nicht. Auch der Versuch, sie durch liebevolles Auftragen eines Löffelchens roter Grütze auf die schwarzweißen Lippen zum Reden zu ermuntern, ist fehlgeschlagen. Josepha spürt, daß Ljusja ihr etwas auszurichten hat und nimmt sich vor, trotz ihres Zustands zum nächsten Subbotnik sich anzumelden und heimlich übers Wochenende einschließen zu lassen. Das müßte doch reichen, um Ljusja von der Ernsthaftigkeit des Wunsches nach Gedankenaustausch zu überzeugen. Sie wirft ihr im Vorbeigehen einen Gruß aus den Augenwinkeln zu und sieht nicht, wie Ljusja spöttelnd ein Auge schließt hinterm Glas.

Die ihr zugewiesenen Arbeiten führt Josepha gleichgültig, dennoch zu aller Zufriedenheit aus: Sie hat etwa drei Pfund betriebsärztlicher Akten versandfertig zu machen an die Kreishygieneinspektion, eine Sendung Mischgemüse im Glas für die Betriebsküche entgegenzunehmen und eine Gruppe von Abiturienten im Arbeitsschutz an den Maschinen der Halle 8 zu unterweisen. Einer der Schüler, der in ihrer Straße wohnt und dem sie manchmal bei den innerstädtischen Fußballturnieren heimlich Glück gewünscht hatte, weil er auf ausgeformten O-Beinen spielte, bietet sich an, Josepha auf seinem Motorrad nach Hause mitzunehmen nach Arbeitsschluß. Das Turnier Schnepfe gegen Goethe (so hießen die beiden verfeindeten Straßenzüge) im Juni

175

des Jahres neunzehnhundertzweiundsiebzig wird noch einmal in allen erinnerlichen Einzelheiten belächelt, ehe sich Josepha verabschiedet vor ihrer Haustür. Im Flur schon umwirbt sie der Geruch eben gebackener Purzel und Raderkuchen, die Therese in der Küche zu kniehohen Bergen türmt. Drei der Hefestücke frißt Josepha schon im Hereinkommen auf, wirft dann erst die Tasche ab und umarmt die Alte zur Begrüßung. An Thereses Fragen, wann der Besuch denn nun käme, erkennt Josepha die Stimmung der Stunde: Therese hat das Spüren und weiß schon, daß just in diesem Augenblick Angelikas Eltern klingeln werden am Tor. Noch einmal bringt Angelikas Mutter dankbar Wind in ihr Kleid, indem sie sich dreht in der Haustür. Wurstfarbener Breitcord bedeckt sie von Brust bis Knie, ein Kleiderrock wohl, der das darunter getragene, vermutlich Spencer genannte, geblümte Hemd zielsicher an die Scheidelinie zwischen Unterwäsche und Oberbekleidung treibt, es aber bei dieser Unentschiedenheit beläßt und Josepha unsicher macht. Der Herr im schimmelgrauen Silastikanzug nimmt sich gegen seine Frau beinahe gut gekleidet aus. Einen Augenblick lang erinnert sich Josepha eines Kleides, das ihr Therese einmal für ein Ferienlager genäht hatte: Bananen, Apfelsinen und Ananas auf Pepita, ein schwingender Rock unter tief gesetzter Taille. Ihrer unbezähmbaren Lust wegen, in die Früchte hineinzubeißen, hatte Josepha die Urgroßmutter gebeten, das Kleid Annegret Hinterzart zum Geburtstag schenken zu dürfen, was Therese zuerst sehr traurig gemacht, sie später aber doch erheitert hatte, wenn Annegret über den stampfenden Beinchen das Obst tanzen ließ und dazu sang. *Zwei Apfelsinen im Haar und an der Hüfte Bananen trägt Rosita seit heut zu einem Kokosnußkleid...* Am Leib der Freundin war jenes Kleid eines wie jedes andere selbstgenähte gewesen. Es wich vom Einerlei der Konfektionsgeschäfte ab, aber es verführte keinesfalls zum Hineinbeißen.

Die wurstfarbene Mutter traktiert sich an Purzeln und Kaffee und erzählt breitschreitend die Biographie ihrer Alsterschwester unter besonderer Berücksichtigung der unabwendbar gewordenen Heirat im Alter von sechzehn Jahren. Therese kontert mit einer verfremdeten Variante der Geschichte der ersten Sturzgeburt im Hause Hebenstreit, dessen Namen sie wohlweislich verschweigt. Die beiden Frauen rammen mächtige Planken um sich herum in den Boden mit ihrem Erzählen, so daß Josepha und der alte Herr sich bald ausgeschlossen fühlen und einen Gang durch den Garten hinter dem Haus unternehmen. Ihr Weg führt am Grab vorbei zu den frühen Erdbeeren, die überraschend süß und aromatisch daherkommen und auf der Zunge zergehen. Geplaudert wird über den Beruf des alten Herrn, die frühen Freundschaften der genauen Angelika, den Entwicklungsstand der fünfjährigen Enkeltochter und die winterlichen Erschwernisse, denen die Familie alljährlich sich ausgesetzt sieht, wenn Holz, Kohlen oder Kartoffeln ausgehen, weil der Vorratskeller zu klein ist, während im Haus Therese zur Sache kommt, indem sie einige Photographien aus ihrem Schuhkarton greift und nach sorgsamer Auswahl bittet, man möge doch jenseits der im Jahre neunzehnhundertneunundvierzig anscheinend endgültig befestigten Grenze versuchen, ihre Tochter Ottilie geb. Schlupfburg ausfindig zu machen und deren Erinnerung an die Mutter mittels der übergebenen Aufnahmen neu zu beleben, wenn neben den Feierlichkeiten der Goldenen Hochzeit ein wenig Zeit bliebe. Zum Beispiel sei es doch sicher möglich, der Presse – Therese überreicht nun auch noch die Zeitungsmeldung der Spätgeburt – die Angelegenheit darzutun und auf diesem Wege Thereses Aufenthalt mitzuteilen, wobei ein wenig Diskretion sicher angebracht sei angesichts der *zuständigen Stellen*. Sie kichern. Angelikas Mutter entwirft hellen Wahn und die Vorstellung, man würde alsbald nach der Alsterfahrt an diesem Kaffeetisch sich wiedertreffen und umarmen können. Da will sie mit ihrem Gatten aber sehr wohl dabeisein! So etwas nach so vielen Jahren, das läßt man sich doch nicht entgehen! Ob die Frau Schlupfburg denn auch ganz sicher sei, daß es sich bei der Spätgebärenden tatsächlich um die eigene Tochter handele? Im Urin hatte ich es, entgegnet Therese, und Angelikas Mutter lächelt einigermaßen verständnisvoll. (Mit dieser ihr lange Zeit unverständlichen Redewendung war ihr auch ihre

Angelika gekommen, wenn sie hatte ausdrücken wollen, daß sie eine feste Ahnung von etwas verspüre.) Der Gebäckberg hat, als Josepha und Angelikas Vater vom Gartengang zurückkehren, bereits in einem Maße abgenommen, das Josepha veranlaßt, unauffällig den Reißverschluß des Breitcord-Kleiderrockes zu inspizieren. Zuvorkommend muß sie nun noch dem Manne ein wenig Gebäck anbieten, der auch zulangt und sich freut, als Therese ihm einige Raderkuchen in eine Blechdose packt. Sie ist sich nicht sicher, ob Angelikas Mutter dem Mann von der Angelegenheit erzählen wird: In ihren Zügen liegt nämlich etwas von hausfraulicher Herrschsucht, die mit Besorgtheit sich tarnt und mit besserer Kenntnis der häuslichen Gesetze und kleinstädtischen Umgangsformen und ihm verbietet, im Bayerischen Hof einen Frühschoppen zu nehmen an durchkochten Sonntagvormittagen, an denen er deshalb nichts anderes zu tun hat, als die schmutzigen Töpfe abzuwaschen und den Tisch zu decken für die Kreativität der Köchin. Das nennt sich dann »Hilfe im Haushalt« und schließt ein, den Mann, wo möglich, gut dümmer zu halten als nötig und ihm zu verschweigen, was Frauen gegeneinander an Kaffeetischen besprechen. Wie dem auch sei, Therese weiß ihr Anliegen in neugierigem Herzen und dort gut aufgehoben. So viel Interesse hätte der Vater Angelikas ohnehin nicht aufbringen können, *stante pede!*, für frühe und späte Geburten, denkt sie und räumt, als die beiden gegangen sind, den Tisch ab, den übriggebliebenen Kuchen in die Kammer, den Schuhkarton unter ihr Bett und sich selbst in das Fach mit den Träumen. Gut Nacht.

JULI

11./12. Juli 1976:
Siebte Etappe der Gunnar-Lennefsen-Expedition
(Stichwort im Expeditionstagebuch: AMPFERSUPP)

Josepha hat Urlaub. Das ist für eine Frau ohne Schulkind ein ziemliches Glück mitten in den Schulferien. Vorgestern sind Angelikas Eltern nach Hamburg aufgebrochen, Therese befindet sich in aufgekratzter Stimmung, was Josepha zu mildern versucht, indem sie der Urgroßmutter die Schönheiten der Ostseeküste vorführt. Zum ersten Mal sind sie jenseits der Kindheit Josephas gemeinsam auf Reisen: Carmen Salzwedel hat über eine halbschwesterliche Verbindung ein Quartier auf Usedom auftreiben können bei gläubigen Wirtsleuten, ein hölzernes Gartenhäuschen mit Plumpsklo, Beerenobst vor der Tür und einem Stall voller Kaninchen unter dem Fenster der winzigen Schlafstube. Morgens und abends zu füttern ist der ausgehandelte Preis für die Unterkunft, und so sieht man schon früh Josepha mit Sichel und Korb am Rand der kaum befahrenen staubigen Straße Löwenzahn schneiden. Therese im Hause sägt unterdessen altgewordenes Brot, das der Dorfbäcker beinahe umsonst abgibt, in Stücke. Sie zweigt davon ab, was auf einem mittelgroßen Kuchenblech Platz hat, und schiebt's in die Röhre des elektrischen Backofens zum Rösten. Als Josepha zurückkommt und riecht, weiß sie, was ansteht. Gunnar Lennefsen ruft zum Aufbruch, unterdes die biennale Ostseewoche beginnt mit Shanties und vollen Gläsern, Verbrüderungen unter den Anrainerkünstlern des Kleineweltmeeres, Würstchen- und Fischbuden, heftigem Broilerverzehr und richtiger Kunst. In einem grünen Rucksack haben die beiden die Ausrüstung auf ihre Fahrt hierher mitgenommen und bereiten sich vor. Natürlich ist es besser, den Abend abzuwarten, der Lichtverhältnisse wegen, und so nimmt Josepha Therese tagsüber mit an den Strand, wo sie sich, verschanzt hinter dem Wall der Sandburg, mit Sonnenöl und Rätselheften bei Laune halten. Das schwarzweiße Kind ist unübersehbar geworden und fordert Therese von Zeit zu Zeit zum Streicheln heraus. Dazwischen schläft sie, Josepha badet im Meer und wiegt den Bauch in den Wellen, legt Quallen, Sand oder Blasentang quer drüberhin und fragt das Kind, was es spüre. Die Bewegungen das Kindes, so glaubt sie, hielten sich genau an die Silbenzahl der richtigen Antwort, ein kluges Baby! ruft sie aus dem Salz zu Therese hinüber. Die grünkarierte Luftmatratze, ein frühes Geschenk ihres Vaters, schaukelt von Möwe zu Möwe, von Boje zu Boje, von Wunsch zu Wunsch. Zum Beispiel hätte Josepha gern einen lieblichen Beischlaf zum Mittag und einen blauen Wagen mit tiefer Wanne für die erste Zeit mit dem Kind – beides ist schwierig zu haben, denkt sie noch, als ihr Luftfloß schon kippt und sie in den Armen eines hinter Taucherbrille und Schnorchel nicht gleich sichtbar werdenden Mannes sich wiederfindet. *Tschuldjen se, tschuldjen se, dit war nich so jemeent. Sintse ooch vonne Laijenspieljruppe Rotklöppel ausn Erzjebürje? Haikse nich jestan int Westibül jeseen ohm innet Restorang von die Fischköppe?* Josepha schließt ihm den Mund mit den Lippen, das Gerede des Kerls ist ihr unerträglich angesichts des harten Gegenstandes, den sie in seiner knappen Badehose unter ihrem Hintern fühlt, und sie bittet ihn höflich, ihr Spaß zu machen, statt sie mit Vorreden anzuöden. Und ehe er ganz verstanden hat, gleiten ihre Beine ins Wasser, schiebt sie sich auf seine versteifte Vorrichtung und verharrt in gespannter Erwartung. Er sieht sich um: Die Badenden zerstreuen sich in ausreichender Entfernung des plötzlichen Paares, ein Blick ans Ufer, der Josepha eine nähere Bekanntschaft wahrscheinlich macht, die dort Mittagsschlaf hält, verheißt offensichtlich nichts Böses, und der Mann taucht ab und beginnt Josephas Wunsch als angenehm zu empfinden. Therese, vom Strand aus, sieht etwas später Kopf und Arme der Urenkelin wie im Schlaf auf die Luftmatratze gebettet. Das Schaukeln der ganzen Erscheinung hält sie für eine Folge der sanften Wellenbewegung des Wassers. Eigentlich müßte ihr auffallen, daß kaum Wind geht und die leichte Kräuselung der Oberfläche mit dem deutlichen Rucken der Matratze nicht zusammengehen mag, aber sie lehnt sich zurück in den Schein der Sonne und sieht nicht das Luftrohr des verstummten Berliners, der eine bequeme Unterwasserlage gefunden hat für sein Bemühen.

Auf dem Weg nach Hause meint Josepha, das Treffen im Meer noch riechen zu können aus dem Brustausschnitt ihres Kleides, und als Therese zum Abendessen eine Büchse Fisch öffnet, glaubt sie sich beinahe ertappt. Jedoch fällt kein diesbezügliches Wort, Therese grinst nicht einmal schräg aus den Augenwinkeln. Die Expedition kann beginnen. Faltjalousien aus Papier sperren den Rest des Tageslichts aus, als Therese das Stichwort aus dem mümmelnden Mund holt wie ein hinterrücks ins Brot geratenes Papierstück, AMPFERSUPP, und dickflüssig dümpelt die AMPFERSUPP durch die einzig geschlossene Anstalt der Sommernacht auf Usedom. Die Leinwand, da sie vorgibt, verklemmt zu sein, ein wenig befangen in der Hoffnung, die Frauen würden ablassen von ihr, wird zum Ereignis, sie bäumt sich, beugt sich dem Ruf schließlich doch und zeigt wundstarren Winter in der Hauptstadt der Provinz Ostpreußen. Josepha legt das Ohr an die vermeintliche Stille des Bildes: Eines lahmenden Mannes nachgezogenes Bein fällt aus der Hose, *klack!*, im »Französische Straße« noch immer genannten Ruinentunnel, ist aus Holz, wie man jetzt denken will, ist aber ein Stahlstumpf nur, provisorische Prothese, eilfertig angepaßt in einem westfälischen Lazarett. Hat aber immerhin dem zerschossenen Mann einen Urlaub eingebracht von West nach Ost, wo doch alle, die halbwegs laufen können, auch die Gliedkranken und anderweitig Verstumpften, eigentlich Sturm sind, eitel Volkssturm. Volk hat schon Königsberg beinahe judfrei gemacht in seinem Drang, das will etwas heißen! Vereinzelt quert noch ein sterntragender Geltungsjude des lahmenden Mannes Blick, der dann ausweicht. Das Krankenhaus, in dem seine schwangere Frau als Pflegerin hilft, weiß er aus ihrem letzten Brief, geht auf Evakuierung, da wird sie ihn unterschieben als *'n Happchen dammlich*, bei den Zuständen. Sie werden zusammen aufs Schiff gehn von Pillau nach Pommern, und dann *einszweifix* Richtung Dänemark raus, wo kein Russe nicht hinlangt in seiner berechtigten Wut. Er hat sich noch etwas gedacht, der Fritz Schlupfburg, ehe er sterben möchte im tiefen Wasser der See: Seine Frau und sein Kind sollen ankommen drüben und nicht in die wütende Russenhand fallen. So Sachen hat er gehört auf der Fahrt hierher, daß ihm Kotzen und Furcht das Torkeln noch schwerer machen und Kowno, für das er ein Bein schon gezahlt und den Rest seiner selbst bis zur Überfahrt verpfändet hat, ihn allstündlich einholt, wo er es doch in seinem Bauch schon so gut wie verkapselt, versteinert hatte in einem gewaltigen Schmerz, der beim Scheißen herausbrach. Kowno wirst du nicht los, aber Astrid mußt du noch rausbringen, wie du sie reingeritten hast – Fritz Schlupfburg flucht und fragt sich durch die Trümmer bis zur Chirurgischen Klinik am Rand der zerschossenen Stadtmitte. Leidlich stehengeblieben scheint sie, daß Fritz erst einmal viel von der Winterluft einziehen muß, um der Ohnmacht sich zu entfernen, die droht. Steht in den Sternen: Licht und Vergessen, Erlösung und Ferne? Zweifelhaft still steht sein Herz wie vorm Führer der kleine Soldat und fürchtet sich etwas, aber nicht lang, da löst aus dem Gemäuer sich schütterer Stein und stürzt auf Kopf und Restleib des Fritz Schlupfburg, verschüttet ihn beinahe ganz und macht ihn glauben an einen vorzeitigen Tod. Im Fallen will er noch *Astrid* rufen und öffnet den Mund für die Handvoll bröckligen Mörtels, der eben vorbeikommt. Er gurgelt, er schnaubt und schiebt sich den Griff einer Krücke zwischen die Zähne, er will noch den Schal sich vom Hals ziehn, um etwas mehr Luft zu bekommen, da hat ihn eine mitleidlose Dunkelheit schon umnachtet. Niemand bemerkt ihn unter dem Haufen Gesteins, obwohl sein einziger Schuh drunter vorschaut und die beiden Krücken in die Luft stechen aus dem Gipfel des kleinen Berges. Keinem fällt das mehr auf, weil die Schallschwingungen der noch entfernten Gefechte den Bombardements des letzten Sommers immer öfter zu später Wirkung zu verhelfen scheinen, indem sie so manches gerade noch aneinander Haftende zur Ablösung bringen. Auch lange schon strauchelnde Menschen schlagen nun endgültig hin. Aus dem obersten Stockwerk eines einzelnen aufrechten Hauses in der Langen Reihe tönt ein gut gestimmtes Klavier. Verhaltene Schreie zwischen den romantisierenden Arpeggien. Über Fritz Schlupfburgs verbliebenen Schuh zockeln die rechten Räder eines Pferdefuhrwerks, langsam und knirschend in den Naben vom Sand des zurückgelassenen Hofes. Therese weitet die Augen, als sie am oberen Bildrand Genealogia erblickt, die Göttin der Sippenbildung, die langsam herzuschweben und das Fenster öffnet, aus dem das Klavierspiel nun lauter zu hören ist. Der Wagen unten auf der Straße bleibt stehen, die zwei Frauen darauf heben die Gesichter in Richtung der eben noch im Takt schwingenden Fensterflügel: Senta Gloria Lüdeking geb. Amelang fällt herab und bricht sich den Blick an der Kante einer schnitzereiverzierten Anrichte aus dunkelgebeiztem Eichenholz. Im Aufprall erschlägt sie die Schwestern gleich mit, die Toten kippen seitlich über die Planken des hochauf beladenen Wagens, vergrößern den Fritzschen Hügel und dämpfen den Aufprall eines vielleicht neunjährigen Mädchens, das aus dem Klavierfenster nachgeworfen wird und nun nicht, wie geplant, zum Tod kommt. Fritz, ganz unten, kann wieder spüren, daß da, wo seine unheile Haut zu Ende ist, anderes anfängt und blutet aus gesprochenen Wunden. Er stemmt sich dem Berg über ihm ins Gewicht, hebt ihn auf, schiebt ihn fort bis zum Wimmern. Das Kind ist steif, als ein Kopf neben ihm aus dem Steinhaufen dringt und bröckligen Mörtel ausspuckt. Das Kind hat ein Frauengesicht von etwa vierzig Jahren auf den Schultern, die nur von einem Nachthemd bedeckt sind und vorpubertär spitz ausgreifen. Fritz Schlupfburg macht Anstalten, sich erinnern zu wollen, nur fehlt ihm dazu ganz ein Gefühl … Den toten Schwestern zieht er die Oberbekleidung aus, die dicken Mäntel aus Wolle und Pelz, und hängt sich den einen selbst, den anderen dem Kind neben sich übern Leib, daß es auftauen möchte aus seiner Starre, setzt es neben sich auf den Kutschbock und treibt die offenbar melancholisch gewordenen Pferde an. Die Prothese steckt noch im

Haufen, er hat wohl vergessen, daß er sie trug. Was er da tut, weiß er auch nicht, so sehr er auch in sich nachfragt und das seltsame Bild, das sein Leib bietet, mit seinem Gedächtnis in Verbindung zu bringen versucht. Er bleibt sich unbekannt und fährt mit Fremdleib und Fremdkind und Fremdpferd und Fremdgut die Alte Pillauer Landstraße westwärts, zwischen den vielen Friedhöfen hindurch, die er irgendwann schon einmal gesehen zu haben glaubt. (Therese ist gelegentlich über den III. Neurologischen Friedhof spaziert mit ihm, wie es schien, ziellos und zur Erbauung, aber Therese im Stübchen des Gartenhauses auf Usedom weiß nun, daß es das Kind zum längst vergessenen Vater gezogen haben mußte.) Luisenwahl rechter Hand kommt ihm bekannt vor, und als links die Psychiatrische Klinik sich zeigt, scheuen die Pferde, verlangsamen ihren Schritt, weil Fritz Schlupfburg zu schwitzen beginnt im Phantomschmerz. AMPFERSUPP, sagt da das vierzigjährige Kind aus der Starre und lenkt ihn zu sich herüber, AMPFERSUPP sagt es gleichgültigen Auges noch einmal und legt sich nach hinten auf den Wagen, um bald darauf einzuschlafen. Das Fuhrwerk wird wenig später den Weg nach Westen über Lawsker und Juditter Allee fortsetzen und so der Bahnlinie folgen nach Pillau wie einst Wilhelm Otto Amelang auf seinem Fahrrad, als er das Mädchen Lydia Czechowska vom einen zum anderen Unglück fuhr. Therese sieht ihren Sohn in der Sterbenszahl Menschen verschwinden, die inzwischen, es ist der 28. Januar 1945, gleich ihm Richtung Pillau sich abmühen in der Hoffnung auf einen Schiffsplatz, als der Ring um die Stadt, so scheint es, sich endgültig schließt und Wind und Wunden russisch zu sprechen beginnen.

Geruch nach Sauerampfer und Mehl dämpft noch am vermeintlichen Morgen die Lebensfunktionen der nächtlichen Ausflüglerinnen, die mit dem Zusammenfall der imaginären Leinwand sofort, wie sie sich nun gegenseitig versichern, eingeschlafen sein müssen. Nichts an Erinnern vermag die Spanne zwischen Expedition und Träumen zu füllen. (Durch die Fürstenschlucht, über die Ratslinden, säuselt sibyllinisch Therese, wie komm ich jetzt drauf?) Nichts aber auch kann den plötzlichen Abbruch der siebten Etappe besser erklären als natürlicher Schlaf, so abrupt ist Fritz Schlupfburg verschwunden im Chaos der Flucht mit dem Rätsel der AMPFERSUPP, des Frühlingsgerichts aus in Wasser verschwitztem Mehl, Sauerampfer und dem Stich Sahne zum Schluß. Aber niemals im Winter! BETEBORTSCH, das hätte Therese verstanden: Suppe aus roten Rüben, ein Wintergericht. Aber Ampfer im Januar? Grün und lebendig wie Brennessel, Hoffnung und Gras? Hülsenfrüchte, Dr. Oetkers pampige Puddings mit Schnee aufgekocht, Fleischkonserven, geplatzte Pferde wurden gegessen, aber Ampfersupp? Therese erzählt, wie sie einmal ein menschliches Knie für ein Eisbein gehalten und erst beim Verkosten bemerkt hatte, daß es sich hierbei um etwas anderes handeln könne als Schweinefleisch. Alles war also denkbar, aber Ampfersupp?

Usedom hat hohen Sommer aufgetragen, als Josepha nach Futter für die Kaninchen geht. Es ist Mittagszeit schon, wie haben sie schlafen müssen! Ganz erschossen vom Kriech, murmelt Therese zwischen den Knäckebissen zum verspäteten Frühstück. Aus dem *Sternchen* der Wirtsleute dudelt die *Ostseewoche* ein ausgeblasenes Rührstückchen, bojenhohl und blechtonvoll, fürs Seemannsfrauenherz? Josepha verspöttelt Kaffee zwischen den prustenden Lippen, muß Mund und Tisch trockenwischen und umrundet mit ihrer Hand auch Thereses Kinnpartie, die beständig zuckt. Josepha fühlt am Handgelenk nach: Ganz flach breiten die Pulse sich aus, lustlos geht das Herz in ihr um. Die Tropfen hat sie vergessen, die Gute, das holen wir nach. Und schon schluckt Therese unter heftigem Schütteln des Kopfes die Kräftigungsmittel und ein gefäßerweiterndes Medikament. Zum ersten Mal geht in Josephas Denken die Angst um, eine Reise könne eine belastende Unternehmung für die Physis einer Achtzigjährigen sein. Fürstenschlucht, Ratslinden? Auch für die Psyche womöglich. An den Tag im Winter muß sie sich erinnern, der ein einfacher erster März hätte werden können, wenn er das schmale Vakuum zwischen dem äußeren Gang der Dinge und Josephas innerer Uhr hätte überspringen können: Die Kalender waren am Morgen im Februar steckengeblieben, unüblicherweise, nach Josephas geübtem Klapp-Blick, wo sie wohl immer noch steckten – sie hatte seit dem gescheiterten Versuch am 2. April nicht wieder nach ihnen geschaut –, und Therese hatte sie bändigen müssen nach einer erhitzten Stadtumrundung auf ihrem Fahrrad, unter Zuhilfenahme aller Beschlagenheit in Weiberdingen. So erhaben schien damals Therese, Josephas Fragen betreffend. Die seither vergangene Zeit, das wird zuzugeben sein, muß zugestoßen haben, mit welchen Klingen auch immer, in Frage gestellt, was an Erfahrung schon beinahe unumstößlich verfestigt schien, und dabei war Therese doch immer so friedlich gewesen! So gar nicht aus auf Konfrontation und Erschrecken! (Souf Fleur lächelt, der auch im Urlaub rattentragenden Josepha nicht sichtbar, aus einem Loch der geblümten Tapete ...)

Wir sollten es noch einmal wagen! ruft da Therese entschlossen und reißt an den Schnüren der Pappjalousien, es wird dunkel im Raum, der noch immer sauer (nach Ampfersupp?) riecht. Gar nicht nötig ist es, das Codewort auszusprechen, Geruch paart sich mit Dunkelheit zum auslösenden Moment: Die Frauen finden sich wieder im Pillauer Hafen, zu dem seit einigen Tagen ein Zugang von Königsberg her wieder freigeschlagen wurde von den hatzenden schatzenden Truppen des Generals Lasch – es muß Februar sein im finalen Jahr des Reiches. Fritz Schlupfburg liegt unter Decken und Fellen mit dem vierzigjährigen Kind, das sich in seine Armbeuge drückt und schweigt. Natürlich wissen Therese und Josepha, daß es sich bei dem Mädchen um niemand anderen handeln kann als um Lenchen Lüdeking, Magdalene Tschechau und Małgorzata Czechowska, die ihrer Adoptivmutter von starker Hand nachgeworfen wurde in einen sicher geglaubten Tod in den Ruinen der Langen Reihe von Königsberg, dabei aber mit Genealogias Zutun aufgefangen wurde vom Schlupfburgschen Haufen, selbigen gleichermaßen dem Leben erhaltend. Fritz Schlupfburg ist seines Gedächtnisses verlustig gegangen im Akt der Verschüttung, nur *Kowno* rumpelt ihm als Gesteinswort durch die knurrigen Därme und schmerzt beim Scheißen – ein bildloser Schmerz, der den Ursprung nicht preisgibt.

In seinen Taschen findet Fritz Schlupfburg, während das Mädchen neben ihm dauerhaft schläft, Papiere: Die Urkunde einer Heirat des Gefreiten Schlupfburg, Fritz, mit der Plegehelferin Hebenstreit, Astrid Radegund, geboren im thüringischen G. im Januar des Jahres neunzehnhundertfünfundzwanzig, dazu eine verwundungsbedingte Beurlaubung des Gefr. Schlupfburg, Fritz, von der Front, Heimatadresse: Lizentgrabenstraße 25, Ehewohnung, und einen Brief besagter Astrid Radegund Schlupfburg, geb. Hebenstreit, in dem sie ihren Mann von einer eingetretenen Schwangerschaft unterrichtet, datiert vom 12. September 1944. Fritz wird fortan sich selbst für sich selbst halten, ohne sich noch zu kennen, und das neunjährige Lenchen Lüdeking mit dem alten Gesicht für seine angetraute, noch dazu schwangere Frau Astrid Radegund. Als er, was selten genug inzwischen vorkommt, das nächste Mal scheißen muß, wischt er sich mit der Heiratsurkunde rückseitig ab und reicht danach Brief und Frontbeurlaubung seiner schwangeren Frau zu gleichem Zweck weiter. Daß er nicht sprechen kann, merkt er erst, als der dänische Schiffer Trygve Spliessgaard voll Mitleids ihn ansieht und ausfragt wegen der seltsamen Gestalt an seiner Seite, und siehe, Lenchen sagt AMPFERSUPP als einziges Wort und zieht aus der Tasche ein knittriges Fetzchen Gelb, das sie einmal vom Gehweg aufgehoben und bei sich versteckt hatte vor den Eltern. Die Russen, weiß er, machen da keinen Unterschied. Alle Juden sind tot in Ostpreußen, und wenn doch einer noch am Leben ist, dann muß er kollaboriert haben. Und weil die Rote Armee Könisberg bald endgültig abschneiden wird von dem, was der Führer den Reichskörper nennt, schleift Trygve Spliessgaard am Abend Lenchen Lüdeking und Fritz Schlupfburg, nachdem er ihnen je eins über die Rübe gegeben hat mit einem gefrorenen Fisch, an Bord seines Kutters und dümpelt nach Pommern los, sich fürchtend vor russischen U-Booten und den deutschen Patrouillen. In seine Bordpapiere trägt er das dänische Ehepaar Amm und Ann Versup ein, Fischer er, Pöklerin sie, die ihm bei seinem letzten Fischzug verpflichtet gewesen seien. In Pommern kann er nicht ankern vor Angst und Eis und fährt schließlich Gedser an mit der seekranken, hungrigen Fracht, den großen Transportschiffen nach durch die aufgebrochene Rinne. Małgorzata Czechowska, Magdalene Tschechau, Lenchen Lüdeking und Ann Versup haben geschrieben während der Überfahrt in holprigen Buchstabenketten, die den Regeln der Orthographie und Interpunktion entschieden zuwiderlaufen, so scheint es:

ich hab doch immer wieder das spiel spielen müssen auch wenn ich nicht wollt: den spinnen ins herze schaun mit entzücken den rabenschwarz dickbeinigen federig felligen oder auch rosa auf fuchsienblüten sich haltenden tierlein mitten ins herze aufreißen mußt ich sie nicht und freute mich drüber wie ich unter ihre oberen häute kriechen konnte mit meinem mausigen stöberblick auch wenn der lehrer sagt spinnen haben kein herz so weiß ich es besser ich sah wie es zuckt ich konnte ihm halfter anlegen aus kinderfurcht konnte es reiten das herz jedweder spinne und lächerlich breitziehn wenn ich es wollte gefürchtet hab ich die malmignatte und die tarentula fasciiventris bis ich glücklicherweise begriff daß die dem weg der sogenannten kultur aus dem süden nicht folgten folglich auch nicht als kulturfolger auftreten während ich selbst die ich jedweder spinne ins herz schau und nachlauf den jeweiligen frauen die ich zu müttern machen muß immer hasenblickiger werde. nehmen wir lydia czechowska die langgestreckte strickerspinne wie sie mich ausstieß mit einem pfiff aus den lungen soll ich sagen müssen sie hatte kein herz wie sie mich ansah? die triebe der arachnoiden verstehen nicht spaß oder schmerz soll ich sagen? halfterhoch furcht im gefächerten blick kann ich aushalten furchthoch das halfter im blickfach halte ich aus nur nicht die widersinnige behauptung sie sei ohne herz die langgestreckte strickerspinne lydia czechowska. nehmen wir als weitres exempel wie die fettspinne aus dem landsberger wartheraum lydia czechowska asyl gab über mein herzschauen hinaus soll ich sagen sie hatte kein herz weil sie die strickerspinne nicht festband an meinem anblick? ich habe es zucken sehn in der warthetante ich hätte so gern gehabt daß sie dickblütig sei wie ein pferd auf dem land und gemächlich im leiden denn es war schwer einer leidenden fettspinne rasendes herz nicht so wichtig zu nehmen im abschied. als mir die kinderschwester aus der familie der sechsaugen den klaps auf den po verabreicht hatte und so mich fernlenken konnte aus meinen ersten betrachtungen mußte ich sie gleich zur mutter machen ich sah sie in ihrer gespinströhre sitzen die vordere öffnung mit fäden bekränzt auf die ich zu achten hatte damit sie mich nicht völlig auffressen konnte bei meinem zwanghaften spiel ihr ins zuckende herz zu schauen ohne sie zu zerreißen hätte ich sie zerreißen können wäre es besser gewesen soll ich deswegen sagen sie hatte kein herz? eine andere lud mich zum sprechenlernen ich sezierte ihr anfangs von arischem blut verdunkeltes herz mit bedenken und muß sie eigentlich ganz und gar versehentlich ausnahmsweise sozusagen von innen berührt haben mit meinem hasimausigen stöberblick daß sie mir endlich nicht mehr die zunge ausrichten wollte nach den proportionen eines deutschen paradeplatzes sie nahm mich ernst als eine blondgelockte muttermacherin und weinte nicht schlecht als ich immer nur polnisch die herzen der spinnen beschrieb sie wußte genau was ich sagte. um schließlich von der familie der trichterspinnen zu reden: senta gloria – ich nannte sie tegenaria meine langsam ins lieben geratende winkelspinne – litt nicht an zuckendem herzen eher an langen spinnwarzen die ich umging wenn ich hineinschauen wollte. ihre innerhalb unseres hauses lebende art webte die bekannten dreieckigen netzdecken die in eine kurze röhre übergehen ich mußt immer wieder während der hoffnungslosen paarungszeiten ihr maskulines pendant abends herumlaufen sehen ratlos gespannt. zwar legte sie eier doch starb nicht daran wie die meisten spinnen sie hatte ja mich. ich beschloß hinüberzualtern zu ihr und ihr abzunehmen die sorge um ei und pendant dabei vergaß ich dem männlichen teil der verziehung ins herze zu schauen ich war immer so auf die weiblichen spinnentiere beschränkt in meinem spiel daß der satz des lehrers spinnen haben kein herz mir vollkommen herzlos erschien und ich niemals versuchte männlichen tieren unter die häute zu dringen stöbernd als hasimaus bis ich ihm viel zu seltsam war dem lüdekinghans mit meinem alten gesicht und dem leib einer neunjährigen springspinne. kann sein daß ich ihn früher schon einmal durchschaut hatte (auch spinnen haben bekanntlich mehrere leben indem sie von ihren kindern verzehrt und später wieder geboren werden) er kam mir bekannt vor wie er mich ansah so sah ich zurück. von meinen acht augen jedenfalls erschienen die zwei vorderen besonders groß was nicht der wahrheit entsprach ich sah ziemlich gut auch mit den hinteren im gegensatz zu den meisten spinnen das hatte mich immerhin seltsam gemacht. mir ist der bau sehr kleiner fangnetze eigen ich spring dem objekt auf den rücken ehe ich es sanft überwältige aber wer wußte das schon wenn er mich aufhob vom wege seiner kultur nachzufolgen. es waren zu viele wahrscheinlich die mir das spiel ihnen ins herze zu schaun zum zwang auferlegten soll ich nun deswegen sagen sie hatten kein herz? meine langsam ins lieben geratende winkelspinne ich nannte sie tegenaria andere senta und gloria je nach gefühl spielte immer klavier wenn mir die brunst ihres pendants zu sehr zu herzen ging (die triebe der arachnoiden verstehen nicht spaß oder schmerz?) wenn er aus wuchtiger röhre gallert in mir plazierte obwohl ich doch nur die kleine altgesichtige springspinne war vor seinem auge wie er mich dabei ansah so sah ich zurück: in seiner pupille erschien sein gesicht noch einmal und das der langgestreckten strickerspinne lydia czechowska in einer belichtung (tegenaria saß am klavier) dabei war es doch mein gesicht daß sich spiegelte in seinem gesperrten blick wie hatte ich das zu verstehen mein gesicht entzwei in seins und lydias und beide wieder verschmolzen in meinem. sollte ich dazu sagen er hatte kein herz?

ich hoffe mein kind wird mich fressen wenn es genügend kraft dazu hat wie es unter uns üblich ist. lydia czechowska hat es gewußt: ich hätt sie gefressen nachdem ich ihr zuckendes herz zuende geschaut deshalb ist sie verschwunden ich mußte dann immer verschiedene frauen zur mutter zu machen versuchen um endlich die eine zu finden die ich an ihrer statt fressen würde aus meiner bestimmung – es ist nicht gelungen. nun werde ich selber ein muttertier es ist merkwürdig wie ich tegenarias abgang erlebte sie sprang aus dem fenster ihre schönen dreieckigen netzdecken hingen ohne sinn im zimmer herum daß ich mich wunderte und eine davon hinterherwarf sie möge sie fangen, da packte auch schon ihr lüdekinghans meinen eben begatteten springspinnenkörper und schickte mich aus dem fenster das netz einzuholen dachte ich noch und wirklich fing es mich auf. soll ich nun sagen er hatte kein herz? ampfersupp konnte er kochen im frühling und das ohne herz? wie er mich über die altstädter wiesen führte mit starker hand und wir die sauren eben erschienenen blättchen vom stengel zupften und in den mund steckten ganz ohne herz? tegenaria saß immer weinend über der supp die er kochte aus unserer beute obwohl er danach die paarungszeiten mit mir verbrachte wie ich es immer gewollt hatte sie zu entlasten ich sah ihr ins herz und es zuckte wie ein glaukom in einem sehr weit innen gelegenen auge ich will es mir merken es sah so gefährlich aus und machte mich schüchtern daß ich dem männlichen teil der verziehung nicht erst auf den rücken sprang sondern gleich auf den bauch. er trug mich so manche nacht auf seiner wuchtigen röhre an tegenaria vorbei die am klavier saß und spielte geschlossenen auges bis das glaukom eines tages zu wandern begann und ihren blick erreichte sie mußte nun nicht mehr die augen schließen er konnte einen halben meter entfernt an ihr vorbeigehen ohne daß sie ihn sah und wie er mich kleines tier umdrehte aufspießte und mit dem gürtel fixierte an seinem bauch daß er nun alle verrichtungen freihändig fortführen konnte ohne mich zu verlassen. und da soll ich sagen er hatte kein herz? tegenaria begann unsre sachen zu packen den weg über rathshof lawsken juditten metgethen seerappen lindenau klein blumenau caspershöfen fischhausen nach pillau zu planen und las mir vor eine kleine geschichte vom schlotfeger rußgesicht (sie sprach es wie russgesicht aus) als es wieder so kam und sie sprang aus dem fenster. der mich fand ist ein seltsames exemplar ich erkenne ihn nicht und ich kann nicht ins herze schaun das er trägt er ist ganz verschlossen für meine versuche. einige merkmale deuten auf die familie der radnetzspinnen hin: wie er mir hin und wieder ein stückchen zu essen schenkt, mich willig zu machen. wie er dann aber selbst wenn ich kurz und symbolisch ein wenig davon gefressen längst wieder schläft (hat er kein herz? die triebe der arachnoiden kennen nicht spaß oder schmerz?) ist seltsam und paßt nicht zu seiner art. wir sollten uns kennenlernen.

Małgorzata Czechowska
Magdalene Tschechau
Lenchen Lüdeking
Ann Versup
(aus der familie der salticiden)

P.S. LIEBE TEGENARIA: HASIMAUSI IST TOT!

Das Kind, Therese will es weiterhin *Lenchen* nennen, Josepha hält *Małgorzata* für die einzige Chance, öffnet, nicht unzufrieden mit sich, wie es scheint, eine Klappe in der Wandung der winzigen Kombüse, in der der Fischer leere Dosen und Flaschen lagert, nimmt eine dunkelgrüne Bierflasche heraus, dreht das beschriebene Papier vorsichtig durch die Halsöffnung hinein, verschließt sie mit dem weißen, gummierten Porzellanpfropfen, steigt leise auf Deck und wirft die Post ins aufgebrochene Eis der Ostsee. Die zwischen den Schollen auf- und niedertauchende Flasche ist das letzte Bild, das die imaginäre Leinwand zeigt.

Die Frauen machen sich schweigend einen Reim auf die Vorgänge: Fürderhin wird Fritz Schlupfburg mit der vermeintlichen Astrid Radegund auf Wanderschaft sein, ein Kind wird zur Welt kommen, das er für seins hält, das aber Kind und Enkelin zugleich des einstigen Fischhausener Ortspolizisten ist und von vier verschiedenen Müttern zur Welt gebracht wird im Schatten des Untergangs. Wie Fritz nach L. A. gerät, muß vorerst ungeklärt bleiben, wenn auch Therese wieder und wieder AMPFERSUPP ruft, die imaginäre Leinwand zurückzubeordern und aufzuklären, wie sehr sie versagt hat – es rührt sich nichts außer beißend saurem Geruch, der das Zimmer durchweht. Josepha beschließt, nach der Ankunft in W. das Brett am Fuße des Hügelgrabes im Garten wieder zu entfernen und ein neues aufzustellen, das den Tod von Astrid Radegunds Kind bestätigt und aufhebt, festschreibt und fraglich macht und so eine Öffnung läßt für die Spinnen der Welt und deren zuckende Herzen.

Ihr Blick auf das Meer ist heute anders als gestern, merken die Frauen, als sie später am Strand sitzen, hinausschauen zum Horizont, der sich bald mit Eis überzieht und Geschrei, um gleich wieder sommerlich still seine dampfenden Schiffe zu schaukeln und den Blick über sich hinaus zu versperren mit seiner Existenz. Das Schaukeln der Schiffe setzt sich dann fort auf dem Strand, der Sandboden schwankt unter Therese, Josepha, die Luft flimmert über dem Wasser, das eine vielbefahrene Straße darzustellen beginnt und die Urlauber auf seltsame Weise davon abhält, an Schwimmen zu denken. Alles schweigt und schwankt in der Sonne, selbst Kinder legen sich lautlos in die Armbeugen ihrer Eltern oder Geschwister, schieben sich Daumen oder den Ringfinger tief in den Mund und versuchen zu schlafen, die sonst so kreischigen Möwen stecken am Landungssteg die Köpfe unter die Flügel und schweigen, als hätte soeben der hundertjährige Schlaf begonnen, und als Josepha sich langsam umschaut, ist ihr, als wüchse von dort, wo sonst der Strandhafer weht, eine Hecke von Dornen über sie her. Sie nickt ein.

Für die alternde Kleinbürgerin Ottilie Wilczinski in N. ist es soweit: Der ANRUF AUS HAMBURG erreicht ihr Gemüt am Abend des elften Julis, während drüben die Gunnar-Lennefsen-Expedition in die siebte Runde geht. Ottilie hat das barsche Klingeln in den letzten Tagen halb fürchtig, halb willig erwartet und ist nun nicht erstaunt, vielmehr zitternd im eigenen Saft, im

Sud des Erinnerns. Nicht Ildiko Langenscheid, Hamburg-Harvestehude, meldet sich mit der entscheidenden Nachricht, sondern die Alsterschwester der Angelikamutter mitten aus der Goldenen Hochzeit. Sie will den Geschwistern aus dem Osten des Vaterlandes eine Freude machen an diesem Tag und hat gleich nach Ankunft von Schwager und Schwester aus dem thüringischen W. diverse Anfragen bei den landesüblichen Zeitungen gestartet, Ottilie Wilczinski, deren Namen sie bis eben nicht kannte, ausfindig zu machen in Bayern. Zu ihrem Glück zeigte sich ein bislang von Ottilie strikt abgewiesenes Blatt interessiert an der DIE STORY genannten Geschichte einer Familienzusammenführung über Mauer und Stacheldraht hinweg und hofft sich zudem doch noch ein Recht zu verschaffen an DER EIGENTLICHEN STORY, nämlich den näheren Umständen und Zusammenhängen der sensationellen Spätgeburt. Unter der Bedingung, das Telefonat mitschneiden zu können, gibt ein Journalist endlich Franz Revesluehs Nummer heraus, die er recherchiert hatte nach den Veröffentlichungen im Mai. Die Alsterschwester der Angelikamutter tütelt in spitzem Platt Frau Therese Schlupfburgs Ansinnen hinüber nach Bayern, eigentlich einen Juchzer erwartend vor sekundenlanger Sprachlosigkeit oder wenigstens eine begeisterte, dunkle Ohnmacht, doch Ottilie steht starr und steif im Schweigen und tut etwas, das man in Hamburg nicht sehen kann: Sie erbebt. Ich, denkt sie, Tochter des zärtlichen August und der Schlupfmagd Therese. Ich, denkt sie, habe mir kein Ziel gestellt im Leben. Ich, denkt sie, habe es dennoch erreicht. Ich, denkt sie, muß in den Osten. Sie, sagt sie mit glatter, genügsamer Stimme, haben mir sehr geholfen, vielen Dank auch, und grüßen Sie schön, ich komme vorbei. Sie legt auf. Da ist aber Pause im Essen der Hochzeitsgesellschaft, die ehrfürchtig schweigend über die redaktionellen Gerätschaften mithören kann! Da liegen aber Milchfett und Mutterzucker über allem im Äther, das kann man sich ja wohl denken! So stark kann die Tochterliebe sein, daß eine in den Osten will! In die Diktatur! Mit allem anderen wäre ja noch zu rechnen gewesen! Wo doch die Rentnerin Schlupfburg aus W.

selbst herüberkommen könnte ins bayerische N.! Nicht wenig enttäuscht schaltet der Journalist den Mitschnitt ab und beschließt, noch einmal Ottilie Wilczinski ins Herz zu reden, daß er seinen Anteil braucht. Zum Beispiel einige schöne Aufnahmen des Säuglings und seiner lieben Eltern, die Liste der in den Osten mitzuführenden Gegenstände, ausführliche Interviews mit Franz Reveslueh, Länge und Kraft seines Zeugungsorgans betreffend, das Analoggespräch mit Ottilie (ob denn da immer noch regelhaft Blut im Schlüpfer gewesen sei vor Eintritt der Schwangerschaft, wieso und weshalb oder wieso und weshalb nicht), Informationen über die Zeugungsstellung des Paares und ihr Geschlechtsleben im weiteren Sinne, eine Willensbekundung des Kindesvaters, mit Mutter und Kind in den Osten zu gehen oder etwa nicht und so weiter und so fort. Zur Beerdigung der unter nicht ganz geklärten Umständen verstorbenen Frau Reveslueh vor etwa vier Wochen hatte er Photos gemacht, sie aber bislang nicht aufhängen können an einer Geschichte. Vielleicht ließe sich daraus was bauen, wenn man alles zusammenhielt. Ottilie aber denkt noch in Schnecken nach diesem Zeichen: Schleimspuren zeigen sich auf der Stirn, die Franz Revenslueh, Zeuge des Telefonats, doch in Unkenntnis des Mitgeteilten, zu glätten versucht. Als das Kind wenig später nach Milch verlangt, holt er aus der Küche Mineralwasser für die Stillende und Malzbier, daß alles besser ins Fließen kommt und sich verdünnen möge, noch nie hat er schleimigen Schweiß gesehen. Avraham Bodofranz trinkt in stürmischen Zügen, der Fernsehmechanikermeister kann sich am Kinde nicht satt sehen und am Vorgang des Tränkens und trägt Ottilie hungrig den ersten nachgeburtlichen Beischlaf an, indem er ihren Zeigefinger an die im Verlangen mit blauer Seide überzogene Eichel führt. Ottilie findet den Austritt von Flüssigkeit rührend, den Zeitpunkt aber noch etwas zu früh, obwohl die Lochien versiegt und ihre unteren Lippen während des Stillens aufgeschwollen sind. Was kann sie da machen? Sie erzählt, was die Frau aus Hamburg am Telefon *tau vertellen* hatte, daß ihre Mutter leibhaftig nun Thüringerin sei in der kleinen Stadt W., daß sie über ein Schnipselchen kommunistischer Zeitung vom Gang der Dinge erfahren und mit Hilfe der ihr eigenen magischen und Zeitverschiebungs-Kräfte sofort einen Zusammenhang erahnt und über eine reisende Rentnerin Kontakt zu ihr aufgenommen habe. Näheres solle sich erst noch beweisen, aber sie wisse, daß sie hinübergehen und nachschauen müsse im Osten. Ob er denn mitwolle dorthin. Avraham Bodofranz habe einen älteren Bruder, Rudolph, der mit Therese abhandengekommen sei auf der Flucht und zweifellos auch im Osten sich tummle, der Kleine achgott. Ottilie legt den Schluckspecht ins Körbchen und sich nun doch, wie sie glaubt, in die Altstädter Wiesen auf Revesluehs schlammbrauner Couch.

AUGUST

W. hat sie wieder nach Sand und Meer und Packeis: Die runde Josepha ahnte noch nicht, was ihr blüht, als sie zwischen Dort und Hier, auf Rückkehr sozusagen vom Törn in der Wühlsee der Expedition, mit dem Wagen des Biennalekommissars der Ostseewoche zusammenstieß an einer nördlichen Kreuzung. Nach zwei Wochen Usedom von den verschiedenen Meeren aufgeschäumt und brauner als nötig, kam es kurz vor der Brücke über die Peene – die Wirtsleute fuhren sie in ihrer freundlichen Art mit dem klitzkleinen Auto nach Anklam zum Zug – zum Unfall: Sie wurden gerammt. Nicht Wartburg noch Škoda, nicht Sapo noch Dacia riß das Pappgefährt seitlich auf im Überholen, ein ziemlich gewaltiges Auto westlicher Bauart schnitt die Fahrertür durch, als wär sie aus Schmalz. Die Wucht des Erschreckens riß Josepha vom Sitz und beförderte sie auf unbekannt gebliebene Weise in die Arme einer des Schwäbischen mächtigen Dichterin, während Therese und die Wirtsleute im Auto sitzengeblieben waren und sich mühsam, auf ihre jeweiligen Weisen, vom Zusammenprall zu erholen suchten. Im Fond des westlichen Wagens erblickte Josepha zwei uniformierte Herren, die jede Regung zurückzuhalten schienen und so aussahen wie die Offiziere aus der Garnison in der Kreisstadt G., Russen vielleicht oder Ukrainer, Moldawier vielleicht oder Letten. Aus der Tatsache, daß der Fahrersitz des Mercedes unbesetzt war, schloß Josepha, daß die schwäbische Dichterin auch die Chauffeuse sein mußte, und vertraute der Frau ihre Sorge um die Unversehrtheit des schwarzweißen Kindes an. Die Herren im Fond schienen unruhig zu werden, als die Schwäbin Josepha ins Gras legte und sie sorgfältig zu untersuchen begann. Dabei erzählte sie in ungekünstelten Worten ihre Lebensgeschichte, was Josepha einigermaßen verblüffte. Nach kurzer Zeit war klar, daß die Frau selbst in Angst war. Ihr Mann, der

Biennalekommissar und ein von ihr bewunderter Holzschneider, war zur Beruhigung der skandinavischen Anrainerkünstler, die sich als nordwestliche Bürger nicht vertreten fühlten bei der Vorbereitung der großen Kunstausstellung, berufen worden von den *zuständigen Stellen* und zitterte vermutlich in Rostock um ihr Wohlergehen, während sie gebeten worden war (von den *zuständigen Stellen*), die beiden sowjetischen Genossen spazierenzufahren. Die wollten nämlich als Gäste der Ostseewoche a) ein westliches Automobil kennenlernen und b) einmal in Peenemünde vorbeischauen. Ein westliches Auto war nicht aufzutreiben gewesen außer beim Kommissar, der aber das Autofahren nie erlernt hatte, und so mußte die Dichterin ran in ihrer fünfundfünfzigjährigen Weiblichkeit und in ihrer Eigenschaft als fortschrittliche Kraft. Wie der Henker sei sie gefahren. Aber dem Kinde gehe es offenbar gut, sie selbst habe auch mehrere Male eins ausgetragen und Erfahrung mit diesen Dingen. Bloß die Polizei zu holen, würde unausweichlich Schwierigkeiten bringen bei dieser Konstellation der Dinge. Aber es geschah, daß ein weißer Wartburg aus dem Parkplatz des an der Brücke über den Peenestrom gelegenen Lokals scherte und auf den Unfallort zufuhr, um den herum bereits einige Wagen gehalten und deren Insassen den Verunfallten ihre verschiedenen Hilfen angeboten hatten. Auf wunderliche Weise konnten die beiden Männer, die dem Wartburg entstiegen, alle Umstehenden beinahe wortlos dazu bringen, zu ihren Autos zurückzukehren und den Unfallort zu verlassen. Josepha nahm sie erst wahr, als einer von ihnen sich über sie beugte und die Bürgerin Schlupfburg aufforderte, den Kontakt zur schwäbischen Dichterin sozusagen zu vergessen. Hier handele es sich um ein Ereignis, das auf höhere Weisung keinerlei Aufsehen erregen durfte. Dabei verwies er auf die *zuständigen Stellen*, die den Vorfall zu prüfen und ihn zu diesem Zweck vorsorglich entsandt hatten. Als es nun in Josephas Kopf zu dröhnen begann, vermutete sie dahinter weder trapsende Nachtigallen noch vom Unfall herrührenden Kopfdruck. Der Spaltschmerz war's, der sie quälte, bis die Schwäbin wieder hinter dem Lenkrad saß und mit dem weißen

Wartburg im Schlepptau gen Usedom weiterfuhr ... Es hätte vermutet werden können, daß der Wagen der gläubigen Wirtsleute einem Totalschaden anheimgefallen sei. Als aber von der Inselseite her ein von den Beteiligten keineswegs geordeter Werkstattwagen sich näherte, wurde die Reparatur an Ort und Stelle vorgenommen, Tür und Kotflügel in passender Farbe ersetzt und alles instandgesetzt, was zu wünschen übriggelassen hatte seit längerer Zeit. Nicht einmal eine Rechnung wurde ausgestellt, und die Wirtsleute wähnten sich nun ganz sicher, daß sie höhergestellte Personen beherbergt hatten in ihrem Gartenhaus. Sie quittierten das mit einer Steigerung ihrer Dienstfertigkeit und trugen in Anklam sogar das Gepäck der beiden Frauen in deren Zugabteil. Mit dem Wunsch, man möge doch recht bald einmal wiederkommen, verabschiedeten sie sich dann aber schneller, als es Josepha und Therese recht war: Zu gern hätten sie den beiden die Thüringer Salami noch überreicht, die sie eigens zu diesem Zweck seit ihrer Anreise bei sich trugen. Als Therese es geschafft hatte, sie zwischen den Schlüpfern und Badeanzügen hervorzuziehen, waren die Wirtsleute nicht mehr zu sehen auf dem Bahnsteig. Während Josepha meinte, ein Paket packen und von W. aus abschicken zu müssen, verfuhr Therese praktisch, schnitt die Wurst an und lud die Urenkelin zum Mittagsmahl zwischen Anklam und Ducherow.

13. August 1976:
Achte Etappe der Gunnar-Lennefsen-Expedition
(Stichwort im Expeditionstagebuch: MIRABELLE)

Die letzten Scheiben der weitgereisten Salami bilden am hier zu schildernden Abend des dreizehnten Augusts den Grundstock des freitäglichen Abendbrots. Josepha, müde von einem Mittagsmeeting in der Kreisstadt, auf dem die Sicherung der im Jahre neunzehnhundertneunundvierzig anscheinend endgültig befestigten Grenze durch den Bau einer Mauer um den westlichen Teil der Hauptstadt vor genau fünfzehn Jahren gefeiert worden war und an dem sie als Springerin hatte teilnehmen müssen, sitzt mit blühendem Bauch vor der Dauerwurst und verweigert das Essen. Sie fühlt sich so dick, als hätte sie den Hauptredner gefressen, der auch im hohen Sommer mit hochgeschlagenem Kragen sprach und so sich Josepha zu erkennen gab als der Mann, der am fünften Mai das Verschwinden der Meisterin als Verrat bezeichnet und den Titelkampf der versammelten Brigade mit einem knappen Satz abgebrochen hatte. Eine wurschtelnde Finsternis bildete die Aura, die ihn umgab und daran hinderte, die Menschenmenge wahrzunehmen, zu der er sprach, ohne sie anzureden. Wir tragen alle ein vom Herzen sich abzweigendes Ohr tief drinnen, hört sich Josepha murmeln, und ein aus den Hautnähten drängendes Zweitmündlein zwischen den Augenbrauen. Und unser Zweitmündlein ist in Wirklichkeit – aber die kennen wir ja nicht – unser Erstmündlein, das längst schon gesprochen hat, wenn die offensichtliche Lippe sich öffnet zu einem Satz oder Ausruf. Therese weiß, daß die Zeit für den Aufbruch der Expedition in Josepha herangereift ist und wundert sich nicht, denn auch sie hat heute aus dem Zwischenraum der Brauen den wichtigsten Satz des Tages gesagt: Zum Briefträger nämlich, der ihr Ottilie Wilczinskis Lebenszeichen als bauchigen Brief aus dem Westen heraufbrachte mit einer erstaunten Frage. Auch er sprach nicht aus dem Mund, sondern aus der Einschußöffnung über der Nasenwurzel ein NANU NAWOHER NAWIESO. Und sie hatte geantwortet mit einem stattlichen Blickspruch: NADASLASS NADANNMAL NAMEINE NASACHE NASEIN. Ohne einen Laut, nur so zwischen den Augen hervor. Und sie hatten sich gut verstanden.

Josepha nimmt nun doch zu einer Scheibe Salami ein Würfelchen Röstbrot aus dem Gurkenglas, allein zum Käse fehlt ihr der Wille. Therese trägt den Proviant ins Wohnzimmer und ruft nach der Reisebegleitung, woraufhin sich Josepha auf die Chaiselongue wirft und schnaufend die Füße von sich streckt. Das Stichwort ist diesmal nicht Dichtung noch Wahrheit, sondern eine gelb ins Dunkel gesprochene MIRABELLE aus Thereses Mund. Die imaginäre Leinwand zeigt zunächst das hessische Eschwege im März des Jahres neunzehnhundertsiebenundvierzig, um dann in den Dienstraum der Verwaltung des UNRRA-Lagers[3] einzuschwenken. Seit dem Ende des Krieges sind in den Gebäuden des ehemaligen Flughafens Juden untergebracht. Zwei *displaced persons* sitzen vor einem gewaltigen Schreibtisch und spielen mit einem vielleicht anderthalbjährigen Mädchen. In einem Spielzeug-Blecheimer versteckt das Kind nacheinander verschiedene Gegenstände, während die Erwachsenen die Augen schließen müssen, um das Versteckte zu erraten. Es sind nur Fragen erlaubt, die das Kind eindeutig mit JA oder NEIN beantworten kann. Therese fällt gleich auf, daß das Mädchen wie eine Sechsjährige spricht und versteht und zugleich ein dickes Windelpaket um den Hintern geschnürt trägt. Das Kind ist Tochter und Enkelin des einstigen Fischhausener Ortspolizisten, die schmächtige Frau daneben Małgorzata Czechowska, Magdalene Tschechau, Lenchen Lüdeking und Ann Versup gleichzeitig an der Seite ihres Ehemannes, den sie nicht heiraten mußte, um seine angetraute Ehefrau zu sein. Dafür wird sie von ihm als Astrid Radegund geb. Hebenstreit umsorgt und beschützt, was ihr ein unendlich willkommener Daseinszustand ist und ihr Gesicht um einige Jahre verjüngt hat, so daß man sich jetzt allenfalls ein wenig wundern kann, welch jugendliche Figur die (dem Blicke nach) Mittdreißigerin sich nach dem Kind erhalten konnte. Therese gerät durch den Anblick ihres Sohnes ins Weinen.

Mirabelle, ruft Ann Versup, wollen wir lieber Klinik spielen? Und Mirabelle stopft sich die Flut ihres gelbseidenen Röckchens zwischen die Beine und schaukelt den Oberkörper vor und zurück, wobei sie mit dem Kopf an die Wand hinter dem Stühlchen schlägt und die Augen nach innen kehrt. Klinik spielen muß der Versuch sein, das Kind stillzuhalten für eine gewisse Zeit, denn ein GI tritt ins Zimmer mit dem Arzt Dr. Schlesinger, das Ehepaar zu befragen nach dem Woher und Wohin. Auf dem Schreibtisch breitet er einige Unterlagen aus, die ihm von schwedischer Seite zugegangen sind. Therese und Josepha vernehmen staunend die Fakten des Vorgangs Versup, Eheleute Amm und Ann, die im Sommer des Jahres neunzehnhundertfünfundvierzig von einem dänischen Fischer, bei dem sie für einige Zeit Unterkunft gefunden hatten, auf schwedischem Festland abgesetzt worden waren nach sicherer Überfahrt über den Öresund. Der Fischer Trygve Spliessgaard hatte schon einmal zuvor, es muß wohl im Oktober neunzehnhundertdreiundvierzig gewesen sein, von den deutschen Besatzern seines Landes war die Liquidation der jüdischen Gemeinden in Aussicht gestellt worden, Juden nach Schweden hinübergebracht und nun angenommen, daß seinen aus Königsberg geretteten Irrlingen dort besser weitergeholfen werden konnte. Es hatte sich nämlich herausgestellt, daß AMPFERSUPP das einzige Wort blieb, das das vierzigjährige Kind gelegentlich ausstieß, und auch der Mann schien des sprachlichen Ausdrucks beinahe völlig beraubt, wenn man von den Stöhnlauten und Weinanfällen beim Scheißen absah. In Schweden hatte sich der einstige Eschweger Hauslehrer Julius Samuel der Flüchtlinge angenommen und sie in einer psychiatrischen Klinik untergebracht. Julius Samuel war schon neunzehnhundertdreißig ausgewandert nach Schweden zu entfernten Verwandten, die sich seiner besonnen hatten, als ihr einziger Sohn schulpflichtig wurde, wegen seiner äußerst lebhaften Art aber in keiner öffentlichen Schule zu führen gewesen war. Samuel war es, der das Wort AMPFERSUPP für die Bezeichnung eines ostpreußischen Gerichts hielt und keineswegs für einen wirklichen Namen. Er hatte daher einen befreundeten Psychiater gebeten, die offensichtlich Verwirrten einer Therapie zu unterziehen. Der Arzt, des Deutschen nicht mächtig, hatte die Vorgehensweise mit Samuel besprochen und diesen beauftragt, zunächst mittels eines Bildwörterbuches Erinnerungen an die einstige Muttersprache zu provozieren. So sehr er sich auch bemüht hatte, ihnen mit den Bezeichnungen verschiedener Obst- und Gebäcksorten, Aufschnittsortimente und Kuchenrezepte auf die Sprünge zu helfen, war es ihm nicht gelungen, irgendein Ergebnis zu erzielen. Nur bei den Obstsorten hatte sich Ann Versup stets etwas länger aufgehalten, vielleicht, weil sie die Vorstellung von Fruchtsäure mit AMPFERSUPP assoziierte. Im September des Vorjahres war dann das

Kind durch einen Schnitt quer über den mageren Bauch der vier Mütter zur Welt gekommen, und als die Hebamme mit dem Arzt besprach, wie ein Name für das feingliedrige Mädchen zu finden sein würde, wenn die Eltern sich nicht muckten, als *Gunilla* schon im Raum stand und vorsorglich *Sara* angehängt werden sollte, als *Gunillasara*, blasses Gespenst, durch der Entbundenen narkotisiertes Empfinden hüpfte, entfuhr den kaum wieder zugenähten vier Müttern ein vierstimmiger Luftstoß mit Namen MIRABELLE. Sie hatten geträumt von dem köstlichen gelben Obst, das in den Gärten ihrer frühen Kindheit, in Landsberg an der Warthe und auf den Altstädter Wiesen so reichlich gewachsen war. Also standen kurze Zeit später in den provisorischen Begleitpapieren vermerkt die DPs Versup, Ann und Amm und Kind Mirabelle Gunillasara, weiblichen Geschlechts, geboren zu Helsingborg/Schweden am 12. September 1945. Hier nach Eschwege sind sie geraten mit dem Segen des alten Hauslehrers Julius Samuel, der mit dem Arzt Dr. Schlesinger einen Briefwechsel wieder aufgefrischt hatte. Schlesinger war von Samuels alten jüdischen Bekannten aus Eschwege der einzige gewesen, den er nach dem fünfundvierziger Mai hatte ausfindig machen können, nur hatten sie mit dem Austausch ihrer Gedanken noch nicht begonnen, weil Schlesinger eine Sprache gebrauchte in seinen Briefen, die Samuel nicht beherrschte. Zwar konnte er die Buchstaben zu Worten, die Worte zu Sätzen verbinden, und wenn er sich selbst laut vorlas aus Schlesingers Briefen, erkannte er die deutsche Sprache an ihrem Klang, doch verstand er nicht, was der alte Freund ihm mitzuteilen gedachte, er las drüberhin. Daß es aber dem Schlesinger ernst war mit Samuel, das konnte er spüren wie die Verbindung, die es zwischen den sprachlichen Auffälligkeiten der vermeintlichen Versups und seines Freundes geben mußte. Und wenn denn schon nicht Gedanken austauschen, dann zumindest Chancen, und er schickte die Versups, Ann und Amm und Mirabelle Gunillasara, auf eigene Kosten in die amerikanische Besatzungszone, nach Eschwege in Hessen. Schlesinger bat er per Post dringlich, sich ihrer anzunehmen und hoffte dabei, daß es bei der Begegnung zu einem Knall kommen würde, der sowohl Schlesinger als auch die Versups aus ihrer seltsamen sprachlichen Vereisung herauskatapultierte. Was er nicht wissen konnte: Das kleine und das noch kleinere Mädchen mit dem gemeinsamen Vater Hans Lüdeking aus Neutief am Frischen Haff lernten aneinander sprechen, indem sie auf den geschwisterlichen Aspekt ihrer Beziehung eingingen und beinahe ganz außer acht ließen, daß die eine die Mutter der anderen war. So fiel es Ann Versup leichter, für das Schwesterchen zu sorgen, das sie geboren hatte in Senta Gloria Tegenarias Angedenken, und manchmal glaubte sie im Spiegel sogar Hasimausi wiederzusehen, wenn sie hineinschaute. Indem sie gleichzeitig die spärlichen äußeren Lebensdaten Astrid Radegund Schlupfburgs geb. Hebenstreit als Halterungen der eigenen Existenz sich einzuverleiben begonnen hatte, war es ihr außerdem leichter gefallen, sich eine Vergangenheit auszumalen, die ihr besser gefiel als die, derer sie sich erinnern konnte. So manchen Abend nahm sie die Tochterschwester auf den vernähten Bauch der vier Mütter und erzählte aus Astrid Radegunds Kindheit, wie sie diese sich vorzustellen wünschte. Das kleinere Mädchen lauschte gebannt der Stimme der Mutterschwester und redete mit, wenn ihr etwas Schönes einfallen wollte. Daß Ann Versups Mund sich während der ersten Lebensmonate ihrer Schwester zu öffnen wagte und auf der Reise nach Deutschland schon richtige Gespräche möglich waren, hätte sich Samuel niemals träumen lassen. Auch Dr. Schlesinger verstand nicht, was sein alter Freund ihm hatte ans Herz legen wollen: Die beiden Geschöpfe, die er für Mutter und Tochter hielt und damit recht und unrecht hatte, unterhielten sich zwar miteinander in einer Art, die dem Alter des Kindes nicht gerade angemessen erschien, aber sie waren nicht stumm, wie Samuel ihm mitgeteilt hatte. Selbst der Familienvater warf hin und wieder einen Satz zwischen Frau und Tochter, wenn es ihn ankam. Das konnte Dr. Schlesinger gut beobachten, als er einmal den schmächtigen Bauch der vier Mütter betastete und Narbenpflege verordnete: So klein, hatte Amm Versup gesagt, während er über den Schnitt hinfuhr mit väterlicher Hand, so

Kind und schon so geboren. Das war Schlesinger zwar schwer verständlich, aber doch mehr, als Samuel vorausgesagt hatte. Was ihm bedenklich vorkam für eine Eingliederung der Verlorenen ins Deutschland: Sie waren verkapselt, nahmen nur untereinander Kontakt auf, hatten eine derbe Blase umeinander zugezogen, die ihnen gerade genug Luft zum Atmen ließ und zu den seltsamen Gesprächen, die sie führten. Ein Fremder konnte kaum eindringen. Daß Amm Versup auf Dr. Schlesingers Vermittlung einen Tischlerlehrgang besuchte, grenzte da schon beinahe an ein Wunder, das aber letztlich nur dadurch zustande gekommen war, daß Ann Versup von ihm ein Schränkchen zur Verwahrung der überstandenen Katastrophen sich wünschte, ein gut abschließbares, von der Hand ihres seltsamen Mannes gebautes Schränkchen, das sie hierlassen will, wenn es nach Amerika geht, wie Dr. Schlesinger ihnen gerade verspricht hinter dem Schreibtisch hervor. Er übersetzt die Mitteilung des amerikanischen Verantwortlichen, der sich der Meinung des Arztes angeschlossen und die Aufnahme der Familie Versup in die Vereinigten Staaten befürwortet hat. Allerdings wird es nicht leicht sein, eine Einreise zu erreichen. Ein Gesetz schließt nach dem 22. Dezember 1945 in Deutschland eingetroffene DPs von der Aufnahme in die Einwandererquote aus. Die imaginäre Leinwand zeigt daraufhin in zeitraffender Darstellung, wie das Mädchen Mirabelle im Lagerkindergarten betreut wird, während Ann Versup den Beruf einer Damenmaßschneiderin erlernt. Therese muß lachen, als sie das Wachstum des kleineren Kindes im Zeitraffer wahrnimmt, Josepha beobachtet beinahe vergnügt die Unterfütterung der Mutterschwester mit etwas Speck. Thereses Sohn hingegen sitzt Monat für Monat nach den Arbeitsstunden als Tischler über dem Holz einer kunstvollen Arbeit: Er legt Intarsien ein, macht Bilder, die er im Kopf hat wer weiß woher, er kann sie nicht zuordnen, aber sie verlassen ihn für einige Zeit, wenn er sie auf den Türen und Seitenwänden, den Ablagen und der Rückwand des Katastrophenschränkchens eingelegt hat. Im Jahre neunzehnhundertfünfzig verlangsamt die imaginäre Leinwand den Fortgang der Dinge ins übliche Zeitmaß: Die Einwanderung in die Vereinigten Staaten von Amerika wird genehmigt für den Fall, daß Dr. Schlesinger, und der tut das ohne Zögern, die Kosten der Reise vorstreckt.

Nun wird gepackt und gezögert und Englisch gelernt, das kleinere Mädchen wird Mairebärli genannt, und Mairebärli gefällt der neue Name ganz gut. Mairebärli bekommt ein Kleid genäht von der Mutterschwester, die nun schon sehr verehelicht ist mit dem angeblichen Herrn Versup. Gezögert wird, weil Frau Versup, um Astrid Radegunds Rolle sich überzuziehen als sichere Haut, den Vollzug der Ehe mit Herrn Versup ersehnt, der seinerseits leider keine Anstalten dazu macht. Im Zimmer, das sie seit mehr als drei Jahren bewohnen, sollte es eher möglich sein als in Coupé oder Kajüte während der Überfahrt oder gar in der Fremde Amerikas, wo sie noch eine ganze Weile mit der Gründung eines eigenen Hausstands beschäftigt sein würden. Da sie vom Vollzug nur jene Vorstellung hat, die ihr die frühe Erinnerung an Lüdekings wuchtige Röhre bescherte, auf der sie, vom Gürtel fixiert, durch die Zimmer ritt an der erblindenden Tegenaria vorbei, weiß sie nicht recht, wie es gehen kann, einen einbeinigen Mann zu solch circensischem Akt zu bewegen. Am Abend vor der Abreise endlich, man ist im Spätsommer angekommen, wagt sie es, sich auf den schlafenden Sohn Thereses zu schnallen mit einem derben ledernen Gürtel. Aber Fritz Schlupfburg versteht die Aufforderung nicht, erschrickt eher ein bißchen im Berührtwerden, das er nicht kennt. Als sein Blick beim ratlosen Durchstreifen des Zimmers auf den Katastrophenschrank fällt, den er in den letzten Tagen fertiggestellt hat, löst ein Frauengesicht, das er fein in Birke gearbeitet und in Kirschbaum gerahmt hat, den verschütteten Fritz, auf dem Ann Versup zu reiten wünscht seit einiger Zeit, aus der Erschlaffung jenseits allen Empfindens.

Da am Morgen der Abfahrt der dem Augenschein nach leere Schrank sorgfältig verschlossen, nebst Schlüssel Dr. Schlesinger zu Abschied und Erinnerung geschenkt und auf dem mächtigen Schreibtisch des Büros einstweilen abgestellt wird, haben Josepha und Therese ein wenig Zeit, die Intarsien zu betrachten: Therese erkennt sich selbst in verschiedenen Lebenszeiten wieder, die alte Agathe dazu und die sehr junge Astrid Radegund, und wer den Schrank öffnet, das weiß sie fraglos, wird auf den Innenseiten der Türflügel eine junge, nackte Jüdin sehen müssen, die von einem anscheinend ebenso jungen, deutschuniformierten Soldaten zu ihrem späteren Grab im Kowno, dem heutigen litauischen Kaunas, geführt wird. Dr. Schlesinger kommt vorerst nicht dazu, das Schränkchen zu öffnen, das er bewundernd entgegennimmt und sich bedankt für das unerwartete Geschenk.

Nach einem letzten Eschweger Frühstück aus grauem Brot, schwarzem Ersatzkaffee und gelb schimmernder Mischmarmelade Apfel/Stachelbeere besteigen Eltern und Kind Versup (so Schlesinger), Fritz Schlupfburg mit Lenchen Lüdeking und der kleinen Lüdekingtochterschwester (so Therese), Großonkel Fritz mit Małgorzata Czechowska und Mairebärli (so Josepha), der einbeinige Weißnicht Schlupfburg alias Amm Versup mit Astrid Radegund geb. Hebenstreit und leiblichem Töchterchen Mirabelle Gunillasara (so Thereses Sohn selbst), der seltsame Schlupfburg, möglicherweise aus der Familie der Radnetzspinnen, mit der unterdessen fünfzehnjährigen, als Astrid Radegund verkleideten Springspinne nebst kleinem Schwestertier (so die vier Mütter) den Zug nach Frankfurt am Main, von wo aus es nach Hamburg weitergehen soll zu noch unbestimmter Zeit. Die imaginäre Leinwand läßt Dampf ab im Zusammenfallen.

Josepha auf der Chaiselongue fragt, ob Therese eine Aufnahme ihres Kindes Fritz aus den Königsberger Jahren rausrücken will, und Therese läßt sich nicht lange bitten, holt den Schuhkarton unter dem Bett hervor und reicht herüber, was ihr in die zitternden Hände fällt: Das Kind Fritz, eingeklemmt ins Pult, mit Schiefertafel und Griffel, der Halbwüchsige mit kurzen Hosen im Tiergarten vor dem Löwengehege. Nicht viel. Einmal noch neben der Großmutter Agathe im Garten des Häuschens in Lenkelischken, ein Geburtstag vielleicht oder ein anderes Familienereignis, dessen sich Therese nicht entsinnen kann. Nicht viel, entfährt es Josepha, sie hält sich die Hand sogleich vor die Wortschleuder und schaut zu Therese auf, die dazu nickt und weint und den Schritt hinein in Verzweiflung zu tun bereit ist. Da war doch noch, fällt jetzt ihr ein, Tante Spitz! Aber ja, Tante Spitz! ruft Therese kurz vor dem Abgrund und springt einen Satz zurück. Tante Spitz hat das Fritzchen geliebt, daß ich froh war! Therese erzählt nun, wie der Schulanfänger Fritz Schlupfburg auf seiner Suche nach einer Bindung auf Tante Spitz traf und sich sogleich verliebt hatte in die *schnafte* Dame, die geschieden war und in wilder Ehe mit einem eigensinnigen Fleischermeister lebte. Im Laden war er ihr vermutlich aufgefallen, wie er immer das Viertel Blutwurst holte und das Geld so genau und leuchtenden Auges abzählte, weil er der Mutter damit einen Gefallen tun konnte. Die geschiedene Tante Spitz hatte einen Riecher gehabt für Fritzchens Nöte und ihm immer ein Streifchen Wurst extra abgeschnitten für den Weg nach Hause, bis einmal Therese zu ihr hingegangen war und erklärt hatte, daß sie das gar nicht nötig habe und der Fritz ausreichend zu essen erhalte. Das war der Tante Spitz klar gewesen, *wie das Jungche man aussieht*, da hatte sie gar keinen Zweifel. Aber er kam ihr ein bißchen alleingelassen vor für sein Alter, so reif und gesetzt, so verständig. Sie selbst hatte keine Kinder und fragte über kurz oder lang, ob das Fritzchen sie nicht besuchen kommen könnte über die Wochenenden, wenn sie aufs Land fuhren. Da würde das Fritzchen reiten und Schweine füttern, melken und Pferde striegeln, und es wär ja immer jemand da, der sich um ihn kümmerte. Sie könnte sich schon vorstellen, hatte Tante Spitz gesagt, daß es nicht einfach ist, zwei Kinder alleine großzuziehen mit einer Witwenpension, da wäre es doch selbstverständlich, daß die Frau Schlupfburg verdienen muß. Und wenn sie das tut, dann könnte sie das Fritzchen doch auch zu ihr geben für gewisse Zeiten, man müßte sich doch gegenseitig helfen. Jaja, ruft Therese, die Tante Spitz, die hat ihn geliebt, daß er nicht ganz so hat leiden müssen für sein Alter! Daß mir das nicht gleich eingefallen ist! Vielleicht hab ich ihn gar nicht so unglücklich gemacht, vielleicht hat er ja auch die Tante Spitz lieben können als eine Mutter! macht sie sich vor und erbleicht, als sie daran denkt, wie die Tante Spitz dann gestorben ist kurz vor dem Krieg, an einer Scheibe vergifteten Schinkens. Man mochte sie nicht gut leiden, die Tante Spitz in ihrer unsittlichen Lebensart mit dem Fleischermeister. Wie das Gift in den Schinken gekommen war, konnte nicht aufgeklärt werden. Nur, daß es drin gewesen war, stand fest. Was einem so einfällt, wenn der Tach lang genuch ist! ruft Therese Schlupfburg und regt sich fürchterlich auf. Sie hatte sich nicht getraut, zum Begräbnis zu gehen, und war sogar ärgerlich geworden, daß Fritzchen sich nichts daraus machte und richtig trauerte, einen schwarzen Anzug auslieh vom Fleischermeister höchstselbst und den Zug der Trauergäste an dessen Seite anführte. Später war sie einmal wie zufällig auf den II. Altroßgärter Friedhof gegangen, mit der Straßenbahnlinie 2 war sie die Königsstraße hinaufgefahren, die damals schon Straße der SA hieß, bis zum Königstor. Ein Stückchen zu Fuß noch die Labiauer Straße Richtung Kalthof, da war es dann nicht mehr weit gewesen zu Tante Spitzens kleiner Granitgrabplatte mit goldener Aufschrift:

Hier ruht in Gott dem Herrn unsere geliebte Anni Amalie Spitz, geb. Sahm, *13.2.1897 in Streckfusz, †4.5.1939 in Königsberg/Pr.

Buchsbaum hatte der Fleischermeister aufs Grab gesetzt, und in den in einem leeren Weckglas aufgestellten Narzissen erkannte Therese das Sträußchen wieder, das Fritz Schlupfburg am Abend zuvor einem Blumenhändler am Nordbahnhof abgekauft und über Nacht im Wassereimer unter dem Spülstein aufbewahrt hatte. Für eine Freundin, wie sie beiläufig annahm. Als sie dann vor den Narzissen stand, war ihr schlagartig klargeworden, daß Fritzchen fürs Grab seiner Mutter niemals würde Blumen kaufen können, obwohl sie nicht zu sagen vermochte, aus welchem Grund. Vielleicht hatte sie einen frühen Tod ihres Sohnes für wahrscheinlich gehalten oder die Fremdheit wahrgenommen zwischen ihnen, die sie aber noch nicht für erwähnenswert hielt, damals, vor Anni Spitzens buchsbaumbeuferter Ruhestatt. Nach dem Friedhofsbesuch war Anni Spitz dann sehr schnell verlorengegangen in Thereses weitläufigen Denk- und Fühlvorgängen, irgendwo untergetaucht unter dem verschwommenen Bild, das ihr Sohn hinterlassen hatte. Daß sie nun von der anderen Seite des letzten Krieges noch einmal sichtbar wird, wie sie die Ratslinden entlangschreitet, um dann die Fürstenschlucht zum Gasthaus Fürstenteich hin zu queren, dort ein Glas Weißwein nimmt und eine Zigarette aus einer ein wenig zu lang geratenen Spitze raucht, das will Therese schon recht imposant erscheinen. Sie sieht Tante Spitz im unvergleichlichen Charlestonstil, den sie auch noch zehn Jahre nach seiner Blüte bevorzugte: Den Rock bis zum Knie hinaufgeschoben, ein Stückchen darüber sogar. Die fleischfarbenen Strümpfe aus Kunstseide. Die Taillenlinie des Kleides tief auf den Hüften, auf dem Kopf hingegen je nach Stimmung einen breitrandigen Glockenhut oder den knappen Topf, ins Gesicht gezogen. Die schmalen, spitzen Schuhe aus hellem Leder mit Knopfspangen verziert. Das kurzgeschnittene Haar riecht immer ein wenig nach Tabak der besseren Sorten, und die Gesichtszüge sind denen der Stummfilmdiven nachgeschminkt. Klar, daß sie Aufsehen erregt mit dieser Art Aufzug, da die Frauen um sie herum das Haar in Schnecken über den Ohren zu tragen pflegen, wenn sie jung genug sind, den mütterlichen Nackenknoten feststecken über strengen Kostümen oder gemäßigten Kleidern, die eine gewisse dörfliche Anständigkeit auszustrahlen scheinen. Die Mütter mit den kleineren Kindern im Tiergarten lieben weiße Kragen, die sie aus selbstgestrickten Westen herausschauen lassen. Therese erinnert sich eines karierten Jackenkleides, das sie von ihrer Mutter Agathe geschenkt bekommen hatte zu Fritzchens Einsegnung und das sie nicht allzu gern trug, denn es bedeckte ihre fleischigen Knie. Entblößte sie sie, geriet ihr Gang zu einem wahren Streifzug der Lust. Deshalb, ja richtig, hatte sie gern die kürzeren Röcke getragen, weil sie sich in den Blicken der Männer spiegelte und einen Wert darin erfuhr. Manchmal hatte sie einem Kniefreund erlaubt, die stattlichen Teile zu umfassen, im Volksgarten zum Beispiel, wenn Fritzchen mit anderen Jungen Verstecken spielte hinter Baum und Gebüsch. Es war auch vorgekommen, daß die Hand eines Erregten dann ausglitt auf den Theresischen Oberschenkeln in ihrer saftigen Fülle. Aber sie hatte es stets bei der Möglichkeit belassen, zu einem späteren Zeitpunkt Einkehr zu gewähren – sie rief das Fritzchen und verschwand nach Hause, wo sie selbst bei sich einkehrte, wenn das Kind schlief. Sicher hatte sie die Tante Spitz um den Mut beneidet, eine sich selbst darstellende Frau zu sein mit einer geschlechtlichen Dunstwolke um sich herum, während Therese zwar im stillen sich ihrer bewußt war und ihr Licht nicht unter dem Scheffel am Brennen hielt, aber mit den Jahren doch zunehmend verborgen hatte, daß es loderte. Seit den mißglückten Akten mit Adolf Erbs hatte sie noch zweimal Männlichkeit im Leibe gespürt, aber an die dazugehörigen Gesichter kann sie sich nicht mehr erinnern. Was einem so einfällt, wenn der Tach lang genuch ist! ruft sie noch einmal, so daß Josepha endlich merkt, wie spät es geworden ist. So spät, daß der nächste Tag sich schon ankündigt auf der klackenden Uhr. Da muß man doch hinmachen, ins Bett gehen, sich ausruhen, außerdem ist die Sache mit Mirabellchen ja nun auf dem besten der denkbaren Wege! Therese ist aufgeregt, verzehrt sich, nach Fritzchen sogar?, und bleibt im Wohnzimmer sitzen, die Photographien vor sich auf dem Tisch ausgebreitet, die rechte Hand zwischen den immer noch fülligen Schenkeln. Als Josepha längst schläft, beschließt sie, am Wochenende einmal zum Kaffeenachmittag der Volkssolidarität zu gehen und nach einem Verhältnis zu suchen.

Die Brigade Halle 8 des *VEB Kalender und Büroartikel Max Papp* beginnt zu stricken für die schwangere Kollegin. Babywolle gehört zu den Artikeln im Kurzwarengeschäft Jürgens, die nicht unter dem Ladentisch gehandelt werden müssen, sondern aus Gründen eines höheren *gesellschaftlichen Interesses* reichlich vorrätig sind. Carmen Salzwedel hat nichts zu tun, wenn in den Kaffee- und Mittagspausen Strickmuster und Schnittbögen ausgetauscht werden für pastellene Kleinkindmodelle süßlicher Machart. Statt dessen kann sie Josepha gut zureden, die Schwangerenberatungsstelle aufzusuchen und den geregelten Gang wieder einzuschlagen. Aber Josepha vertrotzt jede Chance, mit dem schwarzweißen Kind zu Geld zu kommen. Nach den Arbeitstagen, die sie jetzt, da sie Springerin ist, kaum mehr interessieren, hilft sie Therese beim Vervollständigen des Expeditionstagebuches und ist nahe daran, den eigenen Zustand in den Skat zu drücken. Fauno Suizidor sieht sich in die Pflicht genommen, die siamesischen Rättlein schon einmal anzuspitzen, für eine innere Einkehr ihrer Trägerin Vorsorge zu treffen. Josepha kann zum Ende des Monats, da sie mit der Patenklasse der Brigade zum Rummel in die Kreisstadt gefahren ist, um die Sommerferien abzufeiern, gerade noch verhindern, daß die Tiere vom Riesenrad in die Tiefe springen. Eines packt sie im letzten Augenblick am Schwanzzipfel und kann so das andere glücklicherweise gleich mit vom Tode erretten. Daß dies ein Zeichen sein soll, will sie aber nicht erkennen und schimpft vor den Augen der staunenden Kinder mit den mahagonifarbenen Selbstmördern, ehe sie sie zurück in die Rocktasche schiebt und den Reißverschluß zuzieht, den sie eigens zu diesem Zweck eingenäht hat. Die Ratten beschließen daraufhin, einen erneuten Wink Fauno Suizidors nicht abwartend, bis zum Abend in der Stille der Tasche zu ersticken, doch wollen sie sich nicht durch Starre und Unbeweglichkeit verraten, sondern beulen den Stoff tapfer aus mit zierlichen Sprüngen, lassen sich pfeifen und schwanzjagen, knabbern gar ein wenig am Plastikteil des Verschlusses. Josepha muß sich nun einer intensiven Ausfragestunde unterwerfen, in der die Kinder den Rummel ganz Rummel sein lassen und kein Interesse mehr aufbringen für Kettenkarussell und Achterbahn, Spiegellabyrinth und Rollende Tonne, Gespensterspuk und Geflügelbratwurst. Sie setzen sich auf den Grasstreifen, der den Rummelplatz vom Gelände der Stadthalle trennt, und schauen den Wolken vor der immer noch hochstehenden Sonne beim Fliehen zu, während Josepha bereitwillig Auskunft gibt über Ansprüche und Lebensweise der rötlichen Rockgenossen. Ein, zwei Kinder fragen, ob nicht Nachwuchs möglich sei und sie auch solch ein Pärchen bekommen könnten von der Patentante. Josepha holt nun allen Ernstes die Ratten aus ihrem Versteck und erläutert den Kindern, woran männliche und weibliche Geschlechtsöffnungen zu erkennen sind. Enttäuscht stellen die Kinder die Weiblichkeit beider Tiere fest, aber eigentlich ... Vielleicht könne man sie ja durch einfache Teilung vermehren wie Band- oder Regenwurm, und vielleicht sei ihre seltsame Verbundenheit ja das Ergebnis einer solchen nicht gänzlich überstandenen Vervielfältigungsperiode? Josepha sieht sich genötigt, nun doch zu einem Exkurs auszuholen über die Fortpflanzungspraxis der Säugetiere, schildert den einen, den anderen Fall siamesischer Existenz unter den Menschen und kann so erreichen, daß Adrian Strozniak das bereits gezückte Taschenmesser, mit dem er das seitlich zusammengewachsene Gespann in Nabelhöhe zu spalten gedachte, auf daß den beiden Unterleibern die fehlenden Rümpfe, Vordergliedmaßen und Köpfe, den niedlich dreinschauenden oberen Hälften jedoch die fehlenden Unterteile nachwüchsen, wieder zusammenklappt und in die Hosentasche schiebt. Was aber möglich sein muß, wispert die magere Erika Wettwa, die ihren lieben Eltern des Sonntags zuweilen beim Beischlaf begegnet, weil sie miteinander nur ein einziges Zimmer bewohnen können, ist die Paarung mit einem männlichen Tier, wir sollten eins fangen und der Patentante die Viecher dann einfach nur so zur Betreuung reihum abjagen. Das müßte doch gehen? Wenn das stimmt, was sie da faselt, bliebe abzuwarten, wie viele der Kleinen nach Mendel ebenfalls aneinanderkleben. Dann hat eben der eine von uns Glück, der andere nicht. So schöne rote Ratten ... (Souf Fleur, der Zeitgeist, gesellt sich unbemerkt zu der munteren Runde und fordert Erika durch fortgesetzt sanfte Schläge auf den Hinterkopf auf, doch weiterzureden.) Am Abend, nach halbstündiger Waldbahnfahrt zurück nach W., kommen die Tiere gar nicht zum Sterben, weil Erika es schafft, sie Josepha für einen Tag abzuschwatzen, um sie den Eltern zu zeigen. Fauno

Suizidor scheint machtlos angesichts des Eifers der Kinder, die man bis spät in der Nacht über kleine, schmutzige Höfe ziehen sieht, die Abwassergräben entlang, die es hier und da in der Kleinstadt noch gibt. Einige sollen sogar, erzählt man sich Tage später, im *Badewasser* genannten Flüßchen herumgesprungen sein, das die Stadt unterquert und zum Zwecke des Anlegens von Straßen vor dem letzten Krieg zu großen Teilen in unterirdische Rohre verlegt worden war. Auch Therese hat bei ihrer Rückkehr vom zweiten Besuch des volkssolidarischen Nachmittagskaffees unter den Gehwegen hervor Kindergejuchz gehört und zunächst an ihrem Gehör, später aber an der heutigen Elterngeneration gezweifelt, die ihre Kinder nachts in die Gosse schickt. (Ihr Begleiter, der zweiundneunzigjährige rüstige Rentner Richard Rund, bezweifelte weder das eine noch das andere, denn er ist taub seit seinem Abschied vom Arbeitsleben.) Ob es einem der drei schließlich erbeuteten männlichen Tiere gelungen ist, die Rättinnen zu schwängern, können die Kinder einstweilen nicht wissen, zumal sich die eventuelle Schwangerschaft in Josephas Kleidertaschen zutragen wird – die brave Erika bringt am folgenden Abend die ausgeliehenen Tiere zurück. Nur Fauno Suizidor, der wie ein durch Knoblauch und Kreuz gebannter Vampir die siamesischen Viecher nun sehnsuchtsvoll aus der Ferne betrachten muß, weiß, daß sie trächtig sind: Hier endet sein Einfluß.

Das Kätzchen schmust hungrig um Josephas geschwollene Beine herum, als Therese am letzten Augustsonntag der Urenkelin von jenem Brief erzählt, den ihre Tochter Ottilie ihr als Lebens- und Liebeszeichen schickte und als dringenden Wunsch, recht bald in den Osten zu fahren mit Mann und Kind. Eine farbige Photographie zeigt die Familie vor rustikaler Schrankwand mit Hausbar. Das Fernsehgerät fehlt im dafür vorgesehenen Fach, statt dessen stapeln sich drinnen geplättete Windeln, Hemden, Jüpchen und Strampelhosen, Wund- und Zartcremes, Mützchen und Ausfahrjacken, Häkelschuhe und eine gummierte Wickelunterlage. Ottilie hat den Fernsehmechanikermeister davon überzeugt, daß es unmöglich sein würde, sowohl mit Frau und Sohn als auch mit einem Fernsehgerät beliebiger Marke gefahrlos zusammenleben zu können ... Josepha wundert sich, wie ihr die Urgroßmutter den Erhalt des Briefes so lange hat verschweigen können, und will sich auch die Gelassenheit nicht recht erklären, mit der Therese die Tage seither zugebracht hat. Therese reicht Josepha den fülligen Brief über den Tisch und fordert sie auf, ihn zu lesen:

N., im Juli 1976

Lb. Mami,

das war ein schöner Schreck, wie ich hörte daß am Leben bist nach der langen Flucht wir Ostpreußer, was! Sind gleich nach Sachsen gekommen damals die Traute Jewrutzke und ich zum Pferdefleischer Albin Brause wo wirklich gut war für uns. Daß mich noch finden wirst nicht mehr geglaubt. Damals bald aufgegeben denn im Suchen warst immer besser als ich, lb. Mami. Die Traute hat Brauses Sohn geheiratet und blieb in Sachsen ich bin rübergemacht wie grüne Grenze noch war. Wo verschwunden bist zwischen Wuschken und Ruschken mit dem Rudolphche hab ich erst nicht geglaubt, weil so plötzlich wech warst. Viel geweint um Dich und Rudolphche. Wo ist der Jung nu? Möcht ihn doch zu gern wd. in d. Arme schließen nach der langen Zeit. Schon lange sommeliert wie.

Habe, lb. Mami, kein schlechtes Leben gehabt kannst Dir denken. Hier immer alles in Hülle und Fülle, Butter und Brot und Wurst. (Halbpfund Kaffe gleich mitgeschickt, daß Dich freust.) Inne Fünfziger war ich verheiratet mit Bodo Wilczinski, Anstaltspförtner. Lb. Mann gewesen, starb schon 64 leider. Dann gute Pension gehabt. Manchmal eingeräumt im Laden, Waschpulver und Scheuersand und so. Neulich nu schwanger geworden, lb. Mama, konnt es selber nicht glauben. Weißt, wie mit mir nach Pillkallen gefahren bist und auch nicht anders konntest, als Du den Fischhändler, der wo die Rauchflunder verkaufte? Du weiß doch noch wie das ist wenn man nicht anders kann, lb. Mami. Habe nun wieder lb. Mann bekommen und dein Enkelchen, den lb. Avraham Bodofranz, s. Photo. Die ganze Presse so scheußlich, kannst Dir ja denken. Will recht bald Dich besuchen. Ist Rudolphche denn auch da, wenn ich komme? Muß doch auch seinen kleinen Bruder bestaunen, der Jung. Hat Rudolphche auch eine lb. Frau? Verdient er gut? Schriebst daß seine Tochter aus 1. Ehe bei Dir lebt. Gutes Mädchen ja? Kann ja nicht anders sein, war ja auch ein gutes Jungche.

Nie wieder von Bruder Fritz gehört lb. Mami. Schriebst auch nicht wo er ist. Wohl auch umgekommen damals. Soll noch sehr seltsam geworden sein die letzte Zeit. Habe noch seine lb. Frau kennengelernt, Astrid Radegund glaub ich. Durft Dir nicht sagen, daß Hochzeit ist weil so verstritten warst wegen Photos glaub ich. Und wegen dem Kriech. War schon mit Folgen gewesen, Astrid Radegund guter Hoffnung. Ist mit dem Kind wohl nicht mehr rausgekommen wie der Russe kam. Zuletzt Krankenpflegerin inne Chirurgische Klinik. Immer gewußt, wenn überhaupt, dann Du. Weißt noch wie den alten Erbs immer geschurigelt hast? Ist mir wieder eingefallen, waren schon dammlich damals. Konnt nicht leiden den Erbs. Du auch nicht. Hab ihm ja auch die Lust versaut, wie ich immer bin groß und klein geworden, weißt noch. Jetzt wollen wir uns wiedersehen! Mußt schreiben lb. Mami wie das geht.

Der kleine Avraham Bodofranz ganz liebes Kind kannst Dir denken. Trinkt immer schön und schläft ganz der Vater. Schön stramm wirst Dich freuen. Folgt auch gut wenn ich sage nein jetzt nicht. Wie Fritzchen damals, war ja schon verständig wie er geboren wurde.

Will nun Schluß machen daß antworten kannst. Schöne Grüße auch von meinem lb. Mann (noch nicht verheiratet soll aber bald folgen).

In Liebe Deine Tochter

Der Brief wandert zurück über den Tisch von einer ratlosen Josepha zur lächelnden Therese. Warum für einen so kurzen Brief so viel Papier? *Unpersönlich*, will ihr nur einfallen, wie nicht aus einer Art Liebe geschrieben, ein Wiedererkennungszeichen vielleicht? Therese lächelt über den Tisch wie der Doktor Allwissend, von dem sie der kleinen Josepha vorgelesen hatte in frühen Jahren. *Selig*, das Lächeln. Denk an die Umstände, Kind, sagt Therese beschlagen. Wir haben uns früher oft so verständigt, das Zweitmündlein vors erste genommen und munter drauflos. Ach? Und wie wirklich? Therese bietet Josepha die Stirn, daß es kracht: Wie Schüsse der Donner nach den Blickblitzen, aus der Öffnung zwischen den Augen, aber Josepha versteht nicht. Wirst schon noch lernen, spricht Therese gelassen und beginnt, den Brief ihrer Tochter wohl zum hundertsten Male ins Verfängliche zu übersetzen. Melodie kann Josepha wahrnehmen, von Dur nach Moll und wieder zurück sich wandelnde Lautketten, dazwischen verströmender Atem wie Endzeichen Lebens, Stöhnen aus Übereinstimmung und nasses Klatschen, wie wenn ein Körper einen anderen freigibt, im Akt der Geburt zum Beispiel. Und lang ist er, der Brief, der im Wortlaut wohl unverändert wiedergegeben wird! Josepha lauscht mit vorgeschobenem Ohr. Geräuschbiographie? Eingeübte weibliche Codes als Gegenstück einer sich männlich gebenden Abhörmentalität? Therese liest mit kaum geöffnetem Mund, scheint es, vor, während irgendwo zwischen Körpergrenze und Blickradius jene Töne entstehen, die langsam eine Abfolge von Bildern nach sich ziehen vor den Augen Josephas, Farben zunächst, denen sich Konturen entwinden und durch den Raum gleiten, unkenntlich in ihrem Mangel an Gegenständlichkeit, aber durch die Färbung zwischen Müll und Fleisch dem Irdischen mehr verbunden als der Sphäre der Synästhesie ... Nicht trabend hoch Erklärung, Willkommen und Abschied im Widerwort, nicht spinnfadensanft sich tarnende Raubmutterschaft. Schließlich auch Lautfolgen wie zum Nachlesen gemacht im Lexikon der Wunderlichkeiten: Laugszargen Allmoyen Kruttinerofen Succase Drulitten Kobilinnen Skomanten Mostolten Babrosten Kerkutwethen Kampspowilken Cullmen-Wiedutaten Baltupönen Augsgirren Birstonischken Schudebarsten Girngallen-Gedmin Aschpalten Urbansprind Plompen Plibischken Pergusen Luxethen Schnakeinen Poschloschen Wordommen

Monethen Sixdroi Sorquitten. Nicht zu verstehen, doch landschaftenklar mit Alt und Sopran gezeichnet. Der Abrieb der Stimmen fliegt als feiner Tonstaub durchs Zimmer und mischt sich mit den im abendlichen Sonnenschein deutlich sichtbaren Flusen in einer Art Urzeugung, so daß bald regelrecht Brocken von Staub und Lauten die Frauen umschwirren und hier und da eine Verletzung verursachen und den dazugehörigen Schmerz. Aber Therese hört jetzt nicht auf mit dem Übersetzen, herrischer wird ihr Ton und Josepha befehlend, sich einzulassen auf die offenbar aus der Mode gekommene Art der Verständigung. Josepa stirnt ihren Blick streng auf die Urgroßmutter zu und zeigt eine Platzwunde über der Nasenwurzel. Blutfädchen umspinnen den Hautriß, umgirren den bittenden Blick, doch Therese wirbelt die Brocken mit flatterndem Lippenpaar über Stuhl, Schrank und Teppich, aufs Fenster zu, das sich öffnet und Luft in den Raum läßt. Jetzt endlich will sich besinnen, was eben noch Brief hieß und Schmerz war und hinter der Stirn zu Haus, die Therese der Gegenwart bot, indem sie Ottilie zu Wort kommen ließ in Schlupfburgscher Art. Aber so schnell lernt sich das nicht, denkt Josepha, so schnell kann ich nicht mitreden mit euch, das müßt ihr einstweilen unter euch ausmachen, bis ich da drinsteh im Saftfluß der Generationen und ihr einen Fuß in den Spalt stellen könnt, der mich teilt seit einiger Zeit. Daß sie nicht zuklappt, die Tür zu den Ahnen, derweil ich selbst zur Ahnin mich aufschwinge im Wachstum des schwarzweißen Kindes, so einfach ist das. Ihr müßt es doch wissen. Und verschließt sich mit einem beigefarbenen Pflaster der Marke *Gothaplast*.

Später, Therese hat die Küche beräumt und abgewaschen, das Kätzchen gefüttert und sitzt nun über einigen Stücken grauweißer Wäsche, sie mit feiner Nadel zu stopfen und zu flicken, kommt Josepha zurück auf die westliche Großmutter und fragt schüchtern an, wann sie denn nun, wie auch immer man es übersetzen mag, eintreffen wird diesseits der im Jahre neunzehnhundertneunundvierzig anscheinend endgültig befestigten Grenze. Komisch auch, daß die Eltern der genauen Angelika bislang sich nicht sehen ließen, einen Bericht zu geben von der Reise an die Alster, die sie doch so erfolgreich mit dem Schlupfburgschen Anliegen verquickt hatten … Therese jedoch scheint vom Lautmalen ganz benommen und tütet in schummriger Rede Josepha ins Ohr, daß sie heut noch Besuch erwartet, und zwar über Nacht. Richard Rund hat sich angesagt zu einer Flasche Wein, die er selbst mitzubringen gedenkt zur Feier des Tages. Des Tages? Der Nacht, gibt Therese klein bei. Und Ottilie Wilczinski? Ist sie ganz raus aus dem Kopf? Ist es nicht Zeit, sie schwarz auf weiß einzuladen und das Wiederfinden zu feiern in gebührendem Maß? Josepha verärgert sich über der augenscheinlichen Gleichgültigkeit, wo doch Therese schon Schweißtröpfchen zeigt in Erwartung des Rentners Rund. Mit welchen Dingen geht denn das zu, doch nicht mit rechten? Und der alberne Nachmittagskaffee im volkssolidarischen Klub, das ist lachhaft, Therese, wie du auf einmal nur noch an dich denkst! Therese denkt gegenteilig zurück: So einen feinen Mann noch mal küssen dürfen und einkehren lassen, das ist doch ein festlicher Anlaß, der eignen Tochter nachzueifern im Glück! Da bin ich doch gleich viel mehr bei der Sache, sie gut zu begrüßen und ihr ein Zuhause vorzustellen, das nicht nur aus weiblichen Körpern besteht. Wie konnte ich das vergessen? Jetzt, wo der alte Erbs so redlich begraben liegt im Ostdeutschen, unter einer Flut von Worten, werde ich doch wieder Spaß finden dürfen an der Blutfülle und den lebhaften Folgen, was meinst du, Josepha? Wie wir neulich nachts, der Richard und ich, die Kinder grölten unter der Stadt hervor, nach Hause gingen, wie er mich sozusagen heimbrachte nach der ersten Annäherung, da habe ich deutlich gespürt, daß es gehen möchte mit uns. Du wirst das doch wissen! So einfach ist das. Und sie lacht in Josephas Unterhemd hinein, dem eine seitliche Naht geplatzt ist unter dem Druck des schwarzweißen Kindes und das nun für spätere Schlankheit wieder hergerichtet werden soll. Tatsächlich klingelt es jetzt, und es kommt zusammen, was paßt: Richard Rund, im Gefolge die Eltern der genauen Angelika zum Reisebericht, sich entschuldigend für den plötzlichen Überfall, aber man sei eben gerade erst ... und es sei doch so schön gewesen ... und sicher hätten sie auch schon gehört! Richard Rund ist gemütlich genug, nicht enttäuscht zu sein, daß er warten muß mit der Einkehr in seine Angeliebte. Lauthals entkorkt er die erste Flasche, den Hinweis, daß sich zwei weitere in seiner Tasche befänden, nicht sparend, und schenkt ein: Hagebutte, letztherbstlicher Schnitt, aus dem Garten der Tochter, ein überfruchtiger Wein von reichlichem Vorrat. Er tut es seit Jahren, die vielen Sorten Obstes und eben Hagebutten zur Gärung zu bringen mit Hefe und Zucker, den Vorgang zu überwachen und schließlich mit gutem Ergebnis dem für ihn zu kostspieligen Weinangebot in den Läden Paroli zu bieten. Außerdem kann er die Weine so einrichten, wie sie ihm für die verschiedenen Gelegenheiten passen möchten: Die süßen für die Versuche der Liebe, die herben für die intellektuellen Freunde der Tochterfamilie, dazwischen die Zungenlöser für die wöchentlichen Skatrunden unter den alten Arbeitskollegen. (Im Gasthaus *Zur Sonne* sitzen sie alle Freitagabende zusammen um den Stammtisch und dreschen sich eins, unterbrochen allenfalls von Bockwurst- und Braunschnaps-Runden.) Richard Rund entkorkt also gleich noch eine Flasche im Wissen um die Würze des Weins und die Unwiderstehlichkeit eines zweiten angebotenen Schlucks. Der Vater der genauen Angelika erinnert an die *Feuerzangenbowle*, die recht regelmäßig in allen zugänglichen Fernsehprogrammen gezeigt wird als Erinnerung an einen kleinwüchsigen Schauspieler und möglicherweise auch an das aus der grenzlosen Zeit herrührende, quasi gemeinsame Erbe. In jenem Film war es der *Heidelbeerwein*, der eine ganze Klasse als Oberprima getarnten Jungvolkes, wenn auch nur zum Schein, aus der geregelten Bahn in die Trunkenheit riß. Richard Rund ist ein wahrer Verehrer der alkoholischen Gärung geworden übers Leben und kennt freilich auch jenen Film, den Angelikas Vater ins Plänkeln hineinwirft. Ehe ein Reisebericht denkbar geworden wäre, ist die Runde schon reichlich benebelt und spielt gewissenhaft – nur Josepha hält sich, was Alkohol angeht, des schwarzweißen Kindes wegen zurück – einige Szenen besagten Films in kleiner

Besetzung nach. *Sötzen Sö söch!* doziert die Angelikamutter, *onter bösonderer Beröcksöchtigong dor höhörön Lähranstalten ist alles ganz anders, vöröhrte Schöler, da wörd sölbst dor Haidelbärwain zum Öreignis, wenn er aus Hagebutte gögoren ins Glas kömmt!* (Therese verläßt im Kneifschritt die Szenerie.) *Baldriaan!* schreit Richard der Runde, *Balldrijaan!* setzt er nach, das gängige Kennwort des Aufruhrs, und fällt aus der Rolle: Er fordert die Gäste der Schlupfburgs auf, sich schräg ins Benehmen zu setzen mit ihren Gastgeberinnen, durch allzu reichliches Lachen der Stimmung noch einzuheizen zum Beispiel. Therese, wieder zurück, entsinnt sich der Wünsche des Tages und hofft, Richard Rund bald zu Bett zu bekommen, und zwar in stabiler Verfassung. Also setzt sie zur Abwechslung *Hamburg* an im Gespräch, HAMMBURCH! ruft sie wie vordem Richard den BALLDRIJAAN und hofft auf ein Rückspiel, da kommt Josepha zum Glück mit schwarzbraunem Aufguß der Marke *Rondo Melange* aus der Küche und einigen blaugeränderten Kaffeetassen nebst Würfelzucker und Milch. Das dämpft die Begegnung denn mählich ins Stillere ab und macht's möglich, daß doch noch bunte Photographien, Postkarten, Reiseprospekte und eine Schachtel Kirschlikörkonfekt aus den Taschen der Alsterreisenden auftauchen können. So schön soll es also gewesen sein, daß der Speichel im Vorgefühl der Pralinen zu fließen beginnt, daß die Augen zu Schröpfköpfen werden auf den gelackten Oberflächen der Bilder. Man kommt ins Erzählen. Am ersten Tag sind wir gleich zu Hagenbecks Tierpark gegangen, achgott, wie im Film, und die Tiere! Und dann war die Hochzeitsfeier, ein feines Lokal, lauter dunkle Ober, stellen Sie sich das vor. Zum Mittag hatte die Schwester Zunge in Rotwein, und wer das nicht wollte, hätt können *à la carte,* aber das macht man doch nicht! Und Spargel in weißer Soße, sehr schmackhaft, zum Kaffee dann Kuchen die Menge und Schwarzwälder Kirsch, aber unser ist doch besser, sage ich euch. Schwarzwälder Kirsch meine ich, nicht den Kaffee. Wie man den Schwarzwälder Kirsch hier beim Gasterstädt backt, ist eine feine Sache. Habe ich auch gleich erzählt dort im Westen, was wahr ist, ist wahr.

Und das Obst! Solche Äpfel. Solche Ananasse. Solche Pampelmusen. (Die dazugehörigen Gesten lassen hinter bezeichneten Früchten Kürbisse vermuten.) Und unsre Kleider: Gar nicht so schlecht, hat die Schwester gesagt, gar nicht so schlecht. Da haben wir aber auch viel zu verdanken der Josepha, nicht wahr – (und wieder verweist Josepha auf Carmen Salzwedel, der der Dank natürlich am ehesten zustehen dürfte) –, bloß riechen tut alles so anders, das muß man ja auch mal sagen. So nach Seife und Kaffee und Tabak im Mix, gar nicht genau zu bezeichnen, eigentlich schwieriger Geruch, aber sehr fein. Und wie dann die Rede auf euch kam – ich kann doch jetzt mal du sagen? –, waren alle ganz begeistert und hilfreich. Die Schwester hat gleich rumtelefoniert die verschiedenen Anstalten, daß auch ja alles seine Richtigkeit haben sollte, und wirklich herausgefunden die Ottilie Wilczinski in Bayern, das ist eben doch schön, wenn eins sich ums andere kümmert, nicht wahr, das hat schon Freude gemacht. Wir haben ja alle mitgehört, wie sie nichts gesagt hat am anderen Ende, und dann so sprachlos! Tja, da ist man ja auch aufgeregt. Wir hatten uns das ja schon gedacht, daß das ein ganz schöner Schock wird für die arme Frau, so lange ganz ohne Mutter, und dann so. Ach, wir waren gerührt, das kann ich versichern, und nun wollt ich fragen, ob sie denn bald herkommt, die gute Tochter, Frau Therese? Angelikas Mutter verschluckt sich am Nachnamen, den sie anstelle des Vornamens eigentlich hatte anbringen wollen und sich wohl versprechen mußte in der Erregung. Frau Therese jedoch läßt sich mit der Antwort genau jene Zeit, die sie braucht, Richard Rund unterm Tisch ins Gemächt zu greifen in zupackender Art plus dreizehn Sekunden Tuchdurchführung beim Warten auf ein Ergebnis. Zufrieden sagt sie dann die Ankunft ihrer Tochter für die zweite Septemberhälfte voraus, da brauche es gar keine An- und Abfragen, das sei eine ausgemachte Sache seit mehr als dreißig Jahren, sie habe schon ein Lokal bestellt für die Feier, am Cumbacher Teich, da könne man gut Karpfen essen oder Steak mit Letscho/ Champignons nach Wahl, und fiele nicht Josepha an dieser Stelle mitten in den urgroßmütterlichen Redefluß, so wäre mit

Sicherheit Therese noch längst nicht angelangt am Sinnziel der langen Rede, das eigentlich darin besteht, den Eltern der genauen Angelika für die Verbindungsaufnahme zu danken. Josepha ergänzt also, daß das Schicksal sich nicht einfach habe hinwegsetzen können über die im Jahre neunzehnhundertneunundvierzig anscheinend endgültig befestigte Grenze, sondern nach Erfüllungsgehilfen sich umsehen mußte, die es in Ihnen, liebe Angelikaeltern, zum Glück gefunden habe! Die beiden Alten drehen verlegen den Blick auf die Schöße und danken auch schön für den Dank, aber eigentlich sei der gar nicht nötig, wie schon gesagt, es ging ja alles so schnell. Und nehmen ein Schlückchen Kaffee zu beinahe mitternächtlicher Stunde. Nur eins muß Angelikas Vater nun doch noch loswerden: Wie er den *zuständigen Stellen* durch Simulation einer Krankheit ein Schnippchen schlug. Er hatte nämlich nicht so bald wieder heimfahren wollen von seiner ersten Reise in den guten Geruch seiner Schwiegerfamilie und auf Empfehlung der Verwandten eine schmerzhafte, entzündliche Schwellung der Vorsteherdrüse vorgenommen in seinen Gedanken. Der Hausarzt hatte die Sache bestätigt und Reiseuntauglichkeit attestiert. Und da die Zunge durch den Hagebuttenwein gut gelöst ist, gibt er auch preis, daß vorsorgehalber ambulant gleich eine beidseitige Unterbindung der Samenleiter vorgenommen worden sei in lokaler Anästhesie. So habe er noch schöne Tage verbringen können in Hamburg, während er sich keine Sorgen machen mußte wegen der erforderlichen Rechtfertigung längerer Verweildauer … Seine Frau klopft ihm an dieser Stelle aufs Hosenbein und schiebt ihn zur Tür, es sei ja nun wirklich Zeit für den Heimweg. Richard Rund hat zur Schilderung seines Alterskollegen schmerzlich das Gesicht verziehen müssen, was aber nur Therese auffallen will. Nach umständlich ausfallenden Abschiedsformeln schlägt man sich in die Dunkelheit, was nicht weiter gefährlich ist in der thüringischen Kleinstadt W.

Josepha fällt zu, noch die Tassen und Gläser zu spülen und dem Kätzchen eine letzte Schale Milch für die Zeit bis zum Morgen hinzustellen. Therese und Richard machen sich derweil miteinander im Bad zu schaffen, lassen aus dem lautstarken Gasboiler heißes Wasser einlaufen, dem Therese – Josepha riecht es bis in ihr Zimmer – einen Schwapp Latschenkieferessenz zusetzt. Drin plantschen sie dann in den eben angebrochenen Tag hinein, waschen den vorigen sich gegenseitig ab mit Lappen und Schwamm und *Schwarzem Samt*, einer etwas teureren Seife, die eigens zu diesem Zweck in der Drogerie am Markt gekauft wurde, und geben sich still und glücklich, bis sie die Tür zu Thereses Zimmer hinter sich schließen. Der Sängerin Höflichkeit mag die Begegnung geheimhalten wollen, aber Josepha schmeckt doch den Zucker der Lust in der Luft. Was sie lächerlich finden wollte, macht sie nun weich. Östromania, die Göttin der weiblichen Tollheit, riecht Lunte und zieht in bekannter Art durch die Nacht: Ganz W. duftet am kommenden Morgen nach Nymphen. Der fünfundzwanzigjährige Agrarflieger Kunibert Banse wird am Mittagstisch in der Kantine den staunenden Kollegen berichten, die Stadt habe bei Sonnenaufgang einer in Überreife aufbrechenden Pflaume geähnelt und eine Art Schwitzwasser an die seltsam gesättigte Luft abgegeben. Daß er dem Drang, sich hineinzustürzen ins Zentrum der Frucht, widerstehen konnte, sei nur seiner Frau zu verdanken, die verbotenerweise neben ihm im Cockpit saß: Sie habe den Knüppel herumgerissen im alles entscheidenden Augenblick.

SEPTEMBER

Bohrender Schmerz ist es, der Josephas Gang in die geregelte Schwangerenbetreuung an einem frühen Septembermorgen ein wenig anzukurbeln beginnt: Sie sucht einen Zahnarzt auf vor dem Weg in die Fabrik. M_I links oben, gibt Dr. med. dent. Saura der Schwester zu Protokoll und zieht Josepha mit raschen Handgriffen den betroffenen Mahlzahn. In der Schwangerschaft komme das häufig vor, ein Kind – ein Zahn, sei die Regel, lebensgeschichtlich gesehen oder statistisch, wenn sie denn wolle. Ansonsten sei ihr Gebiß noch ganz gut in Schuß, hier und da eine Füllung, noch alles vorhanden bislang und sauber geputzt, das sei selten. (Josepha erinnert sich jenes Kantinengespräches mit Carmen Salzwedel im vergangenen Frühjahr, in dem es um Ernährungsgewohnheiten gegangen war und um deren bedrohliche Folgen.) Nun solle sie die Wunde erst einmal ausheilen lassen. Der Doktor fragt nach dem Kärtchen, woraufhin ihn Josepha zunächst aus ratlosen Augen anschaut, dann aber begreift: Er will ihr den Zahnarztbesuch attestieren für die Schwangerenberatungsstelle. Verloren, verloren … Mache er eben ein Stempelchen auf einen Zettel, erwidert der Arzt, kein Problem, es sei ja auch bald schon soweit. Wie es denn heißen solle? Oh Gunnar, beginnt da Josepha, oh Allvar Gullstrand, Erfinder der Spaltlampe und des stereoskopischen Ophthalmoskops, oh Gunnar Gunnarsson, oh Guo Moruo, Schöpfer der umgangssprachlichen chinesischen Dichtung, oh Gurragtschaa (Shugderdemidyn), der du in fünf Jahren die Erde umkreisen wirst als mongolischer Weltraumfahrer, oh Guinness, Sir Alec, Guevara Serna, Ernesto, oh Guido von Arezzo, Übermittler der Tonsilbe, Guericke, Otto von, oder oh Guesde, Mathieu Basile genannt Jules, oh Iwan du Gubkin, sowjetischer Ölpionier, oh Gustavs, ihr Könige Schwedens, Johannes Gensfleisch zum Gutenberg, Guths Muths, oh Gutzkows Karl, der du Uriel Acosta und Wally die Zweiflerin einführtest in die verrauschte Epoche, steht mir nun bei! Wie soll es heißen? – Junge Frau, Sie lesen entschieden zuviel, oder spielen sie hauptberuflich Theater? So kann man es nennen, erwidert schnippisch Josepha und rauscht aus der Praxis in glamourösem Auftritt, die Rättlein spotten aus ihrer Tasche und werden erst jetzt vom Zahnarzt bemerkt, während die arme Schwester in Ohnmacht zu Boden kommt. Sie hatte vormals eine Eins im Fach Vorbeugender Gesundheitsschutz und nimmt die daraus folgende Verpflichtung sehr ernst. Der Merksatz, daß sich die durchschnittliche Lebensdauer des Menschen seit dem Mittelalter durch vernunftgemäße Gesundheitspflege um das Doppelte verlängert hat (und das, obwohl vorläufig doch nur ein Teil der gesamten Menschheit planmäßige Hygiene treibt oder treiben kann!), geht ihr allmorgend- und abendlich durch Kopf und Hände, wenn sie nämlich Instrumentarium, Böden und Möbel desinfiziert. *Rattus norvegicus* als Überträger der Beulenpest – der größte ihr vorstellbare Schrecken, aber daß die rötlichen Tiere durchaus possierlich aus der Tasche ihrer Trägerin herausschauen, muß sie nun nicht mehr sehen, da sie umnachtet auf dem an einigen Stellen durchgescheuerten Linoleum liegt.

Josepha indes spaziert durch die Stadt und weiß auch nicht, wer da aus ihrem Mund gesprochen hat. Sollte es Gunnar Lennefsen sein, den es doch gar nicht gibt? In abnehmender Entfernung nimmt die Fabrik vor ihren Augen an Größe zu, und als sie durchs Tor schreitet, erhobenen Kopfes und beinahe ein bißchen neugierig auf die Dinge, die man der Springerin antragen wird, fühlt sie sich aufgeschnappt wie die Fliege vom Froschmaul, von klebriger Zunge gefangen und ziemlich klein. Ljusja lächelt vom Bild im Kabuff, daß die Laune ein wenig steigt. Der immer noch kommissarische Vorgesetzte weiß mit der jungen Druckerin Schlupfburg im Grunde nichts anzufangen, die Werksküche ist ausreichend besetzt, die jungen Leute aus den umliegenden Schulen sind heute nicht dran mit ihrem Tag in der Produktion, so daß ihm nichts anderes einfällt, als sie zu beauftragen, für den Subbotnik am 11. September Freiwillige einzufangen in möglichst langer Liste. Josepha hat schon verstanden: Ljusja will reden, vom Bild herunter ihr in Herz und Gewissen flöten, was anliegt und abfällt, wenn man eine russische Tortenbäckerin ist. Sie trägt sich also an achtzehnter Stelle ein in der langen Reihe, aus der sie, wenn die anderen ins Wochenende wechseln, sich fortstehlen wird, um bis zum Montag mit Ljusja Zeit für Gespräche zu haben. In dieser Aussicht macht es nun Spaß, für den Arbeitseinsatz zu werben, und als es zur Mittagspause klingelt, wird sie nicht nur vom Vorgesetzten gelobt für die pralle Liste, sondern auch von der Kollegin Salzwedel, weil sie telefonisch bei bester Laune einen Termin vereinbart mit der landesüblichen Schwangerenberatung. Siehste, sagt Carmen, geht alles, wenn man nur will.

Therese sitzt, während Josepha schwammernes Fischfilet in der Kantine ißt und dabei aus schlechter Erfahrung versucht, die geschärften Löffel der Männer zu übersehen, über Wruken mit Rindfleisch und möchte stopfen, daß Richard Rund neben ihr pikiert bemerkt, der Wanst werde ihr rammeln, wenn sie sich nicht beherrsche. Auf dem Tisch liegt neben Kochtopf und Buttermilchflasche das Expeditionstagebuch, das Richard Rund zunehmend neugierig macht wegen jener Bedeutsamkeit, die die Angeliebte ihm offenbar beimißt: Sie gestattet ihm nicht, auch nur ein bißchen darin zu blättern. Überhaupt ahnt der Mann nicht, was in den Nächten sich gelegentlich abspielt im Haushalt. Der Nochsommer draußen legt dunkle Sonne auf Thereses Haut, nach der sich Richard vorsichtig streckt. Schwer werden will er ihr nicht, das hat er sich vorgenommen, aber wie sie zu spielen versteht, aus seinen und den eigenen Lüsten bauchige Dampfschiffe faltet und darauf die gemeinsamen Nächte durchschippert, das findet er schon unerwartet grandios und verlokkend. Und sie versucht ihn auch gleich und schiebt ihre Hand übern Tisch nach der Buttermilch, dabei rutscht ihr der Ärmel des acetatseidenen Kleides, grau und mit Blümchen in Rosa und Lindgrün bedruckt, sehr langsam (weil sie bedächtig ausgreift) über den Handknöchel nach oben. Die Haut ist fein gefältelt und duftet, milchkaffeefarbene Spritzer des Alters breiten sich drüber aus. Die Härchen gesträubt im Beginn einer Regung, als Richard Rund nach dem Unterarm faßt, greift sich Therese an die Brust mit der anderen Hand und gesteht ihm etwas wie Sehnen und Herzdruck. Das Kätzchen schubbert den Buckel am Tischbein vor und zurück und versetzt das nicht sonderlich standfeste Möbel in Schwingungen, die Richard Rund wohl gleich aufgreifen möchte: Vor und zurück drängt er den Unterleib und pellt ihn umständlich aus der Wäsche. Therese aber will zuvor Zeitung lesen, Geschirr in die Spüle räumen, das Tier füttern, die Fenster schließen, ihr Geschlecht waschen, den Vögeln zuhören, die Fingerspitzen in Richards Falten ausführen, nach Post schauen, Buttermilch trinken, den Küchenboden fegen, an Ottilie denken, die Fuchsien am Hügelgrab wässern, Ambivalentia, der Göttin der Doppelwertigkeit, opfern, weich werden, sich schäumen. Eineinhalb Stunden braucht sie so bis zu Richard, der dann nicht mehr warten mag und zur Sache kommt zwischen Flur und Thereses Zimmer, im Türrahmen sieht man ihn stehen mit winkend erhobenem Glied, doch Therese bittet ihn, auf ihren Kreislauf Rücksicht zu nehmen und die Schlafstatt zu bevorzugen. Dort fühlt sie sich sicher, als Blut und Lust im Bauchraum zusammenfließen auf der Flucht vor kühlen Gedanken, und sie kann der kleinen begehrlichen Bewußtlosigkeit liegend zuvorkommen, ohne Richard in seinem Drang zu unterbrechen. Josepha, als sie nach Hause kommt, findet die beiden bei einem Blick in Thereses Zimmer friedlich ineinander schlummernd und kann sich darüber freuen.

 Der Tag des Subbotniks beginnt wie geplant: Die dicke Josepha erscheint pünktlich zu Schichtbeginn an ihrem vagen Arbeitsplatz und erhält den Auftrag, zwischen Verpackung und Auslieferung koordinierend zu pendeln. Das tut sie gern, kommt sie doch so an die zwei Male die Stunde vorbei am Kabuff und kann Ljusja ins runde Gesicht schauen. Ljusja vertritt den Staatsobersten würdig, ihr Bild ist gar größer als seins einst war an bezeichnetem Platz. Auf dem Kopf trägt sie einen als überdimensional zu beschreibenden weißen Hut, einer Kochmütze ähnlich, nicht ganz so hoch, dafür aber hübsch gebauscht um Ohren und Blick. Ein Mundschutz fehlt und vielleicht ein streng gewickelter Säugling im Arm, um sie für eine Kinderschwester aus dem Rayonkrankenhaus von Omsk/Sibirien oder Slawutytsch/Ukraine zu halten. (Josepha ist klug genug, den eigenen Dickbauch als Hintergrund dieses Gedankens anzunehmen.) Bei Therese hat sich Josepha abgemeldet fürs Wochenende und einen Vorrat an Brot, Gemüse und Wurst mitgenommen, dazu mehrere Flaschen Wassers und ein Beutelchen *Rondo Melange*. In ihrer Jackentasche finden sich eine Süßtafel *Schlager,* Milchbonbons und eine Tüte rotgelber Kaugummiquader mit Fruchtgeschmack. Das wird ihr bis zum Montag reichen, wenn ihr auch um die Mittagszeit auffällt, daß Milch fehlt fürs schwarzweiße Kind und sie in den Werkskonsum läuft. Zum Schichtende kriecht sie ungesehen in den Spind im Kabuff und wartet, bis die Kollegen sich verabschiedet haben. Carmen Salzwedel hat sich nicht beteiligt an der Subbotnikaktion, ihr wäre natürlich aufgefallen, wenn Josepha sie nicht ein Stück des Heimwegs begleitet hätte ... Dem Gespräch mit Ljusja steht nichts mehr im Wege als Ljusja selbst: Sie schweigt, sie grinst nicht und kneift nicht die Augen zusammen, stumm schaut sie noch nach Stunden aus ihrem Rahmen, so sehr sich Josepha bemüht, sie zum Reden zu bringen. Also Tee trinken und abwarten. Tee findet sich im Spind, die Meisterin trank ihn gern und wählte stets teuer in exquisiten Geschäften: *Lapsang Souchong* war die letzte Sorte, die sie sich angeschafft hatte vor ihrem Verschwinden. Die *zuständigen Stellen* mußten die graue Metalldose nicht für wichtig gehalten haben oder aber nicht für der Meisterin persönliches Eigentum, sonst hätten sie sie fraglos mitgenommen, als sie die Sachen der angeblichen Verräterin stillschweigend einpackten. Zunächst will der Tee Josephas Rachen kratzen, macht sich dann aber schneller beliebt als gedacht und wird in einer Menge getrunken, die zu verarbeiten dem schwarzweißen Kind richtig schwerfällt. Es boxt aus der Höhle, um Milch?, und die künftige Mutter dünnt nun den rauchigen Tee. Ljusja scheint indes auf ein Zeichen zu warten. Vielleicht ist es Zeit für Musik? Josepha stellt das Kabuffradio an, ein ebenfalls exquisites Modell namens Rema Andante. Sollte sie das schwarzweiße Kind nicht Rema Andante nennen, im Andenken an unsere liebe Meisterin, die das Radio von einer Prämie gekauft hat? *Rema Andante Schlupfburg*, flexibler Klang, der sich vollmundig durch die Vokalreihe schlängelt und den verschiedenen Möglichkeiten von Zukunft offen gegenübersteht. Was meinst du, Ljusja? Ljusja bleibt stumm. Josepha schneidet sich Paprika auf und macht es sich unter dem Schreibtisch bequem, der Raum ist nicht groß genug, sich anderswo lang auszustrecken. Sie schiebt sich die Schoten streifenweise in den Mund und beobachtet noch, wie ein fliegender Hund durch die Kabufftür hereinschwebt. So taumelnd auf der Grenzlinie zwischen den menschlichen Aggregatzuständen kann sie den Einflug des Hundes weder bezweifeln noch für die reine Wahrheit nehmen. Statt dessen schickt sie ihn fort in den für später vorgesehenen Traum. So hat sie Zeit, ihren Pulsschlag zu bremsen und die Körpertemperatur auf gemäßigte Schlafwärme zu drosseln. Als sie fest schläft, aus den Mundwinkeln sickert schon sämiger Speichel, mit rotzgrünen Paprikafasern versetzt, hält Ljusja selbstverständlich die Zeit für gekommen, ihr Russisch, das in seiner Heftigkeit an die Ausdrucksweise der im Jahre 1861 so seltsam erkrankten Rigaer Kutschpferde erinnert und das sie nicht einfach ins Deutsche wenden kann, weil sie es nicht gelernt hat, jenem fliegenden Hund mitzugeben, der vor dem Einlaß in Josephas Träume hockt. Die dem rußlandfernen Betrachter hanebüchen erscheinende Lebensgeschichte der Tortenbäckerin Ljusja Andrejewna Wandrowskaja, von Josepha als ins Grauen gewendete Version weiblicher Leiblichkeit geträumt, macht selbst den fliegenden Hund schaudern, so daß er nach einiger Zeit aussteigen möchte aus seinem Job. Das aber muß ihm verwehrt bleiben: Das Leittier aller männlichen Götter, derer es freilich nicht sehr viele gibt, hat zu tun, was im Olymp ihm aufgegeben ward, und sein Auftrag ist nun einmal, der Scheidung der menschlichen Sprachen am Turm zu Babel etwas entgegenzusetzen. Daß er sich fügt in sein herbes Schicksal, von niemandem verehrt zu werden in seinem Tun, ist die einzige Rechtfertigung seiner Existenz, an der er wie alle belebten Wesen unzweifelhaft hängt.

ljusja andrejewna wandrowskaja
lagebericht aus der besucherritze des jahrhunderts
in der übersetzung des fliegenden hundes

da lebte ich lange dieweil über mir die verschiedenen völker miteinander ins bett gingen und eine zukunft herbeizuficken gedachten. schon als kind hab ich zwischen den matratzen der ersten traditionsbewußten eltern meinen voyeuristischen ausblick gehabt als zum beispiel noch die kameradin kollontai eine gewisse rolle zu spielen bereit war im denken meiner geschlechtsgenossinnen. immerhin bin ich zur welt gekommen zwischen den großen kriegen 1930 in kolomna und früh nach moskau gezogen worden von meinen eifrigen eltern. meinem vater der nicht mehr so gut zugange war mit dem schwanz geriet es zur ehre der sinnenfreudigen frau die meine mutter gab außerehelichen beischlaf zu gestatten zwischen den kaschamahlzeiten. oft habe ich's kommen sehen aus meiner ritze heraus und war froh das land tat als brauche es kinder aus fleisch und aus blut dabei brauchte es eher fleisch und blut ohne kindliche haut drum herum wie hätt ich das ahnen sollen. so bin ich älter geworden als gläubige christenfeindin und halbschwester einer reihe verschiedengeschlechtlicher kinder aus meiner mutter schoß nur wuchs ich nicht aus. ich fürchtete das männliche zeugungsorgan das ich immer aus ungünstiger perspektive zu sehen bekam in seiner wucht. vor dem ersten gestaltwandel hatte ich puppengröße erreicht ich dezimierte mich zusehends bis man mich verstecken konnte in der aufschlagfalte der hose oder unter dem kopftuch. die übliche kinderheit sah doch recht ordentlich aus wie eine sorgfältig zubereitete pirogge viel natron weniger fett viel kohl weniger fleisch und ei. nicht unschmackhaft. in lushniki hat mich mein vater spielender vater mit den anderen kindern häufig herumgeführt wie das so ist nur daß ich in seiner tasche steckte und einmal von lushniki aus mit einem jungen gott der in moskau exilierte und eine gemäßigte vorstellung von sexualität hatte gen westen flog. leider konnte er über leipzig nicht an sich halten vor lachen und ließ mich versehentlich fallen. vorm reichsgericht ich war elf und sah aus wie neunzehn das kommt schon mal vor allerdings war ich nur daumengroß vorm reichsgericht jedenfalls konnte ich mich retten im haar eines durchschnittlichen haushaltsvorstandes beim sonntagsspaziergang er bemerkte mich nicht erst als ich im schlaf in sein ohr drang und mich durchs trommelfell in sein hirn drehte ich schmerzte ihn wohl fiel ihm was auf. vor der strahlung beim arzt den er deswegen aufsuchte wußte ich mich zu verstecken trieb durch die venen indem ich sie plusterte und auch eine neue art stoffwechsels annahm: ich atmete blut. als er einmal seiner ehefrau heftig aufstieß beim freitagsverkehr rutschte ich durch den dafür eigentlich zu klein geratenen penis hinüber in seine weibliche hälfte. sie schrieen beide er vor schmerz sie in bis dahin unbekannten sphären sich tummelnd. ich mußte mich festhalten so strömte es nach aus der verletzung die ich ihm zugefügt hatte. in ihr ging es mir besser ich hatte ein kleine höhle für mich allein und reichlich blut von dem ich einmal im monat so reichlich aß daß kein tröpfchen nach außen drang wie es üblich war. bald hatte sie mich entdeckt und begann mich sofort zu lieben als wär ich ihr kind. ich ahnte noch nicht was geschah als die ersten anzeichen körperlichen wachstums sich einstellten erst als es wirklich eng wurde und ich beim drehen und wenden schwierigkeiten bekam immerhin hatte ich schon einmal einem jungen gott angehört roch ich den braten: sie wollte mich zur welt bringen als ihr eigenes kind. in den letzten wochen machte ich mich bereit das schicksal anzunehmen das mir da zugedacht war und setzte eins drauf indem ich von mir aus die hülle zerriß die mich umgab und mit den händen zielsicher den weg ins freie aufsperren wollte. die arme frau war darauf noch nicht gefaßt ich tat ihr so höllisch weh daß sie mich zu verfluchen begann und ihr mann beleidigt eins trinken ging. ich klammerte mich als eine hebamme nachsah derb an deren finger und ließ mich ans licht ziehen wo ich sogleich fallengelassen werden sollte vor schreck. ich war eine frau geworden halbmeterlang mit pflaumengroßen milchdrüsen einem schwärzlich umwollten schamberg und bleibenden zähnen, vor allen anderen dingen aber sprach ich mein heftigstes russisch zur begrüßung. statt mich säubern zu lassen lief ich von selbst zur schüssel und begann mir den schleim von der haut zu reiben. der krieg gegen rußland war schon im zweiten jahr das hatte ich leider nicht mitbekommen da drinnen und mußte nun dafür büßen indem man mich zum krüppel erklärte und in ein blindenheim steckte. dort war ich die einzige schöne frau und wunderte mich warum das niemand erkennen wollte. später hat man mich fertig gemacht für sonnenstein mir ein ärmliches kleid angezogen und das haar zum abschied gekämmt. das war dann zu viel für den russischen teil meiner seele ich schaffte es bei öffnung des transportbusses als erste und unbemerkt die stufen hinabzukriechen und mich unter dem bus zu verstecken bis alle fort waren. in einer ausbuchtung des chassis über dem linken vorderrad hab ich den rückweg genommen nach leipzig und noch einmal heimlich bei meiner zweiten mutter vorsprechen wollen die mich auch einließ schließlich hielt sie mich nicht völlig zu unrecht für die frucht ihres leibes. so verriet sie mich auch nicht als ich zielsicher auf das ehebett zulief und mich in der ritze versteckte sogar verhungern ließ sie mich nicht nur daß ich jetzt wieder eine männliche mündung ihr derbes werk verrichten sehen mußte fand ich nicht schön und begegnete der angst vor dem durchmesser des rohres auf meine weise: ich reduzierte mich. als ich eben dabei war kleinfingergröße anzunehmen geschah es daß die russen die stadt besetzten und meine zweite mutter den zweiten vater begraben ging er war vermutlich aber was wollte sie das zugeben an der narbe gestorben die sein glied geworden war nach meinem austritt. zur verbesserung der lebensumstände und weil er ein sanfter knabe war ließ meine zweite mutter einen lockigen russen namens wandrowski bei sich schlafen dem ich mich einverleibte als er ihr auf russisch was sie nicht verstand den abschied gab um nach hause zu ziehen. in ihm hielt ich mich drei oder vier jahre auf er war so sanft daß ich ihn nicht verletzen wollte. mein kindlich gebliebenes russisch konnte sich bessern seine haut war so dünn daß ich wunderbar lernte vor allem wenn er zu prüfungszwecken rezepte repetierte er wollte ein bäcker werden und hatte ein schwaches mädchen zur frau genommen das immerfort abtrieb. als es auf eine der abtreibungen mit todessehnsucht antwortete war ich so weit: ich wollte sie von innen mit sinn füllen und ging in einem unerwartet herrischen Akt meines sanften wirtes hinüber in sie. wie sie sich wand wage ich nicht zu beschreiben zuerst ich hatte gelernt verriet ich mich nicht und ließ ihr das monatliche blut noch vier- fünfmal fortlaufen zu einem teil den anderen aß ich und wuchs. als ihr zustand auf dieses betreiben hin unumkehrbar geworden bediente ich mich ganz an ihren absonderungen. so sehr ich mir die gestalt eines menschlichen säuglings auch wünschen mochte es wurde mir schwer und sie begann sich auch noch zu freuen auf mich. aber das war nicht alles was uns rettete: in unserer kaliningrader wohnung wurde ich einmal von der seele eines neunjährigen zierlichen mädchens besucht, die zweierlei sprachen verwandte. eine erkannte ich am klang so hatte mein junger gott gesprochen die andere ähnelte eher dem russischen so daß ich den einen den anderen satz mir erschließen konnte den sie aus sich heraustat. die seele behauptete eine gewisse verwandtschaft zu mir und fragte ob ich mich ihrer nicht annehmen wolle sie habe so ein junges gesicht das sie loswerden müsse um ein wenig zur ruhe kommen zu können. ich sagte nicht nein denn ich wollte so gern ein kind sein und nützlich und zog mir die haut die sie mir reichte über den kopf sie dankte mir sehr und verließ meine wirtin osmotisch. nun war ich ein kind von neun jahren was die lage erleichtern sollte als ich zur welt kam drängelte ich nicht und wartete bis man mich aushob aus meiner höhle. die freude des schwachen mädchens hatte bewirkt daß mein körper und mein gesicht sich aufeinanderzubewegten und meine erscheinung zum zeitpunkt der geburt eher einem winzigen schulkind als einer reifen frau ähnelte. meine dritte mutter schob meine schmale kontur auf das magere essen und das fehlen jeglicher rundlichkeit auf das strenge wickeln das man mir zufügte nach landesüblicher art. ich hütete mich zu sprechen vor der zeit mich allein waschen zu wollen oder auch nur den kopf zu heben. da ich nie weinte und meine schwache mutter nicht klug genug war sich zu wundern blieben meine schönen kräftigen zähne beinahe unauffällig während ich an ihr sog schob ich die lippen übers gebiß sie nicht zu verletzen. allerdings das gebe ich zu schiß ich die windeln nicht voll weil es zum einen zu unangenehm war zum anderen selten windeln gab zum glück hatte es meine unerfahrene mutter gerne bequem mit mir. mein platz in der ritze des bettes wurde mir niemals streitig gemacht ich lebte zwischen den matratzen und beobachtete nicht nur meine schlafenden dritteltern sondern vor allem wie die verschiedenen völker über mir miteinander ins bett gingen und sich eine zukunft herbeizuficken gedachten. meine mutter aber besann sich ganz auf ihren beruf: sie war feinbäckerin und verzierte torten, ehe sie in kartons verpackt und unter den ladentischen der zirkulation eingespeist wurden. nach neun jahren die denen in moskau ein wenig ähnelten was die kinderheiten betraf hatte ich etwas abstand genommen von meiner frühen furcht vor dem männlichen rohr mein drittvater hatte das ficken verlernt in der angst vor dem tod seiner frau die methoden des abtreibens rauhten sich auf man spritzte sich rinderhormone stach mit bloßen nadeln nach unseresgleichen stocherte uns aus dem buttrigen uterus heraus wo man kurze zeit später uns wieder anzusiedeln begann in hohem bogen daß es ein graus war. als das photo entstand, josepha rudolphowna, war ich den papieren nach zwanzig jahre alt aber du kannst dir denken worauf ich hinauswill und zwanzig jahre noch anhängen nach der ersten mir erinnerlichen geburt. mit vierzig war ich im besten alter kein kind mehr zu kriegen und noch nicht klapprig zu sein da entschloß ich mich in die realität jenes bildes hinüberzugehen aus dem ich nun zu dir spreche und meine dreidimensionale existenz aufzugeben. seit ich ein bild bin wurde ich populär man konnte mich auf dem titel der allunionszeitschrift sowjetskaja shenschtschina bewundern bei euch sowjet-

235

frau genannt und später im gesamten sozialistischen wirtschaftsgebiet als inbegriff der arbeitsfreudigen weiblichen jugend ich wurde plaziert in mütterheimen kreisleitungen der frauenverbände und kindergärten sogar wo man anhand meines beispiels den kleinen erzählte wie im lande lenins geliebt und gebacken wird. was allerdings meine anwesenheit in diesem kabuff zu bedeuten hat war mir nicht klar bis ich dich sah du bist schwanger und hast mir voraus was auch ich dir voraus habe. wir trafen uns in einem vom schicksal unbeobachteten moment denn wie sonst hätte man mir gestatten wollen die wahrheit zu sagen oder zumindest was ich dafür halte. soll ich ein wenig noch von der stadt meiner dritten kindheit erzählen kaliningrad? ich kam dort zur welt als besatzerkind was ich nicht wußte da ich ja selbst ein mehrfach besetztes kind war. meine dritte kindheit immerhin brachte es mit sich daß ich wieder zu wachsen begann das essen war nicht so schlecht es gab heringe saure gurken und öl. die nachgewachsenen bäume und sträucher in kaliningrads zentrum waren schon bis zu fünfzehn meter hoch aus den ruinen gewachsen oder rund um den schloßturm herum es handelte sich um pappeln espen und birken. aus der wuchshöhe schließe ich daß es das jahr 1955 sein muß das mir vor augen steht. ich war also drei jahre alt und selbst einen knappen meter groß als ich wie früher durch lushniki nun durch luisenwahl hindurchgeführt wurde an der hand meiner backenden eltern. natürlich wußte ich damals noch nicht daß es sich um luisenwahl handelte für mich war es einfach ein riesiger rummelplatz. die innenstadt haben wir meistens gemieden weil in kellern gesocks sich gesammelt hatte das einfachen sowjetmenschen aufs dach schlug und klaute. im norden der stadt in juditten und in maraunenhof konnte man hirten mit ihren herden dahinziehen sehen kühe waren es die auf den friedhöfen grasten. es soll wie ich später erfuhr in jenem jahre noch fünf deutsche gegeben haben in der stadt. einige viertel maraunenhof und die hufen und siedlungen jenseits der schon vor jahrzehnten abgetragenen festungswälle sind stehengeblieben im krieg. wir wohnten in einem schönen haus von dem mir der dritte vater erzählte die deutschen kapitalisten wären daraus verjagt worden es handelte sich wer wollte das wissen um die arbeitersiedlung der schichauwerft die uns ein dach bot. manchmal sind wir zum platz vor dem stadthaus gefahren um den genossen stalin um rat zu fragen auf seinem siebzehn meter hohen sockel. besonders nachts sah er so schön aus in seinem militärmantel die mütze in der hand und bestrahlt von scheinwerfern daß ich glauben wollte er sei der gründer der stadt gewesen. da wo zu alten zeiten die ostmesse war gab es basar auf dem mein vater manchmal des nachts heimlich gebackene törtchen verkaufte. so wurde ich groß und aß fisch und tat als ob ich zu lernen hätte was man mir aufgab. wir teilten uns die wohnung mit den familien eines baschkirischen offiziers und eines kasachischen küchenarbeiters. die frauen hatten das fett der verzweiflung angelegt als schützenden mantel und wußten das gar nicht nur ich konnte sehen daß sie darunter noch lebten. die großen baschkirischen brüste hingen so manches mal in unseren kochtöpfen wenn es ucha gab die allen besonders gut schmeckte ich war dafür flußfisch angeln gefahren mit meinem drittvater. zuweilen schien er von allen guten geistern verlassen und trug mir auf einmal nachzuschauen ob der asiatische fotzenspalt der kasachin denn wirklich quer und nicht längs verlaufe das lehnte ich ab. was mir gefiel waren die kasachischen fleischtaschen die sie leider nur selten und in ermangelung von hammel- aus rindfleisch herstellten indem sie die dunkelroten stücke erst kleinschnitten mehrere male durch ein gerät namens wolf drehten mit eiern zwiebel und knoblauch versetzten in teig verpackten und in siedendes wasser warfen. ehe man in ein solches täschchen hineinbiß mußte man die lippen eng darum schließen damit von dem köstlichen saft im innern nichts aus den mundwinkeln laufen konnte es empfahl sich nach dem ersten hineinbeißen die flüssigkeit auszusaugen und dann erst das täschchen wieder vom munde zu nehmen. vorm zweiten biß ließ man dann etwas butter oder smetana auf dem heißen teig verlaufen. so schön war unser leben manchmal. meine angst vor der dreidimensionalen existenz der eignen wie auch der der männlichen lebte erst wieder auf als mein drittvater entgegen alle gewöhnung gewißheit wollte: im keller zog er der breithüftigen kasachin die wäsche aus und setzte sie auf eine alte deutsche anrichte spreizte sie und schaute erstaunt auf ihren längs verlaufenden spalt beinahe nachdenklich biß er ihr dann ins täschchen. mein versteck war eines aus zufall: ich saß in der leeren anrichte wie oft wo ich ungestört mit einer kleinen taschenlampe lesen konnte was in der überfüllten wohnung kaum möglich war und sah aus der höhe seiner kniescheiben zu ihm auf durch den türspalt er ließ sich die hosen herunter wie er es in gegenwart meiner drittmutter seit beinahe zwanzig jahren nicht mehr getan hatte zog sich den schwanz durch die aufgeregt fliegende hand daß er groß und bedrohlich erschien. aus dem kleinen spalt an der spitze lösten sich einzelne sämige tropfen die die kasachin zwischen den fingerspitzen zerrieb ehe sie daran roch. ich roch es bis hinunter in mein versteck pilzig und bitternd während sie ihre waden um seinen hintern zu zwingen begann und er mit einem schlüpfrigen geräusch in sie hineinging. sie schaukelten eine weile ehe sie seufzend und schmatzend und wimmernd ihn bat sich zu entfernen sie riß den knüppel im letzten moment heraus stürzte sich von der anrichte und nahm meinen vater in den mund wo er bald zur ruhe kam. zunehmend verlor ich die lust am lesen. er lernte später in ihre achselhöhle zu ejakulieren wenn sie ihn zwischen arm und oberkörper auf und ab gehen ließ oder zwischen die brüste was ihm am besten gefiel er meinte es wahrscheinlich gut. mich erinnerte der blick aus dem schrank so sehr an die besucherritze in der ich lange zu haus gewesen war daß ich beschloß noch vor dem ende meiner ausbildung zur konditorin und feinbäckerin mich plattmachen zu lassen und so – wie schon gesagt, josepha rudolphowna. im kulturhaus der seeleute das einmal die börse gewesen war wurde ein estradenprogramm gegeben zum 8. märz dem tag unserer lieben frauen ich war siebzehn jahre alt geworden und doch schon siebenunddreißig du weißt es als ein photograph aus der hauptstadt kam unter den jungen mädchen sich umzusehen wegen des titelbildes der zeitschrift für die er arbeitete seine wahl fiel auf mich und ich mußte acht mal mit ihm tanzen drei wodka trinken und vier gläser portwein was ich auch tat denn ich wollte auf seinen film. nach der feier brachte er mich nach Hause über einen umweg zu seinem hotel in das er mich einlud ich mußte aber an die deutsche anrichte denken und vertröstete ihn auf morgen. er kam in der pause in die fabrik die anderen waren schon zur stolowaja gegangen um würstchen zu kaufen. ich hatte rouge auf die wangen gelegt sein film war selbstverständlich schwarzweiß ich saß am band im backkombinat über butterkremtorten als er mich bat mich neben den stuhl zu stellen. er photographierte mich ab nabelhöhe aufwärts obwohl ich ihn dringend gebeten hatte den ganzen körper abzupassen so daß nur mein oberteil auf den film geriet. meine beine laufen wahrscheinlich noch heute durchs frühere ostpreußen wenn nicht irgend jemand sie zur strecke gebracht hat ich konnte jedenfalls gerade noch sehen wie sie sich unter dem band versteckten und meinen etwas dick geratenen arsch nachzogen während mein oberkörper mit einem fröhlichen aufschrei im apparat verschwand. und nun bin ich auch bei dir josepha rudolphowna und sehe daß es dir gar nicht so schlechtgeht dein teint ist gesund und dein bauch so prall und bewegt als hättest du ihn gar gern das möchte ich wissen. überhaupt hatte ich während meiner verschiedenen aufhängungen in der ostdeutschen öffentlichkeit den eindruck daß es euch leichter gemacht wird zufrieden zu sein das fett der verzweiflung ist seltener auf den weiblichen knochen zu sehen. wie treibt ihr ab?

An dieser Stelle verpißt sich der fliegende Hund, sei es, weil noch andere Aufträge seiner harren, sei es, weil Josepha ohnehin aus der Traumphase auszusteigen im Begriff ist oder aber er die Wirkung der Anwesenheit mahagonifarbener siamesischer Ratten in Josephas Rocktasche doch unterschätzt hatte. Ljusja Andrejewna, müde geworden, hält die Augen auf ihrem Bild geschlossen, als Josepha zu sich kommt, drei Uhr morgens am Sonntag. Mit den Fäusten zerriebener Schlaf färbt ihr die sonst so dorschweißen Augäpfel lachsrot, ihr Blick will dem eines Angorakaninchens ähneln, was aber in der sich eben erst ankündigenden Dämmerung unbemerkt bleibt. Viele Sekunden verstreichen, in denen Josepha nicht sehr erfolgreich versucht, ihren Aufenthalt zu orten und sich eine zeitliche Orientierung zu verschaffen. Erst als die Augen sich aus der nassen Helligkeit von Blut und Fett des Traumes auf die Nacht unter dem Schreibtisch einzustellen beginnen und der Rahmen des Bildes als Kontur wahrnehmbar wird, hallt die letzte Frage – wie treibt ihr ab? – als von Ljusja gesprochen in ihr nach, und sie weiß, wo sie ist. Das schwarzweiße Kind, Josepha begreift auf der Stelle, saugt an seinem Daumen in schierer Verzweiflung und schaukelt den Schädel rhythmisch vor und zurück, schlägt dabei in elegischen Abständen das Schambein der Mutter von innen wund. Auf welche Weise es Ljusja gelungen sein mochte, sich ihr traumbildlich verständlich zu machen, interessiert Josepha nicht besonders, so unzweifelhaft deutlich hat das Photo gesprochen und geradewegs auf sie zu, daß etwas anderes als gänzlich auszuschließen angesehen werden muß: Ljusja Andrejewna Wandrowskaja, dreimal geboren und schließlich doch noch aufgewachsen im russischen Kaliningrad, ehemals Königsberg, mit dem Gesicht der neunjährigen Springspinne Lenchen Lüdeking und selbiges dadurch ins Erwachsenwerden begleitend, hat danach gefragt, wie diesseits der im Jahre neunzehnhundertneunundvierzig anscheinend endgültig befestigten Grenze abgetrieben wird. Es scheint eine wichtige Frage zu sein, an der für Ljusja irgend etwas sich zu entscheiden im Begriffe ist. Aber zugleich ein Schock für das schwarzweiße Kind!, wie sie dem Konterfei Ljusjas durch die halbgeschlossenen Lippen zuraunt. Wie wird sie es wagen können, hierzu Erkundigungen einzuziehen, ohne die fragliche Rema Andante in noch hellere Aufregung zu versetzen? An Abtreibung hatte Josepha niemals gedacht und stellt nun verwundert fest, gar nicht zu wissen, warum. Was wäre selbstverständlicher erschienen, als einem eben begonnenen Kind die Abwesenheit eines Vaters und die Andersartigkeit des eigenen Aussehens in einer ansonsten engerlingsfarbenen vermeintlichen Stammbürgerschaft zu ersparen? Was erschiene selbstverständlicher, als den Fehltritt reuig zuzugeben und sich unter die Hände eines Gynäkologen zu legen, den Lebensweg wieder begradigen zu lassen durch eine Auskratzung? So hatte sie das gar nicht sehen können, damals zwischen Februar und März, nachdem es passiert war: das schwarzweiße Kind. Hatte sie es gewünscht, herbeigeführt gar an den möglichen Händchen, durch das Imaginäre eines 29. Februars in die als kreisende Kugel sich aufspielende Realität? Vermutlich nicht, es war ihr einfach gut *möglich* erschienen, ein Kind zu bekommen, und daß der Vater ihr gefallen und eine gewisse Klaviatur auf ihr zum Klingen gebracht hatte, nahm sie als Zeichen, daß der Zeitpunkt nicht schlecht gewählt sein konnte. Auch Therese war dem Ereignis der Schwangerschaft ihrer Urenkeltochter nicht im mindesten mit Ablehnung begegnet, wo sie doch selbst einst dem zweiten Kind des zärtlichen August entgegengetreten war mit einer blauen Phiole und der unumgänglichen Entschiedenheit ihres Körpers. Ein Kind an der Hand als ein Pfand in derselben? Was aber wäre damit einzulösen? Ein Anteil am summierten Gefühlsaufkommen der Menschheit, am garantierten Mindestwärmeaustausch zwischen den Generationen? Sie denkt an die nicht unbeträchtliche Zahl von Frauen in W., die andersfarbige Kinder geboren hatten und später mit ihnen den sich mehr und mehr entfernenden Vätern nach Afrika nachgereist waren. Annegret Hinterzart. Simona Siebensohn. Martina Walter. Was mag es für deren Mutterschaft bedeutet haben, daß ihre Kinder etwas vermochten, was ihnen selbst unter allen denkbaren friedlichen Umständen bis ins Alter nicht möglich gewesen wäre, nämlich die im Jahre neunzehnhundertneunundvierzig anscheinend endgültig befestigte Grenze für Augenblicke zu öffnen und mit ihnen an der Hand hindurchzugehen? Wenn schon die Neugeborenen nahezu Allmacht verkörperten, indem sie dies konnten? Sicher war auch Martina Walter in der *Assozjaalenkortei* vermerkt gewesen, weil sie ihre vier Töchter kaum hatte versorgen können mit ihren neunzehn Jahren und der Häme der Nachbarn am Hals. Hatifa war zur Welt gekommen, als Martina die siebte Klasse der städtischen Schule besuchte, zwei Jahre später kamen Djamila und Clarence, wiederum nur ein Jahr darauf Poularde. In der großen Wohnung, in der einmal die Familie ihrer Eltern zu Hause gewesen war, faulten Wäsche und Brot durcheinander. Die Kinder gaben den hin und wieder über den Tisch wandernden Maden Namen und glaubten, sie in einem halbgefüllten Marmeladenglas zwischen Schimmelpickeln und abgestandener Zuckerbrühe zur Reife bringen zu können. Ihre Erfahrungen mit den weißlichen Wesen stammten auch aus ihren Windeln, denen sie noch nicht entwachsen waren, und diese Erfahrungen waren nicht die besten gewesen. Josepha weiß das, weil Therese manchmal den eigenen Ahnungen nachging wie den Gerüchen, die aus fremden Fenstern an ihre Nase drangen. Gemeinsam mit Josepha hatte sie die Windeln der Kinder gewaschen, ihnen Grießbrei gekocht oder eins von ihnen bei sich zu Hause schlafen lassen, wenn kein Durchkommen gewesen war zwischen Dreck und Gestank. Und wenn gar der Vater der Kinder, ein hellbrauner, athletischer Mann von unpassend wirkender Schönheit, unvorhergesehenerweise nach Haus kam mit anderen Männern und einer Sorte Schnaps, die in den Läden dieses Landes völlig unbekannt war, geschah es auch, daß sie alle vier Mädchen für eine Nacht mitnahmen, ihnen in Küche und Stube Luftmatratzen aufbliesen und Decken mit der weißen Wäsche aus dem Hausstand von Josephas Eltern bezogen. Nur Martina hatten sie nie überreden können, bei ihnen zu nächtigen: Martina war so glücklich, wenn ihr Ehemann sich an sie erinnerte, ihr ein bißchen Haut auf die Haut drückte und ein kippliges Gefühl von Wertschätzung in sie hineinfickte. Nach solchen Nächten fanden sie sie vormittags schlafend oder weinend in ihrem aufgewühlten Mädchenleben. Die Fromms, die Therese ihr zugesteckt hatte am Abend zuvor, lagen dann, über Messer und Küchengabeln gezogen, verspottet in der Wohnung herum, und Therese übersetzte das Wort *glimpflich* an solchen Tagen mit *Menstruation*. Martina aber nahm mit jeder Schwängerung an, ihm ein Stück nähergekommen zu sein und ihrer Ausreise in ein warmes Land, in dem sie sich die Düfte kaufen konnte, die Nouari Cedouchkine ihr manchmal von einer Heimreise mitbrachte via Paris. Sie machte sich vom Land ihrer

Träume nur jene Vorstellungen, die er vor ihr ausbreitete. Josepha konnte sich, als Martinas Aufbruch genehmigt worden war und unmittelbar bevorstand, des Eindrucks nicht erwehren, die *zuständigen Stellen* seien geradezu froh gewesen, sie an ein anderes Gemeinwesen abtreiben zu können.

Martina Walter hatte vermutlich niemals abgetrieben.

Josepha hatte, selbstverständlich?, nicht abgetrieben.

Die Mütter der Salzwedelschen Halbgeschwister hatten nicht immer abgetrieben.

Carmen selbst hatte zweimal abgetrieben und nicht viel Aufhebens davon gemacht.

Die Meisterin war in den sechziger Jahren, so hatte sie im Wahn dem Sprechenden Bild erklärt, ins benachbarte Polen gefahren, um abzutreiben.

Martina Walter war abgetrieben worden nach Afrika.

Josepha war abgetrieben worden zur Urgroßmutter hinüber, vom Vater hinweg.

Die Mütter der Salzwedelschen Halbgeschwister waren ein wenig vom Pfad der Tugend abgetrieben, ein wenig seitwärts in kleinstädtischen Spott gestolpert.

Carmen Salzwedel war abgetrieben worden von ihren halben Geschwistern, die sie nun ein Leben lang glaubt suchen und finden zu müssen.

Die Meisterin war abgetrieben worden in eine Unauffindbarkeit, die Josepha Ekel und physischen Schmerz verursachte.

Als es hell wird, verdunkelt Josepha Ljusjas Bild mit einem Kopftuch, das sie zuvor gebunden um den Hals trug, und hofft, noch ein wenig nachdenken zu können, bevor sich die russische Tortenbäckerin wieder meldet und eine Antwort fordert. Der laue Sonntag liegt, ein feuchter Film aus Stille, auf den Maschinen, den unbesetzten Stühlen am Band, auf dem Getränkeautomaten in der rechten Ecke neben dem Eingang und den verpackten Kalenderstapeln auf ihren hölzernen Paletten. Der Wind, der durchs offenbar undichte Hallentor eindringen kann, läßt die schmutziggelben, dicken Plastikflügel vor der Türöffnung ein wenig schurren. Das Geräusch erinnert Josepha unvermittelt an Thereses morgendliche Schlurfgänge zur Toilette, so daß sie sich einige Augenblicke lang vorstellen möchte, wie ihre Urgroßmutter zu Hause mit Richard Rund ein reizarmes Frühstück zu sich nimmt aus Toast, Ei und Haferflockenbrei, in Milch und Wasser gekocht. Auf den dicken Kaffee wird sie nicht verzichten können, obwohl ihr der zunehmend Magenbeschwerden bereitet nach dem üblichen üppigen Zuspruch. Himbeerwein wird über den Tisch gehen zur Einstimmung auf einen weiteren zweisamen Tag zwischen Wald und Bett und Kreuzworträtsel, und Josepha überlegt, daß die eigenen und Thereses Ansprüche an Luftraum nach der Geburt des schwarzweißen Kindes neu vereinbart werden müssen: Die Wohnung ist klein. Schon der in Aussicht stehende Besuch Ottilie Wilczinskis will gut geplant sein bei der ahnbaren Dichte weiblicher Existenz. Immerhin würde man sehen, wie Therese mit einem Säugling umzugehen geübt ist und Schlüsse daraus ziehen können. Vor einigen Tagen hatte auch Therese geäußert, immer *sommelieren* zu müssen, wo denn das Bett des Kindes stehen könnte. Sie schob es durch Zimmer und Kammer und Klo, hinein in den Garten, am Hügelgrab vorbei durch den Winterhimmel, als wär's das vom Häwelmann, und immer war es dann doch neben dem ihren gelandet in Gedanken. Josepha hat dagegen ein Kinderbett nicht im Sinn: Sie will das schwarzweiße Kind zu sich unter die Decke nehmen, bis es groß genug ist, ihre Brust loszulassen. Wie soll sie von Abtreibung reden? Langsam schlendert sie Meter für Meter durch die schweigende Halle und hält sich den Bauch, der manchmal schon hart wird, sich spannt. Aus dem Automaten zieht sie einen Pappbecher grünlicher, *Waldmeister* genannter Brause und kehrt zu Ljusja zurück um die zehnte Stunde des Tages. Das verspätete Frühstück, Brot und Mettwurst, verträgt sich nicht gut mit der Brause in ihrem Magen, übel wird ihr. Eine russische Cremetorte könnte nicht anders wirken. Damals in Moskau, als sie mit der schwartigen Lehrerin Brix das Ende der Schulzeit begingen, hatte es solche Torten gegeben: Quadratische Fett-Zucker-Gemische mit aufgesetzten rosa Persipanblüten, ein Fest für die damals ganz gläubigen Augen. Auf der Zunge zergingen sie noch, mit einigem Aufwand, im Verdauungstrakt aber rebellierte die Flora und forderte Zwieback und Tee zur Versöhnung. Tee war aber ebenfalls nur mit viel Zucker zu haben, wenn man ihn nicht selbst irgendwo zubereiten konnte, was im Hotel, sie bewohnten ein schäbiges Quartier namens *Ostankino* in der *Botanitscheskaja*, mit einer dicken, entweder bügelnden oder Tee kochenden Aufseherin auf jeder Etage, schwer möglich war: Tee ohne Zucker war einfach nicht denkbar, selbst wenn Josepha im heftigsten Russisch danach verlangte. Statt dessen standen aus den kleinen Vitrinen Tortenstücke, Trockenfisch und Konfekt zum Verkauf, und die manchmal sehr freundlichen *Djeshurnajas* ließen nicht locker, statt zuckerfreien Tees diese Köstlichkeiten anzupreisen. Wahrscheinlich hatten sie dann entmutigt Spaziergänge auf sich genommen, den Darm zu beruhigen, im nahe gelegenen Botanischen Garten der Akademie der Wissenschaften entweder oder im sich anschließenden Gelände der Allunionsausstellung. Daß ihnen zum Abschied von den weinenden Müttern der Moskauer Patenklasse, auf deren Einladung sie sich dort aufhielten, viereckige Pappschachteln überreicht wurden, deren Inhalt sich unweigerlich aus der Aufschrift ТОРТ erschließen mußte, will Josepha im Nachhall wie ein frühes Zeichen vorkommen.

Als Josepha das Kopftuch von Ljusjas Gesicht nimmt, hält dies seinen Ausblick noch immer geschlossen. Die Lider scheinen geschwollen, vom Weinen? Josepha streicht sanft mit dem Finger über Brauen und Wimpern der Sowjetkollegin, merkt, wie deren Schläfrigkeit sich auszudehnen beginnt auf den eigenen Körper, und als sie, diesmal im Stuhl, auf dem die verschwundene Meisterin saß, wenn sie schrieb, die Arme auf den Schreibtisch legt, fällt ihr der Kopf gleich darauf. Der fliegende Hund passiert die Plastikflügel am Eingang, durchschwebt die schläfrige Halle und kommt zur Kabufftür herein wie ein Stammgast auf sicherem Weg.

ljusja andrejewna wandrowskaja
lagebericht aus der besucherritze des jahrhunderts,
zweiter teil,
in der übersetzung des fliegenden hundes

da schläfst du also schon wieder josepha rudolphowna an deinem so arbeitsfreien sonntag wie ichs gewünscht hab denn ich bin noch nicht fertig mit meinem bericht. denk nicht ich hätte nicht gesehen wie du dir die sinne vergrübelt hast unterdessen mit der abtreibungsfrage. ich muß sie dir stellen denn daran entscheidet sich ob ich zurückkommen möchte in die dreidimensionale wirklichkeit. so ohne beine und arsch ist es schwer für eine frau du wirst das verstehen müssen deshalb wollte ich wissen wie ihr die entscheidenden fragen geregelt habt wieviel also das weibliche unterteil hier bedeutet. wüßte ich was meine beine in ostpreußen treiben … aber davon will ich dir später meine vermutungen auftischen. erst einmal muß ich erklären warum über leipzig mein junger gott ins lachen geriet und mich losließ: ich wollte ein kind, und weil ich zur mir bekannten art der vermehrung ein mindestens zwiegespaltnes verhältnis habe dachte ich dran eine rippe aus seinem schönen körper zu schneiden für einen menschlichen adam ich ließ also die hände an seinem brustbein an seiner wirbelsäule entlanglaufen ein geeignetes stück auszusuchen für mein begehren und fand es zwischen der zweiten und vierten rippe löste es weich war sein fleisch und schmerzen kannte er nicht mit meinem damentaschenmesserchen aus. als ich es abzuküssen begann mußte er lächeln als ich aber auf seinem rücken sitzend im fluge dem knochen ein gesicht schnitt und eine figur wandte er den göttlichen kopf und lachte drauflos so daß zuerst unser schönes kind kurz darauf ich über leipzig fallengelassen wurde ich hörte sein lautes gelächter im flug ich wollte dem kind hinterher ihm einen namen und eine mutter zu geben für später aber du weißt was passierte ich kam zu mir im haar eines deutschen haushaltsvorstandes mein kind war verloren und abgetrieben in fremdes gelände. ich hatte es als mann konzipiert um ihm die menschlichen kinderheiten zu ersparen die mich nicht glücklich gelassen hatten. da mein adam ein halbes göttliches erbteil besitzt nehme ich an daß er ein schöner mann auch geblieben ist und klug genug zu seiner herkunft zu stehen. irgendwo in der gegend von leipzig muß er nackt zu boden gegangen sein während des von uns *groß* und *vaterländisch* genannten krieges wenn nicht ein anderer wille ihn wegtrieb wird er noch dort sein wo er hinunterging zur erde nur wo wir uns verloren können wir uns wiedertreffen das hatte mein vater spielender moskauer vater immer gesagt wenn lushniki anstand und wir in der schar unterwegs waren. tatsächlich waren wir kinder stets dorthin zurückgekehrt wo wir das letzte mal einander gesehn hatten im gedränge wobei mir meist nur die aufgabe zukam den mund zu halten im jackenaufschlag meiner kleinen schwester. wenn ich nun wüßte er lebt und er wartet auf mich und mein fehlendes unterteil müsse nicht zum beweise der wirklichen mutterschaft beigebracht und ich würde nicht eingesperrt werden in ein deutsches krüppelheim könnte ich es noch einmal versuchen mit der welt und meinem mannkind darin. ich hab keine sehnsucht nach meinem arsch aber ich werde ihn vielleicht brauchen mit den beiden stämmigen beinen oder würdest du josepha rudolphowna mich hinbringen wollen zu meinem sohn in die gegend von leipzig? du könntest mich in den koffer packen zwischen die weichen kleider von denen ich schon eine ganze reihe gesehen habe seit ich hier bin ich denke daß sie nach bauch duften weil du immer ein wenig fruchtwasser ausschwitzt. würdest du das für mich tun? wenn ich dann auch ein wenig nach fruchtwasser rieche beim auspacken wird mein sohn nicht mehr zweifeln können daß seine mutter zurückgekommen ist nach so vielen jahren. das wäre mein wunsch.

doch zurück zum lagebericht. in ostpreußen wird mein unterteil einige zeit unbeachtet von keller zu keller gekrochen sein in der erinnerung an die deutsche anrichte. in selbigem möbel wird es sich schließlich versteckt haben in einem anfall von rührung die immer dann im unterleib zieht wenn etwas vertrautes geschieht. mein drittvater wird die breite kasachin noch oft befeuchtet mein unterleib ohne augen und ohr und nase wird nur die erst feinen später derber werdenden erschütterungen des möbels wahrgenommen haben oder ein paar tropfen die von der oberen platte in die türritze liefen die innenseite hinunter und am unbenutzten messingfarbenen schloß herabfallen mußten. sicher haben die beine die feuchtigkeit dann vorsichtig abgewischt voneinander ich kann mir gut vorstellen wie meine knie aneinanderschlugen oder die fußknöchel. wenn alles so weiterging und was spricht dagegen sind meine beine unversehrt wie am tag unsrer trennung wenn ich es schaffte kaliningrad noch einmal zu besuchen wüßte ich wie ich sie finde und zöge die wiedervereinigung dem rollstuhl vor das wirst du verstehen.

 das ding mit den torten ist so daß ich einfach nichts besseres zu tun wußte als meinen dritteltern nachzueifern und einen handwerklichen beruf zu erlernen. wär ich ins grübeln gekommen an einer der universitäten in philosophischer art was zum beispiel die welt im innersten zusammenhält wär mir nur das wort rohr eingefallen oder rippe und ich hätte womöglich mich mitteilen wollen über mein vorleben. meine arme drittmutter hätte begreifen müssen daß ich ihre leiblichen eier beiseite geschoben und mich als fremdlingin in ihr eingenistet hatte wenn auch in der ehrenvollen absicht sie aus der eigenen tiefe heraus mit sinn zu erfüllen. und selbst die kasachin hätte nicht unerwähnt bleiben können wär ich ins grübeln gekommen also wurde ich tortenbäckerin und paßte auf daß die drittmutter nicht zur unpassenszeit nach haus ging da der vater üblicherweise ins kasachische fleischtäschchen biß mit saugenden lippen. sie hat es mir gedankt mit dem glauben ein vorbild gewesen zu sein an tüchtigkeit und anstand so rechtschaffen schien ich in meiner schüchternen art den torten in zartem rosa zu landesüblicher großartigkeit zu verhelfen. ich gebe zu daß ich kurz vor meiner eigenen horizontalen teilung die schokorumbaisertorte erfand in einem schöpfungsakt der sozialistischen neuererbewegung mein engagement für das wesen der russischen torte also auf änderung drängte von brennwert und aussehen. hättest du josepha rudolphowna meine WIOLETA gekostet wüßtest du besser wovon ich jetzt rede: eine ovale braunrandig abgebackene bisquitplatte bestreute ich mit entöltem kakaopulver dem ich zuvor ein wenig vanilleschote beigemengt hatte gab ein paar spritzer rum (verschnitt) auf den grund und legte abgetropft aprikosenhälften darüber das war eine revolution. aus dem saft der früchte kochte ich mit hilfe feinen kartoffelmehls einen steifen pudding den ich darüberstürzte und mit geriebener schokolade beschmeckte. einem dünnen aufstrich saurer sahne ließ ich die krönung folgen gezuckertes steif geschlagenes eiweiß nach zwölfstündiger lufttrocknung – das war schon das ende der revolution denn es fehlte das fett. hatte man vorgehabt mich gleich zum mastjer-instruktor zu schlagen ehe ich WIOLETA zur abschlußprüfung kredenzte mußte ich nun erleben wie man sie schmähte und zum dekadenten machwerk westlicher backart erklärte die auf die guten traditionen der russischen küche sowieso pfiffe und wem sonst stünde fett zu wie zucker: dem werktätigen volk. (was soll denn geschehen mit dem nicht mehr gebrauchten fett – soll es vielleicht der bourgeoisie in den aufgerissenen rachen geschmiert werden im anderen lager, während das volk an WIOLETA das fasten übt? so gingen die fragen.) was soll eine da machen die anderes will ich vergaß zu erwähnen bislang daß meine drittmutter in diesem zusammenhang sich distanzierte von mir und eine petition wider die dekadenz unterschrieb die man an meiner person festzumachen versuchte und ich einem ausschluß aus dem komsomol durch mein gerade noch rechtzeitiges verschwinden zuvorkommen konnte meine beine wird wohl niemand erkannt haben es kam schließlich öfter vor daß beinlose kriegsveteranen auf kleinen wägelchen durch die stadt kurvten. sie stießen sich mit den armen vom boden ab um vorwärtszukommen man sah über sie hinweg und auch meine beine wird man für eine ehemalige soldatin gehalten haben: ich trug salzgurkenfarbene baumwollstrümpfe und einen schwarzen rock alterslos also wird mein unterteil auf und ab gegangen sein in kaliningrad bis es die deutsche anrichte wiedererkannte. aber mein photo fand seinen beschriebenen weg vom frauentag weg durch die östliche lebensart. und wenn ich jetzt aufschau aus meinen lächelnden augen kann ich dich sehen wie du schläfst josepha rudolphowna und mich erträumst und vermutlich verstehen kannst du zuckst mit den lidern du öffnest den mund und dein kind verdreht seinen ungeborenen körper in dir daß ich lächeln muß. diese art der vermehrung ist womöglich gar nicht so unangenehm wie ich geglaubt habe. schließlich weiß so ein kind eine ganze menge von dir wenn es zur welt kommt nämlich wie dein blut pulst wie dein gedärm knarrt wie du beim denken dich spannst und welche gefühle die angenehmeren sind. meinen sohn habe ich zwar entworfen nach meinem plan aber was weiß er von mir außer daß ich ihn nicht festhalten konnte. was weiß ich von ihm außer wie er aussah kurz vor dem sturz und aus wessen geripp ich ihn schnitt ... wach auf. du solltest mir sagen ob du es auf dich nehmen kannst mich in die nähe von leipzig zu bringen daß ich es wieder finde mein halbgöttliches rippenkind wenn ich nur richtig wüßte daß es uns immer noch gibt wäre ich froh. wach auf.

Therese Schlupfburg bereitet in ihrer Küche, am Tisch sitzend, eine Menüfolge vor für die Wiederbegegnung mit ihrer zwischen Wuschken und Ruschken verlorengegangenen Tochter. Das Essen war immer eine der wichtigsten Angelegenheiten gewesen in ihrem langen Frauenleben (*wir Ostpreußer, was?*), und nicht Flucht noch Nachkriegsknappheit hatten ihr die Lust an der Nahrungszufuhr nehmen können. Schließlich hatte sie auch die Beziehungen zu den Mitgliedern ihrer Familie und zu den Freundinnnen ihres Lebens über den Charakter von Mahlzeiten organisiert, hatte Widerwillen mit faden Mehlsuppen und Liebe mit grandiosen Eintöpfen bewiesen, der hilflosen Erna Pimpernell Blutwurst gebraten und den Angelikaeltern Purzel und Raderkuchen entworfen, hatte mit Zweidrittelmilch und Möhrensaft ein kräftiges Kind aus Josepha gemacht und nur wenige Male, dann aber sehr entschieden, wirklich versagt. Indem sie dem Fritzchen gutes Essen aufdrängte und ihn darüber gar nicht mehr wahrnahm oder aber aus Willi Thalerthals Desinteresse an Puffern und Grießbrei die richtigen Schlüsse einfach nicht ziehen konnte. Gerade gestern hat sie von einem pazifischen Eingeborenenvolk gelesen, dessen Frauen in der Lage sind, den Milchfluß auszulösen, ohne geboren zu haben, wenn zum Beispiel einem fremden Säugling die Mutter stirbt oder ein Waisenlamm zugrundezugehen droht. Vielleicht hätte sie Marguerite Eaulalias Vater ja retten können mit ein wenig mehr Vertrauen in die eigenen Kräfte! Sie schlurft zur Toilette und bewegt in ihrem Kopf verschiedene Fleischsorten umeinander, schneidet Salat und köchelt Fonds ein zu Soßen, schmälzt Rotkohl und buttert Erbschen, erinnert sich, was Ottilie am liebsten aß als Kind: die aufgetriebenen Hefeklöße mit Blaubeerkompott. Ja, Blaubeeren stehn noch ein paar Gläser im Keller vom vorletzten Sommer, als sie noch besser zu Fuß war und eine Woche lang täglich zwei Eimer aus dem Wald nach Hause gebracht hatte zum Einkochen, das möchte schon gehen mit den Hefeklößen. Aber die sollten sie sich machen, wenn der erste Rummel vorbei sein würde. Beim sächsischen Pferdefleischer Albin Brause wird Ottilie auch gleich nach dem Krieg gut zu essen gehabt haben. Wickelklöße stellt sie sich vor aus gekochten Kartoffeln, mit brauner Butter besprenkelt, dazu ein Gulasch aus dem dunklen Fleisch, das immer ein wenig nachbittert im Schlund. Der einzige Pferdefleischer im Umkreis führt in W. einen winzigen Laden, in dem an zwei Tagen der Woche verkauft wird, was die nur selten angelieferten Tiere hergeben: Grütz-, Mett- und Leberwurst, fein oder grob, Salami, dazu die verschiedenen Braten und riesige braunrote Rouladen, deren eine wohl für eine vierköpfige Familie reichen wird. Auch Therese kauft ein- oder zweimal im Monat in jenem Laden Hackfleisch, verschweigt aber ihrer Urenkelin die Herkunft der darauffolgenden Klopse, zu gern waren sie früher gemeinsam zum Pferderennen auf den Boxberg gefahren, hatten auch manchmal gewettet und verloren. Josepha hatte stets dasselbe rote Samtkleid getragen, das mit den Jahren in Länge und Breite durch einen tiefgesetzten schwarzen Rockteil und seitliche weiße Einsätze vergrößert worden war. Nur der von Therese in mühevoller Arbeit gehäkelte Kragen blieb unverändert und zierte den sieben- wie den zwölfjährigen Hals. Als der Kragen dann zu eng wurde, verging auch die Lust auf Pferderennen allmählich. Außerdem hatte sich im Boxberglokal das Angebot an Getränken gewandelt. Die frühen gelben Faßbrausen zu zwanzig Pfennig gab es nicht mehr, statt dessen wurde die angebliche Mandarinenlimonade *Mandora* ausgeschenkt, zusammengerührt in der ortsansässigen Brauerei. Nicht nur, daß sie einfach nicht schmecken wollte, sie ließ auch das richtige Wettgefühl bei den Galopprennen nicht aufkommen. Auch deshalb legte Josepha eines Tages die Pferde ad acta. Daß sie sie aber essen würde, erschien Therese undenkbar, so daß sie auch heute noch die Klopse nach Rind und Schwein benennt, wenn Josepha fragt, und den Geschmack mit eingeweichten Brötchen, Salz, Pfeffer, Eiern und Zwiebel ganz am Gewöhnlichen ausrichtet. Daß sie sie dann in Butter brät, kann, so glaubt sie, jeden Verdacht, sollte er denn wirklich aufkommen, mit einem Verweis auf den wunderbaren Duft des sich bräunenden Fetts widerlegen. Therese zieht sich den großräumigen Schlüpfer, von Josepha respektlos *Fransenballon* genannt, wieder hoch über den Hintern und geht zurück zum Tisch in der Küche. Richard Rund ist heute bei seiner Tochter zum Mittagessen geladen und kann sie nicht stören in ihrem Bemühen, Glanz auf die Wiedersehenstafel zu bringen. Josepha hat sich am frühen Morgen zur Arbeit verabschiedet. Ein bißchen wundert sich Therese jetzt, daß das Mädchen schon gestern am Nachmittag überraschend aus der Fabrik nach Hause gekommen war, wo sie doch vorgehabt hatte, bis zum Schichtbeginn am Montagmorgen dort zu bleiben. Von einem Photo hatte sie ihr erzählt, das im Meisterkabuff hänge und ihr etwas zu sagen habe. Therese findet das nicht absonderlich, auch sie spricht jetzt oft mit den Bildern aus ihrer Schachtel, als könne sie Fritzchen noch einmal ins Leben schicken oder sich sonst etwas Gutes tun. Außerdem nimmt sie an, daß Josepha nun lernt, wie die wortlose Sprache der Frauen gesprochen wird, die Zeit ist wohl reif, eine Schwangerschaft versetzt, sie weiß es, den weiblichen Körper in eine durch nichts Männliches nachzuahmende Verfassung, lockert ihn auf. Und wenn dieses russische Mädchen ihrer Urenkelin etwas zu sagen habe, dann wird das so sein, denkt Therese und nimmt einen Schluck vom gestern übriggebliebenen Himbeerwein. Um bei Sinnen zu bleiben, die ersten lieblichen Nebel umwölken ihr Denken, bringt sie die Flasche verkorkt in die Kammer und muß dabei einen Blick in Josephas geöffnetes Zimmer werfen. Ein Telefonbuch des Bezirkes Leipzig liegt auf dem Bett. Sie kommt näher, ihr Herzschlag beschleunigt sich bei den wenigen Schritten auf doppelte Frequenz, und nimmt das dicke Buch zur Hand. Ein gelber Bleistift ragt als Lesezeichen zwischen den Seiten hervor. Als Therese an markierter Stelle nachschaut, fällt ihr ins Auge: Im Ort Lutzschen bei Leipzig hat Josepha einen Herrn Rippe, Adam, Fleischermeister, Grimmaische Straße 42, dick umrahmt.

Im *VEB Kalender und Büroartikel Max Papp* wird erneut versucht, das ungeklärte Verschwinden eines propagandistisch gemeinten Bildes zu überspielen. Als am Morgen der Schichtleiter, wie gewöhnlich ein wenig früher als die Kollegen, ins Kabuff kam, gähnte ihn eine weiße Stelle von der vergilbten Spanplattenwand an, daß er gleich müde werden wollte und erst kurz vor dem Einnicken am Schreibtisch begriff, daß da etwas fehlte: Die russische Tortenbäckerin war entfernt worden, ein Wochenendeinbruch wahrscheinlich, die Polizei mußte her. Der betriebliche Jugendführer verhinderte in letzter Minute den Anruf, fiel dem Schichtleiter geradewegs in den Arm, als er bei seinem üblichen Montagsrundgang durch die Hallen auch im Kabuff vorbeischaute. Man überzeugte sich gemeinsam, daß nichts fehlte, nicht Tür noch Fenster gewaltsam aufgebrochen worden waren, keins der Papiere im Schreibtisch angerührt schien. Also nix für die Polizei, das muß den *zuständigen Stellen* mitgeteilt werden, flüsterte der Jugendführer und wählte die stille Nummer aus hohler Hand, während der Schichtleiter einstweilen die Mittelseite der Zeitung DAS VOLK vom letzten Freitag über die gähnende Stelle klebte. In Ermangelung durchsichtigen Klebestreifens entnahm er dem Erste-Hilfe-Kasten eine Schachtel Pflaster und schnitt die klebrigen Seitenstreifen von der Mulleinlage ab. Josepha, als sie unbeteiligten Gesichts ins Kabuff schneit, ihren Morgengruß abzugeben (sie muß grinsen bei der Vorstellung, nach dem Öffnen der Tür zwanzig Zentimeter Bauch in den Raum zu schieben, ehe ihr Gesicht sichtbar wird), wundert sich über die schlecht verhehlte Aufregung: Wer außer ihr hatte dem Konterfei der russischen Tortenbäckerin jemals auch nur den Hauch eines Interesses entgegengebracht? Wem also sollte das Fehlen des Bildes auffallen? Höchstens würde die dilettantisch befestigte Zeitungsseite Anlaß zu Spekulationen geben. Ljusja jedenfalls steht zu Hause in Josephas Schrank zwischen den aromatischen Kleidern und wartet auf die Fahrt nach Lutzschen. Jetzt, da sie weiß, wo ihr Sohn lebt, ist sie kaum noch zu halten in ihrem Rahmen. Josepha hat sie gestern gleich mit zu sich genommen, weil Ljusja ihr helfen sollte bei der Suche nach dem halbgöttlichen Rippenkind. Sie hatte sie in die knautschlederne Umhängetasche verfrachtet zwischen die nicht verbrauchten Lebensmittel und sich dann über das sonntäglich stille Fabrikgelände geschlichen von Toreinfahrt zu Toreinfahrt. An der Ausfahrt zur betriebseigenen Müllkippe war sie unbemerkt davongekommen und schließlich, sich ekelnd, über die Halde gestapft. Die mahagonifarbenen Ratten in ihrem Versteck mußten die Nähe ihrer Verwandten gespürt haben, sie machten sich pfeifend bemerkbar. Als Josepha durch eine Laubenkolonie in die Innenstadt lief, folgten ihr die nacktschwänzigen Haldenbewohner in gemessenem Abstand und großer Zahl, und erst ein entschlossenes Bitten brachte die roten Ratten dazu, ihre Artgenossen zu vertreiben mit einem als Warnsignal gebräuchlichen Gefahrenpfiff. Das Telefonbuch des Bezirkes Leipzig hatte Josepha bei Carmen Salzwedel ganz richtig vermutet und sich auf dem Weg nach Hause ausgeborgt. Sie hatte der Freundin versichern müssen, es am Dienstag wieder mit zur Arbeit zu bringen, denn ein weiterer Stapel Baumwollwindeln war gegen eine Liste von Leipziger Hotels vereinbart worden, in denen während der eben zu Ende gegangenen Herbstmesse westliche Geschäftsmänner abgestiegen waren. Die Textilverkäuferin verband mit dieser Liste, die Carmen

Salzwedel durch fingierte Anrufe in den betreffenden Etablissements aufzustellen im Begriffe war, die Hoffnung auf einen gehörigen Zuverdienst im kommenden Frühjahr, wenn wieder Messegäste die Stadt durchstreifen würden auf der Suche nach geschlechtlicher Abwechslung. Therese hatte sich ein wenig, glaubt Josepha, gewundert über ihr verfrühtes Auftauchen, aber während des gemeinsamen Abendbrotes war das kein Thema gewesen. Statt dessen hatte Therese verkündet, das Lokal am Cumbacher Teich als Ort des Wiedersehensfestes mit Ottilie aufgegeben zu haben und statt dessen eine Feier in den eigenen vier Wänden zu bevorzugen. Zeitig war man zu Bett gegangen, und Josepha hatte nur zweieinhalb Stunden gebraucht, Adam Rippe in Lutzschen zu finden und als die gesuchte Person festzustellen unter Ljusjas begeistertem Zwinkern. Während sie nun den Schichtleiter nach dem heutigen Einsatz ihrer Arbeitskraft ausfragt, ist sie schon sehr unterwegs zu jenem sächsischen Wurstmacher. Schwere Arbeiten will man Josepha nicht mehr zumuten, sie wird zu Aushilfsdiensten der Endkontrolle zugeteilt. In Stichproben muß sie in blaue Folie gebundene Taschenkalender des Jahres neunzehnhundertsiebenundsiebzig nach Druck und Schnitt durchsehen, nur selten wird sie ein nicht ganz korrektes Exemplar zu beanstanden haben und vielleicht abzweigen wollen für den häuslichen Vorrat an Weihnachtsgeschenken, wie sie es jedes Jahr tut, und der Montag geht desselben gemächlichen Schrittes voran wie jenseits der im Jahre neunzehnhundertneunundvierzig anscheinend endgültig befestigten Grenze: Ottilie Wilczinski tritt vor den Standesbeamten. In tiefblauem Samt, den bunt bezogenen Avraham Bodofranz im Arm eines Revesluehsohnes zurücklassend, setzt sie sich in den Sessel neben den Fernsehmechanikermeister und wartet. Die Rede des Amtsmannes kreist um die heilige Ehe und Ottilies Rolle darin, um des Bräutigams Schutzpflicht und den Tod überdauernde Treue. Da hat sie gut lachen. Ihr Sohn kräht in den hinteren Reihen des Saales sein *lidl* und *ladl* zur Freude der vollzählig erschienenen Kindschaft Franz Revesluehs, der in seinem schwarzen Sakko über weinroten Hosen und einem hellblauen Hemd Ottilie sehr *schnafte* erscheint. Sie sagen JA zueinander und streifen sich unter einigen Mühen schmucklose Goldringe über die Finger. Ihr Kuß fällt sehr tief aus, Ottilies Zunge glaubt das Zäpfchen zu spüren in Revesluehs Rachen, als sie sich erschrocken zurückzieht aus seinem Mund. Zum Essen fährt man, eine Überraschung des Bräutigams, ins *Dornstübl*, wo ihnen der Hubertus Dornbichler bayerisch gekocht hat und seine Frau freundlich lächelnd serviert. Heute hat Franz Revesluehh nicht den Blick und nicht die Traurigkeit, die es braucht, sie zur Heimlichen Hure zu machen. Aber ihr Auftritt als Annamirl Dornbichler, fesch verdirndlt, ist auch nicht von Pappe und fordert Ottilie heraus zu einem *überkandidelten* Trinkspruch auf die Wirtsleute. Beinahe glaubt sich der Fernsehmechanikermeister ein wenig entdeckt, als seine Angetraute auf Annamirls steil aufragenden Busen anzuspielen scheint mit erhobenem Glas, doch er hat sich getäuscht. Ottilie fehlt, wie allen Frauen, der Sinn für Rosanne Johannes Identität ... Der Säugling bekommt heute nicht nur die Brust, sondern von der einen, der anderen vermeintlichen Halbschwester ein Löffelchen gezukkerter Sahne ins Krähen geschoben, was er mit noch vergnügterem Tönen quittiert. Man hat seinen Spaß an dem Jungen, seit Franz Revesluehh sich vor einigen Wochen zur Lage erklärt und den neuen Sohn, von dem er nicht ahnt, daß er die Kraft der Drei Väter hat, den Kindern aus erster Ehe vorgestellt hat in seiner rührenden Nacktheit. Der Anblick des unbekleideten Säuglings hatte auch die Revesluehkinder veranlaßt, sich auszuziehen. Franz und Ottilie hatten nicht unbeteiligt bleiben können und waren dem Beispiel gefolgt, so daß man sich in Revesluehs überfüllter Wohnstube endlich ganz nah zueinandergestellt und eine Art Hitze zwischen den Häuten erzeugt hatte, die mehr bedeuten mußte als jedes Gespräch, das sie miteinander hätten führen können. Sie waren auf dem Weg, eine späte Zusammengehörigkeit zu finden, die – wie von Rosanne Johanne vorausgesagt – auch Revesluehs freiwillig dahingegangene Erstfrau nicht ausgrenzte. Eine seiner Töchter versuchte das auszudrükken, indem sie erklärte, zum ersten Mal habe sie, in Revesluehs

Achseldunst kauernd, seine Anwesenheit erlebt und sein Anteilnehmen an ihrem Dasein, und als sie die Augen schloß im Geruch seines Schweißes, sei die lächelnde Mutter dagestanden vor ihrem Blick und habe genickt.

Rosanne Johanne schenkt einen weißen Wein aus, der ein wenig nach Nuß schmeckt und, was die Gäste nicht wissen, von einem Zisterziensermönch im zwölften Jahrhundert in der Nähe von Bingen gekeltert worden war. Bruder Ludwig war mit der Askese nicht fertiggeworden, so daß sich die Heimliche Hure seiner erbarmt hatte, indem sie sich vor ihn kniete, während er mit seinem Gott sprach. Bruder Ludwigs Wein ist für Hochzeiten gut geeignet, weiß Rosanne Johanne, da er die Fließfreude steigert. Auch Ottilie bekommt das Getränk über die Maßen, ihr Gesicht frischt sich auf mit roter Farbe, die Reden gehen ihr munterer von der Zunge als je, und ihr Herz macht Stolpersprünge in Richtung Osten, wo sie Mutter und Sohn und Enkeltochter zu sehen erwartet. Zur Abendstunde wird Therese aus der öffentlichen Telefonzelle auf dem Markt von W. mit dem Paar telefonieren, das nur noch neue Papiere braucht, um herüberzukommen. Einige Tage wird das zum mindesten dauern, selbst wenn man nach München fahren und den dringlichen Weg wählen wird.

Auch die Gunnar-Lennefsen-Expedition mahnt sich dringlich an. Im Gurkenglas findet sich ein frischer Vorrat an Röstbrotwürfeln, der geriebene Käse lockt mit leicht säuerlichem Duft Josephas Appetit, als sie nach Hause kommt. Der Tag der westlichen Hochzeit soll auch diesseits der im Jahre neunzehnhundertneunundvierzig anscheinend endgültig befestigten Grenze gefeiert werden: Mit einer neuen Etappe. Daß Therese nicht da ist – sie schompelt gerade die sachte Steigung zum Schlupfburgschen Wohnhaus herauf aus der Stadt, vergnügt als frisch befestigte Schwiegermutter nach dem ersten Gespräch mit dem Paar –, gibt Josepha Gelegenheit, den Nachmittag Revue passieren zu lassen: Es hat Geld gegeben fürs schwarzweiße Kind, einhundertundfünfzig östliche Mark als erste Rate nach bravem Absolvieren der Entwicklungsprüfung bei der bronzenen Gynäkologin. Geplaudert hatte man miteinander nach erster beidseitiger Unsicherheit, Josepha war wohl verwundert gewesen über die ärztliche Art, zur Tagesordnung überzugehen nach erfolgreicher Anpassung der sperrigen Patientin. Immerhin hatte sie noch einmal nachgefragt, was der Unsinn, ein rotes **A** auf ihre Karte zu drücken, zu bedeuten habe. Eilfertig war ihr von der Schwester versichert worden, das sei wohl ein Irrtum gewesen, ein Versehen eben, wie es immer mal wieder geschehen könne bei der Vielzahl der schwangeren Frauen in W. Einfach mal in der Spalte verrutscht und die Falsche gemeint. Hier ist aber nix in der Spalte verrutscht! hatte Josepha, entblößt auf dem Untersuchungsstuhl liegend, mit unverhohlenem Spott bemerkt und die bronzene Farbe der Ärztin ins Rote getrieben. Entschuldchen Se, Frau Schlupfburch, entschuldchen Se, mer hamm so viel ze tun, das derfen Se nich iwelnehm, einfach nich iwelnehm, weils ja nich so gemeint war. Josepha hatte es ihrerseits eilig gehabt, für Therese ein seit Wochen gewünschtes Geschenk zu kaufen und war nicht eingegangen auf die Möglichkeit eines längeren Gespräches. Lust hatten die beiden Beratungspersonen dazu ohnehin nicht, da war es bequemer erschienen, zum Kind als zur Sache zu kommen und festzustellen, es habe die richtigen Maße und liege in guter Gebärposition, sein Herz schlüge kräftig und gesund, nur Josephas Gewicht bereite ein wenig Sorgen: Ob sie denn auch genug esse? Und Milch trinke? Und doch nicht etwa rauche??? Zwei Pfund hat sie zugenommen im letzten halben Jahr, das sei schon gewaltig unter dem üblichen Maß, aber zum Glück merke man das der *Frucht* nicht an. Wollen wir der Mutti denn mal einen Speiseplan machen? Die Bronzene suchte in einer Lade nach einem hektographierten Prospekt mit Kalorientabellen und infantil anmutenden Zeichnungen verschiedener Gemüsesorten. Huch, mußte Josepha da abwehren, das fehlte mir noch, wo doch meine Urgroßmutter so ostpreußisch kocht, daß Sie sich alle zehn Finger nach lecken würden, Frau Doktor! Irgendwie war der seltsame Akt schließlich an sein Ende und Josepha zu Geld gekommen, so daß sie nun daran gehen konnte, einen etwas heimlich gehaltenen Wunsch Thereses zu erfüllen: Seit langem begehrte diese, aus einem Kunststoffbierhumpen mit Stadtwappen zu trinken, fand aber selbst nicht den Mut, den unsäglich häßlichen Gegenstand im Kunstgewerbegeschäft zu verlangen. Und auch Josepha hatte sich bis heute zu schwer damit getan. Aber die Überwindung, die es brauchte, wieder zur Ärztin zu gehen, war groß genug, den Kauf des hellblau-weißen Humpens mit metallfarbenem Klappdeckel im gleichen Zug möglich zu machen, und siehe, es war leichter als gedacht: Die Verkäuferinnen wußten offenbar nichts von *schön* oder *häßlich*, sie grinsten nicht einmal, als Josepha ihren Wunsch äußerte, sondern boten in gleichgültiger Ruhe drei Varianten zum Kauf. Zwei davon fielen gleich unter den Tisch, weil sich im Kopf der Kundin die Worte *russengrün* und *schweinchenrosa* bissen. Für *hellblau* kam eine ähnliche Schmähung beim ersten Anblick nicht auf, so daß sieben Mark fünfzig über den gläsernen Vitrinentisch gingen. Auf dem Nachhauseweg hatte sich Josepha dann doch den Kopf zerbrochen, warum es Therese nach solchem Humpen verlangte, den die Verkäuferin einen *Bempel* nannte (und diese Bezeichnung erschien Josepha als angemessen blöde und darum goldrichtig). Bempel wie Dussel, Dödel, Dumpfbacke, Dämlack, ein feines Wort und kein bißchen heuchelig. Aber was hatte Therese damit zu schaffen? Die kleinen lieblichen Räusche an ihr kennt Josepha erst seit Richard Runds diversen Obstweinen, Bier war nur selten und dann in einfachen Senfgläsern aus Preßglas ausgeschenkt worden. Das erste Mal hatte Therese vor etwa eineinhalb Monaten auf Usedom geäußert, wie sehr sie sich danach sehne, ein kühles Bier aus solch einem Gefäß schlürfen zu dürfen, und sie hatte sich sogleich verschämt die Finger auf die Lippen gelegt und die eben ausgesprochene Vision am liebsten wieder verschlucken wollen. Am Strand waren sie auf und ab gegangen auf der Suche nach schönen Muscheln und einem Stückchen Bernstein, das sich aber nicht zeigen wollte. Ob das salzige Wasser in ihr diesen Durst ausgelöst haben mochte? Warum aber hatte sie dann den Wunsch nach dem petrolchemischen Bempel immer wieder so verträumt, immer wieder sofort sich entschuldigend vorgebracht seither? Das Stadtwappen zeigt drei Tannen mit Wurzeln, von einem heringsähnlichen Fisch durchflochten. W. liegt weitab vom Meer, es wird sich kaum um einen Hering handeln. Eine Forelle vielleicht? Ging da nicht die Sage von einem Fürsten, der mit dem samtenen Ärmel seines Gewandes eine Quelle verstopfte und so die Gemeinde aus einer bedrohlichen Überschwemmung errettete? Jetzt will sie den Bempel doch aus dem dicken, mit roten Herzen bedruckten Packpapier wickeln und noch einmal genauer ansehen, als Thereses Schlurfschritte auf der Treppe ihr Eintreffen ankündigen. Das Geschenk verschwindet noch einmal in Josephas Tasche. Viel zu erzählen hat Therese nicht gerade vom Telefonat mit der Tochter. Leer läuft die Rede vom geplanten Wiedersehen in ein bis zwei Wochen, und seltsam wirkt der Kontrast zum gefüllten Blick, zur merklichen Blähung der Wangen, die fröhlichen Menschen eignet im Glück. Milchfett und Mutterzucker eben, muß Josepha da denken. Willi Thalerthals stillstraffes Antlitz sah ebenso aus. Therese aber kommt gleich zum Kern des heutigen Pudels: zur Expedition, im Wohnzimmer wartet der Kognak. Aus der Küche werden Brot und Käse nachgetragen, doch ehe das erste Gläschen genüßlich zerlutscht in den Schlund rinnen kann, packt Josepha bedächtig den Bempel aus dem Wickelpapier und stellt ihn ebenso langsamer Hand auf den Stubentisch. Therese erbleicht.

13. September 1976:
Neunte Etappe der Gunnar-Lennefsen-Expedition
(Stichwort im Expeditionstagebuch: BIERSEIDEL)

BIERSEIDEL steht geschrieben im Expeditionstagebuch. Der Thüringer Bempel auf dem Tisch macht das vernehmliche Aussprechen des Stichwortes überflüssig: Die imaginäre Leinwand spannt sich augenblicks durch das abgedunkelte Zimmer und zeigt eine vierspurige, auf dem Mittelstreifen von hohen Bäumen durchwachsene Straße unter ungewöhnlich hoch stehender Sonne. Links und rechts hocken niedrige Häuser mit kleinen

Läden in den unteren der meist zwei Etagen. Mäßig bunte Markisen halten die stechende Sonne von den Auslagen ab. Unter den Dächern weisen Holzbalkone oder Erkerchen zur Straße, auf der altertümliche Automobile in blaßgrün und hellbraun, die überdimensionierten metallenen Fressen wie Haigesichte nach vorn gestreckt, parken. Als Therese auch auf dem Fahrstreifen ein stille stehendes Auto bemerkt, wird klar, daß es sich um eine Photographie handelt. Da dreht sich das Bild auf der Leinwand auch schon um die Mittelachse und zeigt die Rückseite. Eine Postkarte ist es, im leeren Briefmarkenfeld gut sichtbar drei Buchstaben: U.S.A., in der linken oberen Ecke ein Text:

PICTURESQUE OCEAN AVENUE, CARMEL, CALIF.
Acclaimed by all visitors as one of the most
»charming« villages in the world, Carmel offers
a wide variety of unique and intriguing shops,
restaurants, art galleries and studios of artists
and craftsmen of all types. Just a short walk
from here to the shining white sands of famous
Carmel Beach.

Linke und rechte Hälfte der Karte trennt die senkrechte Aufschrift
– Distributed by Bell Magazine Agency, Monterey, Calif. –,
während darunter, sozusagen horizontal, mitgeteilt wird:

COLOR BY MIKE ROBERTS
BERKELEY, CALIF.: 94710

Josepha schreibt mit, weil sie fremdsprachiger Erinnerung nicht traut. Vielleicht sollte sie Mike Roberts einmal anrufen? Daß dies aus der öffentlichen Telefonzelle auf dem Marktplatz unmöglich sein würde, will ihr im Augenblick gerade nicht einfallen, so daß sie statt dessen an ein holzfarbenes Auto denken muß, das vor einigen Jahren einmal neben besagter Telefonzelle parkte.

Schülerin war sie gewesen, in der vierten, fünften Klasse. Ihr Heimweg führte sie über den Marktplatz, auf dem schon aus der Ferne ein Pulk von Menschen auszumachen war, die meist nicht größer schienen als die eineinhalb Meter, die sie selbst von den Sohlen bis zum Scheitel brauchte. Die Kinder umringten lärmend und in kenntnisreiche Gespräche vertieft das Gefährt, das sie *Straßenkreuzer* nannten. Gelegentlich standen an jener Stelle Autos der Roten Armee aus der Garnison der Kreisstadt mit jungen Männern darin. Von ihnen konnten die Kinder Abzeichen erbetteln und Anschriften sowjetischer Pioniere, mit denen man in Briefwechsel zu treten gedachte. Auch Josepha hatte über die Jahre ein leeres Marmeladenglas mit roten Sternen, aus deren Mitte ein winziger Wladimir Iljitsch lächelte, wappenähnlichen emaillierten Gebilden mit goldglänzenden Verzierungen oder einfach Abzeichen verschiedener Heldenstädte füllen können und manchmal abends auf ihrem Deckbett ausgeschüttet. Die zwei schönsten Objekte wurden zu König und Königin gekrönt und nebeneinander an die Spitze eines Zuges quer übers Bett gesetzt. In gemessenem Abstand folgten die Königskinder, gespielt von den zierlichsten Abzeichen, Prinzen und Prinzessinnen also, die so wenig wie Josepha vom gewaltsamen Ableben der letzten russischen Zarenfamilie nach der Großen Sozialistischen Oktoberrevolution wußten. Und Wladimir Iljitsch wäre womöglich verärgert gewesen, hätte er beobachten müssen, wie seinem lächelnden Kinderbildnis Namen wie Prinz Eugen oder Zarewitsch Iwanuschka beigegeben wurden und hernach ein ganzer Hofstaat von Ehrenzeichen der Roten Armee ihm zu Kreuze zu kriechen hatte. Als aber der amerikanische Holzford die Minderjährigen der thüringischen Kleinstadt W. in helle Aufregung versetzte, war von einem Fahrer oder den Insassen des Fahrzeuges nichts zu sehen. Niemand also konnte nach technischen Daten befragt werden, niemand ein metallenes Symbol amerikanischer Heldenstädte ergattern. Daß jemand ein so gewaltiges Auto fuhr, machte ihn in Josephas Augen zum Ausbeuter: Die erste Geschichte, die sie in der Vorschule von ihrer Lehrerin gehört hatte, erzählte von einem kleinen schwarzen Jungen in den USA, der auf Baumwollfeldern harte Arbeit für die reichen Weißen tun mußte und nur selten zur Schule gehen konnte. Tat er es dennoch, wurde er von gutgekleideten weißen Kindern verhöhnt und verprügelt, wo er doch so gerne lesen gelernt hätte! Abends weinte er dann in sein schmutziges Hemdchen, daß er – hieß er Joshua? – einmal die Welt verbessern wolle, wenn er groß sei. Auch Josepha wollte die Welt verbessern. Als sie klein war. Deshalb bespuckte sie das Auto auf dem Marktplatz von W. zum Zeichen ihrer Entschlossenheit, nicht mit den Imperialisten und Menschenfeinden paktieren zu wollen durch Anbetung ihrer häßlichen Autos, die sie nicht einmal selbst gebaut hatten. Wie das Auto schließlich den Thüringer Marktplatz wieder verließ, weiß Josepha nicht mehr. Sein Aussehen aber ist ihr sehr deutlich in Erinnerung geblieben und offenbart die Verwandtschaft mit den haigesichtigen Automobilen auf der kalifornischen Postkarte unumwunden. *Ich möchte ein Pferd stehlen können.* Dieser Satz, aus Thereses Mund laut ins Geschehen auf der Leinwand platzend, die Josepha für einige Zeit aus dem Blick verloren hat, holt sie zurück: In Carmel tut sich was. Ein Einbeiniger quert die befahrene Straße, trägt einen breiten Bauchladen vor sich her. Die Autos stehn still vor ihm und dem Kind, das im gelbseidenen Kleid an seiner Krücke hängt und sich mittragen läßt auf die andere Seite der Straße. Es hält die Augen geschlossen, um etwa die Sonne nicht abzubekommen oder die Haigesichte nicht sehen zu müssen, die doch so offensichtlich vor dem Manne kuschen und innehalten. Drüben angekommen, stellt der Mann seine Krücke an einer Hauswand ab, und das Mädchen kommt auf die eigenen Füße. Mairebärli, unzweifelhaft, steht auf kalifornischem Boden und dreht sich im gelben Kleid, das jenem aus der Eschweger Zeit auffallend ähnelt, während Fritz Schlupfburg alias Amm Versup sich bereithält, von seinem transportablen Verkaufstisch hölzerne Zierbierseidel an Touristen zu verkaufen. Man sieht nun genauer: An die zwanzig verschiedene Modelle, brauchbar als Wechselkulisse in kleinbürgerlichen Haushalten oder zur Aufbewahrung von Stiften, Scheren, Leimtuben und mehr oder weniger nützlichem Kleinkram, stapeln sich auf seiner Lade, aus Pinienholz vermutlich gefertigt, furniert in Teak oder Mahagoni, womöglich auch nur in diese Richtungen gebeizt, mit Intarsien verziert, die das Seemannsleben illustrieren oder potentielle Käufer daran erinnern, daß es die deutschen Alpen immer noch gibt. So blaß ist Versup, daß Therese augenblicks Angst bekommt, die Sonne versenge dem einzigen Sohn auf der Stelle die Haut. Mairebärli machte ihrem wirklichen Vater und Großvater alle Ehre, könnt er sie ahnen: Sie stellt sich mit herrischer Geste aufs Trottoir und drängt, einem den Verkehr regelnden Polizisten gleich, mit dem Krückstock die Passanten zum Bempelstand. Ihrem straffgezogenen Lippenrund entwinden sich klirrende deutsche Volkslieder: *Wenn alle Brünnlein fließen* oder *Horch, was kommt von draußen rein*. Mairebärli hat ihr Pensum ordentlich gelernt, ein breites amerikanisches Näseln durchzieht ihren Gesang und macht ihn drollig. Spillerig würde man das Kind in W. nennen oder eine dürre Gräte. Ein wenig mag Mairebärli ihren mittäglichen Job als Straßensängerin. Therese kann das am Ausdruck ihrer nach innen gedrehten Augäpfel, die sich über der Nasenwurzel begegnen wollen, ausmachen. Mairebärli Gunillasara Versup katscht Gummi durch ihre Zähne zwischen den Sangespausen und macht aus einem Rotzaufwischen mit blankem Arm ein Ereignis von unüberhörbarer Lautstärke. Zum ersten und einzigen Male im Zeitraum der Expedition verspürt Therese den Drang, den Gang der Dinge auf der imaginären Leinwand durch einen möglichst unbedeutend erscheinenden Eingriff ein wenig zu verändern: Sie wirft ihren Bempel mit dem Stadtwappen einer thüringischen Kleinstadt mehr als zwei Jahrzehnte hinter sich ins Zentrum des Bildes, dem Kind geradewegs vor die lackbeschuhten Füßchen. Mairebärli erschrickt nicht, Mairebärli lüpft einen Zeh, den linken großen, nachdem sie den Schuh mit Schwung aufs Trottoir befördert hat, mitten im Singen und ohne den Krückstock des Vaters aus den Händen gelegt zu haben, und schiebt den großen Onkel durch die Henkelöffnung des Bempels. Hätte der spröde Gesang des Mädchens noch eben vermuten lassen, es sei auch in seiner Bewegung ein wenig sperrig und gesteift, so muß man erkennen: Circensisch mutet er an, der Akt, in dem sich das Kind, einbeinig nun, den Bempel zum Mund führt mit dem linken Fuß, ihn zwischen zwei Strophen, *im schönsten Wiesengrunde*, mit Lippen und Zähnen ergreift und über das Ende der Krücke stülpt. Sie schaut ihn kurz an, schüttelt überlegen den Kopf angesichts des Entwurfs, der hinter denen Versups so kläglich kleinherzig anmutet, und beginnt mit dem Lied noch einmal von vorn. Der Bempelschnitzer Amm Versup hat nicht gesehen, was eben geschah, er ist dabei, einem britischen Ehepaar die verschiedenen Modelle seiner Vergeßlichkeit nahezubringen in mitleiderregendem Tonfall. Die Frau möchte schließlich ein mahagonifarbenes Stück für Aunt Betty in Southampton erstehen, ihr Gatte gerät in einen heftigen Disput mit ihr über der Frage, ob nicht sein Collegefreund Marc Reddlewhite in Broadstairs als erstem ein Mitbringsel zustehe. Thereses Sohn hört geduldig zu und reicht für die Dauer von Rede und Gegenrede zwei Exemplare über die Bauchlade. Da hüpft Mairebärli herbei mit dem hellblauen Seltsam aus dem Kunstgewerbegeschäft in W., und schon sind die Briten sich einig: Der ist wie gemacht für Aunt Betty, der wird für fünf Dollar gekauft, was ein unerhörter Gewinn ist für Versups, so daß das Stück für Mr. Reddlewhite mit Nachlaß für einen Dollar ins Täschchen der Frau wandert. Amm Versup hat gar nicht recht sehen können, was Mairebärli da noch eben am Stock trug. Nichts da, keine Chance, Therese, so geht das eben nicht: Zeit läßt sich schieben und stauchen und fremdbeurteilen, aber umlenken in ein gefälligeres Bett läßt sie sich nicht, schon gar nicht aus weiblicher Zukunft. Da scheint sie eisern. Therese, die ihrerseits nicht so sicher ist, was sie mit dem transzendentalen Bempelwurf hatte umlenken wollen, schickt sich. Soll eben nicht sein, eine späte Liebe zu ihrem Sohn.

Mr. Reddlewhite – dies verschweigt die imaginäre Leinwand wohlweislich auch nicht – macht beim Auspacken des Bierseidels ein so schmerzverzogenes Gesicht, daß den beiden Amerikareisenden keine andere Möglichkeit bleibt, als an den faulen

Zahn zu glauben, den er ihnen augenblicklich vorschweben läßt. Reddlewhite will das hellblaue Gefäß bei nächster Gelegenheit der städtischen Müllabfuhr überantworten, der Impuls zum Anheben des Abfalleimerdeckels wird allerdings von der Idee abgelöst, zunächst einmal ins Innere des Bempels zu schauen: Ein Tropffläschchen findet er dort, wie es wohl für Gehörgangsarzneien oder Schnupfenmittel verwendet werden kann. Eine milchig getrübte Flüssigkeit durchschimmert das braune Glas. Er dreht am Verschluß und muß sich setzen: Es haut ihn um. Therese hat, wie sie nun ihrer Urenkelin zu erzählen nicht mehr vermeiden kann, von ihrem Schweiß aufgefangen, wenn sie an Richard Rund in Aufregung dachte, an die wiedergefundene Tochter, den kleinen Avraham Bodofranz oder das erwartete schwarzweiße Kind. Die jeweiligen Ausflüsse ihrer dünstenden Drüsen hat sie sich zwischen den Brüsten, unter den Achseln mit Lappen aufgefangen und unter Mühen und Zuhilfenahme eines kleinen orangefarbenen Trichters in das braune Fläschchen gedrückt. Damit doch der Fritz auf seine alten Tage noch eine liebende Mutter zu riechen bekommt im fernen Amerika. Vielleicht hätte er sich sogar an sie erinnern können, es hatte schon Augenblicke gegeben, in denen sie ihrem Sohn mit Rührung über das Haar gefahren, als er noch ein Kind gewesen war. Es ist ihr peinlich, daß nun ein gewisser Marc Reddlewhite im englischen Broadstairs ihren Körpergeruch aufzuschnüffeln beginnt und sich sielt und aalt in Wonnen, die Therese so sehr ihrem Fritz gegönnt hat. Reddlewhite windet sich tatsächlich am Boden, reißt sich die Kleider vom Leibe, schließt das kleine Fenster, durch das eben noch fischige Seeluft ins Zimmer drang. Ein Tröpfchen des unvermuteten Elixiers – es sind die fünfziger Jahre! Fest ward Marc Reddlewhite stets nur bei Molly Opolly, der Lieblingshure aus London! – verreibt er zwischen den Handflächen, riecht daran und kriegt sich schon nicht mehr ein. Reibungslos läuft er aus oder über auf seinen schäbigen Teppich, zuckt noch einige Male verwundert und schläft. Nur daß sein Schwanz nicht erschlafft nach dem Entsaften, macht die rot angelaufenen Frauen in W. ein wenig betroffen: Das wär doch das Ziel seiner Wünsche gewesen, nun muß er wohl noch Hand an sich legen, der Mr. Reddlewhite, während Fritz Schlupfburg in Carmel/Calif. – die Szenenwechsel auf der Leinwand werden schwerer verdaulich, lassen Schwindel aufkommen – immer noch seine Mühe hat, der vermeintlichen Astrid Radegund Wünsche nach sexueller Begegnung zu erfüllen. Immerhin hat man sich einigen können, daß es keines ledernen Riemens bedarf. Daß Ann Versup es vorzieht, auf ihm zu sitzen und auf und nieder zu gehen, wobei er sie sieht und anstreben zu lernen imstand ist, kommt ihm entgegen. Jetzt schiebt er, da sie sich gar zu sehr mühen muß, den Finger von unten ein und spürt genau, wie sie sich um ihn schließt und zu saugen beginnt. Ist sie erst einige Male in ihre Art von Erschauern ausgebrochen, ist auch sein Glied bereit, ihnen beiden den entscheidenden Schlag zu versetzen und in praller Erwartung den vorgeschobenen Finger abzulösen. Mairebärli spielt derweil draußen am Meer mit angespültem Zeugs Tote erwecken, ihr liebstes Spiel, seit sie die lange Überfahrt von Europa her hinter sich brachte. Scherben, Flaschenverschlüsse, die hartnäckigeren Arten Papiers, Muschelschalen und diverse Steine, glattgeschliffene Hölzer und Chitinpanzer dahingegangener Weichtiere verklebt sie mit fauligem Grünzeug zu spitzen Bergen, die meist so hoch sind, wie ihre Arme im ausgestreckten Zustand reichen. Hat sie drei oder vier solcher Anhäufungen errichtet, sind die ersten von der Sonne schon wieder ausgetrocknet, daß sie zusammenzurutschen drohen. Diesen Zustand der Schwebe nutzt Mairebärli dann aus und tanzt um die gefährdeteren der Hügel herum in ausgelassener Tobsucht. Mit blanken Füßen versetzt sie, was angesichts ihres geringen Gewichtes erstaunlich scheint, die Haufen in Schwingung, umfängt sie hin und wieder mit Armen und Bauch, sie zu trösten, und wirklich treten nach einer Weile aus den kleinen Öffnungen zwischen den zusammengeklebten Abfällen kleine Tiere aus, Käfer, Fliegen, Gnitzen, die wie zu neuem Leben erweckt in die Lüfte gehen und ihr stinkendes Scheingrab verlassen. Da juchzt Mairebärli in hohem Ton und freut sich des Erfolgs ihrer Beschwörungstänze, und als der erste Haufen zusammenfällt, kommt auch Fritz Schlupfburg drinnen im Haus gemeinsam mit seiner Springspinne ans Ende der Aufwallung, die er mit einem schüchternen, dennoch deutlichen Ausstoß von Sperma besiegelt. Ann Versup, die jetzt an Hasimausi erinnert, greift nach und zieht einen rötlichen Schleimfaden aus ihrer Öffnung, sie ist immer ganz neugierig, welche Farbe ihr Mann wohl heut an den Tag gelegt hat. Besonders liebt sie sein Blau, das er aber nur selten hergibt und, wie sie herausgefunden zu haben meint, meist dann, wenn er einen erfolgreichen Verkaufstag mit Mairebärli auf Carmels Hauptstraße verbracht hat. Er mag Mairebärli. Wenn er eine Bempelszene mit Menschen geschnitzt hat, die auch Ann Versup zu kennen meint, kommt es vor, daß er hoffnungsgrün ejakuliert. Daß draußen Mairebärli zu ihrem Glück beiträgt mit Veitstanz um stinkende Haufen, wissen die beiden von ihren Linien Abgeschnittenen nicht. Manchmal wundern sie sich ein wenig, daß kein Kind mehr entstehen will. Dann liegen sie beinahe traurig in ihren Betten. Was sie nicht wissen können: Genealogia schwebt aus den höheren Sphären herbei, nach ihnen zu schauen. Mehr als die vermeintliche Ehe hat sie nicht stiften können, weil Diploida, die Göttin der Abstammungslehre, erst einmal Ruhe einkehren lassen wollte in die zusammengeschusterte Sippe. Wie schon so oft, scheint ihr die aus der Not geborene Gemeinschaft der drei Verlorenen aber vielversprechender als manche auf Blutsverwandtschaft gegründete, und sie beschließt, den Fortgang der Dinge zu beobachten und im günstigen Falle ein hoffnungsgrünes Spermium in ein rundliches Ei eingehen zu lassen zur endgültigen Versöhnung der beteiligten Seelen. Vielleicht aber, wirft Josepha ein, sollte es doch lieber eine Vertöchterung werden? In einer Frau geht es duldsamer zu, wenn die Linien noch wallen und sich einmal unglücklich gekreuzt hatten in der Geschichte.

Therese muß denken an Fritzchen in ledernen Kurzhosen, an Fritzchen in Matrosenanzug und Karoröckchen, an Fritzchen im Bollerwagen in Luisenwahl, an Fritzchen mit Ledertornister, Griffel und Schiefer, an Fritzchen in den ersten Schuhen. Sie weiß es noch, hat nicht alles vergessen und freut sich: Jaja, Vertöchterung auch, wär nicht schlecht, stimmt sie beiläufig zu, denkt aber nur an den eignen Sohn, als Josepha einen Schmatzlaut vernimmt, wie wenn ein kräftiger Säugling die Brust der Mutter loslassen müsse. Und da kommt sie doch noch zustande, die Rückwärtsverbindung: Amm Versup steht auf und weiß, wer er ist, während die Springspinne noch der rosa Farbe träumerisch nachgeht. Amm Versup sieht sich als einen dreizehnjährigen Jungen im Schuppen der Altstädter Holzwiesenstraße zu Königsberg, der Zwillingsmädchen geringen Ausmaßes kennenlernt und ihnen die Ehe verspricht, er sieht sich als Photographen gewaltsamen Sterbens in Kowno, er sieht sich als Astrid Radegund Hebenstreits traurigen Bräutigam und als unvermuteten Retter einer neunjährigen Fensterstürzerin in den letzten Tagen des letzten Krieges in seiner Heimat – er wird sich klar. Und je klarer er sich wird, desto dringlicher kehrt weggesperrtes Fühlen ins Dasein zurück und walkt ihn durch, daß er Mairebärli zu suchen beginnt in unaufhaltsamem Lauf. Als er das Kind bei den Stinkbergen findet, drückt er es fest und beschließt, in diesem jetzigen Leben zu bleiben und ein guter amerikanischer Staatsbürger zu werden, das Bempelschnitzen zum Nebenerwerb zu machen und statt dessen Yachten zu bauen, wie sein sich erweiternder Geist gar nicht schwer findet. Wem er zu danken hat für die fortschreitende Lösung seiner dumpfen Jahrausjahreinverrätselung, das bleibt ihm doch unklar auch in den nächsten Wochen, in denen er zwischen den großen Städten hin- und herfährt – nur in Fahrt will ihm gelingen, immer neue Einzelheiten seiner Biographie hervorzuholen, um später alles aufzuschreiben in einem ledergebundenen Buch, das ihm seine Frau zum imaginären Geburtstag vor zwei Jahren geschenkt hatte. Ihr Gedanke, er werde übers Aufschreiben ein wenig mehr von sich herzeigen können als über wörtliche Rede und Bempelschnitzen, soll sich doch noch als richtig erweisen, wenn auch Ann Versup davon nichts weiß, während sie in Carmel gelbseidene Kinderkleider näht und ihren Mann nahezu jeden Morgen verabschiedet zu seinen Ausflügen nach San Jose oder Fremont, Sunnyvale oder Oakland, Berkeley oder San Francisco. Meist nimmt ihn jemand im Lieferwagen oder ein Ausflügler in seinem Auto mit, wenn er vorgibt, einen Job und ein Dach über dem Kopf suchen zu wollen jenseits der Idylle von Carmel, und Mitleid ist ihm in seiner Einbeinigkeit ohnehin sicher. Wenn er sich dann noch ein wenig verstellt und verklärt in den Himmel schaut, als erwarte er nur von dort ein Gespräch, ist er geschützt vor neugierigen Fragen nach der Art der Arbeit zum Beispiel, die er denn tun wolle. Amm Versup fühlt, daß etwas ihn freigegeben hat zu sich selbst: Wenn er nämlich aufsteht am Morgen, spürt er nicht mehr den feinen Milchgeschmack auf der Zunge, der ihn, soweit sein Erinnern nun reicht, an den Brüsten seiner Mutter festgehalten haben mußte, und daß ihm die Zitze entzogen wurde, schien ihm sehr viel wahrscheinlicher als die Möglichkeit, er habe freiwillig den Mund geöffnet, um von ihr loszukommen. Er ist dankbar. In all seine Unrast hinein bittet ihn seine Frau, mit ihr und dem Mairebärli hinüber nach L. A. zu fahren – eine Route, für die ein Tagesausflug nicht reicht. Deshalb hat sie schon drei Übernachtungen telefonisch vormerken lassen in einem kleinen Hotel: Sie will zu DEN ENGELN, sagt sie, der Himmel über DEN ENGELN will sie an etwas erinnern, wovon sie nicht sprechen kann (im Angedenken an ihre liebe Tegenaria, wie sie hinzuschweigt). So jedenfalls erklärt sie es ihrem Mann, der nicht weiter nachfragt und hofft, in L. A. möge es ihm ähnlich ergehen wie in den nördlichen großen Städten – ein Schauer durchfährt ihn vom Kopf bis zu Beinstumpf und Zehen. Die imaginäre Leinwand zeigt die drei Reisenden Tage später im hinteren Teil eines Überlandbusses, Mairebärli schlürft ein heißes Getränk, das Ann Versup aus einer blauen Thermoskanne ausschenkt. Der Familienvater überfliegt die Zeitung und nimmt zwischendurch von den Muffins, die Ann Versup zuzubereiten gelernt hat nach ihrer Ankunft in Amerika und die sie in verschiedenen Variationen bäckt: Mit Blaubeeren, eingebackenem Reibekäse oder gezuckertem Kürbis. Die Fahrt läßt Ann Versup Zeit zu einem halben Stündchen Schlummer. Sie polstert dazu die rechte Schulter mit ihrer selbstgestrickten blauroten Jacke, die sie zu einer Rolle gewickelt hat, und bettet den Kopf darauf. Um das Holpern des Busses auszugleichen, zieht sie aus der Jackenrolle einen Ärmel hervor und drückt ihn an die Fensterscheibe, ehe sie sich dagegen lehnt mit Schulter und Kopf. So will es ihr tatsächlich gelingen, ein wenig zu schlafen. Therese und Josepha, die aus mehr als zwei Jahrzehnten Entfernung die Szene beobachten, erwarten während des halben Dämmerstündchens das eine, das andere Ereignis, das die imaginäre Leinwand ihnen vorzuspiegeln doch geplant haben muß, aber es geschieht nichts in der um sich greifenden Müdigkeit. Josepha lagert die Beine hoch auf die Sitzfläche eines Stuhles, spürend, daß sie den Schlaf nicht mehr lange wegschieben kann, da hält der Bus in einem Vorort DER ENGEL und kippt seine Fracht in den heißen Vormittagsdunst. Mairebärli zieht sich ihr gelbseidenes Kleid zurecht und versucht, die dunkle Fleckenkette zu verbergen, die sich von der Brust bis zum Rocksaum zieht und von dem Tee herrühren muß, den sie während der Busfahrt trank. Ann Versup stellt den ausgebauchten Koffer neben sich auf den Boden, zählt die Gepäckstücke durch: Den Fotoapparat auf der Brust ihres Gatten, den Rucksack auf seinem Rücken, die rote Verpflegungstasche, aus der die Thermoskanne gemütlich herausschaut, Mairebärlis Pappköfferchen mit Ansichten berühmter Städte in aller Welt und eben den Koffer, der auf ihrer Überfahrt von Deutschland her einen riesigen Packen gelbseidener Vorratskleider enthielt, mit denen sie in der ersten Zeit die Unterstützung der jüdischen Hilfsorganisationen ausschlugen und eine eigene Existenz finanzieren konnten, bis sie sich in Carmel niederließen als Schneiderin und Bempelschnitzer und bescheiden vor sich hinlebten in der beschriebenen Art. Mairebärli wurde von staatlicher Beschulung wegen des geistigen Defektes befreit, den man an ihr auszumachen glaubte und der sich darin darzustellen schien, daß sie in der Gesellschaft Gleichaltriger in Trance verfiel und deshalb in keiner Schulbank der Welt ein unauffälliges Dasein hätte fristen können. Nichtsdestotrotz hatte Ann Versup sie Lesen und Schreiben und Rechnen in den ihr, wenn auch unterschiedlich gut, geläufigen Sprachen Polnisch, Deutsch und Englisch ohne Schwierigkeit lehren können, so daß das Kind eher für frühreif denn für beschränkt gehalten wurde, solange es nicht in die Nähe gleichaltriger Kinder geriet. Ann Versup störte sich nicht daran, wie man von ihrem Kinde sprach und es ausschloß aus dem üblichen Rahmen, der in Carmel nicht eben weiter gespannt schien als beispielsweise in Königsberg/Ostpreußen. Sie war froh, daß man ihm die Zwangsbeschulung ersparte, die sie selbst sich einst mit dem Erwerb der Fähigkeit, den Spinnen ins Herze zu schaun, ein wenig versüßt hatte ... Wie es weitergegangen war mit den Dingen am Frischen Haff, in der Kuhrischen Nehrung, in Landsberg an der Warthe oder im hessischen Eschwege, darüber brauchte sich Ann Versup aus der Ferne nun keine Gedanken mehr machen und tat es auch nicht. Ihr war an DEN ENGELN gelegen, zu denen sie betete um einen Zustand der Ruhe. Daß solch ein Zustand nur durch Verlust der eigenen Beweglichkeit und Zurücknahme jeglicher Begabung – den Spinnen ins Herze zu schauen zum Beispiel – möglich sein würde, darüber mochte sie angesichts der Übelkeiten nicht denken, die sie heimsuchten, sobald ihre begrifflosen Geschichten sie überfielen. Hier bei DEN ENGELN wollte sie um ein kleines Kind bitten, das gut in die amerikanische Schule passen sollte mit seiner weißen Haut und dem ganz normalen Benehmen, der akzentfreien Sprache, die es im Spiel mit anderen Kindern lernen würde. Mairebärli sollte ihren Nutzen davon haben, das Kind immer gut angezogen zur Schule nach Monterey bringen dürfen und es wieder abholen, während sie in in den Schulstunden einem einfachen Job nachgehen könnte, der sich sicher finden ließe. Und vielleicht würde Mairebärli auch von den gelbseidenen Kleidern absehen, auf denen sie vorerst bestand. DIE ENGEL sollen es richten, daß alles zusammenkommt, ein gemauerter Kamin im Zimmer und ein Mann, der Yachten baut, ein hellhäutiges Kind und eine dunkelhäutige Putzfrau, die auch ein dunkelhäutiges Kind haben dürfte zum Spielen für Mairebärli. Dann würde Ann Versup alles vergessen können, glaubt sie, was dieser Art Glück im Weg steht mit drohender Fratze. Manchmal denkt sie an Tegenaria, die ja auch nichts anderes wollte als ein gutes kleines Kind, drin sich zu spiegeln und zu sonnen und eine gute deutsche Mutter zu sein. Schade, daß sie nicht von geeigneter Art für solche Pläne gewesen war und immer ein bißchen sperrig, so sehr Tegenaria sich auch gemüht hatte bis zum Erblinden. Aber was soll das jetzt, wo doch ihr Mann zum Aufbruch drängt in die Unterkunft, waschen will er sich und ein besseres Hemd anziehen, Mairebärli braucht ein sauberes Kleid, so wie sie da steht in ihrem begossenen Pflichtstück, und auch sie selbst – sie stellt sich ihr Zucken vor für den Fall, er riefe sie Astrid, wenigstens manchmal und wie aus Versehen – wirkt wenig städtisch in ihrem blauroten, Tanggeruch ausdünstenden Gestrick. Der Bus qualmt sich in die nahe Ferne eines kleinen Motels hinüber, wo er sicher eine Weile bis zur Rücktour verschnaufen und abkühlen könnte, wenn man ihm – und sei es um der späteren Fahrgäste nach Carmel/Calif. willen – ein schattiges Plätzchen böte, was aber – Ann schaut sich um – wenig wahrscheinlich scheint. Das ausgeprägte Mitleidsgrummeln bauchwärts, wenn ihr ein Fortbewegungsmittel so recht gepeinigt erscheint, kennt sie, seit sie auf dem Pferdefuhrwerk der erschlagenen Schwestern durch die Königsberger Ruinen gen Pillau fuhr und die Räder in den Naben knirschten vom Sand des verlassenen Hofes. Später hatte es ihr des dänischen Fischers dümpelnder Kahn angetan in seinem Schnaufen und Luftholen, wie sie meinte, während gebrochenes Eis ihn umschwappte und er sehr ankämpfen mußte gegen die Angst seines Käptns und Steuermannes in einer Person. Ein alter, kränkelnder Wal inmitten der Ostsee, hatte Ann Versup gedacht und dem Kahn, so es ging, die Planken geschrubbt im Kopfüberbeugen von der Reling oder ein wenig den Rücken massiert mit dem Öl, das im Kombüschen stand und gewöhnlich zum Kochen diente. Ein paar Tropfen nur hatte sich Ann Versup im Winter des Jahres neunzehnhundertfünfundvierzig auf die mageren Finger geträufelt und auf dem Schiffsboden verrieben, wenn sie sich unbeobachtet glaubte. Ihr Verständnis für die Kreatur, sie hatte begriffen, war nicht vom

Leben diktiert worden, sondern von den Gesichten der verschiedenen Tode, die zu sterben in Ann Versups Innerem während neunjährigem Springspinnenlebens üblich geworden war. So ein Fischerkahn, der entäußerte Wille seines Erbauers, das holzgewordene Vorstellungsvermögen eines dänischen Fischerkindes, das Erbe, das ein niemals reich gewordener Fischer seinem Jungen hinterließ, so ein Fischerkahn lebte aus fremder Bestimmung wie Ann Versup selbst: Sie verstand ihn, wie sie auch jetzt dem Bus ihr Mitleiden schenkt an der höllischen Hitze draußen und drinnen in Motor- und Fahrgastraum und am Unverständnis des menschlichen Führers. Das Zittern der blechernen Hülle nimmt sie für Atembewegungen wie die tachypnoischer Säuglinge, deren einige sie nach verfrühter Geburt in der Klinik zu Helsingborg/Schweden im September neunzehnhundertfünfundvierzig kennengelernt hatte. Den Bus umgibt, sie sieht es jetzt deutlich, eine Aura aus flirrender Luft, in der die Umgebung zur Unschärfe verschwimmt. Amm Versup drängt, man faßt das Gepäck, die Verpflegungstasche wird ihm um den Hals gehängt und schaukelt im Rhythmus seines gedrittelten Schrittes. Es ist nicht zu weit bis zur Unterkunft, die sich als dem Preis angemessen ärmlich erweist und nicht so sauber, wie Ann Versup es einstens von Tegenaria als deutsche Sitte nahegebracht worden war in Putz- und Bohneranfällen nicht unbeträchtlicher Zeitdauer. Zwei Betten stehen links und rechts an den Wänden, ein drittes unter dem winzigen Fenster, das auf einen nahezu lichtlosen Häuserschacht hinausweist. Allenfalls ein wenig Luft kann das Zimmer durch diese Öffnung holen. Mairebärlis Blick fällt sofort auf zwei Töpfe aus graugrünem Ton, in denen seltsam durchscheinende Pflanzen in üppigem Wachstum stehen. Eine fleischige Fette Henne von der Farbe der Spulwürmer, die Mairebärli in Eschwege ausschied und auf Befehl des Lagerarztes mit einem teerschwarzen Trunk bekämpfen mußte, konkurriert mit einem farblos zu nennenden Bogenhanf aus der tropischen Gattung der Liliengewächse, der einen Kopf höher ist als das Kind und, wie Ann Versup ausführt, eine frühe Belehrung Tegenarias weitergebend, nach dem

Fürsten von San Severo auch als Sansevieria bezeichnet wird. Der Mangel an Licht hat die Pflanzen offenbar keineswegs kümmern lassen, sie scheinen vielmehr ihren Stoffwechsel von der Photosynthese auf einen anderen Modus umgestellt zu haben. Amm Versup hat Angst vor den Gewächsen und will sie in jene Nische hinter dem metallenen Waschbecken schieben, die eigentlich der Aufbewahrung des Gepäcks dienen soll. Dabei geschieht es, daß der zuerst beförderte Bogenhanf mit seinen gezahnten messerscharfen Blattkanten fast das gesamte dunkle Haar von Versups Unterarmen rasiert und in den Grund der Pflanze hinabgleiten läßt, wo es allmählich verschwindet. Die Pflanze verhält sich zärtlich und achtet darauf, daß ihr Nahrungslieferant nicht die Spur verletzt wird. Eher noch löst sie ein wohliges Sträuben des Haarkleides aus, das sich ihr so regelrecht ausliefert. Amm Versup muß staunen, daß er von Schreck und Entsetzen verschont bleibt und statt dessen die verbliebene Wade ins Blattwerk schiebt und sie sanft glätten läßt. Die Sansevieria dankt das reichliche Mahl mit einer kurzen Umschlingung ihrer überraschend beweglichen Blätter. Ann und Mairebärli hingegen verspüren Schreck und Entsetzen, die der Mann ihnen austreiben muß, indem er sie auffordert, nun auch die Fette Henne in die Ecke zu schieben, was sie widerstrebend versuchen. Zitternd beobachtet Mairebärli, wie die Blattrosetten sich feucht auf die nackten Beine und Arme, die blassen Wangen legen, einen Moment dort verharren und sich dann mit einem eben noch wahrnehmbaren Schmatzlaut wieder lösen, wobei sie abgeschilferte Zellen, Schweiß und Schmutz mit fortnehmen und so die Haut sichtlich verjüngen. Mairebärli wird am Abend, wenn alle ein wenig geschlafen haben und zum ersten Mal sich umsehen werden bei DEN ENGELN, mit dem frischen Teint einer Dreijährigen auftreten, während Ann an der Seite Versups wie eben erblüht erscheinen und eine ungeahnte Art von Begehren in ihm auslösen wird. Vorerst aber sind alle drei noch ein wenig überrascht von der Atmosphäre des dunklen Zimmers und der Art seiner ständigen Bewohner. Zum Erholungsschlaf schiebt Amm Versup den Tisch aus der Mitte des

Zimmers unter das geöffnete Fenster und breitet seine Bettdecke darüber. Das schmale Fensterbrett polstert er mit Mairebärlis Kopfkissen und legt sich dann rücklings auf die Tischplatte. Sein frisch rasiertes Bein baumelt herab, so daß er den ausgebauchten Koffer als Fußablage hochkant an die Tischbeine lehnt. Den Kopf schiebt er in den Lichthof wie Ann einen Kuchen mit Pecannüssen in die Backröhre, so daß tatsächlich noch ein paar Sonnenstrahlen sein Gesicht erreichen. Nun lädt er Frau und Kind ein, es ihm gleichzutun. Die schmale Springspinne paßt problemlos neben ihn auf den Tisch, und Mairebärli legt sich in die Verbindungsfurche ihrer Körper. Anns Decke reicht für alle drei aus, alle drei schieben zufrieden die Köpfe ins Licht. In einem Ausschnitt von etwa vier mal vier Metern sehen sie, bis die Lider den Blick verstellen, hinauf in den Himmel über L.A., dessen Anhänger Thereses Sohn zu werden im Begriffe ist: Im Schlaf will das zugenähte Bein seine Hosen mehr und mehr spannen, Josepha bemerkt es zuerst am linken Bildrand. Es zuckt im Stoff, es bricht sich – was? – Bahn und durchstößt die Naht wie ein Keim die Erdkrume. Josepha zuppelt Therese am Ärmel und weist ihr aufgeregt die bewußte Stelle in den Blick, da stöhnt Amm Versup, angekommen im Schlupfburgschen Fritzen, tief aus dem Schlaf und erwacht bald darauf. Durch den aufgebrochenen Stoff schieben sich knappe zwei Zentimeter frisch gewachsenen Männerbeins, bräunlich behaart und mit drei oder vier Leberflecken verziert. Die imaginäre Leinwand verschwindet für heute in Fritz Schlupfburgs geweiteter schwarzer Pupille.

Welch ein September! kann Therese jetzt ausrufen. Der abgekapselte Sohnesschmerz – stets hatte sie ihn mit der Versteinerung ihrer Galle erklärt – unter Herz und Lunge, der wechselnden Druck auf die Entscheidungen ausgeübt hat, die zu treffen sie geboren worden war, tritt deutlich hervor. Nicht, daß er sich löste, aber die straffe Verspannung in ihrem Körper ist fühlbar geworden und kann ein wenig nachgeben unter ihrem Erinnern. Josepha möchte mit der Urgroßmutter plaudern über das Fühlbarwerden bestimmter Schmerzen, ihre Zeit mit dem jungen, bebrillten Studenten des psychologischen Fachs liegt ihr noch gut im Gedächtnis, und das versöhnliche Nachwachsen ihres Großonkels hat sie freundlich gestimmt. Therese aber hat keine Lust auf Geplänkel, ihr ist nach einem Kognak zumute auf das Bein ihres Sohnes, das in den letzten zwanzig Jahren hoffentlich seine volle Länge erreicht haben mag – sie hebt an zu einem flehenden diesbezüglichen Trinkspruch –, und sie will ein paar Flüche loswerden, wie sie einst Bruder Max zur Linderung von Wut diverser Ursprünge und zum Zweck einer zumindest für kurze Zeit andauernden Muskelentspannung empfohlen, die sie aber nur selten angewandt und darüber beinahe vergessen hatte. Um so stärker ist Josephas Entsetzen, als aus dem Mund ihrer Urgroßmutter vulgäre Fickflüche donnern und Vater, Mutter und alle Heiligen aufs Teuflischste beleidigen! Als Therese Schlupfburg Anstalten macht, ganz W. und die im Jahre neunzehnhundertneunundvierzig anscheinend endgültig befestigte Grenze, den staatlichen Kunstgewerbehandel und den *VEB Kalender und Büroartikel Max Papp* zum Gegenstand ihres Höhnens zu machen, die Sicherungsposten des Staatswesens und den Obersten Landeschef zu widernatürlichen Handlungen aufzufordern und die *zuständigen Stellen* in sogenannte *Arschlöcher* hineinzufluchen, aus denen es keinen anderen Ausweg gibt als den des herzhaften Durchfalls!, als gar die Aufforderung ergeht an die Vereinigten Staaten von Amerika, sie möchten sich doch bitte schön mit den feindlichen Sowjetraketen die Staatsfotzen knebeln lassen zur Befriedung ihrer perversen Allerweltstriebschaften – wo nimmt sie nun das wieder her? – und einen Punkt machen hinter Vietnam und die ganze verdammte Scheiße, als Therese Schlupfburg im thüringischen W. die *friedliche Koexistenz* hochleben läßt und die Genossin Pimpernell im Städtischen Altersheim, da hält es Josepha nicht länger: Sie entblößt sich und legt die mütterliche Linie Therese ans Herz, sie zu dämpfen. Nötigenfalls muß ein weiterer Kognak hinunter ins Zentrum des Rasens gekippt, nötigenfalls ein kaltes Tuch um Brust und Schultern gewickelt und festgezogen werden am

Lehnstuhl wie am 1. März Josephas fragende Figur von Thereses Händen, nötigenfalls muß man nun heimzahlen mit festen Entschlüssen und Muskelkraft. Josepha hat aber die Rechnung ohne die siamesischen Ratten gemacht, die schon ein wenig fahrig geworden sind im Zustand der Schwangerschaft und den auf den Boden geworfenen Kittel beuteln. Josepha zieht also den eingenähten Reißverschluß der Schürzentasche auf und läßt unwillig die Tiere heraus, die, so glaubt sie, nur stören in dieser widerborstigen Situation. Aber die Rättlein springen possierlich den Meter hinauf zur Brust der Fluchenden und kriechen ihr durch die Ärmelöffnung unter die Bluse. Therese verstummt augenblicks und fühlt dem Schlängeln der Schwänze nach, muß kichern plötzlich im Strudel der Kitzelei und greift sich an Rücken und Brust. Das geht eine Weile so hin, Josepha sieht unter dem Stoff der urgroßmütterlichen Bluse das Tierpaar wuseln, von vorn nach hinten, von unten hinauf, spiralig um den Rumpf herum und rücklings hinab. Die Grenzen sind fest geschlossen als Rockbund und Kragen, das mag die Tiere ein wenig langweilen mit der Zeit, so daß sie zu suchen beginnen, wie sie hineingelangt sind in diese warmen Umstände und über kurz oder lang per Ärmelöffnung wieder entweichen, an der nackten Josepha aber nicht den gewohnten Einstieg finden und von ihr in die Kitteltasche zurück befördert werden müssen. Als sie sich wenig später mit beiden Händen durchs Haar fährt, meint Josepha einen ihr seltsam bekannten Geruch wahrzunehmen, führt Finger und Handflächen an den Nasenlöchern vorbei und erkennt im Ratzdunst den alle Säuger einenden Duft von Trächtigkeit. Daß sie darüber nicht nachdenkt und meint, im Ratzdunst sei ihr eigener Körpergeruch erst spürbar geworden, hält sie vorerst jedoch davon ab, die Rättlein als erwachsene Frauen zu behandeln.

Hach, hört sie da Therese geradezu tuntig säuseln, wie tut mir das leid, weiß auch gar nicht, wie das denn hat angefangen eben, wollte doch nur die Luft bißchen ablassen, da ging es schon los! Hat mir mein Maxche jezeicht, wie ich noch klein war, daß Luft ablassen kannst mit dem Fluchen, aber hätt ich doch machen sollen, wenn nich hättest mußt dabeisein, mein Seffche, war dumm von mir! Sie schüttelt den Kopf wie eine pikierte Königinmutter überm Fauxpas des Lieblingsenkels und meint doch sich selbst mit den künstlich enthaarten Gesten, den fremdgängerischen Anklängen längst verschliffener Mundart. Und erst das »Seffche«!, nie zuvor hatte jemand Josepha mit einer derart lächerlichen Verpimpelung ihres Vornamens bedacht! So ein brandrotes Kichern will aus Josepha hinaus in die Nacht, daß es heiß wird im Schlupfburgschen Wohnzimmer und man an verschiedene Fieber zu denken beginnt und an die dazugehörigen Grundkrankheiten. Therese meint einen Gemütsscharlach mit rotem Ausschlag auf den positiven Gefühlen und ausgeprägter Himbeerzunge, Josepha gar eine Abart der gefährlichen Kaukasischen Halsbräune an sich selbst zu erkennen. Die Frauen bekommen es mit der Hypochondrie, und Therese verlangt aus Gründen der Selbstdisziplin das Expeditionstagebuch, das ihr von der Urenkelin pflichtschuldigst beigetragen wird. Bis in die Dämmerung soll nun das Aufschreiben, Werten, Vergleichen und Schlüsseziehen reichen und wird von beiden Frauen, welch Novum, gemeinsam vorgenommen in beruhigter Stimmung. Als die Vögel zu singen beginnen, dreht Josepha eine frühe Runde im taufrischen Garten. Der blaue Trainingsanzug um ihre Bauchkugel muß noch von ihrem Vater stammen: Solange sie sich erinnern kann, hat niemand ihn getragen, bis sie ihn vor ein paar Tagen in einer Holztruhe auf dem Dachboden entdeckte. Die nackten Füße dreht sie ins hohe Gras, als wolle sie nicht nur Fühlung nehmen zum Erdboden, als wolle sie eindringen, ihn ausschmecken mit Ballen und Zehkuppen. Ein paar Tränen, die nicht von Traurigkeit sind, weint sie versuchsweise hinab in den Tau. Ob sie ätzen, ob sie brennglasgleich wirken können im frühen Licht, ob sie die Struktur der Pflanzen noch deutlicher wahrnehmbar machen nach den Gesetzen der Optik. Daß sie dann keine Gelegenheit nimmt, sich um die Wirkung zu kümmern, verwundert – da schaut doch Josepha Schlupfburg in den vierzehnten Septemberhimmel des Jahres neunzehnhundertsechsundsiebzig hinein und macht Männchen vor den Göttinnen, als könne das etwas helfen im Kopf, als könne das die Monstren vertreiben, die sich weiden wollen an nicht beglichenen Rechnungen. Die verschwundene Meisterin – Josepha erhebt den Kopf und fleht um ein Licht – hat sie trotz allen anfänglichen Bemühens wegen Ermüdung dem ungewissen Schicksal überlassen. Daß sie sie gesucht hatte in Kliniken und Pflegeheimen, hätte Josepha zur Ehre gereichen können, wäre es von Erfolg gekrönt gewesen und nicht statt dessen ausgeschliffen worden mit Zukunftsbims und Vergangenheitsbums. Die Gegenwart hat sie dickhäutig und träge liegenlassen im Gewissensschatten, im Vorbeigehen gar noch gefüttert mit kleinen Zufriedenheiten? Die *zuständigen Stellen* zum Beispiel müssen zum schlimmen Ende zufrieden gewesen sein mit ihr: Sie stellt sich eine männliche Verschlußmenschensache vor, die breitgezogenen Gesichts eine grün umpappte Kladde zuklappt mit einem Vermerk wie »Objekt hat feindlich-negative Handlungen schlußendlich aufgegeben« oder »Objekt distanziert sich in verabredeter Weise«. Ins staatliche Schwangerenwesen hatte sie sich wiedereingliedern lassen, als sei die Begierde nach Autarkie abgebrochen, als sei sie inwendig voller weichlicher Stümpfe, folgenloser Impulse, als sei sie erhobenen Arms mitten in einer Bewegung erkaltet. Will sie das *wirklich* fühlen? Der Unfall am Peenestrom – nicht die Spur eines Zufalls die stillschweigende Abhandlung der Folgen, die Usedomer Wirtsleute grundlos geängstet und ohne Erklärung geblieben, mit einer verspäteten Dauerwurst abgespeist. Ist vielleicht gar nicht Kraft, was da dem haarfeinen Spalt von innen entgegenwächst, sondern weiche Substanz, der Wunsch, sich den schärfer wahrgenommenen Tatsachen passender noch beizuformen, als gleichgültiges Accessoire etwa? Will sie *das* fühlen? Josepha kniet sich ins Gras, legt sich gar hin in die Taunässe mit Bauch und Trainingsanzug und schaut immerfort in den Himmel der Göttinnen hinauf, der durch die Färbungen des Dämmerns dahingeht in eine Art Marksteinbleiche. Sie spürt nicht, wie das Kondenswasser die Kunstfaser von außen durchdringt und an Steiß, Hinterbacken und Schulterflügeln sich zu schaffen macht. Schließlich wird tauwelke Haut Josepha an bezeichneten Stellen ärgern, weißrosa, pflanzspurnarbig, aufgequollen und wenig appetitlich wie weggeworfene und seit drei Tagen in einer Pfütze schwimmende Wurst. Aber ehe sie diese Haut zu Gesicht bekommt im Spiegel, tut sie's dem Morgen gleich und dämmert ein wenig, nach Amerika hinüber zum Beispiel und in die nächsten Wochen hinein, in denen Herr Rippe in Lutzschen und das Ehepaar Reveslueh mit dem späten Avraham Bodofranz ihre Aufmerksamkeit einfordern werden. Mit den Händen gräbt Josepha Grübchen in den Rasengrund und wirft den Boden zu Hügeln auf. Mehrere solcher Berge umgeben sie bald in einer Kreisbahn vom Radius ihrer Armlänge. In der Draufsicht erinnert es durchaus an Morgengymnastik, wie sie die Arme langsam von Hügel zu Hügel wandern läßt in wellenförmiger Bewegung. Das Kreisen unterfüttert sie mit gesummten Melodien aus dem *Notenbüchlein der Anna Magdalena Bach*, die Klavierstunden liegen lang schon zurück, und sie beginnt die Äpfel zu fürchten in ihrer üppigen Reife, als sie die Augen aufschlägt aus der Versunkenheit: Über ihr baumeln sie bedrohlich im stärker werdenden Wind, im beginnenden Herbst. Zwei von ihnen, lösten sie sich jetzt von den Fruchtstielen, träfen ihr Herz, ein weiterer geradlinig Augen und Mund. Daß sie dennoch nicht aufsteht, nicht einmal die Arme schützend vor das Gesicht hält, hat seinen Grund in einem eben über sie herfallenden Gedanken: Josepha will sich die eigene Seele erklären lassen mit fremder Gewalt, sie hält Wind und Früchte für geeignet, ihr dabei zu helfen. Jetzt spürt sie auch, wie naß sie schon ist. Die Feuchtigkeit ist von der Rückseite des Körpers aufgestiegen, klettert in den Kapillaren des Fasergewebes die Flanken hinauf, umarmt sie beinahe. Daß es kühl ist, daß Entzündungen von Blase und Niere drohen aus solcher Verfassung, will sie nicht denken. Statt dessen dreht sie sich auf die rechte Seite, bettet den Kopf auf die zusammengefalteten Hände. Was sie sieht, ist aufgefächertes Wiesengrün, durchblüht von verspäteter Blutwurz, von Hopfenklee, Hornkraut und Schafgarbe, Ferkelkraut und Fuchsschwanz. Letzteren hält sie seit Kinderzeiten für gelenkig, sein weicher Halm scheint mehrfach geknickt im Aufsteigen, wobei die Verdickungen des Stengels an solchen Stellen tatsächlich an Gelenkkapseln erinnern. *Alopecurus geniculatus*, das vergißt sich nicht so leicht, wenn man es selbst einst herausgesucht hat aus dem *Rothmaler* während der Klassenausflüge zum Hörselberg. Früher noch war Josepha mit dem Vater hinaufgeradelt, sie vorn auf dem braunroten Kindersattel und ohne jeglichen Anflug von Angst bei den wilden Abfahrten. Da der Vater kein Thüringer war, kannte er wohl nicht die gruseligen Sagen, mit denen der Lehrer später hausieren ging und die Kinder warnte, auch nur einen Schritt in die hier und da hinter Kalkfelsvorsprüngen und halbhohen Gebüschen aufzufindenen Höhlen zu wagen. Zu seiner Schulzeit sei es zwei aberwitzigen Jungen aus seiner Heimatstadt G. nicht geglückt, trotz des alten Tricks mit der Garnspule, den Ausgang wiederzufinden. Zehn Jahre hätten sie höchstens gezählt, neunzehnhundertsiebenunddreißig, und ihre Eltern hätten noch Jahre später in den Höhlen gesucht und suchen lassen nach ihnen. Daß nicht einmal ihre Skelette gefunden worden waren, gehörte offenbar zu des Lehrers hervorstechendsten Einnerungen an seine Kindeit, denn sogar während der Kinovorstellungen von Tom Sawyers Abenteuern konnte er es nicht unterlassen, jene schreckliche Tatsache flüsternd zumindest zu erwähnen, während Tom und Becky Thatcher am Rande des Verzweifelns in der weiträumigen Höhle umherirrten und die Kinder vor der Leinwand nur darauf warteten, sie möchten doch recht bald Indianer-Joes räudige Reste finden und den Goldschatz, von dem sie alle selbst träumten, damit die nicht mehr zu steigernde Spannung sich löste. *Nichemal de Knochen!* erhob Lehrer Mollenheuer die fistelnde Stimme dann etwas lauter, was die tapfersten der Jungen, die den Film schon viele Male gesehen hatten, als ihre Eltern zum Beispiel zu Haus den Sonntagmittagsschlaf hielten, zu ärgerlichen Antworten veranlaßte: *Ruhe nuchemal, jetze kummts duch, Mennesch!!!* oder gar *Werste sehn, du Knagger, dasse de Knuchn doch finden duhn!* Und wirklich lag im nächsten Moment Indianer-Joes Leiche im Bild, Sekunden nur und nicht scharf abgelichtet, es war schließlich ein Kinderfilm, der da lief, aber doch deutlich genug, um der Zuschauerschaft ein wohliges Stöhnen darüber abzunötigen, daß nun die Gerechtigkeit ihren Sieg endlich errungen hatte. Becky warf sich in solch schrecklichen Augenblicken entschlossen die Händchen vors Gesicht, dem dabei auch spitze Ausrufe des Erschreckens durch die Mundöffnung entfuhren. Die Mädchen im Kinosaal kniffen die Beine zusammen, Josepha fühlt es noch nach. Halb, daß sie den Kitzel in der Scheitelgrube der Schenkel genießen konnten, halb, daß sie sich ängstlich umsahen, ob es den Geschlechtskameradinnen denn ähnlich erging in der verbotenen Körperzone. Josepha im Gras beißt die Schenkel zusammen im Morgengrauen des 14. Septembers 1976 und spürt sich nicht recht, nur einen blassen Abglanz der frühen Erregung bringt das Erinnern hervor.

Aufgewacht ist jetzt Therese aus oberflächlichem Schlaf und beginnt sich zu wundern, daß Josepha noch nicht wie üblich hantiert zwischen Toilette und Kaffeekanne. Ein Blick ins Zimmer überzeugt sie schnell, daß hier etwas nicht stimmt, und sie hält durchs Küchenfenster Ausschau. Josephas Seitenprofil, die ausufernde Hüftkurve vor allem, hebt sich aus dem schon wieder hochstehenden Gras kunststoffblau heraus und führt Therese schließlich hinaus auf die nasse Wiese, wo sie sich in die weiträumige Flucht der Bilder einmischt, die in Josephas Kopf ihr Blendwerk vollführen und so unmerklich ablenken: Hatte sie nicht eben noch die Seele sich erklären lassen wollen? Hatte sie nicht eben noch ausforschen wollen, wie ihre Tränen im frühen Morgenlicht wirken, chemisch und physikalisch? Therese hält Josepha für stark unterkühlt und reißt sie aus der Flucht in einen Schwall vorwurfsvoller Reden über Harnwegsinfekte, Frühgeburten und jugendliche Unvernünfte, daß die Vögel erstaunt innehalten in ihrem Getön. Altweiber-Sommer spielt sich da ab vor den flitzigen Vogelaugen, wie sie ihn so wörtlich vor diesem Morgen nie hatten auffassen wollen. Erst als Josepha gedämpften Tempos aus dem Tau aufsteht, Hüfte und Rücken sich reibt im kurzen Schmerz der Starre und ins Haus geht, gestützt auf die heute so gar nicht schompelnde Urgroßmutter, wenden sie wieder einander sich zu und ihren spitzfindigen Gesängen. Der Maikatzenfindling wundert sich einen Moment über die plötzliche Stille und deren ebenso plötzliches Ende, springt aber schon wieder am Stamm des Apfelbaums hoch und erlegt einen besonders naiven Sperling, als die Haustür hinter den beiden Frauen miauend ins Schloß gleitet.

Eisenach liegt schon hinter der Reisegesellschaft im Intercity, als aus des kleinen Avraham Bodofranz' Strickhosenbeinen grünlicher Schaum hervordringt und die Insassen des Abteils zum überstürzten Aufsuchen der einigermaßen sauberen Zugtoiletten veranlaßt. Konsistenz und Farbe des Brustmilchstuhls, doziert eine dennoch peinlich berührte Ottilie Reveslueh geb. Schlupfburg verw. Wilczinski vor den leeren Abteilsitzen, lassen nun einmal an Kuhfladen denken, das war schon immer so – sie schaut sich um nach Reveslueh, während sie den Säugling reinigt – und sollte doch keinen Anlaß zur Sorge geben. Aber keineswegs Sorge noch Farbe und Konsistenz des kindlichen Stuhls hatten die Abteilflucht veranlaßt, sondern der Geruch des austretenden Exkrements. Als sich Ottilie die volle Windel näher an die Nase führt, will ihr das klarwerden. Die breiige Masse riecht, und das sollte wirklich Anlaß zu gewisser Sorge geben, wie östliche Uniform. Das schweißtriefend angstvolle männliche Aroma erzeugt nun auch in Ottilie jenen Ekel, den die anderen Ostreisenden nicht hatten ertragen können nach der endlosen Filzerei und der damit verbundenen körperlichen Nähe zu den grenzdiensthabenden Funktionsträgern der hiesigen Staatsmacht. Als der Zug im thüringischen G. hält, eine Station vor dem Zielbahnhof der Reveslühs, muß Ottilie mit dem Entleeren der Windel in die Zugtoilette noch warten und schaut aus dem oberen Teil des Fensters, das ein Stück heruntergeklappt ist. Als sie auf dem Bahnsteig zwei Polizisten im Gespräch beobachtet, muß sie irritiert die Windel ihres Sohnes genauer betrachten, scheu erhebt sie sie wieder und wieder ins

Licht, sich zu vergewissern – es bleibt dabei, das Kind kackt in der Farbe der östlichen Polizeiuniform, ein Grün von heftiger Kälte und ohne den braunen Stich der vertrauten Beamtenkluft im bayerischen N. Ottilies Sorge wendet sich ins Schlimmste: Man hat dem Kinde was ins Milieu getan! Sie entriegelt die Zugtoilette. Ehe sie jedoch auf den Gang tritt, schiebt sie die Nase voraus. Zur Vertiefung ihres Mißtrauens muß sie feststellen, daß nichts in der Luft liegt, wofür ihr ein Sensorium geraten wäre. Sie schnüffelt die bodennahe Luft, die mittlere, die obere Schicht sogar durch, indem sie auf den abgestellten Koffer eines vermutlich irgendwo in einem Abteil sitzenden Mitreisenden klettert – es wird ihr nicht klar, was ihrem Sohn da verabfolgt worden ist. Und wenn die ungebundene Luft hier einfach von anderer Art ist? Indem sie den Atmenden etwa zwingt zu Stellungnahmen merkwürdigster Art, Geruch und Farbe seiner Ausscheidungen beispielsweise den Gepflogenheiten der Exekutive anzupassen? Aber warum traf's dann den Säugling, warum die anderen nicht im Abteil, warum ist ihr niemals solches zu Ohren gekommen, wo doch die Zeitungen ansonsten voll sind von den Verwerfungen ziviler Lebensart im östlichen Landesteil? Kopflos, Franz Reveslueh spielt mit den Beinchen des Kindes, als hielte er Lötkolben in jeder Hand und bemühte sich um eine dringende Reparatur, kehrt Ottilie zurück ins Abteil und herrscht ihren Mann an, sofort die Wickelutensilien, die Reiseverpflegung und das Babyspielzeug in Taschen und Koffern zu verstauen: Die Endstation kündigt sich an, als die Landschaft einen weiten Blick über das flache Vorgebirge erlaubt, die der Ebene regellos aufgestreuten Dörfer und die Kleinstadt, die nun schon seit Jahrzehnten der alten Ostpreußin Therese Schlupfburg angeheilte Heimat sein soll nach den Briefen, die Ottilie Wilczinski während der letzten Wochen und Monate im bayerischen N. erreichten. W. liegt nicht flach auf die Wiese gekippt vor den Ankömmlingen, sondern paßt sich schon mit weiten Teilen in die dem Gebirge vorgelagerte Kalkbergkette ein. Ottilie und Franz Reveslueh sehen zum ersten Mal, was seit Josephengedenken Gewohnheitsbild ist, wenn man mit dem Schienenbus aus der Kreisstadt herüberkommt. Sie finden es schön. Noch haben sie die verfallenden Häuser, die gelochten Straßen und Fabrikruinen nicht sehen müssen, die Halden Industriemülls in der Nähe der großen Betriebe, jederratt zugänglich und allezeit menschenbelebt. Noch haben sie die beinahe lautlosen, sanften Hangstraßen mit ihren Kleinvillen, den weiten Obstgärten und die unbeschreibliche Aussicht nicht genießen können. Ihr Blickurteil faßt aus der Ferne zusammen, was in der Nähe noch nachzuprüfen bleibt – und dennoch: Es ist erst einmal schön, so haben sie es schließlich gewollt, was sie da aus den Zugfenstern als das Ziel ihrer Reise erblicken.

Als der Zug auf dem überraschend kleinen Bahnhof hält, wird Familie Reveslueh von Therese und Josepha mit einiger Verlegenheit empfangen, es ist ein Fremdeln zwischen den Beteiligten, wie es die beiden sich angeregt unterhaltenden Männer, die vielleicht fünfzehn Meter von der Begrüßungsszene entfernt auf dem Bahnsteig stehen und deretwegen niemand mit diesem Zug angereist ist – Josepha registriert es nicht ohne Spott –, sicher ganz gern sehen: In ihrem Bericht wird zu lesen sein von der distanzierten Begrüßung, die die Staatsbürgerinnen Schlupfburg der seltsamen West-Familie bereiteten. Dennoch wird auch ihnen nicht entgangen sein, daß die Aura der Ausdünstungen um die Ankömmlinge keiner der Geruchsvarianten zuzuordnen ist, die sie in ihren behördlichen Unterrichtsstunden als die drüben populären Duftkombinationen kennengelernt haben. Das verwirrt. Das mäßigt die Beredsamkeit der Männer bis in betretenes Schweigen hinein. Auch Josepha mag's nicht gefallen, was da – sie schnüffelt diskret – aus des Säuglings Hosenbeinen herüberweht und um die karierte Reisetasche sich fortzusetzen scheint. So riecht es, wenn sie kurz hinter G. in den Zügen westwärts auf landesübliche Art kontrolliert werden und befragt nach Woher und Wohin. Die Grenznähe muß als Argument herhalten für derlei Aktionen, die immer ein wenig lästig sind im Gespräch. Ostwärts aber, also in Reiserichtung der Revesluehs, war eine solche Kontrolle niemals vorgekommen. Josepha verwundert sich und verweilt im Verwundern bei der

Gestalt der fremden Großmutter: Ein kräftiger, langgezogener Schlupfburgkörper, der den des Ehemannes um beinahe einen Kopf überragt, wird von kindlichen Füßen getragen. Weit aus-, somit höchst einladende Wölbungen von Brüsten, Hüften und Hintern geben des blauweiß gemusterten Kleides appetitliche Füllung ab und zwingen sogar Josepha, wie zufällig mit dem Handrücken die Arschspalte zu erfühlen und die Größe der einzelnen Backe bewundernd abzuschätzen. Die Oberschenkel erinnerten in der Zusammenschau mit dem Hinterteil an einen Brauereigaul, wäre da nicht die tänzelnde Beweglichkeit, die Ottilie eher in die Nähe eines Rennpferdes rückt. Die strammstehenden Brustwarzen zeichnen sich durch den Kleidstoff ab und sondern offensichtlich Fädchen von Milch ab für das friedlich schlafende Kind im Wagen. Josepha verspürt plötzlich Leere im Magen und schmeckt auf der Zunge die schäumenden Shakes, mit denen Carmen Salzwedel sie sommerabends verwöhnt auf dem Balkon ihrer kleinen Wohnung. Wie trunken taumeln Ottilies Brüste bei jedem Schritt durch das lockere Oberteil des Kleides in gegenläufiger Bewegung, so daß sie rhythmisch in der Mitte zusammenschlagen und dabei ein Klatschgeräusch hören lassen. Josepha ist entzückt und macht sich Gedanken, wie wohl die offensichtliche Fülle der Frau auf das Gemüt des beigeordneten Mannes wirken mag: Sie unterzieht auch Franz Revesluch, der eben seiner Angetrauten durchs volle graue Haar fährt mit bewundernden Blicken, einer näheren Betrachtung. Revesluh wirkt drahtig und klein neben Ottilie, zäh und beweglich. Seine Erscheinung läßt Beharrlichkeit vermuten. Sicher braucht es die, diese einladende Frau zu durchstreifen. Des Fernsehmechanikermeisters Gesicht wirkt unmaskiert, die jugendliche Fülle und Rötung seiner Lippen führt Josepha auf häufigen, auskostenden Gebrauch im Liebesspiel zurück. Revesluhs ganzer Hintern hat, Josepha berührt auch ihn im Schatten vermeintlichen Zufalls, die Breite einer einzelnen Hinterbacke seiner Ehefrau. Nun muß Josepha doch noch erröten, während sie sich die Spielarten solcher Konstellation in den Sinn ruft. Niemand bemerkt glücklicherweise ihre

Ab- und Ausschweifungen, man ist ins Gespräch gekommen miteinander. Therese erkundet die Umstände der Reise, vor allem des Grenzübertritts (Ottilie beginnt für die Dauer von zehn Sekunden zu schielen), die Art des Abschieds von Bayern (Ottilie bietet die Schielattacke ein zweites Mal) und Avraham Bodofranz' unmittelbare Bedürfnisse (Ottilie richtet die Augen schnurstracks auf das hingestreckte, stinkende Kind). Wasser, sagt da Josepha in die Dunstwolke hinein, wie als Antwort auf Thereses zuletzt geäußerte Frage. Achjaja, Wasser wär nett, gell. Nichts anderes hatte Josepha mit ihrem Zwischenruf auslösen wollen als die Beachtung der schleimigen Pfützen, die sich über die gesamte Länge der Unterführung zum anderen Bahnsteig ausgebreitet haben während des letzten Regens und in Ermangelung eines funktionierenden Abflußsystems. Nun wird ihr klar, daß auch den Eltern Reveslueh der Geruch ihres Sohnes verbesserungsbedürftig erscheint. Ob es denn vielleicht eine verfrühte Weißwurst …? Ottilie säuert den Blick und verweist auf die Taumeltrauben, unmißverständlich, so daß Josepha ihre dümmelnde Vorstellung von bayerischen Ernährungsgewohnheiten wortreich zurücknimmt und mit dem System entschuldigt, in dem zu leben ihr seit ihrer Geburt zur Gewohnheit geworden sei. Auch sei ihr ja die wirkliche Einsicht versperrt in den Westen. Daß im Fernsehen für Kinderbreie aus dem Glas und für Instant-Breimischungen vielfruchtigen Geschmacks geworben wird, habe sie bislang für einen Aufruf gehalten, überholte Ernährungsgewohnheiten über Bord zu werfen, die sich ja doch recht lange halten im gesamtgesellschaftlichen Bauchbewußtsein. Das sei doch im Westen bestimmt nicht anders als hier, oder, Oma? Da sie sich noch nie als Großmutter bezeichnet sah bis zu diesem folgenschweren Moment, stutzt die bayerische Ottilie in Revesluehs, der sich schneller besinnt, Gesicht hinein und macht einen Gurgelschrei los aus dem kratzfreien Rachen. Jedenfalls könnte man solchen Schrei für den eines Vergewaltigungsopfers halten, denkt wohl auch der diensthabende Transportpolizist und wähnt eine sonderbar sinnvolle Aufgabe in seinem Trapoalltag. Schreckstarr hält neben ihm der Strekkenläufer inne, der eben zu einer Vesperpause heraufgeklettert ist auf den Bahnsteig. Beide verständigen sich entschlossenen Blickes, dem Opfer zu Hilfe zu eilen. Allein – wo sollen sie suchen? Die feuchte Grotte der Unterführung treibt den Gurgelschrei in ein pappiges Echo, aus dem die Reisenden und ihre Begrüßungseskorte kichernd ans Licht des Tages steigen, die Seiten sich haltend vor Lachen, den Speck sich walkend in den Kontraktionen der Zwerchfelle. Reveslueh prustet über das Kind hinweg, als die aufgeregt gestikulierenden Männer auf der Suche nach dem Gewaltopfer den Tunnel durchqueren, sich naß spritzen von oben bis unten und rot vor Ratlosigkeit auf jener Seite stehenbleiben, an der die Züge gen Westen für gewöhnlich abgefertigt werden. Weit und breit keine weibliche Person im Dilemma, kein Kind in Not. Der Streckenläufer wirft ein, daß im Elend auch der Mann zu gehobenem Schrei neigt und daß es Kastraten gibt – er denkt an seinen braven Musiklehrer Elvis, der ihnen die Schönheiten der italienischen Oper nahezubringen versucht hatte und dabei stets den »Kastraten« umschiffte wie ein gefährliches Riff im Sturm –, und Verschnittene schreien nun einmal nicht männlich. *Wu sulle mordn hierä Oinuche härnähm, gibze sowos dahier?* Der Transportpolizist ist durch die mögliche Existenz eines Entmannten in seinem Wirkungskreis beinahe benommen und ziemlich abgelenkt vom Grund seiner Aufregung. Das friedliche Fünfergespann, das fünfzig Meter von ihnen entfernt auf der anderen Bahnhofseite den Schienenbus besteigt, um die letzten zwei Kilometer nach W. zurückzulegen, entgeht seiner Aufmerksamkeit völlig, nicht aber das Männerpaar mit wedelnden Handgelenktaschen, das es nun offenbar eilig hat, noch zuzusteigen, nachdem der Schaffner hinter Josepha bereits abpfiff: Die hat man noch nie hier gesehen, und wie Reisende sehen sie auch nicht aus, mit diesen lächerlichen Täschchen und ohne jegliches ernstzunehmende Gepäck! Da ist etwas faul, beschließt die Transportpolizei und läuft eilig ins Kabuff, um die Dienststelle in W. anzurufen und den Burschen einen schönen offiziellen Empfang am dortigen Bahnhof zu organisieren. Sie werden schon zugeben müssen, wo sie ihr

Opfer in Schande haben liegenlassen oder aber wie sie es unter Androhung noch schlimmerer Dinge zum Schweigen und Fortlaufen gezwungen haben! Sie hat einen menschlichen Sinn, seine Arbeit, das will er wohl meinen! Und heute wird ihn Hilletrud nicht mit dem üblichen Spott übergehen können beim Abendessen mit den Kindern, heute wird er ein paar Bratwürste mit nach Hause bringen, den Grill im Garten anwerfen und den Kindern erklären, daß ihr Vater eben ein Verbrecherduo dingfest gemacht hat! Sein Kamm schwillt zu erregender Größe, daß sich die Bahnhofsangestellten vorsichtig ducken, wenn er vorbeikommt, vorbeireitet geradezu auf herrlichen Gedanken an eine Prämie, mit der er Hilletrud ködern und sie ausnahmsweise dazu bringen würde, ihm den Beischlaf zu gestatten, den sie seit Jahren wegen angeblicher Langeweile verweigert! Gemein wäre es allerdings, Hutschi nichts abzugeben, der Bahnhofsputze, die ebenso seit Jahren ein natürliches Verständnis für ihn aufbringt und Tag für Tag ihn umsorgt zwischen den beiden Vormittags-Intercitys, mit großer Selbstverständlichkeit und ohne etwas dafür zu fordern, aus Mitleid gar, seit er ihr einmal den geschlechtlichen Verschluß seiner Frau auf einem Betriebsvergnügen hinter vorgehaltener Hand mitgeteilt hatte. Sie war auch gleich bereit gewesen, es gab wohl schon andere Männer, denen sie derart zu Diensten war. Sicher war es das, was die große Achtung begründete, mit der ihr das Bahnhofspersonal für gewöhnlich begegnete. Hutschi natürlich – er würde seinen Spieß umdrehen wollen für sie: Er würde sie, die immer nur ruhig und zufrieden zusah, daß er ins Ziel kam, einmal krachend verspunden wollen nach den wenigen ihm bekannten Regeln der Liebeskunst, mit einer Flasche Sekt im Programm. Hatte sie gar einen Namen, mit dem er sie dankbar rufen könnte? Das käme doch gut, und außerdem würde es mit Hilletrud dann sicherlich länger dauern können als früher, da er meist noch *ante portas* sich entlud wegen der seltenen Gelegenheit, bis sie es ihm ganz untersagte mit der Begründung, sie könne einen Haufen Zellstoff und einen Kubikmeter Wasser im Monat sparen, nicht gerechnet den emotionalen Aufwand, den sie betreiben müsse, einen Mann wie ihn in ihre Nähe zu lassen. Er hatte klein beigeben müssen. Freilich, für Hilletrud war's eine Zumutung, aber mit Hutschis Hilfe hatte er sich ganz hübsch stabilisieren lassen. Er würde es seiner Frau schon zeigen, wenn er erst einmal bei Hutschi Vorsorge getroffen hatte! Es prickelt in seinem erhobenen Kopfe, als habe sich die Sektflasche just in die Hirnkammern entleert unterm Schwellkamm. Um so schmerzlicher muß ihn kurz vor Dienstschluß, mit Hutschi hat er sich schon verabredet für morgen, die Nachricht aus W. ereilen, er habe da einen kapitalen Bock geschossen mit seinem überbordenden Diensteifer: Hierzulande sei es nicht so einfach möglich, daß jemand Opfer eines Gewaltverbrechens werde, und in diesem Fall schon gar nicht! Er habe zwei Genossen in Ausübung ihrer Pflicht fälschlicherweise beschuldigt und an einer wichtigen Beobachtung gehindert, deretwegen sie aus der Bezirkshauptstadt abgeordnet gewesen seien! Und man werde sich Gedanken machen müssen, ob er in Zukunft denn noch Dienst tun könne an solch verantwortungsvoller Stelle oder ob er nicht auf einem weniger exponierten Posten seinen Voraussetzungen angemessener beschäftigt sei! Beilartig schlägt das ein in Schwellkamm und Champagnocephalus, daß alles Prickeln dahin und die schöne Vorstellung einer zufriedenen Hilletrud nicht länger haltbar ist. So schnell kann es gehen, er kennt das ja eigentlich – – –

Sein Einwand, daß nicht nur er, sondern auch der Streckenläufer Przibylski den entsetzlichen Schrei vernommen hat und daß es Zeugen auf dem Bahnhof gegeben haben muß, die bei eingehender Befragung den Vorgang mit Sicherheit bestätigen könnten, geht völlig unter im den Dienstraum erschütternden Wortbeben. Des herbeigeeilten Streckenläufer Przibylskis Selbstkritik, es könne sich schließlich bei jenem seltsamen Schrei auch um den eines blödsinnigen Kastraten gehandelt haben, und man hätte das schon genauer untersuchen müssen, schlägt dem armen Mann den Boden weg unter den Trapofüßen: *Jetze fangse dodahl an ze spinn, ä Oinuche dahier, das wärs jä!* Der einer unbekannten Diensteinheit entsprungene, zur Maßregelung des Übereifrigen angetretene Genosse zieht ab, nicht ohne gewisse Konsequenzen angedroht zu haben, was die offenbar unfähige Brigadeleitung auf dem winzigen Zweigbahnhof angeht. Zurück bleiben ein gebeutelter Transportpolizist, ein sich verlegen entwindender Streckenläufer, die Fahrkartenverkäuferin, Hutschi und der Fahrdienstleiter, die man alle zu einer dringlichen Besprechung zusammengerufen hatte und die sich nun schweigend trollen, nach Hause oder an ihre Arbeitsplätze, je nach Dienstplan. Hutschi aber erkennt die Verfassung ihres Schützlings und gibt ihm zu verstehen, daß man sich außerplanmäßig im Besenschuppen begegnen könne, damit er sich noch einmal so richtig ausweinen könne vor dem Nachhausegehen. Als wenig später der Transportpolizist statt der so glücklich ausgemalten Bratwürste sein eigenes Würstchen in den Fingern hält und betrübt feststellt, daß es nicht nach vorne losgehen will im muffigen Geruch der Besenkammer, mit einer Hutschi vor Augen, die ihm den Hintern bietet zur Tröstung unter gelüpftem Dederonkittel, und ganz ohne Aussicht auf eine versöhnliche Hilletrud, beschließt er, die Würde der Frau entschieden anzuheben in seinem Denken und wie geplant der Putze Hutschi Genuß zu verschaffen und eine Flasche Sekt. Er lädt sie ein, am nächsten Morgen, statt zum Dienst anzutreten, mit ihm nach Eisenach zu fahren, wo er vom Hörensagen eine Pension kennt, in der man auch stundenweise unterkommen kann, und sie soll sich einen schönen Tag machen an ihm und nicht in dieser muffigen Kammer sich vorweisen müssen wie ein entwertetes Billett. Hutschi zieht sich jetzt den Kittel zurecht überm Hintern, den Schlüpfer wieder an und erfreut sich an der Beliebtheit, die sie in des Trapos Herz gefunden zu haben glaubt nach solcher Rede, und als der Schlüssel im Schloß knirscht und beide sich im Abstand weniger Minuten davonstehlen, er zu Hilletrud und den Kindern, sie in ihr leergezogenes Nest im Souterrain eines ausgewohnten Miethauses, ahnen beide, daß ihnen Herbes blüht hinter der schönen Aussicht auf einen freien Tag miteinander.

Es ist eine beinerne Höflichkeit hinter den Dingen, stellt Josepha immer wieder erstaunt fest, wenn sie die neugewonnene Großmutter mit dem kleinen Onkel Avraham Bodofranz hantieren sieht in den kommenden Tagen. Viele Male am Tag wird er zur Brust genommen, und Josepha, statt zu fragen, wie man es anstellt zu säugen, statt zu schauen, wie ein klitzekleines Gemächt sich ausnimmt zwischen den speckumwehrten Beinchen, geht jedesmal diskret aus dem eigenen Zimmer, in dem die Revesluehs einquartiert sind. Nichts da mit weiblichem Schlupfburgschem Sippengefühl, mit Einvernehmen gar über die Generationen hinweg, die Großmutter bleibt trotz allen Bemühens noch fremdfühlig wie der Fernsehmechanikermeister. Es ist nichts geöffnet zwischen ihnen, was einem gemeinsamen Raum ähnelte, man hat sich noch nicht die Wahrheiten hergesagt, wechselseitig, dieweil das Kindergurrelurre schon ausleiert und alle Münder gleichartig beutelt wie vor beinahe fünfzig Jahren das »Tinkitinki! Käckerstinki!« in den Hebenstreitschen Familienrunden um Benedicta Carlotta und Astrid Radegund. Am Tag des Großen Begängnisses, vom Lokal am Cumbacher Teich zurückverlegt an die Schlupfburgsche Wohnzimmertafel und vorgekocht eine halbe Woche lang in ostpreußisch anmutenden Dünsten, tut sich da auch nichts: Die Angelikaeltern sind als östliche, die Alsterschwesterfamilie als westliche Kronzeugen späten Wiederfindens geladen und mäkeln am Stich ins Saure. Zu kaprig die Klopse, zu zitronig die sämige Soße, zu sauer gar der Kaffee, von Ottilie aus Bayern herübergebracht, und die Torte, Schwarzwälder Kirsch, im Gewitter, angeblich, geronnen, so gehen die Reden. Hättichmandoch, denkt Therese, Rindfleischmitrotkohl, Thüringerart ... Als hätt sie's genauso gedacht, fragt Josepha in milder Manier übern Tisch: Ob es nicht doch die vielen D-Mark sind, die man hat eintauschen müssen, als Zwangsgebühr aufzufassen für den Aufenthalt diesseits der im Jahre neunzehnhundertneunundvierzig anscheinend endgültig befestigten Grenze, die nun den Hintergrund abgeben für alles Nörgeln am Essen? Oder ob es das Knarren der immer noch neuen Schuhe an den Füßen des Angelikavaters ist, das die Gemüter so reizt und entzweit am großen Tisch? Das Kind habe doch seit Tagen nicht mehr scheußlich gerochen, sondern einen milchigen Duft entwickelt, der nicht nur ihr, Josepha, Sanftmut in den Blick triebe, sondern auch die Gäste eigentlich hätte veranlassen können, zutraulicher zu werden. Ein kurzes Innehalten beim Boonekamp ist alles, was ihr an Reaktion auf die Anfrage zuteil wird, nur Avraham Bodofranz gickert bestätigend aus Josephas Zimmer herüber, wo er zum Mittagsschlaf abgelegt worden war, und schickt eine aromatische Welle ins Wohnzimmer. Richard Rund hat sich bislang aller Kommentare schmatzend enthalten können hinter der Kulisse der Taubheit. Die Menge der stehengelassenen Speisen, stellt er grinsend fest, steht allerdings in umgekehrt proportionalem Verhältnis zum Nörgeln der Esser: Von allem ist gerade nur so viel übrig, daß es ihm eine kleine Nachtmahlzeit einbringen wird, aber dazu muß er es schlau anstellen und das Abräumen besorgen, um, was er möchte, in einem Topf zu sichern und diesen dann in einer unbeachteten Ecke der Speisekammer zu verstecken. Rund weiß, was er denkt: Zu oft schon hat ihm die heimlich schnabulierende Therese weggefressen, was er sich hatte einverleiben wollen in unbeobachteten Momenten. Er verläßt also den Tisch, Ottilie holt den Säugling herbei und schiebt ihm zerdrückten Klops in den Mund, der Angelikavater kann es nicht lassen, unterm Tisch die Füße auf und ab wippen und dabei das krachende Leder hörbar werden zu lassen. Die Frauen folgen einander mit Tellern und Schüsseln, Bestecken, Kellen und mürrischen Mienen in die Küche, wo Richard am Spülbekken steht und schmutzige Gläser durchs Wasser zieht. Franz Reveslueh aber wünscht sich nur eines: Ein Filmchen möchte er anschauen dürfen, an einem richtigen, wenn auch östlichen Fernsehgerät und in Schwarzweiß. Jede Gelegenheit scheint ihm günstig genug, den Knopf zu drehen und zwischen den vier Programmen zu wählen, die hier anliegen, und er tut es, als nur der Angelikavater noch knarrt in seiner Nähe. Dem könnte auch ein Filmchen ganz gut sein, denkt er bei sich und sucht. Die Männer geraten in eine Szene, in der ein bulliger Mann in einem Café eine Zitrone erwürgt und mit stolzem Blick den gewonnenen Saft einem weitaus Schmächtigeren reicht. Dessen anerkennende Frage *Are you a boxer?* verneint er lachend und kopfschüttelnd mit *No, I'm a rent-collector*! und löst damit ein prustendes Lachen am Tisch des Film-Cafés aus. Ein Schnitt bringt den beiden alten Herren eine ganz in Grau gehaltene junge Dame ins Bild, die mit spöttelndem Lächeln einzelne Sätze der eben gespielten Szene wiederholt und Fragen dazu stellt, *ach, das is duch Inglisch for juh,* bemerkt der Angelikavater, der seine Tochter einige Jahre lang durch die Sendungen des Schulfernsehens begleitet hat und dem westlichen Gast nun stolz die Resultate ausdauernden Mitlernens vorführt, indem er, wenn man von der thüringischen Lautfärbung absieht, die Fragen der Fernsehdame korrekt beantwortet. Das gerade ist es nun nicht, was Fritz Revesluch sich so vorstellt für die Zeit der Mittagsruhe: Er stößt einen Seufzer aus, der Angelikavater nimmt's für Bewunderung, und sucht nach anderen Kanälen. Die Frauen indes beenden in der Küche Abwasch und Räumung und setzen sich auf die Veranda zum Plausch. Richard Rund wird ins Männerzimmer geschickt und fügt sich, wenn ihm auch eher nach einem Bettstündchen wäre mit Therese, die im Zustand der vollkommenen Sättigung wie ein Berg zu besteigen ist und beim Erreichen des Gipfels Rülpser und Fürze aus ihrer Reglosigkeit entläßt, sich öffnet wie ein Vulkan, aus dem die noch heißen Dünste der Speisen aufsteigen und Richard Rund, da er ja nicht mehr hören kann, erregen wie früher Worte und Seufzer, ja, das hätte er gern, und er nimmt den Gedanken daran mit einem Handkantenschlag in die Penisgegend zurück: Sehen soll man sie nicht, seine Lust aufs Bergsteigen.

Im Männerzimmer hat Reveslueh offenbar aufgegeben und hört staunenden Mundes das Gurren, die scharfen und weichen Zischer einer Sprache, die Russisch genannt wird und die Vorgänge auf einem sibirischen Flughafen beschreibt: Eine junge Frau mit derbem Hinterkopfzopf will nach Moskau fliegen und bestellt Tickets. Der ihr zugehörige Mann wartet derweil in der Schalterhalle, kauft eine Krautpirogge bei einer lächelnden

295

Asiatin von erheblichem Umfang und mit weißem Häubchen über den schwarzen Haaren. Das Leuchten in seinen Augen schwappt über mit etwa jeder fünften Bewegung der Kiefergelenke, als gerate er in einen ekstatischen Zustand. Fritz Reveslueh will, was er da sieht, für Begehren halten, das die Asiatin meint, aber die wird nicht noch einmal eingeblendet, und als die Bezopfte zurückkehrt vom Ticketkauf, wird der Irrtum offensichtlich: Sie küssen sich ein wenig auf die Wangen, kichern dabei, und des Mannes Blick weitet sich zu ähnlicher Euphorie wie eben noch im Kauen des Kohls. Richard Rund nickt ein im Sitzen. Das Fernsehen hier ist eine seltsame Sache, muß Reveslueh denken, ein bißchen erleichtert aber doch, daß die Bildröhre ganz bleibt, obwohl seine Frau in nächster Nähe sich aufhält, das hat er die ganzen Tage schon heimlich bewundert, während es Ottilie gar nicht aufgefallen zu sein scheint! Wenn sie hierblieben, würde er womöglich seinem Berufe noch ein paar Jahre nachgehen können! Das Hierbleiben ist nicht ausgemacht zwischen ihnen, sie haben das Thema gemieden und doch beide stets daran denken müssen, obwohl es sie weder zog noch schob über die Grenze hinweg. Sie waren gen Osten gefahren, weil die gegenläufige Richtung Josepha verboten war wie die Treppe zum Turmzimmer, nur daß Josepha die gegenläufige Richtung bislang nie verlockend erschien und sie sich gelegentlich fragt, wie es um ihren Unternehmungsgeist und ihre Neugier bestellt sein muß, wenn sie nicht wissen will, was am Ende der Turmtreppe Wirklichkeit ist. Und eine Wirklichkeit mußte es geben dort, wie hätten die Reveslühs sonst aus ihr hinausfahren können in eine andere! (Manchmal kehrt Josepha nun wieder das Weiße der Augen hervor wie einst in Moskaus Untergrund, eine Antwort auf sich zu finden.) So hat jeder seins zu bedenken an diesem strittigen Tag und tut's mit Geplausch und Geplänkel, mit Schläfern und Fernsehen, Lederkrachen und Hang zur Bergsteigerei oder, wie Avraham Bodofranz, mit Luftverbesserung. Man findet sich nicht zusammen in angerauhter Atmosphäre, man ist sich nicht bös und nicht gut, man verschwistert sich nicht. Josepha spürt dem Rumoren des schwarzweißen Kindes nach, das offenbar durch die Bauchdecke hindurch mit dem duftenden Säugling lebhaft ins Gespräch kommen kann: Auf zwei Bodofranzsche Krählaute oder Geruchsstöße kommt ein merkliches Puckern aus der Gebärmutterkugel. Lachen könnte Josepha darüber, wär sie sich sicher, daß die beiden Kinder nicht Ungebührliches ausheckten angesichts der Stimmung im Schlupfburgschen Haushalt. Und wirklich wird das Gespräch, als die werdende Mutter sich im eigenen Zimmer hinlegt, heftiger, obwohl nun gar eine Zimmertür, ein meterbreiter Korridor und der Küchenraum das schwarzweiße Kind von Avraham Bodofranz trennen, der auf der Veranda die alten Damen verspottet, indem er ihre Mienen nachäfft und ihre unerhört albernen Geräusche spiegelt mit kleinen Spuckeschaumhäufchen vorm Mund. Das Puckern verstärkt sich zu kräftigen Püffen Protests, wie sie auch manchmal einsetzen, wenn Josepha sich gar zu lange gebückt oder in der Hocke gehalten hat. Das schwarzweiße Kind lehnt sich auf gegen Enge, weitet seine Fruchthöhle mit Händen und Füßen, tritt dabei auch gegen Harnblase und Magen. Zwar wüßte Josepha gern, was die Kinder im Schilde der zarten Schädelknochen führen und anstellen wollen aus ihren unterschiedlichen Positionen heraus, aber der Schlaf macht sich stärker. Überwältigt schließen sich die Lider, die sie nun ganz von der Außenwelt trennen und, wenn sie aufwacht, zur Leinwand geworden sein werden für wechselnde Träume. So plötzlich kann sie hinübergehen in einen Zustand des Hingestrecktseins, daß das schwarzweiße Kind für einen Moment verstummt scheint im Gespräch mit dem Großvaterbruder, dann aber um so mehr in die Schlupfburgschen Seiten schlägt. Als Therese nachschaut, was die Urenkelin vom Frauengespräch auf der Veranda abhält, schüttelt sie lächelnd den Kopf, das polternde Innenleben der Schlafenden will sie erinnern, an andere Stimmen?, an Kreisläufe?, sie weiß es nicht und schließt voller Vorsicht von außen die Tür. Und so kann geschehen, daß Josepha in der einunddreißigsten Woche ihrer Schwangerschaft flammende Worte träumt, die sie am Abend aufschreiben wird als eine heftige Rede wider die eignen Gebräuche, brauchbar zu sein. Das zum ersten. Zum zweiten wider den wahllosen Gebrauch der Worte FILTER und FOLTER im betrieblichen und außerbetrieblichen Menschenleben. Und hätte sie nicht geträumt, was sie kurz darauf öffentlich vorlesen wird, der Eklat wäre ausgeblieben, der sich ereignen soll am Montag, dem 27. September 1976, im *VEB Kalender und Büroartikel Max Papp* der thüringischen Kleinstadt W. Aber davon weiß sie noch nichts, da sie hingestreckt liegt und schläft und träumt und ihr Kind im Gespräch weiß über die Körpergrenzen hinweg mit Generationen, die aus anderen Zeitaltern die Hände herüberreichen, leibhaftig und leibesverhaftet, und sich abfinden wollen mit spätem Trost früher Verluste und herrschsüchtig sind und kindsherrlich offen für Saures, komme es nun aus dem Munde der eigenen Elternteile oder aus den Schlupfburgschen Kochtöpfen. So süß kann das Kindsleben sein im erwachsenen Blick, daß man es, träumte man nicht auch bitter und bös, kaum aushielte innerhalb der Kriterien der Brauchbarkeit. Es zieht, Josepha, der haarfeine Spalt macht dich kalt, wenn du nicht achtgibst und austeilst, endlich, im dreiundzwanzigsten Jahr deines Daseins, und zuschlägst und den Hammer dazu aus dem eigenen Kopf, aus dem Bauch ziehst in festem Entschluß. Das Komische zwischen den Dingen: Gibt es, wie du dir dachtest, noch Nischen frei für ernstlichen Aufenthalt? Wenn jemandem nicht nach Lachen zumute ist, nimm, Josepha, die Meisterin in ihrem wahrscheinlichen Unglück, was kann der tun?

Josepha träumt sich in Rage, nimmt Zuflucht zu fremden Gestalten, sieht sich abwechselnd als Bertha von Suttner, als jene hinkende, der sozialdemokratischen Bewegung zugehörende Frau, deren Band Briefe im Expeditionsgepäck steckt, als Ljusja Andrejewna Wandrowskaja gar während der Vorstellung der Schokorumbaisertorte WIOLETA oder als Lutz-Lucia vor der Musterungskommission. Die Gesten ummanteln den Sinn ihrer Rede, von der sie nichts weiß, als daß sie sie loswerden muß durch ihr Mundloch. Was sie einige Stunden später sich durchliest – sie hat es eben aufgeschrieben während der Nachrichtensendungen –, gibt sich als Rätsel, das zu lösen sie aber nichts drängt oder herausfordert. Das Lösen ist ihre Sache offenbar nicht, vorerst geht es ums Schürzen. Und ist der Knoten entzündet genug, wird sich, sie ahnt es, gewiß jemand finden, der dreinhaut und den Eiterhof ansticht, um den es ihr geht.

Von FILTER UND FOLTER

Diskussionsbeitrag der Jugendfreundin Schlupfburg, Josepha, im Rahmen der innerbetrieblichen Jugendschulung zur Vorbereitung des Jahrestages der Staatsgründung diesseits der im Jahre neunzehnhundertneunundvierzig anscheinend endgültig befestigten Grenze

Liebe Freunde und Genossen,
ich gliedere meinen Vortrag aus persönlichen Gründen in zwei Teile, die ich entlang meines manuskriptischen Leitfadens nacheinander durch unser aller Gemüter spazierenzuführen gedenke. Es tönen, sozusagen, die Lider über den Augen von all dem Herbst um uns herum, Ihr braucht mich nur zu verstehen.
  Nehmen wir einmal an, liebe Freunde, ich sei ins Gespräch gekommen. In eures zum Beispiel, oder in jenes der zuständigen Stellen, die auch in diesem Raume mit Sicherheit sich aufhalten und die anständigen wie die unanständigen Stellen meiner heutigen Rede festhalten und weiterreichen werden in eine Sphäre, liebe Freunde, die schon ganz andere Leute, nehmen wir nur unsere angeblich staatsverräterische Meisterin, verschluckt hat wie das sowjetische werktätige Volk Fett und Zucker. Statt es einmal mit der sagenumwobenen Schokorumbaisertorte WIOLETA zu versuchen, erfunden für die Abschlußprüfung im Kaliningrader Backkombinat von meiner russischen Freundin Ljusja Andrejewna Wandrowskaja – ihr habt sie immerhin hängen sehen in unserem Meisterkabuff, bis sie untertauchte in einem gut gefüllten Kleiderschrank –, verschluckt auch das Sicherheitsorgan der östlichen Völker Menschen, ohne daß wir das glauben dürfen bislang. Aber wir müssen es tun, liebe Freunde! Unsere verehrte

Meisterin habe ich leiden sehen an einer erotischen Verrücktheit, die hier wie andernlands schon ganze Scharen von Frauen becirct hat und sie ganz klein macht, zu Bodenkriecherinnen und Schleimschnecken übelster Art, ich hab es gesehen. Unser Oberster Staatsführer war es, heut sprech ich es aus, der ihr von unserm Kabuffporträt zugesetzt hat mit schweinischen Reden und Gesten, der eine Ficksucht ausgelöst hat in ihr, der sie nichts zu entgegnen hatte als die eigene Hand, einige Gurken, Dauerwürste und Mohrrüben, während der Alte aus seinem Rahmen nicht rauskam, ihr beizustehen, lediglich anheizte ihr törichtes Sehnen mit einem kirschroten Feuchtmund. Er hatte es bei seinem südöstlichen Kollegen C. erlebt, wie Frauen sich wanden und zucksüchtig wurden nach ihm und ihn anflehten, Schwanz und Kind erbaten und Tänze aufführten. Die Nähe dieser Tänzerinnen hatte unserem Obersten Staatsführer einen Dunst in die Nase getrieben beim Staatsbesuch, den er nimmermehr loswerden konnte: Der Geruch weidete ihn aus und ersetzte ihm allmählich alle Organe, so daß seine blauhaarige Frau auch nichts mehr ausrichten konnte und statt dessen kräftige Frauen aus dem werktätigen Volk zu Opfern wurden, wenn auch in kleiner Zahl und keineswegs vergleichbar mit dem Zulauf, den Kollege C. in R. gewöhnlich genießt. Unsere arme Meisterin, einmal verrückt nach ihm, wurde dann eingefangen, um zu verheimlichen. Lange habe ich nach ihr gesucht, vermutete sie gar auf dem einen, dem anderen Friedhof, aber ich fand nicht heraus, was ihr geschehen war, ließ mich statt dessen ein auf ihr klammes Verschwinden und machte mich still, denn immerhin mußte ich immer auch lachen, wenn es um Ernstes ging: So komisch hatte ich sie am Boden gesehen, nach einer Gestalt sich verzehrend, die durchaus einer kleinen Hauswartin ein ehrbares Leben hätte bieten, nicht aber Verzückung auslösen können bei einer gestandenen Frau, ginge hier alles mit rechten Dingen ins Land. Ihr braucht mich nur zu verstehen. Der falsche Mond ward aufgehangen mit Wäschestangen, die die Hausfrau zu nutzen, der Mann jedoch dem alltäglichen Mißbrauch anheimzustellen weiß, wie wir nun sehen müssen. Und da hängt er, der falsche Mond, und scheint auf uns herab, während wir unseren Glauben ausüben und Spaß haben und nicht daran denken wollen, daß unsere Meisterin so seltsam abhanden kam – und wir kannten sie gut! Daß einer sich niederbrennt vor seiner Kirche und nicht zu retten ist in einer sächsischen Kleinstadt! Daß Männer mit albernen Täschchen uns nachlaufen, ob es uns paßt oder nicht! Spätestens bei der Maibratwurst hätte uns auffallen sollen, daß wir scheingeschwängerten Schweinen ähneln, ohne Unterschied des Geschlechtes übrigens, und aus den Zeichen allenfalls besseren Futterzugang lesen für unsere ferkelige Zukunft, die wir auch weiterhin im Stall erleben wollen. Haben wir nichts zu bezweifeln, wir armen Leuchter? Ihr braucht mich nur zu verstehen: Ich habe was vor, ein schwarzweißes, euch kann ich es sagen, Kind, das nicht in Liebe, aber in höchster Wohligkeit seinen Weg in die Welt nahm und nun nicht bereuen soll, daß es mich ausfüllt und anderes verdrängt: Wo ist unsere Meisterin hin? Ich fordere Aufklärung der Geschehnisse des letzten Frühjahrs im Meisterkabuff Halle 8, ich fordere entschieden das Wiederauftauchen unserer Meisterin aus den Fluten des vermeintlichen Landesverrats, ich fordere einen Rechtsbeistand für unsere langjährige und zuverlässige Imbißspenderin, das zumindest sollten wir doch nicht vergessen haben!

Was aber, werdet ihr euch fragen, hat meine Rede mit FILTER und FOLTER zu tun, die ich euch angekündigt habe als thematischen Faden?

(Josepha verschnauft nach dem ersten Teil ihres Vortrags, den sie in großer Hast, mit vorgeschobenem Kopf, hinausposaunt hat in die Zuhörerschaft. Nun scheint sie schmiegsam zu werden, da ihr das Publikum mit Verwunderung kommt, mit spöttischem Kopfschütteln oder verblümten Flüsterfragen nach ihrer geistigen Verfassung.)

FILTER und FOLTER haben mich Einblick nehmen lassen in die Abgründe verschiedener Gedankenlosigkeiten, mit denen zu leben hierzulande üblich geworden ist in den letzten beiden

Jahrzehnten, schon weil sie über selbige Abgründe hinweghelfen, als existierten diese nicht. Wie will ich das meinen?

Es gibt ungezählt Worte, die sich entscheiden müssen zwischen verschiedenen Klängen. Nehmen wir Ratte und Rotte, Hage- und Ragestolz, Einblick und Eiblick oder aber FALTER FELTER FILTER FOLTER FULTER aus der Klasse der unipolaren Aussprechlinge: Immer ist die erste Silbe betont und schmückt sich, während die zweite abschmiert und aufgibt vor der geschürzten Unterlippe. Wie die erste Silbe sich anbiedert den möglichen Vokalen, will ich nicht wissen. Spricht sie sich aus, ist ihr Geschick längst beschlossen: Entweder bruchnabelblöde wie FELTER und FULTER, papieren und flattertrunken wie FALTER oder aber höheren Sinnen verschrieben wie FILTER und FOLTER, die gemessenen Schrittes und stets Seit an Seit durch den Sprachgebrauch touren, auch wenn eins ohne das andere sich durchaus denken ließe und dann etwas besser wegkäme in unseren Reden. In Wirklichkeit, und ich meine hier jene, die ich erfuhr, seit sich Eiblick und Einblick vereinten in meinen Augen, seit ich also trächtig und ausschauend bin nach einer Art Zukunft, gehen FILTER und FOLTER nie ohne einander aus jemandes Mund, in jemandes Ohren und tarnen sich gegenseitig, will eines von ihnen entdeckt werden hinter dem anderen. Versteckspiel gewöhnt, fällt es FILTER und FOLTER nicht schwer, gewöhnlich zu werden und Formen anzunehmen, die nach Alltag und Wurstsuppe riechen, aber ein ausbaldowertes Duo sind der vollkommenen Illusion. Laßt mich erklären.

Meine Sippe erlitt im letzten Jahrhundert Schleudertraumen, von denen ich nichts mehr wissen sollte. Hunderte Kilometer von Ost nach West verfrachtet und letztlich doch im relativen Osten angekommen, blieb meine Ahnfrau Therese nach dem letzten der Kriege hier hängen an ihrem Hang zum Kulinarischen. Thüringen macht sich nicht schlecht für eine sinnenfreudige Köchin. Hier kam ich zur Welt und lernte die Blechkuchen loben, die kaprigen Ostpreußenklopse, den Thüringer Kloß. Die Schleudertraumen der Sippe verschwanden hinter dem FILTER im Mund meiner Ahnin. Selten nur kamen sie, unter Ausspa-

rung des Lebendigen und all seiner Farben, aus ihr heraus und machten mir wenig Angst, weil ich sie nicht erkannte. Im FILTER aber hockte die FOLTER und machte sich schwer, biß meiner Urgroßmutter vielmals Stücke der Zunge ab, daß sie wählerisch wurde nicht nur im Aussprechen, sondern schon im Erdenken der fälligen Worte. Das ist das eine. Das andere geht über den Einzelmenschen hinaus und meint eine Situation, in der zuständige Stellen für uns glauben, filtern zu müssen, was wir erfahren dürfen. Ich verrate euch ein Geheimnis: Wir nehmen das hin, ohne ein Flutschwort ins öffentliche Gespräch zu geben. Sind selten Leute, die Luftwurzeln haben und so immer ein wenig über den Dingen zu stehen vermögen, daß ihnen nichts ausmacht, einmal den Filter der Folter, die Folter des Filters aus ihrem Mund- und Ohrwerk zu tun und wahrzusagen. So ein Mensch war auch unsere Meisterin mitnichten, will ich sagen, aber der Wunsch, von einem Staatsführer beschlafen zu werden, ist so undenkbar, so unaussprechlich nun auch wieder nicht, daß man verschwunden werden muß von den zuständigen Stellen und einer Landesverräterei beschuldigt. Was ist mit ihrer Wohnung geschehen? Wer hat sich drübergemacht in Anmaßung Wühlwollens? Wer hat ihr Stimme und Anschrift geraubt, daß sie unerreichbar hinter der Filterfolter in einer festverschlossenen Klapper verborgen bleibt, wie ich glaube? Oder nehmt ihr an, etwa, daß man ihr nicht noch die Kapillaren mit Schlaf und Taubheit vollgespritzt hat, bis in die Haarspitzen sie ausgepolstert hat mit chemisch verändertem Wesen? Hat man sie ausverkauft gar für härteres Geld oder einen aufgescheuchten Agenten? Das könnte gut passen in die Geschichte, die ich nicht erzähle, weil ich sie kenne, allenfalls, weil ihr mich kennenlernen sollt an meiner gehobenen Stimme. Den FILTER schmeiß ich euch vor die Füße, die FOLTER der Schweigeverpflichtung, und rede heraus, was noch nicht gänzlich verschollen ist in den Schlünden der Bravheit. Denn artig kommen wir beinahe alle daher, und tragen doch Niedertrachts Narben, den furchtsam geschlossenen Mund, den Schafsblick passend zu Hemd und Bluse oder den Ärger der Langeweile. Wenn man uns auszieht, oder wir selbst ziehn uns aus, kommt es heraus: Heftig wissen wir zu lieben und ohne Scheu, und Kinder machen wir neuerdings wie andere freundliche Fressen, während es innen wütet. Das ist uns offenbar mehr als jeglicher filtergefolterte Ausblick. So kleine Kinder sind hier die größten Abenteuer, die wir uns denken können, wenn die Reste von Rauflust und Fernweh, von Neugier und Ungeduld zum Durchbruch gelangen. Das ist noch größtenteils uns vorbehalten: Ein Kind zu erzeugen als einen frei bestimmbaren Grundton geschlechtsgebundenen Lebens, das dann zwar in den vorbeschiedenen Bahnen ablaufen wird, aber immer noch ahnen läßt, wie der Ton gedacht war. Mir schwellen die Worte, ich merke es langsam, es ist an der Zeit, einen Punkt zu setzen und den einen, die andere von euch hier antreten zu lassen mit eigner Erfahrung. Die Salzwedelcarmen weiß mit Bestimmtheit genug über FILTER und FOLTER, oder nehmen wir Manfred Hinterzart, dessen Schwester Annegret in Burj 'Umar Idris in der algerischen Wüste verbuddelt scheint wie hinter der Filterfolter in seinem Kopfe, beide könnten sich ein Herz fassen und auspacken. Das wäre ein Anfang. Mein kleiner Onkel Avraham Bodofranz machte es vor, als er kein Blatt vor den Arsch nahm und schiß, daß es nach Volkspolizei roch und wie Uniform aussah, farblich gesehen. So tat er kund, was an Protestpotential dem jungen Menschen schon innewohnt und was wir, vermutlich, dem Bodenlosloch hinter der Filterfolter vermacht haben. Dabei war meines kleinen Onkels Erfahrung mit jeglicher Ordnungsmacht noch beinahe nicht vorhanden, als er, dem Instinkte folgend, sich ausließ in eben beschriebener Weise. Womöglich waren wir frühzeitig alle so wie mein bayerischer Kleinstonkel, haben es uns aber mit den Jahren verkniffen, ein selbständig fühlender Organismus zu sein und angemessene Reaktionen zu zeigen auf Unangenehmes. Ich fordere –

Josepha greift sich an die Brust, als sie Blut auf dem Fußboden sieht, dessen Spur zurückverfolgt und den Ursprung in ihrer Rocktasche entdeckt: Jede Ratte ist Mutter geworden zweier siamesischer Pärchen, während Josepha sprach über FILTER und FOLTER, wie es Fauno Suizidor, den Gott des tierischen Freitods, zutiefst gefreut hätte. Der schmunzelnde Gott besäße nun wieder Macht über die roten Ratten, wäre es nötig. Ist's aber nicht, und so fährt er als wärmender Luftstrom in die Geburtstasche hinein. Die Laute des Wohlbehagens, aus den Leibern des Rättlein aufsteigend, entgehen ihm nicht, während Josepha die Tiere für stumm halten muß: Ultraschall, für Fauno Suizidor gewohntes Signal, kann sie nicht wahrnehmen. Ehe die anderen den Ursprung des Blutes erkennen, empfiehlt sich Josepha mit einem Verweis auf ihr angegriffenes körperliches Befinden, das wohl auf das Ende der Schwangerschaft deute, was ein wenig verfrüht sei, so daß sie sich schonen und einen außerplanmäßigen Gang zur bronzenen Ärztin tun müsse. Sie schlüpft in die Jacke, rafft sie über dem Bauch zusammen, so gut es eben gehen mag, und macht sich aus dem Staub, während man im Saale baff und schweigend das Geschehene einzuordnen versucht in Entrückung, Provokation oder Krankheit. Noch nie hat es auch nur Anzeichen von Aufruhr gegeben in W., wenn man vom Freudenhausstreik der algerischen Arbeiter absieht, und nun soll ausgerechnet die Jugendfreundin Schlupfburg, Josepha, der Staatsfeindlichkeit anheimgefallen sein im Zustand der Hochschwangerschaft? Ob zu früh einsetzende Wehen – man bedenke das Blut hinter dem Rednerpult – sie in gewisse Affekte versetzt haben? Eine Brigadierin erinnert sich, wie sie unter der Geburt den Zwang verspürte, Flüche auf das geburtsbegleitende Personal zu schleudern und dabei in höchstem Schmerz auch dessen Staats- und Klassentreue in Frage zu stellen; sie bittet kleinlaut um Verständnis für die junge Kollegin und deren Nöte. Ein, zwei Fälle schwangerschaftsbegleitender Psychosen hat es in W. über die Jahre gegeben, das solle man auch nicht vergessen. Immerhin haben die betreffenden Frauen jeweils viele Monate in verschwiegenen Kliniken zubringen müssen. Sie wisse das von ihrer Nichte Veronica, deren Vorstellung, ihr Kind werde sie eines Tages durch die Afteröffnung verlassen, weitreichende, gemeinhin uneinfühlbare Aktivitäten in ihr ausgelöst hatten. Als Ausweg blieb der verwahrende Verschluß hinter Anstaltstüren bis zum Tag der Entbindung. Veronica konnte nur noch durch andauernde Beobachtung daran gehindert werden, sich auf alle denkbaren Weisen den Leib zu öffnen, um das Kind auf einem anderen Weg herauszubekommen. Die erschrockene Abwehrhaltung der Zuhörerschaft hindert die Brigadierin schließlich daran, diesbezüglich auf Detailfragen einzugehen, bewegt aber keinesfalls den beisitzenden betrieblichen Jugendführer, vom Kabufftelefon aus eine Nummer aus der hohlen Hand zu wählen und eine Vertretung der *zuständigen Stellen* herbeizubitten: Es sei »wieder was los dahier«, und man möge sich doch beeilen. Niemandem aber fiele es ein, der längst geflohenen Rednerin nachzusetzen, sei es aus Hilfswillen oder aus Lust an einer halbamtlichen Feststellung von Staatsfeindshetze. Allerdings wird die Gruppe der parteilich gebundenen Jugendfreunde auf der Raucherinsel zusammengerufen, um weiteres Vorgehen zu besprechen. Daß es ein »weiteres Vorgehen« geben muß, ist den Beteiligten klar. Allenfalls Carmen Salzwedel entwickelt ein ungutes Gefühl im Verdauungstrakt, daß sie der Freundin in dieser Situation behilflich sein müsse, und Manfred Hinterzart hat gar einige Sätze in seinem Kopf hin- und hergewälzt, die an die versandete Schwester in der nordafrikanischen Wüste erinnern sollen und an das große Schweigen, das seiner Familie hierüber verordnet worden war, aber er bindet sich fest an den Pflock, den er im Herzen zu spüren glaubt, und verläßt die Versammlung unbemerkt unter den Tischen hindurch.

Josepha indessen läuft durch die Stadt nach Hause. Ihre Rocktasche hat glücklicherweise aufgehört zu tropfen, so daß sie zwanghaft gemessenen Schrittes unbemerkt bleibt und eine halbe Stunde später bei Therese ankommt, die in der Küche Bohnen schnippelt. Die Revesluehs sind unterwegs in der Kreisstadt, ihr reichliches Zwangsweichgeld anzulegen in den größeren Kaufhäusern und ihrem Sohn wenigstens passive Bewegung zu verschaffen, indem sie ihn durch die weitläufigen Anlagen des Schloßparks und der Orangerie spazierenfahren in einem hochrädrigen blauen Gefährt, das nicht wenig Beachtung findet. Josepha hat also freie Bahn, der Urgroßmutter die neugeborenen Ratten zu präsentieren mit der hilflosen Frage, wie das denn habe passieren können, wie man mit den Geschöpfchen denn weiter verfahren solle, ob es einen Ausweg gäbe. Sogar eine Hygienefrage, bislang nie gestellt von Josepha, entfährt ihr und überrascht sie selbst und die Urgroßmutter. Therese muß sich ein wenig besinnen, ehe sie antwortet. Immerhin sind die Ratten ins Schlupfburgleben hineingewachsen, und den Weg hinaus dürften sie kaum allein finden, zumal ihre physische Besonderheit ihnen unmöglich machen würde, Nahrung zu suchen und zu überleben da draußen. Andererseits, und Therese wagt es beinahe nicht, das zu Ende zu denken, würde die um acht Tiere gewachsene Schar in einigen Wochen beginnen, sich gegenseitig zu schwängern und eine Macht auszubilden, die im Rudel daherkommt. Freilich könne man sie dann nicht mehr als Körperratten tragen, als Tierschmuck der gewaltlosen Art und allen Pelzträgern zum beschämenden Vorbild, sondern müsse ihnen einen Platz im Haus zuweisen. Zum Beispiel in Keller und Garten, Schuppen und Waschküche, wo sie aber nicht unbemerkt blieben, sondern zum Ärgernis der Anwohnerschaft würden und wiederum Opfer roher Gewalt, der der Kammerjäger nämlich. Das will woll nichts werden, murmelt Therese zwischen den Lippen hervor und wirft verschiedene Blicke auf die seltsamen rosafarbenen Ankömmlinge: der Anklage, der Mütterlichkeit, der Entschlußkraft und des Fehlens der Entschlußkraft. Ratlos stellt sie zunächst klärende Fragen: Ob denn der Urenkelin einmal aufgefallen sei, daß die Tiere sich davongemacht hätten aus ihren Kleidern, ob sie denn unbemerkt hätten Besuch empfangen können, während Josepha schlief, ob sie im Keller etwa unachtsam gewesen wäre beim Einlagern der Kartoffeln und männliche Restsubstanz von den Liebesspielen der Mäuse ihre Kleidung genäßt hätte? Immerhin seien Ratten im Haus lange nicht gesichtet worden, während die Mäuse beinahe ungehindert in den Vorratsräumen ein- und ausgingen, von den gelegentlichen Raubzügen des Maikatzenfindlings einmal abgesehen. Mäuse? Josepha verneint die ihr unangenehme Hypothese entschieden, Therese aber verweist auf Mulis und Maultiere, einen Zeitungsartikel über einen im Zoo der Bezirksstadt geborenen Tiguar und ihren Kindheitsliebling Schmodder, ein Wesen, das einer Jahre andauernden zärtlichen Liaison zwischen dem stattlichen schwarzen Hofhund und einer der Schlupfburgschen Kühe entsprungen war im ostpreußischen Lenkelischken. Nein, diese Tierlein sind reinrassige Ratten, und unter der Annahme eines natürlichen Befruchtungsaktes muß ein männliches Tier Josepha sehr nahe gekommen sein – sie ekelt sich beinahe ein wenig. Ob denn die Erika Wettwa etwa …? Das muß es sein. Die Tragzeit spricht dafür, daß die Kinder in heimlicher Abmachung für die Liebesbespielung der siamesischen Ratten gesorgt hatten. Jetzt will Josepha auch Adrian Strozniaks rabiater Vermehrungsversuch mittels Taschenmesser am Rande des Rummelplatzes in G. wieder in den Sinn kommen, jawohl, die Kinder hatten ein entschiedenes Interesse gezeigt, wohl eher am Besitz solch siamesischer Pärchen als an den Tieren selbst. Mit einem feinen Lächeln hatte ihr die Erika die Ratten zurückgebracht und um Nachricht gebeten, wenn *irgend etwas nicht in Ordnung* sein sollte mit ihnen. Josepha muß lächeln und erzählt Therese, woran sie nun glaubt. Scheint es zunächst einfach, den Kindern die Ergebnisse ihrer forschen Nachhilfe zu überlassen, kommt ihr nach Augenblicken Bedenkens der Zweifel: Wie würden sich die Eltern der Kinder zu den seltsamen Tieren stellen? Und würden die Kinder genügend Verantwortung aufbringen können für die alltäglichen Bedürfnisse nach Nahrung und Reinhaltung? Sie selbst hatte als Kind zwei Meerschweinchen besessen und abwechselnd im Zustand der Magersucht oder der Fettleber gehalten, je nachdem, welcher Freizeitbeschäftigung sie gerade am liebsten frönte. War sie selten zu Hause, weil sie in der Sportgemeinschaft trainierte, Schwimmen und Geräteturnen, so ging es den Nagern schlecht im heimischen Ställchen. Liebte sie aber eine Weile das Flötenspiel oder das Lösen mathematischer Aufgaben, was nicht selten vorkam, so forcierte sie ihren Eifer durch kurze Unterbrechungen, in denen sie den Schweinchen verabfolgte, was sie finden konnte: Haferflocken, harte Brotkanten, Engerlinge, die es im Garten reichlich auszubuddeln gab, oder aber Stücke von Apfel und Möhre, die ihr Therese ausdrücklich zum eigenen Verzehr zugeteilt hatte in den frischkostarmen Zeiten der Kindheit. Sechs Jahre hatten die Tiere das wechselvolle Fütterverhalten tolerieren können, dann waren sie im Abstand weniger Tage während einer Schmalkostphase verendet. Ihre Schneidezähne hatten sich durch den Mangel an harten Aufgaben so stark verlängert, daß sie über die untere Lippe hinausreichten und beim besten Willen nicht mehr gestatteten, die Mäuler zum Kauen zu schließen oder auch nur ein Stückchen Nahrung aufzunehmen. Obwohl Therese in unangemessener Gutmütigkeit die Urenkelin damit getröstet hatte, daß Meerschweinchen ohnehin selten über des sechste, siebte Lebensjahr hinauskämen, hatte Josepha doch noch lange Schuld im Nacken gespürt. Schuld im übrigen, deren Empfinden sie heutigen Kindern wie Adrian Strozniak oder Erika Wettwa absprechen möchte. Ihren Entschluß, die neugeborenen Tiere nicht am Leben zu lassen, vermag nur Therese umzusetzen, indem sie in einem heroischen Akt die Tiere auf dem Hackklotz im Garten köpft und unter die Erdbeeren gräbt, die im nächsten Jahr wieder austreiben sollen. Josepha säubert einstweilen die Rattenmütter sanft mit warmem Wasser und drückt ihnen das Kolostrum aus den geschwollenen Milchdrüsen, die sie dann fest abbindet mit elastischen Leibverbänden. Zur Kühlung klebt sie eine Tüte Eiswürfel mit Pflastern auf der Bauchseite der Tiere fest, ehe sie sie in die Tasche eines sauberen Kleides steckt, um ihnen den gewohnten Körperkontakt nicht zu versagen. Die Trauer der Tiere hält sich denn auch in Grenzen, die nicht nur Josepha, sondern auch Fauno Suizidor ein wenig erstaunen, der in diesem Fall geneigt gewesen war, einem Freitod der siamesischen Ratten aus Gründen nachgeburtlicher Depression mit der Aussicht auf weitaus sinnvolleres Sterben zu einem späteren Zeitpunkt entgegenzutreten. Sogar ein Mitspracherecht hatte er den Tieren anbieten mögen, die nun aber bereits an ihren Verbänden zu zurren beginnen und die Tüte längst zerbissen haben, um ihre Zähne in das knirschende Eis zu schlagen. Unbeschwert schauen sie drein, will es Josepha scheinen, als Therese mit der Axt ins Haus tritt und ein paar Tränen verwischt. Die Axt im Haus, druckst Therese herum, erspart den Wimmermann. Versuch eines Lächelns. Durchzug. Später heißer Tee mit Rum auf die Verschiedenen. Josepha beginnt zu erzählen, was im *VEB Kalender und Büroartikel Max Papp* vorgefallen ist in den Vormittagsstunden. Die werden dir den Schwangerschaftsurlaub verlängern, wenn willst, hast gut gemacht, Mädchen. Mußt bloß aufpassen, daß jetzt nich inne Kreisläufe jerätst. Was will das heißen, Therese? Josepha mustert die Urgroßmutter mit bohrendem Frageblick. Na, mußt aufpassen, daß nich rapportieren und strammstehen mußt vore Behörde, das will nich passen in diese Tage, wo meine liebe Ottilie mitte Familie wieder aufjetaucht is. Das könnt Schwierigkeiten machen, verstehst, wenn sagen mußt, daß auße Fugen bist. Am besten wär, wüßtest auch nich, warum dir das entfuhr und weshalb, und dasses manchmal so is beie Frauen. Mir ist ja manches Mal auch so janz komisch, wenn ich an Richard denk mit meine paarnachzich, beinah noch besser wie früher, weißt. Dabei bin ich manches Mal jerannt, wennen Mann her war hinter mir, daß nich Foljen entstehen, und ich war schon ohne Foljen verrückt wejen dem Kram. Warum solls dir anders gehen, Mädchen, sag nur ruhig, daß ganz dammlich bist im Kopf, das hilft meistens bißchen. Therese erinnert weiterhin an Erna Pimpernells fundamentale Erfahrung mit den *zuständigen Stellen*, und wenn es der Erna ein wenig besser ginge, könne man sie ruhig einmal ausfragen, wie am besten mit solchen Sachen zurechtzukommen sei. Die hat sich den Spaß auch nicht verderben lassen, die Erna, sagt Therese, und dabei hat sie so manches Mal den Fuß schon inne Angel jehabt. Aber die Fußangeln sind eben so weit nach Zufall verstreut, daß man nicht unbedingt reintreten muß, wenn man bißchen sich auskennt. (Josepha kriegt das Rumoren im Bauch, das gefällt ihr gar nicht, so versöhnlerisch über den Spalt hinwegzustreichen mit Alltagserfahrung. Sie möchte ein wenig den Aufstand, ein bißchen den Kitzel wider Diktatur und Glauben. Sie will nicht zuwachsen lassen mit Milchfett und Mutterzucker, was sich da auftat in ihr, dieser breiter gewordene Spalt in Haut und Gewissen, der ihr dennoch nicht gallebitternd verstört, was ihr lieb und ihr Leben ist. Deshalb schließlich der Vortrag von heute morgen, den sie erträumt hat unter des schwarzweißen Kindes Zutritt und Zuspruch, gegen das Versanden der Hirnrinde, das Abschmieren der kühneren Träume ...)

Als es heftig klingelt, denken die beiden Frauen zunächst an hagere, rauchverzehrte Männer in Trenchcoats mit hochgeschlagenen Kragen, Namen wollen ihnen einfallen wie Cary und Burt, John und Peter, und so zögern sie das Öffnen der Tür bis hinters zweite, deutlich drängendere Klingeln hinaus, sich zu wappnen mit Mutsprüchen und Durchhaltewillen.

Um so befreiender fällt ihr Lachen aus, als vor der Tür Ottilie, Franz und der kleine Avraham Bodofranz Einlaß begehren. Letzterem quillt es zur Abwechslung wieder einmal uniformgrün aus den Feinstrickhosen, der Geruch will so ganz in die Ängste der Frauen passen und signalisiert eine unliebsame Begegnung in zeitlicher Nähe. Die furchtsamen Fragen an die Ausflügler, ob sie denn gar zu sehr aufgefallen seien mit dem dunkelblauen Gefährt und der bayerischen Zunge?, ob sie denn hätten nach dem Weg fragen müssen oder nicht passend Fahrgeld gehabt für die Waldbahn?, ob sie denn eine Zeche geprellt oder vergessen hätten, die Kleidung zu bezahlen?, die sie dem Kleinen so reichlich zugedacht haben, daß sie die in derbes Packpapier geschnürten Kartons nur unter Mühen in die Wohnung der Schlupfburgs hineinbefördern können und froh sind, als alles unter dem Kinderbett Platz gefunden hat, all diese furchtsamen Fragen gehen leis aus den Schlünden und werden ausweichend verneint. Die Revesluehs haben keine Antwort übrig, sie drängen in die Küche, das Kind überm Ausguß grob zu säubern und schließlich mit warmem Seifenwasser nachzuwaschen, was da so übellaunig und schweißtreibend riecht. Dem Dampf nach zu urteilen, muß es geradezu einen Zusammenstoß gegeben haben mit der landesüblichen Polizei: Ein erinnernder Vergleich mit dem Ankunftsgeruch des Kindes läßt Schlimmes vermuten, aber die Eltern halten sich seltsam zurück, was mehr als die Reinigung des Sohnes betrifft. Der nimmt Kontakt auf zum schwarzweißen Kind, das recht gut zu verstehen scheint und von Josepha langsam beneidet wird wegen des offensichtlichen Verständigungsvorsprungs. Die heftigen Bewegungen um die Lungenspitzen geben ihrem Leib ein gebeuteltes Aussehen, als sie sich in die Küche rettet und auf den Stuhl zwischen Küchentisch und Spüle zwängt, wo niemand sie auffordern kann, fürs Durchgehen Platz zu machen. Die Hand legt sie auf und glaubt des Ungeborenen Füße zu halten, als sie sich tief in die nachgiebige Bauchhaut greift und festhält für einen Atemzug, was ihr so zusetzt. Aber die Füße entziehen sich rasch ihrem Griff und stoßen sich ab, der Körper vollführt eine Kehrtwendung in der Schwangeren. Nun hat Josepha die Tritte des Kindes in der Blasengegend auszuhalten und ist nicht verwundert, als sie zu tröpfeln beginnt. Bei heftigen Lachanfällen will es ihr des öfteren ähnlich ergehen. Was aber des Ungeborenen Gespräch mit dem Reveslueh-Knaben angeht, so bleibt es geheim, wie sehr sich Josepha auch mühen mag, in sich hineinzuhören und einen Fetzen aufzuschnappen. Geheim bleibt auch der unbesprochene Vorfall, der zu des Kindes seltsamer Verdauung geführt haben muß, und als am Abend die vier Erwachsenen um den Stubentisch sitzen und mit einigen Runden Canasta die Zeit zu vertreiben suchen, die der Tag übriggelassen hat, wissen die westlichen Spieler nichts von Josephas Vortrag und der körpernahen Rattengeburt, die östlichen nichts über gewisse Geschehnisse während des Ausflugs in die Kreishauptstadt. Allenfalls dessen Warenertrag haben sie kurz und staunend zu Kenntnis nehmen können. Therese versucht deshalb, dem Spiel die Krone aufzusetzen, indem sie Tochter und Schwiegersohn einlädt, mit auf die Reise zu gehen und eine weitere Etappe der Gunnar-Lennefsen-Expedition gemeinsam unter die Augen zu nehmen. Ottilie und Franz wissen freilich nicht, wovon die Rede ist. Ihre Ablehnung solchen Ansinnens fällt relativ kategorisch aus, schließlich hätten sie auch früher nie an bewußtseinserweiternden Trips oder Sektenbegängnissen teilgenommen und wüßten nicht, warum sie dies nun, auf fremdem Terrain, unternehmen sollten. Sie stellen sich eine Einschwörübung auf die landesüblichen geistigen Grundhaltungen vor, vermutet Josepha und vermag ein Grinsen nicht zu unterdrücken, wenn sich auch in ihr Lippenverziehen bald Anteilnahme mischt: Wer weiß, was den beiden heute begegnet ist, daß ihnen so gruselt. Sie übergeht Thereses Einladung, die immerhin auch eine zum Versuch wirklicher Familienzusammenführung gewesen sein mag, indem sie eine Flasche zungenlösenden Obstweins aus Richard Runds vorsorglich angelegtem Depot in der Speisekammer entkorkt und zu Tisch bringt in jenen hohen, grünstieligen Gläsern, die nach Erzählungen Thereses die junge Marguerite Eaulalia Hebenstreit in die kurze Ehe mit Josephas Vater einbrachte und die sie als Brautgeschenk von ihrem Pflegevater erhalten hatte, eben jenem Tierarzt in G., der der Geburt der Hebenstreit-Zwillinge Benedicta Carlotta und Astrid Radegund im Januar des Jahres neunzehnhundertfünfundzwanzig zu einem glücklichen Ausgang verholfen hatte. Selten nur kommen diese Gläser auf den Tisch. Als der erste Schluck nach einigen wechselseitigen Trinkbesprechungen die Hälse hinabrinnt, meldet sich aus dem Tiefschlaf der kleine Avraham Bodofranz mit lautem Stöhnen, das auch im Laufe des Abends immer dann einsetzen wird, wenn die Gläser zum Munde gehen. Freilich will das nur Therese und Josepha auffallen, während die Revesluehs sich einfach gestört fühlen durch das Kind und sich wundern, daß es tief und fest schläft, wenn einer von ihnen nachsieht. Genealogia, die Göttin der Sippenbildung, hat unter dem Bettchen inmitten der östlichen Kinderkleidung Quartier bezogen und reizt das schlafende Kindlein durch Ausdünstungen heftigen Wohlwollens, die immer dann besonders wallen, wenn die grünstieligen Gläser einander berühren im Prosten und die Trinkenden sich jeweils ein wenig tiefer in die Augen schauen als sonst. Der kräftige Junge, sie wähnt sich am Ziel ihrer Strebung, gefällt ihr so gut, daß sie nacheinander verschiedene Anläufe zur Sippenbildung Revue passieren läßt: Die

Verheiratung des Knopfhändlers Romancarlo Hebenstreit mit Carola geb. Wilczinski, die Vergeblichkeit der Ehe durch den Tod der Zwillingstöchter wie des ungeborenen Enkels Thereses im brennenden Dresden des Jahres neunzehnhundertfünfundvierzig; die Absicherung des Vermittlungsversuchs einer Schlupfburg-Wilczinski-Beziehung durch einen Dritten, Willi Thalerthal nämlich, der in der verehelichten Carola Hebenstreit seine Tochter Marguerite Eaulalia ansässig machte, die zur Welt kam ohne sein Wissen und frühzeitig starb an Josepha, in dieser aber ein erstes kräftiges Ergebnis der Bestrebungen Genealogias auf Erden zurückließ; die Verheiratung des Bodo Wilczinski, fünfzigjähriger Anstaltspförtner im bayerischen N. und Bruder der Carola Hebenstreit, mit der seit Kriegsende unberührt gebliebenen Ottilie Schlupfburg im Jahre neunzehnhundertvierundfünfzig, und das scheinbar vergebliche Ende dieser Beziehung in jener letzten Ejakulation, in der Bodo sein Leben aushauchte und mit der Selbstaufgabe seinem Samen doch noch zu Zeugungskraft verhalf, was sich allerdings erst zwölf Jahre später mit den trockenen Stößen des Franz Reveslueh in die alternde Ottilie bestätigen lassen sollte. Die Kraft der Drei Väter, die Avraham Bodofranz mit auf den Weg bekam, würde, dessen ist sich die Göttin sicher, die Entwicklung der Dinge unumkehrbar machen. Die alte Jewrutzke war die erste gewesen, die Genealogias Wink aufgenommen und das Fruchtwasser, in dem Senta Gloria Amelang auf dem Küchentisch des sozialdemokratischen Haushalts ihrer Eltern am Bahnhof Holländerbaum im ostpreußischen Königsberg der Welt entgegengeschwommen war, zu fruchtabtreibendem Zwecke aufgefangen und Therese Schlupfburg verabfolgt hatte im Jahre neunzehnhundertsechzehn, auf daß sie während einer Tetanus-Infektion in hohem Fieber ein zweites begonnenes Kind des zärtlichen Augusts ausschwitzen sollte. Die Chancen Ottilies, ein gesättigtes Mädchenleben in sippenbildende Fruchtbarkeit hinein zu führen, hatten dadurch erhöht werden sollen, während eine so baldige zweite Schwangerschaft ihrer Mutter diese in eine innere Abhängigkeit vom zärtlichen August gebracht hätte. Der aber hätte sie nicht mehr entfliehen können durch eine sittliche Ehe und wäre weit vor der Zeit eingegangen an seelischem Bluten. So jedenfalls hatte Diploida der Götterschwester vorausgesagt und sie gebeten, Vorsorge zu treffen im Interesse Fritzchens, dessen eine Hälfte längst angelegt war in Therese und auf sein Erbssches Pendant wartete, wovon sich Genealogia mehr versprach damals, als sie später einheimsen sollte für diese Lenkung der Dinge: Erbs verfiel der Demenz und starb. Fritz Schlupfburg gedieh das erste Kind nur zum Föten, auch er geriet auf lange Zeit in umnachtungsähnlichen Zustand. Ob er im fernen Amerika noch einmal zum Vater geworden war, würde vorerst offen bleiben müssen, und die Annahme Gunillasaras an Kindes Statt hatte nur jenem Ausgleich an Schuld und Schulden dienen können, die auf dem Mädchen lasteten, seit Genealogia in Augenblicken der Unachtsamkeit Haß und Gewalt hatte eindringen lassen in ihr Werk. Den Säugling aber, den sie heute umwölkt, glaubt sie gelungen wie kaum einen zuvor, so daß sie im Begriff ist, sich abzuwenden, eine neue Aufgabe zu suchen und nur zum Zwecke des Abschieds noch einmal vorbeizuschauen und Lebewohl zu sagen in der Gewißheit, letztlich erfolgreich gewesen zu sein, wenn sie auch ein Dreivierteljahrhundert dafür gebraucht hat.

Die Aufmerksamkeit, die der Tierarzt aus G., längst verstorben in den fünfziger Jahren, der jungen Marguerite Eaulalia entgegengebracht hatte, mochte zu einem guten Teil Genealogias Willen gedient haben, allerdings unabsichtlich und einfach aus einem Gefühl der Verantwortung, das er gegenüber Carola Hebenstreit, seiner einzigen menschlichen Patientin, seit jenem denkwürdigen Januartag des Jahres neunzehnhundertfünfundzwanzig verspürt hatte. Die Göttin schuldet ihm also Dank und begleitet jeden Griff zu den grünstieligen Gläsern mit einem tiefen Seufzer, den sie durch des kleinen Avraham Bodofranz' Mündlein hinüberschickt ins Irdische. Die Trinkenden schwätzen die kindlichen Geräusche schließlich nieder, mit gut gelösten Zungenbeinen tänzeln sie um alles herum, was einmal ein heißes Eisen genannt werden könnte in dieser Geschichte. Als die Revesluehs zu Bett gehen, die nötige Schwere steift ihnen beinahe zu sehr die Glieder, als daß sie den Weg in ihr Schlafzimmer noch zurücklegen möchten, so daß sie am liebsten gleich auf der Couch im Wohnzimmer einschliefen, gibt Josepha der im Halbtraum schon düselnden Therese einen unmißverständlichen Wink, die Gunst der Stunde nun doch noch zu einem Ausflug der Gunnar-Lennefsen-Expedition nutzen zu wollen, und augenblicks läßt die Alte allen Schaum aus dem Blick und schaut klar in die Zukunft dieser Nacht, holt das Expeditionstagebuch herbei und flüstert ihr Sprüchlein in die zweite Stunde des neu begonnenen Tages.

28. September 1976:
Zehnte Etappe der Gunnar-Lennefsen-Expedition
(Stichwort im Expeditionstagebuch: VATERLOS)

Mit Rummelplatzlärmen entsteigt die imaginäre Leinwand dem Loch in der Mitte des Raumes, daß die Reisenden sich erschreckt in die Augen schauen und um den Schlaf der Revesluehs fürchten, aber ein Gang aus dem Zimmer beweist, daß nur ihnen allein die Sinne für solcherart Getöse gewachsen sind: Im Korridor ist es still und schwarz, als hätte sich alle Nacht dort versammelt. Auf der Leinwand im Zimmer dagegen zipfelt eine dreijährige Josepha am Arm ihres Vaters und im Begleitschatten einer kräftigen Dame über den Rummelplatz, der trotz der zeitlichen Entfernung unschwer als der in der Kreishauptstadt zu erkennen ist. In der freien Hand trägt das Hüpfekind eine wohl an die dreißig Zentimeter lange Bratwurst, an der es hin und wieder saugt, ohne auch nur ein Stück davon abzubeißen. Oh, Josepha erinnert sich gut des lange verlorenen Geschmacks, den der Vater »Geflügel« nannte und der dieser dünnen, langen Wurst vorbehalten war, die es nur auf dem Rummelplatz gab und die deshalb eine kostbare Erfahrung in Josephas Sinnesentwicklung darstellte. Auch der Vater aß meist eine solche Wurst, schob sie aber in rascher Bißfolge in seinen Mund und war längst fertig, wenn Josepha noch in verzückter Vorfreude daran lutschte wie einst an Thereses Zweidrittelmilchflaschen mit Möhrensaft. Josepha im Wohnzimmer möchte dem Vater auf der imaginären Leinwand ins Gesicht schauen und wartet darauf, daß er sich zu ihr umdreht. Auch die kleine Leinwandjosepha scheint ihre Schwierigkeiten damit zu haben, Blickkontakt zum Vater aufzunehmen: Zipfelnden Schrittes bewegt sie sich in Halbkreisen um seine Körperlängsachse, zuppelt an den Schößen seines braunen Manchesterjacketts oder an den axtscharfen Bruchfalten der weiten Umschlaghosen. Dürre Kastanienblätter am Boden und die Kopftücher der Frauen verraten die Jahreszeit: Es ist Herbst, der mit klarem Schein über dem sonnigen Tag thront. Die Leinwandjosepha bringt es nicht fertig, den Blick ihres Vaters zu sich herunterzuziehen, und wird von Therese abgeführt zu einem sich langsam drehenden Karussell mit wippenden Pferdchen und buntbemalten Wagen. Auch in Thereses Augen will Rudolph Schlupfburg nicht schauen, dreht sich nicht um, als das Kind ihm noch einmal zuwinken will und ruft und baldige Rückkehr verspricht, nur einmal auf dem Pferdchen reiten will sie und ruft und versinkt in der lärmigen Musik. Ungesehen bleibt ihr Staunen, daß der Vater sie nicht hören kann aus solcher Nähe und nicht neugierig ist, wie sie sich anstellen wird als kleine Reiterin. Josepha im Wohnzimmer schnürt es den Hals zu, sie kennt diesen Kindsblick von einem Photo, das einige Jahre über Thereses Kopfende eingerahmt hing und sie in jenem Popelinemantel zeigt, der nun auf einem der Pferde auf und nieder geht im Rhythmus der Kreisfahrt und gar nicht lustig aussehen will, sondern still von den Schultern des kleinen Mädchens hängt, das die eigenen Schuhspitzen besieht und nur einmal versucht, ob es lächeln kann. Therese will es beweisen und drückt auf den Auslöser. Klack, bleibt ein fröhlich zu nennender Ausflug auf den Rummelplatz übrig für spätere Jahre und Josephas Erinnern. Jetzt fällt es ihr auf: Das Mädchen lächelt gar nicht, es kneift die Augen zusammen im Licht der Sonne, der kleine Mantel ist weinrot und hat golden funkelnde Knöpfe, was die Schwarzweißaufnahme bislang verheimlichte. Einige Sprenkel, die Josepha für Bratwurstfett hielt, glänzen dunkel und geben nun zu, daß sie Tränen sind aus den Augen des Kindes hoch droben auf buntem Pferd. So hat sie es nie gesehen und weiß, daß es doch stimmt, was sich da abspielt auf der imaginären Leinwand. Therese mit bestimmenden Lachfalten nimmt schließlich das Kind vom Pferde, wischt ihm die schon trockenen Tränenspuren mit Spucke fort und kauft ihm eine Kugel Eis, die es aber nicht will und trotzigen Blicks in den Dreck wirft. Therese ergibt sich und tröstet mit leichten Küssen auf Haar und Stirn. Heileheilegänschen. Kribbeldiekrabbeldiefort. Josephas scheues Lächeln stockt und spannt sich fest zwischen Ohren und Mund, den Vater erwartend, der aber nicht kommt. Nun geht es auf Erkundungstour über den Rummelplatz. An die zehnmal schlägt Therese vor, nach Hause zu gehen, der Vater würde dort sich schon nach einer Weile einfinden. Aber nicht!, aber nein!, der Protest des Kindes ähnelt all den quengligen Spielarten des Trotzes, der zwischen den Buden und Karussells reichlich anzutreffen ist, wenn noch eine Fahrt mit dem Riesenrad erstritten werden soll oder noch ein Eis oder eine weitere Handvoll Lotterielose, die den riesigen Plüschbären näherbringt, aufgehängt im Herbstwind am Dach der Losbude, schaukelnd, mit erstauntem Teddygesicht. Blutrot die erschossene Wachsrose, die Therese da vom Boden hebt und nachbringen will dem, der sie verlor. Das greinende Kind an Thereses Arm verleitet den ältlichen Rosenverlierer schließlich, die Blüte mit demütiger Geste dem kleinen Fräulein hinunterzureichen in die nasse Faust und auf dem gepolsterten Handrücken einen Handkuß anzubringen, die vier Grübchen lobend, die dort sich tummeln, wo die Finger beginnen. Aber die Leinwandjosepha kann ein Lachen nicht ausgeben, keine Runde Freispruch für erwachsene Männer oder fordernde Urgroßmütter, sie schmollt in jenem Winkel, der zwischen Kindsliebe und Vaterverschwinden sich auftut und der sich ausweiten wird in den Jahren danach zu einem fressenden Loch. Rosengeschmückt ziehen die beiden weiter durch den zunehmenden Wind, Dämmerung flicht sich schon zwischen die illuminierten Gefährte und beginnt Gesichter zu schlucken, in die Therese gern hineingesehen hätte, taumelte das Kind nicht so widerborstig in ihrem Griff. Ein Glühweinstand bringt schließlich den Vater hervor, entläßt ihn aus einem Pulk verschwiegen dreinschauender Männer, zwischen denen eine großgewachsene Frau sich tarnt mit hartem Blick und klobigen Händen, deren Nägel die Fingerkuppen nicht erreichen, sondern, auf halber Höhe abgebissen, in blutigen oder verschorften Wunden enden. Das Kind hat längst die Beziehung zwischen der Frau und ihrem Vater ausgemacht, als Therese noch Freude über das Wiedersehen hervorsprudelt und Marjallchens Leiden und Tränendrüsigkeit. Wo er denn gesteckt habe die ganze Zeit? Und ob denn der Glühwein hier besser schmecke als zu Hause am warmen Ofen? Ob er es denn nötig habe, hier mit solch Pack herumzulungern und sein Kind einfach stehenzulassen, wo doch sowieso bald November sei und genug Zeit für Glühwein? Von der Freude gleitet sie schnell hinüber ins Zetern und wettert dem Enkel einen bitteren Blick ins Gesicht. Und den will er so gar nicht zu jener Frau hinüberschicken, die von Josepha am Rock gezogen und bittend angeschaut wird. Deshalb ruft er das Kind barsch beim Namen und zockelt los, im Schatten Thereses, bemerkt drüber nicht, daß es nicht kommt. Ratlos schaut nun die Frau am Glühweinstand zurück in die fremden Mädchenaugen und weicht etwas auf, kaut einen Augenblick an den Nagelstümpfen und greift in die Tasche: Krümelige Schokolade kommt da hervor, in Pergamentpapier verpackt und ein wenig verschmutzt von dem Allerlei, das in weiblichen Taschen zu Haus ist. Josepha zaudert, die hingehaltene Köstlichkeit anzunehmen, da stopft schon die Frau das Päckchen in die Tasche des roten Mantels, bückt sich noch weiter hinunter und setzt sich das Kind auf den Arm, bläst ihm die Haare entgegengesetzt zur Windrichtung immer wieder aus Augen und Stirn und rennt hinter dem Vater her, ihn schließlich *Rudi* rufend, verschämt und fragend, dann aber lauter und mit schmelzender Entfernung entschiedener, *Rudi, Ruudiii!, Dein Kind oder was?* (Oder was, denkt Josepha zurück, oder was?) Der Mann mit dem plötzlich so fremden Namen schaut sich nun um und um,

319

pendelt zwischen der herrisch vorauseilenden Therese und der Frau mit seiner Tochter im Arm, die ihn endlich erreicht und das Kind ihm übergibt mit einem freundlichen Blick. So freundlich, daß er ihr, Josepha im Arm, die Zunge zwischen die Lippen schiebt und ihre strohfarbenen Haare zaust. Gut kann Josepha das sehen, erschrickt ein wenig über das Spiel, das die Erwachsenenzungen miteinander veranstalten, aber schneidet mit plötzlich vorgestrecktem Zeigefinger den Speichelfaden durch, der ihre Münder im Loslassen noch verbindet. Der Vater muß lachen, und auch die Frau breitet den Mund zwischen den Ohren aus, läßt sich jedoch nicht hören. Als *Rudi* das Kind auf dem Boden abgesetzt hat, achtlos schon wieder, und es vorausschickt, der beinahe verschwundenen Therese hinterher, gehorcht Josepha erschöpft, schaut sich einmal nur um und kann im Schein der Laternen erkennen, wie ihr Vater die Fingerspitzen der Frau durch seine Lippen zieht. Die Vorstellung, ihr Vater beiße Frauen die Nägel blutig, sollte sie so schnell nicht verlassen.

Zu Hause heizt Therese außer der Reihe den Badofen an mit Birnholz und Grus, der heiße Dampf steigt später aus der gefüllten Wanne, läßt Fenster und Spiegel beschlagen und macht, daß Josepha im Nebel jenes Gesicht nicht sieht, mit dem Therese die Frage nach dem neuerlichen Ausbleiben des Vaters zu beantworten sucht. Er wird wohl das große Los gezogen haben, nuschelt sie in die Hitze. Das ganz große Los.

Die imaginäre Leinwand zittert in der Badschwüle, legt feine Nässe auf die Fenster des Schlupfburgschen Wohnzimmers. Zwischen Josephas Brüsten läuft ein Rinnsal Schwitzwasser Richtung Nabel. Sie kichert, was seltsam anmutet und Therese drohend die Hand erheben läßt. Und nun geschieht etwas, das Josepha so stilbrüchig anmutet, daß es ihr fast einen Widerwillen einpflanzt gegen Gunnar Lennefsen und seine drastische Methode: Die Leinwand klinkt sich aus und schwenkt zurück zu Rudi in ein karges Zimmer mit Spind und Bett und Waschkommode, auf der ein gefüllter Porzellankrug und eine sauber gescheuerte Schüssel das Ende eines Liebesaktes abwarten. Die

Zimmermieterin reitet Josephas Vater ins Ziel seiner Wünsche, möchte man denken, doch ehe es soweit ist, unterbrechen die beiden wieder und wieder die Selbstvergessenheit ihrer Bewegungen und wenden dem andern sich zu. Rudolph saugt an den Fingern der Rummelplatzliebe mit großer Zartheit, der Heilkraft menschlichen Speichels gewiß und mitleidgetragen, die Frau kaut seine Brustwarzen groß und blühend, daß sie sich dunkler färben und abheben vom männlichen Flachland. Sie lachen, als die Frau ein Stück Schokolade in die merkliche Brustbeinmulde ihres Gefärten legt und in der Hitze des Gefechts den Schmelzpunkt erwartet. Tatsächlich löst sich nach Minuten beinahe stiller Beobachtung das braune Stück und wandert unter Zurücklassung einer breiten klebrigen Spur Richtung Nabel, sich stetig verkleinernd dabei, bis es in Taillenhöhe die Richtung verliert und abrutscht zur Seite im rechten Winkel. Da schnappt ein lachsroter Mund den kärglichen Rest, eine nasse Zunge beseitigt energisch die Spur und versetzt Rudolph Schlupfburg in neue Erregung, die ihn zurückdrängt in seine Geliebte, ihn ihren Hintern emporreißen läßt von seinen Knien, auf daß er niedergehe auf seinem Schwanz und auf und nieder, dem Ende entgegen oder dem Nichts, er will es nicht wissen, da jault er schon auf. Sie ist stumm und heiß, gebackener Fisch, er wagt sie kaum zu berühren mit Händen und Mund, sie glüht, aber berühren kann er sie ohnehin kaum mehr, so erschlafft schlägt er aufs Laken. Liegt wie gebrochen, während sie nun zu lachen beginnt und ihn ableckt und aufwischt mit ihrer großen Zunge. Gefallen will ihm das nicht, unwillig stößt er ihr Gesicht von sich fort, doch sie lacht und denkt nicht daran, sich zu ergeben. Da öffnet er, und er speichelt dabei, den kaum mehr gehorchenden Mund und bringt einen Kurzvortrag vor in Gestalt eines einzigen Wortes: *Refraktärphase* ..., lächelt dann blöd, wobei die Augäpfel losgelöst voneinander zu kreisen beginnen und dreht sich auf den Bauch unter letztem Bemühen. *Huch, refraktär,* kreischt die große Madame und setzt sich wieder auf ihn, nun im Kreuze ihm thronend und sich mit den Lippen den Füßen nähernd, deren Sohlen sie schließlich, starrsinnig, leckt.

Ihre Brüste treffen dabei die Kehlen der Knie, daß sie zu gurren beginnen, wandern aufwärts bis zur Erhebung der Backen und bleiben einen Moment über dem Mannshintern stehen, ehe die Frau sich neben ihn wirft und aufgibt und lediglich ihre Finger in seinen Mund schiebt, wohl selbst der heilenden Kraft seines Speichels nun ganz im Gewissen. Und wirklich sind, als sie die Hände nach einiger Zeit ins Licht der Nachttischlampe hält, die blutigen Krusten verschwunden, die Kanten der Nägel begradigt, zwar kaum gewachsen bislang, aber zum Wachsen bereit. Josepha ist peinlich, was sie da sieht. So jedenfalls will ihr Kopf das Gefühl nennen, das ihr der Anblick des liebeswerkenden Vaters bereitete. Etwas wundert sie's schon, wo sie sich doch für aufgeklärt hielt und wissend von Lüsten und Brünsten, warum sollte ausgerechnet der eigene Vater ausgenommen sein von solchem Begehren, wie hätte er anders jene zwei Töchter, ihre Halbschwestern, auf den Weg schicken können, derer sich Josepha dunkel erinnert als eines Grundes, mit dem Therese einst immer häufiger sein Ausbleiben an den verabredeten Wochenenden erklärt und in spöttischem Ton dabei auch hin und wieder von der Mordslust geredet hatte, die dem Kerl eigen sei und derer sich kein Weib erwehren könne in Biederkeit und Bitterkeit. Rudolph Schlupfburg also war der Sippe entkommen zwischen Bratwurst und Riesenrad, hineingeritten worden in eine andere Verbindung von einer grobknochigen Zweimeterfrau mit zerbissenen Nägeln und tiefer Liebe zu klebriger Schokolade. Wundern steht an. Verwunderung, warum weder Therese noch die größer werdende Josepha je ernsthaft nach dem Aufenthalt Rudolph Schlupfburgs fahndeten, nachdem er sich abgeseilt hatte aus ihren Turmzimmern hoch über seinen Wünschen nach Körperliebe und Eigenständigkeit. Josepha hatte sich wohl ganz auf die Urgroßmutter verlassen und, was sie sagte, für bare Münze genommen anstelle der ausbleibenden Zahlungen für ihren Unterhalt. Der Zweimeterfrau war Josepha des öfteren begegnet, als sie ein kleines Mädchen war und den Vater hatte abholen wollen aus seiner Fabrik und just jenen Augenblick zu spät kam, in dem *Rudi* abgepackte Schokolade aus den Tiefen seiner Manteltaschen beförderte und seiner Liebe reichte. Furchteinflößend war sie ihr niemals erschienen, weder Gefahr noch Abwehr gingen aus von ihr, so daß Josepha sich fragen will, warum sie nicht eintrat in die Schlupfburgsche Sippe und ihren Anteil nahm am Anlieben einer sperrigen Stieftochter. Ein Austritt aus der Sippe kommt ihr nicht in den Sinn als Möglichkeit, als Aussicht gar oder als selbstverständliche freie Wahl, da sei Genealogia vor. Daß Rudolph an diesem Tag sein Vaterlos zog aus dem Rummelplatzpulk, Josepha sollte es schließlich zu zahlen haben und nicht wissen können, daß es die alte Mutterlosschuld Thereses war, die sie, erbend, beglich. Auch in Josephas Verlust also schwingt sich Therese Jahrzehnte zum rettenden Mutterengel auf und hat dabei die männlichen Kinder, Enkel und Sohn, in entfernte Herzwinkel vertrieben. Und ist doch beschlagen in Leibesfragen, in Liebeszwisten? Geht das zusammen? Einen Arsch wünscht Josepha dem Vater nachträglich in die Hosen, daß er sie Therese nicht beinahe kampflos hätte überlassen mögen, sich dreinschickend in deren Anspruch. Oder was war, was ihn endgültig verjagt hatte vom ersten eigenen Kind zu den nächsten? Josephas Blick zu Therese wird beinahe hörbar, so schleudert sie aus den Augenwinkeln die Frage gleich mit, einen zischenden Pfeil, der Therese zwischen den Augen zu verletzen scheint, jedenfalls schlägt sie die Hand vor die Stirn, lamentiert und ergibt sich der eigenen Sprachlosigkeit in diesem Falle: Sie fühlt sich getroffen, tatsächlich, und windet sich heraus, indem sie unverwandt auf die imaginäre Leinwand starrt, der sie eben noch merklich fern schien in ihrer Verwundung. Wollen wir uns lieb Hund machen vor der Omi? fragt gerade Rudolph Schlupfburg in seiner kleinen Tochter abstehende Ohren hinein, und ein bellendes JAAA! aus dem Kindermund wischt schnell den Sinn aus der Frage. Josepha hält für ein feines Spiel, was der Vater da vorschlägt. Daß er eben ein Verbot Thereses, Josepha mit hinüberzunehmen nach G., an den warmen Ort seines gegenwärtigen Daseins, sich hat überprügeln lassen mit wilden Vorwürfen wider seinen Onkel Fritz, hat sie nicht bemerkt in ihrem Bett. Auch der Fritz sei ihr fremdgegangen, wettert in der Küche Therese weiter, mit der Tante Spitz und der fremden Frau, die er zu heiraten sich nicht schämte mit seiner *Hüposchpadie*, das schlägt schon dem Faß den Boden aus, wie einer sich da rausnimmt aus seiner Verantwortung und wieder beikriecht, wenn sich ein Fötzchen bietet! Und durchpimpert, was er an Löchlein zu riechen kriegt in der heutigen Zeit, wo die Männer zwar immer noch rar sind, das aber nicht als Talon hernehmen sollten! Süße Pimpernüßchen auszustellen, ist nichts im Schatten der heiligen Pflicht, die sie sich antat, indem sie ihn aufzog. Und die sie nun fortsetzt an ihrem Urenkelkind! Thereses Haut beschlägt, sie kreischt sich in Rage, während *Rudi* am Bett seines Kindes Schuldige sucht für dieses Entgleisen. Zauberisch war sie gewesen, die Großmutter, wenn sie an seinem Bett die Geschichte von Fasil und Nymrachord sprach, bis sie einschlief und Rudolph ihr Hände und Stirn abküßte ins Wachwerden. War es schon Herrschen gewesen, was sie an ihn band? Oder kam das erst später, als sie die seltsamen Dinge zu tun verlernte, die er einst so gemocht hatte? Sie hatte ihn Augen schließen geheißen und seine Mama sich vorstellen lassen. Wenn sie erschien, sprach sie mit ihm, und er antwortete geschlossenen Blicks auf ihre Zuversicht, ihn eines Tages zu finden und zu sich zu nehmen unter die Schulter, wie er es liebte. Er durfte der Mutter Hände und Arme streicheln dabei, nur die Augen sollte er für die Dauer der Zwiesprache fest geschlossen halten. War ihm schließlich erlaubt, sie wieder zu öffnen, saß da Therese im Schein des Zauberischen und fragte ihn aus, was die Mutter wohl gesagt habe und ob er sie auch habe riechen können aus seiner vorübergehenden Blindheit heraus. Glücklich war er gewesen, Therese die Begegnungen mit seiner Mutter ausmalen zu können. Er ließ es sich dabei nicht nehmen, Szenen zu schildern, die er sich wünschte, Gespräche, die nicht stattgefunden hatten. Zum Beispiel hatte er sich nie getraut, sie nach seinem Vater zu fragen. Therese aber spiegelte er vor, was Ottilie ihm geantwortet habe auf solches Fragen: Einen Polizeikommissar habe sie sich ausgesucht als seinen Vater, einen korrekten, pflichtbewußten Beamten, der in

Ausübung seines Dienstes von einem Ganoven der schlimmsten Art erschossen worden war. Zwei Wochen vor der Hochzeit, und sie hatte gerade ein einziges Mal sich von ihm ihre Liebe besiegeln lassen. Niemals hatte es ihn gewundert, daß seine Mutter hinter den Augenlidern das nächste Mal auf jene Episoden zu sprechen kam, die er erfunden hatte für Therese. Als er erwachsen wurde, hatte Therese sein Hinwenden zu Marguerite Eaulalias schwächlicher Konstitution keine Gefahr bedeutet, sie nicht einschränken können in ihrer Dominanz, so daß sie sich wohl vorkam als mutternde Frau über zwei flüggen Küken, denen der Sturz aus dem Fenster ins Fliegen hinein noch eine Weile verwehrt war und schließlich ganz ausbleiben sollte durch Marguerites frühen Tod an Josepha. Therese gewann, so schien es damals, den Wettlauf endgültig: Hatte sie Mutter und Frau schon aus dem Felde geschlagen, so sollte Josepha der wichtigste Punkt ihrer Besatzungsmacht werden und eine Bastion inmitten der neuen Heimat diesseits der im Jahre neunzehnhundertneunundvierzig anscheinend endgültig befestigten Grenze. So schwer es Josepha fällt, es gibt ein Land hinter den Ländern der Vorstellung, das unerforscht ist und sich schwer entzaubern läßt aus dem kleinen Leben heraus. Thereses Lebenslangsorge in diesem Licht nicht ungültig werden zu lassen, will ihr gerade schwerfallen, als die imaginäre Leinwand in der Mitte des Zimmers in sich zusammenzustürzen droht und im Drehorgelton noch einmal Rummelplatzlärm ausspeit. Josepha springt entschlossen herbei und greift in die schwarze Öffnung: Das reicht ihr für heute aber nicht mit dem Vaterlos, dem Großmuttertum und der Herrschsucht, das will sie genauer wissen und auch, warum der Vater sie abdriften ließ aus seinem erwachsenen Leben, wo sie doch immer geglaubt hatte, sein ein und sein alles zu sein, als er noch bei ihnen gewohnt und an ihrem Tisch gefrühstückt hatte. Ganz anders Therese: Auch sie steht plötzlich am Loch und versucht, die Leinwand zurückzustopfen, deren Zipfel Josepha eben noch einfangen konnte und kräftig hervorzieht, des Kugelbauches nicht achtend vor ihren Händen und nicht Thereses Widerstrebens. Endlich hält sie das Segel fest in der Hand, daß es flattert, sich bläht und ausrichtet in der Diagonalen des Zimmers. Therese gibt nach, zwei Tränen, bald werden es mehr, bewegen sich fort aus den Augenwinkeln, die Wangen hinunter und mitten hinein in den Runzelsaum ihrer Lippen, sie leckt sich das Salz auf die Zunge, veratmet die offensichtliche Angst vor dem Fortgang der Dinge und schweigt, während die Leinwand von Verrat zu berichten beginnt durch den Mund eines fettleibigen Besuchers in der Schlupfburgschen Küche. Er sitzt Therese gegenüber am selbstgezimmerten Nachkriegstisch, doch Josephas Blick durch den Türspalt verrät, daß es sich um den Herbst ihres vierten Lebensjahres handeln muß, die Rummelplatzzeit. Therese öffnet dem Kind die Tür, holt es vom dunklen Flur herein zu dem fetten Onkel, es ist Nacht, und die Wäsche regt sich über dem Holzkohleherd, der kleine rote Mantel, das Kopftuch, das Josepha dazu trägt, und die braunen Strümpfe mit den Knöpfen für die metallenen Halter des verhaßten Leibchens. Unter dem Herd stehen frischgewienert die abgenutzten braunen Halbschuhe, die aber noch eine Weile zu passen drohen und vorerst kaum Platz machen werden für die ersehnten Lackschuhe. Therese nimmt das Kind auf den Arm und entschuldigt sich für einen Moment. Sie geht wieder hinaus, wohl, um das Kind hinzulegen in sein Bettchen und es zu beruhigen und ihm den fetten Onkel zu einem lieben Gast zu erklären, wie es die Ängstlichen allezeit tun. Wahrscheinlich wird sie Josepha am nächsten Morgen berichten wollen, der Onkel sei dann auch bald gegangen, nach Hause, zu seiner lieben Frau und den netten Kindern, die genauso wie die kleine Josepha in ihren Betten liegen und schlafen müssen, wenn es draußen dunkel geworden ist. Zurück in der Küche, wird sie statt dessen Malzkaffee aufbrühen in einer aus Königsberg herübergeretteten Kanne und dem Manne daraus einschenken in einer Mischung aus Servilität und Rauflust. Daß letztere nur passager ist und vornehmlich die späte Stunde zu meinen scheint, in der der Fette sie aufsucht im vermeintlichen Auftrag der *zuständigen Stellen*, wird deutlich, als der Mann zu reden beginnt und Worte wie *Rudi, Klassenstandpunkt, häufig wechselnder Geschlechts-*

verkehr, *Arbeitslager* und *Meldepflicht* aus seinem Mund brechen. Jene Geschichte, die er der Bürgerin Schlupfburg, im Interesse der *gemeinsamen Sache*, zu erzählen im Begriffe ist, erinnert Therese an das, was sie vor eineinhalb Jahrzehnten sich anzuhören weigerte, als Fritz ihr mit *Kowno* kam und den Leibstein beschrieb, der daraus wuchs und ihn strafen sollte anstelle der Opfer.

Birute Szameitat, so spricht der Gast, sei ohne Papiere bei Kriegsende in Leipzig aufgetaucht und habe behauptet, von Bischkehnen herzustammen. So sei sie eine Landsmännin, in gewissem Sinne, der Bürgerin Schlupfburg, wenn man der Szameitat Glauben schenkte. Bald nachdem sie an Eides Statt Geburt und Herkunft erklärt hatte, sei sie aufgenommen worden in die antifaschistische Volksgemeinschaft und habe zu arbeiten begonnen in der Verwaltung der ruinierten Stadt. Außer einem allezeit fiebrigen Blick sei niemandem etwas aufgefallen, schon gar nichts, was die Szameitat schließlich ins Arbeitslager bringen sollte: Sie sprach nicht nur Deutsch, sondern auch Russisch und Litauisch. Die Genossen der SMAD[4] hätten schon gewußt, was es mit solchen auf sich hat. Sie habe sich dem Feind in die Hände gegeben als Bürgerin der Sowjetunion, die wahre Geburt verschleiert und sich als Flüchtling registrieren lassen. Das sei Verrates genug, und so sei die Szameitat, der man schwerwiegende Akte von Spionage für westliche Geheimdienste unzweifelhaft habe nachweisen können, für fünfundzwanzig Jahre ausgeschlossen worden aus den Rechten redlicher Bürger und habe ihren Dienst antreten müssen zur Wiedergutmachung in verschiedenen Haftanstalten. Da habe sie Glück gehabt, denn andere ihrer Sorte seien sofort hingerichtet worden nach dem sowjetischen Strafgesetz. Es habe wohl einige Unklarheiten gegeben bezüglich ihrer Vergangenheit, über die sie sich ausschwieg. Und außerdem seien die Genossen der SMAD ja auch nur Menschen mit einem Herzen für menschliche Schwächen. Gnädigerweise habe der Präsident des (er sagt ›unseres‹) Staates die Frau 1955 in einem Gnadenedikt amnestiert mit vielen anderen und sie zur Bewährung in die Möbelfabrik von G. geschickt.

Leipzig sei ihr verboten, und regelmäßig müsse sie melden, daß sie noch da sei und arbeite. Da sei es doch nur hilfreich, sagt der beleibte Gast, wenn einer wie er die Familie warnt vor der Szameitat und davor, daß sie womöglich ein kleines Kind erziehe. Er lege Wert auf den Beistand Thereses in dieser Angelegenheit, sie möge seine Belehrung bitte mit ihrer Unterschrift quittieren, und solle das Kind in die Hände der Szameitat geraten, wisse die Fürsorge zu handeln, dessen solle sie bitte gewiß sein. Therese tut, was quittieren genannt wird, mit zitternder Hand und Kreislaufflackern, Therese windet sich mümmelnd aus jeglichem Vorwurf, sie räume das Feld, Therese verdirbt sich das Herz in diesem Moment ein Stück mehr, nur will sie's nicht wissen. Als der Gast endlich geht, kommt sie gerade noch rechtzeitig auf dem dreibeinigen Schemel am Ausguß zu sitzen und kotzt in den Beckenschlund, daß Josepha, das Kind, wieder aufwacht und forschend die Küche betritt. Den blanken Füßen sieht man den blaugefrorenen Schrecken an über die Verfassung Thereses, Josepha zuckt und weicht zwei Schritte zurück, als sie den Mund Thereses sich auftun sieht in Gewürg und ein hellbrauner Malzkaffeeschlamm hervorschießt. Als der alle ist, geht das Würgen noch weiter, bis Blut austritt und das Ende der Angelegenheit besiegelt. Therese nimmt das Kind auf den Arm, will es nun nimmermehr hergeben, legt es ins eigene Bett, und als spät Rudolph Schlupfburg nach Haus kommt aus seiner Liebe, kann er Josepha nicht gleich finden, tastet sich vor durch das Dunkel, zupft den schlaffen Theresenarm und fragt, ob es denn fiebrig sei, das Kind, ob es huste oder was immer ihm Sorgen bereite, daß es nicht im eigenen Bett im Zimmer des Vaters schlafe. Therese stößt ihn bös fort und dreht sich zur Wand, das paßt ihm nicht, er zerrt ihr die Decke weg und fordert das Kind. Um glimpflichen Ausgang bemüht, tappert Therese in die Küche zurück, setzt sich an den Tisch mit dem Enkel und hadert in einem ihrer beinahe alltäglich gewordenen Vorträge mit männlicher Triebhaftigkeit im allgemeinen und der Schlupfburgschen Ficklust im besonderen. Rudolph erhebt sich, um schweigend zu Bett zu gehen aus ihrem Gefluche, da hält sie erschrocken die Hand vor den Mund: Hat sie doch eben den Gast des Abends erwähnt und seine Auskunft über die seltsame Frau, der er neuerdings anhängt. Nun ist Rudolph ganz bei der Sache, nimmt sie bei Wort und Kragen und schüttelt sie durch, daß sie die ganze Geschichte lückenlos erzähle und nichts ausspare dabei, sonst würde er sich vergessen. Ihr Wimmern kann ihn nicht hindern, den Lufthahn ein wenig zuzudrehen, daß ihr schwarz wird vor Augen und sie nun, in Angst um das Kind, wie sie sich rechtfertigen will, dem Rudolph das einschenkt, was sie für reinen Wein zu nehmen gewillt ist: Daß seine große Frau eine Sträflingin war, eingelocht wegen Landesverrats und Hurerei, welch letztere sie zum Betreiben des ersteren ausgeübt habe im sächsischen Leipzig, daß sie in G. auf dem Amt ständig sich melden müsse zum Beweis ihrer Seß- und erlernten Ehrhaftigkeit, daß niemals ein Kind wie Josepha ihr in die Hände fallen dürfe und sie dafür sorgen wolle bei allem, was ihr noch bliebe. Rudolph erhebt seine Hand, ihr ins Gesicht zu schlagen, versteint im Bewegen jedoch und lauscht auf das leise Getrippel im Flur. Als Josepha die Tür zur Küche öffnet, ist er Therese behilflich, den Kragen des Nachthemds zu richten und das Haar hinter die Ohren zurückzustreichen in den noch fülligen Knoten, den sie am Hinterkopf trägt. Das Kind aber sieht sie nicht, es hat das Weiße der Augäpfel zuoberst gekehrt in seiner Not und steht geweiteten Auges im Rahmen der Tür, den fehlenden Blick auf jenes Loch in der Mitte des Zimmers gerichtet, in das die Leinwand flüsterleis einfällt.

Josepha bittet Therese, zu Bett zu gehen, das Expeditionstagebuch dazulassen für diesmal und ihr jene Ruhe zu gönnen, die sie ihr damals nicht gönnen wollte, als Rudolph sie aufgehoben und ins Bett getragen hatte, weg von Therese. Flehend war diese dem Enkel nachgelaufen, hatte gebettelt um das Kind und ihr Seelenheil, aller Weisheit beraubt und bloß des rettenden Sippengebarens, das in anderen Fällen Mäßigung oder auch nur den bewährten Blick nach innen ermöglicht hatte, aber Rudolph hatte gebietend die Tür verschlossen und sich schlafen gelegt.

Josepha kommt ein Geräusch in den Sinn, wie es ihr manchmal aus dem eigenen Mund an die Ohren dringt, ein beinahe klagendes Zahnknirschen. Zwischen den Kauflächen entsteht ein Schwimmblasenton, die Wangen wollen sich blähen und flüstern doch nur warmen Wind in die siebziger Jahre. Sie muß es geerbt haben von Rudi, ein Mitbringsel männlicher Art aus der Sippengeschichte. Wenigstens etwas, denkt sie, und besser als nix. Das sollte sie doch gleich ein wenig konservieren, aufpäppeln gar. Statt das Erlebte zu vermerken im Expeditionstagebuch, üben nun Madame das Pausbäckigsein in zunehmender Gewandtheit und uferloser Geduld. Birute Szameitat hat beinahe niemals so lange gebraucht zur vollständigen Entleerung eines Mannes, wie Josepha sich jetzt im trockenen Schaumschlagen übt. Die Lippen zungenflach offen, läßt sie aus der Tiefe des Halses Säure aufsteigen und rülpst, wie ein Fisch, könnte er es, rülpste. Die Zähne brechen den Klang ins Dramatische, daß noch die herbstlichen Ranken des Wildweins am Haus ins Wanken geraten in der Septemberkälte. Josepha hält Hof für den eigenen Ton, den sie lange schon sucht. Zweifelnd schlägt sie das Expeditionstagebuch auf, wieder zu, wieder auf, Entschlüsse stellen sich einfach nicht her und nicht hin, Josepha übt Rülpsschaumschlagen im Dunkeln. Das Allerleirauh, das der Vaterprinz ihr vorzog, hieß also Birute Szameitat, deren zerbissene Fingerkuppen ein Zeichen hätten abgeben sollen, wären sie nicht meist in den riesigen Manteltaschen vergraben gewesen, wenn sie Rudolph Schlupfburg abholte von der Arbeit. Josepha wechselt einen Buchstaben ihres Kinderherzens aus und sieht billiges Fleisch in der Waagschale des Metzgers: Rinderherz hatte Therese gut und gerne geschmort in der Pfanne. Jetzt weiß Josepha, warum sie das Herzgericht mit der braunen Soße nicht gemocht hatte trotz seines Duftes und der Abwesenheit von Fett zwischen den Fleischfasern. Es hatte sie zu sehr an das eigene Herz erinnert und an die Möglichkeit, es könne ausgelöst werden aus dem kindlichen Körper im Stück. Und womöglich war es in einem anderen Sinne ausgelöst worden im Stück, als der Vater eines sonnigen Morgens im Jahr ihrer Einschulung dem linken oberen Fach seines Kleiderschrankes einen Stapel von an die zehn unterschiedlichen Taschenkalendern entnommen und sie vor Josepha auf dem Tisch ausgebreitet hatte, ehe er sie aufforderte, sie möge sich den beiseite nehmen, der ihr am besten gefiele ... Josepha stellt sich nun vor, sie hätte Birutes Namen schon damals gehört zwischen dem Rascheln des Schokoladenstanniols und der Werkssirene. Wie hätte sie ihn auffasern wollen für sich? Birute, die Gute. Stiefmutterrute. Birutenblute. Biruteszameitatwennvaterniezeithat. Zur Stiefmutter hatte es nicht mehr kommen sollen nach jenem Herbstabend, Rudolph hatte Therese schließlich die Gefahr geglaubt, die von ihm ausginge für Josepha, trüge er Birute sein Kind an. Sein Kind, nun erwachsen, tut sich schwer mit dem Tagebuch der Expedition, trägt aber schließlich unter dem Codewort ein, was ihm noch bleibt vom Vaterhaben, vom Tochtersein. Herzschiefe Sätze erzählen von Fühlfehlern und Füllfedern, von Trüb- oder Mühsal, und Josepha wirft das Stück Buch lädiert in die Ecke, als ihr das Wort Omen als Pluralform weiblicher Ahnen erscheinen will. Das ist nun zuviel, das hat einen Drall ins Gespenstische, denkt noch Josepha, als schon der Schlaf, ein Wanderbursch, über sie herfällt, sie niederzwingt, schleift und verführt, am 29. des Monats, an dem die genaue Angelika – aber wer will das wissen? – ihren Geburtstag oben auf dem Burgberg feiern, an dem aber auch das Ehepaar Reveslueh seine Abfahrt in westlicher Richtung kundgeben wird unter Drucksen und Ausflüchten. Das schwarzweiße Kind scheint zu wissen, daß ihm Avraham Bodofranz fortfahren will in ein bayerisches Leben. Es rüttelt die Eingeweide der Schlafenden durch, kümmert sich einen Kehricht um die Rhythmen von Tag und Nacht und macht, daß der kleine Großonkel an den Stäben des Gastbettchens rüttelt, kräht, die Reveslueh-Eltern erweckt. Grad ahnen die nichts vom Grunde des Aufruhrs, nehmen allenfalls die Aura baldigen Abschieds für einen Anlaß der Unruhe und beschließen, das Kind mit Tee zur Ruhe zu bringen. Dazu muß Ottilie in die Küche tappen, Fenchelfrüchte zerstoßen und mit Wasser aufkochen, den Sud ziehenlassen und auf Trinktemperatur abkühlen, indes Fritz Reveslueh sein spätes Kind auf die schlafschwachen Knie nimmt, Hoppereiter vollführt und dem Geschrei grinsende Grimassen entgegensetzt. Eigentlich hat er nicht übel Lust, dem Kobold eins hinter die Backen zu geben, wie er es früher getan hat mit den ihm fremdgebliebenen Kindern seiner ersten Ehe. Aber irgend etwas gebietet Respekt, sei es die stolze Haltung oder die noch im Sabbern Ritterlichkeit ausstrahlende Mimik des Knaben auf seinem Schoß. Ottilie, während sie wartet, daß die Aromen des Fenchels hinübergehen in den nächtlichen Tee, vernimmt aus dem Wohnzimmer plötzlich Geschnauf und Gestöhn, wie wenn mindestens zwei sich umeinander bemühn. Sie läßt den Sud Sud sein für einen Moment und öffnet die Tür zum Geräusch. Der schlafenden Josepha entfahren die Töne des Liebens aus allen Öffnungen, die Poren scheinen zu hecheln im Körperkampf, und aus dem geschlossenen Mund vernimmt Ottilie ein Rülpsschaumschlagen im Dunkeln, den Schwimmblasenton. Erschrocken geht sie im Kopf die verschiedenen Krankheiten durch, die ihr zu Beginn der fünfziger Jahre bei ihren Besuchen in der Städtischen Irrenanstalt im bayerischen N. begegnet sind und nimmt es für Epilepsie. Unschlüssig, ob sie nicht mindestens Therese wecken oder aber gleich nach einem Notarzt rufen solle, tritt sie näher und staunt über das entspannte Gesicht der Enkelin. Ein epileptischer Anfall will das wohl doch nicht sein, es bedarf keines Keils zwischen den Kieferknochen, die Zunge vor dem Zubiß der Zähne zu schützen, hier ist nichts verspannt noch verklemmt im Antlitz der vermeintlich Kranken. Nun denkt Ottilie Josepha als Medium, hat diese nicht eingeladen zur Teilnahme an einer bewußtseinserweiternden Expedition? Wenn das hier also die Nachwirkungen besagten Ausflugs sind, da will sie schon froh sein, daß sie nicht mitgemacht hat, da will sie aber dem Herrgott danken, daß er ihr das erspart hat in seiner Güte! Dennoch spürt sie, wie ein tiefes Erinnern an jenen Stellen ihrer Seele einsetzt, die sie nach dem Ende des letzten Krieges gewöhnlich mit Häkeldeckchen und Wohlfahrtspäckchen bedeckt hat und fürchtet, ihr altes Blut möge wiederum auslaufen, einem neuen

Platz zu machen wie im März, als sie zum erstenmal den kleinen Avraham Bodofranz auf sich zukommen sah im Behandlungszimmer der psychiatrischen Klinik, und sie beginnt in einem Anfall Entsetzens zu zittern. Tatsächlich öffnet sich über der Nasenwurzel ein wenig die Stirn, um Fädchen Bluts freizugeben, die sich über die Wangenknochen verbreiten, was Ottilie einen schönen Schrecken nennt. Ob ihr Übelkeiten bevorstehen? Ob ihr die Rückkehr zur Sippe die Stirn spalten mag? Die Nase bläht sich, wie Schlachtsuppe riecht plötzlich die Nacht, mit Rotwurstbrocken darin und Majoran, Salz und Bauchfleisch, gebrühter Leber und abgebrühter Schlachterhand, die nach dem im Kessel verlorenen Rührholz fischt. So roch es in Lenkelischken zum Herbst, wenn auf dem Globottaschen Hofe das Gesindeschwein dran war und sie mit Therese und Fritzchen von Königsberg herüberkam. Therese hatte Schwarten und Leber zu drehen und Därme zu stopfen damit, während die Kinder viele Male am Tag mit Milchkannen losliefen, aus denen die Wurstsuppe schwappte und gegen den beginnenden Frost half. Man legte die halbgefrorenen Finger aufs warme Kannenblech, wenn die Strecke zum Suppenempfänger – und das wurde im Tageslauf unweigerlich jeder Einwohner des Dorfes – weit genug war für eine kurze Pause. Ottilie wagte es, hin und wieder selbst einen Schluck der salzigen Suppe blank aus der Kanne zu schlürfen, hinterher wischte sie mit dem Mantelärmel den verräterischen Lippenrand fort und entschuldigte sich mit einem Knicks vorm Herrn Jesus und einem zweiten vor dem kleinen Fritz für die diebische Trunksucht. Fritzchen hielt stille, solange ihm seine Schwester Leberbröckchen aus den eigenen vollen Backen herausfischte und in sein erwartungsvoll geöffnetes Mundloch schob. So wohlig ward ihm dabei, wenn die Innerei zerbröselte zwischen seiner starken Zunge und dem Halbrund des Gaumens, daß er gar nichts anderes mehr wollte, als die Schwester durchs Dorf zu begleiten und selbst ein klitzkleines Kännchen zu tragen, aus dem er freilich nicht zu trinken wagte. Kann auch sein, will Ottilie jetzt denken aus der Entfernung eines abgetrennten Lebens, daß es gar mein Eijenjeschmack war, der dem Jungche so zusetzte. Zusetzte, daß er janz süchtig war nache Supp. Is ja dem Wilczinski auch janz so jegangen mit seine Leibeslust, daß er so süchtig war nach mir und meim Eijenjeschmack. Ottilie driftet von der lautmalenden Schläferin in Schlupfburgsche Sippengefilde ab. Die schmerzlose Stirnwunde schließt sich zischend und dampfend, wie Frauenleib sich eben zu schließen vermag, und hinterläßt ein erbsgroßes Mal, ein Fritzvaterzeichen?, von unentschiedener Farbe. Das kann Ottilie nicht sehen, das verblüfft aber sowohl das sensible bayerische Kleinstkind als auch den Zahlvater desselben bis ins männliche Mark, als sie nach einer Weile mit dem duftenden Flaschentee kommt. Daß das Kind dennoch in seinem Erschrecken zu trinken verlangt, muß einen sehr herrischen Durst zur Ursache haben oder aber ein Festhaltespiel sein: daß ein Mensch sich im Saugen nach innen kehrt und fort von der Angst vor dem ungewohnten Stirnmal. Die Haut schlägt über Ottilies vollem Fleisch aufgeregt Wellen, daß noch Franz Revesluehs äußere Hülle das Haar sträubt in der Berührung und ein Schauder nochmalig einfährt in seinen ohnehin schon mannshohen Schrecken. Von wem wird die Liebste gewalkt? Was macht ihr ein solches Zittern, ein solches Zeichen zwischen die Augen? Wo zielt das hin, wenn schon des kleinen Avraham Bodofranz' Stoffwechsel so seltsam pulsiert in Farbe und Geruch, daß einem himmelangst werden kann in dieserart Osten? Das denkt sich von selbst in Revesluehs Kopf, nicht wortwandeln noch zungenschlagen muß er da, das stellt sich so her und macht ihn ganz kraus zwischen den Knochen. Schnell muß er feststellen, daß es ihm offenbar die Stimme verschlagen hat: Er bringt nicht heraus, was er fragen will. Ob das der leibhaftige Hirnschlag ist? Daß man nicht mehr fragen kann nach Kopflöchern und Dünnschissen, nach Zittern und Zeichen? Avraham Bodofranz haut ab in den Kindsschlaf, ein Glücke, da will Reveslueh sich schnell ins Bett hirscheln, daß Ottilie nicht mehr sein Störsenderschweigen bemerken muß und ihn nicht verfrachtet in ein hiesiges Krankenhaus, wie auch er ihren aufgewühlten Zustand nicht bemerken möchte und das plötzliche Einschußmal zwischen den Augen. So verlockend ihm auch vor kurzem die Aussicht erschienen sein mag, im Ostdeutschen noch einmal ein Fernsehmechaniker zu sein mit einer eigenen Werkstatt und einem Lager wundervoller Bildröhren, die nicht implodierten während der anscheinend unvorhersehbaren Glasbruchphasen seiner Frau, so verlockend stellt er sich nun sein verdientes Pensionärsleben vor im bayerischen N., mit einem gesundeten Bub, der nicht mehr schlecht kackt, und einer auch seelisch abgerundeten Ottilie. Ja, es wird richtig gewesen sein, eine baldige Rückfahrt vereinbart zu haben miteinander am Morgen im Bett, als Reveslueh die Mannskraft bewies vorm Frühstück und ausschwitzte, was Ottilie gern roch: den Duft des Entschlusses, daß sie gar nicht weiter hatten bereden müssen den Fortgang aus W. Einmal kurz in die Augen geschaut nach der höchsten Aufwallung, gelächelt und gewußt. Der Duft des Entschlusses. Während er rekapituliert, kann er aber sein Aufgeregtsein nicht lösen, hakt auch Ottilie im Zitterschlag. Sie treiben sich ineinander als Keile, lustlos, gehetzt und wirr, machen nicht Spaß, sondern härten die Knochen im Kampf der Geschlechter, bis stechender Schmerz Reveslueh aufschreien läßt. Sein kirschrotes Glied scheint zu vierfacher Größe aufgetrieben, daß er es nicht mehr hineinzwingen kann in Ottilie und nun bestürzt ansehen will in höchster Erregung, da wird er sein Süppchen schon los. Im Angesicht beschriebener Umstände verteilt es sich träge im Raum, tropft nun behäbig vom Bettpfosten, klettert die Stuhlbeine hinab. Als habe sie sich vertan, schaut Ottilie aus sich heraus, die Haare stehen vom Kopfe wie einst die sperrigen Zöpfchen ihres ersten Schultages. Reveslueh wird ganz Erbs unter diesem Blick, geprügelter Hund mit eingezogenem Organ. Sie sehen sich an und beginnen die herbstlichen Wunden zu lecken, jeder die seinen: Ottilies Zunge – ein Aal – kreist um das Mal auf der Stirn; Reveslueh hat noch Schmerz über Schmerz im Geschlecht und geht drüberhin mit gebogenem Rückgrat. Hin und wieder besinnen sie sich des anderen und geben sich kleine Rufmorde zu knabbern, *du Möchtegern, du Sabbertrulle, du Schweinewicht, du Budenwisch, du Fickfackel, du Fuck-*

wickel. Die leimfarbweißen Wände erröten unter dem Schwall, daß es warm wird in der Schlupfburgschen Wohnung. Avraham Bodofranz' kindliches Schnarchen macht sich breit und erzeugt eine schwüle Unruhe, als reiften hinter der Herbstnacht Larven heran und tummelten sich nun kurz vor dem Durchbruch in kochend zerfallendem Fleisch. Es mag verwirren angesichts der Ereignisse auf der imaginären Leinwand und in ihrem bestürzten Erinnern: Therese schläft noch immer mit ruhigem Gesicht – Ambivalentia mag darin schon die Totenmaske sehen – in ihrem Zimmer und träumt vom Ausflug mit der Ortsgruppe der Volkssolidarität. Sie hat es auf Drängen Richard Runds übernommen, eine der Tagesfahrten zu organisieren, zu denen die Alten der Stadt in größeren Abständen gebeten werden und die zwischen Schnitzel mit Rotkohl und Eierschecke mit Bohnenkaffee als Rentnerbelustigung dahindümpeln, ohne der Kraft zu achten, die hinter den faltigen Stirnen zu Haus ist. Beim Bürgermeister war sie gewesen, die Genehmigung einzuholen für die Teilnahme der alternden Kleinbürgerin Ottilie Revesluch, ihrer wiedergefundenen westlichen Tochter, und deren Gatten aus dem bayerischen N., ein höchst ungewöhnliches Anliegen. Das Rund-Schlupfburgsche Komplott läuft auf gelöste Greisenzungen hinaus, auf Zoten und klare Schnäpse, auf zwischenmenschlichen Austausch natürlicher Art, auf ein Jungsein im Altwerden, wie es sie immer unter dem Obstwein befällt. Davon freilich konnte der Bürgermeister nichts wissen, als ihm Therese die entschlossene Aufwartung machte nach einem Gespräch mit dem Pförtner, dem sie die Brisanz ihres Anliegens mit knappen Worten über den Wunsch zweier westlicher Genossen nach baldigem Kennenlernen der östlichen Altenbewegung ins Gesicht sprach. Er öffnete Mund und Tür in maßlosem Staunen und ließ sie hinein in das klapprige Haus am Markt. Eine Treppe hatte man vor Jahrhunderten nachträglich anfügen müssen, weil man beim Bau einen Zugang zum oberen Stockwerk vergessen und sich gewundert hatte wie einst die lichtlosen Bürger von Schilda. Und würdig im Sinne Schildas erschien auch Therese vor dem Stadtobersten, sah ihm ins Haustiergesicht und sprach sich jenen Text aus dem Leib, der schon den Pförtner hatte sprachlos werden lassen in seiner unaufgeregten Anmaßung. Westliche Rentner auf östlicher Kaffeefahrt, da müsse er erst einmal Erkundigungen einziehen, das sei ja ein ganz wunderliches Anliegen, die Bürger seien doch sicher Genossen, aber da hatte es erst kürzlich einen Vorfall gegeben im grenzüberschreitenden Schienenverkehr, freilich wisse er da auch nichts Genaues, und außerdem sei auch ein Kleinstkind in die Angelegenheit verwickelt gewesen, was ja nun wirklich dafür spreche, daß die Revesluehs diejenigen welche seien, aber wie auch immer, Therese kenne den Klassenfeind ja noch aus eigener Anschauung und könne sich sicher vorstellen, daß mit dem nicht zu spaßen sei. Sie solle mal einstweilen die Mitreise der beiden westlichen Altbürger *rein theoretisch* einplanen, mit Eierscheckebestellung und der kompletten Schnitzelzahl und so weiter und so fort, und er wolle ihr dann Bescheid geben und vielleicht einen Verantwortlichen mitschicken für alle Fälle. Und die *Musette-Gruppe* aus T. könne zum Tanz aufspielen wegen des guten Eindruckes, ob denn auch die Rentner *dos Donzbein schwingen duhn?*, so eine richtige Volkssolidarität müsse schließlich zu spüren sein noch aus dem letzten Schwungfuß, damit die Genossen *do drühm* auch wüßten, wofür! Therese hat sich des Bürgermeisters etwas beschwerlich herbeigezogene Rede beinahe so vorgestellt und ahnt einen guten Ausgang, *he Eierschecke, he Rotkohlschnitzel, he Schwungfuß, he Donzbein*, wir machen was los, daß das Schwarzatal dampft! Auf dem Revers ihres knitterfreien Jackenkleides begegnete eine Straßeidechse einer blechgoldenen Spinne mit imposanter Leibperle. Der Bürgermeister, schaute er genauer, meinte ein Grinsen der Schmuckersatztiere wahrzunehmen, verstummte und mußte zusehen, wie sie in ganz normales Getier sich verwandelten, am Leib Therese Schlupfburgs eilends hinabkletterten und in den sperrenden Ritzen des ölbraunen Dielenfußbodens verschwanden. Fauno Suizidor, der Gott des tierischen Freitods, hatte hier sein Prinzip einmal umkehren wollen und Totes zum Leben gebracht. W. ist ein Städtchen des Glasschmucks, der Bijouterien, da gibt es viel totes Tier in schillernden Farben, das nur darauf wartet, einmal richtig lebendig und zumindest ein wechselwarmes Zeichen zu werden. Therese, in grinsender Gelassenheit, sollte nicht merken, wie ihr das Geschmücke verschwand, erst zu Hause, über den kochenden Kartoffeln, gab es ein Wehgeschrei und Achgestöhn über den herben Verlust. Als schon die Expedition die ersten Gemütsschatten warf am Nachmittag, hatte sie sich darüber ganz schlupfburgsch geärgert und beschlossen, sich von der Tochter was anschenken zu lassen an westlichem Flitter. Die Tiere indes meinte sie in der Schlange des Eisladens, den sie nach dem Bürgermeister aufgesucht hatte, nicht genug beachtet zu haben. Sicher hatte ein kindlicher Strolch, so ein anderthalbjähriger Drallfink, vom Arm der Mutter aus ihr die Tiere raffgierig abgeknöpft, eh er zum Dank dafür ein Eis in den Mund bekam. In Thereses Traum passiert nun der Tag insofern Revue, als die Kaffeefahrt schwarzweiß sich vorspielt. Nirgendwo Reveslueh, kein westlicher Flitter am Jackstück, dennoch die Aufsichtsperson im Gefolge des Rentnertrupps, der wackelnd durchs Schwarzatal zieht wie ein Anstaltsausflug, ohne Schnaps und Zoten und ohne die Griffe in gegengeschlechtliche Wäsche, wie Richard Rund sie so gerne gesehen hätte zu eigner Freude und zum Gnatz der Bestallten. Es bleibt alles beim alten, merkt nun Therese im Schlaf und beunruhigt sich selbst. Umsonst der Gang ins städtische Amt, umsonst die Vorfreude auf ein dampfendes Schwarzatal. Das *Donzbein* will ihr zucken im Schlaf, und wirklich sieht die wirre Ottilie, als sie in Morgenmantel und blankem Entsetzen Schutz bei der eigenen Mutter suchen will, eine summende schlafende Greisin, deren sonst so steife, verquollene Füße in fröhlichem Takt auf- und niedergehen über der Bettmatratze, ein wenig nach Schweiß riechen und nicht herrenlos scheinen, denn sie folgen einem imaginären männlichen Schritt. Die gesummte Melodie erinnert Ottilie an eine Reihe französischer Kriminalfilme aus der gleichmäßigen Zeit vor ihrer letzten Schwangerschaft. Maigret nannte sich der kauzige Kommissar mit der Schwäche fürs ganz Gemeine, und daß nun auch der noch hier einfällt in ihren aufgestörten Geist, vermag Ottilie nur dadurch zu ertragen, daß sie in Avraham Bodofranz' flaumige Armbeuge flieht und zu weinen beginnt. Was für ein Tag hat sich da angestellt hinterm letzten, der auch schon nicht ohne Erschrecknisse von der lebensgeschichtlichen Bühne hatte abgehen wollen. Tief genug hat sie sie schon verpackt unter Milchfett und Mutterzucker, die seltsamen Begegnungen in der Kreisstadt, denen sie nicht so recht glauben mag, daß sie Zufälle zu Auslösern hatten. Aber sie will sie nicht noch einmal denken, sie will sich in ein wenig Ruhe hineinweinen, und wenn es nur die vor neuerlichen Wirrnissen sein sollte. Daß sie keine so rechte Idee vom Lande östlich der im Jahre neunzehnhundertneunundvierzig anscheinend endgültig befestigten Grenze besessen hatte in ihrem bayerischen Wohnzimmer, hält sie nun gar nicht für gut. Es ist so schwer zu verstehen, was hinter den östlichen Dingen versteckt scheint, daß ihr der Gedanke, nach einem festgezurrten Bild hinter den Augen ihre Wahrnehmung ausrichten zu können, wenigstens Anfänge des Behagens verschafft. *Undsolassensieunsliebezuschauer*, flüstert sie nun, *protestierengegendieunfreiheitdestotalitärensystemsimostenunseresvaterlandes*, flüstert's, nuschelt ein bißchen im Ruhigerwerden und bläst dabei ihres Sohnes blonden Flaum gegen den Strich, daß das Kind aufhört, sein schmeichelndes Schnarchen auszusenden und lieber sich eilfertig umdreht, weg von der Mutter wuselndem, feuchtschwitzigem Kopf, hinein in eines anderen Traumes Säuglingswagnis. Ottilies Zweitmündlein zwischen den Augen schmaucht, sie hat es nicht von innen öffnen können in wissender Art, es mußte ihr aufgetan werden, gewaltsam, was ungewöhnlich ist für eine Schlupfburgperson. Sippenferne hat sie gelebt seit dem letzten Krieg und sich nicht gewehrt dagegen im Wissen um Thereses gebietende Kraft in Familiendingen. Vielleicht hatten die Ereignisse der letzten Monate ihr nicht nur den Leib, sondern auch den Blick hinter die Fronten wiedereröffnen sollen wie früher? Jetzt fällt es ihr ein. Wie sie der Mutter im Sommer jenen Brief geschrieben und sich gewundert hatte, wie merkwürdig es sie ankam beim Schreiben der ganz gewöhnlichen Zeilen (*Halb-*

pfund Kaffee gleich mitgeschickt, daß Dich freust!), und seltsamerweise genau an jener Stelle, die ihr auch jetzt, da sie in ihres kleinen Sohnes Armbeuge weint, zieht. Sie greift sich an die Stirn und findet mit den Fingern das erbsgroße Etwas zwischen den Augen, eine weiche, bewegliche Narbe, als hätte ein Bröckchen frischer Leber vom Gesindeschwein sich dort festgesetzt beim heimlichen Trinken, als sie ein Kind war, und sei nicht wieder vergangen, um allen zu zeigen ihr diebisches Tun. Sie schämt sich und fühlt einen Spalt in der verschieblichen Stirnerbse. Wenn sie drückt, entfährt ihr immer noch Dampf. Nach Wurstsuppe riecht, was sie da ausstößt, wenn sich der Spalt auch nach jedem Schmauch wieder schließt. Und immer im Zischen blitzt ihr vorm Auge ein seltsamer Akt ihres früheren Lebens. Schnittmusterbögen, magischer Szenen voll, öffnen sich. Szenen, die sie als Kind und Frau zeigen, da sie noch in der Sippe zu Haus und ein Schlupfburgsches Zauberbündel gewesen sein mußte. Nur vergehn sie zu schnell, als daß sie sie mitnehmen könnte. Daß es ihr Zweitmündlein ist, das sich da meldet, will sie nicht wissen. Auch nicht, wo Rudolphche ist, der diesseits der im Jahre neunzehnhundertneunundvierzig anscheinend endgültig befestigten Grenze zu Haus sein muß und den sie doch hatte wiedersehen wollen. So stand es zumindest im Brief an die Mutter, der Text dahinter aber mußte ein anderer sein. Wie sonst sollte sie den Entschluß gefaßt haben können, dies seltsame Land so schnell wie möglich wieder zu verlassen, ohne die mindeste Anstrengung gewagt zu haben auf den verlorenen Sohn zu? War sie wie früher ganz hinter Thereses Röcken auf der Strecke geblieben in unterwürfiger Art? Therese hat von sich aus seit der Ankunft der Revesluehs Josephas Vater nicht einmal erwähnt, und Ottilie hat nicht einmal zu fragen gewagt, wo es denn sei, das Jungche. Der Schlaf, in den sie nun fällt, bereitet ihr knotigen Schmerz.

Noch ist es nicht hell zwischen den altbackenen Kleinbürgerhäusern in W., da kann man Franz Revesluèh deutlich im Schein der betrüblichen Straßenlaternen erkennen. Ein wenig gebeugt, dafür mit recht weit ausholendem Schritt läuft er dem Waldsaum zu, über Erdfall und Zeughausgasse, vorbei an der Siebenbuche, in deren Rinde er, hätte er Zeit und den richtigen Blick dafür, auch ein pfeildurchschossenes Herz mit den Initialen seiner angeheirateten Enkelin entdecken könnte. Aber er richtet sich schnurstracks nach dem neblichten Wald aus, in dem er in den letzten Tagen mit Frau und Kind gerne nach Beeren und eßbaren Pilzen gesucht hatte. An diesem frühgeborenen Morgen wird er an Schröders Teichen sitzen und wildgewordene Äpfel essen vom Baum. Das weiß er schon, als er nach der letzten Weggabelung vor dem Aufstieg zum Burgberg sich nach links wendet, dem längst verlassenen Anwesen jenes Schröder zu. Von vereinzelten hohen Fichten umgeben, kräuseln drei kleine Teiche ihr Morgenwasser in der Dämmerung. Verwahrlostes Obstgehölz schirmt die verfallene Laube ab, in der Revesluh eine angebrochene Flasche Pfefferminzlikör findet. Rehe äsen auf der nahe gelegenen Lichtung, Fuchs und Hase sagen einander listig guten Morgen, wie in Erwartung eines spannenden Spiels. Reveslueh überlegt, wer wohl Schröder dazu gebracht haben könnte, dieses Kleinod, eigentlich schon mitten im Nadelwald gelegen und doch von torkelndem Zaun und ausgeuferten Hecken zu einem Garten geschnürt, ab- oder aufzugeben. Er stellt den Herrn Schröder sich vor als einen entschlußlosen Mittfünfziger mit weichen Wangen, einem von Stammfettsucht gezeichneten Körper und semmelgrauem Haar. Am Ufer eines der Teiche sieht er ihn sitzen und resigniert auf die Wasseroberfläche schauen. Als er in die Nähe der Stelle kommt, an der er Schröder eben sich vorgestellt hat aus kleiner Entfernung, will es ihm dort wärmer scheinen. Als hätte der Herr aus Revesluehs Vorstellung eine leibwarme Aura entwickelt in die ostdeutsche Wirklichkeit hinein. Wärme ist nun gerade nicht, was Revesluh sucht. Sein schmerzhaft geschwollenes Glied mit der rosenroten, brennenden Eichel macht ihm zu schaffen. Vom Boden hebt er herabgefallenes Laub, zwei handtellergroße Ahornblätter, und tunkt sie ins kalte Wasser, ehe er sich vorsichtig einen Verband daraus anlegt. Damit es ihm nicht die eigens für die

Reise gekaufte hellgraue Wollhose näßt, hebt er das Päckchen sanft aus dem Stall und läßt es ein wenig schaukeln in der kühlenden Luft. Ganz gut mag das gehen, er hat sich unterdessen auf einer wohl von spielenden Kindern gebauten, wadenhohen Bank niedergelassen. Zwei Stammstücke in den Boden gerammt und ein morsches Brett aus der Laubenwand drübergenagelt, das ist ein willkommener Sitz für einen schwellschmerzgeplagten bayerischen Fernsehmechanikermeister. So bequem wird ihm das, daß er auch noch die blondflaumigen Hoden aus seiner Hose hervorholt und mit dem gekühlten Glied zusammensein läßt. Allmählich löst sich sogar die Spannung, die infolge der niedrigen Temperatur das Skrotum angehoben und faustfest verdickt hatte. Reveslueh läßt nun die schutzlosen Eier immer wieder gedankenverloren durch seine Hand schlüpfen, während ihm die vergangenen vierundzwanzig Stunden noch einmal aufstoßen. Für einen Moment kommt ihn das Würgen an aus der eigenen Tiefe, als er an seines Sohnes gestrige Windel denken muß. In einem der Kaufhäuser von G. war es gewesen, daß sie das Kind auf einer nicht eben sauber zu nennenden Toilette aus dem eigenen Dreck hatten heben müssen, und der seinem eigenen Sohn entströmende Geruch hatte bis weit in die Verkaufsräume Personal und Kunden entlarvt in unterschiedlicher Art. Während die einen angstvoll und eher fluchtbereit um sich geschaut hatten, hier und da wie nebenbei ein Kunstledertäschchen musterten, beiläufig wieder weglegten, und ihre Körper in der Spannung, das Kaufhaus möglichst schnell und gleichzeitig unauffällig verlassen zu wollen, geradezu ins Schleudern gerieten, zeigte sich auf den Mienen der anderen Triumph und Schadenfreude, und sie schauten sich angestrengt zwischen den Regalreihen nach etwas um, das Reveslueh nicht ausmachen konnte. Einzig eine zu ziemlicher Größe aufragende Verkäuferin hatte mit so etwas wie Gelassenheit auf den Geruchseinbruch reagiert und weiter ihre um so irritierteren Kundinnen beraten in Fragen der Unmöglichkeit, Geschmack und Angebot irgendwie zueinanderzubekommen. Jene Verkäuferin sollte einige Zeit später auch Ottilie ein wenig helfen bei der Auswahl eines Kleiderrockes für Therese, den sie von dem so zwanghaft eingetauschten Geld zu kaufen gedachte. Reveslueh hatte derweil mit dem gesäuberten, aber immer noch geruchsintensiven Avraham Bodofranz Spielzeug durchmustert und auch wirklich das eine, das andere schöne Stück in den Drahtkorb gelegt. Als er kaufentschlossen einen sogenannten Kinderkalender der Firma *VEB Kalender und Büroartikel Max Papp* hinzulegte und die Verkäuferin soeben die Kasse zu öffnen im Begriffe war, riefen von der Treppe her zwei Kinder in ihre Richtung nach Mutter und Vater und liefen nach einem durchdringenden Lungenpfiff der Verkäuferin auf diese zu. Ottilie hatte sich noch einmal ungläubig umgeschaut nach einem geeigneten Elternpaar, aber es blieb dabei: Die Frau hinter der Kasse wurde von einem der Kinder Vater, vom anderen Mutter geheißen. Ottilie war vor peinlich empfundener Überraschung nicht in der Lage gewesen, die Frau noch einmal aufmerksamer in Augenschein zu nehmen, aber Reveslueh hatte schon die winzige Rasurnarbe in ihrem Gesicht entdeckt und jenen Ruck bemerkt, mit dem sie etwas in sich zurückzuzwingen schien, als sie eine der Leitern bestieg. Lutz-Lucia konnte nicht wissen, daß diese Kunden nicht zuletzt unter Zuhilfenahme seiner Dienste den Weg in den Osten gefunden hatten. Hätte er nicht die Eltern der genauen Angelika mit passabler Kleidung und Schuhen für die Fahrt an die Alster ausgestattet, hätte es womöglich gar nicht zu dieser Reise kommen können, so *stante pede* hätte der alte Herr auf die Visa verzichtet in stolzer Ablehnung. Genausowenig ahnten auch die Revesluehs die Verbindung zwischen der Vatermutter hinter dem Ladentisch und dem Aufenthalt diesseits der im Jahre neunzehnhundertneunundvierzig anscheinend endgültig befestigten Grenze. Allein Avraham Bodofranz lächelte listig durchs ostdeusche Kaufhaus. Lutz-Lucia also in seiner Lebenserfahrenheit, wäre er nicht so bemüht gewesen, nach jenem Ausrutscher auf der Leiter sein männliches Geschlecht entschlossen zurückzuschieben in die weibliche Höhlung, hätte durchaus bemerken können, daß hier eine Fügung der höheren Art durchs Haus roch, daß hier ein wolliger Milchling ihm Zeichen zu geben bereit war. Aber er hatte sich abgehärtet gegen die Gerüche der Beschlagnahme, drunter sein Leben erträglich eingerichtet und empfand deshalb keinen Bedarf nach Konspiration. Reveslueh, dessen Erinnerung freilich nur die Oberfläche des Geschehens vorspiegelt, sieht nun an Schröders Teichen noch einmal die Taumelottilie zwischen den Komparsen des Klassenkampfes im Kaufhaus von G., wie sie ungläubig in die schadenfrohen Gesichter der im Geruch ihres Kindes verbliebenen Kundschaft schaut und, auch er selbst muß es nun noch einmal fühlen, Angst bekommt vor dem Undurchdringlichen. Seine schlingernden Hoden beginnen zu glühen im herbstlichen Nebelsud, daß ihm ganz bang wird wie gestern, da sie auf der Rückfahrt nach W. des kleinen Avraham Bodofranz' vermeintliche Trancezustände in der Thüringer Waldbahn hatten erleben müssen. Nach oben hatte das Kind den klirrenden Blick gerichtet und mit glücklicherweise nur den Eltern verständlichen bayerischen Flüchen gen Himmel gedroht. Dazwischen hatte es lachen müssen, und die Geräusche in seiner Hose hatten immer ein wenig früher als die kurz darauf sich ausbreitenden Geruchswellen die Eltern darauf vorbereitet, was sie nach der Ankunft im Schlupfburgschen Wohnhause zu tun haben würden. Es war Denuntiata gewesen, die Göttin der Charakterlosigkeit, der Avraham Bodofranz die bayerischen Flüche entgegenschleuderte. Über der Bahn war sie geflogen, den Himmel teilend mit heftigen Schwimmstößen ihrer Arme und Beine. Herausgefordert hatte er sie schon im Kaufhaus von G., als er die Kundschaft in zwei merkliche Lager teilte mit seinem Geruch. Denuntiata wähnte sich im Triumph. Die Vielzahl der schadenfrohen Gesichter hatte sie sexuell erregt, und eilig war sie auf Lutz-Lucia gekommen, den einzigen, dessen Geisteszustand der Geruch der östlichen Uniform nicht bis zur Impotenz deformiert hatte, sich ihm aufzuschrauben in ihrer Verzückung. Lutz-Lucia aber, kaum hatte er den göttlichen Zugriff bemerkt beim Besteigen der Leiter, hatte sich wortlos zurückgezogen und ebenso gelassen den leider wurstfarbenen Rock für Therese Schlupfburg in braunes Papier verpackt.

Alle vierzig Jahre ging Denuntiata im mitteleuropäischen Raum daran, schwanger zu werden. Die Zeit war heran, sie war läufig, wie Fauno Suizidor angeekelt zu bemerken pflegte, wenn sie nach Menschen griff. Die Schar ihrer Kinder, die sie meist gleich nach der Geburt am Boden zurückließ, war über die Jahrhunderte unüberschaubar geworden, denn auch diese Kinder pflanzten sich fort und gaben die unangenehmen Eigenschaften ihrer Ahnin in immer wiederkehrenden Abfolgen und modischen Varianten über die Generationen weiter. Wenn ein Zyklus sich vollendete und Denuntiata heißlief, suchte sie sich einen Weg zu ihren Abkömmlingen. Deren Anblick in großer Zahl hob sie jedes Mal auf jenes Plateau, von dem aus es nur noch ein kleiner Schritt war in die Ekstase, und die hatte ihr Lutz-Lucia für diesmal verweigert mit seiner Möglichkeit, sich in sich selbst zurückzuziehen. Denuntiata zu reizen, indem er ihre Nachfahren im Kaufhaus von G. unter Zuhilfenahme seines unrühmlichen Odeurs deutlich sichtbar machte, war das Ziel der Provokation des kleinen Avraham Bodofranz gewesen. Dessen problematischer Zustand der Frühreife soll in diesem Zusammenhang nicht unerwähnt bleiben. Daß er damit auch das Wohlbefinden seiner bayerischen Eltern gefährdete, ja aufs Spiel setzte, mag als Ausdruck einer dennoch verbliebenen Kindlichkeit dagegengesetzt und verziehen werden.

Für diesmal sollte Denuntiata also kinderlos bleiben, wenn es ihr nicht gelänge, in den wenigen verbleibenden Stunden ihrer Fruchtbarkeit erneut in Erregung zu geraten. Chancenlos fliegt sie nun, am frühen Morgen des neunundzwanzigsten Septembers, über dem eierschaukelnden Revesluch ihre Kreise, besieht sich seine immer noch gut brauchbaren Anlagen, versucht wohl auch ein oder zwei Anflüge mit gelüpftem Gewand, allein es fehlt ihr die Kraft, Revesluch zu härten mit Lust. So gibt sie schließlich auf und entfernt sich. Ein leergezogenes Vogelnest aus dem Gezweig fällt auf Revesluchs Kopf und kullert ein Stück auf die Flasche Pfefferminzlikör zu, die er nicht hatte liegenlassen wollen in der Laubenruine. Vielleicht kann er sie ganz gut gebrauchen, denkt er jetzt, sich giftgrün den Schmerz austreiben oder gar rammdösig werden im Kopf, daß er eine Ruhe finden kann in seinem Tun und mit Ottilie die Fahrt zurück nach dem bayerischen N. vorbereiten. Wer weiß, was dem Kind einfällt, wenn sie die Grenze in gegenläufiger Richtung passierten. Womöglich kommt dem Jungen Ärgeres noch ins Gedärm.

Drei daumentiefe Schlucke helfen ihm erst einmal über die siebte Stunde. Die flaumigen Eier packt er ins Zugvogelnest, das er dann gut gefüllt im Grund seiner Unterhosen deponieren kann. Nur, daß er jetzt etwas breitbeinig zurückwatscheln muß. Feingestrickt ist das Nest aus Gräsern und Zweigen, Federn, Haaren und Moos, und es kratzt an den Innenseiten seiner Oberschenkel beim Laufen, aber es lenkt ihn wohl ab vom derbsten Übel. Hinter ihm liegen bald Teiche, Garten und Siebenbuche, Erdfall und Zeughausgasse. Unsteten Schrittes nähert er sich dem nächtlichen Schauplatz und muß plötzlich lachen, so schnapsnasig kommt ihm vor, was er erlebt hat seit dem März des Jahres an Merkwürdigkeiten. Seltsam war ihm geworden, seit er Ottilies uralte Erdbeerkonfitüre gekostet hatte. Kubanischer Rum. Zwar liegt Kuba ausgesprochen westlich von Reveslueh, zeigt sich ihm aber dennoch als Ausbund von Osten, also: Der Osten will ihm ungeheuer erscheinen in seiner Art, wenn er ihn auch nicht gerade dauerhaft ängstigt. Eher anfallartig kommen die Übel und bösen Träume. Im Übergang zwischen Wachsein und Schlaf sind letztere offenbar besonders bedrohlich und beschleunigen Puls und Hormonfluß. Mehr noch als die tatsächlichen Wunder krümmt der tägliche Alp seinen Durchblick. Jetzt fällt es ihm ein: Als Ottilie mit dem Tee für das Kind aus der Küche zurückkam, trug sie ein zischendes Zeichen zwischen den Augen. Das hatte ihn aufgestört und zum Angsttraum gepaßt, den er halbschlief, so daß er sich nicht anders zu helfen wußte, als Halt zu suchen in ihr, was eben kläglich mißlang. Träumerisch faßt Reveslueh noch einmal die warmen Eier im Nest, wobei ihm das schwellende Pferd versehentlich aus dem Stall galoppiert. Noch Monate später wird in W. das Gerücht kursieren, Ende September habe *ä Gengster dn Burchberch belagert und sich schamlos entblößt, daß mer de*

Bollezei hätt ruf misse. Ein kleiner buckliger Mann, der bräunliche Eugen mit den abstehenden Ohren und dem flederwischigen Schritt, will Reveslueh an besagtem Morgen – er selbst sei wie an jedem Tag früh zum Holzsammeln ausgezogen – gesehen haben. Als sich die nach dem Volk benannte Polizei des Gerüchtes endlich annimmt, wird aber Reveslueh der Verfolgung längst in Richtung Bayern entkommen sein.

Als Josepha die Wohnung verläßt, um zur Arbeit zu fahren auf ihrem blauen sechsundzwanziger Herrenfahrrad der Marke Diamant, begegnet ihr der Frühaufsteher und von einer Göttin Versuchte auf dem Weg zum Vorgartentor. Nichts will ihr auffallen an ihm außer dem breitbeinigen Gang, den sie beiläufig und diskret den Prostatabeschwerden alternder Männer zuschreiben will in ihrem unachtsamen Achtuhrkopf. Reveslueh aber staucht Josepha zusammen wegen des Fahrrads. Es könne nicht angehen, mit einem Kugelbauch auf ein Herrenfahrrad zu steigen, das verletze die Regeln auf ungebührliche Weise und gefährde das heranwachsende Kind. Er wisse, wovon er rede, er sei schließlich vielfacher Vater einer Reihe gottseidank gesunder Kinder geworden in seinem Leben, und keines habe er der Gefahr ausgesetzt gesehen, durch eine solche Stange, wie sie jetzt zwischen Josephas Beinen sich findet, in Sturz oder Abstieg verletzt zu werden. Josepha aber schlägt des Stiefgroßvaters Bedenken in den frischen herbstlichen Wind und macht sich davon, daß ein schmauchender Luftzug bleibt, wo sie eben noch langsam anfuhr. Reveslueh greift sich wie zum Trost in die schlingernden Eier, dann an die Stirn und betritt kopfschüttelnd das Haus. Therese in der Küche küßt zum Morgengruß des Schwiegersohnes Haaransatz und erschrickt natürlich ein wenig ob des Geruchs, dessen Herkunft sie zwar zu kennen meint, dessen Weg auf die Stirn ihr aber zu peinlichen Gedanken verhilft. Sie errötet. Reveslueh bemerkt das nicht und setzt sich an den gedeckten Tisch, die Brötchen splittern ihm bald zwischen den Zähnen, der Kaffee dampft aus der Kanne, das Pflaumenmus fordert heraus. Nur Ottilie wird noch zwei Stunden brauchen, ehe sie die Bettstatt verläßt, von Avraham Bodofranz versöhnlich besäuselt mit melodischen Lallfolgen. Ihr Stirnmal öffnet sich von Zeit zu Zeit, schmerzlos, um Dampf abzuzischen, und versetzt die Frühstücksrunde in ratlosen Schrecken. Therese kommt die Idee, eine Lotion aus ihren üblichen Barbituraten und Herzkräftigungsmitteln auf die lecke Stelle der wiedergefundenen Tochter zu tupfen, die das aber nicht zulassen will und statt dessen mit Angst allzehnminütlich die Nasenwurzel befingert. Avraham Bodofranz scheint unterdessen belustigt mit der Erscheinung umgehen zu können, prustet vor Lachen, wenn die Mutter sich so ungewohnt öffnet und zischt, ahmt den Laut nach und zeigt zum ersten Mal deutlich die Kraft der Drei Väter: Er müht sich, die magische Narbe mit den Fingern zu erreichen. Franz Reveslueh seinerseits will das eher verhindern, und Therese denkt endlich an das Schlupfburgsche Zweitmündlein, das womöglich gewaltsam aufgebrochen worden war, da schafft es Avraham Bodofranz, Ottilies Stirnmal kräftig zu quetschen mit seiner wulstigen Hand. Daß es auf der Stelle sich einebnet in die großporige, im Schrecken schweißnasse Haut, löst neuerlich eine furchtsame Starre aus und ungläubige Blicke auf das Baby. Dann aber, wie um die Chance entschlossen zu nutzen, greift Franz Reveslueh zur wörtlichen Rede: Jetzt sei die Zeit mithin mehr als nur reif, man müsse zusehen, sich wieder eine Ruhe zu verschaffen, im Interesse des kleinen Avraham Bodofranz schon, und abhauen von hier, so schnell es Reichs- oder Bundesbahn erlaubten. Ottilie sei das alles zuviel. Zwar sei es ganz schön, wieder eine Mutter um sich zu wissen und eine Enkelin guter Hoffnung (Rudolph findet auch bei seinem späten Stiefvater keine Erwähnung), aber man sei ja nicht aus der Welt, jedenfalls nicht im übergreifenden Sinne, und der gebiete nun einmal, Reißaus zu nehmen. Wer weiß, was noch kommen mag, bliebe man länger. Revesluehs Herz stolpert nur kurz über die verlorene Aussicht auf einen Neuanfang als Fernsehmechanikermeister. Statt dessen weist es ihn an, den bestürzten Frauen das Hosennest vorzuführen mit dem nun endlich flügellahmen Mannstierlein drin, daß sie aufschrein. Avraham Bodofranz blickt interessiert auf des Zahlvaters Gemächt. Noch ehe ihn

Ottilie ins Wohnzimmer bringen kann, fragt Therese, was das denn nun wieder solle, aber Reveslueh kann nicht verstehen. Eben noch hatte die Eichel rotglühend geschmerzt, jetzt liegt sie bläulich verfroren im Nest. Reicht das immer noch nicht? hatte er fragen wollen mit einem vorwurfsvollen Hinweis auf den ungekannten Schmerz, aber Therese haut sich die Hand an die Stirn und glaubt einen Augenblick lang nicht mehr, daß hier noch Trost sei im Raum. Wenigstens stimmt sie dem Schwiegersohn zu, daß es nicht schlecht sein könne, das hier zu verlassen angesichts der Geschehnisse. Allein, daß Avraham Bodofranz' geschätzte Verdauung so sensibel auf die Umstände hier reagiere, sei Grund genug, das gebe sie zu. Außerdem sei sie schon lange im richtigen Alter, sie besuchen zu kommen in N., das habe sie ohnehin vor, und dann könne man sehen, ob es ihr ähnlich erginge mit den dortigen Zuständen. Ottilie aber spürt nun das eingeebnete Zweitmündlein gut und beginnt's zu gebrauchen: Sie wirft der Mutter Vorwürfe zu, aus Rudolph gemacht und aus alter Globottascher Vornehmheit. Therese verstummt. Reveslueh, der nur die Oberfläche der Szene wahrnehmen kann, sieht zwei entschlossen sich anschweigende Frauen, Avraham Bodofranz aber setzt den auf Schlupfburgsch gesprochenen Reden der Mutter jeweils eins drauf mit Handkantenschlägen auf die Sprelacart-Tischplatte oder seltsam aromatischen Furzen. Was Therese zu entgegnen hat, scheint kleinlaut und eher verlegen. Das Kind will das merken und setzt die Großmutter noch unter Druck, daß sie endlich der Tochter Raum geben möge für das Sehnen nach Rudolph, dem Kind seines lettischen Fühlvaters. Therese kommt die nächtliche Expedition in den Sinn: Hier geht eins ins andere, das kann nur Ambivalentia sich ausgedacht haben als neuerliche Probe. Erst der vertriebene Sohn, dann der verratene Enkel. Sollte das männliche Kind gar Wiedergutmachung erheischen wollen für die verstoßenen Geschlechtsgenossen der Sippengeschichte? Sollte es deshalb so wunderlich stark auf sein spätes Erscheinen gepocht haben? Sie alle zusammenzubringen zu einem Schlußstrich, so oder so?

Ihr dunkeln die Sinne, sie rutscht vom Stuhle zu Boden und bebt wie nächtens Josepha, nur sind es nicht die Töne des Liebens, die sie von sich gibt mit zuckendem Körper. Eher schwitzt sie Verzweifelung aus den Greisinnenfalten. Selbst Reveslueh kann das riechen und eilt der Schwiegermutter zu spärlicher Hilfe. Er weiß nicht, was er da tun kann, außer den ohnmächtigen Kopf auf ein, zwei gefaltete Stuhlkissen zu legen, die oberen Knöpfe des Nachthemdes zu öffnen, das Therese immer noch trägt, und in der Speisekammer nach einer Flasche Essig, Spiritus oder Waschbenzin zu suchen, über den Geruchssinn Therese zurückzuholen. Was er findet im Kämmerchen, schafft er herbei und verrührt es in einer Tasse zu einer merkwürdigen Lotion, reibt ihr ein paar Tropfen davon unter die Nase wie Ottilie eben noch den einen, den anderen Vorwurf, und wartet auf Rettung. Wiederum muß Avraham Bodofranz nun eingreifen, da sich nichts rührt. Den hilflosen Eltern nimmt er das Szepter aus den Händen und verbreitet den widerlichsten Geruch, den Therese sich denken kann: Adolf Erbsens wiedererschienener Mageninhalt am Tag ihrer Hochzeit muß herhalten als Weckmittel, und wirklich erwacht sie und hält sich die Nase zu und rennt zum Spülstein und spuckt, was das Zeug hält, an bitterer Galle und Abscheu aus sich heraus. Sie ist wieder da, und die neuerliche Rötung ihrer Gesichtshaut wird nun für Gesundung gehalten. Allein Ambivalentia weiß, daß schon der Tod mit der Blutfackel hinter Therese herläuft, nur noch wenig zu früh.

Es braucht nicht mehr viel, den Tag der Abreise anzukündigen. Man wird sich abmelden gehen bei den zuständigen Stellen und Fahrkarten kaufen. Auf dem Weg zum Bahnhof wollen die Reveslueh Therese zur Poliklinik begleiten und später wieder abholen. Ein Spaziergang, so denken sie, wird ihr nach diesen Kreislaufquerelen nicht schaden. Ottilie gießt ihrer Mutter eine Tasse Kaffee der Marke Rondo Melange in die Tasse (das *Viertelpfundkaffeegleichmitgeschicktdaßdichfreust* ist längst alle geworden) und brockt ihr von den scharf gebackenen Brötchen abgerissene Stücke hinein. Solcherart Brotsuppe hatte es in Königsberg oft gegeben, als Samstagsmahlzeit mit Zichorienkaffee auch für die Kinder, und als Therese bemüht davon ißt, lächelt Ottilie endlich und nimmt sich auch selbst eine große Tasse. Eine Stunde später sieht man eine Rentnerparade mit Kleinstkind W. durchqueren auf dem Weg zum Bahnhof, vom einen zum anderen Ende der Stadt sozusagen: Auch Richard Rund hat sich eingefunden und will sich nicht nehmen lassen, den Revesluehs auf dem Bahnhofe beizustehen, während seine Geliebte ihrem behandelnden Arzt von der morgendlichen Ohnmacht erzählt. Zwar weiß sie mehr darüber, als der Herr Doktor verstehen würde in seinem feinen weißen Kittel, aber das gibt sie nicht zu und läßt sich statt dessen Riechampullen mitgeben für neuerliche Anfälle, ein blutdrucksteigerndes Präparat und den guten Rat, des Morgens recht langsam aufzustehen, in kurzen Etappen zum Küchentische zu wandern und deshalb in der Wohnung mehrere Hocker oder Stühle zum Rasten zu verteilen und überhaupt dem Alter Tribut zu zollen (statt, wie Therese zu wissen beginnt, den schattigen Rissen zu Ende gehenden Lebens ...).

Daß Josepha pünktlich zum Schichtbeginn in der Fabrikhalle aufgetaucht ist, nehmen die Kollegen je nach Gemütsart unterschiedlich wahr: Manfred Hinterzart spürt ein schmerzhaftes Ziehen von Schuld, das sich ausgerechnet seiner angegriffenen Zahnhälse bemächtigt. Carmen Salzwedel eilt auf Josepha zu und umfaßt ihre Schultern, sie ihrer Hilfe zu versichern, wenn sie auch nicht wissen mag, wie die aussehen könnte. Jene Brigadierin, die zum Zwecke vorsichtigen Beistands nach Josephas gestriger Rede das Beispiel ihrer Nichte Veronica wenig beachtet ins Spiel gebracht hatte, übergibt einen großen Beutel Säuglingswäsche und äußert gleichzeitig verhaltenes Erstaunen, daß Josepha sich nicht hat krankschreiben lassen in ihrem Zustand. (Ein wenig scheint auch sie eher das Erscheinen rauchverzehrter Männer erwartet zu haben in den Hallen des *VEB Kalender und Büroartikel Max Papp* als das der Filterfolterrednerinnenperson höchstselbst ...) Der betriebliche Jugendführer läßt es sich nicht nehmen – wer ihn über die Ankunft Josephas unterrichtet hat, mag unerwähnt bleiben –, seinen Besuch abzustatten in Halle 8 und sich nach dem Befinden der Schwangeren zu erkundigen, ihre gestrige Rede für bemerkenswert zu erklären und einen angenehmen Arbeitstag zu wünschen, was er gewöhnlich nur anläßlich staatlicher Feiertage und nur an ganze Kollektive jugendlicher Werktätiger gerichtet zu tun pflegt. Das nervöse Flattern seiner fußweiten Hosen erinnert Josepha an ein Gedicht eines sowjetischen Avantgardepoeten, wie sie überhaupt seit der nächtlichen Ansprache Ljusja Andrejewnas oft daran denken muß, wie im Lande Lenins geliebt und gebacken wird. *Glockenhosig am Bummelplatz bimmeln* ... Aber die Poesie wird nicht alt in Josephas Kopf. Schon als sie das Kabuff aufsucht, sich nach den ihr zugedachten Aufgaben zu erkundigen, holt die schnöde Prosa sie ein: Bericht soll sie erstatten für die zuständigen Stellen über die letzte innerbetriebliche Jugendschulung. Als sei die Rolle der protokollierenden Zuhörerin ihr zugewachsen über Nacht. Als hätte nicht die eigene Rede für Schißflattern und Mutholen gesorgt im Saal. Das ist ihr ein Klammwerden wert der Finger und Füß, das heizt ihr den Sinn. Als Josepha sich wundern und demzufolge weigern will, das Angetragene auszuführen, wird sie zitiert vor die Leitung und dort unerwartet alleingelassen mit sich, bis plötzlich – endlich kann Josephas erwartende Spannung sich lösen – tatsächlich, rauchverzehrt, drei Männer eintreten. Das sich anschließende Gespräch wird in seiner Art Jahre später in tausenderlei Akten zu lesen sein als Ausdruck hammelbeiniger Gefolgsamkeitsschulung: Ob sie denn wisse, welche Folgen ... Ob denn das eigene Kind nicht ... Ob sie nicht gar eine Verräterin ... Um Schlimmeres abzuwenden, gewähre man die einzige Chance ... Sie sei doch unzweifelhaft klüger als ... Und wisse doch wohl, wer der wirkliche ... Feind ... Aber selbstverständlich verschwiegen ... So schön sei es in der Psychiatrie nun wirklich ... nicht ... oder gar doch, wenn man einsehen müsse? Ihre Kleidung in letzter Zeit ... Da sei Sorge gegeben ... Und ob die Erziehung eines Kindes nicht ... Man müsse dranbleiben und aufpassen ... Auch sei die Frau Urgroßmutter schon alt ... Und dieser Westbesuch, das lasse tief ... Und die nächtlichen Orgien, sittenwidrig, da wisse man nun einiges ... In Josephas Erschrecken, was die Herren wohl unter der Bezeichnung Orgien zusammenzupacken gedenken, die Ausflüge der Expedition womöglich?, platzt eine Frage, die ihr für Sekunden den Atem nimmt: Schon ihr Vater habe so einen Hang zum Obszönen gehabt und sich damit aufs Glatteis begeben – ob sie denn wisse, daß auch er dem Klassenfeind erlag, wie sie es gerade zu tun im Begriffe sei? Die letzte Etappe der Expedition gerät vor Josephas Augen: Birute Szameitats Liebesmüh um den Vater, Thereses Wankelmut und Kleinbeigeben auf der einen, Thereses Herrschsucht und Männerverachtung auf der anderen Seite, die eigene Trauer, das Vaterloslos gezogen zu haben ... Der Klassenfeind aber konnte bei alledem wohl niemand anders gewesen sein als der fettleibige Besucher in der Küche der Urgroßmutter, in jener Nacht nach dem Besuch auf dem Rummelplatz, da Josepha noch ein kleines Mädchen gewesen war mit dunkelrotem Popelinemantel und bravem Kopftuch. Diesem Fettwanst von den *zuständigen Stellen* hatte sich der Vater womöglich wirklich ergeben, als er sie bei Therese ließ um seiner Lust auf Birute willen, denkt nun Josepha und stellt ihr Gehör auf Durchzug. Da können die drei Verzehrten noch so sehr raunen, was Josephas Zukunft und die ihres Kindes angeht – sie rekapituliert die stetig älter werdenden Geschichten wieder und wieder. Wie sie die Bratwurst aß. Wie sie Birutes Fingernägel heilen sah unter ihres Vaters Speichel. Wie Rudolph Schlupfburgs männliche Lust daherkam, von Birute geritten. Wie sie selbst, kleines Mädchen, mit blaugefrorenen Füßen im Türrahmen stand, den Schrecken im Gesicht. Wie brauner Malzkaffeeschlamm aus Thereses Schlund hervorstieß im Ekel. Wie der Fettwanst Birute Szameitats Dasein als ordnungswidrige Angelegenheit darzustellen versuchte und Josephas Vater damit ins Abseits drängte der Schlupfburgsippe. Auf der machtgierigen Theresensaite klang doch ganz anders, was bislang des Vaters Verschwinden geheißen hatte aus Josephas Kindheit: Es tönte Mannsfeindschaft daraus und Kalkül, wie Therese die Urenkelin, unter Zuhilfenahme der *zuständigen*

Stellen beinahe, in ihren Besitz gebracht hatte. Und nun versucht man den Vater ins Katzspiel zu bringen als eine Beute! Das will ihr aber nun wirklich reichen, sie stampft mit dem Fuß, daß das schwarzweiße Kind vor Schreck mit den Armen zu rudern beginnt. Glücklicherweise flößt der Anblick des sich beulenden, sich buckelnden Mutterbauches den Herren so etwas wie Respekt ein, sie zucken zurück, einer erhebt gar die Hände wie zur Abwehr von Schaden. Josephas deutliche Fragen, was denn zu ihrem Vater fürderhin werde zu sagen sein in diesem Gespräch, was also die Herren meinen vermelden zu müssen vom Herrn Schlupfburg, werden nun recht undeutlich beantwortet, werden womöglich gar nicht beantwortet mit dem folgenden Satz: Der Herr Schlupfburg bewähre sich in den Stadtreinigungsbetrieben einer der beiden thüringischen Großstädte, und zwar freiwillig. Josepha bewährt sich nun auch. Sie nimmt ihren Mut wie den dicken Bauch zwischen die Hände, erhebt sich und stolziert einigermaßen erhaben aus dem Raum der Betriebsleitung. So überrascht sind die Herren, wie sie zurückbleiben müssen mit ihren wehenden Papieren und tatsächlich schwanzwedelnd zu nennen in ihrer Verblüffung, daß sie erst einmal nicht darauf kommen, eine verschwiegene Nummer (aus der hohlen Hand) anzuwählen. Nicht einmal beratschlagen können sie sich, was nun zu tun sei. So obenhin abgebügelt zu werden, das ist ihnen selten begegnet diesseits der im Jahre neunzehnhundertneunundvierzig anscheinend endgültig befestigten Grenze – sie staunen. Josepha indes zieht es schnurstracks ins Kabuff, sich einteilen zu lassen für einen regulären Arbeitstag. Jene gebleichte Stelle, an der früher einmal das Bild des Staatsobersten hing und später das Konterfei Ljusja Andrejewnas, ist mit einer Stecktafel bedeckt worden. Jeder Kollege, jede Kollegin hat ein farbiges Metallplättchen bekommen, das zum Zwecke der besseren Organisation der Arbeitsabläufe allmorgendlich neu eingesteckt wird in einen grauen Aufgabenbereich. Schon aus einiger Entfernung kann Josepha erkennen, daß ihr eigenes (ein dotterfarbenes!) Schildchen abseits der gewöhnlichen Arbeitsgänge steckt. Sie ist nicht mehr vorgesehen für eine Acht-Stunden-Normalschicht. Weder an den Packbändern noch in der Druckerei, weder in Küche noch Pförtnerhaus wird sie erwartet mit ihrer Achtmonatskraft, was sie nicht daran hindern kann, auf Zuteilung einer sinnvollen Aufgabe zu bestehen. Die findet sie schließlich in der Säuberung der betrieblichen Raucherinseln und freut sich noch, unter freiem Himmel ein wenig nachdenken zu können über den abgetriebenen Vater. Denuntiata, die Göttin der Charakterlosigkeit, glaubt an ein schlechtes Jahr, als sie über Josepha ihre aussichtslosen Runden fliegt.

OKTOBER

Mit Schälstimmen kommt der Herbst, zieht Therese und Josepha Haut um Haut von den Leibern und kühlt drunter ab. Kalter Nebel liegt morgens auf den Gemütern der Erinnerungsreisenden. Die Revesluehs sind auf und davon mit den letzten Zuckungen Altweibersommers. Ihr Auszug war stiller Natur und trug sich zu kurz vor dem (alles entscheidenden?) Jahrestag der Staatsgründung. Vom Bäcker Gasterstädt hatte Therese dunkles Brot geholt, Josepha die obligate Salami besorgt, und mit guter Butter unter den dicken Wurstscheiben waren Ottilie, Franz und der aromatische Säugling verabschiedet worden in ihr westliches Leben. Nun scheint alles beim alten. Nur, daß Josepha eindringlicher nach dem Vater zu fragen beginnt. Nicht Therese, die mit solcherart Fragen genug angerichtet hat in sich selbst (Kreislauf, Verdauung, Kopfschmerz, Schwitzfuß!), aber ihr kindlich gebliebenes Erlebeherz. Dem Nachtschränkchen entnimmt sie Abend für Abend die Urkunde ihrer Geburt, blättert in den amtlichen Vormundschaftspapieren der Kindheit, die Therese als Erziehungsgewaltinstanz ausweisen, kramt in der kleinen Schatulle, die von Marguerite Eaulalia geblieben ist und neben einer falschen Perlenkette, einem faustgroßen Stück Königsberger Bernstein (von Astrid Radegund etwa?), einer fischbeinernen Haarklammer und einem silbernen Kettchen mit ziseliertem Herzanhänger zwei Eheringe enthält mit eingravierten Namen. Den größeren der Ringe ziert eine innere Rudolph-Schleife. Auf den Daumen Josephas geschoben, ist er noch immer einen Bleistiftradius zu groß. Meist streift Josepha dann den Ring ihrer Mutter als Halterung des Mannsringes über und läßt die Goldreifen aneinanderklappern. In diesem Geräusch glaubt sie ein scheu zu nennendes Lachen Marguerite Eaulalias zu erkennen wie den etwas tieferen Ton ihres Vaters. Sogar froh macht sie das, wenn sie es zugeben will. Klimperjosepha sitzt also abends vorm Nachtschrank auf dem Fußboden und läßt die Eltern umeinandertanzen an ihrem Daumen. Das schwarzweiße Kind hält dann erstaunt inne in seinem Bewegen und lauscht dieser Linie der Ahnen nach mit Begierde. Der rote Streifen an Josephas Außenkante färbt sich langsam braun wie die Linie vom Scham- zum Nabelberg hinauf, als heile er ein. Trügerisch will Josepha das vorkommen. Tief liegen die Mulden ihrer Schlüsselbeine vor ihr im Spiegel. Sie läßt die Ringe hinabgleiten, in jede Vertiefung einen, und schaut zu, wie sie im Rhythmus der Halsschlagader zu schaukeln beginnen. Die Haut, nimmt sie an, ist durch das lange Gespanntsein der Schwangerschaft dünn geworden und läßt die Bewegungen ihres Leibesinneren deutlich hervortreten. Nicht nur das Poltern des Kindes in seinem Schutzmuskel, auch die Peristaltik der Därme, der Speiseröhre, das Öffnen und Schließen der Herzklappen, die Schwingungen der Stimmbänder, das Zusammensein ihrer Muskeln arbeiten sich durch die Haut ans Licht, daß Josepha, wollte sie Ärztin werden, den Kurs in Anatomie deutlich verkürzen könnte. Aber Josepha will keine Ärztin werden, mitnichten. Deshalb reflektiert sie auch nicht, was der innere Leib anrichtet an ihrer Erscheinung. Nur, wenn sie Körperfremdes hinzutut wie eben die Ringe der Elternehe oder jugendlich gemeinte Schminke aus volkseigener Produktion, will ihr die Innerei auffallen. Sieht sie den bläulichen Lidschatten in ihrem Gesicht, sieht sie, schließt sie ein Auge, das Pulsieren im Inneren des Bulbus und wundert sich etwas. Aber noch ehe sie das Auge öffnet, um das andere in geschlossenem Zustand zu beobachten, hat sie den Anblick vergessen. So kann sie nicht wissen, was die Kollegen zuweilen auf Abstand hält in der Halle 8 des *VEB Kalender und Büroartikel Max Papp*: Sie scheint so ausgekehrt von innen nach außen, daß der eine, die andere Angst bekommt vor dem Anblick der aderwolkigen Josephastirn. Das Blut selbst wird sichtbar, wie es pulsbeschleunigt durch die Gefäße schwappt, sich verzweigt mit den Äderchen und schließlich in den Niederungen des Fleisches verschwindet, während ein neuerlicher Herzschlag den Vorgang zur Wiederholung bringt. Josephas

Gang durch die Kalenderfabrik ist also allmorgendlich nicht allein vom Gewicht ihres zur Erde ziehenden Leibes beschwert, er bekommt auch durch die ins Extrem sich treibende Dünnhäutigkeit etwas sehr Besonderes: Der Herzschlag der Schwangeren wird hörbar. Das will es in W. noch nie gegeben haben, und so traut sich kaum jemand mehr unbefangen in Josephas Nähe. Der Blutschwallton schickt sich an, Angst auszulösen. Die Kollegen, ohnehin bemüht, sich vor jedem Gespräch umzuschauen und einer gewissen Intimität zu versichern, manchmal gar die eigene Handtasche ein Stück abseits zu stellen, in eine gut einsehbare Hecke der Raucherinsel zum Beispiel, ehe der Kontakt mit dem vermeintlichen Aufruhr einsetzt, wissen nicht recht, worauf dies seltsame Erscheinen der jungen Druckerin Schlupfburg sich gründen mag, und sie schlagen immer häufiger weite Bögen, bücken sich nach den Senkeln ihrer ledernen Arbeitsschuhe, die im Herbst des Jahres neunzehnhundertsechsundsiebzig offenbar von besonders schlechter Qualität zu sein scheinen, oder schauen gebannt ins *Zentralorgan*, um die Kollegin nicht sehen noch hören zu müssen. Seltsam, daß Josepha das nicht zu bemerken scheint. Sie zieht wie gewohnt ihre Arbeitsbahnen durch die verbleibenden Tage bis zum Beginn ihres Schwangerschaftsurlaubs, verbringt hin und wieder eine Pause gemeinsam mit Carmen Salzwedel in der Toilettenanlage oder verabredet sich mit Manfred Hinterzart zu einem Frühstück in der Kantine. Da offenbar niemand es wagt, sie zu brüskieren, wenn sie selbst in üblicher Manier um freundschaftliches Gespräch nachsucht, immerhin hat sie eine Runde rauchverzehrter Männer ratlos gemacht dem sogenannten Buschfunk zufolge, und da sie über dem nach unten drängenden Leib nur selten zur Seite schaut, eher immer ein wenig geneigt scheint, die Hände unterhalb des schwarzweißen Kindes zu verschränken und es abzustützen während des Laufens, wollen ihr die Veränderungen im Verhalten der Kolleginnen und Kollegen nicht gleich auffallen. Erst als Carmen Salzwedel eines Morgens ihr *Stern*-Radio zu laut aufdreht, um den beunruhigenden Herzschlag zu übertönen, registriert Josepha für einen Moment die sie umgebende Verunsicherung, aber schon hat sie die Halle erreicht: Der Blutschwallton wird vom Schurren der Plastikflügel, dem Jaulen der Gabelstapler und den obszönen Witzen der Fahrer überdeckt. Carmen dreht ihr Radio aus und vermag der Freundin nun einigermaßen offen ins Auge zu schauen. Zwar ist sie bemüht, den eigenen Blick immer ein wenig an Josephas Augen vorbeizuführen, aber das fällt im Eifer der anliegenden Aufgaben nicht allzu schwer. Von Rollen Packpapiers hat sie am Morgen des sechsten Oktobers meterweis Stücke abzuziehen, jeweils einen Stapel Kalender daraufzupacken und das Papier zu einer Hülle zu falten. Zuvor hat sie mit einem Papierschneider an der jeweils geeigneten Stelle die benötigte Menge abzutrennen. Schließlich muß eine blauweiß gezwirnte Plastikschnur, die in immer neuen Rollen im Meisterkabuff bereitsteht, um die Pakete geschlungen und fest verknotet werden. Auf Holzpaletten, die zweimal stündlich von Gabelstaplern abgeholt werden, türmen sich die nun schon beinahe versandfertigen Kalender und erinnern nicht daran, daß vergangene und kommende Zeit in ihnen gefangen ist auf landesübliche Art.

Die Revesluehs hatten Therese vor Antritt ihrer denkwürdigen Reise in den Osten unseres Vaterlandes gefragt, mit welchem Mitbringsel Josepha wohl größtes Vergnügen zu bereiten wäre. Zur Antwort war eine Photographie der Kalenderwand in der Küche auf die Reise ins bayerische N. gegangen und hatte über Josephas Affinität beredt Auskunft gegeben. Also war Ottilie Revesluen auf die Suche gegangen nach dem schönsten bebilderten Kalender in den einschlägigen Handlungen der Stadt und hatte sich schließlich für ein prachtvolles Exemplar mit Madonnenbildnissen verschiedener Stilepochen entschieden. Nicht in einer der Papier- oder Buchhandlungen allerdings war sie fündig geworden, sondern in einem von einem exilpolnischen Katholiken geführten Trödelladen. Unter gewöhnlichen Umständen wäre es ihr nicht in den Sinn gekommen, ein solches Geschäft zu betreten, das sie unter der Hand für übelsten Nepp und Schnepp hielt, aber ihr war schlecht geworden, als sie Avraham Bodofranz nach einem ausgedehnten Spaziergang auf einer

Parkbank gesäugt hatte. Unbeirrbar und schrillen Tones hatte das Kind auf der Darreichung der mütterlichen Brust bestanden, sein Ziel alsbald auch erreicht, aber in solch heftiger Manier gesogen, daß er wohl von den verschiedenen Körperflüssigkeiten der alternden Kleinbürgerin Ottilie Reveslueh eine gehörige Portion mitgenommen hatte nach dem Entleeren der für ihn bestimmten Milchmenge. Passanten hatten die alte Mutter – sie war zu einer Berühmtheit geraten mit Zutun der bayerischen Presse – zum nächstgelegenen Haus gebracht und waren so geraden Wegs in des polnischen Katholiken Raritätenkabinett geraten. Glücklich über die plötzlich so zahlreiche Kundschaft, war Jerzy Oleszewicz sofort nach einem Glas Wasser gelaufen in die über dem Kellergeschäft gelegene Hauptwohnung seiner weitläufigen Familie und hatte mit demselben der leergesogenen Ottilie zu neuen Säften verholfen. Gemeinsam hatten sie den bemühten Passanten dann dieses oder jenes Heiligenbildnis an die bayerischen Herzen gelegt, dieses oder jenes Samtkissen verkauft und Spieglein gereicht mit straßgeschmückten Blechrahmen. Jerzy Oleszewicz mochte Ottilie Reveslueh mit aller Kraft seines gläubigen Herzens und zog somit eine Trennlinie zwischen sich selbst und seine bayerischen Gastgeber gleichen Glaubens: Er hielt die Mutterschaft für den höchsten Stand, in den Gott eine Frau erheben konnte, und die Umstände, unter denen sie sich herstellte, erschienen ihm dabei ohne Unterschied würdevoll. Beinahe hätte er sich deshalb daran gemacht, seiner prominenten Kundin mit exilpolnischem Sperma zu kommen, das er nur zu gern einmal einer gebenedeiten Deutschfrau verabreicht hätte. Als nämlich die letzten der *Lazarüsse* das Geschäft verlassen hatten und Avraham Bodofranz in seinem Wagen eingeschlafen war, hatte sich Ottilie erneut auf den Weg in eine dunkle Ohnmacht gemacht und wäre in diesem Zustand leicht zu haben gewesen – Jerzy hatte ihr immerhin bereits Büstenhalter und Mieder geöffnet nach ihrer bewußtlosen Ankunft –, allein die grelle Stimme seiner Ehefrau Agnes, über die Treppe in den Kellerladen gerufen, führte zum Abbruch der Unternehmung: Ottilie kehrte zurück. Die Mühe, die Jerzy Oleszewicz nun hatte aufwenden müssen, seine Ehefrau auf einen Zeitpunkt einige Minuten später zu vertrösten (*Kundschaft, Agnieszka, Kundschaft!*), war kaum bemerkenswert gegen die übermenschliche Anstrengung, sein erhobenes Glied und die darüber scharf hervorstechende Beule in seiner Hose verborgen zu halten. Sein Glaube an die gebenedeite Empfängnis hatte sich offenbar seinem Unwillen, als eventueller Zahlvater enttarnt werden zu können, gebeugt. Hinter einem Kalender mit Madonnenbildnissen verschiedener Stilepochen hatte er es dann geschafft, die rechte Hand an sich zu legen und den Verteiler nach ein paar geübten Zügen umzulegen, wobei drei, vier kaum hörbare Seufzer wie hingehaucht im Laden verstäubten. Ottilie hatte die Töne im Herdämmern für Huldigungen gehalten, die der Pole angesichts der farbenprächtigen Madonnenbildnisse ausstieß, und sie war sofort auf den Kalender zu sprechen gekommen, den er ihr schließlich für eine gehörige Summe verkauft, wobei er sich gleichzeitig mit ihr verabredet hatte für eine Einführungsstunde in die Geschichte der Anbetung. Was immer er damit gemeint haben mochte, Ottilie hatte es nicht mehr erfahren sollen: Agnieszka waren die Spuren des Ergusses vor dem Wäschekochkessel aufgefallen. Sie hielt sie für ein Zeichen, ihren Mann stärker in Anspruch zu nehmen, auf daß er sich nicht allzu oft unnütz verschütten brauche, und sie hatte ihm derart die Zügel angelegt in den kommenden Wochen, daß er kein Tröpfchen mehr hätte unbemerkt aus dem Haus tragen können – alles nahm sie ihm fort und besuchte ihn dafür unter Tage in seinem Laden, bot sich ihm dar auf orientalischen Schemeln, indischen Porzellanelefanten, falschen russischen Ikonen oder einem kaukasischen Brettspiel, sie spreizte sich vor ihm auf dem Schreibtisch, wenn er die wenigen Zahlen seiner Verkäufe in die monatlichen Bücher eintragen wollte oder hob wie versehentlich den Rock, während sie den Boden des Geschäftes zu wischen schien mit unermüdlichem Eifer, daß er seinen Spaß hatte und Ottilie vergaß wie Agnieszka das Wort Schlüpfer und den dadurch bezeichneten Gegenstand. Agnieszkas Geruch lockte nach einiger Zeit immer mehr Kundschaft in Jerzy Oleszewicz'

Laden, so daß das Paar eine üppige Mittagsschließzeit an die Ladentür schreiben mußte, um weiterhin der wechselseitigen Begierde genügen zu können. Die Geschäfte liefen bald so gut, daß Jerzy Oleszewicz ganze Wagenladungen überflüssig gewordener Melkschemel billig auf- und als polnische Antiquitäten wieder verkaufen konnte. Dieser Coup brachte ihm und seiner Frau die erste Urlaubsreise ihres Lebens ein, die sie ins ferne Kalifornien befördern sollte, während Ottilie sich im Besitz des schönsten aller denkbaren Mitbringsel für ihre Enkelin wähnte und es nicht für wichtig hielt, daß das Jahr neunzehnhundertneunundsechzig, das auf dem Deckblatt unter goldenem Kreuz prangte, längst vergangen war. Jedenfalls hatte Josepha sofort nach dem Auspacken des herrlichen Geschenks erkannt, daß die Zeit tatsächlich in landesüblicher Art dressiert wird und solch ein Kalender sich sehr deutlich von jenen unterschied, die sie im Laufe ihres Lebens von Therese geschenkt bekommen hatte. Daran aber muß sie nun nicht mehr denken, sie hat nichts weiter zu tun, als die Anzahl der von Carmen Salzwedel versandfertig verpackten Stapel in einem Schulschreibheft zu vermerken und jedem Packen eine Nummer zuzuordnen. Das tut sie in fortlaufender Reihe, beginnend mit fünfhundertsechsundneunzigtausendsiebenhundertzweiundzwanzig, eben genau da, wo ihre Vorgängerin auf diesem Arbeitsplatz aufgehört hatte. Glaubt Josepha zumindest, denn das Heft, das ihr im Kabuff gereicht worden war, war unbenutzt gewesen wie das eines Erstkläßlers am Vorabend der Einschulung. Was sie nicht wissen kann: Die Zahl fünfhundertsechsundneunzigtausendsiebenhundertzweiundzwanzig ist von der Gilde der Rauchverzehrer, den *zuständigen Stellen* also, ausgereicht worden. Die junge Druckerin Josepha Schlupfburg soll die letzten Tage vor Beginn des Schwangerschaftsurlaubes mit dem Notieren von Zahlen verbringen, wobei man sich offenbar erhofft, sie möge durch deren Größe beeindruckt und von den Merkwürdigkeiten ihres Geisteszustands abgelenkt werden. Tatsächlich will Josepha ein wenig sich wundern, seit wann denn über den Ausgang der Kalender in dieser Art Buch geführt worden sein muß und wie umständlich es hierbei ist, die obligate jährliche Produktionssteigerung abzulesen. Gar überlegen will sie, ob nicht ein Neuerervorschlag sich installieren ließe aus dieser Erfahrung: Ob nicht in Zukunft das quartalsweise Erfassen der Versandquoten ...? Lachen muß sie, daß Carmen Salzwedel besorgt über den Packtisch hüpft, was die auf sehr graziöse Art tun kann und Josephas Heiterkeitsausbruch noch befördert. Carmen Salzwedel ist von den innerbetrieblichen Jugendführern gebeten worden, ein Auge zu haben auf die Freundin. Man hat es ihr mit dem staatlichen Interesse an der Gesundheit der nachkommenden Generation begründet und mit dem Hinweis, daß man ihre Anteilnahme am sexuellen Rahmenprogramm der Leipziger Herbstmesse durchaus registriert habe. Carmens Erschrecken hierüber hielt sich in Grenzen, wußte sie doch aus vieljähriger Erfahrung, wie noch jede Hand eine andere zu waschen wußte. Sie war sich sogar beinahe sicher gewesen, daß die meisten ihrer Hin- und Rücktausch-Geschäfte irgendeiner staatlich gemeinten Registratur unterliegen mußten, wie sonst hätten sie so reibungslos verlaufen und den Befehl zur Bedürfnisbefriedigung, der geradezu doktrinär aus den verschiedenen gesellschaftlichen Schlünden donnerte als wörtliche Rede, Lied und Parteiprogramm, ein gut Teil erfüllen können! So freut sich Carmen Salzwedel beinahe, daß man auf sie aufmerksam geworden ist in ihrem eifrigen Tun, wenngleich sie sich ein bißchen schämt, daß man damit auch die Weitläufigkeit ihrer halbschwesterlichen Verwandschaftsbeziehungen zum Gegenstand staatsbürgerlicher Beurteilung gemacht hat. Viele Frauen in W. grüßen einander freundlich, die einen eher beim Einkauf, auf betrieblichen Versammlungen und Schulentlassungsfeiern ihrer Kinder, die anderen auf Entbindungsstationen, vor den Kindergärten und in Papierhandlungen, in denen Zuckertüten und Schreibmaterialien für die Einschulung erworben werden können. Noch immer also ist Carmen Salzwedels Vater aktiv. Die bezirkliche Führung war nun bestimmt auf das Problem, das sich hieraus ergab und das, wie auch Carmen zugeben mußte, durchaus einer Lösung bedurfte, aufmerksam geworden. Es ist ihr eben peinlich. Was sie nicht weiß: Die Ausbildung der sinnenfreudigen algerischen Staatsbürger in W. war bereits auf höhere Weisung hin angeordnet worden, um den drohenden Inzuchtpaarungen in W. etwas entgegenzusetzen. Mit einigem Erfolg, wie die Jahre zeigten. Seit langer Zeit versucht man vergeblich, des umtriebigen Schwängerers habhaft zu werden. Seine Art, Frauen zu Kindern zu verhelfen, muß so ungewöhnlich geräuschlos, so überraschend und zugleich einfühlsam sein, daß er sich noch immer bedeckt halten kann. Keine der Mütter forderte je von ihm Unterhalt für ihr Kind, keiner Frau gab er mehr als einmal von sich, und jede spricht von ihm, wenn sie es denn überhaupt tut, in zärtlicher Entrückung. (Carmen Salzwedels Vermutung, ihn an seinem Haar irgendwann einmal erkennen zu können, hat sich bislang nicht erfüllt. Unterdessen glaubt sie, er sei nur Überträger des bei ihm selbst sich rezessiv verhaltenden Gens.) Die Vielzahl schwangerer junger Mädchen um die thüringische Kleinstadt W. macht Carmen zu schaffen. Zum Glück weiß sie, daß das Kind ihrer Freundin Josepha keine Schwester, kein Bruder für sie sein wird, was sie in diesem einen Fall einigermaßen beruhigt. Ganz aber will sie die Hoffnung, ihren Vater eines Tages noch auszumachen – sie ist sicher, daß sie ihm schon ungezählte Male begegnet ist auf seinen Streifzügen –, nicht aufgeben. Aber daran denkt sie grad nicht, als sie graziös übern Packtisch hüpft und der Freundin das Kind hält. Gelächtergebeutelt, geht Josephas Bauch auf und nieder, verschiebt sich auch in der Horizontalen rhythmisch nach beiden Seiten, daß man glauben mag, es sei die Zeit zum Gebären gekommen mit innerem Schwung. Carmen Salzwedels Hände und Arme unternehmen einen neugierigen Landgang auf dem Freundinnenleib und verweilen ein wenig zu lange knapp unterhalb des Nabels, von wo Wärme ausströmt und Carmen klarmachen will: Du hast Sehnsucht. Du willst einen Burschen für dich allein, der dir im Inneren beisteht ... Carmen hat schon geahnt, seit die Freundin in Muttermauser verweilt, daß, was sich Kinderwunsch nennt und von Staats wegen gut scheint, ihr zusetzen wird. Und nun ist ein Lunzen nach allen Seiten hin angesagt, ob jemand ihr zuschaut, wie sie den Saum der fruchtbaren Zeit sich selbst vor den Bauch hängen will im Umarmen der Freundin. Die Erinnerung stößt sie sanft an, wie sie vor Monaten in den Aborten zusammensaßen und Josepha fein säuberlich Spalten von Blutorangen herspie aus ihrem umgestülpten Magen. Das Würgen geht irgendwie allem voran in diesem Jahr – Carmen muß kotzen. Sie wirft überm Packtisch gelblichen Schleim aus mit dunkelbraunen Schlieren. Puddingeclair. Weder weiß sie, woher, noch wohin sie das führt, was sie tut. Ihr ist übel vom Gutsein, ihr schmeckt das hier nicht: Die Freundin ist Gegenstand ihres Berichtens, ausgemessen stellt sie Josephas Bauch sich vor in den grünumpappten Kladden. Es nähme nicht wunder, stünde längst in den Akten das Geschlecht des zu erwartenden Kindes, sein Kopfumfang wie die Länge seiner vorgeburtlichen Füße. Wie geht das zu? Mit Dingen, die recht zu nennen ihr schwerzufallen beginnt, wie sie spürt. Wie sie jammert. Allein Josepha versteht nicht das Stammeln der Freundin, der sie jetzt erst einmal in den sicheren Stand verhelfen möchte. Daß niemand hilft, liegt an zweierlei Dingen: Die Normalschichtpause beginnt, vor deren Beginn die Packerinnen und Packer längst auf der Raucherinsel sich trafen zur obligaten *JUWEL 72*, und wenn jemand da wär, dann würde er nicht helfen wollen wegen der Filter-Folter-Rede, die so oder so in den Knochen noch sitzt. Denkt jedenfalls im Dämmern die Carmen und faßt sich ein letztes Herz: Sie zwingt sich ein Lächeln ab und gesteht, daß sie ausgesagt hat vor den *zuständigen Stellen*. Josepha läßt los. Irgendwann zum Ende der Pause sitzen die beiden Frauen, umspült von Saurem, nah beieinander und schunkeln.

Zwei Tage nur ist es her, daß Carmen gestand. Gestand auf eine Weise, daß Josepha nach einigen Augenblicken der Sprachlosigkeit das Fröhlichsein ankam. Die Lachlust. Die Schunkelsucht. Die Tanzwut. Tatsächlich. Hatte Carmen geglaubt, der Freundin einen *Schlag ins Kontor* verpaßt zu haben, so freute sich Josepha eher darüber, daß nun Offenheit herrschte und dankte es Carmen mit offensichtlicher Bewegung. Ehe man Anstoß nehmen konnte an ihrer beider Verwirrung, in der sie sich zunächst schwer taten, das Aufgestoßene zu beseitigen mit heißer Wischlauge und einem derben Lappen, hatte sich schließlich Manfred Hinterzart buchstäblich erbarmt, den beiden schunkelnden Damen in Kavaliersart den Drecksakt abzunehmen. Er war ein wenig früher zurückgekehrt von der Rauchpause, weil er Josepha noch etwas hatte erzählen wollen: Ein Brief seiner Schwester aus der algerischen Wüste war eingetroffen auf umständlichem Wege und hatte ihn vollends überzeugt, daß Annegret in einer Weise litt, die mit dem ihm zur Verfügung stehenden Vokabular nur schwer zu schildern war. Allerdings hatte er sich dieses Seelenfreireden erst einmal gespart, als er Josepha und Carmen dort sitzen sah in grünlichem Schleim, von dem er nicht wußte, wessen Rachen ihn hergegeben hatte. Wortlos hatte er herbeigetragen, was zur Beseitigung des Unglücks nötig war, und mit mitleidigem, dennoch entschlossenem Blick Hand angelegt. Es war ein leichtes gewesen, die beiden Frauen dann ins Kabuff zu begleiten, wo niemand sich aufhielt glücklicherweise, und dort hatten Josepha und Carmen recht schnell in den Rhythmus der Notwendigkeit zurückgefunden unter Manfred Hinterzarts begütigendem Zureden und Wangenstreicheln. Die Bitte, sie auch noch zu den Aborten zu führen, hatte er beinahe zärtlich erfüllt, und als aus den Umkleidespinden Zahnbürsten zu holen waren und die scharfe Paste der Marke RotWeiss, war auch das ihm nichts als eine Freude gewesen. Mit frisch geputzten Zähnen waren Josepha und Carmen schließlich wieder ins Freie getreten, wo er auf sie wartete, und beide hatten ihm nacheinander mit Küssen gedankt, die ihn tief in der Mundhöhle erreichten und erregten, so daß nun er sie hatte bitten müssen, ihm die Hose zu öffnen, damit der kalte Oktobersturm – ein Militärmanöver gleichen Namens war soeben ins Land gegangen – ihm das Geschlecht ernüchterte, aber in ihrer weiblichen Klarsicht wollten die Frauen nun gerade das nicht tun. Zum einen waren sie neugierig geworden auf Manfred Hinterzarts Art, mit dem Glied umzugehen, zum anderen witterten sie Gefahr in solcherart Akt. Statt dessen hatte ihn Josepha bei den Händen genommen und seinen Kopf für einen Moment in den beißenden Latrinengeruch des Aborts gehalten, auf daß er zu sich käme. Das war gelungen. Zu dritt waren sie dann zurückgekehrt in Halle 8. Manfred Hinterzarts traurige Lust hat sich aber erhalten seitdem, auch sein alltäglicher Abrieb von eigener Hand konnte da nichts ändern. Heute, am Tag der Seeverkehrswirtschaft, einem erkälteten Mittwoch der üblichen Art, hat er deshalb seine weiten marineblauen Hosen angezogen und das Matrosenhemd drüber, das er ansonsten meidet wie der Gallenkranke den Bratkohl. Seine Mutter hatte es ihm zur Jugendweihe genannten Feierlichkeit seines vierzehnten Jahres aus Silastikstoff genäht, und es war mitgewachsen mit ihm und seinen Freuden und Leiden, und er hatte nie den Mut besessen, es wegzuwerfen: Zu sehr war seine Mutter mit dem Verschwinden ihrer Tochter Annegret in der algerischen Wüste geschlagen, als daß er ihr hätte zumuten mögen, ein von ihr mit Liebe genähtes Hemd einfach auszusondern aus seinem Schrank. Daß es ihm einmal zupaß kommen würde, es zum eigenen Schutz anzulegen als eine petrolchemische Rüstung, hatte er sich nicht denken können in den Jahren seither. Und nun, über der blauen Hose, unter dem glänzenden Kunststoffblouson, wirft es Falten, klumpt zu Wülsten, zwischen denen das zuckende Mannsteil nicht gar so sehr auffallen will. Aber wohin mit sich, heute, am Tage der Seeverkehrswirtschaft? In seiner Lust haben Carmen und Josepha gleichermaßen Platz, er ist also auch noch Buridans Esel, wie er rhythmisch in beide Richtungen ausschlägt! Josephas gefüllter Leib zieht ihn ebenso an wie Carmens inzwischen nervös wirkender Alleinstand. Beschäftigt mit dem Gedanken an eine vermeintlich zu treffende Wahl fährt er zur fünften Stunde schon los mit dem Fahrrad, um sowohl Josepha als auch Carmen im Schatten des Pförtnerhäuschens am Werkstor zuvorzukommen und dann sein Geschlecht einfach sprechen zu lassen als ein männliches Herz. So einfach will ihm das scheinen, daß in der Vorfreude schon einmal, und vermutlich hat auch die Reibung am ledernen Sattel des Rades das ihrige beigetragen, ein Schwall hervorstößt aus ihm und die, nun zum Glück!, marineblauen Hosen durchfeuchtet. Schnell wird das trocknen: Als er sein Rad festschließt vor dem Eingang in die Fabrik, ist nur ein bißchen Nässe im Schritt der Unterhose noch spürbar, da, wo sie ohnehin verstärkt ist zum Auffangen von Tropfen. Er verschanzt sich hinter einer aufgefalteten Ausgabe des *Zentralorgans*. Was er plante, will ihm nun nicht gelingen. Er verpaßt zunächst die ebenfalls verfrühte Josepha, überliest sie sozusagen, da er wider Erwarten sich festfrißt an der Spalte *Was sonst noch passierte:* Ein aserbaidschanischer Kolchosbauer habe es sich in den Kopf gesetzt, eine seiner altertümelnden Dreschmaschinen heiraten zu wollen. Er habe sich in dieser Angelegenheit an den Vorsitzenden seiner Kolchose gewandt und gebeten, der betreffenden Maschine den Namen *Alla Pugatschowa* zu geben. Dann, so habe er gemeint, könne man ihm nicht mehr verwehren, seine Geliebte zu ehelichen. Tatsächlich habe der Vorsitzende ein Schild mit der Aufschrift *Alla Pugatschowa* an der Maschine anbringen lassen, worauf eine Dorfhochzeit nach altem Brauch stattgefunden habe. Die Eltern der Braut, ein Omsker Landmaschinenbau-Ingenieur namens Edward Wolfowitsch Rathgeber und die litauische Zeichnerin Romualda Brazauskiene, hätten ihrer Tochter ein Hochzeitszeltkleid aus weißer Baumwollspitze genäht und ihr einen Strauß grusinischer Rosen an den Kupplungshebel gebunden. Zur Brautnacht habe man das Paar im Chapiteau des Zirkus der Rayonhauptstadt miteinander alleingelassen. Das Liebesstöhnen der Braut sei über die ganze Nacht im Umkreis von mehr als zehn Kilometern hörbar gewesen und habe so manchen Kraftfahrer animiert, es einmal mit seiner »Wolga« oder »Sapo« genannten Maschine zu versuchen. Am nächsten Morgen sei es zu erregten Beschwerden der zu ihrer jeweiligen Arbeit eilenden Bürger der Stadt gekommen. Wieder und wieder habe man der Miliz in den Auspuffrohren ihrer PKW steckende Männer in eindeutiger Pose melden müssen, wobei der Anteil mittlerer Parteifunktionäre an der Zahl der so unglücklich Verklemmten überwogen habe. Manfred Hinterzart will nicht glauben, was er da liest. Kaum scheint ihm bezweifelnswert, daß es zu solcherart Vorgängen unter der Sonne kommen kann. Viel mehr erschreckt ihn die Tatsache, derart offen davon berichtet zu wissen im sonst ganz und gar trockenfurzigen *Zentralorgan.* Für eine Weile kann er das eigene Lüsteln vergessen, zumal ihm die Vorstellung, das *Trabant* genannte Gefährt seines Vaters zu beschriebenem Zweck aufzusuchen, keinerlei Vergnügen bereitet. Angewidert faltet er das Blatt zusammen und ist gerade dabei, es in die Tasche seines winddichten Blousons zu stopfen, da bringt ihm Carmen Salzwedel mit ungewohnt spanischem Schritt sein Verlangen zurück. Manfred faßt sich und all seinen Mut in eins und tritt auf sie zu, schiebt ihr, an die vergangenen Tage erinnernd, die rechte Hand in den Nacken, die linke unter das Kinn und öffnet ihr den Mund, indem er mit dem Daumen ihren Unterkiefer herunterzieht und seine fiebernde Zunge zwischen ihren sanierten Zahnreihen verankert. So kann er ihre Backenzähne entlangfahren, ihren Gaumen kitzeln, ihr Gurren hervorlocken, und wirklich muß Carmen Salzwedel nicht einen Augenblick überlegen, was sie Manfred Hinterzart im Tausch für künftige Küsse anbieten mag: Sie will nur noch ihn. Als er im Küssen zu schwitzen beginnt und feine Tröpfchen an seinem und ihrem Haar zu kondensieren beginnen, versteift sich Carmens Haar, und die beiden verabreden augenblicklich eine heftige Infektion, hinter der sie sich in Carmens Wohnung für heute verstecken wollen.

Josepha indes vermißt zumindest die Freundin sofort, als sie das Meisterkabuff erreicht. Nimmt sie zunächst an, Carmen werde noch kommen, vielleicht habe ein halbgeschwisterliches Gespräch sie unterwegs aufgehalten, so wird sie mit dem Verstreichen der nächsten halben Stunde doch unruhig und geht wie zufällig immer wieder an der plastikbeflügelten Hallenschleuse vorbei: Sie wird doch noch auftauchen? Carmen Salzwedel will ihr seit dem Geständnis ans Herz wachsen. Seitdem spürt Josepha übrigens wiederum schärfer den landestypischen Wind und fragt sich, wie lange das schwarzweiße Kind das Spaltziehen noch mitmachen wird in seinem Ballon. Zuweilen fegt es sehr heftig in sie hinein, daß sie Angst hat und ihre

Organe fester in sich hineinklemmt mit aller Anspannung der Muskeln. In solchem Zustand aber krampft auch der Uterus, und dem schwarzweißen Kind wird hin und wieder die Luft knapp. Josepha hat bis zur Geburt noch einiges zu tun: Ljusja wartet im Kleiderschrank geduldig auf den verabredeten Besuch bei ihrem Sohn nahe Leipzig, und auch die letzte Etappe der Expedition ließ nicht vermuten, daß das Ziel schon in Sichtweite liegt. Da kommt es ihr sehr recht, daß sie heute zum letztenmal vor dem Schlüpfen des Kindes zu arbeiten hat im *VEB Kalender und Büroartikel Max Papp,* und diesen letzten Tag will sie mit Carmen Salzwedel verbringen und einem Abschiedsfrühstück für die Brigade. Weckgläser mit Weinbergschnecken füllen seit Tagen die rotkarierte Reisetasche in ihrem Spind, seit heute auch Bockwürste und frisches Gebäck, dazu viele Flaschen *Feuertanz* genannten Rotwein-Verschnitts, dem die Kollegen in den üblichen Geburtstagspausen, vor allem aber zu Frauentags-, Jahresabschluß- oder Brigadefeiern so ungehemmt zusprechen. Für sich selbst hat sie ein Fläschchen Apfel-Perlwein vom ortsansässigen Moster mitgebracht. In Maßen will sie davon trinken zur Feier dieses und der kommenden Tage und vielleicht auch Carmen Salzwedel einen Schluck abgeben. Deren Fehlen macht ihr schon deshalb Sorgen, weil sie in Carmens hausfraulichem Geschick eine Unterstützung für die Bereitung des Abschiedsfrühstücks erhofft hatte. Bockwürste aufzuwärmen, will ihr in der Vorwegnahme des Geschehens noch keine Schwierigkeiten bereiten, aber die Weinbergschnecken *à la Meisterin* zuzubereiten – dazu hätte es Carmen Salzwedels Zutuns sicher bedurft, will sie denken, und sie versucht sich vorzustellen, mit welcher Garmethode und unter Zuhilfenahme welcher Gewürze sie die possierlichen Tierlein in einen appetitlichen Zustand versetzen könnte. Die Idee, der verschwundenen Meisterin mit einem üppigen Mahl zu gedenken, zubereitet in jener Manier, die seit ihrem Eintritt in den Zustand besonderer Geistessanftheit so oft die Gaumenbögen der ihr Über- und Untergeordneten ergötzt hatte, weidet Josepha in Anhänglichkeit und erneuertem Begehren, der Vorgesetzten nachzuspüren und diesmal auch das deutlich zu übertreten, was als gesetzlicher Rahmen sich ausgibt. Während Josepha also nach Wasser läuft, um die Würste in einem leider nur mittelgroßen Topf einstweilen in die Hitze hinüberschwimmen lassen zu können, will ihr so manches einfallen: Wie sie im Sinn des Angelikavaters Verlegenheit ausgelöst hat mit einer einfachen Einladung zum Gespräch, wie die Angelikamutter das Lächeln verlor im Verdacht, aus Josepha könne eine *zuständige Stelle* zu ihnen sprechen und sie in Bedrängnis bringen wollen. Wie sie das erkältete Katztier zum Arzt trug und dort nur zusah, wie der Mann den Kopf in den Sand drehte. Das Wüten des Staatsobersten aus dem Sprechenden Bild heraus hatte immerhin einen sehr nachfühlbaren Anlaß geboten für Verrückungen aller Art, und keinesfalls nur die Sinne der Meisterin hatten sich dran verschoben, wie er aus seinem Porträt in Ficklust nach Menschen schrie ... Dennoch fühlt sie kein Konzept, eine Suche nach ihrer Meisterin noch einmal erfolgreicher einzufädeln. Sie kommt mit dem Wassereimer zurück ins Kabuff, zählt zehn Würste in den schnell überfüllten Topf und zieht an den Gummiringen der Weckgläser. Im Frühjahr hat sie die Schnecken ums Hügelgrab im Garten gesammelt, zu Dutzenden krochen sie täglich durchs taunasse Gras. Als Kind hatte Josepha den Tieren beim Spielen Namen gegeben, hatte ihnen aus Obstkisten etwas gebaut, das sie »Terrarien« nannte, das aber im Rückblick nichts anderes gewesen war als eine Vielzahl von Kurzzeit-Gefängnissen, in denen die Tiere umeinanderzukriechen gezwungen waren. Stets war es den tierischen Häftlingen nach erstaunlich kurzer Zeit gelungen, die niedrigen Barrieren zu überwinden, und in Freiheit hatten sie offenbar nichts anderes gewußt, als reichlich sich fortzupflanzen. Die kleinen Höhlen in aufgebrochener Erde enthielten gelbweiße, glänzende Eier, die Josepha an Mistelbeeren erinnerten und ihr tatsächlich Respekt in ihrer Unversehrtheit einflößten. Nie hatte sie ein Nest ausnehmen müssen aus kindlicher Neugier. Daß sie in diesem Jahr darauf verfallen war, die Schnecken einzuwecken, wie sie es gemeinsam mit Therese in den Jahren zuvor mit Obst und Pilzen, Enten- und Ziegenfleisch getan hatte, mußte mit den aus plötzlicher Geistessanftheit erfolgten Schneckengeschenken der Meisterin zu tun gehabt haben. Keinerlei Ekel hatte sich einstellen wollen, als sie, ein Fernsehfilm über einen französischen Zuchtbetrieb hatte ihr die Vorgehensweise nahegebracht, zwei Tüten Salz in den Eimer mit den lebenden Tieren kippte und sie dann, als sie in ihrer Not aus ihren Gehäusen herauszudrängen schienen, in kochendem Wasser tötete. Mit einigem Aufwand an Kraft ließen sie sich schließlich mit einer Gabel herausziehen. Das Einwecken war dann keine Kunst mehr, und auch für die Zubereitung hatte der Fernsehfilm Rat gewußt: Das Fleisch mit Salz und Pfeffer würzen, scharf braten und in die nun leeren Gehäuse füllen, ehe ein kunstvoller Verschlußberg aus Kräuterbutter aufgebracht und die Speise auf einem Teller zu weißem Brot und rotem Wein gereicht werden kann. Die Meisterin aber hatte die Schnecken in schlieriger schwarzbrauner Sauce serviert, der ein unhaltbarer Duft von Knoblauch vorausritt. Josepha erinnert sich, zunächst für Muscheln gehalten zu haben, was ihr bei den ersten Proben davon durch den Schlund rann. Zwei oder drei der Kolleginnen waren nach dem Genuß in Gallenkoliken verfallen und spien das Fett noch nach Stunden zurück ... Josepha aber hatte es so gemundet, daß sie eben selbst Schneckenfleisch zu konservieren begann. Heute will ihr nun besonders trotzig aufstoßen, daß sie die Meisterin nicht mehr nach einem Rezept fragen kann für das dunkle Geschliere. Thereses gußeiserne Pfanne steht inzwischen auf der zweiten, noch freien Platte des Kabuffkochers. Entschlossen löst Josepha ein halbes Pfund Butter auf, kippt in Ermangelung einer frischen Knolle eine ganze Tüte Knoblauchsalz dazu und wartet, daß etwas schwarz werden mag. Kurz vor dem Anbrennen des Fettes flitschern die abgegossenen Schneckenleiber hinein, und als Josepha nach einiger Zeit in Wasser gelöstes Stärkemehl einrührt, stellt sich tatsächlich eine Sauce her. Deren Farbe aber bleibt hinterm Berg, erreicht nicht den dunklen, satten Ton des meisterlichen Gerichts, und daß sie zum Auslöffeln einlädt, ließe sich nicht mit Sicherheit sagen. Glücklicherweise ist Sicherheit nicht, was Josepha noch fehlt, und so läßt sie köcheln, was eine Hommage werden soll. Inzwischen kann sie, ihr Ausstand ist eingeplant seit langem, die Tafel richten in Halle 8. Der Packtisch, an dem sie mit Carmen vor kurzem noch für den Versand schnürte und protokollierte, ist von den Männern noch vor Schichtbeginn mit zusammengesuchten Stühlen umstellt worden. Drei Laken, darunter unzweifelhaft jenes, das sie am Morgen des 1. Märzes in kaltem Wasser geweicht hatte, lassen die Teller und Tassen und Gläser etwas weniger nach Poltergeschirr aussehen. Die Rotweinflaschen werden zu Trios gruppiert und in Abständen von jeweils einer Armlänge plaziert. Therese hat Purzel und Raderkuchen gebacken, die sich gut neben dem bereits aufgebrochenen Brot ausnehmen. Als es ihr an Grün mangeln will, läuft Josepha in die Kantine und bekommt tatsächlich Petersilie und Schnittlauch und eine Tüte spitzer, hellgrüner Paprikaschoten. Ein Mitleidsgeschenk? Der betriebliche Jugendführer bringt gar eine Stiege Äpfel aus seinem Schrebergarten vorbei. Senf und Meerrettich warten auf heiße Würste, und als es zur Pause heult, stellt Josepha tatsächlich eine festlich gestimmte Tafel vor, in deren Mitte, hellbraun, das Schneckengericht dampft. Wichtelnd und wachtelnd nähern sich Männer und Frauen dem Abschied, tragen entweder späte Sträuße von Herbstastern hinter dem Rücken oder Pralinenmischungen. Das Hauptgeschenk aber ist eine Prachtgarnitur für das Kind in blaßgrünem Ton, eine dicke, gestrickte Jacke, ein Häkelhäubchen dazu, bebommelte Strümpfe und Handschuhe, Schal und die obligate Wagendecke, neutral und pastell, wie beschlossen. Josepha nimmt's hin mit gerührtem Blick, kaum hat sie sich bislang um Wäsche für das schwarzweiße Kind gekümmert, wenn man vom Windelertauschen und einigen Jüpchen und Jäckchen absieht. Immerhin hat Ottilie Avraham Bodofranz' Ausstattung in Aussicht gestellt, die kleinsten Sachen auch schon mitgebracht und erwähnt, wie viel sie das alles gekostet hatte in ihrem bayerischen N. Ob sie tatsächlich gerührt ist, kann Josepha nicht merken hinter der vielbeschäftigten Stirn. Ihr will statt dessen auffallen, daß die Reden nicht ganz so flott gehen, daß zwar die Flaschen in üblicher rascher Folge entkorkt werden, der Zuspruch aber in Maßen bleibt, die unüblich sind im *VEB Kalender und Büroartikel Max Papp,* so unüblich vielleicht wie das Ausbleiben von Carmen Salzwedel und Manfred Hinterzart, die ansonsten, jeder für sich, geradezu Muster an Pünktlichkeit abzugeben gewohnt sind. Wie immer aber wird heftig gegessen. (Josepha stellt sich die Würste in den Schlünden der Esser am Stück vor, zwei oder drei hintereinander ...) Allein die Schnecken bleiben seltsam unberührt stehen inmitten der Runde. Als sie zu dampfen aufhören, wagt Josepha eine erste, schwächliche Aufforderung, trägt aber die Schüssel zunächst in die Küche und wärmt portionsweise nach. Da niemand ihr folgt, kann sie noch ein wenig Speck hinzufügen, den Therese ihr *für alle Fälle* mitgegeben hat am Morgen. So schnell findet das kein Ende mit dem Brigadefrühstück, so schnell läßt sich nicht abspeisen, was eine richtige Arbeiterklasse sein will. Josepha gibt den hellbraunen Schneckenbrei auf die Teller reihum. Wer sich erinnert fühlt, schweigt, andere wehren verlegen ab und müssen den Schlag doch hinnehmen, der sie aus erhabener polnischer Kelle ereilt. Irgendwann, und endlich trinkt man den Rotweinverschnitt in alter Manier, löffeln sie ausnahmslos aus. Stille entsteht. Aus den Schnecken im Mund beginnt plötzlich die Meisterin in aller Ohren zu singen, osseotympanal sozusagen, und auch in Josephas Kopf tönt die Verschwundene *Wie ein Stern in einer Sommernacht*, gruselig und herzreißend schön, daß die Sinne vergehn. Innerbetriebliche Ohnmacht erreicht Halle 8, ein gefundenes Fressen im Ohr der *zuständigen Stellen*, hätten sie wirklich ein solches ... Mit steigendem Weinkonsum vergeht die Erscheinung auch wieder, breitet sich Leere aus, Josepha sagt nicht, was sie sollte: Lebt wohl. Josepha sagt *Hic Rhodos, hic salta,* ohne zu wissen, wem sie das zuspricht. *Hic Rhodos, hic salta,* noch mal und noch mal. Die erste fällt ein, bald der zweite. Nach einigem Zögern skandiert die versammelte Mannschaft *Hic Rhodos. Hic salta*, scattet zum Groove der Entgleisung. Mehr und mehr stellen sich eingängige Melodien hinter die Worte, Fuchsduhastdiegansgestohlen: *hicrhodoshicsaltahicrho*, Wirtrageneinefahne: *hicrhodoshic-*

saltahic, Widelewedele: *Hic Rhodoshic salta* und so weiter. Gesang aus wundgetrunkenen Kehlen. Die Meisterin hat die verklemmten Zungen gelöst. Nicht einmal ihrer Anwesenheit bedurfte es, sondern eines Schlupfburgschen Unbewußt-Tricks aus dem Sippengedächtnis: Das richtige Essen macht aus der Fühlwüste Spielwiese. Alte Bewandtnis. Im Schunkeln schließlich rempelt man derb aneinander und fühlt sich stark, ein Volk mit Musik. Ja, den Weg auf den Höh'n bin ich oft gegangen: *Hicrhodos hicsalta hicrhodos hic sal ta*. Und das in der Pause. Während der Arbeitszeit. Mitten im Produktionsprozeß landesüblicher Taschenkalender. Wäre es doch ein Aufstand, will Josepha noch denken, da hat Inklinatia, die Göttin der Gleichgewichtsstörung, schon zugelangt unter den heftigsten Pichlern und läßt sie unter den Tisch rutschen, links oder rechts stuhlabwärts, aber mit kräftigen Stimmen. Heldenhaft dehnt sich die Pause aus in der ihr feindlichen Zeit und macht ein Ereignis hörbar, das photographiert zu werden nicht lohnt in seiner allein akustischen Pracht: die scattende Halle 8, versammelt um einen getarnten Packtisch. Inklinatia ist schnell dabei, sich Verstärkung zu holen vom göttlichen Himmel, doch fühlt allein Fauno Suizidor sich angesprochen von solchem Geschehen. Den Leuten fehle, beschließt er, ein Zeichen. Ein Aufkratz, der das Verschwinden der Meisterin möglicherweise nicht klären, aber zurechtrücken kann und verankern im Überdenken. Über kurz oder lang, so verlangt er, müsse die Meisterin zu erretten sein aus ihrem aufgelogenen Abseits. Was bleibt ihm, als in die tierferne Realität der Fabrik streunende Hunde zu rufen? Was bleibt, als den raubtierleise herbeilaufenden Tieren die Schleusentore zu öffnen und sie vor aller Augen und Ohren still kopulieren zu lassen, ehe sie, glücklich, als göttliches Zeichen zu sterben, die Luft aushauchen in Halle 8? Zum rhythmischen Singsang, *hicrhodoshicsalta*, stoßen die männlichen Tiere nur kurz in die weiblichen vor und entleiben sich drin, pfeifen kaum hörbar aus letzten offenen Löchern und schließen sich kurz mit dem Tod, der die Meisterin heiligt. Die Szene hat's in sich. Josepha, nüchtern als einzige unter der ganzen Versammlung, könnt' heulen, aber die Kollegen verstehen noch nicht, sondern feuern die immer neu herbeilaufenden Rüden zu weiteren Paarungen an auf den Packtischen, hinter Maschinen, auf Gabelstaplerpaletten. Sogar im Kabuff macht sich ein kurzbeiniger Spitz eine Schäferhündin gefügig, verbeißt sich in ihren Rücken und versucht vehement, sie zu erreichen ohne Gekläff. Eigenartigerweise begnügt sich Fauno Suizidor diesmal mit dem Tod der männlichen Tiere, die weiblichen beginnen nach einiger Zeit zufrieden zu knurren, rollen sich zwischen den immer noch warmen Rüden zusammen und schlafen sich aus. Einigen Frauen hat das Geschehen etwas von Röte in die Gesichter getrieben, andere waren allein vom Wein schon gerötet und erbleichen im Angesicht der distanzlosen Tiere. Die Männer hingegen haben nun Not, sich zu zähmen und nicht den Frauen deutliche Zeichen zu geben, auf Zustimmung aus. *Hicrhodoshicsalta* skandieren sie immer noch, bewegen dazu die Unterleiber vor und zurück wie Urvolk beim Ritus und können wohl froh sein, daß ihnen die Beinkleider fest sitzen. Es geht auf 11 Uhr, als ein Bote mit belangloser Nachricht aus der Betriebsleitung eintrifft und umfällt angesichts des Geschehens hinein in die Ohnmacht des Ahnungslosen. Josepha packt indes ruhig die Geschenke zusammen, säubert die Schüsseln und Töpfe, spült das Geschirr im Kabuff und zeigt sich desinteressiert, was den Fortgang der Veranstaltung angeht: Schlafende Hündinnen will sie nicht wecken. Hic Rhodos, hic salta. Im Grauen vor der Entdeckung gelingt es den Frauen, die Hundeleichen auf die Spinde in den Umkleidekabinen zu verteilen, die Flaschen im betrieblichen Müll verschwinden zu lassen und emsig zu wirken, während die Männer in Eile ans Stuhlrücken gehen. Tatsächlich ist, als der Bote aus seiner Umnachtung heraufkommt, anscheinend alles wie immer, nur schlafende Hunde muß er bemerken, die auf sein verwirrtes Nachfragen als Haustiere durch die gleichmütigen Antworten schnarchen. Man habe sie mitbringen müssen, an manchen Tagen im Herbst sei das Tier an sich so anhänglich, das sei die Rauschzeit eben, ob er das denn nicht wisse. Da nehme man den Hund schon mal mit zur Arbeit, was solle er denn zu Hause herumbellen, wenn er hier im steten Geräusch der Maschinen so sicher schlafen könne? Ob er das denn nicht auch tue mit seinem eigenen Tier, muß der Bote sich scheinheilig fragen lassen und stellt sich durch die Antwort, er habe leider keines, als unwissend bloß. Angesichts der bis auf die Hunde völlig normalen Lage zweifelt der Mann an sich selbst und dringt vor ins Kabuff, wo Josepha auf eine letzte Tasse Kaffee, nun einsam, am Tisch sitzt. Den Blick auf die weiße Stelle gerichtet, die einmal Ljusjas Stammplatz war nach des Staatsobersten An- und Abfall, kehrt sie das Weiße der Augen zuoberst und sieht hinter der Stirne des Boten den staatlichen Auftrag, unter dem weißen, sehr sorgsam gebügelten Hemd seine Vielzitzigkeit. Tiefer will sie nicht blicken, es reicht, was sie sieht: Den gefressenen Köder im Kopf, ein versprochener Aufstieg, nach dem sich sein Botengang richtet. Ein Chef will er werden und kann am Zweifel, der ihn soeben befiel, nichts Gutes ausmachen. Er wittert Gefahr. Wenn er wirklich verrückt ist, wird er's verbergen, sich einen Hund anschaffen, ihn mit zur Arbeit nehmen müssen. Hält nicht auch, fällt ihm ein, sein Vorgesetzter unter dem Schreibtisch einen kränklichen Pinscher? Josepha bemerkt, daß er ausschaut in seinem unruhig stoßenden Herzen nach Platz für ein Hündchen. *Kurzbeinig, rehäugig?* wagt sie zu fragen, *glatthaarig und beinah rasiert? Da hätte ich was...*, und sie läuft seinem zweifelnden Schweigen davon in die Halle. Jene Schäferhündin, die es vorgezogen hatte, im Kabuff den todgeweihten Rüden zu Willen zu sein, schläft unter Carmen Salzwedels Kittel am Packtisch, erwacht, als Josepha sich nähert, als wittere sie aus der Art ihrer Schritte die Absicht, erhebt sich mit Stolz und folgt auf ein kleines Zeichen. Zwar zeigt sich der Bote zunächst überrascht, das Tier sei ja nun nicht, was er sich vorstellt, das Gegenteil sei es geradezu dessen, was ihm vorschwebt, aber Josepha vermag ihn mit der Aussicht auf reichliche Auswahl unterschiedlicher Rassen aus dem kommenden Wurf der Hündin zu überzeugen, und während er noch nach einer Möglichkeit sucht, die stattliche Hundsperson an sich zu binden, gibt Josepha dem Tier den Rest Schnecken zu fressen und Bockwurst in Rotwein, auf daß es ihm gutgehen mag, so mutterseelenverwandt fühlt sie sich ihm. Die Rättlein, dem Tode als Zeichen selbst nur knapp entgangen auf dem Rummelplatz in G., pfeifen aus ihrer Tasche hinüber ins Hundeohr, mag sein, einen Witz, denn die Hündin hält sich die Pfote vors Maul, als müsse sie Lachen verbeißen. Als schließlich Josepha all ihre Sachen gepackt hat und losgehen will in die Mutterschaftsphase, macht sich das Tier lieb Hund bei dem Boten, leckt ihm die Hände, er freut sich, die Pfoten gehen ihm auch unters Hemd und schubbern, Josepha wird's wissen, die Brustwarzenleisten, die sich aus Achselhöhe hinabziehn bis unter die Gürtellinie, ein seltsames Phänomen. Ihm wird wohl, wie unter den Händen von Frauen ihm niemals so wohl wird, er schämt sich dieser Laune seiner Natur nach Kräften und hat wohl einige Male versucht, sich ihr zu entziehen mit Hilfe eines geschickten Chirurgen, aber die Warzen waren jeweils einige Wochen nach den Operationen erneut durch die feinen Narben nach außen gedrungen ... Er schämt sich des Wohlseins, beginnt aber gleichwohl zu summen, einen dunklen, vollen Ton, in den hinein Josephas Blutrauschen taucht, und aus dem Kabuff wäre, ginge jemand vorbei, für Augenblicke ein seltsames Duett zu hören.

Der letzte Arbeitstag der jungen Druckerin Josepha Schlupfburg im *VEB Kalender und Büroartikel Max Papp* der thüringischen Kleinstadt W. findet schließlich sein Ende mit Händeschütteln und einigen vorsichtigen Versuchen der Kollegen, die Distanz per Umarmung und Kuß zu überwinden, was nur zum Teil gelingen mag. Ratlos winkt man ihr nach aus der Schleuse der Halle 8, aus Fenstern und Fahrerhäuschen, aus der Pförtnerloge zum Schluß.

13. Oktober 1976:
Elfte Etappe der Gunnar-Lennefsen-Expedition
(Stichwort im Expeditionstagebuch: NU WUOT)

Ein Wägelchen hinter sich herziehend, das ihr der Pförtner mitleidigen Blicks geliehen hatte – sie hatte sich offenbar verschätzt, was den Inhalt ihres nun leeren Spindes betraf –, erscheint Josepha der Tag in seiner dreizehnten Stunde beinahe glücklich. Was ihr zum Glück fehlt, nämlich Beruhigung über Carmen Salzwedels Befinden, will sie noch einholen, ehe zum Abend – sie ahnt es – Gunnar Lennefsen wartet. Carmen öffnet auf Josephas Klingeln nicht sofort ihre Tür, sie braucht Zeit. Vermutlich hätte sie überhaupt nicht geöffnet, wäre nicht der zwischen beiden Frauen verabredete Rhythmus des Läutens deutlich erkennbar gewesen, hätte sie also nicht wissen können, daß draußen Josepha steht. So aber gibt sie, des Verständnisses der Freundin schon sicher, sich gar keinen Anlaß zur Eile, hebt ihren Leib aus Manfred Hinterzarts Schlaf, dunkelt ihn vorsichtig ab mit einer wollenen Decke und schließt die Tür des einzigen Zimmers hinter sich, ehe sie Josepha öffnet. In die Arme will sie ihr fallen, bleibt aber kurz überm Busen an ihrer Schulter hängen und flüstert die Schönheiten und Eigenarten des Hinterzart-Körpers in Josephas Schlüsselbein-Mulde. Manchmal hebt sie ein wenig den Kopf, ihre Lippen geben dann einen feuchten Geruch ab, an dem Josepha den Zustand der Freundin unzweifelhaft erkennt. Lächelnd schiebt sie Carmen zurück in die Wohnung, hinein in die warme, nach Vanillepudding und Wildwermut-Wein schmeckende Küchenluft, auf einen ruhmlosen Hocker volkseigener Produktion. (Wer auf vier Alu-Rohren eine von neongelbem Langhaarplüsch umkleidete Kunststoffscheibe festschrauben muß, um den Zweck des Aufsitzenkönnens sicherzustellen nach allumfassendem Plan, denkt sie, dem kann es im Grunde nicht anders ergehen als ihr selbst während des Produzierens von Taschenkalendern ...) Sie setzt sich auf den Küchenfußboden: So kann sie Carmens fleckig gerötetes Gesicht sehen mit den Spuren lieblicher Bisse am Kinn, den Ergüssen Blutes nach heftigem Küssen, den trockenen Tränenspuren, den lustnassen Lippen, der während des Flüsterns empfindsam vor, zurück und rundum sich bewegenden weinroten Zungenspitze, dem nach allen Seiten steif abstehenden, weil vollkommen schweißdurchfeuchteten Haar. So hat sie sie niemals gesehen, die nun tatsächlich salzwedelnde Carmen, und

Carmen stoppt plötzlich auflachend den eigenen Wortfluß, wirft sich die heiße Hand an den Mund, daß er schweigen möge. Stille kehrt ein für einen verständnisvollen Augenblick, dann aber zieht Carmen die Freundin hinter sich her ins Zimmer, hebt die wollene Decke vom Boden und legt so den Verursacher ihrer Freuden frei: Manfred Hinterzart, tief in eine Art Schlafens versunken, die Josepha unbekannt scheint. Carmen beginnt neuerlich Manfreds Körper zu beschreiben, unterlegt nun aber ihre entrückte Rede mit Gesten des Zeigens und Hebens. Die Beschreibung seines gebogenen Rückens unterstreicht sie, indem sie zärtlich mit den Fingern an Manfred Hinterzarts Wirbelsäule entlangfährt, nimmt dann seinen Hintern in beide Hände, legt gar seinen bewußtlosen Arm nach hinten, um aus der Tiefe ein lockeres, faltiges Glied herzuzeigen. Männerschönheit rührt Josepha, sie bewegt sich langsam zur Tür, während Carmen noch immer flüsternd den Leib ihres Liebsten bespricht, und verläßt diesen Ort zufriedener, als sie sich hätte vorstellen können. Der Weg zu Therese geht ihr nun trotz Wagens und eigener Schwere ganz leicht von den Füßen, behend nennt, wer sie sieht, ihren Gang durch die Stadt. Daß sich manches so löst ...

Zu Hause bemerkt Josepha zunächst ein feines Geräusch, als sie die Schuhe ausgezogen und beiseite gestellt, den Mantel an die Hakenleiste gehängt hat. Sie ist eben dabei, den Rättlein ein Stück Zwieback in die Tasche zu schieben, da vernimmt sie dieses Rascheln wie von eigenartig steifer Seide, das aus Thereses Zimmer herdringt und sie seit Wochen ein wenig verwundert, denn immer, wenn sie die Tür nach respektvollem Anklopfen öffnete, saß da Therese und war eben im Begriff, an einer Hose eine Naht zu schließen mit der Maschine, einen Knopf an eine Jacke oder eine abgerissene Schluppe ans Handtuch zu nähen. So auch jetzt: Josepha öffnet nach Thereses *Herein* die Tür und erblickt die Urgroßmutter über einer Stopfarbeit, will ein wenig sich wundern zwar, daß Therese im Licht der Nähmaschine den Strumpf ausbessert, wo doch die Deckenlampe das Licht viel günstiger ins Zimmer streute, vergißt das aber gleich wieder wie das seltsame Rascheln und die Frage nach dessen Ursprung. Vielmehr lädt sie zu Bockwürsten: Ein paar hat sie zurückbehalten vom Abschiedsessen und wärmt sie nun auf, stellt frischen, sehr scharfen Meerrettich auf den Küchentisch und eine Büchse Kartoffelsalat, der vom gestrigen Abendessen übriggeblieben ist. ... *Nich viel übrich für ...,* läßt sich Therese vernehmen, schompelt aber dann doch in die Küche und setzt sich, den Kopf ganz woanders, *warum auch bei Würsten?,* denkt noch Josepha und streicht mit der Hand ein paar lose Strähnen aus der faltigen Stirn, zum Essen. Ein bißchen dauert es noch, bis die Gasflamme das Wasser bis kurz vor den Siedepunkt aufgeheizt hat, ein Weilchen also bleiben die Münder noch leer, ist noch Zeit, zu reden über den letzten Tag Halle 8, den letzten Tag Arbeit vor langer Pause, das letzte Essen mit den Kollegen, den letzten Heimweg? Nein, nein, den Wagen müsse sie noch zurückbringen zum Pförtner, das habe sie ihm versprochen, der leide an Hüftknochenschwund seit der Kindheit und sei deshalb zum Pförtner geschlagen worden vor Jahren, geschlagen damit bis heute, dem bliebe nicht viel, als mit dem Wägelchen tagaus, tagein sein Zeugs in die Loge zu fahren, der könne nichts tragen. Aber das habe Zeit bis morgen früh, weil heute sein Schwager ihn abhole von der Arbeit mit dem Auto, das habe er so organisieren können von seinem Diensttelefon aus, gottseidank. Als Josepha, die Bockwurst inzwischen im Munde, wo eigentlich der Magen noch voll ist von Schnecken und Brot, indes von Carmen Salzwedels Glück ein wenig duchscheinen läßt, ein wenig die Armbeugen des jungen Manfred Hinterzart gar zu beschreiben beginnt, wird Therese neugierig, fragt und versucht, Detail um Detail der nun verschwiegen sich gebenden Josepha zu entlocken. Ihre Kraft solle sie sich sparen, bekommt sie zu hören, der Tag rieche nun einmal verdammt nach gut Wetter für die Expedition, da solle sie sich nicht verschleudern an anderer Leute Liebschaften, auch wenn die der Carmen Salzwedel in diesem Falle tatsächlich eine sehr leidenschaftliche sei. Das *Zentralorgan* zieht Josepha hervor unter dem Bockwursttopf und beginnt es, kauend, zu lesen. Therese fragt beiläufig, *was sonst noch passierte*, und Josepha liest vor: Ein aserbaidschanischer Kolchosbauer habe aus heftiger Verehrung für die Schlagersängerin Alla Pugatschowa diese auf dem Postwege gebeten, der bevorstehenden Hochzeit seines aus Omsk herstammenden Kolchosvorsitzenden, des Landmaschinenbauingenieurs Edward Wolfowitsch Rathgeber, mit der litauischen Zeichnerin Romualda Brazauskiene einen würdigen musikalischen Rahmen zu geben. Am Tage der Hochzeit sei eine altertümelnde Dreschmaschine, an der ein großes Schild mit der Aufschrift ihres Namens prangte, unmittelbar an die unter freiem Himmel tafelnde Hochzeitsgesellschaft herangefahren. Dem mit grusinischen Rosen festlich geschmückten Gefährt sei zur Überraschung der Festgäste die laut singende, leibhaftige Alla entstiegen und habe der in weiße Baumwollspitze gekleideten Braut ein Zelt geschenkt. Als besondere Überraschung seien Brautpaar und Gäste anschließend in den Zirkus der Rayonhauptstadt kutschiert worden, in dem Alla Pugatschowa eine eigens für die Brautleute organisierte lange Nacht der Attraktionen präsentiert habe. Im Umkreis von zehn Kilometern sei es wegen des weithin hörbaren Zirkuslärms zu Massenkarambolagen gekommen. Am darauffolgenden Morgen habe die ortsansässige Miliz ungewöhnlich viel zu tun gehabt, um die unglücklicherweise sehr große Zahl von Beschwerden erboster Bürger wegen nächtlicher Ruhestörung und Gefährdung des öffentlichen Straßenverkehrs entgegenzunehmen. Schließlich habe es eines Sondereinsatzes des örtlichen Parteikomitees bedurft, die Sache propagandistisch zu bearbeiten und das offensichtliche Mißverständnis zu klären. (Polya Graphia, die Göttin der Vervielfältigung, lächelt von schwärzlicher Wolke herunter.) Na ja, wenn denn weiter nichts sei, dann könne sie ja auch Mittagsschlaf halten, erwidert Therese auf diese Geschichte und geht kopfschüttelnd vom Tisch. Josepha bereitet das Röstbrot vor und reibt Käse.

Als zum Abend Dunkelheit einkehrt, macht man es sich in gewohnter Manier bequem im Wohnzimmer. Josepha hat die Chaiselongue zusätzlich mit Kissen gepolstert, den Bauch in

Blickrichtung seitlich lagern zu können. Es fällt schwer, länger als zehn Minuten in einer Position zu verweilen: Das schwarzweiße Kind erlaubt kein Stillehalten, kein Verschnaufen, sondern straft mit Herzrasen und Luftmangel, was ihm nicht guttut. Therese blättert das Tagebuch vor und zurück auf der Suche nach dem Codewort der Etappe – allein, es will sich nicht zeigen, so daß schließlich Josepha sich anschickt, den durch die Geschehnisse des Tages doppelt geschärften Blick das Buch nach dem Auslöser durchforsten zu lassen. Aber auch sie wird nicht fündig, verbeißt sich sogar hin und wieder im offenbar falschen Wort: Sie sagt *Hagel* und *Hirnschlag*, *Gemüsesülze* und *Bauchspeck*, aber es will sich nichts tun, die Leinwand verweigert sich standhaft. *Nu wuot*, spricht da ihre schon leicht ins Ärgerliche sich kehrende Verwunderung, *nu wuot*, das Ratlos-Wort der schwartigen Lehrerin Brix, wenn sie im Unterricht – Russisch – nach einem verirrten Stift, einer untergegangenen Milchflasche oder einer im Vergessen dümpelnden idiomatischen Redewendung auf der Suche gewesen war. Es hatte sich weit verbreitet, dieses *nu wuot*, unter der seit dem Ende des letzten Krieges schulpflichtig gewesenen Bevölkerung W.s. Auch *dawai* und *durak* gingen nicht schlecht von den Lippen, aber *nu wuot* behauptete seinen Spitzenplatz als Ausdruck erweiterter Ratlosigkeit, die oft genug in Klassenzimmern und Textilgeschäften, öffentlichen Toiletten und Telefonzellen ausbrach. Und auch im Privaten ließ es nicht nach, sich bemerkbar zu machen, das Russische. *Gdje kljutsch?* fragt zum Beispiel Josepha, wenn sie den Schlüssel nicht findet, *nu wuot*, wenn sie weiter nicht weiß, und da steht sie auch schon, die imaginäre Leinwand: *Nu wuot* hat geholfen. Seltsamerweise zeigt sich kein näher bestimmbarer Ort im Schlupfburgschen Wohnzimmer: Eine Wiese schwenkt ab, Wald taucht auf und gibt den Blick auf ein hölzernes Haus frei, aus Bohlen gebaut, die Läden der Fenster bemalt, auf dem Dach ein gickernder Hahn. Eben erst hat die Sonne sich in den Himmel gehoben, die Fenster sind noch fest verschlossen, ein Hund bellt. Das will Josepha nun sehr bekannt vorkommen, das hat sie schon oft gesehen, ein russischer

Film spult da ab, ein Märchen? Tatsächlich werden die Holzläden nach außen aufgestoßen mit knarrendem Schwung, die Fensterflügel sind, man sieht es, nach innen geöffnet, und auf die Brüstung wirft eine fleischige Alte Busen und Arme, rückt sich zurecht, zieht noch einmal kurz am straff gebundenen Tuch überm Haar und öffnet die Lippen. *Sind sie es?* sagt sie, und *Sind sie es nicht? Nu wuot,* sie schiebt den Babuschkakopf ein Stück weiter aus dem Fenster, hält sich die Hand zum Zeichen größtmöglicher Verschwiegenheit an den Mund und beginnt zu reden, in slawisch-sächsisch gefärbtem Deutsch.

Es war einmal, meine lieben ostdeutschen *dotschki, nu wuot,* eine Birute Szameitat nicht nur in euren Gedanken. Nein, auch in körperlicher Nähe zu euch hat sie ihr Auskommen mehr oder weniger gehabt als eine Art Wanderdüne. Ihr hättet das wissen können, nicht wahr? Birute stammt aus Bischkehnen her, wie sie niemals verschwieg, ist also eine Landsmännin sogar im Verhältnis zu dir, Therese Schlupfburg. Und ist so ins Unglück geraten durchs Männliche, daß einem schon übel werden kann an der Welt, meine ostdeutschen *dotschki*, und das will ich erzählen, *nu wuot.*

In den späten zwanziger Jahren kam sie zur Welt als ein viertes Kind ihrer Mutter. Die hatte sich vom Litauischen hinübergeliebt in den Deutschen Szameitat, Birute aber, was niemand außer den leiblichen Eltern wußte in Bischkehnen, war des polnischen Tagelöhners Szomplok leibliche Tochter. Bei dem nämlich hat die Frau Szameitat Trost gesucht vom Verlauf ihrer Ehe, den unglücklich zu nennen nicht zuträfe. Vielmehr hatte der Deutsche Szameitat sich seiner Liebe zu Birutes Mutter einfach nicht mehr erinnern können, nachdem ihm die oberschlesische Waise Hilde Czerdonski eines Frühlingsmorgens ins Bild gelaufen war. *Nu wuot*, kalt war es noch, und Hilde Czerdonski weinte um die verstorbene Mutter und um das Los, mit ihren vierzehn Jahren bis zu einer Heirat bei der Großtante väterlicherseits bleiben zu müssen. Heiraten wollte sie eigentlich nicht wegen all der schlechten Erfahrung, die ihr das Dasein der

Eltern beschert hatte, und so hatte sie sich eines noch, wie gesagt, kalten Morgens ans Ufer des Dorfteichs gesetzt, um weinen zu können in aller Ruhe. Szameitat traf sie so an, unter idyllischer Linde, wie's sein muß, *dotschki, nu wuot*, und geriet aus dem Kleinbürgerhäuschen. Sein Herz ging dahin an die Hilde, er hing ihr ganz unschuldig an, er begehrte sie zwar, doch verbiß er's auf spätere Zeiten, sie schien ihm zu zart für sein ausgewachsenes Mannsstück. So weit wär nichts Besonderes dran, aber er fand nun nichts mehr in Birutes Mutter als Wärme und Obdach für anderweitiges Lieben. Sie merkte ihm an, daß er fremd war, sie fragte nicht viel und versuchte ihn schon noch ein-, zweimal im Monat für sich zu gewinnen, was ihr gelang, wie es schien. Doch blieb sie immer zurück hinter dem schnellen Vollzug ihrer Ehe, war nicht mehr froh. Und als nun der Pole Szomplok, ein blonder, schmächtiger Mann, immer mal einige Tage Arbeit im Haus fand, bat sie ihn schlicht um ihr eignes Vergnügen. Szomplok ließ sich's nicht zweimal sagen, er leibte die Frauen auf, die reifen besonders, und ging Birutes Mutter unter den Rock, daß sie schrie. Deswegen, *nu wuot*, verlegten sie ihre Treffen ins Unterholz und waren ein Paar. Als Birute heranwuchs in der Frau Szameitat, bekam die ein bißchen Furcht, doch Szomplok konnt sie ihr nehmen, indem er ihr zeigte, wie sie den eigenen Mann gerade noch rechtzeitig reizen solle, daß er sich als vermeintlicher Vater auch dieses Kindes in ihr verewige, *dotschki*. Wißt ihr, wie's geht? Na, das mag vielleicht nicht dem Fortgang der Sache dienen, ich bring's euch auf Nachfragen bei. Also, Birute ging durch als Szameitats viertes Kind, und der Zufall und die Natur, was nicht immer dasselbe ist, machten Szomplok zum Helfer bei der Geburt. Die nämlich ereilte die Frau nach Szameitats Berechnung zu früh, nach der Szomploks und ihrer eigenen freilich zur rechten Zeit, nur verbargen sie dieses Wissen und gingen aufs Feld zur Aussaat. Die Geburt warf die Mutter Birutes grad dann in die Furche, als nur noch Szomplok zu sehen war weit und breit, die anderen hatten das Mägdefrühstück und hielten sich abseits auf im Gehölz, denn es regnete. Glücklicherweise wußte Birutes Mutter genug vom Gebären, *nu wuot*, so daß sie den lieben Szomplok mit kurzen, präzisen Anweisungen dazu brachte, das Mädchen – sie war seit jeher ein wenig eng im Becken gewesen – aus ihr hervorzuziehen mit zärtlicher Hand. Auch die Schnur zwischen Kind und Mutter trennte er durch mit einem Biß seiner erregend schönen Zähne. Daß er das dabei ausgebissene Stück mit Genuß verzehrte als einen ersten Gruß von seiner kleinen Tochter, stimmte Birutes Mutter sanft auf den eigenen Mann. Zum Mittag schon trug sie das Kind selber hin, den Mutterkuchen in Pergamentpapier geschlagen und unter des Kindes Kopf zum Warmhalten gelegt. Szameitat weinte ein wenig vor Rührung, doch waren auch Tränen der Trauer darunter, daß die kleine Hilde noch immer nicht reif genug schien für sein großes Verlangen. Birute hatte dem leiblichen Vater sofort in die Augen geschaut und wurde geprägt von dem Blick: Gefühlvoll und ratlos zugleich, so daß der Blick Szameitats sie später kaum treffen konnte. Als sie Zähne bekam, fing sie an, ihre Fingerkuppen zu benagen, daß man nach dem Arzt lief, ob das Mädchen vielleicht keinen Schmerznerv besäße. Besaß es aber, wie durch den Stich einer Nadel festgestellt wurde. Birute und ihre älteren Schwestern hatten es gut zu Hause, die Mutter liebte sie gleichermaßen, *nu wuot*, Szomplok aber wuchs ihr doch übers Herz: Sie ging mit ihm fort. Zwar gab sie den eigenen Tod vor, indem sie in der Großen Selse Kopftuch, Jacke und Henkelkorb schwimmen ließ, doch wirklich ging sie mit Szomplok ins halbe, offenbar dennoch größere Glück hinüber an andre Gestade. Ein Dorfbewohner, ein jüdischer noch dazu, soll einmal viel später in der Hauptstadt Neuseelands eine alternde Frau gesehen und sie mit *Frau Szameitat aus Bischkehnen, ja?* angesprochen haben, aber sie habe ihn nur verwirrt angeschaut und die Identität in englischer Sprache verneint. In Bischkehnen begrub man die Frau Szameitat im Familiengrab und somit in Ehren, und auf der Stelle wurde auch Hilde Czerdonski reif und öffnete sich Szameitat gleich zu Beginn des Trauerjahrs mit dem Geräusch einer im Saft platzenden Pflaume. Zwar war ihr Vorsatz, nicht zu heiraten, schnell vergessen, *nu wuot*, aber nun konnte der Herr Szameitat nicht gleich, weil er ja noch zu trauern hatte und außerdem den vier kleinen Mädchen beizustehen, den Halbwaisen nun, die er liebte. Das war noch einmal eine schwierige Zeit für Birute, sie hatte mit Szomploks Blick den Zustand der kleinen Hilde sofort durchschaut bis aufs Platzen, daß ihr schwindlig wurde vor Mitleid. Dem Vater drang's aus dem Herzen, die kleine Hilde schwoll, wenn sie ihn sah, aber es ging nur sehr selten zusammen. Als die vier Mädchen zum Beispiel in eine Sommerfrische geschickt werden konnten zu den litauischen Großeltern und die kleine Hilde für diese Zeit den Auftrag bekam, für den Herrn Szameitat Besorgungen zu erledigen, die vordem die Mädelchen hatten übernehmen müssen. Brachte sie ihm einen Brief von der Post, öffnete er ihn zwar noch hastig in ihrem Beisein und unter Zuhilfenahme seines rechten Zeigefinges, dann aber, als sei ihm die Geste ein Zeichen gewesen, drang er wie ins Kuvert hastig mit dem Finger in die kleine Hilde ein, die so süß nach Obst roch noch im Winter. Ihrem Drängen, es endlich »ganz« zu tun, sie sich einzuverleiben, sie auszukosten, konnte er sich noch eine Weile, gewissenhaft sozusagen, entziehen, aber nach drei oder vier solcher Begegnungen hatte er doch begonnen, während sein Finger ihre Wärme durchschlüpfte, hitzig auszuwerfen. Zum Ende des Trauerjahres hatte er deshalb gewagt, sich Hilde auch schon mal ohne Beinkleid zu nähern, um Wäsche zu sparen, aber länger hätte das Trauern nicht dauern dürfen, denn die Leidenschaft der kleinen Hilde war durchs Zuschauen unbezähmbar geworden. Ihre pflaumigen Düfte bekamen in solcher Erregung einen leichten Hauch von Schafsmist, der den Herrn Szameitat all seiner Sinne beraubte und Zurückhaltung nicht mehr zuließ. Einen Tag und ein Jahr nach dem vermeintlichen Tod seiner Frau schritt der Witwer Szameitat mit der immer noch kleinen, nun aber, *nu wuot*, siebzehnjährigen Hilde durchs Dorf, das Aufgebot zu bestellen. Von da an gab es kein Halten mehr. Von den Kindern im Hause wußte allein Birute, was vorging, wenn Hilde des Abends mit einigen Scheiben Bratens oder einer Flasche Wein als Gruß von der Großtante vorsprach und sich für

Momente nur und unter den Augen der Szameitatschen Wirtschafterin ins Haus begab: Die Minuten, die die Haushälterin brauchte, um vom Dachgeschoß in die ebenerdige Küche zu laufen, Gläser und Brotscheiben zu holen, die sie am Nachmittag schon belegt hatte mit Butter und Wurst, dazu einen Korkenzieher zu greifen oder eine Vorlegegabel für den Mitbringselbraten, reichte aus, der kleinen Hilde eine Entspannung von der nervösen Plage des Platzenwollens und dem Herrn Szameitat ein nasses Beinkleid zu bescheren. Zum Aus- und Anziehen der Hose war die Zeitspanne des Zuzweitseins denn doch zu kurz. Wie gesagt, wußte allein Birute, wie das gehen konnte: Die kleine Hilde beherrschte den Entleerenden Handgriff, hatte ihn, der Not und den eigenen Wünschen gehorchend, erfunden mit kindlichem Übermut und übte ihn aus bis zur Hochzeit mit Notwendigkeit. Später war es ein Krieg gewesen, der die kleine Hilde mehr als einmal zwang, ihrem Mann eine rasche und spürbare Erleichterung zu verschaffen, wenn er heimkam von der Front und eigentlich schon schlief vor Erschöpfung, allein sein Organ ihm aber noch abstand und verhinderte, daß er sich mit dem Deckbett vollständig zudecken konnte, *nu wuot* …

Für alle erdenklichen Fälle merkte sich Birute den Entleerenden Handgriff, probierte ihn gar als Kind noch aus: Als der wandernde Scherenschleifer Karl Rappler einmal im Dorf war und traurig und lustlos ihr zusah, wie sie beiläufig das Röckchen hob zur Prüfung seines Zustands, wollte Birute mit Macht es wissen und sprang ihm an den Leib, daß er umfiel, dreizehn Jahre war sie nun alt, und sie griff kurz hin, wo beinah nichts war, und schaffte es, daß etwas war und schaffte, daß Karl Rappler wie früher einmal in den Altstädter Wiesen zu Königsberg glaubte, ein Mann sein zu können. Er dankte es ihr mit Verwundern. Aber das war eine Ausnahme gewesen, ein Kitzel, den sich das Mädchen Birute hatte erfüllen wollen am wandernden Rappler, dem, kam es zur Sprache, wohl niemand glauben würde, weder in Königsberg noch in Bischkehnen weitab. Zwei Jahre später ging Birute nach Litauen hinüber, wo die Großeltern zur Entlastung des Herrn Szameitat eine Mädchenstelle aufgetan hatten für sie und wo sie den Handgriff für eine Weile vergessen konnte vor lauter Silberputzen und Melken. Birute Szameitat war nun der Registratur nach ein deutsches Mädchen in litauischem Dienst, was nicht ganz gewöhnlich genannt werden kann. Daß in Wirklichkeit kein Tröpfchen deutschen Blutes in ihr floß, ist euch jetzt klar, meine ostdeutschen *dotschki*, auch wenn sie die Sprache des Herrn Szameitat mit Hingabe verwandte. Mit der Zeit wollte dann auch das Litauische besser von ihren Lippen kommen, und als sie, weg von den Balten, heim ins Reich gehen sollte nach irgendeinem Vertrag der Staatsobersten, verweigerte sie's, zumal ihr Name den protokollarischen Ohren eigentlich für die Heimkehr nicht deutsch genug klang. Durchgehen sollte das nicht, zumindest zum Vater nach Ostpreußen sollte sie wieder hin, aber sie liebte inzwischen – und ohne den Entleerenden Handgriff noch einmal gebraucht zu haben! – den Wilnaer Russen Wolodja Viktorowitsch Stjurkin. Der Herr Szameitat hatte Birute zwar wiederhaben wollen zu den drei älteren Schwestern, aber als er das sagte, *nu wuot*, war schon alles aus den Fugen und er auf der Flucht mit den Töchtern und der kleinen Hilde an seiner Seite nach Deutschland hinüber. Mit viel Mühe und Wodka gelang es dem Russen Stjurkin, Birute als eigene Nichte aus dem fernen Kirgisien zurechtzurücken, sogar registrieren lassen konnte er sie als Genofefa Prochorowna Schtschakustjina, und das war ein Glück, sonst hätte sie wie die Großeltern mütterlicherseits, wohlhabende Apothekersleute, tatsächlich ins ferne Kirgisien ziehen müssen nach dem zweiten Anschluß Litauens an die Große Union. Genofefa Prochorowna, die polnisch-litauische Papierkirgisin angeblich russischer Herkunft, tatsächlich deutscher Zunge, lernte im Lieben die Sprache des russischen Mannes und seine Lust deutlich kennen. Zwar war Stjurkin eigentlich erfüllend verheiratet, aber sein Geist brauchte mehrerlei Fleisch, wie er's nannte. Wassilissa Baldurowna Stjurkina beispielsweise war deutscher noch als Birute, mit schwäbischen Vorfahren, und sie hatte sich nichts dabei denken können, als der Bilderbuchrusse Wolodja sie wollte. Später hatte er sie gedrängt, in breitem Schwäbisch seine Liebe zu erbetteln, ihn aufzustacheln mit fremder Sprache, während Birute sich darauf nicht einließ, sondern dem Russischen gänzlich erlag. (Wolodja war, wie er sagte, ein Berufsrevolutionär und als solcher der Internationale verpflichtet wie der Vielweiberei, die er Freiheit nannte.) Als Litauen zum zweiten Male während des Krieges der Großen Union zufiel nach einer erschütternden Pause, mochte Birute aber nicht mehr das Mädchen Schtschakustjina sein, zumal ihre Großeltern aus dem fernen Kirgisien sich inzwischen auf unkenntlichen Wegen gemeldet hatten aus anscheinend russischer Not, *nu wuot ...*

Zwei Kinder bekam Birute in Stjurkins Ehe hinein. Wassilissa Baldurowna, selbst kinderlos und geschlagen, wie's schien, mit Unfruchtbarkeit, hatte sie haben wollen und erzog sie im revolutionären Geist ihres Vaters, der inzwischen mit der ruhmreichen Sowjetarmee nach Berlin unterwegs war. Die Kinder, zwei noch krummbeinige Jungen, sommersprossig und dürr, hingen zwar an Birutes Brust, doch hießen sie Fjodor und Wasja Stjurkin und schliefen im Bett der Soldatenfrau Stjurkina, so gut das eben ging mit viel Hunger und Kälte. Als Stjurkin kurz vor Berlin sich an einem deutschen Geschoß verwundete, eine Verletzung der Lunge erlitt und zum Sterben bereit war, brachte jemand die Nachricht aus Westpolen mit, fand auch den richtigen Haushalt. Die Stjurkina nahm es gelassen, hatte sie doch die Kinder, Birute und ein ruhiges Gewissen bei sich. Birute aber kam halb um vor Angst und lief bis nach Seelow, wo sie Wolodjas Tod zur Kenntnis zu nehmen hatte. Unterwegs übrigens schmiß sie den Namen Genofefa neben die Leichen in die Straßengräben: Stjurkins Söhne, wußte sie, würden ihr, die sie nun wieder Birute Szameitat war, niemals legal angehören können bei der Stärke der Stjurkina. Was soll eine da machen? Einen Versuch, sich wider das eigne Erwarten noch einmal nach Wilna, nun Vilnius, hinzubegeben, gab sie bald auf in Entkräftung, und da sie das Deutsche an und für sich doch liebte, nahm sie das Angebot eines jungen russischen Soldaten, ihr für eine Erleichterung einen gesalzenen Fisch zu schenken, gern an und blieb. Die Zeit des Entleerenden Handgriffs brach an. Das Erbe der kleinen Hilde brachte Birute nach Leipzig in Sachsen. Der junge Soldat, der ihr anhing und den sie nicht liebte, obzwar sie ihn gut verstand, verschaffte ihr mittels dreier Schwarzbrote, zwei Pfund Stockfischs und eines Viertelkilos gesalzenen Specks ein Zimmer bei einer, *nu wuot*, älteren Dame, die Ausgebombte aufzunehmen sich weigern wollte und statt dessen mit der jungen Birute und deren Sack- und Packlosigkeit hochzufrieden war. Birute begann, der Frau Klommatzsch de Proskau zunächst den Haushalt, später die Buchhaltung zu führen. Ingeborg Viola Klommatzsch de Proskau verfügte nämlich über weitläufige Industrien, deren Verwaltung ihr nicht mehr so leicht von der Hand gehen wollte. Birute Szameitat brauchte nicht lange, sich einen Überblick über den Besitz der Frau Klommatzsch de Proskau zu verschaffen. Er lag in ihrem verwirrten Geist, nicht weit weg vom mehr und mehr verkalkenden Herzen. Als Klommatzsch de Proskau starb, das Jahr neunzehnhundertsiebenundvierzig brach eben an, beherrschte Birute das Maschineschreiben nach Diktat, die Stenographie und die Buchhaltung so gut wie die deutsche Rechtschreibung, daß sie also sehr dankbar Frau Ingeviol, wie sie hatte genannt sein wollen, begraben ging, und nun auch Ausgebombte zuziehen konnten in die große Wohnung. Noch immer aber kam der Soldat zu ihr, und noch immer galt sein einziges Verlangen dem Entleerenden Handgriff. Nichts brachte sein Blut so in Wallung wie die Vorstellung blitzartigen Aufstiegs, nichts entspannte ihn besser als der beinahe gleichzeitige Fall ... Dennoch brachte er Schmerz zu Birute, trug er sich an: Er sprach Stjurkins Sprache, die ihrer Söhne, die auch die der schwäbischen Stjurkina war, und sie kaute an ihren Fingerkuppen, daß sie zu bluten, zu faulen begannen sogar, wenn das Wasser knapp wurde. Schließlich begann sie, Fjodor und Wasja aus dem Erinnern zu zeichnen, indem sie die blutigen Finger über Klommatzsch de Proskaus Soll- und Haben-Vergleiche zog, dabei Tinte verschmierte und ihre Söhne so in den Farben Rußlands porträtierte. *Nu wuot*, diese Blätter trug sie nun immer bei sich, meist mit Pflasterstreifen an die Bauchdecke geklebt, damit sie sie nicht verlor. Sie fand auch

Arbeit in Leipzigs Verwaltung, nachdem ihr amtlicherseits Geburt und Herkunft nach eidesstattlicher Erklärung attestiert worden waren, und alles hätte doch irgendwie still werden können, hätte sie nicht die Besatzungsmacht unerwarteter Weise gegen sich aufgebracht. Das kam, weil sie ein einziges Mal in ihrer heimlichen Laufbahn als große Beschwichtigerin ihre Sinne verlor und dann in die Fänge der Zeit, wie sie selber es nannte, geriet. Ein Offizier der Roten Armee klingelte bei ihr, nachdem er einen niederen Soldaten gefragt hatte, wie man in Leipzig denn ohne Gewalt ein wenig geschlechtlichen Frieden finden könne. Und ohne Gefahr der Infektion, versteht sich. Da hatte der Junge ihm ein Porträt Birutes gezeigt, den fiebrigen Blick ins Schlangenhafte geschminkt, den unteren Bildrand so gesetzt, daß je ein Viertel der Brustwarzen sich zeigte und ahnen ließ, was sie besaß. Zu Fuß war er zu ihr hingelaufen, hatte ihre Hand gepackt und wortlos in seine Hose gedrängt, so schilderte er später vor Gericht, und statt eines Handels oder einer anständigen Ablehnung hatte sie sofort seine Entleerung bewerkstelligt mit einem einzigen Handgriff. Das habe ihn sehr verwundert, *nu wuot*, so etwas habe er von einer deutschen Frau nicht erwartet, so daß er ihr habe zeigen wollen, daß er auch anders könne und sie statt eines Lohnes oder der Ehre zumindest körperliche Hitze erführe in der Eiseskälte des Winters. Und wirklich habe er ihr derart aufspielen können, daß sie die gleichen wilden Sprüche und Flüche aus ihrem Mundloch tat, mit denen seine liebe Frau und Genossin im winterlichen Jakutsk auf ihn wartete, und dies habe ihn schließlich stutzig werden lassen. Ihm war kaum ein Deutscher begegnet in Leipzig, der Russisch sprach, und tat er es doch, dann radebrechte er in unverkennbarer Mühe, während Birute Szameitat das heißeste Liebesrussisch beherrschte. Hinreißend zwar, aber wohl doch ein Verdachtsmoment wider die neue Ordnung – er ließ sie einlochen im Keller der Kommandantur. In den sich anschließenden Verhören konnte sie die Männer zwar von der vollkommenen Beherrschung des Entleerenden Handgriffs überzeugen, nicht aber von ihrer Zugehörigkeit zum deutschen Volk, so daß man sie zur Verräterin erklärte und zu fünfundzwanzig Jahren Arbeitslager verurteilte im fernen Sibirien. (Dies war eine vergleichsweise milde Strafe und womöglich dem Gewissen des Offiziers geschuldet gewesen, der sie in ehrlicher Absicht aufgesucht und den sie zuvorkommend behandelt hatte nach seinem Wunsche, die anderen entleerten Männer jedoch hatten ihre Exekution verlangt, um sich die Schmach nicht länger zugeben zu müssen, einem einzigen ihrer Handgriffe erlegen gewesen zu sein in soldatischer Neugier.) Wie es geschah, daß sie aus den Verliesen eines Berliner Gefängnisses dann doch nicht gen Osten geschickt wurde, sondern in einer Stadt namens Bautzen bis Mitte der fünfziger Jahre einsaß, den Wechsel der Gefängnisverwaltung vom Russischen ins Deutsche erlebte und schließlich amnestiert wurde von eurem, meine ostdeutschen *dotschki*, Staatsobersten, hat man mir nicht zugetragen, leider. Ich vermute dahinter nicht mehr als männliches Interesse am Entleerenden Handgriff. Wie vielen Männern sie damit wohl Frieden gebracht haben mag, den kurzen zwischen zwei Nöten, und ob sie damit nicht nur ihren Bewachern, sondern auch den Leidensgenossen zu Hilfe kommen konnte, weiß ich ebenfalls nicht zu sagen. *Nu wuot*, was ich aber mit Sicherheit weiß: Sie hatte gleich nach der Verhaftung die Tintenblutbilder der Söhne an ihre spottenden Wärter verloren und damit den Mut. Als sie dann rauskam ins ostdeutsche Leben, waren ihre Finger wunder denn je, ihre Lunge von Rauch verzehrt und ihr Sinn von der Sucht nach klebriger Schokolade verdunkelt. Als Wohnort wies man ihr G. zu, wo sie in einer Möbelfabrik nach Luft rang zwischen Spänen und Staub. Dazwischen hatte sie regelmäßig zu melden, daß sie noch da war. Als sie einen etwas schwermütigen Mann mit dem dunklen Namen Schlupfburg traf, der ihre Trauer wortlos zu erwidern imstande war und in dessen Taschen sich stets Schokolade befand für eine kleine Tochter, begann sie wahrscheinlich zu hoffen, und wirklich brachte die Süßware manchmal ein wenig Licht in ihr Fühlen. Rudolph Schlupfburg begann sie sogar zu lieben. Lange konnte sie ihm nicht entgegenkommen, da sie sich die Anwendung des Entleerenden Handgriffs in Freiheit für immer verboten hatte, aber Rudolph konnte sie weichkneten, daß sie wieder zu stöhnen begann und den Schlupfburg zu reiten wie früher den Stjurkin und wie es die kleine Hilde so gern mit dem Vater getan hatte: gemeinsam ins Ziel. *Nu wuot*, Schlupfburgs Speichel vermochte sogar ihre Fingerkuppen zu heilen, die anzunagen sie dennoch nicht lassen konnte. Was früher war, blieb verschlossen. Genofefa Prochorowna lag unter Leichen in polnischer Erde, Fjodor und Wasja Stjurkin lebten im Abseits des Erinnerns, und Schlupfburgs Tochter wurde dem Paar weggesperrt von der eigenen Großmutter (*Sind sie es? Sind sie es nicht?*) und den *zuständigen Stellen*, aber das Nichtdaranrühren zeigte ihnen zum Glück einen Weg, fort aus G., fort aus W., so weit es erlaubt wurde mit der Zeit, bis in die Hauptstadt des übergeordneten Verwaltungsbezirkes, und dort bekam Schlupfburg nach kurzer, erschütternder Einschüchterungshaft eine Arbeit als das, was man Müllmann nannte. Zunächst fegte er die Straßen der Stadt mit dem Besen, später saß er einem der grauen Fahrzeuge bei, die die Tonnen entleerten, qualifizierte sich gar in landesüblicher Art, *nu wuot*, zum Gärtner für städtische Grünanlagen und ist noch immer in Lohn und Brot, während Birute nach der Erlaubnis, die Möbelfabrik zu verlassen, Arbeit in einer Buchhaltung annahm und regelmäßig zum Tag unserer lieben Frauen prämiiert wurde, wenn sie dran war. Was früher war, blieb verschlossen, aber, ich sagte es schon, das Nichtdaranrühren zeigte ihnen zum Glück einen Weg: Sie bekamen zwei Töchter, nachdem sie als Ehepaar Schlupfburg ein Zimmer bei einem Rentner namens Skowollik hatten beziehen können, nannten die Mädchen auf Wunsch Birutes Feodora und Wassia und hielten sich, so gut es eben ging, bei den Händen. Sogar einen Sohn nahmen sie in den Haushalt nach einigen Jahren der staatlichen Beruhigung. Der kleine, mongoloide Seppel fand keine Eltern und hockte seit Jahren in der Klinik der Stadt, in die Birute einmal wegen eines nicht enden wollenden Gebärmutterblutens eingewiesen wurde. Birute verliebte sich für ihren Mann in den traurigen Troll, und als die Papiere ihn als Joseph Schlupfburg ausmiesen, das gemeinsame Pflegekind, weinte Rudolph an der Schulter des Jungen. Nie, meine ostdeutschen *dotschki,* sollen zwei Menschen einander stärker befestigt haben als diese beiden. Selten aber auch sei der Hohlraum unter dem Glück so sturztief wie unter dem ihren gewesen, wird berichtet. Vergingen nun zehn Jahre, oder waren es fünfzehn? *Nu wuot,* ich weiß nicht. Und weil sie nicht gestorben sind, ist alles noch wahr, was mein Märchen berichtet ... Sagt's und schließt die klappernden Läden der Fenster. Die Sonne über dem Blockbohlenhaus kippt gen Westen, die imaginäre Leinwand zeigt nächtliches Schwarz und verschwindet so in der Dunkelheit der Oktobernacht des Jahres neunzehnhundertsechsundsiebzig.

Diesmal hat es Therese seitlich aus den Latschen gekippt, nicht aus den eigenen zwar, denn sie trägt mit großem Vergnügen Richard Runds Kamelhaarpantoffeln, wenn er nicht da ist, aber das tut nichts zur Sache: Benommen liegt sie neben dem Stuhl, hinabgerutscht aus dem sicher geglaubten Wohlfühlgewicht in die Schwere der Ohnmacht. Daß es eine Ohnmacht ist, will Josepha nicht gleich erkennen, denn Therese muß bereits vor einiger Zeit lautlos hinabgesackt sein. Josephas Versunkenheit ins deutsch-russische Märchenwesen hat sie's nicht merken lassen – nun glaubt sie erst einmal, die Urgroßmutter sei eingeschlafen wie früher sie selbst, wenn es ans Märchenerzählen ging. Erst als sie Therese zu wecken versucht, vorsichtig, gradlinig, muß sie erkennen, daß aus diesem Zustand so leicht kein Erwecken möglich ist. Also läuft sie, der erstbesten Eingebung folgend, nach Essigessenz in die Speisekammer hinüber. Als Essig nicht hilft, sollen es nacheinander Thereses geliebter Pepsin-Wein, einige Krümel Rohrblitz, in Wasser gelöst, eine faulige Kartoffel, die geöffnete Rattentasche und eine aufgeschnittene Rolle Harzer Käse schaffen, aber Therese bleibt weiter umnachtet am Boden, wenn sie auch mümmelt und das Gebiß aus dem Mund schiebt dabei. Ratlosjosepha macht einen Sprung zurück in den Sanitäter-Kurs der Zivilverteidigung: Stabile Seitenlage, nachdem eine Verletzung des Rückgrats ausgeschlossen wurde, den

Mund öffnen, gegebenfalls durch ein gerolltes Handtuch den Kopf fixieren und Hilfe suchen. Schon bei dem Versuch aber, eine Verletzung des Rückgrats auszuschließen, kommt das Programm ins Stocken. Ganz hingestreckt liegt die Alte, die Wirbel schieben sich wie Gallert aneinander vorbei im Bewegen, der Kopf dreht sich mit dem Körper nicht mit und erschreckt nun Josepha, erscheint ihr wie verkehrt herum aufgepflanzt, den Blick in die Dielenritze gerichtet, öffneten sich die Lider. Angst steigt und fühlbare Kälte in die Glieder, Josepha nimmt einen Kognak dagegen. *Nu wuot.* Was ist los. An die Fensterscheiben schlägt nun schon Furcht, die von draußen herein will, wie's scheint: Im stürmischen Wind schurrt der Vorhang vorm undichten Rahmen wie Nonnengewand, begleitet vom Schlagen der Wildweinranken an Mauer und Glas. Die Irre, in der sie sich wähnt, nimmt ein Ende, als sie der Urgroßmutter voll Angst doch noch den Kopf zurechtrücken will und dabei die Achselhöhle öffnet für einen Moment genau über Thereses Nase. Rudolph? schreit es, bist da nach den Jahren? Den Achselschweiß also hat sie vom Vater, folgert Josepha, erleichert über Thereses Wiederauftauchen und belustigt über die einfache Lösung. Die Babuschkafrage aber, *Sind sie es? Sind sie es nicht?*, die stellt sich nun lauter und zwingt Therese, Josepha noch einen Zusatz zu machen zum Vaterlossein: Sie habe Rudolph verboten, Josepha zu sehen, ihr nahezubleiben, sie habe sogar gedroht mit der Anzeige einer *ungesetzlichen Verbindungsaufnahme*, wenn er das Kind mit der Szameitat in Berührung brächte, der Hurenperson, der Spionin. Sogar das Geld habe sie zurückgeschickt, bis er aufgab, und zweimal dem Fetten noch Auskunft gegeben, daß alles im Lot sei, und dabei habe sie daran gedacht, was an der Stelle ihrer Brust wohl bliebe, wenn man Josepha gewaltsam fortrisse womöglich. Sie hatte eine laut blutende Wunde gesehen, einen Hautfraß vom Herzen her, und den Schmerz schon vorab nicht ertragen können, da sei ihr erst gar nicht in den Sinn gekommen, daß auch Josepha und Rudolph Wunden davontragen mußten, wenn sie tat, was sie glaubte tun zu müssen. Sie jammert um Nachsicht und spricht, merkt Josepha, zu Rudolph, ist noch nicht ganz zurück aus der Ohnmacht. Das Tagebuch reicht ihr Josepha und fordert sie auf, das alles hineinzuschreiben, damit sie es nicht vergesse, da hat Therese den Irrtum erkannt und beißt im Erschrecken eine blaue Geschwulst auf die Lippe. Josepha bringt sie ins Bett. Zu sagen ist: Nichts.

Zu sagen bleibt: Nichts. Selbst für die alternde Kleinbürgerin Ottilie Reveslueh verw. Wilczinski jenseits der im Jahre neunzehnhundertneunundvierzig anscheinend endgültig befestigten Grenze bringt die letzte Etappe der Gunnar-Lennefsen-Expedition nur wenig mehr als einen unruhigen Schlaf mit sich, ein bildhaftes Träumen. Josepha packt in ihrem Zimmer die Reisetasche, zuunterst ein Handtuch, Seife und Zahnbürste, ein Kleid, die lächelnde, schweigsame Ljusja darauf, wieder ein Kleid, fünf Schlüpfer, den Schwangerenausweis, das Geld. Gehackten, rohen Kohl, mit Salz gestoßen und Kümmel, in einem Schraubglas. Es ist Zeit, Adam Rippe zu finden in Lutzschen bei Leipzig. Sie weiß, der Anschluß in G. würde nicht lange auf sich warten lassen, und bliebe doch Zeit, könnte sie auf dem Bahnhof einen Kaffee trinken, die Zeitung lesen, *Was sonst noch passierte*, was sonst. Ob sie aufgeregt ist, will Josepha nicht wissen. Die Muskeln heiß, die Knochen voll kalter Luft. Im Zug am Vormittag drauf versucht sie – grußlos hatte sie die Tür hinter sich zugezogen, aber Therese ein Blatt Papier hinterlassen mit Dank und gewissem Verständnis »für alles« – mit der Urgroßmutter im stillen zu sprechen. Zu sagen bleibt dennoch: Nichts. Die Stimme, mit der sie um Nachlöse bittet beim Schaffner – gequirltes Ei, das im Luftzug des Sprechens Blasen schlägt in der Gurgel. Unentschiedenes Wasser steigt schmutzig die Fensterscheibe hinauf. Der Zug erreicht jene Stadt, in der ihr Vater mit Birute und den drei Kindern am Tisch sitzt zum Frühstück, der Zug fährt ein, hält am Bahnhof, fährt wieder hinaus aus der Stadt, Josepha ist sicher, daß sie nicht hat aussteigen wollen. Ljusja wird das kennen, mit ihren wechselnden Eltern, dem Gott und dem Sohn hat sie so was wie einen Vorlauf an Beziehungsverlust. Aus der Tasche steigt auf, ein Dshinn, Vanillenebel in Schokorumbaiserduft. Ljusja Andrejewna gibt zu erkennen, daß sie Bescheid riecht, selbst zwischen die Kleider dringt also noch, was Josepha an Ängsten verströmt. Ein zweites Mal kommt der Schaffner, an Knotigkeit Josephas Furcht noch überlegen, und schließt die Abteiltür hinter sich für einige Fragen: Reisen Sie ganz allein? Um diese Zeit? Wann ist Entbindungstermin? Machen Sie manchmal Gymnastik? Könnte man einen Besen sicher abstellen im Druck Ihrer Arschbacken? Sind sie eher fest, eher weich in den Brüsten? Kennen Sie Leipzig? Ich habe noch Unterwäsche von meiner verstorbenen Frau, die tät Ihnen passen. Zum Glück trag ich sie immer bei mir, falls mir mal eine begegnet von der Statur meiner Verblichenen. Tragen sie Hemdchen? Kunstseide? Darf ich mal sehen? Und patscht mit der Hand dahin, wo er Spitze vermutet und feine Hemdträgerchen. Was Natur ist, zahlt heim: Josepha klebt ihm mit der linken Hand eine gewaltige Feige ans Ohr, daß es schwillt, sich verdunkelt und über die ganze Wange die roten Fingerstriemen sich ziehen. Mit dem Knie, obzwar das vom Bauch bedrängt wird und nicht mehr so kräftig wie vordem hochheben kann, begibt sich Josephas Wut in die männlichste Gegend. Der Sieg ist ihr sicher. Zwar bringt ihr der Schaffner tatsächlich nach einer halben Stunde, verschiedene Entschuldigungen druckend, einen Beutel getragener Wäsche, die Josepha nach ihrer Ankunft noch auf dem Bahnsteig angewidert entsorgen wird, aber er zieht sich schließlich zurück hinter die Schaffnertasche, die Lochzange. Immerhin hat das wildwerdende Ausfragen auch der halbleibigen Ljusja in der Reisetasche zu einiger Entschlossenheit verholfen, den Kampf um den Gottessohn mit allen zur Verfügung stehenden Mitteln zu führen und sich von männlichem Schwafel nicht abschrecken zu lassen. Das wird sie brauchen.

Josepha will rauchen. Der fremdartige Wunsch läßt sie Däumchen drehen im Schoß und schließlich ein Röllchen zwirbeln aus einer der beiden Seiten des Schwangerenausweises. Derart benutzt, macht ihr das Amtspapier keinerlei Schwierigkeiten. In den vorgerollten Karton füllt Josepha die zweite Seite des Ausweises, gehäckselt mit der Nagelschere, versetzt mit einigen Streifchen gesalzenen Kümmelkohls. Am Boden des Glases steht Brühe, also greift sie zur obersten Kohlschicht. Die Brühe gebraucht sie, um einen durchfeuchteten Kleberand herzustellen und die Zigarre zu schließen. Der Handhabbarkeit halber hat sie das Mundstück nach Art einer Papirossa geknifft – die Schwangerenpappe erlaubt's. Im Kümmelkohlqualm schließt Josepha schließlich die Augen – ein Bild für die Göttinnen, gäben diese was drum; ein Fall von Geruchsfolter, gäbe es Mitreisende im Abteil. So aber kann Josepha ungestört auskosten, was ihr seit Jahren, wie sie gleich glaubt, fehlt: Den Lungenzug. Das schwarzweiße Kind nimmt die Laune zunächst gelassen, schläfrig geworden vom gleichförmigen Rattern des Zuges, lutscht es an seinem Daumen wie die Mutter am Mundstück. Was das Kraut aber auslöst, das Hirnrauschen, den Lungenfurz, läßt es dann doch erschrecken. Josepha erhebt sich in einen Zustand, den man im anderen Landesteil auch durch eine Substanz namens Lysergsäurediäthylamid auslösen kann, wenn man will. Hier aber ist offenbar Kümmelkohl das Mittel des Möglichen. *On trip*, löst Josepha sich auf in die Farben ihres Vorschultuschkastens, öffnet beflügelt den Reißverschluß ihrer Tasche und kriecht unter Ljusja Andrejewnas weißen Kittel. Oh, wie es duftet nach Salzgurke, ausgelöstem Fleisch und Rumbaiser, nach Mannsharn, natürlich: Vanille und Portwein! Nicht genug kann Josepha da haben und geht, nun nur noch Luft in der Luft, in den Stickdunst der Achsel, daß Ljusja den Arm hebt. Unter den rosafarbenen, steifen Büstenhalter, in die Schwüle unter den Brüsten, die Falten im Bauchspeck. Die Nabelgrube, die, wie Josepha bemerkt, tatsächlich halbiert ist. Ljusja will das beinahe dreidimensionale Treiben zu gut gefallen, kaum kann sie sich halten in ihrem Rahmen vor Spürsucht und Körperverlangen. Jetzt fährt ihr Josepha hinter das Ohr, klappt ein wenig das Läppchen nach vorn und streichelt, ein Rauschen im Rausch, mit dem russischen Hals auch die russische Seele. *Nu wuot*. Was ein Sohn ist, kann Weile haben ... Der Kümmelkohldunst kennt freilich kein Halten und weht durch den Gang auch auf andere Reisende zu, erstaunt sie zunächst durch sein ungewöhnliches Aroma, benebelt dann leicht, was die Leute jedoch nicht bemerken, die sich an der leichten Beflügelung ihres Daseins freuen, der partiellen Entleibung, der Färbungen um- und inseits. Das schwergewichtige Volk geht doppelt auf Reisen, Josepha sei Dank, und erkennt sich in Flora und Fauna, spürt Luft in den Knochen. So leicht kann es sein? Das nichtreisende Volk kann derweil ein hüpfendes Züglein zwischen Großkorbetha und Leipzig auf Schienen dahintänzeln sehen, denn auch den Lokführer haben Spuren der Schlupfburgschen Rauschpapirossa erreicht. Alles aber bleibt im Gemäßigten, beinahe pünktlich also erreicht die Bahn ihr Ziel, Josepha und Ljusja finden sich bald in mürrischer Landschaft. Ein rappelnder Überlandbus bringt sie aus Leipzig hinaus und durch Dörfer, deren Häuser wie Flüchtlinge stehen und fallen. Zerlumpt. Bröckelputz, grau wie die Luft, oder gelbbraune Ziegel, grüngestrichene Fensterrahmen und -läden, das Glas der Scheiben beschlagen von Ruß und Grußlosigkeit. Josepha kennt das nicht von Thüringen her, wo doch hin und wieder ein Dorf nach Reichtum aussehen kann, wenn auch nach dem kleinlichen der Wagenradromantik, des Kunststoffkitsches. Die Mutlosigkeit dieses kohlefarbenen Verfalls aber schlägt Josepha ganz klein. Als endlich in Lutzschen der Bus sie am Rand einer unbefestigten Straße abstellt, schnappt sie nach Luft, vom schwarzweißen Kind zum tieferen Atmen gedrängt, und schaut nach dem Weg, einem Menschen. Die abgegessene Klitsche gibt auf den ersten Blick nicht her, was sie sucht: Ein Fleischergeschäft. Das Dorf kann nicht viele Straßen haben, denn wendet Josepha den Kopf von links nach rechts, ist es vermessen mit einem Blick. Ohne Ablenkung führt die verschlammte Straße hindurch. Josepha stellt Ljusja in der Tasche ab auf der Milchkannenrampe hinter sich. Die leeren Blechkübel tragen rote Nummern und Buchstaben zur Kennung, mit ungeübter Hand auf das Metall gemalt. Einen der Deckel hebt Josepha an, schaut hinein, sieht das eigene Gesicht in wäßriger Lösung, denn das Spülwasser hat im Kübel einen spiegelnden Grund hinterlassen. Deckel drauf. Die nächste zwischen zwei Häusern abzweigende Straße nimmt die bepackte Josepha, vermutet Grimma in dieser Richtung und meint deshalb, die gesuchte Adresse so am besten finden zu können: Grimmaische Straße 42. Als sie eben entschlossen ist, an irgendeiner Tür endlich um Auskunft zu klingeln, kommen ihr zwei damenhafte alte Frauen entgegen, auf Rädern, die Füße in beigefarbenen Pumps, um die aufgefrischten Frisuren lose seidene Shawls geschlungen. Es klimpern Gold und Silber, als Josepha sie aufhält und Adam Rippe erwähnt als das Ziel ihrer unbeholfenen Suche. Tatsächlich passen die Damen ins Dorf: Sie wissen Bescheid! und schicken Josepha mit sicherem Wink um mehrere gut beschriebene Ecken. Die Grimmaische Straße erweist sich schließlich als lächerlicher Hohlweg, eine luftraubende Knappheit zwischen zwei Häuserzeilen, daß Josepha sich wundern will, wie so mittelalterlich Kleinstädtisches hinter die Dorfstraße geraten sein konnte. Auch die Zuordnung der Nummern löst Erstaunen aus. Es stehen zu beiden Seiten der Knappheit nur an die zehn Häuser, deren letztes ein blaues Emailleschild mit einer deutlichen 64 über der Tür trägt. Die 42 ist ebenso schnell gefunden. Josepha drückt auf die Klingel neben dem verwischten Schriftzug *Adam Rippe*. Daß sich nichts tut, hat sie erwartet, heute ist ein gewöhnlicher Arbeitstag. Aber es schurrelt hinter der Tür, es raschelt und knurfelt, daß Josepha noch einmal den Knopf drückt und gleich darauf spürt, wie etwas hinter der Tür innehält im Bewegen. Nun fragt sie durchs Holz, ob denn jemand im Haus sei, sie habe eine Überraschung mitgebracht, und zwar eine schöne. Es meldet sich nichts, doch es schurrelt und knurfelt nun wieder, etwas kommt näher und stöhnt seinen Ärger über die unwillkommene Störung durchs Mundloch. Ein Kopfschütteln gar will Josepha hinter der Tür vermuten und zieht sich erschrocken ein wenig zurück, da wird spaltweit von einem blicklosen weiblichen Wesen geöffnet. Die Jahre haben es offenbar eintrocknen lassen, daß es an eine längst vergangene Sekunde erinnert in winzigem Morgenmäntelchen, in kirschlikörfarbenen Plüschpampuschen, ein Düttchen am

Hinterkopf von der Größe eines Tischtennisballs. In den Pupillen muß einmal das Eiweiß geronnen sein, denkt Josepha, als sie der Frau in die Augen schaut trotz allen Erschreckens. Josepha nimmt sich die Zeit zum Begreifen der augenscheinlichen Blindheit, ehe sie anhebt zu sprechen, wer sie sei. Daß sie eine Überraschung mitgebracht habe für den Herrn Rippe, der doch hoffentlich hier wohnt, wie es das Schild ausweist. Daß sie nicht allein den weiten Weg auf sich genommen habe von W. her, wie der Herr Rippe dann schon feststellen würde, zuvörderst aber: Wo er denn sei? Die weißgelben Zähnchen der Blicklosen, die eigenen noch, wie's scheint, heben sich voneinander, ein Klingeln von Porzellantäßchen scheint die wörtliche Rede. Daß der Herr Rippe ihr Sohn sei beileibe, ein tüchtiger Fleischermeister, der in der Döbelner Wurstfabrik Dienst tue die Woche über als Abteilungsleiter, der aber leider gänzlich die Lust an der Wurst verloren habe vor Jahren schon und ein schlimmes Asthma bekommen am Dunst der Kochsalami, des Preßkopfs, am Blutwabern in den Schlachthallen. Deshalb habe man ihn in den Bürodienst versetzt, was er gerade noch so ertragen könne mit seiner Gesundheit. Er sei aber schon auf dem Absprung von Döbeln nach Lutzschen, weil die alte Mutter ihn hier eben zunehmend brauche. Im Nachbarort, der ein wenig größer sei als Lutzschen, könne er in einer Gärtnerei anfangen, das sei besser für ihn und sie selbst, obwohl er natürlich ein tüchtiger Fleischermeister ... Und ein Glück sei, daß er heute nach Haus komme mit seinem Wagen von Döbeln *hernunger*. (Dies einzige Zeichen von Mundart reicht Josepha nicht hin und nicht her im heimlichen Prüfen, ob denn die Frau wirklich ein altes Lutzschener Runzelleder sei und tatsächlich die Mutter des dann fälschlicherweise für Ljusjas Sohn gehaltenen Adam Rippe.) Aber spät könne das werden, klimpern die Täßchen, da er immer Wurst mitbringe aus dem Betrieb und sie verschiedenen Dorfbewohnern zu kleinen Preisen abgebe. Ein guter Mann, schon immer gewesen. Mein Adam. Und sie bittet Josepha nun offen hinein in die gute Stube, die so gar nicht zu Mütterchens Plüsch und Tüllhaftigkeit zu passen scheint. Wandhoch Regale aus dunklem Holz, selbstgebaut, weiß Josepha, die seit langem vergeblich solcherart Möbel in den landesüblichen Läden gesucht hat. Und wandhoch Bestecke darin, Schlachtermesser und ziselierte Gäbelchen, Teelöffel und Blutkellen dazu, daß die Frage, was die kleine Vertrocknete damit wohl anfangen könne, ihr gleich in den Sinn kommt. An einem großen runden Tisch in der Mitte des Zimmers sitzen sie einander jetzt gegenüber, ein Kännchen dampft auf einem metallenen Stövchen, und Plüschpampüschelchen scheint gar nicht mehr ärgerlich, daß es beim Teetrinken gestört ward. Langsam kommt Josepha ins Grübeln, ob sie dem Wesen wohl ihr Hiersein schlüssig werde erklären können. Sie habe die Mutter Adam Rippes in der Tasche, ist eine ebenso unglaubhafte wie verletzende Aussage einer Frau gegenüber, die sich selbst im Stande der Mutterschaft dieses Mannes sieht. Wär die Alte eine Furie, ein grätiges Bißstück, hätte sie keine Schwierigkeiten, ihr glatt ins Gesicht zu sagen, die wirkliche Mutter sei sie nachweislich nicht, oder etwa doch? Aber sie kann sich nun auch nicht mehr als Mitarbeiterin der Volkssolidarität ausgeben, als Arbeitskollegin Adams nicht und nicht als verschwiegene Geliebte, die zum Geständnis baldiger Niederkunft gekommen sei. Josepha entschließt sich zum etwas unentschieden wirkenden Satz, der Herr Rippe habe an einer Lotterie teilgenommen und etwas gewonnen, das sie ihm aber nur persönlich aushändigen dürfe. Huch, schlägt sich die angebliche Mutter ans Brüstlein, ein Gewinn! Wie schön! Das würde aber auch eine Freude werden, sie habe am Morgen schon so ein gutes Gefühl gehabt, weiß Gott. Und aus Thüringen sei Josepha? Was denn da für eine Lotterie ihren Sitz habe? Kurz erhitzt sich Josepha und hüstelt sich in ein entschiedenes bronchiales Keuchen hinein, daß die alte Frau die Frage wieder vergißt und nach Kamillentee läuft, Josepha ein Zimmer zeigt, in dem sie sich ausruhen könne bis zur Heimkehr ihres Sohnes. Und ob das mit dem Husten denn schon länger anhalte? In der späten Schwangerschaft sei das gar nicht gut. Sie habe zwar selbst keine Kinder zur Welt bringen können, aber als Gemeindeschwester einige Frauen betreut in schwieriger Zeit, da kenne sie sich schon aus.

Und bedeckt Josepha beinahe liebevoll mit einer gehäkelten Wolldecke, daß sie ein wenig Gesundheitsschlaf halte. Ljusja in der Tasche verhält sich merkwürdig still angesichts der doch sehr besonderen Umstände ihres Hierseins. Auch als sie wenig später auf dem Tisch steht in ihrem Rahmen, hält sie die Lippen, den Blick fest geschlossen und gibt kein einziges Zeichen. Es ist schon dunkel, als draußen ein knattriger Motor den Wagen des Sohnes als ein Gefährt der Marke *Trabant* enttarnt. Adam Rippe betritt mit drei Würsten unter dem Arm die Wohnung, läuft in die Stube. Josepha, könnte sie sehen, wie er die blicklose Frau in den Arm nimmt und in tiefen Zügen küßt, würde erschauern. Aber Josepha schläft noch unter der wollenen Decke, unter Ljusjas zugesperrtem Blick. Die Alte legt ihrem Sohn die Finger zum Stillsein auf den Mund und zeigt nach oben, die Treppe hinauf, in Richtung des Gastes. Dann schließt sie die Tür der Stube und erzählt von der Lotterie, vom großen Gewinn. Adams spöttelndes Zweifeln kann sie nicht sehen, aber sie spürt seinem Schweigen nach und erkennt, daß etwas vielleicht nicht ganz stimmt. Hinter Adams Stirn dräut eine Frage: Ist sie nun vollends verrückt, seine Liebstemutter? Er greift nach den beiden Händen der Frau, zieht sie um sich als Ring, hat sie nun, wie klein sie doch ist!, nahe bei sich und bringt sie zu Bett. Eine Weile sitzt er noch auf der Kante und sieht ihr beim Einschlafen zu, streicht mit den Fingern einzelne Haare ins Düttchen des seitlich gelagerten Kopfes, fährt ihr mit feuchten Fingerspitzen in die Mulden der Schlüsselbeinchen, geht mit der Zunge ins winzige Ohr. Sie schläft ein. Daß Besuch da ist, hat er natürlich erkannt an den Schuhen im Flur, die ihm fremd sind in Größe und Aussehen. Der Gang hinauf ins Gästezimmer macht ihn was flattrig, da doch eine Person, die vorgibt, er habe in einer Lotterie etwas gewonnen, bestenfalls notlügt. Nie hat er Lose gezogen, gespielt um Geld, etwas eingesetzt, gewagt und gewonnen, getippt und gewettet. Höflich will er dennoch sein, klopft also an und wartet Josephas *ja* ab, um einzutreten. Es rührt ihn offenbar, eine Schwangere vor sich zu sehen. Josepha will das gleich erkannt haben an seinem durchfeuchteten Blick.

Beklommen schaut sie zur aufrechten Ljusja, aber die schweigt wie vordem und gibt sich nicht zu erkennen. Als man nach einigen Augenblicken Schweigens, einigen Herzschlägen der Verlegenheit einander fragt, was denn sei, worum es denn gehe in dieser Sache am heutigen Tag, bekommt Josepha das Zweifeln an der eignen Redlichkeit. Sie bringt es nicht fertig, der Frau da unten im Zimmer abzusprechen, des vor ihr Stehenden Mutter zu sein. Wenn wenigstens Ljusja selbst sich endlich wieder einmal äußerte! Adam Rippe seinerseits meint erklären zu müssen, daß seine Liebstemutter da unten womöglich vollends verrückt geworden sei bei all der Last, die sie trüge, man dürfe ihr das nicht übelnehmen, nach all den Jahren. Einst eine saftige, wenn auch etwas kleine Frau, habe sie ihn, als gerade ein Krieg war, an dessen Ausbruch er sich seltsamerweise gar nicht erinnern konnte, in der Furche gefunden und überhaupt nichts gefragt. Sowieso habe er sich damals an gar nichts erinnern können. Warum er nackt auf einem Acker gelegen habe, neben sich eine vierzigjährige Frau in kirschlikörfarbenen Plüschpampuschen, mit einem Morgenmantel bekleidet. Nicht einmal, daß sie eine Frau war, habe er damals gewußt. Aber so sei das eben manchmal im Leben, und er habe schnell genug von ihr lernen können. In einen schönen warmen Stall habe sie ihn getan, zu drei menschhäutigen Schweinen, und da habe er bald gewußt, wie es im Leben eben manchmal so sei. Da er anfangs nichts habe sprechen können außer Adam und Rippe, sei ihm nicht die Idee gekommen, nach ihr zu rufen oder anderweitig sich bemerkbar zu machen aus seinem Koben heraus. Er wisse ja auch nicht, warum er das jetzt erzähle, aber wo doch der Pastor da unten sich angezündet habe vor einigen Wochen, da sei doch schon zu merken gewesen, daß jetzt die alten Dinge wieder hervorgeholt werden müßten und noch einmal erzählt mit den älter gewordenen Stimmen. Und daß jetzt sie, Josepha, hier sei, wo er doch nie gespielt habe in einer Lotterie, das mache ihn geradezu wuschig. Hin und wieder sei jetzt jemand verrückt geworden, auch in Döbeln und unter seinen Leipziger Bekannten. Und nun seine Liebstemutter. Und er wisse ja nicht einmal genau, ob nicht er selbst, und ob das überhaupt stimme, was sein Erinnern da hergibt. Solange sei nichts zu sagen gewesen dazu ... Im Koben habe es zu essen gegeben und wärmende Liebschaft. Später, nach Kriegsende, sei er der Frau, einer Witwe, als Sohn einer umgekommenen volksdeutschen Freundin in Haushalt und Melderegister eingetragen worden, und als Fünfzigjährige noch habe sie ihn adoptiert, um ihm das kleine Häuschen ihres gefallenen Gatten gegen Verwandte zu sichern. Da habe er schon zu sprechen und zu ficken gewußt, wie es Brauch war. Und schlachten habe er gelernt bei ihr, ihre Schweine zuerst und später Kaninchen und Kühe, Ochsen und Schafe. Sie sei eine phantastisch stichsichere Schlächterin gewesen in ihrer knappen saftigen Haut. Da hätte sie ihm schon von Ödipus erzählt gehabt und den Grenzen, die sie sich nun, nach der Adoption, wohl oder übel setzen mußten, zumindest nach außen. Das sei gutgegangen. Anfangs wider das dörfliche Erwarten, aber mit zunehmender Erblindung und Eintrocknung seiner Liebstemutter habe er kaum noch befürchten müssen, jemand vermute Lust hinter ihrer gemeinsamen Tür. Bloß, daß er mit dem Schlachten später nicht mehr zurechtgekommen sei, habe die Beziehung vor ein ernsthaftes Prüfen gestellt. Schlachtenkönnen habe sie als fortdauernden Beweis seiner Mannbarkeit aufgefaßt und nicht wahrhaben wollen, daß er als sanfter Knabe gedacht war. Er habe sich nie erklären können, warum er nicht altere. Jedenfalls habe er schon verschiedentlich versucht, sein Haar ergrauen zu lassen, indem er es entweder färben ließ oder sich aber einen gehörigen Schrecken vorzustellen versuchte. Nichts davon habe dauerhaft Alter beschert. Und nun beuge er sich schon der bloßen Atemluft, nur um bucklig zu erscheinen. Nun verstelle er seine Stimme seit Jahren, versuche, zuviel zu essen, um seine muskulöse Statur ins Fett des Vergessens zu drängen. Es sei wirklich nicht leicht. Vor allem, daß seine Liebstemutter nun langsam begänne, ihm gegenüber, der er sie doch begehre wie einst, die Großmutter hervorzukehren und ihm Süßigkeiten vor seinen Wochenfahrten ins Fleischkombinat zuzustecken, Schlager-Süßtafeln und Schaumzuckerwaren, Negerküsse und

Kremmuscheln. Und diese Liebe zur Torte auf einmal! Vor einigen Jahren noch habe er immer Kochsalami und Schnittlauchleberwurst am Freitag mitbringen müssen. Unterdessen benötige sie ein Sortiment Fett, Eier und Mehl, um am Sonntag für ihn eine katzenhohe Torte zu haben mit Schnapskirschen in den Sahnetupfen obenauf. Schon einige Male habe er annehmen müssen, nun sei sie vollends verrückt geworden. Als sie zum Beispiel gesagt habe, es sei der Tag des Gerichts nicht mehr weit, es werde kommen die Sündflut, weil sie den eigenen Sohn ins Verderben geliebt und einer anderen Mutter den ihren abspenstig gemacht habe, so etwas räche sich bitter. Er habe nur an die Zigeuner denken sollen und wie es denen ergangen sei. So tagaus, tagein mit der Wurstverwaltung befaßt, habe sich Nebel auf sein Empfinden gesenkt und er nicht mehr daran denken wollen, was seine Liebstemutter umtreibe im offensichtlichen Alter. Obwohl, wie er zugeben wolle, da ja wirklich so etwas wie eine Leibesmutter gewesen sein mußte in seinem Leben. (Josepha schaut auf den Tisch zur aufrecht stehenden Ljusja. Sie muß, denkt sie noch, vorhin ein wenig Tee unachtsam aus ihrem Glas verschüttet haben, da sieht sie auch schon, wie eine Träne aus Ljusjas stillem Blickwinkel die Wange hinabläuft.) Er sei nur ein kleiner sächsischer Wurstbuchhalter, was mache es da, seine Herkunft so recht nicht zu kennen, wenn das Ende des Weges sich schon abzuzeichnen beginne: Er habe genug. Und gar keine Lust, hier den jungen Athleten zu spielen, bloß weil er kein Fett ansetzen könne. Bloß weil er irgendwann einmal auf einem sächsischen Acker zu Bruch und Boden gegangen sei nach wer weiß was. Vielleicht sei er ja ein heimlicher Russe, der im Hinterland des damaligen Feindes zu Zwecken der Spionage fallengelassen wurde, vielleicht hieße er ja Iwanuschka in seines Leibesmütterleins Erinnern. Auch, daß er ein armer Irrer sei, entlaufen aus irgendeiner entsprechenden Anstalt, halte er für möglich. Oder ein Mörder, ein gewalttätiger Lüstling, dem die Flucht aus dem Gefängnis zu sehr zugesetzt habe, daß er sein Gedächtnis verlor ... Adam Rippe schaut an Josepha vorbei aus dem Fenster, aufs Kirchtürmlein zu, und verliert sich. Sein korngelbes Haar fällt in Löckchen um die lieblichen Ohren, die Josepha, wär nicht auch Ljusja im Zimmer, zum Anbeißen lockten. Josepha sucht nach einer Erklärung, warum der Mann einer Fremden so freimütig all sein Wissenvermuten auftischt, sein Angstfühlen und Liebeserinnern. Es wird die Anwesenheit, glaubt sie, Ljusja Andrejewnas sein, die ihn aufschloß. Sie greift nach dem Bild, streicht die Spritzer darauf fort mit dem Ärmel, die Rättlein rumoren ein wenig dabei in der Tasche. Ehe sie etwas zu dem Bild zu sagen vermag, dessen und ihres Hierseins Anlaß in Wahrheit, greift schon Herr Rippe zu. Ob das der Hauptgewinn sei? fragt er spöttisch, flüchtig nur draufschauend, distanziert, das sei doch wieder so ein Versuch, ihn zum Eintritt zu bewegen in die Partei der Arbeiterklasse? Nicht, daß er was gegen die Arbeiterklasse hätte, er sei schließlich selbst ja nur durch einen asthmatischen Zufall zum Buchhalter geworden, aber er habe ihr doch soeben seine zweifelhafte Herkunft und Lebensart beschrieben, womit doch sicher erklärt sei, daß er zu keiner Art Vorhut tauge, beileibe nicht. Ganz schlau kann Josepha an alldem nicht werden, sie macht sich so ihre Gedanken, ob die Verschrobenheiten des Adam Rippe und seiner Liebstemutter womöglich wirklich irdischer Verrücktheit geschuldet sein mögen und nicht einer halbgöttlichen Abkunft. Daß die Überirdischen oft an kleinen Brötchen – in diesem Fall Bockwurst und Hackepeter – Bodenständigkeit zu erwerben suchen, scheint ihr nicht neu ... Warum ihr nur Ljusja nicht zu Hilfe kommen will in dieser Situation? Mit einem klitzekleinen Zeichen? Es will ihr doch immer schwieriger werden, dem Herrn Rippe in seiner selbstvergessenen Auskunftslaune die Anwesenheit der leibhaftigen Mutter nahezubringen, die er auf Händen trägt in diesem Moment ins Licht der Stehlampe am Fenster. Schaut nun doch etwas länger auf das Porträt, wendet den Rahmen, sucht wohl den Namen der Abgebildeten oder einen Hinweis auf die veranstaltende Lotterie. Ljuljusjaja, stottert Josepha, Andrejewna Wandrowskaja, Tortenbäckerin aus Kaliningrad. Hat Sie gesucht als ihren und ihres jungen Gottes halbgöttlichen Sohn und endlich wiedergefunden hier in Lutzschen, Sie Rippenschnitzling, Sie Furchenfindling. Vergessen wir mal Ihre Buchhalterei und kommen zur Sache: Das ist Ihre Frau Mutter da auf dem Bild, jedenfalls zum einen Teil, zum anderen geht sie in Kaliningrads Straßen womöglich noch auf und ab oder hat sich in eine alte deutsche Anrichte gerettet in der Arbeitersiedlung der Schichauwerft, wenn Ihnen das auch nicht viel sagen wird, Herr Rippe. Ihre Frau Mutter hat mir die ganze Geschichte einmal anvertraut, weil auch ich gerad im Begriff bin, mich zu vermehren und wir uns in einem vom Schicksal unbeobachteten Moment trafen, der dazu angetan war, die Wahrheit zu sagen. So geht das manchmal, Sie waren nah dran und weit weg mit dem Sowjetspion, aber anerkennen will ich schon, daß die Hälfte der Wahrheit unzweifelhaft Ihnen gehört. Ihre Liebstemutter will ich gern glauben, habe ich doch ihre kirschlikörfarbenen Plüschpampuschen tatsächlich gesehen. Daß Sie nicht altern, hat einen einfachen Grund: Ihr halbes göttliches Erbteil, verstehen Sie? Sie fielen vom Himmel, als Ihr Vater das Lachen kriegte im Fliegen, Ihretwegen übrigens ... Und damit Sie sich nicht weiter wundern, Ihre Mutter zöge die Wiedervereinigung mit dem Unterteil dem Leben im Rollstuhl vor. Das nur für den Fall, Sie nähmen sie bei sich auf und sie wollte bei Ihnen bleiben als Dritte im Bunde. Was ich mir gut vorstellen kann nach allem, was sie erlebte. Sie hat Sie der Welt mit dem Taschenmesser erschaffen in kühnem Flug, und Sie sind ein Wurstbuchhalter geworden, herrje, wo wir doch ohnehin grad im Zeitalter der Tatsachenverwurster angekommen sind mit eisernen Schuhn. Dagegen machen sich kirschlikörfarbene Plüschpampuschen ausnehmend sanft, das können Sie glauben, da lob ich mir die Verrücktheiten Ihrer Liebstemutter beinahe. Also wollen wir aus Anlaß der Wiederfindung Tacheles reden? Ich habe Ihnen Ihre Mutter höchstselbst mitgebracht zwischen meinen fruchtwasserschwitzfeuchten Kleidern, machen Sie sich ein Gefühl davon und sagen Sie dann, ob Sie sie haben wollen, in seligem Angedenken auch an Ihren verschüttgegangenen Vater. Es wär nicht mehr viel, denke ich, sie zur Rückkehr in die dreidimensionale Existenz zu bewegen, wenn Sie sich ihrer erst einmal annehmen könnten. Gut Nacht.

Josepha hat sich zum Sprachrohr gemacht. Noch in der Wahl der Worte schimmerte Ljusjas durch die Übersetzung des fliegenden Hundes vielleicht sogar ein wenig gedämpfter rapportöser Ton durch den Sinn der Ansprache. Als habe er nichts gehört, wendet sich Adam Rippe zur Tür, erwidert den Gutenachtwunsch mit leiser werdendem Grummeln und schließt die Tür. Hat nichts vernommen. Ist sprachlos geworden im Anschlag der Nacht. Verschließt sich nun wieder. Das hat ihm wohl noch gefehlt, daß eine die Mutter geben will nach so langer Zeit und ihn womöglich erziehen von der Liebstemutter fort in ein anderes Leben? Das er gar nicht mehr wünscht? Er wünscht einfach überhaupt gar nichts mehr. Diese Würste in Döbeln, dies Blutwabern hinter den Fabriktoren. Daß der Herbst sich so aufschlagen läßt und dann auch noch faul riecht. Verrückt macht. Mit unbezahlten Rechnungen auftaucht. Erpreßt und erpreßt wird. Daß schon die Männer Gottes sich anzünden, die Kinder seiner Kollegen den Gemeinen Antagonalklaps erleiden und außer Haus stets das Gegenteil dessen sagen, was drinnen verhandelt wird am Tisch ihrer Eltern. Wär er doch alt wie die Liebstemutter geworden. Ging er zu Ende. Aber ist nicht alt geworden wie die Liebstemutter. Kann er deshalb nicht enden? Sein Kopf entwirft Arten Entleibens: Den Strick nehmen, den Kopf in die Backröhre stecken, sich zwischen Großkorbetha und Leipzig einem Zug zum Fraß vorwerfen, in den Teich gehen mit Hanteln an Händen und Füßen, Schlaftabletten schlucken, Rattengift einnehmen, Primasprit trinken oder Essigessenz. Aber er hat solche Schmerzfurcht, daß ihm ein einfaches, zweifaches Zahnweh schon zusetzt wie ein Schlag mit dem Morgenstern, wie würde er sich da hinüberhelfen können auf die andere Seite? Resigniert schiebt er die Entwürfe wieder aus dem Kopf ins Genick zurück und legt sich zur blicklosen Liebstemutter ins warmgeschlafene Nest. Ihm wird wohler. Im Dunkel ist er so blind wie sie, kann ihr gleichen.

Josepha indes versucht, sich in einem in Schlaf und Ljusja

zum Reden zu bringe. Als hätte sie nie ein Wörtchen verlauten lassen, hält diese sich aber verschlossen, verspricht keine Lösung. Nicht einmal schräg aus den Augenwinkeln bricht sich ein Blick in das Gastzimmer Bahn. Eigentlich, wähnt Josepha im Einschlafen noch, hat sie ihr Soll ja erfüllt und Ljusja nach Lutzschen gebracht zum halbgöttlichen Rippenkind, aber das Resultat erfüllt sie nicht gerade mit Frohsinn, gar Stolz. Was hatte sie sich auch für ein Bild gezeichnet des Mannes Adam? Ein kühner Schlachter hatte er sein sollen mit festem Stich und scharfen Würzmischungen für die verschiedenen Wurstmassen. In einem eigenen, hellblau gekachelten Laden hatte er zwei oder drei ansehnliche Frauen zu laufen haben als Gottesanbeterinnen und Schinkenmamsells, zwei oder drei muntere Viertelgottkinder dazu und ein sportliches Äußeres. Sein Denken hatte in überirdischer Klarheit erstrahlen sollen über dem Sumpf der säkularen Tatsachen. Statt dessen ist sie einem gewöhnlichen, gebeutelten Kniffling begegnet, der mit dem Herzen in der Kniekehle schwanger geht und dem die Verwaltung von Wurstmassen tatsächlich als eine Aufgabe erscheinen kann. Sein Gott scheint allein ein sächsisches Leben, seine Heilige Jungfrau die Liebstemutter des adoptivischen Beischlafs. So saftlos kann es zugehen diesseits der im Jahre neunzehnhundertneunundvierzig anscheinend endgültig befestigten Grenze, daß selbst das Göttliche lieber banal wird als ein Türlein zu öffnen, Muskeln zu zeigen. Lieber denkt es ans Sterben, als ein Haus zu verlassen, um anderswo neu zu bauen. Sie hat sich getäuscht. Ehe die Sonne aufgeht, packt Josepha ihr Waschzeug wieder in die Reisetasche, spült das Kümmelkohlglas mit kaltem Wasser, herzt und küßt die junge russische Tortenbäckerin ein letztes Mal, zieht sich an und verschwindet.

ljusja andrejewna wandrowskaja
kurzer abgesang auf die dreidimensionale existenz

wie hab ich mich täuschen wollen über mein kind wie hab ichs geschönt und zum helden geputzt in gedanken. das hab ich davon daß ich zur menschlichen art der vermehrung ein mindestens zwiegespaltnes verhältnis habe wegen des männlichen zeugungsorgans das ich immer aus ungünstiger perspektive zu sehen bekam in seiner wucht. seis wie es sei ich freue mich doch an dem mannkind und daß ich es fand und daß mich wer hintrug zu ihm auch wenn es mich jetzt für ein köderstück hält der partei und nicht ernst nimmt als mutter als herzpartisanin oder beweis. seiner herkunft zum beispiel. wurstmacher buchhalter: immerhin ist ein deutscher haushaltsvorstand aus ihm geworden das erkenne ich an. und nichts kann ihm nähergelegen haben als eine liebstemutter da hatte er beides beisammen und war nicht allein während ich in kaliningrad fleischtaschen aß als besatzerkind wo ich doch selbst ein mehrfach besetztes kind war. er war das nie. war gleich mann wenn er auch eher meinem vater spielenden moskauer vater aus dem gesicht geschnitten scheint als meinem jungen gott aus der rippe. was soll ich ihm sagen können aus meinem altgewordenen rahmen: daß seine irgendwie leibliche mutter ihm beisteht sein gästezimmer bewohnt und ihn wahrhaben will? ich lehne das ab. josepha rudolphowna begriff daß ich sie forthaben wollte vom ort meiner niederlage. aus des sohnes sächsischem haushalt. daß sie nicht selbst noch vor der niederkunft den zweifel bekommen sollte am kindergebären weil was sie sah nicht eben ermutigend war aus mütterlicher sicht. andersherum kann es auch positiv sein daß meine täuschungen so schlurfend davongingen und ich nun wieder ganz auf mich gestellt bin wie früher. ich habe dem adam ein kleines leben geschnitten mit der anmaßung einer göttlichen schöpferin – das hat er nicht tragen können und will niemals mehr glauben daß eine mutter ihm blühe im rahmen. deshalb will ich ihn auch weiter nicht stören und ihm das alterslose ersparen für den rest seines lebens. ich denke das würde ihn freuen. zur leiblichen baba bin ich nicht recht geeignet also warte ich ab daß er mich sattkriegt und wegschmeißt auf seinen männlichen mist. ein letztes mal will ich das dreidimensionale noch versuchen zu dem es mich getrieben hat im andenken an ihn an mein halbgöttliches rippenkind …

Auf den Boden des Gästezimmers in Lutzschen fallen nacheinander Scherben aus Glas, Holzrahmenteile und eine Rückwand aus Pappe. Ljusjas Faust ragt für einen Moment hell aus der Bildebene, ehe sie wieder zurücksinkt und die Photographie auf die Reste des Rahmens hinabsegelt und liegenbleibt. Adam Rippes Schlaf ist tief genug, ihn nichts vernehmen zu lassen. Erst als er am Morgen mit einem Kännchen Tee nach dem Gast schauen will, erblickt er den Schaden und räumt den vermeintlichen Abfall beiseite. Dabei schneidet er sich an den Scherben, und die fünf Tropfen Blutes, die sich in dicken Fäden auf Ljusjas Gesicht hinabziehen und ihn so für Augenblicke mit der Mutter verbinden, lassen ihn altern zu jenem Adam Rippe, den die blinde Liebstemutter im Kopf trägt.

NOVEMBER. UND SCHLUSS

Als der Monat der Niederkunft ersten Schnee in die Berge um W. streut, knüpft sich wieder ein Band zwischen Josepha und der Urgroßmutter. Zu deren Glück war Josepha nach einem Tag der Abwesenheit wiedergekehrt, wortlos zwar und nicht gerade in gut zu nennender Stimmung, aber immerhin hatte sich für Therese die Vorstellung, das Mädchen ganz aus dem Hause getrieben zu haben mit dem Vaterloslos, der Birute-Furcht, bald als unzutreffend erwiesen. Nur, daß sie seit der letzten Etappe der Expedition eine blaue Geschwulst auf der Lippe trägt, die sich nicht mehr fortnehmen will, hält sie für ein Zeichen, daß nicht ausgestanden ist, was sie dem Josephakind als Lebenslast mitgab. Ljusja hat tragen gelernt in der Lutzschener Nacht: Schicksal, Folgen des eigenen Tuns und Enttäuschung. Sie nimmt's hinzu ins Gewicht, das ihr ohnehin ausreichende Bodenhaftung verschafft: das des schwarzweißen Kindes, und klärt für sich auf, daß Thereses Verhalten dem eignen in der Mutverschlußsache der verschwundenen Meisterin nahekommt. Sie spürt keine Kraft – nicht jetzt? oder nie? –, noch einmal auf die Suche zu gehen, ehe das schwarzweiße Kind geboren werden soll. An die Urgroßmutter denkt sie, an deren Alter und daran, daß auch Therese nicht Kraft noch Zeit finden wird, den gegangenen Weg rückwärts aufzurollen und das Knäuel noch einmal in eine andere Richtung zu werfen, ihm nachzufolgen. Milde gestimmt liegt Josepha tagsüber auf dem Boden des Wohnzimmers, liest entliehene Bücher über verschiedene Arten der Schmerzlinderung während des Gebärens, macht zwischendurch ein wenig Gymnastik, ißt und schläft ein, wacht wieder auf und nimmt Therese in die Arme. Dann schunkeln sie und glauben voneinander, daß auch die andere noch einmal die Etappen der Expedition für sich durchgeht und davon die Übereinstimmung ihrer Bewegungen herrührt. Und wirklich sind sie mit den Geschehnissen auf der imaginären Leinwand auch dann beschäftigt, wenn sie ganz andere Dinge – und jede für sich – tun: Gunnar Lennefsen hat ihnen zu schwererem Grundschlag verholfen.

Daß Josepha die Schwangerenpappe im Zug nach Leipzig aufgeraucht hat, bringt ihr noch einmal die rügenden Blicke der bronzenen Ärztin ein: Sie muß ohne Ausweis vor sie hintreten und ihn für verloren erklären in den Arbeitsanzügen des *VEB Kalender und Büroartikel Max Papp* oder im üblichen Buntwaschgang. Ein Diebstahl komme wohl kaum in Frage, erklärt sie noch schräg aus den Augenwinkeln grinsend, wem solle das nützen, da geht schon der kalte Guß der Strafworte auf sie nieder: Verantwortungslos, unachtsam, schlampig, verlottert, leichtlebig und flatterhaft. Das soll sie sein. Josepha kann jetzt fest zugreifen, wenn ihr ein Amtspapier droht. Die bronzene Ärztin stellt ein Duplikat aus den Akten zusammen und reicht es Josepha, die's in die Tasche stecken kann, ohne es fallenlassen, ohne es daran hindern zu müssen, eine Wand zu erklettern oder durchs Fenster davonzugehen. Die Art der Ärztin, den Stand der Schwangerschaft auszukundschaften und einzuschätzen, ist nach wie vor grenzübertretend, aber Josepha hat schon anderes im Kopf und verzichtet auf Einspruch. Die fremde Frau steckt Zeige- und Ringfinger in die unteren Öffnungen, tastet den Muttermund, drückt mit den Händen das schwarzweiße Kind zusammen, es auszumessen, hört mit einem hölzernen Rohr auf den Herzschlag und wiegt in gestelzter Besorgnis den Kopf. Josepha ist inzwischen beschlagen genug, sich selbst zu vertrauen in ihrer Arbeit an der Mutterschaft. Birutes furchtlose Mutter stellt sie sich vor auf dem Acker oder Ottilie Wilczinski, wie sie im bayerischen N. nach der Art der Comanche-Indianer gebiert. Das soll der mal eine nachmachen diesseits der im Jahre neunzehnhundertneunundvierzig anscheinend endgültig befestigten Grenze, wo nach geltendem Gesetz geboren wird, bitteschön. Da Josepha aber ohne alle Leibeserfahrung ist auf dem Gebiete des Gebärens, bereitet sie einen landesüblichen Gang in die Entbindungsklinik vor, indem sie die Tasche den Empfehlungen der Schwangerenberatung gemäß packt, die kochbaren Schlüpfer und Stillbüstenhalter kauft und die baumwollenen Waschlappen, an denen sich, glaubt man dem Merkblatt, entscheidet, ob die werdende Mutter die Sache ernst genug nimmt. Halbmeterlange Knopfleisten auf den geblümten oder längsgestreiften Nachthemden sollen die Komplikationen beim Stillen mindern, die Staatspersonenpapiere die Zeit zwischen Geburt und Ausstellung der bezeugenden Urkunde. Nur für das Kind hat sich Josepha einen kleinen Schlenker erlaubt und einen von Ottilie Reveslueh aus Bayern importierten Nuckel gewählt sowie eine Garnitur vom kleinen Avraham Bodofranz, deren funktionale Ästhetik das Angebot der städtischen Geschäfte für Oberbekleidung ebenso schlägt wie die Strick- und Häkelbemühungen der Arbeitskollegen aus der Kalenderfabrik. Therese erzählt hin und wieder von den Eigenheiten ihrer beiden Geburten, Carmen Salzwedel bringt alle drei Tage die neueste Kunde aus der Fabrik. Von ihr erfährt Josepha, daß die Kollegen zwei Tage brauchten, die wie schlafend aussehenden toten Hunde aus den Spinden in den Umkleideräumen fortzuschaffen und in ihren Schrebergärten zu bestatten, in den Fischteichen um Cumbach zu versenken oder, was glücklicherweise nur zwei- oder dreimal geschah, die Kadaver den Halden Industriemülls unterzumengen in betrieblichen Abfallsäcken. Von ihr erfährt Josepha zudem, was Manfred Hinterzarts Schwester in Burj 'Umar Idris in der algerischen Wüste ins Leiden getrieben hatte: Das blonde Haar über den hellen Augen. Das nämlich hatte sie offenbar zum bestaunten Gegenstand männlicher Sehnsüchte gemacht. Wenn sie sich zeigte in der beschränkten Öffentlichkeit der algerischen Wüste, griffen ihr Männerhände ins Haar, wurde sie deshalb bespuckt von den inländischen Frauen. Sie hatte ihr Haar auf Anweisung der Schwiegermutter schließlich unter einen Schleier zwingen müssen, unter dem natürlich auch ihr musikalischer Hinterkopf nicht zu sehen war – sie verlernte das Singen. Ihr Mann wollte sich ihrer nun nicht mehr erinnern, da sie doch anderer Männer Zugriff ausgesetzt gewesen und somit entehrt worden war in seinen Augen. Auch als Mutter ihrer

Töchter Magnolia und Kassandra geriet sie nur noch selten in Benderdours Bewußtsein, und wenn, dann erinnerte er sich lediglich ihrer Öffnungen, auf die er einen Anspruch begründet hatte mit seiner Heirat. Einmal hatte sie noch versucht, ihre Eltern um eine Nähmaschine zu bitten. Das war gewesen, als die Idee, sich und ihren Kindern in einer der großen algerischen Städte ein eigenständiges Dasein zu schaffen, noch nicht völlig erdrückt schien von Benderdours und seiner Familie Gesetzen. Seit dieser Bitte hatte weder ein Zeichen der Eltern, des Bruders sie mehr erreicht, noch die ersehnte Maschine, die Hinterzarts unter Zuhilfenahme verschiedener nützlicher Verbindungen recht schnell hatten erwerben und zur Post geben können. Daß Annegret dennoch eine Nachricht nordwärts hatte schicken können, war einem mitleidigen Polygraphieingenieur zu danken gewesen, der in ihrem Wohnort nach den Schönheiten des Landes gesucht hatte. Während weniger Tage, die er zu Erholungszwecken von seiner Aufgabe, die Errichtung eines Druckereibetriebes in der Nähe von Algier zu überwachen, freigestellt worden war, hatte er eine Wüstentour unternommen mit einem Einheimischen und war so nach Burj 'Umar Idris gekommen. Annegret, der es längst verboten war, mit Kassandra und Magnolia gemeinsam zu flanieren, war während eines Besorgungsganges der Akzent des Touristen aufgefallen, der ein übliches Französisch nicht zuließ und statt dessen stark an den Klang ihrer Muttersprache erinnerte. In kurzen Satzstößen hatte sie versucht, ihn von ihrer Lage in Kenntnis zu versetzen und ihn um die Übermittlung einer Nachricht an ihre Eltern gebeten. Am darauffolgenden Tag hatte sich ein herzzerreißender Brief im Gepäck des Mannes befunden. Nach seiner nächsten Rückkehr nach Hause hatte er ihn in ein Kuvert gesteckt, frankiert und gehofft, er möge dort ankommen, wo jemand sich dieser Frau in der algerischen Wüste annehmen könnte. Hinterzarts hatten nichts unversucht gelassen, über die *zuständigen Stellen* eine Besuchserlaubnis zu erwirken – ohne Ergebnis. Als man sie schließlich einlud, sich über den Stand der diplomatischen Beziehungen zwischen den Ländern der binationalen Ehepartner

informieren zu lassen und zu erkennen, daß ein Eingreifen in die inneren Angelegenheiten eines souveränen Staates sich mit den Prinzipien der gesellschaftlichen Ordnung hierzulande nicht vereinbaren läßt, hatten sie schon kapituliert und nur noch in klammen Nächten beieinander Trost suchen können im Weinen. Manfred aber hatte nicht aufgeben wollen und aufgebracht auf der Frage beharrt, ob denn die inneren Angelegenheiten seiner Schwester denen des Landes in jedem Fall unterzuordnen seien, und trotz der Warnungen, nichts über das Schicksal der Schwester in der Öffentlichkeit verlauten zu lassen, hatte er Carmen Salzwedel erzählt, was er wußte. So erfährt auch Josepha, was der Kinderzeitfreundin im fernen Algerien aus Liebe zustieß. Es macht ihr Übelkeit in der Grube des Magens, was sie da hört. Es weckt ihren Wunsch, der frühen Freundin über die Grenzen hinweg beizustehen. Noch weiß sie nicht, wie. Der November steht träg zwischen den Menschen von W., unbewegt, aber ganz satt von ungewisser Ahnung, daß auch die Vorstellung, Annegret Hinterzart zu Hilfe zu kommen, Josepha nicht undenkbar scheint, vielmehr dem Ungewissen sich beimengt als eine Möglichkeit ...
Am neunzehnten Morgen des Monats schiebt sich ein blutiger Pfropf aus Josephas Scheide – die Geburt des schwarzweißen Kindes kündigt sich an. Noch haben nicht Wehen die Regie der leiblichen Vorgänge übernommen, so daß die künftige Mutter am Tisch sitzt, Tee trinkt und abwartet. Aus dem Zimmer Thereses kommen, nun schon beinahe in alter Gewohnheit, Geräusche wie von raschelnder Seide, dazu das Rattern der Nähmaschine und ein Schnaufen großen Bemühens. Sobald aber Josepha nachsehen will, was vorgeht hinter der Tür, findet sie, nun schon beinahe ebenfalls in alter Gewohnheit, die lächelnde Therese über einen Schlüpfergummi gebeugt, ein abgerissnes Schlüppchen. Zum Mittag kommt Richard Rund, freut sich aufs Ostpreußeressen: Leberwurst bekommt er, eine fingerdicke Scheibe, pur zu einem dem Essen vorgelagerten klaren Verdauungsschnaps. Dann gibt es Vorsuppen-Speckmus, Erbsbrei zu Blutwurst und als Nachtisch Klunkern mit Blau-

beeren. Solcherart Essen kann Josepha jetzt nicht mehr mit ansehen, ohne den Kotz zu bekommen. Deshalb trägt ihr Therese lediglich Klunkern mit Blaubeeren auf die Veranda, dazu ein großes Glas Milch. Noch einmal schlafen will Josepha, ehe die Wehen einsetzen, noch einmal eine Traumrunde drehen. Als wisse er das, bringt Richard Rund ein Glas Rotwein, Erlauer Stierblut, setzt sich hinzu. Therese, so sagt er, gefalle ihm in letzter Zeit mehr denn je, nur sei sie schwächer geworden und dünste zuweilen den eindeutigen Geruch baldigen Abschieds aus den Poren. Das mache ihm Sorgen und Freude zugleich. Einerseits habe Therese gerade jetzt einen Frieden geschlossen mit sich, der ihr den Abschied würde erleichtern helfen. Andererseits fürchte er ihre Abwesenheit stärker als sein eigenes Hinübergehen. Ob Josepha da einen Rat wisse? Ob er Therese heiraten solle, daß sie schon aus Respekt vor dem Gesetz noch eine Weile bei ihm bliebe als seine Ehefrau? Er könne nicht entscheiden, ihr solch einen Schritt anzutragen, da er nicht wisse, ob sie selbst überhaupt schon einen Begriff ihres Abschieds habe. Josepha will erst einmal nur die blaue Geschwulst aufgefallen sein seit der letzten Etappe der Expedition. Wie sich darüber hinaus die psychophysische Konstitution ihrer Urgroßmutter verändert haben soll, hat sie nicht feststellen wollen bislang. Nun, da Richard ihr mit Rotwein zum Mund geht und sie in etwas hineinzieht, was wahrscheinlich sein Vertrauen genannt werden muß, macht sie sich Sorgen. Tatsächlich geht ihr das undeutbare Rascheln nicht aus dem Sinn, das aus Thereses Zimmer tönt, das Nähmaschinengetucker dazu wie vom Ziehen langer, gerader Nähte. So lang, daß ein menschengroßes Totenhemd als Gegenstand des Bemühens eigentlich ausgeschlossen sein muß. Was spielt sich da ab? Sie wagt nicht, Richard Rund davon zu erzählen, weil sie glaubt, dessen Vermuten würde unzweifelhaft doch auf Bestattungskluft hinauslaufen wollen. Das hält sie nicht aus, will's vermeiden. Jetzt, da ihr Körper ganz vom schwarzweißen Kind besetzt scheint, findet der Gedanke an baldigen Abschied nicht Platz in ihr, nirgends. Sie schlägt in den Wind, was Richard Rund für einen passablen Vorschlag hielt: eine Hochzeit, und macht sich bald lustig über sein Festhaltenwollen. Ach, das Marjallchen, gruschelt da der ertaubte Rentner ins Nichtverstehen, einen Ausdruck Thereses verwendend, mit dem diese eine gute Spur ratlosen Staunens über die Urenkelin bezeichnet. Geht er also hinüber ins Schlafensliebzimmer, nimmt er also in Traurigkeit der Liebsten sich an, und wirklich fällt ihm bald auf, daß deren Haut viel mehr Falten wirft als noch vor wenigen Tagen, viel weiter sich schieben läßt von seinem Streicheln, als wär sie schon beinahe losgelöst vom darunterliegenden Fleisch. Tränen schlieren aus Richards Augen in Thereses Liebesschwitzen hinein, ihr derbes Prusten scheint schon beinahe ganz vergangen beim Bergbesteigen. Sanft und lieblich öffnet sich ihm, was er einmal einen Vulkan geheißen hatte, was aber nun als Geysirlein daherkommt, Dunstwölkchen pafft wie von dünnen braunen Damenzigaretten. Das Geysirlein schmeckt nach feiner Vanille und Zimt, keine Duftspur bleibt von Blutwurst und Erbsbrei, Therese hat sich verändert.

Zum Abend stellen sich Wehen ein. Josepha läßt den Krankenwagen kommen und sich in die Geburtsklinik eines nahe gelegenen Luftkurortes bringen, die zuständig ist für W. und die Gemeinden ringsum. (Zuvor hat sie die Rättlein für ein paar Tage Therese ans Herz gelegt.) Ein gerade noch junger Arzt namens Ernst untersucht sie und stellt nur eine geringe Öffnung des Muttermundes fest. Josepha hat Zeit, sich zu baden nach dem üblichen Einlauf und dessen Folgen, hat Zeit, die ihr ungehörig erscheinenden Fragen nach dem Vater des Kindes wieder einmal nicht zu beantworten, hat Zeit, die Sachen in einem abschließbaren Spind zu verstauen und sich dann auf das mittlere von drei Geburtsbetten des Kreißsaales zu legen. Es wird lange dauern, bis das schwarzweiße Kind aus ihr herauskommen wird. Vier Geburten erlebt sie links und rechts neben sich, deren Verlauf sie in der Hoffnung, mit dem Leben davonzukommen, zunächst nicht bestärkt. Kurzzeitige Ablenkung verschafft eine Kinderschwester, die vorsichtshalber schon einmal nach dem Namen des zu erwartenden Kindes fragt, um ihn in den Unterlagen zu vermerken. Josephas Antwort, ein Mädchen solle Rema Andante, ein Junge Shugderdemydin genannt werden, hat den Besuch des leitenden Arztes am Kreißbett zur Folge. Dem muß sie erzählen, daß ein mongolischer Weltraumfahrer gleichen Vornamens in wenigen Jahren die Erde umkreisen wird und daß überhaupt das Mongolische ein wenig unterrepräsentiert sei im alltäglichen Sprachgebrauch. Sie wolle das ändern. Schließlich sei Dschingis Khan ein Mann von durchaus überregionaler Bedeutung gewesen. Eine Schmerzwelle fährt ihr ins Wort. Nun braucht sie zumindest keine Begründung mehr abzugeben für die fragliche Rema Andante: Der Arzt greift ein wenig hinein in ihren sich spannenden Körper und lächelt sogar, bereitet sie darauf vor, daß die Geburt überraschenderweise unmittelbar bevorstehe, erstaunlich schnell vorangekommen sei also für eine so unerfahrene Person, ruft nach der Hebamme und hält nach drei, vier Preßschüben der von links und rechts heftig angefeuerten Josepha das schwarzweiße Kind in den Händen. Es lacht. Auch Josepha muß lachen, als sie das neue Persönchen nun sieht: Unterm strohblonden Kraushaar ein freundliches Winzlingsgesicht. Dunkle Flecken überziehen in unregelmäßigem Muster die helle, gerötete Haut des Jungen, ihm damit ein ohnehin schon heiteres Aussehen bescherend. Die Frage nach Rema Andante muß wirklich nicht mehr beantwortet werden, aber der klangvolle Vorname Shugderdemydin erfordert eine Stellungnahme des Lehrstuhls für Mongolistik der hauptstädtischen Universität. Man wird nicht umhinkommen, Josephas Antrag stattzugeben und den Namen des Kindes zähneknirschend und kopfschüttelnd in der Personenstandsakte zu vermerken ...

Vier Tage solle sie mit Shugderdemydin schon noch in der Klinik bleiben, meint Dr. Ernst anläßlich der ersten Visite im Mütterzimmer. Froh kann Josepha sein, daß sie überhaupt einen Platz in einem Zimmer bekommen hat: Auf den Fluren, Podesten der Treppenhäuser sogar stehen Krankentragen als provisorische Betten. Gebärwut? Vielkinderei? Selten genug werden die neuen Menschen ins Zimmer gebracht. Zum Stillen. Den

Frauen wird dann empfohlen, doch lieber gleich auf Flaschenernährung umzusteigen, das erleichtere dem Personal die Pflege der Säuglinge, *sie sehen ja, was hier los ist!*, und der Nachtschlaf stelle sich rascher ein bei den Kindern. Für die Brüste könne man Eisbeutel bringen, auch Spritzen zum Abstillen seien vorrätig, aber jede müsse selbst wissen, ob sie sich und dem Personal das Leben schwermachen wolle. Kaum findet Josepha Zeit, Shugderdemydins Körperlein zu erkunden, so eilig werden die Kinder wieder zur Säuglingsstation getragen nach der Flaschenmilchwerbung. Einmal, als sie vorgibt, das Kind sei eingeschlafen an ihrer Brust und genau in dem Moment, da die Schwester mit der Tür knallte, wieder aufgewacht und trinke deshalb erst einige Augenblicke, darf sie ihn bei sich behalten für ein paar zusätzliche Minuten bis zum Schichtwechsel unter den Schwestern. Sie zieht Shugderdemydin aus, untersucht Nabelwunde und Hoden, streicht das Rückgrat auf und ab, beißt in die Öhrchen, drückt sich die Füßlein in die Augenhöhlen, legt ihren Kopf auf seine schlafwarme Brust, schaut in die Nasenlöcher, fährt mit der Hand über die blonden Kraushaarknötchen, die ihre Handflächen kitzeln, und beginnt, die unbestimmbare Zahl milchkaffeefarbener Hautflecke abzuküssen in zärtlichem Eifer. Es ist, so meint sie, Mokwambi Solulere zu verdanken, daß auch die milchkaffeefarbenen Spritzer auf der Haut des lettischen Juden Avraham Rautenkrantz ihre Wiederaufnahme finden in die Erweiterte Schlupfburgsche Sippengeschichte. Daß indes unter den Ärzten der Klinik erwogen wird, das Kind wegen einer vermeintlichen Störung der Pigmentation für eine gewisse Zeit in die Klinik der Bezirkshauptstadt zu verlegen, wird sie nicht erfahren, denn man sieht davon ab, da das Kind gut gedeiht und, soweit das feststellbar ist, nicht an Beeinträchtigungen des Sehvermögens leidet. Fidelia, die Göttin der grundlos heiteren Stunden, bedient sich des Knaben, so oft es ihr einfallen will: Er löst Heiterkeit aus, ein befreites, befreiendes Lächeln über jedwede anders geartete Stimmung hinweg, sooft man ihn ansieht. Zuneigung fällt über ihn her. Manche Mutter sogar bedauert das eigene Kind, das vielleicht nicht so viel Zustimmung auslöst und auch ihr Muttergefühl noch nicht anzusprechen vermochte. Josepha hat Glück. Sie kann Shugderdemydin mit Selbstverständlichkeit lieben und trägt ihn nach Aussitzen der landesüblichen Frist nach Hause.

Therese hat unterdessen Freunde, Bekannte und die wiedergefundene bayerische Tochter von der Ankunft des Kindes benachrichtigt. *Wochensuppen* strömen ins Haus: Jäckchen und Jüpchen, Fläschchen und Bilderbücher, Klappern und Teddybären, alkoholische Früchte und sogar eine halbe eingeweckte Zicke aus Hinterzarts Schlachtvorrat. All diese Dinge packt Therese in leichte kubanische Zuckersäcke aus weißer Baumwolle und stapelt sie in ihrem Zimmer. Josepha lernt, als die Milch richtig fließt, das alte Schlupfburgsche Stillen und freut sich des Kindes und hat wenig Platz im Kopf für anderes. Nicht verborgen bleiben will aber Carmen Salzwedels Sehnsucht, wenn sie Shugderdemydin an die eigene Brust drücken darf, auf und ab tragen durchs Zimmer oder auch, wenn Josepha einmal ein wenig ausschlafen möchte, spazierenfahren durch Ws. neugierige Straßen und Gassen. Manchmal trifft sie sich dann auf dem Markt mit Manfred Hinterzart, und gemeinsam schieben sie den bauchigen Wagen vor sich her wie den Wunsch nach einem gemeinsamen Kind.

Am letzten Tag des Monats bittet Therese Josepha mit dem Neugeborenen an ihr Bett, sie fühle sich schwach, wolle später aber unbedingt aufstehen. Josepha möge ihr doch aus dem unteren Fach ihres alten Kleiderschrankes eine Näharbeit hervorkramen helfen. Grinst schräg aus den Augenwinkeln, die Gute. Die Näharbeit erweist sich als ein riesiger gurkenförmiger Sack, mit dem Josepha zunächst nicht viel anfangen kann. Allerdings erinnert sie das Rascheln des über den Fußboden schurrenden Materials an jenes Geräusch, dessen Ursprung sie in den letzten Wochen nicht hatte feststellen können. Imaginäre Leinwand, sagt da Therese, damit kommst überall hin. Ein Luftschiff hat sie genäht, den Nachkommen freien Abzug zu gewähren aus ihren und des hiesigen Staatswesens Lebensarten. Am selben Abend noch sieht man Josepha mit Therese und dem Kinderwagen des kleinen Shugderdemydin zu Schröders Teichen ziehen. Ein Abendspaziergang in frischer Luft, könnte man meinen, wäre da nicht die Vielzahl von Gepäckstücken, die sie dem Gefährt aufgebürdet haben und nun durch den Nebel karren. Auf der Obstwiese setzt sich Therese ins Gras, schnieft vernehmlich durch die geblähten Nüstern und bittet Josepha, sich, dem Kind und dem Gepäck die Stoffhülle überzuziehen. Alsdann bläst sie durch ein Staubsaugerrohr, das sie mit den Lippen fest umschließt, die warme Luft ihrer Lungen in den Sack und all ihre Hoffnung, die jener Zuversicht sehr ähnelt, die sie nach dem Ende des letzten Krieges unter ihrer Haut hatte heranreifen lassen: Man würde sich eines Tages wiederbegegnen. Therese stirbt, unbemerkt von Josepha, die aufsteigt in einen versiebten Himmel. Therese stirbt auf glücklichmachende Art, alle Bitternisse voran und nach Lastdruck geordnet. Als ganz oben in den Lüften gerade noch ein Gürkchen zu sehen ist, lebt nur noch Gutes in ihr, und sie geht von einem Zustand vollkommener Seligkeit in den anderen hinüber. Sie weiß, daß die fliegenden Göttinnen sich des Luftschiffes annehmen und es sicher dorthin bringen werden, wohin es Josepha mit dem Kinde zieht ...

Im Gelände um *Schröders Teiche*, etwas abseits der thüringischen Kleinstadt W., finden die durch einen Bürger des Spitznamens bräunlicher Eugen informierten *zuständigen Stellen* im Dezember des Jahres neunzehnhundertsechsundsiebzig eine weibliche Leiche, die durch den Bürger Richard Rund und die Bürgerin Carmen Salzwedel als die der einundachtzigjährigen Therese Schlupfburg identifiziert wird. Die Umstände des Auffindens lassen nicht auf ein Gewaltverbrechen schließen, sondern einen Tod aus Altersschwäche vermuten. Eine Obduktion bestätigt dies. Der Pathologe verweist in seinem Protokoll allerdings auf einen sonderbaren Zustand der Leiche, den er nicht anders als »vollständig hoffnungslos« bezeichnen könne, da ihm Fachworte hierfür nicht gegeben seien. Das selige Lächeln auf dem Gesicht und eine zärtlich zu nennende Rötung der Haut kontrastierten so stark mit der inneren Leere der Leiche, der buchstäblich jedes Fünkchen Substanz entzogen schien aus den übriggebliebenen Zellhüllen, daß er an eine Art Darre habe glauben wollen, und zwar psychischen Ursprungs. Die Alte habe sich sozusagen seelisch austrocknen lassen, um womöglich ihre Substanz anderweitig einsetzen zu können.

Das Ehepaar Reveslueh im bayerischen N. wird von den Eltern der genauen Angelika vom Tod Thereses benachrichtigt und darüber in Kenntnis gesetzt, daß die junge Mutter Josepha Schlupfburg mit ihrem Sohn Shugderdemydin seit der Sterbestunde Thereses vermißt wird. Allein fährt Ottilie zum festgesetzten Termin noch einmal hinüber nach W., über die im Jahre neunzehnhundertneunundvierzig anscheinend endgültig befestigte Grenze, begräbt ihre nur für so kurze Zeit wiedergefundene Mutter. Der Enkelin ist sie nicht nahe genug gekommen, als daß sie ihr Verschwinden intensiv betrauern könnte. Allerdings spricht sie nach ihrer Rückkehr dem Ehemann gegenüber von einem faden Gefühl in der Mundhöhle, während der kleine Avraham Bodofranz lauthals lacht über die etwas bedeppert dreinschauenden Eltern.

Die *zuständigen Stellen* räumen die Wohnung der Bürgerinnen Schlupfburg erstaunlich schnell und begründen dies mit der Notwendigkeit, frei gewordenen Wohnraum so rasch wie möglich wieder vermieten zu wollen. Es fällt ihnen schwer, die Vielzahl der den Monat Februar anzeigenden und außerordentlich fest haftenden Wandkalender in der Küche zu entfernen. Allerdings will in diese Wohnung zunächst niemand einziehen. Erst nach einem halben Jahr gelingt es, einen von seiner Frau Hilletrud frisch geschiedenen vormaligen Transportpolizisten dort einzuquartieren mit dem vorgeblichen Scheidungsgrund, einer übel beleumdeten Bahnhofsputze, Hutschi genannt. Alle Tage kann die Nachbarschaft nun ein glücksstrahlendes Paar zur Arbeit gehen sehen, Hand in Hand, dem nahen Bahnhof in F. zu, beide als Putzkräfte.

Am Tage des christlichen Weihnachtsfestes im Jahre neunzehnhundertsechsundsiebzig zeigen die Nachrichtensendungen des Fernsehens jenseits der im Jahre neunzehnhundertneunundvierzig anscheinend endgültig befestigten Grenze verwackelte

Aufnahmen aus der algerischen Wüste. Die Bevölkerung sei in Panik versetzt worden durch die Landung eines silbrig glänzenden Luftschiffes nahe des Ortes Burj 'Umar Idris, die sie aus einiger Entfernung hätten beobachten können. Die Erklärung der Behörden, es habe sich lediglich um eine Fata Morgana gehandelt, hat sich nicht durchsetzen können, da eine verheiratete Frau mit zwei Kindern unter den Augen der verängstigt und verärgert schreienden Familie auf das Flugobjekt zugelaufen und eingestiegen sei. Schließlich habe sich das Schiff in südöstlicher Richtung in den Himmel erhoben und sei schon bald nicht mehr zu sehen gewesen. Wahrnehmung und Verhalten der Bevölkerung wären nur unter der Annahme einer Massenpsychose erklärbar, da ein Luftschiff weder auf den Radarschirmen der militärischen Abschirmdienste noch mit bloßem Auge an irgendeinem anderen Ort zu sehen gewesen und somit nachweislich nicht existent sei.

NACHTRAG

Dreizehneinhalb Jahre nach dem Ende der Gunnar-Lennefsen-Expedition gibt im thüringischen G. ein fett zu nennender älterer Herr ein Päckchen auf, was nicht weiter erwähnenswert scheint, fiele einer Postangestellten nicht der über den ganzen Körper fließende Angstschweiß des Kunden auf. Auf ihr Nachfragen begründet er dies mit aus lebenslanger Herzensverdunkelung herrührender Luftnot. Wenige Tage später hält der Landschaftsgärtner Rudolph Schlupfburg in der Bezirkshauptstadt ein Päckchen ohne Absender in den Händen und entnimmt ihm ein kleines, schwarzgebundenes Buch, dessen handschriftlich verfaßter Inhalt nicht leicht zu entziffern scheint. Die im Jahre neunzehnhundertneunundvierzig befestigte Grenze hat unterdessen anscheinend ihre Endgültigkeit verloren, was mancherlei Verwirrung verursacht, so daß er den Empfang zunächst für einen Irrtum hält und das Päckchen zur Post zurückbringen will. Ehe es dazu kommt, nimmt sein Adoptivsohn Seppel es an sich und lernt, was niemand von ihm erwartet: Lesen.

Im Büro des unterdessen zu einem regionalen Imperium des Antiquitätenhandels gediehenen Unternehmen des Jerzy Oleszewicz im bayerischen N. wird Ende der 80er Jahre ein Schränkchen aus dem Nachlaß eines Dr. Schlesinger aus Eschwege zum Kauf angeboten. Oleszewicz ist Fach- und Ehrenmann genug, den Wert der kunstvollen Arbeit fair zu schätzen und dem Verkäufer einen Preis zu zahlen, mit dem dieser seine lange ersehnte Auswanderung in ein wärmeres Land finanzieren kann. Das Schränkchen aber verkauft Oleszewicz keineswegs weiter, sondern schenkt es seiner geliebten Ehefrau Agnieszka zum Tage der goldenen Hochzeit. Als einige Zeit nach diesem Ereignis eine im Dornstübl von N. als Auszubildende untergekommene Thüringerin namens Feodora Schlupfburg bei Oleszewicz vorspricht und ihn bittet, einige der Gegenstände, die sie ihm auf den Tisch legt, anzukaufen oder zumindest in Kommission zu nehmen – sie will der Familie ihrer arbeitslos gewordenen Eltern jenseits der ehemals anscheinend endgültig befestigten Grenze ein wenig unter die Arme greifen mit ihren beschränkten Möglichkeiten –, muß auch Oleszewicz sich seiner östlichen Herkunft erinnern und nimmt die Sachen gegen eine nicht zu geringe Summe in seinen Bestand. Daß er diese Ausgabe durch den Verkauf wieder hereinholen kann, will er nicht glauben und ruft deshalb einen ihm bekannten Flohmarkthändler an, er möge sich das für ihn selbst wertlose Zeug bei Gelegenheit abholen. Ein kleines, schwarz eingebundenes Buch mit handschriftlichen Eintragungen zweier vermutlich weiblicher Personen aber schließt er in Agnieszkas Schränkchen über dem Ehebett ein, um es vielleicht doch irgendwann einmal zu lesen.

ANMERKUNGEN

1 Rosa Luxemburg am 29. Juni 1917 an Hans Diefenbach, aus: Gesammelte Briefe, Bd. 5, Berlin 1984.
2 Aus »Das Barlach-Lied« von Wolf Biermann.
3 United Nations Reconstruction and Rehabilitation Administration.
4 Sowjetische Militär-Administration in Deutschland.

Herrad Schenk
In der Badewanne

Roman
Gebunden

Es beginnt mit einem aberwitzigen Badeunfall und mündet in den spannungsvollen Rückblick auf ein wild bewegtes Frauenleben: Herrad Schenk erzählt auf äußerst unterhaltsame Weise die Geschichte der leidenschaftlichen Wannenbaderin Ulrike Reimer, Ende fünfzig, Journalistin, wieder Single, die in ihrer Wanne eingeklemmt wird und eine Nacht ausharren muss, bis die Putzfrau kommt. Und während immer wieder warmes Wasser nachläuft, ziehen die Stationen eines Lebens vorüber, das auf der Suche ist nach dem Ausgleich von gesellschaftlichem Engagement und dem privaten Glück – beispielhaft für eine ganze Generation.

Kiepenheuer & Witsch www.kiwi-verlag.de